淡茶一杯养性
清风两袖怡神

声源兄雅正

二〇一三年九月 柳斌

柳斌，原国家教育委员会副主任、总督学

李远实，原萍乡市政协副主席、书法家

张声源文集

苦丁茶与浏市街

张声源 ◎ 著
张晓雷 ◎ 编

声源茶话
感受自然记忆
诗联赞精选

中山大學出版社
·广州·

版权所有　翻印必究

图书在版编目(CIP)数据

苦丁茶与浏市街/张声源著；张晓雷编. —广州：中山大学出版社，2015.12
ISBN 978 - 7 - 306 - 05534 - 7

Ⅰ.①苦… Ⅱ.①张… ②张… Ⅲ.①散文集—中国—当代②诗集—中国—当代③对联—作品集—中国—当代 Ⅳ.①I217.2

中国版本图书馆 CIP 数据核字(2015)第 280420 号

苦丁茶与浏市街
ku ding cha yu liu shi jie

出 版 人：徐　劲
策划编辑：陈　露
责任编辑：吕贤谷
封面设计：岁　晏
责任校对：李　娜
责任技编：高　燕
出版发行：中山大学出版社
电　　话：编辑部 020 - 84111996,84113349,84111997,84110779
　　　　　发行部 020 - 84111998,84111981,84111160
地　　址：广州市新港西路 135 号
邮　　编：510275　传　真：020 - 84036565
网　　址：http://www.zsup.com.cn　E-mail:zdcbs@ mail. sysu. edu. cn
印 刷 者：虎彩印艺股份有限公司
规　　格：787mm × 1092mm　1/16　39.75 印张　605 千字
版次印次：2015 年 12 月第 1 版　2015 年 12 月第 1 次印刷
定　　价：98.00 元

如发现本书因印装质量影响阅读，请与出版社发行部联系调换

先父张声源传略

父亲张声源，生于1935年5月28日，逝于2013年10月16日，享年79岁。先祖从广东流寓湖南浏阳，后徙居萍乡，祖父母在湘东浏市以经营一家小店勉强糊口。1943年，浏市发大水后瘟疫横行，父亲的二个弟妹一周内相继夭折，父亲也几因天花丧命。或许正是这种艰苦的生活环境，塑造了父亲吃苦耐劳、敢于担当而又富于正义感、同情心的宝贵品质。成年后，父亲白手起家，仰事俯畜，成了两代人的顶梁柱。

童年的困苦、求学的艰难使天性好学的父亲深谙教育的重要，也注定了他一辈子投身教育的人生。父亲于1956年从江西师院中文系毕业后，先后在萍乡煤校、萍乡中学、湘东中学任教，几经波折，仍衷情教育。他博学多识，逻辑严密，又善于因材施教，循循善诱，深受师生称赞。

"文化大革命"后，父亲历任萍乡市教研室副主任和市教育局副局长、局长、党委书记等职务，还兼任过江西省教育督导室督导。父亲任教育局长期间，坚守培养学生精神成人、全面发展的教育底线；遵循教育规律，将家庭、学校、社会看作施行教育的系统工程，在夯实基础教育的同时，大力提倡素质教育，力主发展职业教育，倡办家长学校，并撰写了《家庭素质教育艺术》等专著，获得过全国妇联、教育部颁发的"家庭教育先进工作者"称号。

父亲为人正派豁达，从不因人事或灾祸消沉自谅。退休后，父亲应《萍乡广播电视报》之约，撰写《声源茶话》专栏稿件，用品评世道人心的杂文形式，谈笑论道，传播人文精神。教育更是《声源茶话》中的深情关注点。四年多时间，父亲发表在《声源茶话》的文章有二百余篇，曾获江西广电系统报刊优秀作品评选一等奖、全国广电系统报刊优秀作品评选二等奖，成为萍乡文化中的一道人文风景。临终前几年，父亲体弱多病，却仍然笔耕不缀。他本着返璞归真的记忆特色，从童年记忆开始，写了十八章《感受自然记忆》，分为乡土风情、人物剪影、家乘自传三部分，以回忆录的形式，既勾勒出了六七十年前萍乡墟镇的原生态生活，又为乡邦留下了一份富于历史沉淀的剪影，还让我们儿女得以由远及近，深入了解父亲是怎样蹒跚走来，又如何毫不犹豫地走进历史深处。

父亲一贯持平常之心，却绝非平凡之人。他多才善艺，兴趣极广，"诗联茶话，丝竹钓竿"，既懂得生活，又能从生活中悟出真理。他一生正道直行，淡泊磊落，"仰不愧于天，俯不怍于人"，是我们后辈永恒的典范。

张晓雷
2015年4月

序一　《声源茶话》自序

退休以后，偶尔写过几篇杂文。文雨村先生来闲聊时，即出示以博一笑。谁知他却串通萍乡广播电视报社总编江兆谷先生，拉我在《昭萍古今》版上开个杂文·随笔专栏，且就叫《声源茶话》，每期一篇，每篇限千字左右。起初我有些犹豫，而在会诸君中就有人从旁打气，说是"倘若你年纪大了，精力上应付不过来，我们也可以帮着写几篇嘛。"接着，文雨村又发表了《写在〈声源茶话〉前面》，等于是打出了广告，我已没有退路，只好上架。

"茶话"是1999年开篇的。开篇以后，便有一种骑虎难下的感觉。因为在一年之内，能否写出52篇杂文来，心中实在无底。同时，我有过半的时间住在广东顺德，稿件全凭邮寄，会否丢失、延误，也难免提心吊胆。特别是这年的1—4月份，我正赶写《和家长谈家教》一书，近20万字（出版时更名为《家庭素质教育艺术》，篇幅也压至13万字），几乎每天都熬到深夜一两点钟才睡。所以，当时要保证"茶话"按时供稿，压力的确很大。但"打了苏州锣，就唱苏州戏"，我得诚信守约，不能中途变卦，否则，自己面子上过不去事小，有损报纸信誉事大。没办法，只好硬挺。所幸当时身体状况较好，也真的挺住了。到4月底，书稿初成后，我才总算舒了一口气。

与写书相比，我觉得写这种千字文更难。写书时，我平均一天可完成2500~3000字，而写"茶话"，一篇往往要琢磨两三天甚至更多的时间。这主要是我的文思迟钝，写文章从未有过一挥而就的记录，有时一句话也要反复吟哦才觉顺当。这有点像跳芭蕾，在人家看来是身轻如燕，在我却是如牛负轭。更何况题材的选择、分寸的把握、篇幅的限制、风格的调遣，都得花心思去应对，所以"茶话"写得并不轻松。但话又说回来，我写文章总是力争写自己身有所受、情有所系、思有所得的东西，在经过一年辛苦既乎篇成之后，往往能获得"一吐为快"的轻松，有时竟会吃吃地一笑。所以我骑在"虎背"上竟"跨世纪"走到了2001年。

"茶话""问乡"（不敢说"问世"）不久，便受到读者的关注和欢迎。有的打电话到报社寻问作者行止，有的不署名地写三两句赞美的话托报社转交作者，有的写评论以示肯定和鼓励，友人见面时也会说起"茶话"。这都是我事前所不敢指望的。之所以如此，我想大概是我和读者朋友们有着一些共同的语言，我说了出来，引起一点共鸣而已；除此之外，实在别无他效。一位作家朋友曾告诉过我，"有人说，这些文章有个屁用！"这是我知道的，写点言情小说、闲适小品，人家还可消愁自解乏，我这些东西，连这也不够格。但有的读者却不知道。《关心处境不利者》一文发表后，一位读者就给我来了一封信，诉说了厂方片面撕毁劳动合同使他失业而陷于贫病的困境，希望我能为他申诉。我哪有这个本事？况且我远在广东，不能当面了解情况，更不敢贸然行事。鉴于他已电大毕业，我便给他回信，鼓励他自己依法抗争或找街道居委会设法谋求社会救助。我想他一定会感到失望，对此，我是非常愧疚而又无可奈何的，诚所谓空言不能济世，要改变某些不合理的社会现实，关键还在于行。如果我是一个有正义感的律师，兴许可助他一臂之力，但我不是……我的底气是如此地不足，故当"茶话"将届满三年、出到150篇时，也就自行关门大吉了。

"茶话"能坚持三年，我实在要感谢读者和朋友们的关心与支持，至少使我没有独言独语的感觉。一篇文章发表以后，倘无人理睬，那是很悲凉的。在此，我要特别提到萍乡高专曾文斌教授。他将"茶话"按期剪贴汇成一册，圈点之、品评之。通信中他既肯定我的人文精神，也批评过我流露出的民族主义情绪。"茶话"届满百期时，他又热情洋溢地发表一篇综合性的评论。我知道他是一位惜时如金的学者，对"茶话"竟肯耗费这么多时间予以关注，实在令我感动。当然，我更得感谢萍乡广播电视报社的总编和诸多同志，是他们如此宽容地为我提供了一个与读者品茗交谈的平台，促使我不断地学习、思考了三年。三年，恰恰是读完初中的年限。我不知自己在杂文写作上是否达到了初中毕业的水平，有朋友也曾鼓励我"打出去"，但我觉得不必了，我是一只乡里狮子，就乡里滚吧。

岁月不居，时节如流；人生无常，祸福难料。前两年我遭受了一场人生之大悲大恸，精神几近崩溃，遂将一切都看得淡泊了，自"茶话"停笔以后，两年多来未著一文。先是有友人嘱我将"茶话"结集出版，我也踌躇满志地答应过，但后来也兴味索然；更知道出版、发行的艰难，实不愿作沿门托钵之举。现在，我在粤的儿女又积极运作此事，他们的心意我是知道的，大概是想在我 70 岁生日之际赶印出来作为一个纪念，并以此振奋一下我的精神。我想也好，古人云"敝帚自珍"，这些个篇什，明知其将与时俱灭，偏偏印个集子，冀其延长些存世的时间，也算是对时间的一种抗争吧。

收进这个集子的，已见于目录。150 篇"茶话"抽去了 20 余篇，"其他"是另外选入的，基本上都按发表时间的先后顺序排列，不作分类以示其"杂"。附录和插页既是一种致谢的方式，也是一种为自己美容遮丑的方法。对诸位"美容师"（其中远实是书法家）我谨此一并拜谢了！佛家讲缘分，所谓聚散皆是缘。这个集子的形成乃是诸缘集结之果。生命还在燃烧，我想这诸多的缘分也将延续下去，至于以后会结出什么果来殊难料定，反正，秉持一颗平常心，一切随缘便了。

2004 年 3 月 26 日于广东顺德

序二　《感受自然记忆》自序

眼前事过目即忘，过去事刀削不去。人到这份上就是老了。故老年人爱怀旧并非思想意识如何落后，而是心理变化的必然归宿。人老了当然还应该学习，接受新知、更新观念，但这种学习只能靠意会，不能靠强记。记忆永远属于过去。

心理学将人的记忆分为无意识记和有意识记，我将自己的记忆分为自然记忆和自觉记忆。自然记忆就是当时无心去记却自自然然记住了的一类；自觉记忆就是当时抱着一定的目的有意去记并通过各种方式记下来的一类。这两种记忆的效果可能因人而异。我自己的情况是：自然记忆的东西往往终生难忘，无论是情景的还是语义的；自觉记忆的东西也有终生难忘的，如 $2+2=4$；也有当时虽然记住但过后就再也想不起来的。为何有这样的区别，我想大概自然记忆的东西多情之所动，自觉记忆的东西多利之所求。利是阶段性的追求，时移事变，过去所视其为利者顿成蔽履；情是一生的厮守，虽曰情随境迁，而不管旧情新情总是萌生于内心，心在则情亦在。

对记忆的检索便是回忆。将回忆记录下来从广义来说便是回忆录，但我更偏向于从狭义去理解回忆录。我认为回忆录是留给后人治史治学的一种珍贵资料，因此有资格写回忆录的首先是伟人和名人，因为伟人连着党国、名人连着坛界（如艺坛、学术界）；其次是伟人和名人的身边人或关系密切的人，因为他们可能提供关于伟人和名人的资料；再次就是那些虽不属上面两种人，却具有一定身份，亲历过某些够得上是历史事件始末的人。我非上述三种人，我的一生平凡而且平庸，既未在轰轰烈烈的大事中崭露头角或成为依靠对象，也未在狂飙天落的运动中逆风千里或成为炼狱的主儿，所以我即使写点往事，也只能说是写点回忆，决不敢冒称回忆录。

我是我父母从萍乡县城迁往浏公庙赁屋谋生的那年出生的，我的胞衣埋在浏公庙，我就是浏公庙人。我在那里度过了我的童年，到青壮年时期也没有中断和它的联系。因此，要写回忆当然首先要写浏公庙。我先试写了几篇，如《"外国地方"浏公庙》、《浏公庙是一座庙》、《天籁、地籁、人籁》，觉得笔下写得十分轻松，历历往事尽现脑海，尽是一些自然记忆的东西。于是我决定：我就写自然记忆，既不去查阅什么资料，也不去访问当事人等。我抱定一个宗旨：真实地写出自己的记忆，只鳞便只鳞、片爪就片爪，不追求什么全面和完整，一句话：宁可不全，也不失真。

当然，我也力求客观地叙说往事，但我却不会掩饰我的感情。俄罗斯伟大诗人普希金有一句题词："活得匆匆，来不及感受。"他的确如此，30多岁时就在决斗中丧生，这一题词似乎成了他的谶语，也是他的遗憾。我活得并不匆匆，今年76岁了，脑子尚不糊涂，耳目脚手还管用，所以我不想留下普希金式的遗憾，我当然希望我的作品能让后人了解一些过去生活的情景，给读者朋友带去一点阅读的轻松愉快，于自己则希望好好感受一遍留下的自然记忆。写浏公庙如此，写我的后浏公庙时代也如此。

2011 年 9 月 20 日于未已斋

目 录

上篇·声源茶话

写在《声源茶话》之前 / 3
醉茶品世道，煮梦说人心——《声源茶话》解读 / 5
1. "98"回眸之一 / 21
2. "98"回眸之二 / 23
3. 听话不是标准 / 25
4. 驱鬼法趣忆 / 27
5. 亲自下水试试 / 29
6. 呼唤大企业家 / 31
7. 防口与防川 / 33
8. 兔年贺岁 / 35
9. "从小看"看什么 / 37
10. 告别王朝 / 39
11. 老子是谁 / 41
12. 两种变脸 / 43
13. 能如此举重若轻吗 / 45
14. 管他什么丘吉尔 / 47
15. 中国人的喂奶体制 / 49
16. 教你有商量 / 51
17. 扩写一则寓言 / 53
18. 说"来"说"去" / 55
19. "亲自"解析 / 57

20. 为何答非所问 / 59
21. 关于老年人的话语 / 61
22. 摒弃"膝盖文化" / 63
23. 说话与作文的折扣 / 65
24. 蒋介石的话 / 67
25. 古籍里的"后台政治" / 69
26. "教学相长"吗？ / 71
27. 提倡事前批评 / 73
28. 爱护大脑 / 75
29. 说茶 / 77
30. 关心处境不利者 / 79
31. 家教就是家教 / 81
32. 学做人与学做民 / 83
33. 警世的幻像 / 85
34. 我看"平常心" / 87
35. 消费歌并序——并非黑色幽默 / 89
36. 漫笔于世纪之交 / 91
37. 从钟说到钟声 / 93
38. 敛财与推磨 / 95
39. 并不有趣的故事 / 97
40. 对傩的一点推想 / 99
41. 闲话过年 / 101
42. 毋忘"日本鬼子" / 103
43. 寻味"第十名现象" / 105
44. 仿套曲：伤事 / 107
45. 不当摆设 / 109
46. 说"跟风" / 111
47. 傲骨与傲气 / 113
48. 人·鼠·猫 / 115
49. 关于"心是好的" / 117
50. 装货还是加油 / 119
51. 超越"穷则思变" / 121

52. 做清官，办实事 / 123
53. 反人性的"神童"教育 / 125
54. 试论太平之死 / 127
55. 目的与手段 / 129
56. 多点时间陪伴孩子 / 131
57. 释字辨词·说"混" / 133
58. 好女人与好男人 / 135
59. 题字题词杂说 / 137
60. 他们怎样"两思" / 139
61. 马桶的启示 / 141
62. 耍特权不得人心 / 143
63. 从"主题歌"说起 / 145
64. 令人失望的"革命" / 147
65. 也说《太》剧非"戏说" / 149
66. 沉重的话题 / 151
67. 灯下读报 / 153
68. 祝奥运健儿"玩"得开心 / 155
69. "掀掉这筵席" / 157
70. 人才是目的 / 159
71. 牛鹅眼 / 161
72. 人妖之"妖" / 163
73. 徒为鱼悲 / 165
74. 也说"榆林香火现象" / 167
75. 关于肚脐眼的札记 / 169
76. 试作王朗赞 / 171
77. 秋夜杂感 / 173
78. 大快与大惑 / 175
79. 生年不满百 / 177
80. 总统难产与高度一致 / 179
81. 传奇"贼古破案" / 181
82. 看《一代廉吏于成龙》 / 183
83. 迎接新世纪 / 185

84. 登山与观海 / 187

85. 蛇年说蛇 / 189

86. 是事求实 / 191

87. 阎老锡的铁路 / 193

88. "打""紧"的家教 / 195

89. 菩萨也竞争 / 197

90. 说说周密的结局 / 199

91. 清官戏面面观 / 201

92. 丁洁与廖红宇 / 203

93. 从"终于"说起 / 205

94. 能放心吗 / 207

95. 推荐一种做酒法 / 209

96. 红道·黑道·霸道 / 211

97. 公示语的"德性" / 213

98. 新寓言：谁唱得最好 / 215

99. 来点咬文嚼字 / 217

100. 关于嫉妒 / 219

101. 法宝为何不灵 / 221

102. "决定论" / 223

103. 从59到26 / 225

104. 我的第一任领导 / 227

105. 走出"民主"的误区 / 229

106. 请轻声一点 / 231

107. 水中捞"诚信" / 233

108. 有感于5000万"差生" / 235

109. 推荐一本书 / 237

110. 随感录 / 239

111. 柑橘之喻 / 241

112. 写在教师节前 / 243

113. 答客问 / 245

114. 题不对文 / 247

115. 升官与撞牛 / 249

116. 模拟答卷 / 251

117. 换位思维 / 253

118. 大家的鲁迅 / 255

119. 入世与我 / 257

120. 说"自在" / 259

121. 试论"哥们文化" / 261

122. "不是历史"如是说 / 264

123. 老年观与老年教育 / 266

124. 我读鲁迅 / 269

125. 关于国耻的一点记忆 / 271

126. 国子先生谈"伯乐" / 273

127. 说说"顾全大局" / 275

128. 屁股与脑袋 / 277

129. 贵在有我 / 279

130. 官多民不宁 / 282

131. 大团圆与大悲剧 / 285

132. "穷"的选择 / 287

133. 宠物热的困惑 / 289

134. 人生与读书断想 / 291

135. 《黑脸》印象记 / 293

136. "感情投资"故事会 / 295

137. 时闻仿古 / 297

138. 沉重的"好在" / 300

139. 人到老年 / 302

140. 闲话中国人的神文化 / 304

141. 唠叨 / 307

142. 续开"茶话"缘起 / 310

143. 羊毛出自何处 / 312

144. 几人肯做"看门狗" / 314

145. "拆"说 / 316

146. 宗教与艺术的观音 / 318

147. 也说婚礼戏闹 / 320

148. 对错之间 / 322

149. 母亲语录 / 324

150. 保底说 / 326

151. 我的童年梦 / 328

152. 我认识的土财主 / 330

153. 历史家的胸怀——读书札记 / 332

154. 教育不要势利眼 / 334

155. 我的不以为然 / 336

156. 钓鱼三议 / 338

157. 浏市桴桥 / 340

158. 看看《张伯苓》 / 342

159. 提灯会 / 344

160. 过去萍中的名士派 / 346

161. 杂于利害 / 348

162. 从"浮图"说到陈晓 / 350

163. 矿难呼唤良知 / 352

164. 导读《致领导的一封信》 / 354

165. 大人患病　孩子吃药 / 356

166. 且听孔子说小人 / 358

167. 浏市戏台 / 360

168. 忆在萍中教书时 / 362

169. 浏市兴衰 / 364

170. 多报道出国考察 / 366

171. 未已斋联话（上） / 368

172. 未已斋联话（下） / 370

173. 未已斋联话（续） / 372

174. "联话"余兴 / 374

175. 作《萍中世纪钟铭文》记 / 376

176.《萍中世纪钟铭文》定稿说明（上） / 380

177.《萍中世纪钟铭文》定稿说明（下） / 382

178. "请你坐上"及其他 / 384

179. 狗年忆养狗 / 386

180. 过年说文化 / 388
181. 远去的龙灯 / 390
182. 时闻小品二则 / 392
183. 为何"战栗" / 394
184. 难忘那微笑 / 396
185. 鸟儿论"圣人" / 398
186. 师友还是仆妾——读书札记 / 400
187. 改变"煤都"心态(上) / 402
188. 改变"煤都"心态(下) / 404
189. 与友人书——兼论醒时与醉时 / 406
190. 鸟儿醉酒论"忘八" / 408
191. 点评"裸奔之辩" / 410
192. 从心开始 / 412
193. 大海有边吗 / 414
194. 读"西区" / 416
195. "火鸡"上桌 / 418
196. 人生历程的描述 / 420
197. "带电"的杂感 / 422
198. "带电"的杂感(续一) / 424
199. 赵树理和程大娘——"带电"的杂感(续二) / 426
200. 高考过后说高考 / 428
201. 仁术 / 430
202. 《萍中世纪钟铭文》定稿说明 / 432

中篇·感受自然记忆

纯真的历史原型,鲜活的人与事
——《感受自然记忆》代序兼痛悼亡友 / 437

1. "外国地方"浏公庙 / 446
2. 浏公庙是一座庙 / 452
3. 天籁、地籁、人籁 / 457
4. 九月二十三唱大戏 / 464

5. 驱鬼有术，防疫少方 / 470
6. 不叫中心而有文化 / 478
7. 大运所定，盛极而衰 / 486
8. 那些人、那些事（上）/ 492
9. 那些人、那些事（中）/ 498
10. 那些人、那些事（下）/ 504
11. 俗风、俗规、俗语 / 510
12. 走出浏公庙 / 516
13. 兄弟阋墙 / 522
14. 父兮，母兮 / 528
15. 私塾·浏小·西区 / 534
16. 萍中、萍中（上）/ 541
17. 萍中、萍中（下）/ 548
18. 犹豫不决的后果 / 555

下篇 · 诗联赞精选

联赞精选 / 563
诗词精选 / 575

后记 · 永恒的记忆

"脱剑空挂陇头枝"——编后语兼痛悼亡友逝世周年 / 586
永铭在心的怀念 / 593
关于父亲的自然记忆 / 597
致谢 / 610

上篇·声源茶话

写在《声源茶话》之前

文雨村

萍乡广播电视报扩版，1999年在《昭萍古今》版将辟有《声源茶话》专栏，我想在此之前说几句。

酒叫人醉，茶叫人清醒。清醒一点好。

《楚辞卜居》写屈原既放，心迷意惑，不知所为，往见大卜，求个指示：我该怎么自处呢？屈原迷惘，连提一十六个"乎"，"此孰吉孰凶？何去何从？"弄得大卜詹尹只好放下占卦的东西，推辞道："您自己瞧着办吧，别人都帮不了忙。"屈原于是行吟泽畔，颜色憔悴，形容枯槁，遇到一位打鱼的老馆子①，屈原又倾诉一肚子牢骚，成了《渔父》一篇妙文。渔父道是"众人皆醉，何不铺其糟而啜其醨"。意思是说别人都醉熏熏的，你何不吃点他们吃剩的残酒和酒糟？文章尽管妙，问题还是不知真解决了还是没有解决，只为千载后人留下几句似乎指引了迷津却又不知是否合乎正道的话。当然，处于当时的屈原，只能如此。可幸是今非昔比了。

《声源茶话》，每期一篇，是随笔，是杂文，源出于一位正直知识分子的心声，此之谓"声源"；是如君子之交清茶一杯，无话不谈，谈无不畅，此之谓"茶话"。究竟怎么样，反正到时看得到，读者自有公论。

以前，我读过一些张声源同志的杂文，喜欢！大体感觉是——

他的文章要细嚼，如橄榄、如槟榔，细嚼才出味，越嚼越有味。即使一个词、一句话也不宜流水过滩放过。他行文严谨，表达精到，有时

---

① 即老头。

下一个词几乎至当不移、无可替代。也与他的为人相似：耿直。

他的文章常有独到见解，不会人云亦云，不会装腔作势，总是入情入理，叫人口服心服，而能"有所得"。偶而略有偏激，那也可以理解，反正"茶话"而已。

我很高兴萍乡广播电视报开辟这个专栏，相信读者也会喜欢。倘若以后人们一拿到报纸首先争着读《声源茶话》，那就太好了。

醉茶品世道，煮梦说人心

——《声源茶话》解读

曾文斌

《声源茶话》有三种版本：1999年1月到2006年7月（中间停笔三年）报纸剪贴本219篇；2004年张声源先生自编本145篇；以"自编本"为底本，加上作者2005年后续作，前后总计202篇，是为《张声源文集》终定本。

1.《声源茶话》的丰富内涵及其人文精神主旋律

《声源茶话》系张声源先生杂文、随笔结集。作者是语文教师出身的教育家，博学多能，娴熟文字，观察缜密，思维敏锐，健谈吐，个性幽默，饶有风趣。大规模写杂文，是1999年他淡出教育舞台后开始的。彼时他正属老年中的"少壮派"，有较充裕的时间精力读书写作，得天时。他生于斯、长于斯、求学任教于斯，熟悉这里的风土人情、历史文物，占地利。他长期从事文化教育，又喜交游，形成了一个人文圈子，老少知友谈文论艺，拉琴垂钓；创作上切磋品鉴，聚人和。三者集于一身，声源先生应《萍乡广播电视报》扩版建专栏之请，挥毫上阵。时世波澜，身边风雨，社会见闻，玄思超想，遍地题材，俯拾即是。他以"铜壶煮三江"的气概，与大众开怀对话，说世道崎岖，谈人心叵测，抒人生感悟，平胸中忿郁，耳闻目睹事里显真情，排难解纷语中讲大实话，以此，啜苦茗者日众。如此者连续三年，作者需要充实调整，在第150期《说"自在"》中，以"适性"为由，表示要"乘兴而来，兴尽而返"，否则，"有违'事不过三'之古训，一百五就要变成'二百五'了"。这150篇杂文是《声源茶话》的主干，约占全部篇幅三分之二以上。

休整期间声源先生主要寓居广东顺德子女处，有时住杭州女儿家，正当他拟开拓读书—游历—写作新境界时，却遭到老年丧子的人生大悲恸，几不能自拔。家人趁他七十寿诞之际为《声源茶话》编集印行，藉慰老人悲怀，兼饷亲友。此举反响极热烈，《声源茶话》辗转流传，不胫而走。在《广电报》编者、读者固请和家人亲友怂恿下，作者于搁笔三年后，又以"曾经沧海"的胸襟、眼界，再抒所见、所闻、所感、所思、所悟。关注社会依旧，万家哀乐化为笔底涌泉，人文精神主旋律从鞭挞疮痍腐恶里显现。作者又将笔触转向心灵深处的记忆，乡土风情，慈母教诲，母校今昔，童年梦境，题材既有扩展，表达方式也从偏重叙述向析理尝试，佳作迭出。如《话说"顾全大局"》、《沉重的"好在"》、《羊毛出自何处》、《宗教与艺术观世音》、《"不是历史"如是说》、《"拆"说》等。《声源茶话》不仅仅是萍乡父老乡亲们茶余饭后的谈资，更是一种高雅的文化享受和对社会现象体察、认知的参照物了。一种精神产品品牌的形成，必须有独特的风骨，并经受长期的检验。风骨能见容于市场，因为市场极广，并非人人都喜爱婀娜靓婉，也有偏爱骨鲠蒺藜的，却刺痛了一些人。虽则作者择例选"的"极注意潜规则，言远而旨近，但"鹄白乌玄"，物伤其类，系天下通则。当风乍起时，声源是聪明人，"一叶落而知秋"，何况世上没有不散的筵席，见好便收与见坏即收，都是智者审时度势做出的选择。《声源茶话》复刊一年半，刊出69期后，终于在2006年7月中旬，不告而别，悄然收场。四年半中以《声源茶话》为专栏名，共发表杂文219篇。

"茶话"本系茶馆闲聊产物，北京说"侃大山"，四川称"摆龙门阵"。作者在"茶话"满100期的《生年不满百》中，才正式树起旗帜，说"'茶话'就是茶余饭后的闲聊，三十三天，四十四地，风花雪月，饮食男女，九流三教，五花八门，只要有趣无害即为正宗，倘有趣而又有益，就是上品了。唯旧时茶馆有条禁忌，就是'莫谈国事。'"接着申述："我的'茶话'只能算正宗茶话的变种。所谈离有趣甚远，选题多涉时政及社会问题，不但不能给人轻松，倒可能增加沉重。"其所以如此，因为过去是

"臣民社会"，"现在是公民社会了，则谈国事是一种权利。过去是'天下有道，则庶民不议'；现在反是，'天下有道，则庶民议'。因此变种就变种，只要不说成酒话便行"。他极珍视"谈国事"的公民权利，利用民间传统聊天讲故事的形式，将转型期的国是国运、世道人心、社会万花筒、市场镜水态、人间悲喜愤精心组织，谈笑论道。随着各篇内涵不同，表达方式和情感也各异，有时写切身体悟，抒人生哲理，表思维方式，说人性善恶；或品评影视，谈析阅读，纵论古今，横瞻中外。作者是教育家，教育是《声源茶话》中经常出现的话题与作者深情关注处（详后）。所有这一切，处处显现出三十年代的正直知识分子对国家、民众、社会、道德伦理、文化教育的深重责任感与虔诚敬畏心，更表现出老读书人的人文情怀、人文视野、人文目标，以及将悲天悯人的焦虑化为幽默的无奈。

　　《声源茶话》的篇什不具连续性，作者未必是成竹在胸，构建出尔后"大叙述"、"小叙述"蓝图。多数篇章是遇事生感，即兴发挥，即作者以幽默语自称的"有屁就放"。但贯穿前后的思想脉络是清晰的，这便是构成《声源茶话》主旋律的人文精神。声源先生所遵循的人文价值目标，决定了他观察社会、人生、政治的人文视野。他将写作基调、对问题的切入定位于"人"上，在《人，才是目的》一文中，作者思考了一个终极问题："革命为什么？改革为什么？现代化为什么？赚钱为什么？诸如此类，如果终极关怀不是落在人的身上，都会出现对人的异化。""所谓人文精神，简单地说，就是把人当作目的，就是对人的终极关怀，对人的生命关注。"另一篇《说"来"说"去"》中，他将人生分为三大问题："从何处来，向何处去？为何而来，为何而去？怎样地来，怎样地去？"第一个是形而上的哲理思考；第二个是人生价值取向问题；第三个是如何实现自我价值。整个《声源茶话》就是作者用诚心善意对一切人的后两个问题作出演绎、说述、品评与赞赏、规劝、嘲讽。由于《声源茶话》篇章的"杂"与"散"，这人文精神流注在大部分篇章中，表现在鲜活事例和片言只语间，熠熠辉映，既可望，也可即，都是人之所以为人的根本处，大抵集中在做人底线与教育底线两大方面，试略加析释。

　　第一方面是守住做人底线与重视自我之主体角色。作者曾针对一时甚嚣尘上的"保先（先进）"说，大胆提出"保底说"："天下万事都有个底，底者，底线也。""底之不保，又何言均衡发展。"文中强调守住做人的底线，涉及底线事，"要拼全力甚至拼却性命也要保住"。做人的底线即"道德底线，这就是有人性，知民情"（《黑脸印象记》），"要讲人类的良知、善性、公道和正义"（《学做人和学做民》）。作者在分析《宰相刘罗锅》这部历史剧时，对比清乾隆年间宰相刘墉和大学士和珅两个"反差太大"的形象说："一个六根不全的（刘驼背）倒是人，一个五官端正的（和珅）倒是一条狗，一个是人才，一个是奴才。"然后幽默地反问：倘是人面临官场的两种选择，"是做个刘墉式的人，或者做条和珅式的狗"（《"不是历史"如是说》）呢？守住底线，必须从每个人自身做起，针对人性中自暴自弃的惰性、依附性以至奴性，作者极珍视自我主体角色，要立人必先立己。他在《说"自在"》一文中，对"自在"故意作"望文生义"的理解："自在，就是自己在，即不失自我。"而在竞争激烈的社会里，"要自在，还必须去争。争什么？就争一个公民的权利，就争一个公平、公正，争一个人格的尊严。没有了这些东西，又谈何自在？"声源爱读书，谈及倘遇坏书时，"关键在于有我。我者经父母熏陶，师长教诲，社会规范所形成的为人之基本准则者也"（《人生与读书断想》），也就能产生了防御坏书的力量，不受腐蚀，可见自我主体角色之重要。他借挂历市场为顾客拍摄有自己影像的艺术挂历广告语"挂历贵在有我"，调侃地说，倘自己也订做一本，那"过去是看别人的脸面过日子，现在要看自己的脸面过日子了"。作者从而引申出："一个人真能看重'我'的脸面，则进一步必将重视'我'的能力、工作、贡献、报酬、权利、义务、人格、尊严等一切构成'脸面'的要素，甚至一张选票，也因为是'我'的而看重起来，决不肯轻易抛弃或任人摆布"（《贵在有我》）。"有我"，就必然有主见，有操持，有独立人格。他反对社会上"跟风"成"风"成习的依附性，分析说："跟风不只是刮风的结果，也是刮风的原因。"有主见的人应该"依靠自己的理性思考"，"什么风都不跟"（《说"跟风"》）。他借禅理中的"平常心"，说它"启发人们不要盲目屈从于外界的权威，除了自己的领悟之外，便是佛祖也不能使你得道成仙"（《我看"平常心"》）。《声源茶话》中有关尊重个性发展、人格独立、思想自由，提倡人和人之间的平等态度，反对压制人性，鄙弃官气凌人，赞颂傲骨，摈弃"膝盖文化"等各类篇章，都在坚守做人底线"立己"之列，就不另外赘述了。

第二方面守住教育底线，培养学生精神成人、灵魂发育，懂得做人的道理，这点是前者在自己教育理念上的体现。声源终身从事教育，从语文教师到主管地方教育行政部门，他将家庭、学校、社会看作施行教育的系统工程，哪一方都起重要作用，影响另一方。从人文目标出发，声源认为健全人格的养成，必须从儿童着手。所谓"一代英雄从小看，……就是看人格。知识、能力、思想观点都是可变的，只有这人格，在少年时期形成之后，再变也不过变出些相似形来"（《"从小看"，看什么》）。正因为每一个人都要从小构建起精神底线，所以他极注意家庭教育，并有这方面的专著。他强调家庭教育，"主要是生活教育，是以生活设教、在生活中进行、教会孩子学会生活的教育"（《家教就是家教》）。学会生活，事实上是学会做人。声源自己就是慈母以生活为教材，随时、随处、随事施教，让他终身受用不尽（详见《母亲语录》）。他领略到个中妙谛，又从生活中随时向儿女、向第二代施教的。家教的主体既是家长，孩子从家长身上尝到的文化知识总有限，"但从家长身上所接受的生活态度、生活方式的具体文化影响，却往往是长期作用"。声源以"艰难玉成"的道理，鼓励那些"社会地位和文化程度都不高的家长"，要瞧得起自己，以自己"积极乐观，忠实进取的态度"，来要求和教育孩子，让他们终身受惠（《"打""紧"的家教》）。声源诚心劝导所有家长，将传统的"望子成龙"目标，改为现实的"望子成人"（《推荐一本书》），多花点时间陪伴孩子，"多作些感情上沟通和情绪上调摄、辅导"（《多点时间陪伴孩子》），这对孩子精神成长、从情感上来构筑道德底线很重要。他强调家长对待孩子应有"平等的意识"，因为"孩子也是人，也是独立的人"（《教你有商量》）。"要孩子会说话，会作文，也得平等相待"（《说话作文的折扣》）。他要求教师教育学生应通情达理，"设身处地为学生着想，才能'通情'；再想想如何真有效果，才能'达理'"（《亲自下水试试》）。声源谆谆劝诫教师，不要借口"心是好的"体罚学生，"如将教育摆在首位，则教育方法，也是教育的内容"（《关于"心是好的"》）。正由于教育是系统工程，有关教育问题，"谁都可以怨谁，谁都不能怨谁"（《管他什么丘吉尔》）。为了"望子成龙"，"中国的教育方法就是'磨墨'，孩子是'墨'，教师家长都来'磨'"（《装货还是加油》）。加上不规范的市场欺诈成风，影响所及，要学生守住道德底线讲真话，正如《水中捞"诚信"》那样难。

《声源茶话》中《灯下读报》与《沉重的话题》两文先后写就，前一篇述灯下读《环球时报》上北大博士生撰的《老外劝我们别舞弊》。该文述北大公共英语课教授帕垂特，为该课举行结业考试，特在课文后编写《关于诚实》一文。"我们的博士还要老外来补上诚实教育的一课，实在令人脸红"。可是，这位善良的"老外"在考前苦口婆心，举例引证，反复说明"信誉价值连城"；"舞弊良心有罪"；毁坏了自己的形象，结果却是"对牛弹琴"，舞弊照旧，帕老头只有"将眼睛转向另一边"。声源读报至此，"不禁悲从中来"，感到中国的教育确是一个"沉重的话题"。"如果连这片绿洲都保不住，则希望何在？"（《沉重的话题》）他无法学帕老头那样掉过头去，只有借茶话园地，传播自己的教育理念，表示人的良心未泯，希望尚在而已。

以上只是《声源茶话》中人文精神的集中体现。但《声源茶话》又毕竟是"闲话"性质，并非道德论与时政篇。"闲话"而聊重大课题，重大课题由随兴闲聊来表达，是作者的为人决定的。声源出生于民国时仅够温饱的墟镇小店主家，常接触底层人众，加上童养媳出身的慈母教诲，从小就养成对穷人、对遭遇不幸者的深厚同情心与同理心，他将《关心处境不利者》提到社会道德伦理上着笔，并现身说法写当年在"文革"险恶的阶级斗争环境中受到好心人的庇护，写出了人性、人情和农民的质朴可亲。中国儒家传统中"民吾同胞，物吾与也"的共济精神，人文价值中的平等观念，出身艰难的生活磨炼，三者相互作用，使声源将自在的"人"，转化为自为的"民"，即"平常老百姓"。他在青岛海滨观海，"与众人都站在同一海平面上，只有人前人后之分，没有人上人下之别，给人以'众生平等'的启悟。"（《登山与观海》）这启悟实即消弭贫富贵贱的等级观念，自觉地与众生并俦列，思想感情上也就自然地和百姓同疾苦共哀乐，一道疾恶如仇了。《声源茶话》中那些揭露、鞭挞贪腐虐民事例的大量优秀篇章，正是这样产生的。声源一直以有充分自信的老百姓自居，不唱高调，不说大话，不摆架子。《兔年贺岁》中写自己新年的祝愿期待，也极其简单：四季符合自然规律，一切生物和谐相处，家家欢乐，社会安宁，如斯而已。该文也正是一篇情韵俱美的《声源茶话》精品。他的政治观也和生活观契合，作者撰于新世纪初的《漫笔世纪之交》，坦陈自己已面临却又是遥远未来的百年希冀，寄希望于政治家的蓝图设

计,其实也很平凡,让所有的人过平安日子而已,该文中有段掷地作金石声的文字:

> 政治家规划着一个世纪的蓝图,科学家争夺着万分之一秒的优势,老百姓却仍然是一天一天的过日子。别以为老百姓的日子普通而又平凡,日子过的怎样,衡量着世纪蓝图和"万分之一秒"的价值,同时也影响着政治家的底气和科学家的力量。

没有政治家的意识和眼光,也写不出这样的文字。所以要掌握声源的文,首先就得理解他的人;反过来,他的人正是借他的文来显现的。下面略加剖析《声源茶话》的艺术特色。

2.《声源茶话》的艺术特色及总体价值

《声源茶话》最显著的艺术特色是幽默。幽默与其作为艺术手法,毋宁说是一种生活情趣和个人心态。它是由人的文化底蕴、知识涵养、胸怀气度等综合而成,是人的智慧、风度、情趣、襟怀的折光反射。《声源茶话》的闲聊性质、聊天形式更适合一种轻松、俏皮语调,加上声源的为人干练机智、识力高超、度量宽宏,懂得生活,又能活出情趣来。平时二三知友相聚,他一到就带来欢声笑语,乐趣横生。他用所擅长的《声源茶话》形式谈说世道人心,幽默必然成为其中主料,它又常和反语、嘲讽、滑稽、戏说等错综混合,组成统一的幽默风格。和文艺作品中的幽默不同处,是它带着浓厚的声源个人风味、情趣、意念、思绪在内,喜用自己由熟生巧、提炼出精粹且富有表现力的萍乡话表达,具有地方风土的原汁原味,姑名之为"声源式的幽默"。它大致有两种表现,一是全篇从立意、选材、表达方式看,都包含幽默旨趣,可称之为幽默性作品,数量并不多。另一种是大量散见于各篇章中的精彩的幽默性句段,不眩目,却警众;非匕首投枪,却直中要害。下面分别介绍。

《声源茶话》中堪称幽默作品的不多,从选材看多是对重大事件、时政报道、积累问题之精心思考;或平时对生活的缜密观察中,发现它的弊病、缺失、矛盾、因果及其症结,而在文中用幽默手法,捅破被隐蔽真相,习见事物被点破,笑料就出来了。有的是逗趣般或设喻、或对比、或用寓言故事以显示现实之不正常、不合理,甚至丑恶,令人感到它荒唐可笑、可鄙与可憎，以下略选几篇较为典型的稍加阐析。

《老子是谁》先举美国大富翁洛克菲勒住旅馆，要求住最便宜的房间，并回答服务员惊问：为何他儿子常选住最贵的房间，说"因为他的老子是富翁，而我的老子却是穷人"。然后引出报载某地交通局长三人用巨额公款嫖妓，大肆挥霍，反问："他们的老子是谁？"揭露这类硕鼠"以党和国家作为掠夺的对象"。全文建立在两种对比上，引人深思。

《两种变脸》借川剧变脸艺术，形象描绘当官的坏事被揭露时"有脸变无脸"（用手捂着脸）、"正经脸变无赖脸"、"堂皇脸变尴尬脸"、"高雅脸变冷血脸"。然后一针见血戳穿："我们明知变的是真，不变是假"，显示这类人在官场中全是伪装。

《中国人的喂奶体制》是《声源茶话》中的精品之一。作者举中国传统婚制和三四代同堂的大家庭体制，常发生"直系的婆媳同时生育现象"，从而产生了"婆婆的奶大家都吃一点"的俗谚。"俗事产生俗话，俗话传播开，影响到人们的思维方向"，一直影响到国人处理公私关系。作者思维活跃，由此及彼，也看到"公公吃孙嫂奶的现象"，即将私人花费拿到下级机关或企事业报销，这都是利益均沾的"同一喂奶体制"造成的。作者知识丰富而观察问题深邃，写来得心应手。

《试作王朗赞》在《声源茶话》幽默篇什中意味最深长。《三国演义》中王朗被作为叛汉附曹的无耻典型，几成定论，作者却做翻案文章，说王朗之死是"自己讲脸面懂羞耻所致"。"倘王朗是个政治流氓或无耻之徒，我想，便是十个诸葛亮也骂他不死。不信，你看今日大大小小的贪官，有谁被骂死了？"结论是"倘能学王朗，也不致沦为下流"。结尾赞诗曰："晚节惜不忠，赖有知耻心。几多后来者，不若此奸臣。"该文重要意义不需多说，作者别出心裁，正话正说，入情入理，其绝大幽默处是古今对比，今之贪官断不会知耻而死。

《大人患病，小孩吃药》写小学曾上演"从娃娃抓起"之闹剧。据报载某地小学开"税法教育课"，有的开"廉政教育课"，又传闻某小学在学生中开展"反腐教育"，兼对选班干部拉票之学生罚款。作者指出："娃娃的地位越托越高，责任也越压越重。税法教育还是教孩子当老百姓，'廉洁教育'可是教孩子做官了。"他举过去中医有通过母乳传药性一法，"现在反行其道，大人患疾，让小孩服药。"该文系苦笑的幽默，讽刺入骨，鞭辟入理，读者会心，能起相互沟通作用。

《多报道出国考察》，作者针对官员出国暗箱操作一事，从官员与民众两方面着笔，说的都是大道理，而幽默尽在其中。中国有许多灰色现象，不宜摆在桌面上讲，声源却偏偏在明处谈，既讲大道理，又讲民情，于情于理，都站得住脚。有时摆出对方的"心里话"，代官员立言："大凡官员之心，也是'庶民待我则庶民之，国士待我则国士之'。"话语有弹性，却并不轻松，是典型的"声源式"幽默。

由于篇幅限制，只举以上有代表性的数篇，其实《声源茶话》中幽默的内涵和表达方式都多样化。如有用大真话、大实话奉劝领导退下岗位后，心理上应适应平居生活的《关于老年人的话语》。由于领导人物的退休是一个"场"的转变，作者用自身体验和观察所得，娓娓而亲切道来，令人感到那种"官瘾"的可怕可笑和可哀，具有浓厚的幽默意味与针砭作用。又如《牛鹅眼》，借舅父用农村的生活知识解释"牛眼看人大"，故任人驱使；"鹅眼看人小"，故敢奋喙追人。从而得出不妨用"鹅眼"看"大人物"、"牛眼"看"小人物"的"反世故"哲学，让读者在幽默中获得教益。《关于肚脐眼的札记》则是幽默而带戏谑之作。说穿"露脐装"的女性，"用肚脐眼和观察家、评论家的目光相接，却用双目潇洒地观察着这个世界。"让人忍俊不禁。这篇显示了幽默与俏皮的区别，前者掩卷有所思，后者解颐一笑而已。

应该强调的是，声源笔下的幽默，既有暴露鞭挞，更多是善意的、温和的、婉曲的。他的《兔年贺岁》新年期望的结尾是"将'英雄'封给宽厚，让幽默夺得冠军。"上举《老年人的话语》就是"宽厚"的幽默。还有《请轻声一点》，更表现出作者对不良习惯的宽厚劝解。他用幽默笔调写中国人爱高声说话"与传统有关"："嗓门大也是一种力量。……轻声交谈则可能被怀疑在讲私己话或黑话。"因此，"争论靠嗓门，敬酒也要靠嗓门，将对方压下去，自己也便赢了"。但本文用意还在于温和地奉劝说话压低嗓子，"为受众、为他人着想又何尝不是道德问题"。

声源又创造性地用幽默歌颂正面事物，典型的如《马桶的启示》，这篇在选材、构思、叙评、话语诸多方面都包含幽默意味。选材上将早已淘汰出局半个多世纪的木马桶抬出来，写"这东西一生也只'风光'一次，就是当作嫁妆让人抬着招摇过市的时候"。说城市老太太一大早排队去公共厕所倒马桶,"用严肃和沉默构筑一道人性尊严的堤防"。这些,无不令读者喷饭,眼睛一亮。然而该文却是赞颂佛山某陶业集团历时6年,进行10余万次试验,研制出一种不漏水、不潴积、排污力强的新式抽水马桶,并捎带幽默一下过去常常受到教育的"屁股往哪里坐"的问题,令人笑后又深思。再如《几人肯做看门狗》正面褒扬2005年国家审计署审计长李金华,他公开宣称自己是"国家财产的看门狗","只识主子(人民)不认人",哪怕是原先的同学,原财政部部长金人庆都要盯住不放。但颂扬中骨子里还有质询:国家资金一流失就是几千万,几个亿,硕鼠那么多,漏洞那么大,单靠"国家财产的看门狗"看得住吗?声源就是善于从题材中发现问题,再恰当运用褒贬手法,让读者有所获。但在《声源茶话》有关幽默诸篇什中,常瑕瑜互见,大致有几种情况,一是使用幽默不妥,多见于作者创作的寓言、故事中,更多是写时政的,限于客观现实,只能点到即止,心照不宣,这类作品请读者自行体会。

除上述幽默性的《声源茶话》佳构外,大量散见于各篇中的幽默性警句、佳句,可以编摘成一本《声源幽默语录》。它虽多系片言只语,却往往是全文精粹所在,有了它,行文上使整个篇章鲜活灵动,豁现主旨,且余味隽永,吸引读者;少了它,文章会干瘪枯燥,《声源茶话》的幽默性也就失去根据。笔者据这类语句的性质、所表达的内涵或来源分为三类,略加概述,以见一斑。

一是文中的大真话、大实话,往往来自作者对人生、对生活的长期观察和思考,遇事一触即发,便从胸臆中流出。这种原始本真的生活话语,在虚伪成风成习的境遇下,显得有点天真傻气,形成文中醒目的幽默感,如《"98"回眸》中写看克林顿访华现场直播,突然冒出句"我觉得自己有了'成人'的感觉"。这当然是突发奇想与趣想,带有灵机一动、心血来潮性质。但这"成人"的感觉难道仅仅是作者所剖析的在克林顿和中国人眼里双方都非"妖魔"吗?没有长期的闭塞、禁锢、强制、压抑,会有一旦豁然贯通之感吗?作者年逾耳顺,却感到自己才"成人",其丰富的潜意识够人思索。这类脱口而出的老实话多多,细心的读者不难发现。如《听话不是标准》,为揭示"听话"这一"世故的奴性"的不合理,举最浅显的例子:"目不识丁的村妇也知道,啥事都听别人,连裤子也会失掉。"《"穷"的选择》中说钱不可或缺,上街倘身无分文,"想上一趟厕所都不行，就算满腹经纶，要做个体面人也非让尿憋死不可"。文中捎带举报载两例：某市一个八十多岁的老教授没带钱上厕所，硬被人从小便池拉下；另一个老太太没带钱还挨了揍。作者常将一些不宜公开挑明却普遍流行的潜规则老实明白地表达出来。《兔年贺岁》里作者希望动物遵守"丛林规则"，人群守着"游戏规则"，却不要互相学习。"因为人太聪明，学动物一学就会，一旦变成动物，却一万年也学不成人"。《说说"顾全大局"》批评"忠厚者"不看对象地一味忠厚下去，被奸人利用，"忠厚便成了无用的别名，岂只无用，而且简直就是纵恶。所谓'老实可欺'，就是强梁者对此得出的经验总结"。写对腐败发生年龄研究的《从59到26》一文中，坦率说，自己"从未将腐败与年轻人挂起钩来"，却又不得不承认眼前严峻的现实。结尾是"面对年轻人的腐败，我们这些中老年人应当觉得自己有罪！"这句真心话让读者心灵震颤。《声源茶话》中作者有时现身说法，如前举的《关于老年人的话语》。而《入世与我》又不同，作者让真我与虚拟的"我"各显其是，真真假假，将某些人借"入世"渔利的思想与手腕写得淋漓尽致。在《我的第一个上级》中，作者用聊天的话语说："父母是造化的安排，师长是缘分际遇。"这类从深刻体验得来的真话，让读者别有会心。

二是对常见的不正常或不合理的社会现象、政治现象，用幽默性的话语提炼概括出来，在文中往往具有当头棒喝的警示作用。如《并不有趣的故事》，创造"小时"和"老时"听到两个内容相近的纵容孩子为非作歹的故事，慨叹"人类的确有着一些永恒的话题"。文中指斥那些"以强梁为能事、以特权为荣耀的娘爷老子，即使播下了'龙种'，经他们一调治，收获的却是'跳蚤'"。又如《消费歌并序》，作者创造了类似散曲套数的六支曲子，尽情描绘了商品市场的世俗百态，光怪陆离。却于序中强调"绝非讽刺，偶涉幽默，也是生活本来如此，并非黑色。"《古籍里的"后台政治"》中作者本熟谙中国戏曲音乐，点明演出时后台"左右前台能力不可低估"，再转到"后台政治"上去，"从前台看，是生、旦、净、末、丑在表演，而背后却是张、王、李、赵在斗法"。由于题目是写"古籍里"的事，只能在结尾捎带点出"时至今日"，许多人"不捉摸事而捉摸人，走夜路、攀高枝，这是否也是'后台政治'的残留？"前举的《说说"顾全大局"》其实是篇义正词严声讨奸人乱局、奸臣乱政的檄文,其中精彩和幽默性句段如:"要讲顾全,首先是掌握大局者要顾全。""大局有亏往往是管大局者不顾大局的结果,要打屁股,他们先要脱裤。可在中国,一向是'为尊者讳',头面人物乃至与其关系密切的'脖颈人物',总是受到层层的保护,似乎他们、他们的脸面和乌纱帽,便是大局的化身,动不得,一动便是不顾大局了。"作者举出这类人推行着《杨家将》的办事模式后,说历史上所以奸臣得志、忠臣受气,原因在于"奸臣有了'顾全大局'这把保护伞,而忠臣却多了'顾全大局'这个紧箍咒"。全文高潮和紧要处在结尾,作者严正指出:"当奸臣用它当保护伞,忠臣就不要把它当作自己的紧箍咒。万一情况特殊时,也可仿历史先例:西安事变时放了蒋介石,解放战争时还得将他打倒!"《模拟答案》中"答案三"是,据报载沈阳市16个巨贪全是一把手,有人追责领导机关"权在哪里?威在何方?"作者代作"模拟答案",仅百来字,却是段绝妙奇文,全引如下:

  答:这是中国特殊的文化现象。你知道"老北京"怎样看戏吗?那不是看,而是听。重唱功而轻做功。只要你皈依名派,唱得字正腔圆,板眼不差,他就为你喝彩。这些人别看他闭目养神的样子,其实是很权威的。权在点戏听戏,威在用手指点着板眼。"曲有误,周郎顾",唱功出了问题,他就会扔草鞋,否则,虽是丑男人演二八妹丽又何妨?这种戏剧文化,也是可以迁移到政治上的。奇怪吗?

  三是从自己丰富的生活体验和民谚、俗语中提炼出来的幽默,表现了作者来自民间的智慧,精彩处往往具有格言意义。如《防口与防川》,从"防口"派生意义上着笔,引出"历史对现实的投影"——重庆綦江大桥垮塌惨案。结尾找到条"规律":"要找屁股上有屎的人,只要看谁不准人家说臭,防民之口呀!"说古代重要的教育思想"教学相长",不是所有教育都能达到这一境界,见识短浅的人只要教师教会学生应试便成,认为学问微不足道,讽刺"他们只知道'狗嘴里吐不出象牙来',却不知道'象嘴里也吐不出狗牙来'"(《"教学相长"吗》)。评民间传说的"宰相刘罗锅"说,"不是历史的故事有的比历史还更历史"(《"不是历史"如是说》)。作者从人的地位变化以后,观念、行为都跟着变,故"我宁可主张屁股指挥脑袋,不同意脑袋指挥屁股"。所谓"'在官言官,在商言商'。'在'者,屁股在也;'谋'者,脑袋谋也。屁股指挥脑袋,正常得很"。提出应正确解决"屁股指挥脑袋"的问题,根本在于"人民管住椅子"(《屁股与脑袋》)。《来点咬文嚼字》讽刺有人善于按自己的意思,去逢迎上面的新提法、指示、口号,让它"为我所用"。结尾说:"难怪聪明的中国人既善于接受新口号,又善于保存旧事物,而且还善于生产一套套的经验。"《清官戏面面观》说:"演清官戏是倡明教化,唱响主旋律;看清官戏是解决社会公正之渴,求心理的安慰"。该文从"文革"中得出一个重要的教训:"社会一旦黑白颠倒则黑胜,这是规律!"这不仅是格言了,是为实践所验证的社会规律。又如说"中国的贪官见多识广,岂肯在没有'兵临城下'之际'和平起义'的?"(《法宝为何不灵》)作者十多年前的论断,已为今天全面反腐所证实,正是这类幽默的价值。

  幽默虽是构成《声源茶话》最显目的艺术特色,但它最终还需借语言来显现,传统艺术方法的划分也将幽默归于语言范畴。作者撰《声源茶话》时,极讲求锤炼语言,自称"有时一句话也要反复吟哦才觉顺当"(见《〈声源茶话〉自序》)。这"吟哦"正是文字加工过程。他行文以口语为主,而将俗语、雅语、书面语、口头语融为一体,穿插交汇,有时也"之乎者也",文白夹杂,但多数情况下,没有碍目拗口的感觉。声源读书多,能融会贯通,常将古典今例并列比较,运用语言时特别讲求语气,既轻快又深沉,有隐锋却并不尖刻,谈笑里阐释大道理,正言中显示嘲讽,爱憎感情融于机锋谈吐间。语言极富弹性,寓含蓄于平易,娓娓道来,既入情入理,又针砭入骨。一般情况下,老实话郑重说,俏皮话轻轻提,有时反是用轻率语气讲老实话,郑重口吻说调侃话,幽默就从这文字中显现出来了。作者出身中文系,对传统文学下过苦功,又喜"咬文嚼字"。他的《兔年贺岁》内涵与语言双美,全文凝练简洁,大量用对称句,间或用韵,如对生态、对环境的祝愿,对人类、对动物各守通则的希冀,对社会和谐、市场繁荣的祈祷,都句式对称,情韵俱美,诗意浓郁。不但人们喜读,小学生也能朗朗上口,用语言美形容《声源茶话》,毫不过分。

  除幽默性、语言美外,《声源茶话》还有谈古以警今,说外以衬中的对举手法;"卒章显志"的结构;以"下场诗"风趣结尾;等等。谈古处最明显，本文中已举的各例，就有《防口与防川》、《中国人的喂乳体制》、《古籍里的"后台政治"》、《试作王朗赞》、《"不是历史"如是说》等。作者评清官戏、宫廷戏的系列，都是借古警今的佳作。又如《做清官，办实事》，举明代海瑞和兵部侍郎于谦这两个典型清官事例，强调"'清官'不只是道德概念，也是政治概念"。说外以衬中，《声源茶话》开篇《"98"回眸之二》便是。又如《总统难产与高度一致》实际涉及两种体制评判。作者分析问题具有世界性眼光，尤其是《声源茶话》中有关教育篇章常做中外比较。如谈到中国教育"谁都可以怨谁，谁都不能怨谁"，"家庭、学校、社会互为因果，无以名之，我姑且称之为社会病"。作者无可奈何，只有借外国幽默故事《管他妈的什么丘吉尔》，聊作解嘲，内心郁积，可以想象。"卒章显志"是《声源茶话》最常用的结构特色。由于它篇幅短小，限于千字左右，不大可能讲求起承转合，变化腾挪。在有限的文字里，作者尽量避免单刀直入，三言两语将话说尽，因而结构多是委婉回旋，逐层推进，主要结论及全文主旨总是放在结尾，因而"卒章显志"成为《声源茶话》结构常例，虽不乏成功佳构，但用得太多，也易形成三段式的程式、套数。作者也察觉出这弊病，有意选用故事、寓言、问答、书信形式，甚至采用套曲以讥刺悲剧式的人（《仿套曲·伤事》）和万花筒般的事（《消费歌并序》），成为《声源茶话》中的绝妙篇章。作者更采用中国传统章回小说和话本中"有诗赞曰"的结尾，随兴之所至，用读者喜闻乐见的诗句作结，如本文第二部分所举的《试作王朗赞》中的"赞"便是。又如《敛财与推磨》是评时政的精品篇章之一。作者据《焦点访谈》所揭露的山西某地"三盲［文盲、法盲加流'盲'（氓）］"院长，点明他的真实身份是贪官（敛财）加酷吏（"推磨"），出现此事，是"这个'法院'进入市场的结果"。结尾诗云："先作鬼敛财，再作鬼推磨。有法如不灵，百姓怎么过？"《升官与撞牛》，本身就是滑稽剧，说某局长异地嫖娼被捉，罚款三千元，让司机以撞死牛的赔款报销。一时上行下效，该局"撞牛""撞猪"报销单多多。结尾"未已斋主人作打油诗云：'厮混官场凭张口，撞牛撞猪又撞狗。层次大小不相同，下级紧跟上级走。'"这种表达手法都是《声源茶话》的艺术创造。

《声源茶话》的丰富内涵和主要艺术特色已如上述，它的总体价值显而易见。由于它的篇什不具连续性，前后发表又延续七年（2002—2004年停刊三年），作者不可能成竹在胸，统一规划，读者也决不会将零散的《声源茶话》当作国家大事记，或企图从中去发掘什么"微言大义"，盼它能拯济苍生为民请命。但《声源茶话》产生于世纪之交，各类矛盾聚结时，记录了那个时期发生的事情。作者又是一个情系家国，与时代同脉搏、共呼吸的正直知识分子，从题材选择、思维方式、情感爱憎、品评根据到切入角度、表达手法，都传递出新时期中老书生新志士的心声。《声源茶话》留下了历史的辙迹，有厚重的历史感，更留下了个人心灵轨迹。前者已见于各篇阐释中，这里略谈后者。

　　《声源茶话》以国之大事开篇，从1998年朱镕基总理施政报告中所用"民怨沸腾"四字着笔，勾勒出"共产党的官"民胞物与、疾恶如仇的形象，奠定了关心民瘼的基调，这基调贯穿了《声源茶话》始终。中国人办事虽有不少潜规则，却更有一个深入人心不成文的明规则，这便是"天理、国法、人情"。"天理"即"天心"、"天意"。中国传统一直认为天心公正无私，烛照万物，泽惠天下，遍及黎庶（百姓），实即含有公平、公正、公道等现代概念在内。"国法"不需说，"人情"即人心向背好恶（喜爱的、憎恶的）。两千多年传统社会，不论朝廷颁布的国法怎样，老百姓做人、行事、待物，都潜移默化自然地遵照这一准则。声源属于老一代读书人，终身受这一明规则影响。他在《声源茶话》百期《生年不满百》一文中，虽则表明"'茶话'就是茶余饭后的闲聊"，可以写风花雪月，但219篇《声源茶话》中，却没有一篇单纯写"风花雪月"的。其实，"水管里流的都是水，血管里流的都是血"。一个正直的知识分子，即便写风花雪月，也别有怀抱在。但他珍重篇幅，也没有闲情逸致写消遣之作。《声源茶话》虽非篇篇警策，也有良莠不齐处，但字里行间，却总有一腔义愤。《声源茶话》中说理分析多，却从不空讲大道理，所有的理都合人心、人性、人情，更不以某种空泛的意识形态为准则。他所讥刺的、抨击的和揭露的不合理、不正常以至丑恶现象，实质上是为壮大正能量争阵地，符合辩证法的不塞不流、不止不行，也即杜甫诗中形容的"必若救疮痍，先应去蟊（mào）贼"。更何况全部《声源茶话》都是阐扬人文精神主旋律。但作者的心情不是很舒畅的，《声源茶话》显示了这种心灵轨迹。举最明显例证，《声源茶话》搁笔三年后，于2005年续刊，一时佳作如林，呈井喷状态，自然是三年中积累的，如本文第二节中所举的那些篇章。作者在《拆说》中具体写出了"民怨沸腾",但对这么重大的题材也只能低调处理,说这一片"拆"字"透出一股横扫一切的霸气",是"权力与资本联姻"的产物而已,这是"大题小做"。到后来这类佳作渐少,逐渐从"大叙述"向"小叙述"扩展,写了系列忆旧,回忆慈母、童年、母校、乡土,而且有意识地发掘萍乡风土人情、地望民俗,为尔后写《感受自然记忆》准备材料、打好基础。作者风骨依旧,赤心不变,但感情比三年前更深沉、更内敛、更含蓄、更睿智。作者在家庭不幸的打击与抗压里,似乎更悟出点什么。他笔下的时代与事物愈来愈远去,自己也进入了晚年,预感到是"接近地平线的夕阳"。他2006年4月间写的《与友人书——兼论醒时与醉时》、5月间写的《从心开始》是《声源茶话》终结前的自白。他尝试从禅学中探索,学会"独善"和"宁静"了。《声源茶话》中止于该年7月,不仅是时势使然,作者也有了悟,感到"兼济"之难,搁笔是必然的,这二百来篇《声源茶话》,却为他留下了清晰的心灵轨迹。

《声源茶话》的价值,除以上说的外,作者丰富的书本知识、生活知识与人生智慧、思维方法、写作经验都是重大精神财富,即便是供人消遣,开颜一笑,也增添了人生乐趣。作者在续开《茶话缘起》中就说了大实话:"倘你上厕所也肯带去看看,我就受宠若惊了……一个人的文章倘人家上厕所都看,肯定不错,我大概是做不到的。"在《生年不满百》中,作者自警不要把"茶话"说成"酒话",是从文雨村先生赞他"酒叫人醉,茶叫人清醒"而言。但茶也同样使人醉,即心醉,故以"醉茶谈世道"形容;《声源茶话》翻来覆去的老实话,从某些人看来,等于梦话,故下句是"煮梦说人心"。这篇万余字的《解读》难免有唠叨繁琐处,甚或误解、曲解作者原意,逝者在天之灵也许会心一笑首肯吧!

是为序。

甲午寒露日

1. "98"回眸之一①

回眸 1998 年国内诸大事，各人的感受会有不同。我的目光是首先落定在 3 月 19 日新当选总理的朱镕基答记者问——人称"施政演说"上。我没有水平对他的施政纲领作评价，但在感情上，有两处地方使我激动不已。

朱镕基讲到政府机构庞大、乱立名目收费、费大于税时，竟用了"老百姓不堪重负，民怨沸腾"的字眼。不遮不掩，几句大实话，言者动容，听者落泪，上下通心。我不知是否有过先例，总觉得这才是共产党的官。

但也曾听人议论，对"民怨沸腾"四字颇有微词。这也不足怪。盖中国官场自古就讲皇恩浩荡，哪能提什么民怨，更何况"沸腾"？"人民公社""大跃进"三年困难时期，饿死上千上万人也不过是"九个指头与一个指头"的关系；"十年浩劫"更是被说成"形势大好"。这种所谓辩证方法成了某些官场人物的思维定势。所谓"十指痛肝心"，在他们看来，断其中任何一个指头都没有痛，大概只有十个指头都断了才会感到痛的。

但后来又有尖锐的事实继续证明"民怨沸腾"四字决非虚语。据《南方周末》1998 年 12 月 4 日的报道：重庆市梁平县新盛镇民安村一户最穷的村民叫罗昌荣的，两年共欠税费 300 元，结果唯一的喂了三年才长到 300 斤的一头猪被赶走，罗昌荣也被镇里派去的十几个干部组成的收账队

---

① 发表于 1999 年 1 月 4 日《萍乡广播电视报》的《声源茶话》专栏，以后仅记发表时间。

打死了。法医的验尸报告是："罗本人因为遭受钝器的打击，造成小肠穿孔，污染腹腔，导致急性胸膜炎死亡。"现案件正在审理中。该县一位领导分析说，这件惨案的背景是由于机构改革迟迟无法启动，全县已形成"吃饭财政"的恶性循环，吃"皇粮"的干部达到18000余人，今年县财政要新增赤字1000万元以上。养干部的钱从哪里来？就要从农民身上来。

  再说另一个让我激动的地方。朱镕基说他当选以后不胜惶恐，但也充满信心，"即使前面是地雷阵，是万丈深渊，也要勇往直前，义无反顾，鞠躬尽瘁，死而后已"。这几句话，一直留给我一种震撼心灵的悲壮力量，也可说是知国情者言。任何一个负责任的政府所要做的不外"兴利除弊"四个字。兴利比较好办，而当兴利必须与除弊相结合时，问题就复杂了。上述罗昌荣之死一案似乎也可以说明这一点。故朱镕基总理的"惶恐"以及他看话剧《商鞅》时的流泪、视察九江大堤决口时的愤怒是可以理解的。古人云：哀师必胜。我因此而对中国的前途充满了信心。

2. "98"回眸之二[①]

回眸1998年的外交大事，我的目光首先落定在克林顿访华上。中美两国元首实现互访，一致同意建立战略性伙伴关系，双方的核导弹也不再瞄准对方，我当然万分高兴；但我更感兴趣的是文化层面上的启示。

首先是中央电视台对江、克联合记者招待会，克林顿在北大讲演和答问以及他在上海的一次座谈作了现场直播。我觉得自己有了"成人"的感觉，又像是吃惯了精制品以后忽然吃上了原汁原味的食物，而且竟然感觉不错。我觉得在克林顿眼里中国人不是妖魔，在中国人眼里克林顿也不是妖魔了。

其次是克林顿回答北大学生的一个提问，大意至今还记得。学生问，"如果总统阁下在访问北大时，碰上有些学生在校外示威，你的感受如何？"克林顿答："在美国，我也曾经碰到过针对我自己的示威的活动。如果也碰到这种情况，我一定会设法了解他们示威的主要诉求。富兰克林（注：美国开国总统）说过，批评者是我们的益友，因为他们指出我们的缺点。"

我以为克林顿的回答基本上是真话。当然也不无作秀的成分。说是真话，是克林顿这次访华就有不少国会议员持强烈反对态度，但他觉得访华对美国有好处，所以还是来了。说是有作秀的成分，是克林顿多少有借富兰克林的名言来表明自己善于听批评意见的修养，张扬一下美国

[①] 1999年1月11日。

人政治智慧的意图。其实，任何一届美国总统之所以能听批评意见，并非决定于他们的修养，而是美国的民主制度所使然。倘非制度的保证，斯塔尔独立检察官有何能耐将克林顿的性丑闻炒得沸沸扬扬？但炒归炒，只要不被弹劾下台，总统还照样当。这在我们中国人看来似乎不可理解，因为在我们心目中，高级领导都是"内圣外王"的结合。

　　再说美国人的政治智慧如富兰克林的那句名言，别说与孔孟相比，便与唐代魏徵"兼听则明，偏听则暗"的话相比大约也晚出了1200年。所不同的是美国人将其化成一种制度肯定下来，而中国人只将它作为个人修养。大概美国人认为人的本性是利己的，虽总统也不例外，用制度来约束他的权力；而中国人认为人性善，君子喻于义，君子当政自然不谋私利，故只注重道德宣言。这也许是中西文化的一个差异。而无数事实证明，君子的道德宣言未必可靠，故现在也在用制度来限制权力的膨胀。这是中西文化交流的成果。克林顿的访华自然也有着文化层面的意义——我认为。

3. 听话不是标准[①]

中国的成年人大概都很自信,所以他们对孩子反复叮咛的只是两个字:听话。

细想一下,成年人的自信并非来自能烛照万物、每言必中的哲性,而多半是出于一种世故的奴性。

长期的封建专制,一方面造成了一种话语的霸权,另一方面铸就了一种普遍性的依附人格。小至一家,大至一国,似乎只要一颗脑袋想事,其他的许多脑袋则用不着思考,只要听话便行。

是故在中国,听话竟成了普遍性的标准。合乎此,孩子便是好孩子,学生便是好学生,百姓便是好百姓,干部便是好干部;反之,孩子要挨骂,学生要受罚,百姓要受气,干部要"洗脚"。

其实中国人并不蠢,目不识丁的村妇也知道啥事都听别人的,连裤子也会失掉。但是体制所在,不听不行,所以还是教诫孩子要听话,免得吃眼前亏。这就是世故的奴性。

当然,中国历史上也有敢于不听话而成就大事业者,而且实践证明他们是正确的。但他们又因为自己过去正确过而要求别人听他的话。于是又一切照旧,奴性的世故依然存在。

据某刊所载:一位中央领导同志出国考察后回来说,中国的孩子从学校回到家里,家长的第一句话是"你今天在学校听了老师的话吗?"外

[①] 1999年1月18日。

国的孩子回到家，家长首先问的是"你今天在学校向老师提出了什么好的问题？"

我不知这位领导同志发了些什么感慨，我只觉得我们对孩子的要求太低。要能够提出好的问题是需要一种质疑的勇气和独立思考的能力的，而长年累月的"听话"教育足以形成惰性，扼杀一个民族的创新精神。

记得"文革"前萍乡中学的学生曾讨论过听话好不好的话题，后来有人使用阶级分析法得出结论，说是看听谁的话，听毛主席的话有什么不好？接着就碰到难题：毛主席说，文化大革命，过七、八年再来一次。你听不听？由此可见，无论对谁而言，听话都不能作为一个标准。在中国这样的文明古国，还是多提倡一点独立思考、追求真理更好。

4. 驱鬼法趣忆[①]

中国人过去信鬼。在我的记忆中，五十年前家乡一带几乎处处闹鬼。我想，那是没有电灯的缘故。后来城乡都有了电灯，房间通明透亮，即使起了疑心，也无从生暗鬼了。正如现在，办事公开，增强透明度，鬼就没了；搞"暗箱操作"，则百鬼丛生——这已是题外话。

言归正传。过去既然闹鬼，人们也就设法驱鬼。我家上下十户邻居，就用了如下方法。

一曰吓。或到神庙请回一把剑挂在墙上，每天装香供奉，像尚方宝剑一般；或问题严重时直接把菩萨接到家中坐镇；或请法师、道士贴符念咒，他们也都是借太上老君的权威，鬼当然是怕的。

二曰打。一难产的产妇说看见一只红袋鬼，便纠集一伙男女，挥舞棍棒、赶鸡叉、马刀之类，患者说鬼在哪里便打向哪里，晚上还点火把夜战，放鸟铳、砸碗。也不知打到了鬼没有，反正上下邻居都人心惶惶。

三曰摁。此法比较特别。我家斜对面的张再良先生家闹鬼，得一风水先生指点采用此法，据说颇为见效。其法是：晚上有响动时，悄悄下床，一不点灯，二不出声，就在黑暗中张开双臂一路摁去，哪里响就往哪里摁，角角落落都摁到，连摁七夜，自然什么也未摁到，鬼也就没有了。风水先生的解释是：人是阳气，鬼是阴气，阴气怕阳气，所谓"人有三分怕鬼，鬼有七分怕人"。我想此法还另有解释，那就是"证伪"。

[①] 1999年3月8日。

四曰赂。赂就是贿赂。旧时称为烧路纸,现在农村还偶尔可见。所谓烧路纸,等于是将鬼请到路边餐馆吃一顿,再塞上一把票子打发他走。此法最无用,我父亲最反对。他说,鬼吃甜了嘴巴,以后还会找得来吃。事实似乎也是这样。我家对面的尹弹匠[①],隔不了两三个月又要烧一次,大概就是让鬼吃甜了嘴的缘故吧。

五曰唾。所谓唾,就是大咳一声,"呸"地唾他一泡馋水[②]。据说,鬼怕唾。我想,唾者鄙视、蔑视也。心里不怕他,浩然之正气充乎一身,怕什么鬼呢?诗云:

鬼生黑暗怕光明,人是阳来鬼是阴;
心存正气敢咳唾,大鬼小鬼难侵身。

---

① 弹匠:制棉被的工匠。
② 馋水:口水。

5. 亲自下水试试①

和人聊家常，无意间便会讲到孩子在学校的情况，有时还真能听到一些"奇闻"。比如：某老师布置学生在一个星期天写三篇作文；某老师以"人是自私自利的吗？"为题叫小学生按性别分正方、负方写辩论文章。学生写不出，只好由爸爸动手。文章交上去，打了90分，老师还在全班表扬，表扬之后还叫某生在班上朗读佳作，该生怎么也念不畅爸爸的著作，结结巴巴的，脸胀得通红。老师甚为奇怪，"咦，怎么了？你的文章写得好，为啥念不出来？"

这类事情绝非一地的特产，但是否全国的通病，我说不准。反正，这次到广东的第二天，我就听到一则同类的"奇闻"：某中学初一的一位老师，竟要学生在一个星期天写十篇日记。某生急得没法，他的祖母便陪同他上街去找日记材料，左找右找才找到"六篇日记"，还有四篇实在无法完成，婆孙俩只好跑到学校向老师求情。

听到这类"奇闻"，真有隔世之感。我不知我们的小学生何时成了"多产作家"，一天能出三篇作文，我不知"国际大专学生辩论会"何时开始向小学生发出了邀请书；我也不知老师教给了学生什么法术使他们一天能活过十天。"大跃进"时说"一天等于二十年"，也还是算一天，只需一篇日记，现在一天写十篇日记，岂非活过了十天？似此下去，一个人一百五十岁的可能寿命岂不十五年便活完了？偶尔之间翻读唐诗，见

---

① 1999年2月8日。

白居易有一首《闻龟儿咏诗》的诗云："怜渠已解咏诗章，摇膝支颐学二郎；莫学二郎吟太苦，才年四十鬓如霜。"白居易尚且担心龟儿吟诗太苦，摧残身体，弄得未老先衰，我们的一些老师不知是否也曾想过。"文革"前我在萍中教书。学校为了减轻学生过重的作业负担，李蓁菲副校长经常到班上去收集一天各科布置的作业，自己动手做一遍，看看得花多少时间。亲自下水试试，这实在是个好办法。你叫学生一天写三篇文章，你自己试试看；你叫学生一天写十篇日记，且不论它合不合乎逻辑，你也自己试试看。俗话也只是说，"只有蛮官，没有蛮百姓"，终不成还要弄出一句"只有蛮老师，没有蛮学生"的话来吗？教师是通情达理的。设身处地为学生想想才能"通情"，再想想如何真有效果才能"达理"。比如一天写十篇日记与让学生自由地参加一些社会活动再写一篇日记，哪个效果更好呢？

6. 呼唤大企业家[①]

　　我这是说门外话了。但却是心中想说的话。因为这些年南去北归，观察比较，我产生了一个强烈的印象：一个地方经济要发展，不但要有一批好官，而且要有一批好企业家，尤其要有大企业家。像顺德美的集团总裁何享健，立志终生走商场，走企业而不走官场，二十年前以5000元资本起家，由造电风扇零件到造电风扇，由全国同行业最先引进日本全自动生产线到造空调机系列产品，现在年销售额已突破50亿元并使数以千计的人才成为十万甚至百万富翁。这样一大企业家，萍乡如果能有他几个，我们的日子不是好过得多吗？

　　可惜萍乡没有大企业家，市内没有，市外、省外、国外的萍乡籍人士中也没有。原因何在？鲁迅先生说过，天才的出现必先有产生天才的土壤。则大企业家的出现，也必须有产生大企业家的土壤。萍乡是否营造了这种土壤，实有检讨的必要。这种检讨应从历史文化的层面上去找原因。

　　萍乡号称"右文之邦"，教育发达。但过去越是读书，越是视商为末技。"学而优则仕"是唯一出息。后来更有革命传统，年轻人中有几个能像何享健那样以"走商场"为人生理想呢？胡平先生在《千年沉重》一书中谈到，十九世纪末，文廷式回到萍乡，想办个股份制的近代企业，用机器采煤。萍乡士子到处张贴揭贴，群起而攻之，结果胎死腹中。到1906

[①] 1999年3月1日。

年才由张之洞在萍开矿,但隶属汉冶萍公司,已非萍乡人自己办的企业了。反过来想,倘若文廷式得意时要带一批人出去做官,恐怕萍乡的士子便要趋之若鹜地去拍文大人的马屁股了。

这类事情至今也可见到。1986年,萍乡中学八十周年校庆。校友如云,从四面八方回萍乡庆贺。当时市里定下一个接待办法:副地(厅)级以上的住萍乡宾馆,其余住教工招待所或其他地方。此事很惹恼了一些校友,有的当场发脾气闹着要走,说本想带回一些技术项目,这样,只好"拜拜"了!怪不得人家发脾气,这种安排本身似乎就在告诉人们,你们去当大官吧,当官才值钱。

一个官本位思想严重的地方,读书固然是为"学而优则仕",办企业又何尝不想着"企而优则仕"呢?甚至企而不优,凭借银行贷款,制造数字,弄虚作假,也可跻身仕途。要出好企业、出大企业家岂可得乎?

7. 防口与防川[①]

古代王公贵人，时常防着的大概就是两件事。一件是防老百姓讲坏话，一件就是防河堤决口。哪一件更难呢？智者说"防民之口甚于防川"，意思是堵老百姓的嘴巴比堵黄河决口更难。所以要百姓不讲坏话，还是修政爱民吧！但古来政客，贪鄙成性，"爱民"不过口头上说说，给自家营造个形象，骨子里何曾较真？既然如此，那就势必重视防民之口。故"防民之口甚于防川"就派生出两层意思：一是堵老百姓的嘴巴比堵河堤决口更为重要；二是堵老百姓的嘴巴比堵河堤决口更为严厉。历史上这类事情很多。比如周厉王、秦始皇，都采取严厉措施防老百姓讲坏话，所谓"偶语弃市"，即在街上耳语都要被杀头。于是，"道路以目"。而到老百姓都不说话了，也就可想而知。

问题不在于历史，而在于历史对现实的投影。那条长长的尾巴，总令人有吞食苍蝇的感觉——恶心！

重庆市綦江县一座大桥整体垮塌了，死40余人，其中18名是年轻的武警战士。据1月15日《南方周末》的长篇报道：这桥原是綦江县花数百万元建造的为方便群众往来的大桥，是该县的形象工程，因形似彩虹，故名彩虹桥。"长虹卧波，綦江一景"，"引彩虹，落人间"，文采风流，深得蜀地辞赋家司马相如的余绪。但怎奈豆腐渣不争气，建成34个月就垮塌了，死40余人！县委、县政府当晚采取相应抢救措施之后，忙什么

[①] 1999年1月25日。

呢？——防民之口！接着发出"四不准"的指示，简单地说是：不准围观，不准议论这事，不准误传原因，不准谈谁的责任。继之是会议强调："彩虹桥坍塌，听候审理。有问题，该谁负责谁负责。职工不听招呼者，要坚决处理，严重者，开除公职。"

　　这很值得玩味，听听！"有问题，该谁负责就谁负责。"说得多么轻巧、客观！县老爷们甚至连"坚决追查原因，严肃处理"的话都不肯说了！而对不"管好自己的口"的职工却要"坚决处理"、"开除公职"！愤激之情，令人丧胆。可惜呀，只可惜他们的官职太小，兼之时代不同了，没能作出"偶语者弃市"的规定来，不知他们是否感到遗憾？15日中央台午间新闻报道，他们中已有两个立案侦察了。看他们团结一致的样子，我怀疑有问题的不只两个。

　　这似乎有条规律：要找屁股上有屎的人，只要看谁不准人家说臭。防民之口呀！

8. 兔年贺岁①

每逢新岁，人们总爱说些吉利话，祝福自己，也祝福别人。一个最不自信的人，这点勇气也是有的；一个最最吝啬的人，这点施舍也是肯的。这似乎证明着孟子"人性善"的命题。小孩不懂事，大人很担心，生怕说出不吉利的话来。所以过去过年时，都爱贴一张"孩童言语，百无禁忌"。有的人，干脆，大年初一起来，拿张纸在小孩嘴巴上揩一下，表明这不过是只屁眼，倘有不吉利的话，也不过是放屁，不算数的！殊不料现在的许多人，一年四季都在拿纸擦嘴巴，不知是否过去风俗的现代化。

每逢新岁，人们总爱拿一年的肖属做点文章。肖属者，十二种动物也。人们讲自己的话好讲，讲人话硬要附会到动物身上，虽是各取所需，也会有捉襟见肘的时候。去年是虎年，今年是兔年，由老虎一变而为兔子，落差似乎太大，文章不太好做，故事家们只好仍以旧岁为继，要"再扬虎威"，此英雄之志也！

其实，作为平常百姓，兔年也是好年头。兔子是平和的动物，温驯、善良、友爱、绝不欺负别人，别人欺负它，只有一字之态度：逃！只有一个对策：钻洞。狡兔三窟，也只是藏身的处所，不是发起攻击的阵地。因此，我倒愿借兔子的这些特点，寄托对新岁的希望。

我希望春天过后是夏天，秋天过后是冬天，春夏秋冬四季分明，夏天要打扇，冬天要取暖；我希望天是蓝的、水是清的，花儿是妍的、树

---

① 1999年2月15日。

叶是绿的。鸟儿在天上飞、鱼儿在水里游，知了在树枝上叫、青蛙在田埂上跳。

  我希望在森林里出没的都是动物，在社会上居住的都是人群；动物遵守它的"丛林规则"，人群就守着"游戏规则"；不要互相妨碍，也不要互相学习。因为人太聪明，学动物一学就会，一旦变了动物，就一万年也学不成人。

  因此，我希望小孩子多一些快乐、老年人多些宽心；丈夫多些关怀、妻子多份柔情；枕头上不沾泪水、饭菜里没有唾沫；眉毛不要倒竖、嘴边常挂酒窝。

  我希望跳的都是舞、唱的都是歌，商店里的顾客比售货员多；酒是酒，茶是茶，美容美发厅里地面上都有头发；路上多些笑脸、屋里少些愁容，打架不是刀兵相向、吵嘴不是恶语相侵；将"英雄"封给宽厚，让幽默夺得冠军。

9. "从小看"看什么[①]

近读奥地利心理学家阿德勒《儿童的人格形成及其培养》一书,颇有感悟。阿德勒认为培养孩子健全的人格,使其具有独立、自信、勇敢不畏困难、善于合作的品格,乃是教育孩子的首要目的,至于灌输书本知识、提高智力,则不过是枝节和皮毛。我不知阿德勒的观点,在人们忙于造就"百分神童"的中国有多少人要听,究竟有多少人会对人格问题感兴趣。

又读到《少年我心》一书。作者岳晓东现在香港大学教授心理学,他在书中回顾自我成长的心路历程时,竟是从小时候一次输赢玻璃球的游戏开始的。那一次他输光了十几颗玻璃球的老本,还倒欠18颗,尝到了愁的滋味。但他竟为此苦练一个月,再玩一盘,终于将失去的一切赢回来了,并由此想到,只要下功夫,输赢的局面是可以改变的。他还写到在累累受欺、忍无可忍的情况下,和一个比自己大几岁的男孩打一架的事。说那一架打得很惨,头上都出了血,但却打出了威风。在心理分析中他说:"一个人如果从小就失去尊严,长大之后也难以挺起腰杆做人。"这也是人格问题。

过去常讲:"一代英雄从小看"。看什么?却不甚了了。其实,就是看人格。知识、能力、思想观点都是可变的,只有这人格,在少年时期形成之后,再变也不过变出些相似形来。

[①] 1999年3月22日。

由此想到西楚霸王。30万大军不越过邛沟打垮刘邦的3万人马，鸿门宴上不用范曾之计杀掉刘邦，刘邦借上厕所之名逃脱后又不追击，让他大摇大摆进汉中养成锐气，最后自己在四面楚歌之中自刎乌江。这失败的原因何在？论者纷纷。有说他搞分封制逆历史潮流的，有说他刚愎自用听不进别人意见的，有说他沽名钓誉的，有说他妇人之仁的。其实项羽的失败是在他少年时期所形成的不健全的人格所决定的。读《项羽本纪》千万不要放过下面一段话：

　　项籍少时，学书不成，去；学剑，又不成。项梁怒之。项籍曰：'书，足以记名姓而已；剑，一人敌，不足学，学万人敌。'项梁乃教籍兵法，籍大喜；略知其意，又不肯竟学。

　　前后对照，何其相似尔！真得感谢太史公，给我们记下了许多栩栩如生的人格历史。一个自恃才气的贵族少年，心是充满着优越感，野心膨胀，做事却往往半途而废，能不失败吗？——当然，人格是在环境和教育中形成的，为了培养孩子的健全人格，我们又当做些什么呢？

10. 告别王朝[①]

随着虎年的过去,《雍正王朝》也从电视荧屏上消逝了。让我们以复杂的心情道一声"拜拜"吧,你这曾给人希望又使人失望的王朝!这些年来,清宫戏拍的够多了,属于雍正的,就有篡改遗诏窃取帝位的《雍正皇帝》和这遵诏继承大统的《雍正王朝》。这是否因为中国人舍不得丢掉历史这面镜子呢?

有人说电视剧《雍正王朝》作那么大的劲,还不如《还珠格格》好看。《还珠格格》我还没看过,我猜想也许更富人性之美,不像"王朝"中的人物,人性尽被权利争斗所扭曲。但我还是每天守时收看,从敲山震虎的"四爷"看到心力交瘁的"万岁",从希望看到失望,在一次次"世上万苦人最苦"的歌声导引下,去体验着"终不悔九死落尘埃"的悲壮和悲哀。

我说不清自己是什么心理。我既无对历史的癖好,更没有对历史剧进行研究的兴趣和能力,为何还要凑合进去品尝这并非应由我品尝的苦酒?也许我只是希望看看久为吏治腐败所苦的中国,在雍正王朝是如何走出这历史的怪圈的。看来,腰斩诺敏、张廷璐这样的铁手腕,并没有为雍正赢来杀一儆百、令行禁止的奇效。因为他面对的是这个王朝赖以维系下去却又无时无刻不在挖它的墙脚的庞大的官僚集团。他们是一批既得利益者,游手好闲可以坐享朝廷的俸禄,兼并土地可以不纳粮、不

[①] 1999 年 2 月 22 日。

当差，"新政"要剥夺他们的特权，焉能不朋比为奸、上下其手？《韩非子》说"为人主而察百官，则目不足，力不给。且上用目，则下饰观；上用耳，则下饰声；上用虑，则下繁辞。"雍正又累又气，病了，他兄弟还要咒他"天厌之也"，并紧锣密鼓地演出一场"八王议政"的闹剧。

十六世纪的意大利政治家、思想家马基亚维利写完《君主论》一书后，在致梅迪奇殿下的信中说：一个风景画家，"为了对山峦和高地观察得当，便必须置身于平原，相反，为了观察平原便必须高踞山顶"。同理，"真正深深认识人民性质的，当是君主；而真正深深认识君主性质的，当属人民"。雍正的"新政"，自认对小民百姓、贱民有利，但他最后说："可这有什么用！他们没有笔，也没有口。"问题的症结就在这里，谁叫你不让小民百姓有笔也有口呢？难怪电视剧里雍正着洋装的画像没有结果，他还是穿龙袍。

11. 老子是谁[①]

听朱镕基讲话，除理智的清醒之外，总会有情感上的激动。前一会报纸上报道了他接见"人民满意的公务员"代表时的讲话。他指出"现在我们干部队伍里问题还是很多的"，如"跑官"、"享受"、"扰民"、"瞎指挥"。直言不讳，似乎一点不给情面，却处处都充满感情——对人民的感情。这一次做《政府工作报告》，讲到今年要继续扩大内需，实施积极的财政政策，又特别强调："实行积极的财政政策，决不是可以敞开口子花钱，而必须珍惜人民的血汗钱。"不说"国家有限资金"，而说"人民的血汗钱"。这种语言用于政府工作报告，可说是绝无仅有，于文体风格似乎不够典雅，但于党性、人格上却是绝对的求真务实。

想到一则幽默妙语：

美国大富翁洛克菲勒来到一家旅馆，要求住最便宜的房间。服务员问他："先生，您为什么住最便宜的房间呢？您的儿子来这儿，可总是住最贵最好的房间啊！"洛克菲勒答道："是啊！因为他的老子是富翁，而我的老子却是穷人。"

由此，我又百思不得其解，不知道我们某些干部的老子是谁。是洛克菲勒吗？

据报载：原成都市交通局局长石全志同该局机关党委书记冷明辉、彭州市交通局局长用公款集体嫖娼。石玩了按摩女胡某后，不但甩她五千

[①] 1999年3月15日。

元小费，还要带她到处游玩。当胡的老板提出要付三万元"培训费"才能走人时，石说："不就是三万块钱吗？没什么了不起，我给你四万！"他们三人出入七个城市，购买性服务竟花了四十二万元！但这钱都是由彭州市交通局财务科和公路建设指挥部支付的。并非由洛克菲勒出的。可见他们的老子不是洛克菲勒。当然也不是那个财务科和指挥部，它们乃是他们的下部！诸如此类这般的人物，当他们大把大把地挥霍着公款的时候，倘有谁敢于说半个不字，他们会眼睛一瞪："我花你的钱了？我花共产党的钱，花国家的钱！"似乎他们的老子是党和国家了。然而听听那"共产党的钱，国老板的钱，不花白不花，不拿白不拿"的一派口气，则又毫无"父子情谊"，明明是以党和国家作为掠夺的对象。而中国的老百姓似乎也摆出一副超然的态度，也是说："不由他们去花呀！反正是花共产党的钱、花国老板的钱！"

现在，朱镕基点明了事实的真相，这些公款都是"人民的血汗钱"，人民总该管管这些不知老子是谁的公仆了吧！

12. 两种变脸[1]

只是在电视中才看过川剧的,并从中知道,川剧的变脸是中国的一绝。你看那剧中人物,身子一摇,就变出一副脸孔,笑脸变成白脸,观音脸变成魔鬼脸。我至今猜不透其中奥秘,一直视为魔术。但戏剧不同于魔术,魔术是为变而变,川剧中的变脸是为表现人物性格的发展而变的。

不过,要看变脸功夫,并非一定要从川剧中看,从《焦点访谈》中去看吧,那是更为真实和生动的。被曝光人物在摄像机前的变脸功夫,更能打动你的感情。当然,你别想从中获得艺术上的享受,你体验到的也许只是鄙夷、憎恶、愤怒或悲哀。如果你善于情绪自控,也许你只是产生一种疑窦——这是从哪里钻出来的?

要说,《焦点访谈》是对事而不对人,但事不离人,造出这些事件的人物,除少数普通干部之外,大多是有头有脸的各级领导。这又决定了"访谈"中的变脸与川剧有个明显的不同:川剧是准备了变才变的,而"访谈"中人物却是准备不变而结果变了的。

我们不妨回忆一下"访谈"的各种"变脸":有专给人脸色看、叫人掏钱交罚款的,在摄像机前却忙着遮住自己的脸,这是有脸变无脸;有的为推卸责任,假装糊涂、故意一问三不知的,这是变出了一张无赖脸;有的对政策倒也清楚明白,问他何以要违反却又"顾左右而言他",这是堂皇脸变成尴尬脸。看着这些变脸,你不觉得鄙夷、可憎吗?而宁波跨

---

[1] 1999 年 4 月 26 日。

海大桥，耗资四个多亿，快要合龙时却发现有垮塌的危险。那位主持设计的高工，也是尽量保持不变脸的。当记者问桥面的设计厚度是否薄了一些时，他若无其事地说"可能是薄了一点"，问他有何感想，他竟说"我们对此也感到遗憾"。真他妈的混账透顶了！那极力保持的高雅脸竟是一张冷血脸！碰到此类变脸，你不觉得愤怒吗？当然，"访谈"中也有不见其脸面的，如主持运城"渗灌工程"的那位市委领导。耗资一亿多的"渗灌工程"成了样子工程，他是什么样子却无缘见面，因为他已荣升为地委副书记了，脸也一定变得更"阔"了。对此，我们除了感到悲哀之外，还能怎的？

　　川剧变脸留给人的困惑是不知何者为真何者为假；"访谈"中我们明知变的是真、不变是假，但仍有困惑——这是从哪里钻出这种□□（无以概名，故留空待填）？

13. 能如此举重若轻吗[①]

4月20日，美国科罗拉多州的哥伦拜中学发生严重枪击事件，造成25人死亡。看着电视荧屏上的画面，我想全世界都全目瞪口呆！

据报载：凶手是该校原来的学生，属于该校里一个自称是"战壕雨衣黑手党"的帮派。他们自认为被所有人抛弃并因此仇视社会。他们枪击的目标可能是除白人外其他种族的学生。一名黑人学生脸上中了9枪，凶手故意朝他的脸上射击，就因为他是黑人。

美国总统克林顿当即发表讲话，对此表示严重关切，对受害者表示痛惜。克林顿指出：校园暴力已经是美国的一个十分严重的社会问题，应采取有效的措施防止再次发生此类事件。什么措施呢？克林顿说，要教育青少年用言语而不是用武器渲泄自己的愤怒。

我们相信克林顿总统悲痛的感情。但对于他开出的"救世良方"却不敢恭维，那如果不是过于举重若轻的话，就只能视为一种"黑色幽默"。因为这一事件绝不只是一种感情的渲泄方式问题。人们不禁要问：在美国，何以也有人有被抛弃之感？何以要仇视社会？学校何以有"帮"？学生何以有枪？何以凶手将除白人外的其他种族的学生当作射击目标？既然校园暴力是美国十分严重的社会问题而不是学校问题，那么是否应当向"社会"去寻找根源？则美国式的"民主"和"人权"，是否值得一贯自以为是的、到处教训别人的包括克林顿总统在内的一些美国人去好

[①] 1999年5月10日。

好反思一番呢？

孩子是父母的缩影，成年人，特别是那些执政者的形象和价值观念，往往被青少年当作榜样并接受其影响。我们且不去分析美国社会的"文明病"，只要看看眼前，在对待南联盟的问题上，克林顿总统不也是在用武器而不是用言语渲泄自己的"愤怒"吗？当然，从表面看，这与校园暴力事件是风马牛不相及的两码事；但从实质上看，是否有着某种内在的必然联系呢？是否都是美国式的"民主"和"人权"的产物？

《怎样培养高EQ的小孩子》一书的作者戈尔曼博士指出，几十年间，美国"青少年杀人率增加了三倍，自杀率增加了两倍，强奸率增加一倍"。作为教育家，他们早在教给父母们如何对孩子进行"情绪辅导"。但看来效果并不理想，近18个月来，美国连续发生了7次校园枪击事件，总计死亡人数已达39人。因此，克林顿总统是否应当有勇气站得更高一些来审视这个问题呢？

14. 管他什么丘吉尔[①]

据 4 月 22 日《广州日报》载：高考体检完全合格率仅 15%。其背景资料是：全国政协委员、国家体育总局副局长张发强发布一个全国性学生体质健康调查报告结果：

7～9 岁孩子中，贫血率达 30%；55.2%初中生有近视，高中生达到 70%，大学生达 77%；城市男孩中有 10%的为肥胖孩子。中国青少年的身体机能和素质与十年前相比变化不大，甚至有的指标如肺活量、耐力、灵敏度、柔韧度呈下降趋势。与身体这一"硬件"变化相伴而来的是道德、信念、情操等"软件"的退化。一些青少年意志薄弱、缺乏战胜困难的勇气和信心，有的已经到了令人吃惊的地步。

这条新闻，拿起来重千斤，因为它关系到我们民族的未来；但放下去没有四两，肯定不如披露一件"豆腐渣工程"那样具有轰动效应。因为，虽然它也涉及质量问题，但却与腐败无关，也很难断定是谁的责任。

北京体院姚鸿恩教授认为其原因在于："家长普遍存在重智轻体思想。孩子病了只知看病送医院，从不想到会是体质弱。"这话诚然是的，但回过头来说，想到了又能怎样？家长能给孩子订个健身计划并付诸实施吗？去年，此间报纸还发过一篇呼吁：某医生的孩子竟让尿憋病了，原因是孩子本来就尿尿多，学校厕所蹲位不够，老师上课又拖堂，还不准孩子请假屙尿。这是否说明学校也存在重智轻体思想呢？

[①] 1999 年 5 月 17 日。

所以，谈到青少年德、体问题，谁都可以怨谁，谁都不能怨谁。怨家长重智轻体吧，家长又怨学校课业负担太重，孩子没考好，有时家长都要挨批；学校也有说法："我不抓紧些，考得不好，不但你们家长有意见，上级排队这一关我怎么过？"这又扯出个"第三者"——上级来了。上级也有苦衷：不如此抓，倘有个万一，你们不也是众口嚣嚣吗？真是"剪不断，理还乱"，互为因果，无以名之，我姑且称之为"社会病"。既是社会病，自然全社会都要服些药。服药得找病因。查了些书，竟未查着，只查到一条外国幽默故事：

丘吉尔对出租车司机说："我要在这儿耽搁一点时间，请您等我一下。""不行。"司机说："我要赶回去听丘吉尔演说。"丘吉尔大为惊喜，重重地赏了他一笔小费，司机马上说："好，我就在这里等你吧，管他妈的什么丘吉尔！"

我们是否也是"管他妈的什么丘吉尔"呢？

15. 中国人的喂奶体制[①]

中国有句俗话,叫做"婆婆的奶大家都吃一点"。现在的年轻人以为这是随便杜撰的,不知道它反映着传统家庭确乎存在过的喂奶体制。所谓俗话者,都是对俗事的概括反映,并非信口开河。

中国过去传统的大家庭,往往是三代甚至是四代同堂也不分家的。过去中国人结婚早,实际的生育年限长,又实行一夫多妻制,所以直系的婆媳同时生育的现象屡见不鲜。一方面早做了婆婆,另一方面还在做妈妈,既抱孙子又抱儿。如果孙子的母奶不够,而婆婆的奶水较多,则让孙子吃婆婆的奶的事经常见到的。当然,这时婆婆便难当了。老大的孩子吃了婆婆的奶,老二、老三、老四的孩子不吃上一点就觉得不公平。因此,"婆婆的奶,大家都吃一点"的平均主义口号就自自然然地从这样的大家庭里产生了。

问题还不仅如此。既然有吃婆婆奶的孙子,又何尝没有吃孙嫂奶的公公?一个四世同堂的大家庭,按曾祖父母——祖父母、叔伯祖父母——父母、叔伯——己身及同胞姊妹、叔伯姊妹一路排下来,便会有孙子已经结婚生崽而公公还躺在摇篮里蹬脚撒尿的正经事儿出现。这时,倘公公的母奶不足,而孙嫂的奶水较饱,则按同一个锅子吃饭的家族关系,公公也会吃孙嫂的奶的。在中国人看来,这虽算不得丑事,但碍于礼教,毕竟不便张扬。所以,俗话便只说到婆婆的奶打止,而不说"孙嫂的奶公

[①] 1999年6月14日。

公也吃得",怕引起误会有伤风化。

　　俗事产生俗话,俗话传播开去,影响到人的思维方向,就不但指导着俗事,也影响着雅事。比如"婆婆的奶,大家都吃一点",就不但支撑着中国人的喂奶体制,而且影响着中国人处理公私关系的雅事。一个人贪占了公家的财物,大家都群起而效尤。不说第一个人不对,而是大家彼此彼此,求个"公平"。当然,第一个贪占的总是较有权势的。他不动,大家都不敢动;他一动,大家跟个样,他也就不便说人了。大家都吃婆婆的奶,婆婆不堪重负,终会黄皮刮瘦①的。于是有的也会转而去吃孙嫂的奶。这就是把自己的私人花费拿到下级机关或企事业单位去报销。"公公"要吃奶,"孙嫂"有苦难言,只好解开衣襟;甚至"公公"的玩伴来吃两口也无法拒绝。听说,一位领导的"身边人",花6块钱买把剪刀也拿到下级单位报销了,就可见一斑。这是否是中国人过去喂奶体制的传承呢?

---

① 黄皮刮瘦:土话,面黄肌瘦的意思。

16. 教你有商量①

一位访澳归来的同志，著文介绍澳大利亚父母教育子女的一个传统方法，就是蹲下来同孩子讲话。澳大利亚的朋友告诉他说："孩子也是人，也是独立的人，只因为他们比我们矮一些，我们就应当蹲下来与他们说话。"该同志认为，在同一个高度上与孩子脸对脸、目光对视着进行谈话，体现了家长对孩子的尊重、对孩子的事情或问题的认真关切的态度，有利于培养孩子独立、自尊的人格云云。

我则认为，这方法虽简单有效，但我们未必能够学到。这并非缺乏对孩子的爱，而是缺乏平等的意识。只看教育二字便知。"育"是拿好吃的东西喂孩子；"教"则是"老"者高居小"子"之上，旁边还摆着一根棒子。《说文》云："教者，上所施，下所效也。"意思是教你如何便如何。故中国人对孩子的态度，借时髦的说法是：爱你没商量，教你也没商量的。事情到了这个份上，则孩子的独立人格也就不再有尊重的必要了。贾宝玉看来是吟咏风花雪月的文化料子，贾政偏要他钻仕途经济，找岔子往死里打，结果宝玉什么都没做成，只好出家当了和尚。

近些年，每逢儿童节都有人呼吁"还孩子愉快的童年"。我想，除了贫困地区和家庭之外，我们的孩子好吃好穿，童年的愉快哪儿去了？恐怕就是被这种"没商量"的态度剥夺了吧？过去，中国人虽望孩子光宗耀祖，也还懂得百年树人，表现出一些耐心；现在是急功近利的年代，三

---

① 1999年6月7日。

年五载便要见成效,什么孩子的天性、个性,谁去管他!愉快或许有吧,但大部分不属于孩子。某地一名家长将儿子培养成了13岁的大学生,其秘诀是让他背课本,而他的儿子却很想杀了他好好玩一玩。这颇像1920年的毛泽东,希望那班"用一种划一的机械的教授法和管理法去戕贼人性"的"作孽的教育家""死尽"。

  当然,中国也不乏"教你有商量"的教育家和父母。1934年,张伯苓任南开中学校长,"不肯牺牲学生的宝贵生活以迁就机械地毁灭生命力的会考制度,因而考试成绩不佳",而教育家陶行知竟跑去向他道贺,并作诗云:"请问贺客贺什么,贺你几乎不及格。"而正是那个时期,南开中学培养了一大批优秀的教师和学生。他们包括弘一法师、朱自清、俞平伯以及二十多位中科院院士。鲁迅爱子,立教也是有商量的。海婴问他:"爸爸能吃吗?"鲁迅说:"要吃也吃得,最好不要吃。"我不知现在的孩子,如果"教你有商量"的话,是否真的要"吃人"?

17. 扩写一则寓言[①]

寓言故事往往揭示一种生活哲理或生活逻辑。由于社会生活的不断发展，原有的生活哲理或生活逻辑有些会过时。有些则会随之发展或深化。这样，有的古代寓言故事就有了扩写的可能。

还记得伊索寓言中的《狼和小羊》吗？

狼和小羊同在一条溪边喝水。狼想吃小羊。但是它想，既然当着面，总得找个借口才好。于是便气冲冲地对小羊说："你怎么敢到我的溪边喝水，把我的水弄脏了，害得我不能喝，你安的什么心？"小羊说："先生，您在上游，我在下游，我怎么会把您的水弄脏？"狼说："不管怎样，你总是个坏东西。听说去年这个时候，你背地里在别人面前说我的坏话！"小羊说："这怎么可能呢？去年这个时候，我还没出世呢！"狼觉得不需要再说什么了，便说："哼！不是你便是你爸爸，反正都一样！"说着，便扑上去，将小羊吃掉了。

在这里，狼和小羊的斗争环境是孤立于世的，是不存在第三者（如猎人）的。如果摆在一个有联系的社会来看，即存在着一个第三者，虽然他不出面，则故事的结局就不会这样简单。这就提供了扩写的余地。我的扩写，前头的一字不加，只从末尾一句着笔，写成以下一段文字：

……说着便扑上去咬住小羊的脖子。小羊挣扎着，发出几声凄惨的呼救声。狼未曾想到，如今小羊也会这般叫了。听听四周，似乎有点风声

[①] 1999年6月21日。

响动，便放下小羊，将它按在地上，低声说："伙计，别叫嚷。我态度是粗暴了点，可现在不是提倡友好相处吗？你这么一叫嚷，让别人知道我们这里出了这样不友好的事情，影响多不好啊！所以，我希望你顾全大局，就别叫了。今后，咱们抬头不见低头见呢！"小羊真的不做声了。狼听听四周已寂无声息，还是将小羊吃掉了。

原作者在故事后面有一句点题的话："人存心要做坏事，总是可以找到借口的。我的点题是：人在做了坏事之后，只要用"顾全大局"堵住了受害者的口，他就可以继续把坏事干下去。

如果扩写也可称为创作，创作是由于某种冲动的话，我的冲动来自电视剧《走过柳源》。那个管政法的县委副书记找到被强暴轮奸的受害者夏莲，叫她"顾全大局"，撤回诉状。当然，也联想到其他类似的情况。

18. 说"来"说"去"①

不论思想家们对人生问题作何种概括,站在"形而下"的角度,人生不过来与去而已。整个人生是个来去,其间又由许多阶段中的许多来去组成。几乎所有的动词都可配上"来""去"二字组成短语来描绘人生的一段经历、一个插曲或一个侧面,如做来做去、想来想去、看来看去、争来争去、调来调去……当然也包括说来说去。这便足以证明来去的普遍性。

要对所有的来去都试图说上一番,既无可能,也无必要。故古来的人们,对这等形而下的事情,也要作点形而上的思考,将它大致分为三个问题,即:从何处来,向何处去?为何而来,为何而去?怎样地来,怎样地去?它们分别追寻着人生或人生中的阶段性经历的起点、归宿或来龙去脉,动机、目的或原因以及情状、效果等,成了自觉的人们用来观照自己,不自觉的人们也可用来品评别人,特别是名人政要的标准。

曾有人试图说明和回答这些问题。如老子就说:"天下熙熙,皆为利来;天下攘攘,皆为利往。"公开承认"利"的驱动作用。有的人则含糊其词,如禅师就爱说"从来处来,往去处去","为所为而来,见所见而去"之类。说这话的人,有的确乎超然物外,达到无意识的忘我境界;有的不过是借此掩盖自己的内心目的,正像后来的人所说"为人民服务而来,见马克思而去"一样,有真假之分。如何辨其真假?就须听其言而

---

① 1999年6月28日。

观其行。在这三个问题中，人们更爱看第三问的表现，即怎样地来，怎样地去。

　　也有人对这个问题作出了回答。如陶行知便说他是"捧着一颗心来，不带半根稻草去"，很代表了一些人的心声，并用他们自己的行为获得了老百姓的承认。《红楼梦》中的林妹妹，说她是"质本洁来还洁去"，也用她自己的行为获得了广大读者的承认。而有的人虽作旷达或豪放之语，宣称人生是"赤条条来，赤条条去"、自己是"一身正气来，两袖清风去"，但老百姓未必承认。听说每当夏夜，有的桥头总会攒聚着三三五五的纳凉者，折指谈论一些人的怎样地来、怎样地去的问题，也谈出一些特殊的模式。如有的人是两袖清风来，一身铜臭去；有的人是来时一阵风，去时影无踪；有的人则是白天来、黑夜去等，此所谓口碑。我以为人生的来来去去，似难完全超出老子的断语，但总要清楚明白，否则，便难免人家说来说去。

19. "亲自"解析[①]

研究一下语言现象,也有点味道。我想说说"亲自"的使用。

某领导洗衣时,一来访者习惯地惊讶道:"噫,XX局长亲自洗衣呀!"领导说:"嘿,我还亲自吃饭呢!"显然,在现时代,这位来访者的"亲自"用得不是地方。

"亲自"有表示郑重、重视的意思。比如:"这封信你要亲自交到某某手中",就有事关重大、耍不得的意思。我们一些领导,对重要的问题、会议或群众来信,亲自处理、亲自出席或亲自批示,也属于郑重其事的性质。

当然,按理说人人都有个"亲自",为什么老百姓做事很少说"亲自",而官员到哪里、做什么,往往被人冠以"亲自"呢?这是否带了"势力眼"?我看不全是。三国时诸葛亮,事必躬亲,鞠躬尽瘁,是历史上勤政廉政的典型,深得世人景仰。躬亲者,亲自也。故许多人说官员"亲自"什么的,意在褒扬其勤政,并无小人之心。官员不喜欢这样说,则体现其公仆意识,认为自己所作所为,都是份内的事,用不着如此褒扬。

不过,现代管理学并不赞成诸葛亮的工作方法,所以现在有些人学得超脱了。但"亲自"并不因此而锐减。因为,还有另一种"亲自"法,那就是"幸"。

[①] 1999年7月5日。

古时候，皇帝亲临某地叫"幸"，与后妃同房也叫"幸"，用现在的话说，是皇帝"亲自"到什么地方或"亲自"同某某睡了一觉。这个"幸"字妙极，道出了双方的好处。如康熙六次幸江宁，曹寅家四次接驾，大把大把地拿"皇帝的"银子往皇帝身上使，自己也大捞好处，成为钟鸣鼎食之家，便是明证。则现在的一些"亲自"是否是"幸"的扩大化呢？

　　故"亲自"对于官员有两种用法：有人以"躬亲"式的"亲自"褒扬官员勤政；有人以"幸"式的"亲自"笼络官员给自己带来非常的好处。而由于时代不同了，当他得好处时，也就把官员带进了"马房"。勤政者不愿人家说什么"亲自"，而进了"马房"的官员，"幸"又成了不幸的根源。原綦江县委副书记林世元因綦江桥垮塌案被判死刑之类，是否是这种"亲自"所害？为之一叹！

　　盖权者，秤砣也。用秤砣衡物，必使保持适当的距离才有四两压千斤之势。如果硬要"亲自"到被制衡的事物中去，就不但失衡，而且自己也成了不是东西的"东西"。故"亲自"必须审慎。

20. 为何答非所问[1]

在日常生活和社会交往中，少不得问答对话。故从孩子牙牙学语起，父母就对他进行一问一答式的语言和思维训练。入学以后，更不用说，作业、试卷中，总离不开问答题。

问答题大致分为三类："是不是"、"是什么"（或"怎么样"）和"为什么"。"是不是"只要求作肯定或否定的回答，最为简单。如：这件事，你以前知道吗？回答只要说：（这件事）我以前知道（或不知道）便行了。对这样简单的问题一般小学生也不会答错。

但语言这东西还真有点魔力。如此简单的问题，竟也弄得有的高级官员出错。6月7日，湛江特大走私受贿案判决以后，《焦点访谈》连续两个晚上报道了老百姓和有关政府官员的反应与看法。当问到一位管官的官时，出现了以下一段并非有趣但却令人印象深刻的对话：

> 记者问：陈同庆（注：原湛江市委书记，因罪被判死缓）的儿子是大走私犯，这件事，你们以前知道吗？
>
> 官员答：我想，湛江市的老百姓应当是知道的。

妙！不愧为有政治经验。宁可犯小学生也不会犯的常识性错误，也不能在政治上丧失体面。常识性错误在哪里？问的是"你们知道吗？"答的是"他们应当知道"。偷换主语，答非所问。

---

[1] 1999年7月12日。

但是，这种答非所问并非由于语文水平太低，而是由于政治智商太高。一听便察觉到问题的两难处境：如果回答"我们知道"的话，那么，既然知道，为何不及时查处？此一难也。如果回答"我们不知道"，那么，如此大案，"冰冻三尺非一日之寒"，当地已是路人皆知的事，你们这些管官的竟然不知道，官僚主义又到何等严重的地步！此二难也。两难之前，不敢直面，这才来了个答非所问，金蝉脱壳。

答问者虽然巧妙地避开了问题本身所隐藏的陷阱，表现出高度的机智，但这种答问的策略，毕竟掩盖不住某种尴尬。这种情况，在《焦点访谈》中经常可见。这回有点不同的是，记者只点到即止，不像对待有的县、乡干部那样穷追不舍。否则，只需补上一句"我问的是你们知道不知道"，那就叫人腋下出汗了。

21. 关于老年人的话语[①]

中国有尊老的传统。谈到要关心老年人，开明的年轻领导会说："人都会老。"而对那些欺老的人，人家会说："他永远不会老！"

干部、职工，一脚踩上老年的门槛，便要退休。这是社会对老年人的关怀。人到这份上要想得开，不要再说些"我身体还好，可以为党、为人民多工作几年"的豪言壮语了。

退休的时候，组织上会给你开个欢送会（可惜农民和个体户还没有这种待遇）。会上，人家会说出许多好话。好话一大箩，归结起来是八个字："德高望重，劳苦功高"。对此不能太认真，别以为是"民主评议干部"。否则，你会想：既然如此，为啥不给我提半级呢？就会浑身不舒畅。

人家还会说些"安享天伦之乐"呀，"安度晚年"呀的话语来安慰你、劝勉你，这都是真心实意，你千万别胡思乱想。如果认为这话语里也包含着别的意思，那全是你自己的责任。当然，老年人不但要有天伦之乐，还得要有友谊，有社会交往和社会价值。

欢送会后，好心人也许会私下劝你："往后就别管闲事了。"回到家里，儿女也可能这样说。心都是好的，只是把话说反了。正确的态度应当是："只管闲事，不管正事。"钓钓鱼、打打门球、搓搓麻将，如有兴趣，也不妨看看书或来点书法绘画什么的都好，兴之所至，也可一展自己的专长。一管正事，硬要对人说这事应这般如此，那事应如此这般，那

[①] 1999年7月19日。

就无异于将自己的快乐建筑在他人的痛苦之上。

　　如果你是位领导同志，退下以后，"门前冷落车马稀"，那是工作交班之后的必然现象，不是世态炎凉的确凿证据。别去哀叹"人走茶凉"的话语而产生失落感。你这么一叫嚷，正好给搞腐败的人提供了一种理由。如果你实在排遣不开，不妨将报刊上的这样一则故事讲给子女听听，启发他们参照执行。

　　某领导在任时身体很好，退休后便"百病丛生"。也看过名医，也做过CT，但都找不出病在何处。后来他的子女经过研究，认为老爷子虽然不当领导了，但还是个"掌舵人"。于是，家中购物，必先打个报告，请他批示"同意"后才买；购物的发票也送他审批，签了"同意报销"才归档。不久，他的病竟不药而愈了。

　　由此可见，老年人要健康长寿，只要多说"同意"便行，不信你试试。

22. 摒弃"膝盖文化"[1]

膝盖是人体骨骼的一个部位和关节，它本身当然称不上"文化"。但当我们的老祖宗利用来传递一种感情、一种态度、一种处世方法、一种人际关系的时候，它也就被赋予了文化的内涵。就像性器官产生了性文化一样，膝盖也产生了膝盖文化，而且更具有中国传统文化的特色。

膝盖文化的表现形式便是跪。细分的话，有双膝跪、有单膝跪；有主动跪、有被迫跪；有高兴的跪、有无奈的跪；有爱慕的跪、有畏惧的跪；有求生存的跪、有求荣华的跪……如果搜集各种事例，真还可以编出一本书来。

膝盖文化也有个发展过程。中国古代没有像现在这样高的桌、椅、凳、床，人们都是席地而坐（膝和小腿着地，大腿和臀部落在小腿肚和脚跟上）。那里的跪是直起了腰和大腿，如果不是为了拜（磕头），那只是表示注意和尊重。但到刘宋（420—479年）以后，现在这样高的椅凳出现了，跪着的人比坐着的人便矮了一大截，这时的跪就具有了矮化人格的意蕴了。到了清代，官服都做成"马蹄袖"，一跪拜下去，人就成了四脚着地的"犬马"，人格不但被矮化，而且简直不复存在。所以，从膝盖文化的演变，我们可以见到封建时代人的异化的斑痕。

虽然如此，中国人对膝盖文化还是很重视的，所谓"男儿膝下有黄金"，仅此一句，你就可以掂掂它的份量。在过去，如果有谁连跪都不会，

---

[1] 1999年7月26日。

一定惹人笑话。八国联军侵华时，人家都兵临城下了，洋人要见中国皇帝还被要求下跪。可人家就不买账，于是便编造出"洋人没有膝盖骨，连跪都不会"的鬼话来着实嘲笑了一番。"文革"时期，膝盖文化张扬到了极致，到处可见跪着的被派定为"走资派"和"牛鬼蛇神"的人们，跪成了摧残肉体、侮辱人格的专政手段。

　　按理说，中国人对于膝盖文化应当摒弃了吧？然而，似乎不！现在的一些人们也还在跪神灵、跪鬼怪，也有跪豪强、跪官的。电视连续剧《黑脸》和《走过柳源》中的受害群众就是跪着告状的。受跪者似乎也没有"折杀我也"的心灵震撼，只是说："起来吧，现在不作兴这一套了！"但我不知编导何以还将它搬进荧屏，为啥不告诉人们即使面对高官也站直身子说话呢？过去，"子民"跪"父母官"，名分上倒也说得过去，现在"主人"跪"公仆"像什么话？小平同志说："我是人民的儿子。"按照这一标准，"父母"跪"儿子"，那算什么玩意儿！

23. 说话与作文的折扣①

我认为一些孩子的"不会说话"与不会作文是一个主要原因，是成年人压抑与束缚的结果。

先讲"说话"。

每个人都有自己想说的话。说自己想说的话，也一定都说得好。但这得有个条件：听话者必须和自己处于人格平等的位置，能够以"同理心"相待。虽然你是智者、我是愚夫，你说的是至理，我说的是蠢话，我不一定要你的赞同，只要你能理解我说蠢话自有我的原因和依据，采取接纳的态度，我就能把我的蠢话说好。这样，你我之间，虽然话的价值不同，但在"会说话"这一点上却是相同的。

如果因为你是智者，和我对话时便居高临下，对我的话皱眉头、瞪眼睛、威压有加，那么我的说话便要大打折扣，本来不结巴也要变得口吃了。再如果，如果叫我也像你一样说些至理名言，那就要患"失语症"了。因为我还想不到这一层，勉强去说也说不好，干脆不说了。这样，我就成了"连话也不会说"的愚中之愚了。——故我以为，一些人的"不会说话"，主要是因缺乏宽松的语言环境而形成人格心理障碍所致。

作文也是如此。一般说来，把自己要说的话用笔写下来，再略作整理，使之更有条理，不颠来倒去；使之更简洁明了，不啰嗦含糊，大概就是文章。话本是人人会说，文章也就应当人人会写，虽然文章的价值

---

① 1999 年 8 月 9 日。

有高低，但在表达自己所历所见之事、所感所动之情、所思所想之理上，功能却是相同的，也就无所谓会不会了。

　　但事实上不会作文的人比"不会说话"的人多得多，何也？我想，在过去，除了教育的不普及，许多人许多字不会写外，也是被层层打了折扣的结果。先是把文章的作用抬得太高，认为"文章者经国之盛事"，是"治国平天下"的东西，因此定下"代圣贤立言的"标准，这就吓得很多人不敢捉笔。因为，这一凡人代那一凡人"立言"尚且不易，何况代"圣贤"立言乎？再就是把"做法"定得太严太死，"八股"须是八"股"，多不得、少不得。"范文"是"由近及远"地写，你"由远及近"便不行；谁个爱抬头走路，一眼便看到远处，这作文就难"达标"了。

　　所以，我看要孩子会说话、会作文，也得平等相待，先解放了他们才能谈及其他。

24. 蒋介石的话[1]

我没见过蒋介石，这里说的"蒋介石"的话，都是从电影电视中听来的。像普通人一样，说话一大篇，人家能记住的其实没几句。我听过的"蒋介石"的话可谓不少，印象深刻，至今还记得的也就只有三句：一句口头禅，一句骂娘的话，一句勉强可算至理名言。

"蒋介石"常见的口头禅是"这个这个……"，一般在两种情况下冒出来。一是训话和讲演时，由于他不太用讲稿，却又常常思路不畅，便用"这个这个"来延长思考的时间。二是和人交谈或与对手谈判，因被质疑或遭驳难时，也爱用"这个这个"来支吾其词或转移话题。这都表明"蒋介石"并非马大哈，而是个"思想者"，但却是个不成熟的"思想者"。

"娘希匹"是"蒋介石"常用的骂娘话。他是奉化人，想必是家乡土语。相当于北方话中的"他妈的"和萍乡话中的"娘个X"。谁个不听他的话、惹他生气时，他便这样冲人骂娘，反映出他的专横、粗野和混迹十里洋场所染上的流氓气。

我能清楚地记住的"蒋介石"的一句完整的话，来自电影《开国大典》。之所以能记住，我想是与编导想发挥一下"反面教员"的作用有关，在语境的处理上渲染了一种悲剧气氛。其时，三大战役已经结束，渡江战役即将打响，国民党已四分五裂作鸟兽散。在逃往台湾之前，蒋介石

---

[1] 1999年8月16日。

最后一次拜谒中山陵。仓皇辞朝，最是凄凉伤感；众叛亲离，难抑愤激之情，"蒋介石"似有顿悟，终于说出一句颇含哲理而又多少令人发笑的话："不是共产党打倒国民党，是国民党打倒国民党；共产党只要我的命，他们（指国民党内的一些人）不但要我的命，还要我的钱！"

这话，对共产党而言是不认输，对国民党而言是推卸责任，但他终于能从自身内部寻找变化的根据了，这比说"天亡我也"的项羽高明，也比把苏联解体归结为外因所致的人高明。但"蒋介石"此时的觉悟毕竟是有限的，因为他还不肯承认国民党与民为敌的政策以及它内部的极端腐败，上下官员横征暴敛、贿赂公行，早已民心丧尽。一个朝代、一个政党，弄到这步田地能不败亡吗？我还记得新中国成立前夕国民党的反共宣传，什么"共产共妻"之类，但老百姓最终是看事实而不是听宣传。共产党以"为人民服务"为宗旨，高效廉洁的作风，赢得了广大人民的拥护。这些才是问题的根本所在。"蒋介石"不见及此，故只能当当已不被人们看重的"反面教员"了。好在他还能坚持"一个中国"的原则立场，将台独分子赶得鸡飞狗走，所以我才提及他。

25. 古籍里的"后台政治"[1]

"后台"一词原是剧场用语,指舞台后面的部分,与前台相对。旧时剧场,演员在前台演戏,乐队在后台伴奏。从整体看,后台为前台服务。但降到个人关系,前台也怕后台。只要鼓师错送一个鼓点,琴师定高两度弦,虽是名演员,也会手足无措、声嘶力竭。观众不知就里,还以为是演员在丢丑。可见,后台虽不抛头露面,其左右前台的能力不可低估。

后来,"后台"一词被广泛地借用于社会政治生活,产生了它的引申义,即指在背后操纵或支持的人或集团。原来,在一个以人治为主的社会里,有的人可以"一言九鼎",其效力竟超出法律或制度之上,于是人们除正常隶属关系之外,还要纷纷寻找后台作为自己的"护身符"或"护官符"。这样,社会政治生活便复杂起来了。从前台看,是生、旦、净、丑在表演,而背后却是张、王、李、赵在斗法。这种现象,我姑且称之为"后台政治"。

《红楼梦》第四回,讲贾雨村补授顺天府,一下马便碰到一起人命官司:薛蟠因争一婢女打死冯渊。贾雨村首先还一派义愤的样子:"岂有这样放屁的事!打死人命就白白的走了,再拿不来的!"但当门子将"护官符"呈上,告诉他薛蟠的后台非同一般时,贾雨村便徇情枉法,胡乱判断了此案,以多花两个烧埋钱彻底解脱了薛蟠,并急忙作书与贾政和王子腾,只说"令甥之事已毕,不必过虑",便将自己的人格出卖掉而去

---

[1] 1999 年 8 月 23 日。

攀附后台，成了薛蟠的一丘之貉。这可说是中国封建社会"后台政治"的缩影。

当然，"后台政治"也非绝对办不出好事。商鞅以景监和秦孝公为后台变法成功即是范例。不料秦孝公一死，商鞅被车裂的悲剧却又告诉人们"后台政治"总是靠不住的。一个人本事再大，手下人中有一两个有后台的人和你为难，也可以叫你一筹莫展。《水浒传》中杨志岂是等闲之辈？就因押送生辰纲的队伍中多了个谢都管就叫他指挥不灵，终不免于失败。谢都管其实是个小人物，只不过在太师府里做过奶公，后台大了，便不把杨志放在眼里，一再地干扰，生辰纲失落后他却没事，将罪责往杨志头上一推了事。这何尝不是"后台政治"的结果。

时至今日，人们还苦于批评下级得罪上级，想打恶狗又怕主人的报复。因此许多人不捉摸事而捉摸人，走夜路、攀高枝，这是否也是"后台政治"的残留？只要这种现象依然存在，就说明我们距法治社会还有着一段距离。

26. "教学相长"吗？[1]

"教学相长"是我国古代一个重要的教育思想；但我认为，不是所有的教育都能达到这一境界。

最近，与几位同行一道评选一批参赛文章，全是中学生的。阅后，76岁的文雨村先生颇有感慨地说："要抓老师的进修呀！"我想，这并非无病呻吟，更何况若非出于至诚，他朝我呻吟有啥意思？

"病"的确是有的。比如说："从半坡的河姆渡陶器到殷墟的甲骨文"就是病。半坡在陕西西安，河姆渡在浙江余姚，什么时候"河姆渡陶器"成了"半坡的"了呢？又比如"只有中国，延续几千年君临天下，让世人可望而不可及"，病就更重了。我们过去讲某帝王君临天下，"天下"指的是中国，现在该文讲"中国""君临天下"，则"天下"指的是世界。这岂不是说中国已搞了几千年统治世界的霸权主义了吗？再说，"让世人可望而不可及"也太阿Q气，青年人这样架空的自负，并非国家之福。但这都是经过高中老师指导的呀！我就不明白，究竟是学生患感冒老师打喷嚏呢还是教师患感冒学生打喷嚏？

举点例子，只是为了说明教师素质的重要性，也顺及说明"教学"未必便"相长"。不是教师不想"长"，而是势有不能"长"者。"文革"前我在萍乡中学教书，心想，一个语文教师自己不会作文，如何教学生作文？因此，经常深夜练笔，想不到竟成了"阶级斗争新动向"之一种。往

---

[1] 1999年9月6日。

后也听到一些一面认真教学，一面勤奋做学问的老师被人说成是"不务正业"的事。大概在有的人看来，教师只要教会学生应试便成，学问是微不足道的。他们只知道"狗嘴里吐不出象牙来"，却不知道"象嘴里也绝对吐不出狗牙来"。

　　现在的教师，在大学里学的东西倒不少，但一进中学，几将全部的时间花在备课、改作业、加班加点补课、收集各种试卷和练习册上面，然后将这些东西汇成大海的波涛，一层一层地向学生推过去，又从学生那边一浪一浪地反回来，淹没了学生也淹没了自己，哪有时间和精力去扩充知识，去读原著、读专著、读新著？他们除了在指导应试上长些经验外，整个知识的底气犹如时光般地逝去。如果说大学毕业时他们还是才气纵横的后俊，那么若干年后不少人便被环境造就成为按"标准答案"办事的"教书匠"了。也就难怪出现上述学识性错误。

　　俗语云："名师门下出高徒"。而名师的生长是需要土壤的。为着教学相长，我们该做些什么呢？

27. 提倡事前批评[1]

批评都是在事后的，怎么能事前就批评的？我看不但能，而且有必要。

事后的批评是对既成事实的批评。既然要进行批评了，那肯定是有了错误和损失。虽说经过批评可以纠正和补救，但既已损失，补救也是付出了代价；既已错误，纠正也只有意义于今后，不能令已犯的错误变成正确。所以，对此时此事而言，事后的批评乃是消极的批评，是重在指出缺点和错误的批评。

事前的批评是对可能事实的批评，是在最终决策之前对尚处于规划、计划、方案、打算或工作思路等观念形态所作的批评。这种批评，指出优点也指出缺点，真正是对事不对人的批评。因为这时的缺点只是思虑不周，并未形成错误，更未造成工作上的失误或事实上的损失。而且正是对工作负责，才提出让大家批评，预测可能出现的问题，找到更合乎实际、更完善、更周密的办法和对策。所以，事前的批评是预防错误和损失、力争事情圆满成功的批评，是真正积极的批评。

因此，我们既要提倡事后的批评，更要提倡事前的批评与事后批评相结合。而所谓事前的批评，其实就是决策的科学化、民主化。

既要实行事前的批评，就要改变在决策过程中个人说了算的做法。即使是为了给老百姓办好事，也不能像西门豹那样，认为"民可与乐成，

---

[1] 1999年10月11日。

不可与虑始"。更不能拉大旗作虎皮，把对一项具体工作的意见和态度提到"是延安还是西安、是共产党还是国民党"的高度来堵塞言路、压制不同意见。要让大家充分发表真正属于自己的意见。

既要实行事前的批评，也就要求与会者或被咨询者真正开动脑筋，本着对人民负责、对工作负责的态度和科学精神，形成自己的意见，参与讨论。要反对那种做应声虫、做风派人物的处世态度。你说是鹿便是鹿，你说是马便是马，事前迎承上意，打顺风旗；出现了失误，事后又不负责任，甚至说风凉话，做"事后诸葛亮"。要形成一种制度，凡提交讨论的事，与会者中有不同意见也不说，或早说也是轻描淡写、不据理力争的人，如工作出现失误造成重大损失，同样要追究责任。

回头想想，我们交的"学费"实在太多了。而此"学费"有不少就是领导者个人拍胸膛拍掉的。提倡事前的批评大概可以少交点"学费"吧？因为那是人民的血汗钱呀！

28. 爱护大脑[①]

据说，距今约35000年，人类的祖先完成了自己的整个进化过程而转变为人类——能进行思维的人类。而能进行思维的人类，直到近现代以来，才开始真正认识自己能进行思维的大脑。犹记小时候，父母还经常批评我"肚子里不想事"或"心里不想事"。可见五六十年前的普通中国人，还是持着两千多年前孟子"心之官则思"的观点，真正思维的大脑并不被重视。只是随着近现代解剖学特别是脑科学的发展，人类才认识了大脑的特殊结构和奇妙功能，普通百姓也知道是"脑子想事"了。虽然奥运冠军仍被视为民族英雄，获得举国的欢呼和令人欣羡的奖励，但人们终于相信，人类的最大潜能不在于体能而在于智能。

1999年，我们的共和国隆重地给自己"两弹一星"的功勋科学家们授勋了。专为科学家授勋，在我国历史上是首次。虽然受勋的科学家中，许多人的名字此前并不为大众所知，有的则因特殊的工作条件而过早地离开了人世，但从上台受勋者那斑白的鬓角、凹凸的皱纹中，人们感受到了历史的沧桑。他们是一部历史，是撑起中国的脊梁的历史。而这次授勋，也似乎是对八十年前提倡赛先生的"五四运动"的回应和历史交代。如果要说意义，怕就像人类走过漫长的道路，终于认识到大脑的价值一样吧。

大众媒体广为报道了授勋的消息，而对受勋者的宣传却暂阙如。这

[①] 1999年10月18日。

也许是出于继续保密的需要等诸多原因，也许是因为我们的科学家本身就像大脑一样，需要藏在头颅骨里默默地生产着知识，从不肯抛头露面，而将喧闹繁华的世界交由"小燕子"们去吱吱喳喳、哭笑取乐。但大脑的价值既已被人类认识，则欢呼知识英雄的时代也就开始了。

广州日报报业集团出版的《南风窗》，今年第10期，独家策划了题为《50年50人》的欢呼知识英雄的专题。它不是以名气，而是以"对社会的推动"作为标准，从自然科学、社会科学的诸多领域中，选出了50位知识英雄。每个或一组名字下一般都附有一张照片和200字左右画龙点睛式的简介。读者从中可以感受到他们的胸襟和情怀，追求和贡献，悲与喜、生与死，也知道一些人的来龙去脉。如对大家都熟知的陈景润，就有个可靠的交代："……这位国际数学界的天才人物，中国的国宝级知识分子，在北京拥挤的公共汽车上，被挤得掉下来，摔坏了宝贵的数学脑袋，也因此结束了本属年壮的生命。"可见脑袋是多么重要！那么，人们在想方设法满足眼耳鼻舌等感觉器官无穷欲望的同时，是否想到要爱护自己的大脑了呢？

29. 说　茶[①]

　　我不喝酒，但喝茶。我喝茶，喝而已，不知品。茶的品性，感觉总是有的，"如鱼饮水，冷暖自知"，但说不出。故虽有好茶，遇客人来，也只是如日常冲泡敬上，不知推荐。倘客人精心茶道，或蒙品尝；否则，呷上一两口便置而不顾，白白浪费了，直为茶叶抱屈，又怨自己于茶文化懂得太少。

　　茶之所以成为文化，我猜想，内涵是很丰富的。它品种繁多，受海拔、地形、气候、水土多方面的影响，形、色、香、味、性异彩纷呈。制作工艺各流各派，精工讲究。茶具，又是实用与艺术的结合，千姿百态，各展风采。煎茶用水，各有讲究；会友品茗，备尽风雅。无论从哪方面说，都可雅俗共赏，和而不同。只闻以军令压酒，未闻以军令行茶者。可见茶文化有尊重个性的特质。

　　我早先并不爱喝茶。下放时，湘东中学的邓华馨老师（已故）告诉我："茶有百利，只有一害，就是有点败肾。"我想：百利一害，喝得！就喝上了。现在喝茶，也多从健康方面考虑。因此，又有人不喝茶了，必喝纯净水。小姐、女士，大多不喝茶，怕皮肤黄，失去细皮嫩肉的晶莹。

　　不过，茶也有养颜者。据唐代诗人李白《答族侄僧中孚赠玉泉仙人掌茶并序》的记载："荆州玉泉寺近清溪诸山，山洞往往有乳窟，窟中多玉泉交流……其水边处处有茗草罗生，枝叶如碧玉。唯玉泉真公常采而

[①] 1999年11月22日。

饮之。年八十余岁，颜色如桃李。而此茗清香滑熟，异于他者，所以能还童振枯，扶人寿也。"李白到金陵，在其族侄中孚家才看到这种茶叶。他的族侄也只拿出数十片给他看。"拳然重迭，其状如手，号为仙人掌茶，盖新出乎玉泉之山也。"李白说他是旷古未见，大概有些馋，他侄子就将这数十片茶叶送他，另赠诗一首，条件是要李白答一首诗，李白才有此作。可见名茶之珍贵。李白在诗中云："清镜烛无盐，顾惭西子妍。朝坐有余兴，长吟播诸天。"大概是说，喝了这种茶像无盐这样的丑婆也会漂亮得让美丽的西施惭愧。因此，他想将这种茶叶推广开去。我想，如果我现在能找到这种茶，开个茶馆，一定倍受男士们和女士们的青睐。发笔小财的。

但仙人掌茶似难找到，还是普通茶多，因此得想想茶"败肾"之说不知是否有科学根据，但茶利尿是肯定的。也许元阳不固者，茶在冲洗体内垃圾时，也会损其元气。故不能一味劝人喝茶，对于肾虚阳萎者，我以为最好不喝。

30. 关心处境不利者[①]

我以为：若操持公事论奖励，不嫌锦上添花；讲关心，莫如雪中送炭。

不论过去的阶级斗争为纲也好，现在的市场竞争也好，社会上总有处境不利者。作为把"平等"视为价值追求的文明社会，关心处境不利的人们，已成为国际社会公认的道德准则，更是我国的社会伦理。这些理，且不说它，我只说人情，即人的感情。我的感受是：一个人处于穷困的时候，对他人给予的关心和支持，最能体会其价值，也最难忘。

1968年，是我最倒霉的年份。先是被抄家（当时叫"造反"），接着是下放。因为我的家属已下放到湘东镇大江边大队，所以我也要求去那里。走到镇安置办，碰到了熟人：1964年我去瓦子坪写报告文学时结识的一位公社团委书记。我喜出望外，不禁套起了近乎。但他却碌骨碌骨瞪大一对白眼盯着我，一声不吭，竟至连我的介绍信也不接，说是："我们湘东镇人已够多，不能再接了。"现在说来，这不过是轶闻趣事，但当时我可是走投无路，日月无光，只好灰溜溜地退了出来。恰遇钟邦楚书记，我们是隔河相对的老邻居，认得的。问及此事，他说："你明天再来，湘东镇即使人再多，也不多出你一个嘛！"就这一句话，暖了我的心，我记他一辈子。因为我觉得自己毕竟有了存在的空间，社会还没抛弃我。

那年冬天，天气很冷。我的好棉袄被"造"走了，只能穿一件留着做尿片的破棉袄御寒。一天晚上，生产队开会，因为上面分来了一点防

[①] 1999年11月15日。

寒的布票，叫大家去抓阄。想不到开会时队长传达了如下一段话："这里有7尺5寸布票是不拈勾的。大队易俊贤书记说了，这份防寒布票就给张声源老师做件棉袄。那些人也不像话，造反造反，把人家的袄子都造走！"易俊贤书记这话，这7尺5寸防寒布票，我也记一辈子！因为在寒冷的冬天，我得到了并非哀求得来的一片温暖。

  我在困难中得到领导、同事、朋友、亲戚的关心是很多的，不用去搜索记忆深处也能记得。正是这一切，使我相信人世间有真、善、美。倒霉时不失去对生活的信念，困顿时不失去对价值的追求。《易经》有"困"卦，内曰："险以说，困而不失其所亨，其唯君子乎？"其实，君子也是要社会来造就的。所以，多关心一些处境不利的人们吧！不要等人家哀告上了门。"困"卦说，困是"有言不信"，说不起话的，故许多困者并不提什么要求。所以，我以为还要加上两个字：多主动关心一些处境不利的人们吧！

31. 家教就是家教[①]

报纸上经常传出一些关于学生的时闻[②]：如某女大学生星期天进城，不知道回校的路，急得直哭，还是学校派人将她找回去的。这事可笑吗？也许。但当笑谁呢？

空想社会主义者曾构想：孩子出生后，由社会集中抚养教育，不劳家长操心。好在它只是空想而已，否则将是人类的一场灾难。就因为他抹煞了家庭教育。

我们现在很重视家庭教育了。但却让家庭教育变成了学校教育的附庸，家长成了教师的助教。一讲到家庭教育便想到教孩子识字读书，守着孩子做功课、背课文。这当然也有必要。但以为家教的主旨在此，那就等于取消家教。

我以为家庭教育，主要是生活教育，是以生活设教、在生活中进行、教孩子学会生活的教育。别看生活琐细平庸，但世界上的一切伟人不也要过琐细平庸的生活吗？他们一样要吃饭穿衣、恋爱结婚、上厕所。禅家云，"道在屎溺"，是琐细中也可见大义，学会求知，学会做人。

记得小时候，我曾问母亲，怎样切菜。母亲笑笑说："这还要问，师父就在眼睛里面。"没有立即教我切菜，但却给我开通了一条重要的学习渠道。我有些知识和技能就是眼睛里面的"师父"教给我的。母亲有时

[①] 1999年11月8日。
[②] 时闻：土话，即趣闻。

还派我去好几里路远的陌生地方去办事，当我说不晓得路时，她就说："路在嘴巴上！"我也就靠嘴巴找到了路。

家庭的思想教育也总是紧扣生活进行的，所以更贴肉，更入骨。郑板桥是清代的大画家。虽是老年得子，但从不溺爱。他病危时想吃馍，但一定要儿子亲手做给他吃。儿子不会，只得临时去学。等馍出来时，郑板桥已经咽气了。死前，他留给儿子一张字条（也就是遗嘱吧），上面写道："淌自己的汗，吃自己的饭，自己的事情自己干，靠天靠地靠祖上，不算是好汉！"郑板桥读书人，此时教子自立，就不讲"子云"如何，而是以生活设教，这就是家教的主要特点和优势。

20世纪30年代，革命教育家杨贤江曾批评中国的学校教育不管生活教育。当代学者李泽厚先生也说："教育不能狭义地理解为职业或技能方面的训练和获得……教育的主要目是培养人如何在他们的日常生活、相互对待和社会交往活动中发展一种积极健康的心理。"也是重视生活教育的。现在的学校教育看起来还无意于生活教育，家庭教育就不应再去做人家的附庸，要承担起生活教育的重任。须知：家教就是家教。

32. 学做人与学做民[①]

虽说人就是民，民就是人，但细究也有区别。人是相对于天地万物而言，人类的每一分子都是人；民是相对于君与官而言，古代泛指被统治的庶人，又叫老百姓。

中国人爱讲学会做人，不讲学会做民。这也许是视人与民为全等的概念，以为学会了做人就学会了做民；或是认为做民无需学，"民以君为心"、"民可使由之"了，一句话：顺从便是。因此，兴趣都放在研究做人上面。但研究了几千年，做人的标准迄无定论。如：有的人认为做人要讲人类的良知、善性、公道和正义，有的认为做人要有手腕、权术和机巧，现在有些书就教人如何拍马屁、如何耍阴谋、如何搞"厚黑"。这也难怪。因为，如何做人主要是价值观问题，从来就多元并存，看来还得从长计议；当务之急，还是先讲讲学会做民更好。

做民要学吗？过去不要，现在要。过去是臣民社会，有几千年的传统浸染，故可不学。现在是公民社会，权利在民，以法治国，是全新的事物，故要学。祥林嫂被剥夺了生存权，只敢到土地庙去砍门槛，是臣民。秋菊因丈夫被村长打了，感到人格尊严受辱，不惜挺着大肚子、上访告状打官司，定要"讨个说法"。依世俗之见，可谓不会做人；但她却是在现代社会学会做民的前驱。这种公民意识的觉醒，正是我们实行社会主义民主、法治的群众基础。

[①] 1999 年 11 月 29 日。

不能认为国家宣布了以法治国并制定了许多法律，就实现了民主、法治的理想。如果老百姓不完成由臣民向公民的转变，或虽知在别的"民"面前而不知在"官"面前也运用法律武器保护自己的权益，那么"以法治国"也可畸变为"以法治民"，甚至蜕变为"老子就是法律"式的"以官治民"。沭阳县搞出所谓百名"可教育对象"在地方台电视节目中"自我亮相"（示众）的"法治"把戏（见《焦点访谈》）就证明了这一点。

做民的标准比做人的更简单（权利、义务）、更明确（有成文法）、更统一（法律面前人人平等）。但真要学会也不容易。安徽灵璧县韦集镇农民王功谋、王立金等人，因对镇政府"乱收费"问题不满，王功谋遭县公安局传唤并被戴上手铐，在村民保护下，他可是戴着手铐到北京上访的。他们并非胡搅蛮缠只享权利不尽义务的"刁民"。安徽省委副书记汪洋称他们"勤于思考，善于接受新事物，勇于用法律武器维护自己的权益，敢讲真话，能积极向上级反映自己的观点"。记者说"他们对与自己利益相关的法律法规的熟悉程度令记者吃惊"（《南方周末》820期《戴手铐的旅客引出的调查》）。可见，现代公民必须具备勤、善、勇、敢、熟的品格和能力，不学成吗？

33. 警世的幻像[①]

在我客居之地，某校一名女生，从宿舍楼的六层从容跳下，走了！人命关天，这种事是令人震惊和悲哀的。接着便听到她的一些情况。

这是一个农村的孩子，父母都是农民，家里比较困难，有两个弟妹。听说她长得很靓，初中时成绩名列前茅，颇有一番抱负，要为家里争口气。但上高中后，遇到强手如林的竞争，不行了，患上了神经衰弱症。本来前年就毕业的，因休学，今年还在读高三，但神经衰弱似乎一直困扰着她。教师也很关照，叫她有病时不必交作业。这一天是期中考试，下午她请了病假，说是回宿舍休息，但却踏上了不归路。

她有两封遗书，一封是9月份就写好了的。她说她的死与他人无关，全是由于自己脆弱，倘不是为了父母，两年前她就死了。她希望父母不要伤心，这对他们是个解脱，省得长期为她背包袱。父母今后也别老吵架了，父亲是老实人，母亲不要老怪他没有用，伤了他的自尊心，父亲也要改正自己的缺点。她告诉父母，行前已洗了澡，换上了自己最心爱的衣服，因此，可以就这样将她送殡仪馆。对于学校，她一句话也没说。

可怜的孩子！如此清醒、理智地死去，却又是如此的不清醒、不理智。世上的路千万条，每个人都可自由选择适合自己发展的道路，为啥非得考前几名去争口气呢？学业负担重，就忙里偷闲轻松一下自己，何必承受心理压力，招致本不应由年轻人来患的神经衰弱症呢？既知自己

[①] 1999年12月6日。

脆弱，就该找个可信赖的地方去哭一哭、诉一诉，为何要紧锁心扉、勉为坚强呢……

善良的孩子！怕自己的死给他人带来麻烦，故特别声明与他人无关。但这又暴露出她自我中心的弱点。她不想想这将给父母、师长带来多大的悲痛和明里暗里的歉疚——是呀，一个两年前就萌发死志，9月份就写了一次遗书的孩子，情绪上、行为上就没有一点反常的地方？为何竟至于一点没有觉察？这究竟是蔽于偏见还是漏于疏忽？

正当我写这点文字时，又从报上看到一篇报道：彭山县某"优秀学校的优秀教师的优秀班级的优秀学生"——两个优秀女生也跳楼自杀了，也是从六层跳下的，有名有姓。但愿这只是一个无名无姓无实体的抽象的"人"所演出的警世的幻像。

34. 我看"平常心"[①]

不少人叫嚷"活得太累"。我看主要是心累而非身累。身累了，吃饭特香，倒头便睡，谁个叫去？心累了，却是寝食难安，树欲静而风不止，月欲朗而云相遮。于是便要寻求调节和解脱。有的向外"潇洒走一回"，而且"跟着感觉走"，"行行重行行"也还是累；于是有人转而向内，心病还须心药医，想到要保持一颗"平常心"了。但何谓"平常心"？

"平常心"是禅宗对传统佛教的一次思想解放的产物。原来许多人皈依佛门以后，说是六根清净，实则得失之心未泯。他们迷信佛祖神祇法力无边，既能赐神福于人，也可降灾于人，因此一面顶礼膜拜，一面惶恐颤怖，精神压力很大。长期地持戒打坐，造成走火入魔，心理畸变，身体受损。这时有禅师出而呵佛骂祖，指出佛并不需外求，"即心是佛"，"人人具足"成佛的一切条件。参禅悟道也并不需要特意地做这做那，但"持平常心"便是"道"。

马祖道一解释说："平常心是道，谓平常心无造作、无是非、无取舍、无断常、无凡无圣……只如今行住坐卧、应机接物尽是道。"他的再传弟子景岑说得更通俗，说平常心就是"要眠即眠，要坐即坐，热则取凉，寒则向火。"杨歧派创始人方会将平常心理论实际化，说"杨歧无旨的，栽田博饭吃"，要领会佛祖教说，须是从"脚跟下"着力。

我未曾参禅，只能从字面上及比喻里去解读禅家关于"平常心"的

[①] 1999年10月25日。

旨趣。我觉得它并非教人出世和无所作为，甚至恰恰相反。它启发人们不要盲目屈从于外界的权威，除了自己的领悟之外，便是佛祖也不能使你得道成佛。要充分地自信，佛祖五个指头，你也五个指头，人人都具备足够的条件成佛。世界上"万法平等"，行住坐卧尽是道，因此要随缘适性，热了便乘凉，冷了便取暖，不可违背自己的本性刻意地去做这做那迎合他意，也不必去计较那些是非、得失，短暂和久远，是凡还是圣。因为这种种区别，全是心造的幻影，它们在本质上并无区别。因此，人人都应从"脚跟下"开始去下功夫，靠劳动去赚饭吃。

当然，"平常心"理论是建立在唯心论基础上而且是农耕社会的产物。根据其随缘适性的原则，今天的"平常心"也应有别于过去。只要保持独立的人格，充分自信，发挥自己的潜能和创造性，立定脚跟干事业，不为外物所惑，不患得患失，自然能保持良好的心态，这便是"平常心"吧？——我说不清，还是各人自家悟去。

35. 消费歌并序[①]

——并非黑色幽默

生活在南方,最廉价也最儒雅的消费就是买报纸看。几十大版才6角钱,而且是彩色的。别担心报社亏本,不会的。这其中奥秘,就在于它引导消费。

生活在南方,每天都能享受的免费赠送就是广告纸。那不是普通的纸张,而是胶印纸上排彩照。有名车伴美女,有天上飞的、地上爬的、水中游的菜肴,有保健的、美容的、隆胸的、美臀的、治疮的、去毛的各类商品广告。

这一切凑成一个主题:消费。这一切预示一种迹象:21世纪,我们将步入消费文明的社会。感于斯,择日常所见,作《消费歌》。绝非讽刺,偶涉幽默,也是生活本来如此,并非黑色。歌无固定曲谱,诚为乡间俚歌,且权代一期茶话。歌词云:

> 新世纪钟声响起,大家都来消费。吃喝玩乐有意义,增加就业机会。只要不花公款,光荣属于你。

新世纪钟声响起,大家举杯同醉。但莫一醉不醒,只消七分酒意。席有生猛海鲜,更有时令野味,鲍参鱼翅佛跳墙,灵芝老鸭长寿乌龟汤,南

[①] 1999年12月27日。

乳烧乳鸽，生焖狗肉锅。尽情用，乐哈哈。更待百鸟归巢，一并装在肚里。不必怕发胖，胖了再减肥。

新世纪钟声响起，大家都来消费，老皇历莫再翻，衣食住行破陈规。住房尤需讲究，标准要上星级。莫怕窗大光线强，厚窗帘遮得严严密，嫌暗时再灯光调剂。冬天要穿超短裙，足蹬统靴显活力。怕它什么冷，感冒了住院看名医。夏天宜盖鸭绒被，怕它什么热，打开空调放冷气。

新世纪钟声响起，大家都来消费。穿着打扮赶时宜，先从女人做起。黑头发染些棕红，白耳朵配上黄金明月坠。姹紫点朱唇，青黛画蛾眉。面膜勤护持，更加时装艳丽。莫怪裁缝落布，就要点坦胸露背。莫怨裤脚挂零絮，烂裤脚更添风味。胸平固有隆胸术，矮一点又怕怎的？松糕鞋、增高剂，商家早已作准备。但得女人都似花，世界变得更美丽。

新世纪钟声响起，大家都来消费，观念一更新，今朝无酒也能醉。银行贷款买小车，歌舞台上明星媚。卡拉OK嫌太腻，开上名山换空气。嘟嘟须是讨债声，快赚钱，多想心法打主意，捷径还是开发智慧。

新世纪钟声响起，大家举杯同醉。吃喝玩乐有意义，扯动增长经济。消费刺激生产，提供就业机会。只要不是公款，谁都不屑放屁。光荣属于你！

36. 漫笔于世纪之交①

"跨世纪"是多年来的话题,很严肃的,也有几分神圣。如今,这篇短文发表在1999年最后一天的报纸上,而这期报纸却已预告着2000年最初日子的电视节目。迎"千禧"在这里竟如此平淡而简单。其他方面大概也一样。倘没有31号午夜的钟声、耀眼的焰花、狂欢的歌舞,谁能发现千禧之交的"嘀答"一声与别的"嘀答"有何不同?如果不从文明进步的层面上看问题,入"千禧"并无意义。

时间本身没有刻度、没有界线,也没有价值。给时间计量,是人类文明的产物,也是人类文明的阶梯。日出日没为日,月圆月缺为月,寒来暑往为年,是地球人类最初对时间的计量。而人类一旦对时间计量了,也就赋予时间以价值。哲人说"时间就是生命",军人说"时间就是胜利",商人说"时间就是金钱";诗人毛泽东说"一万年太久,只争朝夕",而现在科学家说,在电子战、信息战中,万分之一秒便决定着胜负。

政治家规划着一个世纪的蓝图,科学家争夺着万分之一秒的优势,老百姓却仍然是一天一天的过日子。别以为老百姓的日子普通而平凡,日子过的怎样,衡量着世纪蓝图和"万分之一秒"的价值,同时也影响着政治家的底气和科学家的力量。

过往的岁月有欢乐也有忧伤。人们对痛苦的记忆往往强于对快乐的记忆。这不是走向悲观主义的理由,而是走向乐观主义的前提。如果人

---

① 2000年1月3日。

类没有对灾难、对痛苦和对失误的记忆，那就会重蹈覆辙。快乐是人之所欲，但人类一旦盲目追求快乐，说不定又给自己设下痛苦的陷阱。

20世纪人类经历了两次毁灭性的世界大战。科学神奇般的力量又在战争的废墟上造就了空前的物质文明，造就了数以亿计的"消费文明下的快乐奴隶"，以致现在世界上因患肥胖症而死亡的人数是饿死人数的两倍多。臭氧层被捅了一个两千万平方公里的窟窿，森林和草地在迅速消失，地下水位在下降，气温在上升，雪山在融化。据科学家的预测，到2035年，喜马拉雅山的冰川和积雪将融化干净。人类必须去想象不敢想象的事情，"人无远虑，必有近忧"。如果把20世纪视为"开天辟地"，21世纪就得"铺（补）天盖地"了。

人类面临共同的窘境，优势的人们如不善待弱势的同类，也许大家的日子都不好过。我们还得借助科学来医治愚昧与落后，同时也要借助理性来预防科学的暴力。因此，我祈望21世纪是人类公平、正义、善良的理性得到张扬的世纪。

37. 从钟说到钟声①

　　钟是一种古代的乐器,分为两种:一种是单独悬挂的,称为"特钟",日常就叫"钟",寺庙中常见;一种叫"编钟"。编钟是由多枚钟组成的,一般有16枚,也有少至3枚、多至64枚的。其形体较特钟小,且彼此各应律吕,大小依次悬挂。编钟可以演奏乐曲;特钟则只起节乐的作用。所谓节乐,就是在用编钟演奏乐章之前,先击一下特钟以起乐,故特钟有召唤的作用,与社会生活有着较为紧密的联系。

　　钟大概世界各国都有,而且多置于庙堂、教堂之中。它是由哪个国家最早发明的,我不得而知。反正,我国龙山文化遗址中曾出土"陶钟",为新石器时代遗物,距今已有四千多年了。商代以后便有了铜钟。这说明我国冶金铸造技术发达之早,铸钟既不易,铸出来的钟还要各应律吕就更难了。现在,为迎接新世纪、新千年,我国特铸造了"中华世纪钟",有特钟也有编钟,听说将悬挂于天安门城楼之上。这些钟都在电视中报道过,庄严、稳重、富丽、肃穆而又典雅。我想那特钟的声音一定是洪亮、雄浑而悠绵;那编钟奏出的乐章一定是熙祥而婉转、平和中带着威武。古人云:功成作乐,盛世铸钟。中华民族近现代以来,历经劫难沧桑,发展到今天的繁荣昌盛国力强大,确非易事,现在香港、澳门已相继回归,在迎接新千禧年、新世纪之际,自然要扣响黄钟大吕,一展国威。

　　在所有乐器中,特钟的声音是最为铿锵的。但《乐记》云:"君子之

---

① 2000年1月10日。

听音非听铿锵而已也，彼亦有所合之也。"钟声一震，振聋发聩，其间洪亮而圆润，悠扬而深远，经久不息，扣人心弦，发人共鸣。闻到钟声的人们，会因时因事而产生不同的感受和遐想，或激发自己的意志。钟声是祥和之音、颂祷之声，日常生活中是作息的信号，特殊条件下也是警世的呼号、战斗动员。我们当还记得《地道战》中那急促的钟声吧？纪念抗日战争胜利50周年时，特铸的南京静海寺的"警世钟"也曾为我们长鸣。我不知道迎接2000年时，静海寺的钟声是否也会和颂钟同时扣响。我是主张扣响的。哀乐相生，哀与乐是可以和谐地统一在一首雄壮的乐章中的。一个有乐也有哀的民族，才会是真正强大的民族，都说21世纪是机遇与挑战并存，我以为只有重视挑战才能抓住机遇。想想我们的伟大胜利，想想我们面临的诸多问题，当新世纪钟声响起的时候，我们除了狂欢、快乐之外，一定有更多的收获。《乐记》云："钟声铿锵以立号，号以立横，横以立武，君子听钟声则思武臣。"我们现在的国歌还是《义勇军进行曲》。

38. 敛财与推磨[1]

山西绛县"三盲院长"案，经《焦点访谈》报道后，《南方周末》说已"给全国亿万观众留下深刻印象"。什么印象呢？是否在愤恨之外也有着"后怕"和迷糊？当地百姓说，"姚晓红没被抓走前，人们就知道他是个活阎王，可谁敢惹他呀？幸亏中央做了指示，才灭了姚的威风。"问题就在于此，以中国之大，如果此类案件都要"幸亏中央做了指示"才办得下，那么我们的法律在实践中，究竟能在多大程度上保护老百姓的利益？还不是叫人"后怕"吗？

姚晓红的"三盲"指"文盲"、"法盲"加"流盲（氓）"，我看要害是"流氓"。文盲、法盲而有人性和良心，是不会做出这些恶行的。你看：他的"经济审判二庭""没有立过一次案……它所发挥的全部作用就是几十、上百次地非法拘禁他人，用暴力殴打或非法拘禁方式为姚'追款敛财'……'搞'到的钱又几乎全部没有入账，而是作为法院的小金库或者姚晓红的个人小金库，供其挥霍或展开'公开活动'"（《南方周末》828期）。

据报道，姚晓红在担任法院办公室副主任时"也曾办过一些好事"，因此不能认为他"性本恶"。是什么促使他"凶残地欺压百姓"，成为"活阎王"的？称他"流氓"其实不够确切，他是贪官加酷吏。

说又说回来，姚晓红并不可怕，可怕的是那些上级部门与老百姓竟

---

[1] 2000年1月17日。

无共同语言，处处为虎作伥。如受害者樊江被榨去 4 万元，只给一张白条。他不服，向上级反映、告状。对此类事，他们是怎么说、怎么做的呢？正院长说："他爱财，你送点钱给他。"纪检部门领导则教训樊江"不要斤斤计较"。山西高院一领导说，姚晓红是个讲义气的"好小伙"。山西某报又评他为"十大新闻人物"，而有的部门更发出"向姚晓红学习"的口号，他们究竟是官僚主义呢，还是有着不可告人的肮脏交易？这实在叫人迷糊！

不过，迷糊的现象与真相之间实在只差一张纸，老百姓因为"没有调查就没有发言权"，只能猜得透，但却捅不破。"三盲院长"案的出现，是这个法院进入"市场"的结果。姚晓红那个"经济审判二庭"，其实就是绛县法院的"创收庭"。法院如何"创收"呢？诉讼费是要人家自愿打官司才有的，既要"创收"，当然就要培养出姚晓红之类的"活阎王"去抓来无辜百姓，压在磨盘底下榨油了。有了小金库，就能开展"公关活动"，将衮衮诸"公"一个一个拉下"关"来，打伞的打伞，吹号的吹号，路人焉能不侧目以视？诗云：先作鬼剑财，再供鬼推磨；有法如不灵，百姓怎么过！"焦点"唤法制，誓将此风破。

39. 并不有趣的故事[①]

小时侯,听过一个并不有趣的故事:

有户人家的孩子极端无礼,经常站在门口向过路人吐口水,非得吐到人家身上而后快。如果行人骂了孩子,他的娘老子必定跑出来臭骂行人:"他是孩子,不懂事,你为何这般没教导,直同孩子较量!"后来,被唾的人只是擦干净身子了事,果然不骂了。有个人不但不骂,反而上前奖给孩子一个铜板,说道:"小小年纪,一泡口水吐得这么远,真有出息!"有人问道:"他吐了你一身口水,你不但不生气,反倒奖他一个铜板,是何道理?"那人说:"你不见他娘老子厉害,我能生气吗?咱惹不起,让他逢别家。"那孩子得了铜板,更加嚣张无忌,但终于碰上一个蛮人,狠狠地刮了他一耳光……

"老"时候,我又听到一个并不有趣的故事:

某"公安"去抓吸毒的,无意中抓到了一个某领导的儿子,结果不但要立即放人,而且还挨了一餐错骂(怎么骂法,讲故事的人没有说,我仅作合理的想象补充:大概不过是"你也不睁大眼睛,看看是谁家孩子"之类,决不会有粗话)。"公安"满腹委屈,向人诉苦:"我又不是有意去抓他的,灯光昏暗,看不清是谁,只是发现在吸毒,便抓了……"友人甲见他痛苦无状的样子,便安慰他说:"算了算了!既然如此,你以后碰到领导的儿子吸毒,抓到就放,抓到就放!如果抓住普通人家的孩子吸

[①] 2000年1月24日。

毒可千万放不得，莫造孽，人家吸不起……"友人乙颇忿然作色，又补上一句："对领导的孩子，不但抓到就放，还要道歉，说不知是您，没事，没事……"

　　这两个故事，都是上个"千年"的陈芝麻了，我听到它们的时间差，也足足相距半个世纪。题材不同，反映出社会的"发展变化"；但主题却是一个，说明人类的确有着一些永恒的话题。听到此类故事，并不像看赵本山或黄宏的小品那么开心，心中倒是有着几分苦涩。苦从何来？就是来自那些以强梁为能事、以特权为荣耀的娘爷老子，即使播下了"龙种"，经他们一调治，收获的却是"跳蚤"。陈同庆的儿子如果没有陈同庆的特权，不一定会成为特大走私犯而被判死刑。涩在何处？就在于当人们批评他们搞特权时，他们还要反唇相讥，说你是"狐狸吃不到葡萄，便说葡萄是酸的"。所以，写这篇"茶话"，其实也是"狗咬耗子"，只不过为无知的孩子着想罢了。古语云："天作孽，犹可活；自作孽，不可为。"这话又不中听了，不说也罢。要做个受欢迎的人，就当说："呀！这孩子将来是要做官的……"

40. 对傩的一点推想①

听说市政协文史办正在编纂《萍乡傩文化》一书，我想这对于发掘和保存萍乡的文史资料是有意义的。几年前，听说有几个法国人来萍乡考察过傩文化，对萍乡的傩面很感兴趣，也许这对于该书的编纂起了促进作用。

"傩文化"是新名字，过去就叫"傩神"和"'仰'傩神"（傩舞），带着迷信的色彩。现在以"文化"称之，果然雅致。所谓"文化"，都是人类创造的。称傩为文化，也说明世界上的大小神祇都是人造的。

傩本来不是神。《说文解字》谓"傩"，行人节也，从人难声。其实"难"是"傩"的本字，读为 nuó，是驱除疫鬼的祭祀活动。《礼记正义》对此作过以下解释：季春之月，"阴寒至此不止，害将及人……此月之中，日行历昴，昴有大陵积尸之气。气佚则厉鬼出行。命方相氏帅百隶索室驱疫以逐之……"

这段话的大意是：季春之月，一方面阴气未止，春寒袭人；一方面阳气上升，气温升高，冰化雪消之后，深山老林里动物的尸体腐烂，蒸发出含有大量病菌的疫疠之气。古人认为，这种阴风疫气一扩散，厉鬼也就出来了，轻则致人瘟疫，重则夺人性命。古代科学不发达，但也相信人的力量可以战胜这些灾害。于是便命方相带领百十人挨家挨户去驱赶阴气疫鬼，这就是"傩"。大概觉得人类和善的面孔不足以吓退疫鬼，

---

① 2000 年 1 月 31 日。

因此就创作了造型威猛粗犷的面具。因为这涉及清吉平安问题，也就将傩面神化，尊为"傩神"并立庙供奉，以便集中保管、长期使用。另外，加以神化也可避免偷盗。

萍乡的傩神庙较多。过去，我老家浏市街后面的山坡上就有个傩神庙，供奉着三个面具。在西路一带，下埠的傩神最有名；在北路则是石洞口的傩神享有盛名。傩神出行一般在正二月，家家都接，但并不隆重，放鞭炮也多是百编或二字编。赏红是一碟米、一个红包，傩舞之后是都要收走的。所以我想，舞傩神到后来也就成了赚点钱米的季节性文化产业，驱疫逐鬼的最初目的渐渐淡化，娱乐性逐渐增强。在利益原则驱动下，一方傩神要兴旺起来，受到广大群众的欢迎，就得在艺术上求发展。因此，傩面的创作越来越丰富，傩舞也带有戏剧化的倾向，如有《关公战颜良》之类的剧目。但不管怎样变，傩舞始终保持着古朴、粗犷、健康的风趣的风格，尤得小孩子的喜爱和模仿。

也许正是傩舞者的趋利倾向，消解了傩的神性，以致有人对傩不恭起来，在过去，如果某甲不要脸面，向某乙求情说："你就看看我的面子吧！"某乙就会说："你什么面子？傩神面子！"

41. 闲话过年[①]

即使在现在，大多数中国人把过春节称为"过年"，把过阳历年叫做"过元旦"。

现在是多元化并存的时候，年怎样过，似乎也成了问题。比如：是在家里过年还是外出旅游？团年饭是自己动手还是上餐馆定台位？除夕夜是收看中央台的《春节联欢晚会》还是去喝夜茶或者干脆来个通宵达旦的"方城之战"？甚至各地在放不放鞭炮的问题上也各有章法，不少城市已明令禁放烟花爆竹了。当然，无论准不准，老百姓都有不同的说法。放，热闹，但噪声污染，也容易出安全事故；不放，安静，但又嫌冷寂，缺少气氛。总之是难十全十美，让人人称心如意，只好各自将就点，顾全大局。

过去过年，基本上有一套定制，过年的时限也拉得很长，一般是始于"送灶"而止于二月十五日"花朝"，故俗语有云："拜年拜到青草发，二月都是拜年客。"这是农业社会的文化景观。因为这段时间属农闲季节，农民辛苦一年积攒起点酒肉饮食，亲友走往，还能拿出点东西来办招待。到了三月可就"歇饭班"了。故俗语又说"过年容易过日难"。

"送灶"在十二月二十三日晚上，即小年前一天。据说，灶神要上天去将这户人家的善恶表现向玉皇汇报。由此看来，灶神既要保佑所在人家炊烟不断，同时也兼监察、考评之责。其他的神职都是专用男性或女

[①] 2000年2月8日。

性承担，唯独灶神可男可女。男的称为"灶王爷"，女的称为"司命娘娘"。女性中脾气有好有坏，据说九天司命就比东厨司命更多脾气。但不管怎样，人们都有办法对付，就是给甜头，封嘴巴。弄点胶糖粘在灶神嘴上，它就只讲好话不讲坏话了。故人们送灶神的对联是"上天呈善事，下地降吉祥"，皆大欢喜。但这样一来，也就不能惩恶扬善了。既不惩恶，则善又何来吉祥？现在，"送灶"的风俗已不复存在，但这种文化内核却仍能从社会生活中找到一些影子。

　　过年自然是快乐的。不过，过去过年的快乐也有着严格的时限性，即非得等到太阳初一之后。我还记得小时候，有一年除夕前两日，母亲炒红薯片去了，我心中高兴，便在外面拉起了京胡。想不到母亲突然很生气地冲了出来，冲着我骂道："现在是作乐的时候吗！你知道有些人家过不成年吗……"现在当然没有这些讲究了，什么时候想乐便乐，何况过年？不过，如果能想想人家的困难，我以为也未必不是好事。

42. 毋忘"日本鬼子"①

"鬼子"是中国人对侵略者惯用的蔑称。过去,英国人侵略我们,我们便把入侵的英国兵称作"英国鬼子";法国人侵略我们,我们便把入侵的法国兵称作"法国鬼子";德国人发动第二次世界大战,我们便把德国兵称作"德国鬼子";后来,美国人发动侵朝战争,妄想把战火烧过鸭绿江,逼我们不得不起而"抗美援朝",我们又把美国侵略者称作"美国鬼子",如此等等。"鬼子"名目之多,并非过去中国人爱骂人,而是中国人累遭欺负的结果,即总是先遭蹂躏,而后才骂"鬼子"的。

在历史上所有这些"鬼子"中,对中国侵略最久、为害最烈、最惨无人道、最可恶、最令中国人在恶梦中惊醒而毛骨悚然、切齿痛恨者,莫过于日本鬼子了。我想,这不会是我个人的偏见,凡上了60岁、走过"日本反"的人,或虽然年轻而对明代以来尤其是近现代的历史有些了解的人,都会同意这一观点。说实话,我对美国人在长崎、广岛扔原子弹这件事,从无谴责之意,因为日本鬼子实在太坏。虽然日本人民也是侵略战争的受害者,但当一个民族不能制止内部的军国主义分子走上侵略扩张的道路、对别国人民实行杀戮时,则惩罚的利剑必将高悬于这个民族的头顶之上。这是历史的定律,今后恐怕也难免如此!

我说毋忘日本鬼子,不只是因为它过去太凶恶,欠下中国人民的血债罄竹难书,更是因为它至今阴魂不散、鬼气尚存,时不时便有人跳出

---

① 2000年2月14日。

来挑开中国人民刚刚愈合的伤疤搓上一把盐。这不，刚刚进入新千年，日本右翼分子就要在1月23日于大阪举行所谓"20世纪最大的谎言——'南京大屠杀'彻底检证集会"。消息传出，南京愤怒了，旅居关西的华侨和日本一些和平团体也进行抗议，我外交部表示了强烈关注，并希望日本政府高度重视事态的严重性和危害性，采取有力措施，阻止事态的发展，切实维护来之不易的两国关系大局。日本外相也表示了"不可否认"的意思。但声明归声明，抗议归抗议，日本右翼的集会还是举行了。他们想以此否认南京大屠杀并进而否认整个侵华战争的事实，为日本军国主义招魂。而日本政府虽作表态以缓解国际愤怒情绪，实则态度暧昧或竟至是默许、纵容。这联系过去日本内阁大臣参拜靖国神社、修改日美共同防御条约时把"周边"概念划到包括台湾海峡、参加美国战区导弹防御系统以及日本最高法院判揭露南京大屠杀罪行的东史郎败诉的种种迹象来看，作为普通的中国人，我不能不呼吁"茶话"读者：毋忘日本鬼子！

43. 寻味"第十名现象"①

今年第一期《萍乡广播电视报》转发了一则题为《"第十名现象"耐人寻味》的消息：杭州某小学教师，通过追踪调查发现，那些在后来的学习和工作中表现出色的"栋梁型"人才，绝大多数并非原来在校时前三名的尖子生，而是第十名前后直至20名的学生，原来的尖子生后来大都淡出优秀行列。这则消息，我去年在南方的一些报纸上也见到过，足见新闻界的重视，但不知在教育界是否也有"寻味"的兴趣。

这里所谓的前三名、第十名等，都是考试分数排队的结果。如果真要"寻味"，就要直指目标，对分数排队的味儿好好寻寻。当然，所谓"第十名现象"，也不排除"天才早熟"、"大器晚成"、人的"迟速异分"这些人才成长的复杂因素的作用。但出现这一现象，说明分数排队并不能准确地评估学生学习和发展的水平，如果让我们的孩子将全部精力卷入到考分竞争之中，去搏得那个一、二、三，那就得想想，你是否在窒息孩子的潜能和扼杀他的个性。

毛泽东除了那些为"无产阶级专政条件下继续革命"的理论服务的教育言论外，他的教育思想是值得重视的。他反对死记硬背，反对注入式、提出"不要把分数看得太重"；他提倡启发式，培养分析问题和解决问题的能力，提倡要有创见，并且说历史上的状元宰相没有几个有大学问。这一点，台湾著名学者南怀瑾先生也说过同样的话，可见决非偏

---

① 2000年2月21日。

激之言。

百分制并非中国的发明，而是从西方学来的。我以为它是较高层次的教育"供不应求"的产物，是特定条件下唯一公平但并不合理的选拔手段。故西方也存在过类似的"第十名现象"。被誉为军事天才的拿破仑，军校毕业时的成绩是第42名，发明家爱迪生因为成绩差，被校长斥为不堪教育的"低能儿"。达尔文因为成绩差，他父亲曾断言他将丢达尔文家族的脸。哲学家黑格尔在杜平根大学毕业时，毕业证上有一条评语："该生学力中等，不擅长哲学。"文豪斯各脱，回到小时候的母校，摸着那个"全校成绩最差"的孩子的头说，"你是全校最差的学生吗？你是好孩子，你牢牢守住了我过去坐过的座位"，并奖给孩子一个金币。所以洋人也有"耐人寻味"之处。不过，也许他们现在不搞分数排队了，而我们不但把分数当成学生的"命根"，而且还与其他人的奖金、荣誉、政绩、乌纱帽挂起钩来，则究竟能在多大程度上按教育教学规律办事，不也是"耐人寻味"得很吗？

44. 仿套曲：伤事①

引子：[侥侥令]

龙年春来早，
未惊先闻雷；
春雷？惊雷？
是喜？是悲？
各人自有体会；
今日茶话啊，
唱几支曲子凑趣。

[醉扶归]

冷飕飕被传法庭到，
事悠悠副省长成被告；
问索贿受贿有多少，
一笔笔全被他知道。
伤神暗把奸商恼，
忐无情将爷轻抛！

[皂罗袍]

世事由来难料，
倏晴明又早雨泊云飘；
只道你权倾洪城，
争奈也身陷重牢。
万金虚掷，
买个市招；
才挂又铲，
累个通宵；
你看我恼也不恼？

[醉扶归]

甜蜜蜜把媚眼儿抛，
黄灿灿将金链儿摇；
话头上夸我字儿好，
心里拉我把国库撬。

---

① 2000年3月6日。

你拿大头我得少,
莫以为我不知道!

[皂罗袍]

你也花钱买官,
权钱交易咱俩心照;
你不是省油的灯(啊),
四五万不放眼梢。
贪心儿大,
嗓门儿高,
四处招摇,
暴了目标;
害得我接到传票、
心惊肉跳、
打了水漂……

[醉扶归]

森严严一纸判决到,
寒颤颤魂上奈何桥;

恨世间少了后悔药,
权谋私反成自杀刀。
墙上字"长清"难保,
一堆垃圾弃荒郊。

(前腔)

意沉沉待把心儿交,
惨切切泪珠儿先抛;
带不去这些金和银(啊),
舍不下妻儿老和少。
转头万事皆成空,
一轮古月松间照。

(尾)

惊雷难醒沉沉醉,
直将它当作万一;
下一个该谁落泪?
堪悲!

45. 不当摆设[①]

  3月份就要开"人大"了。2月16日,《人民日报》发表署名文章,指出人大代表要消除履行职权四大误区,"要克服只有荣誉感没有责任感的思想和行为,严格依法履行职责,敢于为群众讲话,督促'一府两院'改进工作,勤政廉政,不要把自己当摆设"。在我记忆中,这样的文章似乎首次见到,觉得意义非同一般。过去总是"下头"怨"上头"不民主,现在可是"上头"要求"下头"认真履行民主权力了。难道你不觉得这是历史的进步吗?

  中国人是富于幽默感和语言概括力的,会用顺口溜的形式概括某种消极的社会现象以表达他们的不满。这种顺口溜一旦编派出来便不胫而走,广为流传。但我发现,它们除了对观民风者有些参考价值外,对消除消极腐败现象并无什么积极作用,也许还会相反,比如"大盖帽,吃了原告吃被告"一语,被一些原本不是这样的人听到后,不一定就以此为戒,倒是会想,"你不说我还不知道,你一说我倒明白了",于是也两头吃起来。当然,我并非把腐败现象的泛滥归因于顺口溜,而只是说顺口溜并不能起到民主监督的作用。在中国,真要督促"一府两院"改进工作,勤政廉政,归根到底还得人民群众和他们的代表自觉地依法行使自己的民主权力。

  "人大举手,政协喝酒",也是广为流传的顺口溜之一,其含意人人

[①] 2000年3月13日。

心知肚明，说白了，就是"当摆设"。"当"可以是被动的，也可以是主动的。这话产生于高度集中的计划经济年代，"当摆设"主要是被动的，无奈的。但到今天，仍以这两句话作为现象的概括或竟至作为行为的导向，我以为就十分地不公、不妥了。从本届人大来看，选举国家最高领导人也有反对票，而"两院"的工作报告仅以过半数通过。投反对票者，不同意者，都受到法律保护，体现了自由意志，无人强迫，也无人强迫得了。正如署名文章所说，"赞成、反对、弃权和另选他人全凭你代表意志。"故如果现在还"当摆设"，那是主动当摆设，是失职。

  我的目的不是谈论如何当人大代表，而是要从中悟出一点当民、当老百姓的道理。我国社会主义民主、法制建设的成就有目共睹。现在的问题是我们大家要从"子民"或"顺民"的观念中解脱出来，树立起现代的公民意识，敢于行使宪法和法制赋予我们的权利。一些人压制民主并非法制与制度的允许，正是惧怕法制的表现，他们之所以敢于这样做，恰恰是利用了大多数人的沉默。因此，不但人大代表不要当摆设，公民也不要当摆设。

46. 说"跟风" ①

中国人喜欢跟风,不知外国人是否也这样,愧未出国"考察",说不清楚,只能推测。从他们提出"流行色"的概念看,也是跟的;如若不跟,色彩怎么会自己流行?不过,外国人重个性,跟风之"风"未若国人之盛也难说。据说,克林顿会吹萨克斯,有一次在作竞选总统的演说之后,节目主持人问他:"你除了会吹牛之外,还会吹什么?"克林顿拿出藏在身后的萨克斯管说:"会。我还会吹这个。"连总统竞选都这样个性化,则有许多事就用不着跟风了。

什么叫"跟风"?辞书里未列条目,无法引证经典,只好望文生义,即跟着风儿跑吧。借句俗话来形容,就是"今天刮东风,我是东风派;明天刮西风,我是西风派。"不过这也不够的确。首先,跟风不只是刮风的结果,也是刮风的原因;其次,风有旋涡,如遇旋风,还是做"东南西北风派"。本来,跟风是想省力——"好风凭借力,送我上青云";但如落在这种境地,也是够苦的了。

说到"派",多少带些政治、宗教色彩。"风"并非都这么严重,它的范围大得多。日常生活、生产经营、文化娱乐都可以起"风",但未必都是"派"。很多人爱玩麻将,就不能称其为"麻派";许多女孩子爱穿露出肚脐眼的短衫,也不能叫人家"露脐派";一些干部花公款洗桑拿,当然更不能称之为"公款桑拿派"。对种种一时流行的现象,只好叫作

---

① 2000年3月27日。

"风"或说"××成风"。

中国的"风"很多。仅从背"语录袋"、打鸡血针算起以至如今，从官场到民间、从正事到耍事，谁能统计出刮过多少风，因为风多，故跟风也就成了"风"。跟风之所以成风者，总是有着历史、社会或心理上的原因。概括地说：或因过去封建专制、经常改朝换代被迫跟；或因经济短缺、碍于生计必须跟；或因要求变革自觉跟；或因追求刺激随意跟；或因贪婪成性冒险跟……因此，对跟风的事未可一概而论。但跟风成风总是不好的。它说明我们的不成熟；不肯动脑筋，无主见、无操持，办事没有明确的目标、没有分辨的能力，也是缺乏创造性和个性的表现。试问到处可见的石狮子，你站的是地方吗？你的尊颜配得上你所守卫的建筑物的风格吗？

说到最后，我终于不能断言"跟风"究竟好不好，我只能说：有的风绝对跟得，有的风绝对跟不得，有的风可跟可不跟。宋玉说风有"雄风"和"雌风"，你跟"雄风"呢还是跟"雌风"呢？抑或什么风都不跟、自创独具特色的"新风"呢？没人能替你作主，我们只能依靠自己理性的思考。

47. 傲骨与傲气[1]

据报载：胡长清平时脾气很大。有一次到某市，因为市长未出面接他，他竟拂袖而去。

据传闻：胡长清曾来萍乡，写字题词之前叫人传话：听说你们萍乡有个双管李远实写字有点名。我今日高兴，晚饭后要他来，我可以教他几招，为萍乡作点贡献嘛。"李远实听了立即表示："我是医师，写字只是业余爱好，我不想有劳胡副省长指教什么。请转言我脑壳痛，不去。"

这很有趣，胡长清在某市的拂袖而去，到萍乡却得到李远实的回敬，真所谓"出乎汝者反乎汝也"。但仔细玩味，性质却是两样：在胡长清表现为傲气，在李远实则为傲骨。

何谓傲气？又何谓傲骨？我以为傲气者，是一个人自恃某种"资本"（官位、学历、才情、技艺、资历、力气甚至年龄、姿色等）所表现出来一种轻慢凌人之气吧。傲骨则是撑起自家身躯使之成为"人"而不是"一团肉"的人格力量也，也就是独立人格。傲气伤人，而傲骨止于人格上自卫（在肉体上，过去很多有傲骨的知识分子往往吃尽苦头甚至丧命）。胡长清拂袖而去时，已不把在场的副市长等人放在眼里；李远实不去，只是表明我"安能摧眉折腰事权贵"！如果竟伤了胡副省长的脸面，那是胡长清咎由自取。故语云："人不可有傲气，但不可无傲骨。"

李远实为何拒绝与胡长清见面？我看，这并非是他掌握了官场内情，

---

[1] 2000年3月20日。

预测到日后胡将垮台。如果是这样，则李远实不过是善于观测政坛行情并随行情变化而调整自己行为的"乖觉儿"。这显然不是他的性格。李远实的拒绝，完全是他的傲骨所使然。

有一点应当明确：胡长清来萍，是为了工作而不是为了写字的，写字不过是业余雅兴而已，既是业余，就不存在指示与服从的关系。谁来不来见面，应随各人自愿。见了，未必就"势利"，不见未必就不恭。胡长清难道还怕没人牵纸吗？却偏指定同为书法家的李远实捧场，有违同行相敬的原则，不仅是对远实坐大不恭，也是傲视萍乡一方文化——你们的书法家只能给我"求教"。如此狂傲，则远实不去就是情理中事了，不亦快哉！

中国长期的官本位社会，造就了一种普遍性的依附人格。有的人见了高官就膝盖发软，下巴拉得老长，官话未出，"是是是"就忙个不迭。因此，有的官们就愈加颐指气使，官气十足、傲气十足、霸气十足甚至痞气十足。在这样的文化土壤中又谈何民主、谈何清除腐败呢？胡长清此前如果多遭遇些"李远实"又会怎样呢？可惜晚了！

48. 人·鼠·猫[①]

猫是鼠的天敌，鼠是偷窃人类的贼。人是"万物之灵"，不能坐视鼠窃，便雇猫捕鼠。这样，人就成了猫的主人，猫是人的仆役。最初意义上人、鼠、猫的关系，大体如此。

人有改造的欲望和能力，凡所感知的一切，都想改造一番以形成文化。有如茶文化、荔枝文化、龙文化、虎文化一样，也有鼠文化、猫文化。这不仅见之于文学艺术创作，更反映在生活实际之中。

你觉得现在的猫还像过去的猫吗？现在的猫有多少是杀鼠的？它们因其温驯、媚态，成了人类的宠物。而凡被人类宠爱的东西，一个个都变得好吃懒做，猫也毫不例外。有的猫，老鼠舐它的鼻子，也不愿睁一下眼睛。难怪在讲求实际的美国人笔下，猫成了老鼠戏弄的对象。

你以为现在的老鼠还像过去的老鼠吗？现在的鼠聪明多了。什么最新捕鼠器、灭鼠药，一只老鼠上过当，其他的决不上第二次当了。现在的老鼠无论是块头还是胆量都比过去大。所以，"鼠目寸光"、"胆小如鼠"一类成语，都得按《新牛津魔鬼辞典》作如下理解："这是关于老鼠视力（和胆量）最无知的断言。为此，老鼠至今仍瞧不起高大的人类。"

你以为人对猫和鼠的态度还像过去一样吗？错。

人接受了猫的献媚，便原谅了它的懒惰；过去用"饥饿法"逼猫捕鼠，现在猫一餐不肯吃饭人便忙着去买小鱼，两顿不进食便要陪着去看

[①] 2000年4月3日。

医师了。人对鼠的偷窃,在保存最初憎恶的同时,一变而为无奈,再变而为学习,这是古籍上早有记载的。

《诗经·硕鼠》云:"硕鼠硕鼠,无食我黍。三岁贯女,莫我肯顾。逝将去女,适彼乐土……"对大老鼠的偷吃毫无办法,最后只好决心搬家了。这不是无奈吗?

人向老鼠学习,两种境界:低级的学做贼,如《十五贯》中的娄阿鼠;高级的如战国末期的李斯。据《史记》载:李斯"年少时,为郡小吏,见吏舍厕中鼠食不洁,近人犬,数惊恐之。斯入仓,观仓中鼠,食积粟,居大庑之下,不见人犬之忧。于是李斯乃叹曰:'人之贤不肖譬如鼠矣,在所自处耳!'"正是在老鼠启发下,李斯才决心改变自己的地位,从苟卿学帝王之术,一度猎取到了荣耀。

鼠由人之贼而变为人之"师",人由猫之主而变为猫之"仆",猫由鼠之敌而变为鼠之"妓"。这种畸变,问题出在哪里呢?

当然,还有很多很多的人在研究治猫之懒、治鼠之窃的新方法。

49. 关于"心是好的"[①]

中国人尊师重教的传统可谓深入人心。除了那些老掉牙的例证之外,我还可举出一个更深刻的例子来证明。那就是人们对于教师在教育行为中的过失,往往采取包容的态度,说"心是好的,只是方法不对",或者说是"好心办坏事"。

我的一个孩子读小学时,写了一篇题为《我们的老师》的作文,却不敢交上去。问之,原来是写一位老师上课时背竹扫帚赶打学生的事,并说这全是事实,绝无半句虚假。她问我能不能写。我说要写也写得,但你不能写好事情吗?她说不,就要写这个,看来意见还挺大;但又不敢交上去,怎么办?我便启发她,那就想个办法,让老师看了作文以后不会生气。她想了一下,说有了,后面加了一段,说老师态度虽然粗暴了一点,但心是好的,是恨铁不成钢。第二天,作文交上去,果然没事。

最近据《焦点访谈》报道:某校一位老师,叫班上同学选"最差学生"。结果,被选为"最差学生"的孩子羞忿不过,动手打了被他怀疑是投了他的票的同学,出手还不轻,将耳朵都打聋了。事情闹大了,当然将原因追到这位老师身上。这时,也有人站出来说:老师是为了学生进步,心是好的,只是好心办坏事。

我以为社会对教师这种包容的态度,不应当促成这类教师继续任性,应当引起他们反思自己职业包含的崇高性、科学性和理智性,从而更严

[①] 2000 年 4 月 10 日。

格地要求自己。如果我们真想当好一个老师，就千万不要拿"心是好的"来原谅自己。即使是"好心办好坏事"也是要负责的。

近日又从报上看到一条新闻：一学生投诉教师不但不减负，还照样收补课费，加班加点给学生补课。教师气不过，找来这个学生，左右开弓打了十几个耳光，问他还投诉不投诉。大概这位老师也是认为自己"心是好的"，那为啥子还投诉呢？现在是法治社会，如果因为"心是好的"便任性而为，我敢断言，今后控告校方或教师的官司将会多起来。尊师与遵法将并行不悖。

别说打官司，还是谈教育。人们习惯于将教育方法与教育内容分割开来，而我则认为如将育人摆在首位，则教育方法也是教育内容。选"最差学生"可以说是促成学生进步的"方法"，但这一"方法"本身就意味着侮辱人格、歧视后进，是最先让学生学到的"内容"。如果我们把"心"不仅理解为动机，而且也理解为思想（包括教育思想）的话，则我对许多场合下的"心是好的"这一说法要产生怀疑了。这与尊师与否似不相关。

50. 装货还是加油[1]

近读《素质教育在美国》一书，有戚戚焉，想说几句。作者黄全愈先生是留美博士，在中、美两个不同的教育体制下读过书、教过书、研究过教育理论。他是搞比较研究的，一比就有不解的惶惑。比如：中国的教育行不行？说不行，为什么中国留学生的孩子在美国学校那么出人头地？说行，为什么中国的科技落后？美国的教育行不行？说行，为什么留学生的孩子一旦回到中国就根本无法跟班？说不行，为什么美国是公认的科技强国？

作者说："我想把我这些年来的疑问、对比和思考，用我和我的家庭的亲历和见闻平白地叙述出来。让中国的老师、孩子和家长们一道参与这个'启疑'的思考过程。"这就有点"洋"味了。因为中国的教育只教孩子接受，是不重视"启疑"的；中国的教育方法就是"磨墨"，孩子是"墨"，教师、家长都来"磨"，对这种"磨墨"法也很少"启疑"过。我们很难有机会出国考察，借这本书来"启疑"一番，是经济而又实惠的。

此书给我印象最深的是一个比喻：往车上装货，还是给车子加油？因为此时我正好看到一篇题为《华中理工神童班黯然消失》的报道。过去一度炒得沸沸扬扬的神童班，虽花比普通班高出十倍的力气，终因"神童"成绩处于下游且多心理问题而"黯然消失"。这确乎令人沮丧而伤感，而且不禁要问：这是为什么？

---

[1] 2000年4月17日。

作者讲了一个美国教育中的失败的故事。说是有个男孩，五六岁时智商达150，后来父母离异，他被判归父亲。父亲望子成龙，从小就让他加快学习速度，12岁便考上了大学。但两年后，却因心理不适而离开了大学。为此事，他的生母向法院起诉，说孩子的生父为了满足个人的成就感，逼迫这孩子超速学习，以致造成了对孩子的心理伤害。结果，孩子的母亲胜诉，孩子又判给了母亲。五年以后，这孩子像他的同龄人一样重新进大学，但已是中人之资了。

这里面的问题是：应怎样对待高智商的孩子？为他们提供什么样的生长环境？作者介绍了美国人的做法，篇幅所限，无法复述，还是回到比喻上来。作者说：“中国的初级教育就似往那超大车厢里尽可能多地添加重物。而美国的做法更像是不大考虑载重量，而是让车子'顺其自然'地往前跑，并时刻注意给油箱加油，让车子跑得更稳、更快，后劲更足……”这比喻很值得咀嚼。我想，不只是超常儿童的教育如此，平常儿童的教育又何尝不一样？成年人想从孩子身上获得"成就感"，伤害孩子的事，我们不应视而不见了。

51. 超越"穷则思变"①

1月27日著名经济学家厉以宁在顺德讲演，内中谈到企业改革的两种导向问题。他说一种是利益导向，"我的企业好，正在走上坡路。但为了将来得到更大好处，就要改革。"另一种是危机导向，"只要能混下去，就不会想到改革。什么时候要改呢？是混不下去了，不改不行了，才想改革。"厉先生是主张利益导向的，他说"本来顺风时好改革，因为一切都是顺利的。这时不改，到碰上危机才改，这也困难，那也困难，就难了。"这番话，我以为是适应于一切改革的，也是对中国"穷则思变"的传统变革观念的超越。

中国人并不保守，古代的《易经》就专门研究事物穷通变易之理。变革的思想乃是中国传统文化一根反应的神经，只不过它藏得很深，千百年来一直被既得利益集团用"先王之道"、"祖宗家法"、"国情论"一类虎皮层层蒙住，轻易触动不得。什么情况下才变呢？《系辞》曰，"变则通，通则久"，一直要"久"到"穷"了才又变。此即所谓"穷则思变"，是中国传统的变革观。

过去哲学家如何解释穷则思变且不管它，我倒以为厉以宁对危机导向的解说实在是对穷则思变的极妙注脚。套用他的话说，"穷"就是混不下去了，"思"就是想，"变"就是改革，"穷则思变"就是弄到混不下去了才想改革；否则，只要能混过去，就不会改革的。因此在这条定理的

---

① 2000年4月24日。

背后，也就存在着一条反定理：不穷则不变。这有如烟民的抽烟，不抽到肺气肿了是不想戒的；又如贪官纳贿，不纳到披枷带锁了是不罢休的。中国过去两千多年的历史，既是"穷则思变"的历史，也是"不穷则不变"的历史。追溯中国进步与落后的原因，似乎都可以从这里找到答案。便是现在的一些改革，又何尝不是"穷则思变"式的？某些方面的"改革滞后"，其原因也是"还混得下去"。

  当然，"穷则思变"比穷而不变好，但又不如未及穷而变或通中求变、富中求变来得积极、主动、游刃有余、效率更高。如果说"穷则思变"在农业社会时期是先进的，到工业社会就显得被动，而到后工业社会则就不免于落伍。看来改革不能等到口中无食了才进行，也要实行"三股政策"：嘴中咬一股，手中抓一股，眼中盯一股。不知这是否符合厉以宁先生利益导向的精神。中国人已对穷不感兴趣了，这是历史的进步，而要远离"穷"字，看来还得超越"穷则思变"的传统变革观。

52. 做清官，办实事①

丹麦记者问朱镕基总理，"你希望中国人民在您离任之后最记得你的到底是哪个方面？"这个问题如果稍加修改，将"中国人民"四字换成"老百姓"然后制成问卷，做一次普通的"官意调查"，我想一定会有许多豪言壮语。

但朱镕基却答得极其平实："我希望……全国人民能说一句，他是一个清官，不是贪官，我就很满意了。如果他们再慷慨一点，说朱镕基还是办了一点实事，我就谢天谢地了。"可谓语不惊人却出人意料之外，出人意料之外却又在人意愿之中。如果所有官员也"慷慨一点"，取朱镕基之意，将"做清官办实事"六字做成座右铭并躬行之，老百姓一定额手称庆，真要山呼万岁了。

据 2000 年《社会蓝皮书》（中国社会形势分析与预测）提供的资料：1999 年与 1998 年相比，"最严重问题的排序出现了较大的调整：'腐败'由第 3 位跃升为第 1 位，成为普遍关注的最主要问题。"今年"人大"会议期间，虽在江西查处了个副省级巨贪，但并不表明已煞住腐败蔓延之风。所以在通过"两院"工作报告时，仍有百分之二十几的反对票和弃权票，这说明什么呢？在这一背景下来解读朱总理的答问，我以为就不只是道真情，也是寓深意的了。

"清官"既非经典概念，也非新潮词汇，不过旧名而已，但却是中国

---

① 2000 年 5 月 1 日。

老百姓向来对官员的期盼和美誉。只是在"文革"前，为着政治斗争的需要而批吴晗的《海瑞罢官》，引发了一场对海瑞、对清官的批判，一度造成认识上的混乱，似乎清官比贪官还更"坏"；理由是他们更能巩固封建地主阶级的政权。结论自然混账，理由倒是真的。海瑞不仅"力摧豪强，抚穷弱"，自奉又非常节俭清贫。他为母亲做寿，只买了两斤肉，其不扰民必矣！于谦为兵部侍郎，巡抚河南，返京时未接受任何礼物，人传其诗云："绢帕蔴菇与线香，本资民用反为殃；清风两袖朝天去，免得闾阎话短长。"有这样的官员，老百姓对政府怨言少了，社会自然安定，政权自然巩固。可见"清官"不只是道德概念，也是政治概念。现在要是有个贪官站出来说，我虽然贪一点，但在政治上却是坚定的，而有人竟不视为笑话的话，那他不是同病相怜就一定是政治上的小儿科医生。

　　做清官与办实事密不可分。不贪不沾而不办实事是懒官、庸官；办实事而得回扣、受贿赂是贪官、脏官；又贪又沾又不办实事，则无以名之，只好称作"污吏"。老百姓是欢迎既清正廉洁又办事实的"清官"的。这名称虽然旧了一点，但老百姓能懂，如果要作"阶级分析"，那就先读读《过秦论》，好好体会一下"功守之势异也"这句话。

53. 反人性的"神童"教育[①]

神童，指聪明异常、智力超群的儿童，在各国都受到重视，不论古今。在中国，"神童"之名大概始于南北朝。《辞海》引《梁书·刘孝绰传》云："孝绰幼聪敏，七岁能属文，舅齐中书郎王融深赏异之，常与同载适亲友，号曰神童。"如从这时算起，则"神童"之名已存在1500年了，其间正史、野史，信史、伪史所载之神童当不可胜数。

神童虽冠以"神"，其实也是由于个人某些特长与环境、教育互相作用的产物。中国过去科举取士，是重诗书继世的国度，因此关于神童的记载绝大多数是幼能识字诵经、善书、善词章诗文以及应对敏捷之类，少见在自然科学方面的少年奇才。另外中国人讲究光宗耀祖，出一神童，往往被成年人据以满足自己的"成就感"，拉着四处张扬以显亲扬名或标榜"人杰地灵"，在教育上除逼其死记硬背以应试外，并不曾作科学的研究，故"小时了了，大未必佳"者不在少数。金元遗山《中州集》记"明昌（金章宗年号）以来，以神童称者五人"，后来"一人隐居不出，余三人皆无可称，独知几名重天下"。以此为例，是神童的成才率也只有20%。

更可悲的是，由于对神童的炒作，使社会染上"神童热"。一些家长抱着自己的功利目的，无视孩子的差别，违反人性地去进行"神童"教育，其结果是伤害了孩子的身心健康甚至生命。

据宋叶梦得《避暑录话》的记载："饶州（今江西波阳）自元丰末，

[①] 2000年5月8日。

朱天锡以神童得官，俚俗争慕之。小儿不问如何，粗能念书，自五六岁即教之《五经》。以竹篮坐之木杪，绝其视听。教者预为价，终一经偿钱若干……流俗因言饶州出神童。然儿非其质，苦之以至于死者，盖多于中也。"这一记载，前因后果，写得非常具体。其中所记教育方法之冷酷、危害之惨烈，至今令人不忍卒读。

宋代科举有童子科，童子应试称为应神童试。饶州童子朱天锡因能背诵诗、书、易、礼（周礼、礼记）、论、孟七经，"无一字少误"，被"赐五经出身"且赐钱五万，升官发财，引得乡人羡慕不已。五六岁的孩子"粗能读书"就被视为"神童"苗子，逼其诵读五经。他们实行"封闭式"教育，将孩子用竹篮装着挂在树顶上以"绝其视听"，除跟先生背诵经书外不能心有旁骛，这是何等愚蠢而残忍。不过，"饶州出神童"的虚名也就因此而传开了。其结果又如何呢？叶梦得沉痛地告诉人们："然苦之以至于死者，盖多于中也。"也就是接受这种"神童"教育的孩子中，有不少被"苦读"折磨死了！这样的惨痛教训，过去的人也许习以为常，并未引起重视，故今略述之。

54. 试论太平之死[①]

《大明宫词》以太平之死而终曲；《长相守》的琴音亦如薄雾飘散。艺术在完成了对历史的改造之后，观众也要对它实行改造：仁者见仁、智者见智了。

我以为太平是个很美的形象。太平的美，不只是天生丽质和对纯真爱情的追求与执着，更在于她虽生活在充满邪恶和血腥的权力斗争漩涡中，却能从权势中淡出而闪现出睿智、仁爱和宽容、正义和勇气的光辉。我以为太平是越来越美的，直到她的死，也是一种美。

你看：在象征权力和威仪的绛红色帷幕映衬下，一疋白绫展开着悬挂在看不见的什么地方，悠悠地飘荡，似欲乘风归去。它们在历史昏暗的灯光中浑然一体，如梦如幻……使人感到无限的伤感和惆怅。

太平选择了死，这不只是因为崔缇的死去而失望，也是为唐王朝再度进入太平盛世、为自己对人性与人格的完美的追求。死，是她不违本性的最好选择，也是她超越自我的升华。

她不能像她母亲武则天一样当皇帝。虽然她有机会，也并不乏睿智和面对艰险的勇气，但她缺少杀伐决断。她清醒地认识到自己太重情感，因而不适宜执政。

她也不能为辅佐李隆基当皇帝而垂帘听政，虽然李隆基有这个请求。李隆基是她恢复李唐王朝太平盛世的唯一希望，但她和他在性格上

[①] 2000 年 5 月 15 日。

有着深刻的矛盾。她恬淡、宽容,而李隆基锋芒毕露。即使日后李隆基不猜忌她,朝臣们也将在私利的追逐下分裂他们。

她也不能退出权力中心而过隐逸的生活。"树欲静而风不止"。在她为稳定大局而辅佐李崇冒登基和召李旦入主皇位时,她以对薛绍的爱情所培育大的叶儿,却违背她的心愿,残忍地鸩杀了和他童年时一样可怜无辜的孩子李崇冒和也是宽容的李旦,后来又去刺杀李隆基。

这三种选择,都将导致唐王朝继续在权力的争夺中发狂、流血,这是她不忍心再见到的。因此,选择死,就是她性格发展合乎逻辑的结果。这不只具有个别的意义,也是历史的悲剧,世上需要爱,而爱也需要权力的保护。但当权力私有化并被当作对某些曾奉献过爱或曾历苦难的人的"报偿"的时候,权力又在扼杀着爱情、善良、正义和宽容这些人类最美好的品性,也许这就是太平之死的悲剧意义吧?由此,我们也可以体会到《大明宫词》对人文价值的追求,而不是对圣君贤臣的讴歌。

55. 目的与手段[1]

据《法制日报》报道：遵义市某刑警中队队长赵某、探长屠某，为了对一起凶杀案的犯罪嫌疑人熊某逼取口供，在连续三天的审讯中施以种种肉刑进行摧残，致其在审讯中惨死。结果，赵、屠二人被依法逮捕，近由贵州省高级人民法院作出终审判决，以故意杀人罪分别被判处死刑缓期两年执行和无期徒刑。报道说，赵、屠二人都曾在当地为打击犯罪分子保一方平安立下汗马功劳，其沦落令人沉重、更令人深思，贵州高院承办法官韦雄对此不禁扼腕叹息："不管你的目的多么正确，也不能以刑讯逼供的不法手段达到目的。"这话很有普遍的启示意义。

应当说，韦其实只是重提了一个古老的论题，即目的是否能证明手段正确。一切握有公共权力的人都值得好好想想。否则，所谓"依法办案"、"依法行政"、"依法管理"，都有被曲解、被肆意践踏的可能。如果将"依法"二字仅仅理解为"依据法定的目的或职权"而将"手段"排除之外，则类似的悲剧随时随地也可以发生，我们平时的闻见也不幸证明了这一点。

一百年前，法国路易斯·博洛尔在《政治的罪恶》一书中指出：政治本来是一门非常高尚的、非常重要的关于管理公共事务的艺术，但长期以来一直被许多错误的政治原则所玷污。它们在合法的外衣下，把政治变成了一种说谎与欺诈的骗术，甚至变成了一种抢夺与压榨的霸术。

---

[1] 2000年5月29日。

"为了目的不择手段"的马基雅维利主义正是被历代统治者所普遍采纳的错误政治原则。他们在"强权大于公理"、"目的证明手段正确"、"公共安全是最高的法律"的格言掩护下，经常以国家理由为借口来发泄私愤、放逐无辜、践踏一切人间正义以扩大他们的权势。甚至在正义与人道的伟大原则下爆发的法国大革命也是如此，割断了政治与道德的联系，结果热烈追求马基雅维利主义的人也付出了高昂的代价。

　　中国人不一定知道马基雅维利主义之"名"，但对它的"实"却是非常熟悉的，而且运用得不比外国人更差。封建专制时代，诛连九族、滥杀无辜的种种暴行无不是在以关系"国家社稷"安危的名义下进行的。统治者如此，反抗统治者的"好汉"又何偿不如此？武松一怒杀了张都监一家老小，李逵江州劫法场抡着一对板斧见人就排头砍去。对此，我们甚至作为"英雄行为"加以赞赏。"文革"中的种种迫害，也无不是以"革命"和"为了国家不改变颜色"的堂皇目的，来证明一切非法的、反道德的行为"在方向上永远正确"。我们是这样走过来的，则赵、屠执法犯法悲剧的出现就绝非偶然，因而为之"深思"也决非少数人的任务。

56. 多点时间陪伴孩子[①]

新千年儿童节来了。家长们大约都给孩子备了一份礼物,有钱花个百把几十,无钱花个块把几角。别看价钱相差悬殊,价值却是一样,都是父母的一份爱心。而且我还体验到,现在孩子最需要的,与其说是金钱上的花费,不如说是时间上的施予:多花点时间陪伴他们,和他们多玩玩、多做些感情上的沟通和情绪上的调摄与辅导。

在顺德,我长住在老二这边,节假日也过老大、老三这边住住,他们考虑我客居寂寞,往往陪我搓搓麻将消遣。但我发现,事情正在起变化。往日去时,孙女、外孙高兴得很,现在却热情减退了。这是为什么?外孙嘴快,有一次抱怨他妈道:"哼!爷爷奶奶来了,你们就陪着打麻将,把我们丢在一边!"虽然女儿作些解释,他其实并不服气,只是叫着"好烦啊!"这颇使我感到内愧。当年小海婴埋怨鲁迅:"这样的爸爸,什么爸爸!"我想他们内心也一定在说"这样的爷爷,什么爷爷"了吧,我真得"改过自新",多为孩子们想想了。

不能忽视孩子们的这种情绪和要求。《情商》作者戈尔曼博士曾指出:"我们正处于一个小孩不好过,父母更难为的时代。"以美国社会为例,几十年间,青少年杀人率增加了三倍,自杀率增加了两倍,强奸率增加一倍。"一般说来,小孩变得更神经质,更会生气,更会闹别扭,更情绪化,更消沉,更孤僻,更容易冲动,更不听话。"造成这种"恶化现

[①] 2000年6月5日。

象"的一个重要原因，便是"如今的经济现实逼得父母必须比前代更努力工作才能维持一个家"，"大部分的父母陪伴小孩的时间，比不得当年自己的父母"。越来越多的家庭住所远离亲戚，家长根本不敢放小孩到街上去玩，造访邻居就更甭提了。小孩花越来越多的时间盯着电视或电脑屏幕，而不是在户外和别的小孩在一起玩。因此，小孩学不到基本的情绪智能，后果正越来越严重。

我以为许多社会现象的出现，是没有国界的。美国七八十年代出现的上述问题，在今天的中国也已经遇到。随着竞争的加剧和城市化的加速，中国人正在失去过去所一贯重视的"天伦之乐"，对金钱、权力和刺激的追逐，对欢乐的追求和对苦闷的排遣，正在使越来越多的人远离孩子。我们的孩子正在体验着紧张、焦虑、孤独、烦闷和不安的种种消极情绪。如果我们父母对此掉以轻心，则在这种情绪化后面，接着而来的又将是什么呢？

多花点时间陪伴孩子，一般说来并非不可企及的奢望。仔细想想，我们有多少时间花在无谓的追逐、应酬和消遣之中，为何对孩子就这样吝啬呢！

57. 释字辨词·说"混"[1]

我想在"茶话"中来点说文解字。这回要释的字是"混碗饭吃"、"混个一官半职"的"混"。

混者，从氵、从曰、从比，形声而会意者也。"昆"声。

氵象水流貌。水源自山。在山泉水清，出山泉水浊。水浊又叫浑。混通浑，"浑一而不可分"者也，莫辨深浅，下不见底是泥是沙，上不照人是丑是美，这才能混。如这一条件不具备而要混，就得把水搅浑。

曰为言语之象。在"混"之言，须是巧言。孔子曰："巧言令色，鲜矣仁。"既是混，当然不管它仁不仁，也不必言而有信。凡能邀宠、得官、渔色、获利者，假话、大话、套话以及诏言媚语皆为巧言。老子说："五色令人目盲，五音令人耳聋。"巧言令色可以使人变成聋子、瞎子，这才能混到好处。

比为朋比之状，不是比较之比。因为有比较就有鉴别，有鉴别就真假善恶美丑见焉，就混不得了。故混，必须朋比连类，广结哥们。所谓哥们，主要是同声相应，同气相求，不一定地位相同、年龄相仿。有哥们相互帮衬，就能产生"三人言市有虎"的效应；否则，独立特行断不能混。

故混的含义至为丰富。生民以来，竟演绎一种哲学、一种人生态度、一种处世方法，是让肌肉和大脑都松弛下来，毫不费劲地获取最大收获

---

[1] 2000年6月12日。

的艺术。小混混于世,大混混于朝,是为混世主义。世人不知此,只嘲笑混在乐队中吹竽的南郭先生。他们笑南郭,又只见其瞬间的狼狈,不知他已获得长期的安乐,更不知他出走齐国后又在赵国、韩国"吹竽"的"后传",真可为小笑而大遗者也。而这,正是"混"贯古今之奥秘。

58. 好女人与好男人[1]

有篇称颂"好女人"的文章，说"人世间，没有好女人，何来好男人？好女人是男人的学校，是男人的教师，好女人可以培养好男人"。她们"有真挚的情性参悟人生"，"善用温柔化解一切"……"放风筝时，用线死死缠住它，又不愿它呆在地上，而是越放越高、越放越远"。

有篇报道，说某地反腐倡廉，十分重视做好领导干部配偶的工作，找她们座谈，鼓励她们当好"贤内助"，督促自己男人拒腐防变，更不要利用男人的权力去谋私或索收贿赂而连累男人。既晓之以大义，又用事实说明腐败将给家庭带来灾难和不幸，工作真是越来越细了。

"男人的一半是女人"，对女人任何诗意般的赞美，我一向是乐于接受的，更何况"好女人"？我也认为，筑一道反腐倡廉的"夫人防线"，在中国颇有必要。一是据说当官的大都怕老婆；二是夫人借"官人"的权势谋私者也确有人在。

但凡事就怕联系起来想，一想便生出疑惑。说"没有好女人何来好男人"，好女人又从何而来？该不是天上掉下的吧？那是教育出来的了。但中国还没有专门培养"好女人"的学校。或许，是组织上开座谈会、办培训班教育出来的。那么，那些男人就在组织里，为何反倒教育不好？莫非女人真是水做的，一滴红水就能染红，男人真是泥做的，十滴也不济事，非得女人用温柔将其化解成水了，才能染成红色么？我怕这样一

---

[1] 2000年7月3日。

来，"好女人"在盛名之下难免蒙上恶名。因为，要是她的男人变坏了，那她不是"坏女人"也是教育失职；而一个未能培养出"好男人"的女人，还能算是"好女人"么？

是的，你可以用线将"风筝"死死缠住呀！可现在的男人刁得很。他会借"公出"之名，坐了小车、乘了飞机，实行异地腐败。而且，有的除夫人外还有"如夫人"。俗语说"妻不如妾，妾不如偷"，他会听谁的？夫人手中的线能有多长、多牢？从前小学语文里有篇《放风筝》，结尾是"完了完了，手里有线没有鸟！"这该怎么办？

权力是种腐蚀剂，绝对的权力就是绝对的腐败。这已成为共识。故反腐倡廉，根本在于从制度上建立起对权力的制约和监督机制。"男人有钱就变坏，女人变坏就有钱。"有些女人的变坏也是男人的权力给腐蚀的。那么，这道防线又该筑在哪里？所以，若不先完善体制上的改革，则"夫人防线"的作用，恐怕也难很好发挥出来。反腐败，本质上并不涉及是"好女人"培养"好男人"还是"好男人"培养"好女人"的问题。

59. 题字题词杂说[①]

题字题词,是种特殊的文化活动。是雅事,也是难事。说特殊,是指题字是在特殊场合由特定人物(领导、名流、贵宾)应邀进行的活动。说雅,是因为它涉及艺术并以书法为载体传递着社会历史信息、使人获得艺术上享受和精神上的感染。说难,一是几个字不容易写好,二是几句话难得妥帖,三是该不该写有时也拿不准。所以,除万不得已,一般人都采取藏拙的态度,避之唯恐不及。

为了说明这点,我们还可从"题"字上作些理解。不错,这里"题"就是书写。题字题词,不就是写几个字和写几句话么?但真要这般信直,那就糟了。你会把它看得过于简单而贸然行事。中国的字有本义和引申义,有时要准确理解其引申义,还得回到它的本义上去。题的本义是什么?是头额,是一个人的最高部位、最显山露水的地方。你不想想,在人家的"头额"上写字,岂是随便做得的?当然,有的题词并不一定张挂出去,是写在纪念册上。但白纸黑字让人家长期保存,倘有差池,岂不贻羞?故慎之又慎绝对需要。

虽说题字题词是特殊的文化活动,一般人轮不到的,但就其影响而言,却具有广泛的群众性。有的甚至可以说影响巨大而深远。毛泽东一生题词不多,每有所题,影响都很大,有的不啻为一声号令。如新中国成立初期的"一定要把淮河治好"、六十年代的"向雷锋同志学习"都是

[①] 2000年6月26日。

如此，至于他给中国少先队的题词——"好好学习，天天向上"，更是妙不可言。这里面既寄托了党和国家对少年儿童的期望，也体现了长辈对晚辈的谆谆教诲。内容精当，语句简短，以"对句"形式出之，"好好"、"天天"叠用，既表达持久之意，又符合儿童语言特点。故几十年来，一直鼓舞着一代又一代的少年儿童茁壮成长。

近闻某省电视台的一位节目主持人，应某热心观众之请，也挥毫为萍乡的电视观众们题了词，内容也是"好好学习"。可是，却招致一些人的微词。这也难怪，内容错吗？不错。当今之世，谁不要好好学习？但在不满者看来，你不就是个节目主持人吗？从市场关系看，观众就是顾客，顾客就是上帝。你有什么资格叫广大的萍乡电视观众"好好学习"呢？既是不顾身份，涉嫌妄自尊大，自然也就有人要挑挑岔了。比如，有人在一个晚会的短短开场白中，竟折数出了九个毫无道理的"哪唛"来。真是！早知如此，何不在提笔之前也先来两个"哪唛"呢？

题字题词，看似简单，其实也有点复杂，你说是吗？

60. 他们怎样"两思"①

江总书记视察广东时,指出要开展"致富思源,富而思进"的教育活动。意义非常重大。从广东报纸看,几乎每天都有相关的文章和报道,可见其广泛深入。实际上,也很显著。比如顺德市,在"两思"鼓舞下,一次群众性的筹资活动,就为兴建顺德大学募得 2.85 亿元资金,内地人怎敢想象?当然,他们有钱,但得益于"两思"更是显而易见的,倘觉悟不高,都如"杨氏为我,拔一毛以利天下而不为",又将怎样?

不过,"两思"中也爆出个别"冷门"。《羊城晚报》就曾披露:有人"思源"时,想到的是单位有位"好领导",因而"思进"时,想到的竟是"进贡"。这当然背离了总书记指示精神,颇为好笑。但我以为又不能以"笑话"视之。至少,它反映了一种特殊人群的特殊心理。

君不见中国的地形么?西北高、东南低、故江河皆源自西北而流向东南。但若一条一条来讲,则其源和流又各不相同。"富"也一样。俗话说"生财有道"。这"道"既可作道义解,也可作途径、方法解。两种含义并非一定并存。有些人富,既有方法也有道义。有些人富,则只有方法并无道义,这就是我所谓的"特殊人群"。存在决定意识,"特殊人群"在"两思"中也当有"特殊心理",岂可以常理度之?

去年海关通过"严打"走私犯罪,结果关税收入翻番,多收一千多亿。这说明,过去国家因走私而流失的税款,每年高达数百亿、上千亿

---

① 2000 年 7 月 10 日。

元。这造就了多少富人？这些人是怎么"思源"的，我们无法揣摩。若论"思进"，我以为他们的"进"就是"补"——补税。但他们干吗？

因"权力寻租"而致富者也大有人在吧。有的受到了法律的惩处，不消说了。那些还在安享尊荣的人又是如何"思源"的，我们哪能知道？若论"思进"，我以为他们的"进"就是"退"——退回赃款给国家。但他们愿"退"吗？如非这样，他还不知要"进"到几千万呢！

由是观之，此类特殊人群，"思源"时想到某位或某几位"好领导"，"思源"时想到"进贡"，虽然错误，倒也不失其真实可信。否则，如果像成克杰那样说些体面话，什么"党和人民给我的太多了，我为人民付出的太少了"之类，不过是令人作呕的屁话。因为，党和人民压根儿就没有给他们那么多钱。他们连"源"都不敢澄清，又将"进"到哪里去？

61. 马桶的启示[①]

这题目很不文雅。但禅宗有云："道在屎溺"。既能从屎溺悟"道"，则从马桶寻些"启示"又何妨？

中国人忌谈马桶，大概因为联想太丰富，一说到它就不但想到内面的屎溺，而且想到上面的屁股及其他，故视马桶为"污秽"的同义语，并关乎家庭隐私，轻易说它不得。但由于不谈论，所以马桶也就长期不得改进。

那种木制马桶，不知从哪朝哪代就有了，直到近二十年才逐渐被淘汰出局。这东西一生也只"风光"一次，就是当作嫁妆让人抬着招摇过市的时候。一旦启用，便怕见外人。过去城里人，总是一大早就排长队向公共厕所倒马桶，这差事又大多由老太太顶着，似乎她们感觉迟钝了，不怕人家联想。其实也是无奈。故其他的排队尽管挤呀叫呀，这里却是静悄悄的，用严肃和沉默构筑一道人性尊严的堤防。

当然，任何事物都不是一成不变的。经济富裕了，马桶"新概念"也为寻常百姓所接受。国产的陶瓷抽水马桶进入普通家庭，人们也就告别了过去倒马桶的尴尬和羞涩，身价也似乎高一些。但也常觉窝囊。你说这水吧，不让它流流个不停，要它流又有气无力，脏物浮在水面打漂洄，就是赖着不走。马桶问题过去是"外患"，现在成了"内忧"。不过也怪，大概将就惯了，竟很少有投诉、索赔的事件发生；一些生产厂家也得过

[①] 2000年7月17日。

且过，反正比过去的马桶强！

但不投诉并不意味着不作出反应，前几年就听说有人用从美国、日本进口的马桶了。这真是！不但令人匪夷所思，而且简直愤慨，马桶都用进口的！我们过去常常受到教育，说一个人首先要解决好"屁股往哪里坐"的问题。那时还只作抽象理解。现在可具体化了。一种"危机感"不禁油然而生。开放的市场会令怠惰者沉沦，却使有志者奋进，故希望总是有的。前几天便从《广州日报》头版看到了《马桶的故事》。说佛山某陶业集团历时6年，进行过10万余次试验，研制出了一种新式马桶。用水量少排污力大，又滴水不漏。省委李长春书记还专门写信称赞其"为人民群众办了一件好事"。我想，消费者一定也很高兴。国产马桶能取信于民，谁又愿将自家屁股坐到别人马桶上去呢？"张打油"作诗云：

马桶无良屁股嫌，屁股寻思觅"外员"。

今日一改旧脾性，问你屁股坐哪边？

62. 耍特权不得人心[1]

法院开庭审理杀人案的事，听也听过，见也见过，至若廊坊市中级人民法院审理杜书贵持枪杀人案那样，几千名群众挤去旁听，我孤陋寡闻，实属平生头一遭听到。再看看有关新闻图片，真个人群如潮，人头攒聚，黑压压的一片，不禁想起秦始皇称百姓为"黔首"的事来。

这案子之所以特别引人关注，一非杀人者是什么传奇人物，二非受害人是什么明星艳后，三非案情离奇曲折复杂。杜书贵，霸州市一派出所副所长；受害者牛亚军，该市一电力工程车司机。案情再简单不过：6月4日上午，杜和妻子乘儿子开的面包车外出办私事，因不满一电力工程车不为其减速让路，在口角争执中，杜书贵恼羞成怒，一面大骂"没有比我牛"，一面竟掏枪击中工程车司机头部，致其死亡，造成惊天血案，并驾车强行离开现场。可见此案既非仇杀，也非情杀、奸杀、抢劫杀人或黑杀黑、官杀官之类。根据公安部领导和公诉人对案由的分析，可以说这是一宗"特权杀人案"。中国人对搞特权的事闻见已久，怅怨已久，平时吃点拿点倒也罢了，"一人得道鸡犬飞升"也都由他，今天竟有个别败类耍特权杀人了，他们能不关注？我想这是根本原因。

根本原因之外，另有一主要原因。读过有关追踪报道的人就会知道，霸州市政府调查组在这一案件中扮演了不光彩的角色。他们偏听杜的关系人编造的虚假事实，把杜的开枪说成是为了鸣枪示警，只是由于外力

---

[1] 2000年7月24日。

的撞击才误中牛亚军。因而得出"过失杀人"的结论。此论一出，群情哗然。后来公安部、省纪委另组调查组调查此案伸张正义，市调查组被撤消。我们没有根据说市调查组与杜有何瓜葛，也不信他们的水平真的如此之低，但着实怀疑它是否受了"官官相护"、"胳膊肘不向外弯"之类观念的影响，要真是这样，它也就愚蠢至极了。秦始皇可以"焚百家之言以愚黔首"，现在的群众还会让你愚弄么？"政"者正也。政府如不正，偏袒"罪官"，势必得罪百姓。这次几千名群众挤去旁听，何尝不是霸州市政府调查组在群众心目中投下了阴影所致？人们不放心，要来看看究竟我们的司法公正不公正。我想，假如是由这个调查组来审理此案，看见这黑压压的一群，不知他们心里是否会发毛？

　　杜书贵终以"故意杀人罪"被一审判死刑。一老者说："杜书贵真是罪有应得。"司法公正，群众是满意的。此案如果说还有什么社会价值。我看倒是值得那些热衷于耍特权的人们好好去审时度势一番，看看法理容不容，老百姓答应不答应。聪明的别做"申公豹"了！

63. 从"主题歌"说起[①]

依我的门外之见，影视剧中的主题歌有如下作用：点化主题，渲染气氛，透露创作意图。如《三国演义》的主题歌：

> 滚滚长江东逝水，浪花淘尽英雄。是非成败转头空，古今多少事，付与笑谈中。

表达出一种浓厚的历史沧桑之感。对于"三国"时纵横驰骋的英雄们，并不纠缠"尊刘"还是"尊魏"的"是非成败"之争，表现出一种超然的态度。

比较起来，《太平天国》的主题歌在情感上却较为复杂。太平天国革命，是中国近代史上一次大规模的农民革命战争。从薪火传承的角度看，"敌我"意识无法回避，容不得像对待"三国"历史那样的"客观"。但这场可以摧枯拉朽地推翻满清王朝的革命战争，最终却惨败了。这主要原因，不在反动势力的过于强大，而是由于文化的先天不足，特别是高层的腐败和权力斗争所酿成的内讧导致了"天国"的覆灭。因此，肯定、否定、歌颂、批判，这尺寸是很难掌握的。这就更需功力来驾驭，也需要费些工夫去理解。

"流血的伤口不流泪，举旗的汉子不下跪，攥紧的拳头不松手，过河的卒子不后退。"这一段以叙说的方式，歌唱太平军义无反顾的对敌斗争

[①] 2000年8月7日。

精神，意思非常明白。当时的满清，"全部政治机关凶暴贪污，比鸦片战争前更甚"（范文澜语）。连曾国藩也认为农民太苦，其所以困苦的原因，一是"银价昂贵，钱粮（租税）难纳"；二是"盗贼太众（官匪勾结），良民难安"；三是"冤狱太多，民气难伸"。故农民只有起义革命以求生存，而这是毫无退路的，故只能无悔无怨拼死向前。

"人活一口气，难得拼一回，生死路一条，聚散酒一杯。"这一段情绪突然高亢，像是"天国"战士在抒发自己的人生感慨。不过，较之《水浒传》中"该出手时就出手，风风火火走九州"，似乎缺少了一种豪迈之慨。也看不到殉"天国"理想的志气。也许，自"老广西"曹水源成为洪、杨权力斗争的刀下之鬼后，这"理想"实际上就开始破灭了。"生死路一条"，生路也是死路，表达得何等含蓄、何等深刻，又何等沉重！因此，"聚散酒一杯"，也就是在痛苦无奈中故作旷达之语了。原先那热切追求的"天国"理想，竟被看得如此淡薄了，不是令人失望吗？

"何以成败论英雄，浩浩乾坤立丰碑"，这该是创作者的声音了。想叫人们不以成败论英雄并仰视"天国"的"丰碑"，但底气是如此的不足，声音低回，余音似沉于地底。看来"丰碑"有待挖掘：挖掘之法又是否可从"英雄"论成败呢？不管怎样，《太平天国》值得一看。

64. 令人失望的"革命"[1]

记得解放前读小学时，学校挂有洪秀全的画像，历史课讲太平天国革命，说它提出："有田同耕，有饭同食"，"人人平等"。只是由于杨韦内讧才失败了。孩子幼稚，对此不禁向往而惋惜，心想，要是太平天国革命成功了该多好！

这回看电视剧《太平天国》，觉得小时候的想法实在好笑。这不仅是积数十年之经验认识到平均主义的虚妄，也懂得对"革命家"也要听其言而观其行了。荧屏上再现的"天国"领袖形象，我实在不敢恭维。觉得以他们的文化意识，即使"革命"成功了，也还是搞封建专制的一套，只不过男人没了辫子，女人有双大脚而已，"平等"不过是一个口号。

洪秀全创立拜上帝会，虽倡言"平等"，但并不表明他接受了基督教关于"平等"的教义和西方的"民主"思想。看他那迫不及待地立国封王封侯的举措，便可明白他编造上了天堂、受了上帝天命的梦呓，不过是为当"天王"作"君权神授"的舆论准备。在此文化观念基础上建立的"天朝"，也不过是西方中世纪封建专制社会的翻版。人人必须信仰上帝，服从统治，不能有任何个人的权力和欲望，否则就要受严厉的处罚。他们自己可以王妃成群，战将陈宗杨与谢满妹却因"私通"而掉脑袋，这就说明了一切。剧中洪秀全一出场就被杨秀清夺去了代天父立言的权力而顿失灵光，一直是目光浮泛、魂不守舍的样子，心里却又不断地构思

---

[1] 2000年8月14日。

着权术，像是得了抑郁症与多疑症的心理疾病。这是愚人自愚的结果，既不值得尊敬，也不值得同情。

太平天国捣孔庙，称孔孟之言为"妖言"，因而也仇视知识分子，这并不说明文化上反封建。封建文化既包括儒家文化也包括法家文化。自秦以后各王朝基本上都是外儒内法。韩非权、术、势一体的学说是维护封建专制集权的主要工具。"天国"领袖们排斥儒教，却将封建专制的权术在内部权势之争中推向极致，使美色、用反间、欲擒故纵、借刀杀人……杨秀清是突出代表，韦昌辉、洪秀全也是高手。杨秀清将权术与巫术结合，更是骄横跋扈，刻毒阴险，他说要让每个人都怕他。所以，假如"革命"成功，在这样的"领袖"人物统治下，真不敢想象老百姓将过什么样的日子，谁还敢期待"平等"诺言的兑现。

真正意义上的革命，必须代表先进文化。太平天国的文化是混乱的，局部上有先进的东西，根子上却是落后的，故很快就走向腐败、走向内讧、走向失败。《太》剧花费 1.5 亿元的巨资精心制作，绝不只是为了娱乐、歌颂吧？因此，我将它的价值定位在对"天国"文化的批判上。这部片子，看起来很不痛快，也许这正是它的成功之处。

65. 也说《太》剧非"戏说"[①]

电视报载鲁人短文，告诉大家："《太平天国》不是戏说之作"。这显而易见。有人因剧中女性形象在史书上很少记载而是作者的主观创作，便断定它是在"戏说太平天国"，这是犯了逻辑上"不能推定"的毛病，也是对"戏说"的误解。

一部戏是否属于戏说，关键不在有无"主观创作"，而在作者叙事的态度是"庄"还是"谐"以及剧作能否收到喜剧性的效果。"戏说"的戏，看起来都比较轻松，有笑。《太》剧不是这样，看到30集了，我还没有笑过，似乎也没悲过，概而言之，感觉很不痛快。

"一张一弛，文武之道"。艺术讲究节奏美，即使是悲剧，也要使观众有悲喜忧乐的情感变化。《太》剧也讲究节奏，剧情时起时伏；画面时文时武。可咱实话实说，在情绪上我很少体验到悲喜交替、忧乐变幻的艺术享受，这也许是作者始料不及的。

平心而论，《太》剧是"填补史剧空白"之作。太平天国是中国历史上规模最大的农民革命运动，在历史戏中，当然不能留下空白。20世纪50年代，我曾看过杨少楼主演的京剧《忠王李秀成》。但那只是"天国"强弩之末的一段戏，后又因"忠王不忠"的史评，此剧也就寝声艺坛，"天国"戏遂无人问津。现在，仅从近代史教育的角度来看，也要尽力拍好这部戏。因此，巨大的经费投入，强大的演员阵容，严肃的态度，精

[①] 2000年8月28日。

心的制作，就片论片，可说无懈可击。但从收视率和观众反应来看，效果却不理想，实在是一种"委屈"。

这部戏是以"真实反映"为己任的，也许它吃亏就在这里。俗谚云："相貌丑陋，怪不得镜子"。"天国"先天的不足，为《太》剧的艺术处理带来了尴尬。你说它是悲剧吧，从主人公身上又找不到"崇高"的影子，洪秀全、杨秀清们都不是东西。他们的革命口号，往往为自己的行为所嘲弄。它宣扬"平等"，事实上实行的是森严的封建等级制度，提倡"妇女解放"，事实上却实行禁欲主义和封建的节烈观念。有个"天朝田亩制度"，可定都以后都忙于权势争斗，谁也没有闲心去实行。于是，"天国"理想就成了空壳，则前方将士的出生入死，也就染上"无头苍蝇"的悲怆。

"戏说"更谈不上。"天国"没有笑，因为在这里，人性得不到舒展。杨秀清找了个女秘书傅善祥做情妇，本为看她一笑，可傅善祥就是笑不起来。同样，傅善祥在与洪宣娇说女人的悄悄话时也说："东王即使在做那个事时也从来没笑过。"这很有典型意义，值得深味。

我想，太平天国也许更适宜拍"戏说"，不过那必须是在历史的创痛全然消解之后，作一些自我解嘲，也是有利健康的。

66. 沉重的话题[1]

当大量的二氧化硫弥散空中形成酸雨洒落大地时，树叶也会萎黄凋落。当腐败之风蔓延的时候，教育还会是一片绿洲吗？而如果连这片绿洲都保不住，则希望何在？

记得有人在某报撰文谈教育腐败，因所论仅是教师受礼的问题，故立即招致反驳，说是我们不少教师几个月拿不到工资，仍硬撑在三尺讲台上，现在有人收了两盒蜂乳，便被扣上"腐败"帽子，这太不公道（大意如此）！我也当过教师，对此深有同感。但从最近媒体所披露的事实来看，我又沉重地感到，教育腐败已是不容忽视的问题。今择数例于后：

5月31日，抚顺六中校长叶某被判刑18年，副校长王某和总务主任被判刑12年，校党支部书记被判刑2年缓期3年执行。原因是贪污教育经费近百万元。

6月3日中央台又报道：浙江瑞安市50名校长涉嫌受贿达70余万元（通过发行校服、人事调动、学生入学等渠道）。

北京中关村、青岛海洋大学都出了大学生"租借托福枪手"的广告，即代考"托福"外语，价钱是3000元至5000元。

另外，《广州日报》披露，广州一些家长忙着给班主任送礼，要求让孩子"当官（班干部）"。

再看"黑色的七月"："高考舞弊，黑幕惊人！"湖南郴州嘉禾县上

---

[1] 2000年9月4日。

百考生作弊嚣张，监考的教师和教育局干部佯装不见，巡视的领导说情况基本正常，而事先得到"可能舞弊"消息的记者却一抓一个准，摄下作弊现场，叫人无法进行"报道失实"的反调查了。

广东电白县也是事先就有匿名举报，通过记者暗访，果然揭出利用"高科技通讯工具在高考中作弊"的黑幕，且比预想的更加严重。这里，作弊已成为一种"产业"，只要肯花钱，就有人帮你装 CALL 机作弊，有人给你传递答案，明码标价，最高的 3000 元一科，提供答案者是"教学水平还不错的教师"，等等。

上述现象，当然说不上"普遍"，但也不是"个别"。"一叶落而知秋"，防微杜渐实有必要，况且教育体制上确乎有滋生腐败的土壤。升学率仍是"政绩工程"，则"重智轻德"、考试中的"地方保护主义"必然出现。价格双轨制曾"催化"政府官员腐败，现在教育也搞价格双轨制，线上线下，一分之差，价值数千甚至数万元，又能结出什么好果子？"官本位"的管理体制再融入私企管理模式，有的地方校长成了"老板"，教师像是"打工仔"，"民主"靠边站，经费运转"暗箱操作"，谁能担保不出问题？如此等等，腐败其可免乎！则平时所讲的那些个政治信仰、道德原则，学生除了用来得考试分外，他们会真的相信吗？

67. 灯下读报[①]

　　日光灯照得如同白昼，几乎看不见自己的影子。只有生物钟在催我睡觉。但傍晚买回一份《环球时报》(392 期)，上面还有篇文章，我想读读，标题是《老外劝我们别作弊》。

　　作者铁铧，是位博士。他说，他在北京大学读博士学位时，师从美国的帕垂特教授学公共英语。按规定，这门课考试不及格是不能获得博士学位的。因此，考前的最后一课，大家很想美国佬来点"实惠的"，讲讲考试。但这老头儿在声称"我是爱你们的"之后，却让他们读课文后面的《关于诚实》一课。

　　看来，这是帕氏特为中国学生编写的。里面说："听说作弊在中国是种普遍现象，每个学生都作弊。打死我也不信！一个作弊的民族怎么可能进步和强大呢？"应当说，帕氏是很友好的。为了"劝"博士生别作弊，他竟像教孩子一样，告诉大家：为什么要考试、什么是诚实、在考试中如何证明自己诚实、假如你作弊了会有什么影响和后果等。课文最后说："孩子，你的信誉价值连城，你怎么舍得用一点点考试分就把它出卖了？作弊的代价太高了，实在划不来！"

　　诚实，是做人起码的道德品质。我们教孩子，首先就教他诚实。但现在，我们的博士生还要老外来补上诚实教育的一课，实在令人脸红。而更可悲的是，虽经帕垂特苦口婆心的教诲，在考试中"还是有人作弊

[①] 2000 年 9 月 11 日。

了"。对此，帕老头没有采取没收试卷之类措施，而是"将眼睛转向了另一边"。

我闭目沉思着，似乎看到了帕垂特先生那因失望而伤心至极的样子，也似乎看到作弊的博士生那虽未必"洋洋"但确乎"自得"的神态，不禁悲从中来，觉得帕垂特的苦口婆心实在枉费气力。

帕氏说："假如你作弊了，1. 你伤害了老师，给师生关系蒙上了阴影；2. 你的良心就有罪了；3. 你改变了你在人们心目中的形象。"这真是"对牛弹琴"，不看对象。在中国，考生作弊考出了高分，老师也有"实惠"，何"伤害"之有？中国也少有讲"良心有罪"的。贪官污吏只有进监狱、上刑场时的后悔，平时从不觉得有良心上的负罪感。官亦师也，行亦教也，考生作弊又怎能感到"良心有罪"？至于"改变形象"，这正是一切作弊的目的。现时中国人的形象，不少是用权势和金钱来构建的，作弊是捞取这些形象资源的最有效手段，因此有些人正在丢掉诚实，这恐怕是帕垂特先生在北大校园里难以尽知的……

问题越想越复杂。不敢再想了，否则又要失眠。我熄了灯，静静地躺在夜色的怀抱中，仿佛要做梦，耳畔响着帕垂特的一句话："生活本身的惩罚要严厉得多！"我真怕一觉醒来，这句话竟成了现实，岂不太残酷？

68. 祝奥运健儿"玩"得开心①

按中国人传统语言习惯，凡参加文体活动，一概可以称为"玩"。奥林匹克运动会，属于体育活动，当然也属于"玩"，只不过规模最大、水平最高而已。

也许不仅中文如此。英语里的 play（玩）也是这样。它既有游玩、游戏的意思，也有赌博、竞赛、运动的意思。我们说"足球比赛"，它叫 play in the football，直译过来，也就是"玩足球"。

我以为这个"玩"字真好。它可以让运动员过分紧张的心理得到一些放松，也许更有利于出成绩。也可以让观众减少因过度亢奋或过度气愤而中风而砸电视机而闹事而骂娘的现象发生，当然更不会有因球员乱中出错将球踢进自家球门便在餐馆里一枪将人家打死的暴行出现。真是，何苦呢？不就是"玩"吗？

过去，我们总有点泛政治化的倾向。什么东西都要往政治上挂，其实这并不好。什么东西都政治化，其结果是淡化了真正的政治面目；再说有时也很难自圆其说。比如：女排称雄世界时，我们对郎平的每一记重扣都大喝其彩，说是打出了中国人的志气，打出了中国人的威风。今年女排连出线资格都痛失交臂，能否说人家丢了中国人的脸面呢？我看不能。物之不齐，物之情也。风水轮流转，凡事都有起有伏，这才有竞争、有味道、有看头。否则，金、银、铜牌都铁定了得主，何必每隔四

---

① 2000年9月18日。

年来一次呢？

2000年奥运会马上就登场了，有关的新闻花絮时有传播。如：奥运奖牌出现错误，图案上本应是古希腊的运动场，结果弄成了圆形会场，因时间紧迫，也就将错就错了。又如：奥运圣火在澳大利亚传递途中，竟有人用灭火器喷出泡沫，想将圣火扑灭。这似乎都表现出一种对奥运的非政治化本质的回归，给人以轻松、幽默之感。

我们对奥运的宣传似也持平静的心态。从中央台推出的公益广告看，既无漂亮女人，也无豪情壮语，是清一色的普通男性公民用各地方言说清一色的平常话。其中一个天津人说："奥运会可惜在悉尼，要是在北京，那就哏了。""哏"是什么意思？我不懂。一查字典，才知道是：（1）滑稽、可笑、有趣；（2）滑稽的话或表情。这不也是以"玩"视之吗？至于四川厨师说的"中国奥运代表团，神气的很了！"显然也不是庄严的调子，仍然逗出一种"玩"味。我以为不再将参加奥运政治化，正是我们政治上、心理上走向成熟的表现。

奥运是"玩"。因此，对于我国的奥运健儿，我衷心祝愿他们在悉尼"玩"得开心！

69. "掀掉这筵席"[1]

　　《生死抉择》据说是一部"主题先行的教育片"。我不懂艺术，不知这说法是否准确。中国的腐败如从封建朝代算起，有上千年的历史；如从最近一浪来说，也积有年矣。有腐败，就会有反腐败。反腐，胜，则生；反腐，败，则死。这已是历史的定律。所以，这一正面宣传反腐斗争的大片，究竟是主题先行呢还是生活先行或形象先行呢？实在说不清楚，反正能感人就行，有教育意义就好。

　　这部片子有许多令我感动的地方，最使我感动而且感奋之处，就是李市长怒掀筵席这场戏。当然，掀筵席的戏，过去也看过，那不过是由"文斗"进入"武斗"的过渡动作，内涵不深，不能感人。这场戏不同。一方面是国有企业倒闭，国有资产大量流失，大批工人下岗，生计也成了问题；一方面是官老爷新权贵们大吃"社会主义的免费午餐"，在包房里大快朵颐、寻欢作乐。在这一背景下，李市长怒而掀之，正表现了共产党人的正气和义愤。虽然这样的市长还太少，但能在电影中出现，确也大快人心，正像看包公打龙袍一样。

　　由李市长掀筵席，使我联想起鲁迅 1925 年写的《灯下漫笔》来。鲁迅说："在目前还可以亲见各式各样的筵宴，有烧烤，有翅席，有便饭，有西餐。但茅檐下也有淡饭，路旁也有残羹，野上也有饿莩；有吃烧烤的身价不资的阔人，也有饿得垂死的每斤八文的孩子。所谓中国的文明

---

[1] 2000 年 9 月 25 日。

者，其实不过是安排给阔人享用的筵席。所谓中国者，其实不过是安排这人肉的筵席的厨房。"因此鲁迅在篇末呼吁道："这人肉的筵席现在还在排着，有许多人还想一直排下去。扫荡这些食人者，掀掉这筵席，毁坏这厨房，则是现在的青年的使命。"

读读鲁迅对旧中国所谓"文明"的揭露，便不难理解何以两年零五个月后会有秋收起义。我们不是刚刚隆重庆祝秋收起义纪念碑在萍乡落成揭幕吗？想想我们为何现在还要为秋收起义建纪念碑，也就不难理解李市长为何要掀掉这筵席。这是一种欣赏的角度。

当然，这部电影也可以从另外的角度去欣赏。比如：有人觉得演李高成的演员王庆祥的冷峻，像日本影星高仓健，因而干脆称李高成为"'高仓健'市长"，甚至以"中国'高仓健'矢志反腐败"来招徕观众。与其这样，我想还不如直接到日本请高仓健来中国反腐，或者再进一步，请日本科学家克隆出一个山口百惠到中国来任"市长夫人"。高仓健，中国女人喜欢；山口百惠，中国男人喜欢。他们来中国演反腐戏，岂不将中国的男男女女都席卷了进去？用"追星"的劲头反腐，焉有不成之理？附此聊备一说。只是明星降临得备一桌筵席，李市长幸勿掀了。

70. 人才是目的[①]

记得"文革"前批冯定《平凡的真理》，引出一个话题：人活着是为了什么？结论是：人活着是为了革命。但革命又是为了什么？是否为了人能更好地活着呢？这却无人敢说。那时，"革命"被视为最终目的，"人"不过是"工具"。因此，就有了"十年浩劫"。"浩劫"也者，人遭劫也。

革命为什么？改革为什么？现代化为什么？赚钱为什么？诸如此类，如果最终关怀不是落在人身上，都会出现对人的异化。据报道，某地"逼民致富"，结果把老百姓逼苦了，一农妇被逼得喝农药自杀。也许该地干部都会以"心是好的"来为自己辩解，但我对此表示怀疑。我以为他们关注并非老百姓，而是自己的"政绩"，这样的"心"并不好。

前几年，"人文精神"曾成为学界的热门话题。所谓人文精神，简单地说，就是把人当作目的，就是对人的终极关怀，对人的生命的关注，不能见革命不见人，也不能见物不见人。可惜这讨论只局限在少数学人的圈子中，影响并不大。即使在文化人中，也会无意中流露出对人的冷漠。

6月20日《广州日报》有一则新闻：《从化某银行近日发生离奇未遂抢劫案》。文称："时下不法分子作案手段可谓登峰造极。近日从化市某银行的饮水机居然被两名不明身份青年人投放药物伺机作案，所幸的未造成财物损失……"云云。这"所幸"句为何不说成"所幸银行职员未

[①] 2000年10月2日。

饮用中毒，故未造成财物损失"呢？这是为求行文简练呢还是出于对人的忽视？

前些天，中央电视台对同一事件先后播出两条新闻。先是说某动物园一只老虎野性大发，将饲养员咬成重伤。人们用麻醉枪将老虎麻倒，才将人抢出送院急救。但饲养员终因伤势过重而死亡。大约两天后又作追踪报道，说这只咬死饲养员的老虎，因麻醉枪打的不是地方，也死了。本来这就够了，但播音员却发了句感慨说："这真是得不偿失。"我以为这感慨也经不起推敲。老虎死了是"得不偿失"，老虎醒过来了难道就能"偿"饲养员生命之类"失"么？

《论语·乡党篇》有条记载："厩焚。子退朝，曰：'伤人乎？'不问马。"厩是马棚，马棚是拴马的地方。马棚失了火，照一些人的思想定势来说，当然会要问是否烧坏了马匹。但孔子却问伤了人吗，并不问马。因为马棚也是人迹所至之处，因此孔子关心的只是人。这种"古仁人之心"，我看也不妨将它当作一面镜子，常来照照我们这些"现代人"的灵魂。

71. 牛鹅眼[1]

小时候怕牛，也怕鹅。

牛是庞然大物，头上有坚角。每次往牛身边经过，我都惴惴栗栗，捏着一把汗。只要它头一摆，尾巴一甩，脚一提，我便三脚两步逃得远远的，以为它要斗人了。然而回头看看，它依然在悠闲地吃着青草，似乎并无敌意。

鹅，我本来不怕。头无犄角，嘴无利齿，白毛红掌，甚觉可爱。但我却因此吃过两回亏。当我大模时样往鹅前走过时，它竟突然嘶鸣起来，掠着翅膀，伸长脖颈，将那扁平的硬嘴壳平着地面向我铲过来，大有拼命一搏的气概。

有了这些经历，我心中便揣着一个疑团：牛这么大，为何不欺负人？鹅这般小，为何敢在人前逞强？帮我解释这疑团的，是我的大舅父。他说：牛眼看人大：要是牛不把人看得很大很大，它会老实巴结地让人赶着犁田拉磨吗？鹅眼看人小：要是鹅不将人看得很小很小，它敢在人前抖威吗？

在我的长辈中，大舅父以生活知识丰富而见称。他关于牛鹅眼的解释，大概类似于"狗眼看人低"之类，但在我幼小的心灵中却是奉为"经典"的。后来上了中学，也知道一点科学是讲求证实的。大舅父的解释，未经科学证实，不能信以为真。借《庄子》"焉知鱼乐"的辩论方式，可

---

[1] 2000年10月9日。

以说你非牛,怎知牛眼看人大?你非鹅,怎知鹅眼看人小?但我也无法对大舅父的解释进行证伪,因为我不能带着人的记忆暂时变回牛或鹅,从而证明牛眼并未将人看大、鹅眼并未将人看小。因此我至今不愿推翻大舅父对牛鹅眼的解说,以为它虽称不上科学,但也不妨作为一种哲学的智慧保存在记忆中,并试着以之去观悟一些社会人生。

首先我想到的问题是:人眼看人是否也会犯放大或缩小的毛病?我们能否准确地认识他人?我们能否准确地认识自己对他人的认识究竟准确到何种程度?我们是否会像牛一样将他人看得很大很大、像鹅一样将他人看得很小很小,因而导致行为上的乖谬?

或者,不妨反过来作些思考:这世界或凭成文法、或凭旧习惯,人将人分为"大人物"与"小人物",因而分别给予炎凉剖分的礼遇,同时又反过来哀叹这世界的不平。这原因自然复杂,但是否也与我们的眼法有关?遇上"大人物",如果我们用鹅眼看他,是否能看到他的"小",从而给自己增添些勇气?遇到"小人物",如果我们用牛眼看他,是否能看到他的"大",从而增添一份对他的尊敬……

大舅父关于牛鹅眼的解说,可谓素朴可笑。但联系生活实际加以演绎,却又纷繁复杂,需要"运用之妙,存乎一心"了,真是!

72. 人妖之"妖"[①]

"仙女湖来了人妖，而且还是中国人妖！"记者袁纯以突兀之笔，这样开始了他《走近人妖》的报道。这是个令人或惊讶、或称奇的新闻。乡下老太婆听到这个"妖"字，也许汗毛倒竖，城里人士则可能产生一睹为快的兴致。这种区别，关键在于对"妖"字的理解。

我早就从报刊上见过泰国人妖表演的照片。看那娇艳、性感的样子，我起初以为人妖是艺妓的别名，所谓"妖"是取其妖冶、姣美之意。后来，知道人妖并非"原汁"女人，而是男人在接受变性手术后，经注射女性荷尔蒙所加工成的比女人还更有女人味的"女人"。"性"本天成，今竟如此，岂不怪哉！因此，我又将"妖"理解为怪，即怪异或稀奇的意思。泰国人妖能吸引游客蜂至蝶来的观赏，甚至一些考察新、马、泰的公仆也不会忘却这个项目，我想主要是这两层意思在起作用。

美学家说，审美须保持一定距离，这是真的。古代四大美女中，西施、貂蝉沉鱼落雁之美，赵飞燕、杨玉环闭月羞花之貌，大概也是距离的产物，趋得太近，看到她们皮肤上沟渠纵横的皱纹，也许美感就不同了。对人妖的观赏自然更是如此。袁纯先生一"走近"她们，就发现"她们的手既没有男人的粗糙，也没有女人的那种柔软"；她们讲话的声音也是"低沉粗哑"的。走近的作用，不仅在于细察外观，更在于沟通心灵。古代四大美女，或污身政治、或曲意逢迎，内心何尝没有一个苦字？人

[①] 2000年10月23日。

妖的命运，袁纯先生则用"凄惨"二字概括之，这是不难理解的。她们之中，无论是小时被拐卖、被迫做了变性手术也好，抑或迫于贫困、迷于金钱，自愿捐了男儿身也好，恐怕都是一样的凄惨。生命短促，是男非男，似女非女，人们尽可以观赏喝彩，但谁也不愿在感情上真正接受她们。这岂不凄惨？因为"走近"，袁纯跳出了人妖观赏者的角度，成了她们命运的关注者和同情者，表现出一位记者的人文精神。而我，也从其报道中，对人妖之"妖"有了进一层的理解。妖亦即祅，"祅害物也"，有残害的意思。所谓人妖，不论其自我感觉如何，也是肉体上被损害、精神上被侮辱的人。不是吗？

　　观赏者与被观赏者之间，有时心灵是不相通的，用现代医学将男人去其天"性"加工成让人观赏的"女人"，然后再抛给她几个钱，算是一切摆平了。这是道德的还是非道德的？是现代人应有的审美情趣吗？

　　"仙女湖来了人妖，而且还是中国人妖"，大家小心了！"外国有的东西，我们也一定要有"。在金钱的蛊惑下，人妖是否也将会成为中国的一个"产业"？——我有点纳闷，但愿不会！

73. 徒为鱼悲[①]

退休后，凑合着去钓了几回鱼。谈不上寄情山水，只为老朋友相聚，图个热闹。前三四回都"洗了冷水澡"，乘兴而归而已。近两回却非昔比，上次开了钓，这次竟有小获。虽未拿到比赛名次，但却取得了公认的进步，信可乐也！

其实，钓鱼之乐不在得鱼之后，而在鱼儿吃食、上钩以及煞钓、收线、兜网的过程之中。鱼在水中左突右窜，钓者顺其乱性，绞着线车，喳喳喳喳，一寸一寸将鱼儿拽将过来，待其疲惫，近岸时操网一兜。那味道，嘿！非亲历者难以言语，我算是体验到了。当然，钓之乐，鱼之悲也。一次解钓时，我发现鱼儿竟三处中钩，一处在嘴，一处在腮，一处在眼。它不住地弹跳着，还发出哑叫，想必是痛苦极了。加上那鲜血直流的样子，真使我不禁为之恻然，既叹人心不古，又叹鱼儿可悲。

我并非要倡"鱼道主义"。小时候，母亲教我们爱护鸟类，常说："打尽黄河之鲤，当不得一鸟之罪"。看来鱼是注定供人吃的。只是想想我们人类，为了捕获更多的猎物，越来越刁巧狠毒，连自己也觉可怕。元人《武王伐纣平话》讲，姜子牙在渭水垂钓，采用直钩，不设香饵，悬在离水面三尺之上，大叫"不要命的来上钓吧！"足见其古朴之心。自那以后三千年间，虽未闻有第二个直钩钓鱼的，但一般也是单钩下钓，不像现在的人，香饵料，五味调和；炸弹钩，四面埋伏。鱼儿贪香恋饵，不

[①] 2000年10月30日。

知内藏杀机，一旦情难自持，便在钓场上演出大悲大喜、大喜大悲的一幕，岂不哀哉！

想那水中的游鱼，天上的飞鸟，曾启发人类对自由的向往。乐府民歌中有《采莲曲》云："江南可采莲，莲叶何田田。鱼戏莲叶东，鱼戏莲叶西，鱼戏莲叶南，鱼戏莲叶北。"此时的鱼儿，逐清波，戏莲叶，何等潇洒、愉快！它们甚至引发了两位哲学家一场有趣的辩论。惠子与庄子同在濠上观鱼，庄子说："你看那鱼儿，自由自在地戏水而游，多快乐啊！"惠子说："你非鱼，焉知鱼乐？"庄子反诘道，"你又不是我，怎知我不知鱼之乐也！"我是赞成庄子的。因为我不但相信人类的理性可以认知动物的情感，而且通过这回见到上钩鱼儿垂死挣扎的苦状，从比较中也能知道，什么是鱼的快乐。可叹鱼也像人一样不长记性。《乐府》有诗云："枯鱼过河泣，何时悔复及。作书与鲂鱮，相教慎出入。"一条干鱼，后悔莫及，过河时哭着写信嘱咐它的同类说："你们出出进进要多加小心哩！"也算用心良苦。但它们老是忘却枯鱼之泣，一再重蹈覆辙。现在贪香饵的鱼越来越多了，以至有人一天钓上百余斤。看来为其下场而悲，也是白悲了。

世上钓鱼的人总是有的，制钩、设香饵，不惜工本，花样迭新。鱼儿们呀，不要命的来上钩吧！嘀嘀！哈哈！

74. 也说"榆林香火现象"[1]

《半月谈》报道了一桩"怪事":陕北革命老区榆林市,有处山沟叫黑龙潭,黑龙潭有座龙王庙。每逢农历六月,都要举行盛大的庙会,十里八里的农民潮涌而来敬神捐款。5天的庙会收入至少60万元,每年的总收入接近200万元。庙会用捐献的钱修路、建校、发教师工资、绿化当地荒山荒坡、给缺水的村子打井,明年还计划建水库。因此,庙会规模越大、香火越旺。在庙会管事的普通农民王克华,也成了方圆百里的说话管用的人物。

这怪吧?怪!革命老区封建迷信沉渣泛起,一怪也;一些本应由当地政权组织办好的事却由庙会办了,二怪也;一个普通农民在群众中的威望竟超过了当地干部,三怪也。怪就是不正常,自然值得忧虑。陕西省社科院副秘书长王崇熹说:"榆林香火现象应引起高度警惕。群众敬神求仙,不仅是对神的依附,更重要的是对神庙组织者的依附。这种依附关系如果继续下去,将严重削弱和动摇当地基层农村政权。"

王崇熹先生的话说得对,但却只说到问题的一半。他只将"榆林香火现象"当作起点去推导它的后果,而没有同时将其当终点去追究它的前因。按此寻求对策,难免陷于简单化,弄得不好要坏事。

群众何以现在会形成对神和神庙组织者的"依附关系"?

这决不能仅用"愚昧落后"去解释:从报道看,似乎也并无受人欺

---

[1] 2000年11月6日。

骗、威逼、操纵的嫌疑。陈玉生老人的话倒是一针见血、值得玩味。他说:"乡镇干部一年光吃喝招待就是几十万元的开销。群众与其把钱交给干部,还不如把钱捐给庙里。"这个"与其……不如……"的比较选择,不但透出农民"愚昧"中的精明,也曲折地反映了他们主体意识的觉醒。既然在现实中主人与公仆关系遭到扭曲,那么戴顶迷信帽子,利用庙会形式来兴办公益事业,就是农民所能作出的非对抗形式的自主选择。这难道不是腐败之风为丛驱雀、为渊驱鱼的结果吗?

王崇熹先生的言论,对王克华是敲响了警钟,不知王克华听懂了没有。在中国历史上,功高震主是危险的。不过从报道看,王克华不像洪秀全,更不像李洪志的邪教人物,也未见有何劣迹,否则记者和干部不会放过他。他的威信,不是来自官方权力的运作,不过是尊重民情民意用老百姓的钱办了老百姓乐见其成的事,既不叫"政绩工程",也不叫"官赏农业"而已。当然,他得当心,因为他代表着落后的文化形态,很容易滑落到泥沼中去。

在这怪事里,我们看到文化形态与利益关系存在一定的矛盾现象。真要用先进文化牢固地去占领阵地就必须坚持"三个代表"的整体一致性。先进文化不能光体现在口头文化或书面文化上,更重要的是体现在行为文化上,因为行为最能体现利益关系。这是否是问题的关键呢?

75. 关于肚脐眼的札记①

每个人都从娘肚里带来一个肚脐眼。那是母亲为尚在孕育中的我们的生命输送养分的关口。它长在我们肚子的正中,自脱离母体以后,常被衣裤遮着。由于它不是一种感受的器官,所以很少被当作文化素材。

说很少不等于说没有。民俗喻人聪明有学问,称为"肚脐眼深",不知这是否与不忘母恩有关。寺庙中坦胸露腹、笑脸常开的弥勒佛,那肚脐眼又大又深,特别醒目,像是广漠平原上的一口深井,加深着人们对"大肚能容,能容世间难容之事"一联的理解。当然,肚脐眼也曾演出过人间惨象。东汉董卓专权嗜杀、残忍凶暴,后被王允用连环计诛杀。史书上载:"卓尸肥胖,看尸军士以火置其脐中为灯,膏流满地。"肚脐眼竟成了死后酷刑的处所,虽"恶有恶报",也毕竟反映出人性中残忍的一面,与弥勒佛的善良、宽容、坦畅适成明显的对比。

过去,在公开场合敢于裸露肚脐眼的,一般都是男性,女子而敢于裸露肚脐眼的事,在中国怕是近来才有。首先是改革开放之初,港澳回大陆观光旅游的女士,身着长不及腰的露脐装,作了惊世骇俗之举,颇引起正统人士的啧啧叹惋。但不久,这种装束在大陆也就快速地自南向北流行开去。每逢盛夏,肚脐眼竟成了城市亮丽的风景线。尽管有人在窥视过人家的肚脐眼后,背地里还要说声"这像什么样"以划清界线,但女士们很勇敢,就是要展现一下青春年华的魅力。我想,这怕是她们的

---

① 2000 年 11 月 23 日。

一种诡计。她用肚脐眼和观察家、评论家的目光相接，却用双目潇洒地观察着这世界、这人类，特别是这些观察家和评论家。她们看到的东西一定比我们更多更深。因此，我戏称她们是"第三只眼睛看世界"。

不过，画家黄永玉先生对肚脐眼的观察和评价又迥然不同。他恐怕是文化史上以肚脐眼作单独题材进行创作的第一人。在其《力求严肃认真思考的札记》一书中，《肚脐眼》是第七篇。他对肚脐眼的评价很低，说它是"从另一个世界捎带来的毫无作为的观察家"。这似乎仅是一句俏皮话，待细看了他画的画，才明白其隐喻意义。原来他画的肚脐眼就是一只眼睛，只不过这只眼睛全被蜘蛛网给尘封了。因此也就难为"眼观六路"的英雄，倒成了"毫无作为的观察家"。顺着这一思路，我们便从美学的角度获得一种奇想：现实生活中不少管人管事者的许多视而不见，一定是肚脐眼与眼睛错位的原故。比较起来，小姐们露出的肚脐眼比他们的更管用。

76. 试作王朗赞

本文要赞的王朗，是《三国演义》中被诸葛亮骂死的那个，请勿冒认。

"骂死王朗"、"气死周瑜"，过去是妇孺皆知。人们都是从赞扬诸葛亮方面去理解。罗贯中引"后人先诗"云："兵马出西秦，雄才敌万人。轻摇三寸舌，骂死老奸臣。"观点很是鲜明。

其实，诸葛亮的骂并非特别高明。鲁迅说："辱骂和恐吓决不是战斗。"诸葛亮的骂词中有些辱骂和恐吓。如"皓首匹夫，苍髯老贼"是辱骂；"天下之人，愿食汝肉"是恐吓。算得上"诛心之论"的，不过如下数语：你王朗在东汉朝"举孝廉入仕；理合匡君辅国，安汉兴刘；何期后助逆贼，同谋篡位……即为谄谀之臣，只可潜形缩首，苟图衣食；安敢在行伍之前，妄称天数耶！……汝即日将归于九泉之下，何面目见二十四帝乎！"这有点像我们的批评："你是党培养的干部，理应全心全意为人民服务，为何贪污腐败，败坏党的名声？还好意思坐在台上作反腐报告呢！百年之后，看你有何面目去见马克思和千千万万的先烈！"

可王朗听罢，却"气满胸膛，大叫一声，撞死于马下"。这并非诸葛亮的骂带了"气外功"，而是王朗自己讲脸面懂羞耻所致。据《三国志》载，王朗也是儒雅之士，曾任会稽太守，孙策前来攻打，王朗明知寡不敌众，但想到自己是汉臣，应当拒敌守城，便举兵与孙策作战，结果大败，幸得从海上脱险。明知其不可为而为之，反映出他对东汉朝的忠诚。后因曹操挟天子以令诸侯，王朗被"表征"为谏议大夫，遂投身曹魏集团而不复自拔了。但当诸葛亮当众揭穿他的贰臣身份时，他反应是如此强烈，足见其对东汉朝良心并未泯灭。故羞愧交加，难以自持，撞于马下而死，亦在情理之中，何况他已是76岁的老人了。古人云："道不同不相与谋"。其实，道不同亦不相与骂。倘王朗是个政治流氓或无耻之徒，我想便是十个诸葛亮也骂他不死。不信，你看看今日大大小小的贪官，有谁被骂死了？

　　物以稀为贵。现在我们所稀少的不是黄金、白银，不是手机、电脑，也不是鹿鞭、狗鞭、牛鞭，甚至也不是各种动听的自示清廉的词语，所稀者唯"羞耻"耳！王朗可谓知耻者。孔子云："知耻近乎勇"。王朗之死，是敢于不再在阵前对诸葛亮下说词劝降了。这正是他可赞之处。为人即使不学诸葛亮，倘能学学王朗，也不至沦为下流。故作赞诗云：
　　　　晚节惜不忠，赖有知耻心。
　　　　几多后来者，不若此奸臣。

77. 秋夜杂感[①]

深秋了，寒露已过，霜降将至。夜已深，人已尽，市尘早经落定。也许夜食摊上还在亮着灯光，酸辣汤蒸腾着热气。但我睡在床上，什么也未看到，什么也未听到，只觉得四周一片静谧，各式各样的梦在各处竞相串演着。财梦、官梦、情梦、噩梦……不知几人流连梦中不愿醒，不知几人枷锁披肩汗沾襟。当他们一觉醒来，大概只在两样的慨叹："可惜只是一场梦"或"好在只是一场梦"。德国心理学家阿德勒说，每个人都会追求一种优越感。我想，做梦大概就是优越感追求的继续。在市场竞争中，每个人都想将他的竞争对手远远地抛在后面……于是就有了现在的梦。

这时，从秋夜的高空中传来两声哑哑的叫声，似乎有些凄厉。我以为是孤鸟夜游的哀鸣。但接着又传来两声，又两声，且永是一前一后的呼应，自北向南地远去了。我终于省悟，这是南迁的雁群。

我久未见过天空中成行飞行的大雁了。现代文人笔下似乎不再提它。倒是前人对雁的描写还留给我一些印象。如王勃《滕王阁序》中"雁阵惊寒，声断衡阳之浦"，王实甫《西厢记》中"碧云天，黄叶地，西风紧，北雁南飞，晚来谁染霜林醉，总是离人泪"，京剧《四郎探母》中"我好比，南来雁，失群离散"。诗人们对雁的关情，大概注重其惊寒而迁和群体栖息这两个特性。在季节变换、群体播迁的过程中，如果失群离散便

[①] 2000年11月27日。

意味着死亡，那更是非常痛苦的事。因此它们就一路地召唤着相携而行。听着雁群结队远举，再想想人类的梦，我觉得人类有时候不如雁群。记得苏联有部题为《铁流》的长篇小说，莱奋生率领的一支游击队，被白军打得溃不成军，拖着十几个伤病员。为了突出重围，争取胜利，不致全军覆没，莱奋生只好示意部下将伤病员中走不动的全部枪毙了。对这种行为，我至今不知怎么评价为好。

当然，雁群也有可怜可悲之处。我听过一个在恒湖农场劳动过的亲戚讲述在鄱阳湖捕捉雁子的经验。他说雁群夜晚睡觉时也会放哨。一见火光，哨雁就会报警。这时捕捉者立即熄灭明火，藏起火把。雁群惊醒时一看，周围并无动静，便喧哗一阵，似在责备哨雁的风声鹤唳。不久，便又睡去。于是者再三。雁群便再也不相信哨雁的报警，失去信任的哨雁，也便再也不报警了。这时捕捉者便可亮起火把将可怜的雁子一个一个手到擒来。利用动物的弱点去捕杀它们，实在是人类不道德的行为。而好群的雁，为什么也染上喜欢报喜不报忧的毛病呢？难道它们也爱做梦？

我一时睡不着，便有了这些杂七杂八。

78. 大快与大惑①

"大快人心事,揪出'四人帮'"——从"文革"中熬过来的人,都会记得这两句诗。粉碎"四人帮",的确令民心大快,当时称之为"第二次解放",以为从此晴空万里了。但世事哪能如此简单?不久就有了大惑。据说,有个时候,北京街头的树枝上挂着许多小瓶。聪明的北京人用隐喻的方式表达了自己的困惑:"小瓶(平)为何挂起来?"往后的事情就是以此为切入点逐渐将绳结解开,终于迎来了改革开放的春天。可见大快之后有大惑并非坏事,它是认识深化的表现。

今年也是人心大快的年头。《社会蓝皮书》说,公众"对于腐败问题严重性及'廉政建设'问题的迫切性的认识有相当提升"。中央是知民心、达民意的。正如《南方周末》"每周快论"所说:"从胡长清案,到成克杰案,再到远华案,所有宣判充分宣示了中央高层厉行反腐的决心。惩治腐败,大快人心。"

又一次"大快人心"。而大快之后,人们也同样不免于大惑。用俗话说是"打破沙锅问到底";用雅话说是有着对"知情权"的诉求。

胡长清案被宣判后,不少论者纷纷著文提出自己的疑惑。如说:"我们知道胡的判决书上有行贿一项,行贿8万元,判2年徒刑。他为什么行贿,送给了些什么人呢?"成克杰案被宣判后,也有人大惑不解,说成克杰在广西时就是千夫所指的霸道十足的大贪官,他是怎样被提拔到国

---

① 2000年12月4日。

家领导人的高位上去的？诸如此类，是任何一个有健康头脑的人都可能提出的问题，绝不是好事者"豆腐内面挑骨头"。

　　远华案留给人们的疑团也是多多。赖昌星何以有如此巨大的能量？这次被宣判的地方官中，仅止于厦门市委原副书记某、厦门市原副市长某。那么，那时的正职都干了些什么，知不知道这大走私和大腐败？进行过哪些斗争？另据媒体披露，"远华案"的要角之一……常在北京居住，出手大方，专走上层路线，与各要害部门都维持着良好关系。在他的关系网的设计中，海关是必不可少的，但还远不是最重要的一环。这似乎也能让人产生不少疑惑。在一个政治清明的社会，人们没有权力胡乱猜测，但却有权提出疑问。有人说，提出问题就是解决问题的一半。做学问如此，治理社会也如此。

　　据说，国务委员吴仪在远华案开审前曾代表中央高层表示，不要怕丑，要审全部审，一个也不能少，不能漏。先由高级官员开始，要敢于面对人民、面对全世界。如不被打折扣，这实在是令人解除大惑、迎来新世纪灿烂阳光的好消息！

79. 生年不满百[①]

"生年不满百",我的《声源茶话》不意间竟满百数了,实为幸事。虽是一些千字短文,见笑于大方之家,但毕竟是自家心血一字一句抠出来的,故也有敝帚自珍之意。

所谓"自珍",不过是回头看看卖的什么茶,说的什么话罢了。

卖的什么茶?不是君山碧罗春、西湖龙井、庐山云雾、海南猴魁,甚至也不是芦溪、莲花的绿茶,倒像是西双版纳的苦丁茶。苦丁茶其实并非茶,而是一种树叶。苦丁族人常用来泡水喝以去湿热,因其味苦,故以苦丁名之;又因喝后回甘,故人们放宽规格,承认它是一种茶了。

说的什么话?挂牌是"茶话"。"茶话"就是茶余饭后的闲聊,三十三天、四十四地、风花雪月、饮食男女、九流三教、五花八门,只要有趣无害即为正宗,倘有趣而又有益就是上品了。唯旧时茶馆有条禁忌,就是"莫谈国事"。

我的"茶话"只能算正宗茶话的变种。所谈离有趣甚远,选题多涉时政及社会问题,有时语带讥刺。不但不能让人轻松,倒可能增加沉重。这与我为人不会潇洒,又过于执著现实有关,实在对不起读者。不过我想:过去是"臣民社会",要么"莫谈国事",要么跟着喊万岁、呼口号;现在是公民社会了,则谈国事是一种权力。过去是"天下有道,则庶民不议";现在反是"天下有道,则庶民议"。因此变种就变种,只要不说

[①] 2000年12月11日。

成"酒话"便行。

热心的同志说我的"茶话"有些社会价值，那是过奖。我倒同意这样的评价："这些文章有个屁用！"我的一位友人就正告过我说："文章有啥用，文件都没用！"的确，对于社会上的腐败现象，文件再多也不济事，最终还得靠深化改革，靠民主和法制来解决问题。"茶话"算什么？

明知是屁话，为何还要写？这与习惯有关。"世界老人年"某报邀我写篇短文。我将老年人分为"安享派"和"余热派"，觉得自己哪一派都不够格。偶有所感，便发些议论，既自讨苦吃，又于世无补，等于放屁，便自称为"放屁派"，并说：人到老年，有屁就放，有利于身心健康云云。因此，后来就有了这些挂牌为"茶话"的屁话了。

人皆有放屁的体验。先是气体在肚里发生、积聚、腾挪、鼓捣，胀得肚子难受了、作痛了。这冷不防一声响放将出来，虽令有身份者脸色难看，但于自己快何如哉！我的"茶话"就像这样出笼的。不过有一条：水一定烧开，不让别人喝了拉肚子。苦丁就是苦丁，不掺茉莉之类的香艳。定期送稿是我的责任，读不读是他人的权力。或见好就收，或见坏就溜，任我双向选择，如此而已，岂有它哉！

80. 总统难产与高度一致①

　　11月7日举行的美国总统大选，逾月无有结果。先是电脑计票，布什仅高出戈尔九百余票。戈尔心有不甘，抓住有些电脑无法辨认便被作废的选票作文章，提起诉讼，由有关州的最高法院作出裁决，重新进行人工计票，于是双方卷入诉讼战，美国这场大选成了19世纪以来时间拖得最长的一次选举。美国人自己先就幽了一默，将"新总统就任纪念币"改为"总统难产纪念币"发行了，据说生意不错，并未视为政治错误。

　　国际上揶揄之词自然有，如说"美国的民主制度看来并不怎么样"、"美国已陷入'宪政危机'"等。不过，政争激烈而国内不乱，党派争雄而诉诸法律。看来"并不怎样"的美国民主制度也有并非"并不怎样"的地方。至于利比亚领导人卡扎菲预言弄不好美国将发生内战，并建议戈尔、布什各做两年总统，那就只能当作开玩笑了。长期权杖在手，习惯了高度一致的人，开开这种玩笑，是可以理解的。

　　当然，旷时废日的选举，耗费纳税人的钱财，实有检讨的必要。相比之下，高度一致、一边倒的选举好多了。但问题在于一般情况下，不同利益和观点的人群或阶层，会有不同的选择，难得总是高度一致。这就只有遵守游戏规则。各人自由表达自己的意志，最后少数服从多数。如果破坏这一规则，强行制造高度"一致"，则付出的代价将更加沉重。

---

① 2000年12月18日。

从《震惊世界的大事》一书上，了解到一点苏联的内幕。列宁逝世后，继任者人选中，基洛夫的素质和威望都在斯大林之上。斯大林耍阴谋将属于基洛夫的选票窃为己有，成了"高度一致"的当选者。为树立自己的绝对权威，他秘密策划了刺杀基洛夫的事件，并以此为借口嫁祸于人，开展了大规模的清洗运动，将一批批不同观点的反对派杀掉。在约40个月的时间里，苏共17大的1966名代表中，被指控犯有反革命罪行遭逮捕的有1108人；71名中央委员中有51人被处决，2人被迫自杀；68名候补中央委员中有47人被处决；肃反前红军的6名元帅有4人被处决；各军区、海军、空军和集团军的司令、军长大部分被杀；415名师旅长中有296人被处决。对政治、经济和意识形态领域的不同意见者的镇压与迫害也是触目惊心的。这样，苏联就成了没有不同声音的"高度一致"的国家了。有的学者指出："几十年间，凡越出教条而欲革新者，凡能独创而有才干者，大都受到镇压和迫害；相反，凡是眼睛向上、善于察颜观色者，凡因循成规、一味守成执行者，大多得到提拔和重用。"其结果又如何呢？

总统难产、高度一致，都存在于20世纪。

81. 传奇"贼古破案"[1]

从前,我们浏市街年年要接班子唱大戏,一唱就一二十本。一本一般由几出折子戏组成。其中,三出正戏,演帝王将相,才子佳人;一出杂戏,以民间生活为题材,如《小放牛》、《王婆骂鸡》、《杀蔡鸣凤》等。杂戏由于贴近生活,曲调通俗,故很受欢迎。特别是演《杀蔡鸣凤》时,简直要挤爆台。

那是一出"贼古破案"的戏,颇有传奇色彩。蔡鸣凤长年经商在外,他老婆与人勾搭成奸。中秋节晚上,蔡突然回家,奸夫藏在床下,蔡的老婆假意儿把酒洗尘,将蔡灌醉后,便伙同奸夫将他杀了并埋尸灭迹。这本是桩无头案,但恰在这晚,一个小偷早已挨进蔡家。正在行窃时,蔡鸣凤回来了。小偷忙躲在楼梯上不敢吱声,遂目睹了这桩血案。以后剧情发展,小偷向官府揭露实情,最后恶人被诛,小偷被无罪开释。

那时,浏市戏台上有副对联:"看到收场当论世,演成全部解知人。"其实,知人论世是不待收场就有了的。有的说"若要人不知,除非己莫为";有的说"天理昭彰,善有善报、恶有恶报";有的俨然法学家,说"贼古没死罪,就因为破案有功"。可谓"民心一把秤",轻重是非分得清的。做贼能揭露它,也是近善的义举。这种价值判断法,一直沿袭至今。

近些年来,小偷颇遭人憎恨。但如果小偷偷了贪官的钱财,则人们又引为快事。要是连带揭出一串贪污受贿案,便成为现代版的传奇故事

---

[1] 2000年12月25日。

了。这种事，先是口头传说，现已见诸报端，可见不假。《广州日报》上有《小偷帮忙挖出大蛀虫》云：原广州进出口商检局党组书记李军，一贯自吹"清正廉洁"而多次受到表彰，但却经不起小偷的"检验"。一偷之后，窃贼主动向公安机关交代，说其家私财产起码在400万以上。纪委顺藤摸瓜一查，果然大蛀虫也。同类：原浙江萧山市长莫妙荣，原桐山市长吴锦嗣，吉林前郭县原公安局长潘海清等，都没有栽在监察职能部门手中，而是栽在小偷手中，岂非现代传奇？

  老百姓对此津津乐道，也还是那个理：做贼是作恶，但作恶有甚于做贼者，如贼能揭露它，也是近善的义举，看来在百姓心目中，贪官比窃贼更可恶。韩非早就抨击过"窃钩者诛，窃国者侯"的社会不公现象，现代百姓的觉悟当不在韩非之下，特别当职能部门的官员用"肚脐眼"实行"监督"，让一个个贪官都安享尊荣时，有梁上君子撕下其画皮，老百姓拍手称快，决不是"幸灾乐祸"吧。由此也可观"民风"之一斑。

82. 看《一代廉吏于成龙》[①]

这些年播映了不少古装戏，其中清代戏占大多数，我以为可分庄、谐两类。庄如《康熙大帝》、《雍正王朝》，歌颂圣主明君，虽不乏历史的借鉴意义，但毕竟以宫廷权力斗争为主线，远离百姓生活，看起来像隔岸观火。诸如《康熙微服私访记》、《戏说乾隆》之类，虽走出宫廷，有些老百姓的生活画面，但那不过是舞台上的景片，供侠义风流的皇帝表演其间而已。这种戏，缺乏深厚的文化内涵，可供娱乐消遣，却无艺术熏陶感染的教化功能。

最近中央电视台播放的《一代廉吏于成龙》，在清代古装戏中可谓别开生面。这部戏的最大特点是直面老百姓的苦难生活，看于成龙有何作为。它不是按上级的标准定忠奸，而是按百姓的标准定善恶。清初社会，经过明末战乱连连，已是满目疮痍，于成龙面对苦难的百姓，自甘淡泊，清正廉洁，把百姓的疾苦放在心上，救民于水火之中。从广西到湖北，由福建到直隶，单身赴任、粗衣蔬食，除了"刮"一些地皮上的泥土准备与自己同葬之外，并无半点"说不清来源"的财产。这样一个生动感人的形象，我相信会有众多的观众为之肃然起敬、为之一掬热泪，也会有些人因问心有愧而不敢仰视。

于成龙这个形象是真实可信的。他的出现，既有儒家民本思想的文化传承，又有清初根基未固不能不与民休息以稳定大局的现实要求。清

[①] 2001年1月1日。

兵入关时，只有十几万人，以"小兵临大国"，统治者不能不如临深渊，如履薄冰，保持着勤奋与谨慎。他们目睹了明朝覆灭的前车之鉴，亲历了创业打天下的艰难，又面临着民生凋弊的社会现实，因而能够兢兢业业、清正廉洁、励精图治。于成龙可说是代表了清初吏治的主流形象。他虽然遭到邪恶势力的打击，但却得到王爷、皇上的理解和支持。冒死上奏，开仓赈灾，有人说是"百姓之福"，康熙说也是"大清之福"。没有百姓就没有大清。这个指导思想在当时君臣之间是比较清楚的，因而才出现了康乾盛世。

但任何一种专制的政体，都逃不脱盛极而衰的"周期率"的作用。其中，腐败是致乱的祸根。清代自乾隆中后期起，统治者就忘乎所以了。骄奢淫逸、贪污腐败之风由下刮到上，又从上刮到下，终于使清代统治者消解了原先的勃勃生机而走向衰落、走向败亡。也并非后来的统治者不想长治久安，而实在是"家天下"的体制和观念，使官吏只知对上负责，不必对老百姓负责。饿虎牧羊，牧场怎能繁盛？此是题外话了。

83. 迎接新世纪[①]

新世纪终于来了，让我们拍手迎接她。

其实，迎接的工作早已开始。几年前舆论界就曾盛传着"21世纪将是中国人的世纪"，隐约之间，"中央之国"的情结几呼之欲出。

现在却是平静，"中国世纪"说也少有人提了。我想这原因有二：一是发现首倡此说的那个美国人，原来是在制造"中国威胁论"、鼓吹"遏制中国"，我们跟着起哄，正好上当。二是我们坚持改革开放路线，进一步认识了世界，也进一步认识了中国，觉得说那个话毕竟底气不足，因而采取冷静、理智、务实的态度。这不是豪情的失落，而是更加成熟的表现。

无需计较新世纪将属于哪个国家、民族的提法，关键在于自己站稳脚跟。有个法国人著书说，"21世纪不属于美国"，将是多极格局的世界。根据我们老祖宗的"大同"理想，我希望新世纪是全世界、全人类的世纪，是人民的世纪。

我们每个人都承担着一份建设新世纪的责任。没有群众的广泛参与，政治家规划的宏伟蓝图将无法实现。我们普通百姓，没有叱咤风云的能量，每天赚钱糊口养家，诚诚实实地、创造性地劳动，正正堂堂地做人，做新世纪的合格公民，便是对新世纪的奉献。

沐浴着改革开放的春风，我们有理由期待一个更加文明的社会。新

[①] 2001年1月8日。

世纪的到来，并未立即给我们以焕然一新的感觉。许多我们所厌憎的东西也如影随形地跟来了，如腐败的蔓延、世风的堕落、社会的不公、犯罪的猖獗。有时候，我们还会叹息、还会流泪、还会愤慨。因为我们认为人类应当是善良的、社会应当是公正的、生活应当是美好的。批判丑恶是我们的权力，而从自身清除丑恶所赖以藏身、繁衍的污垢，更是我们神圣的责任。

20世纪初梁启超先生作《新民说》，认为"国也者，积民而成。""政府何自成？官吏何自出？斯岂非来自民间者耶？""苟有新民，何患无新制度、无新政府、无新国家？非尔者，则虽今日变一法，明日易一人，东涂西抹，学步效颦，吾未见其能济也。"

因此，中央领导关于提高全民素质的号召，我们应视为基本国策，多做切己的功夫，不可如梁先生所指出的那样，"互消于相责相望之中"。今人申平华著《再造中国人》一书，说我们中国人在社会场上公德脆弱、良知冷漠、正不压邪，在经济圈中背弃顾客至上和诚信原则，在盛宴厅里沉沦节俭本色，在文化园地丧失精神家园、黄色罪恶令人瞠目。如不"再造"，将失去21世纪这"最后的机会"。盛世危言，我们不应视为儿戏。

中华民族是一个善于自新的民族。让我们常常拷问自己的灵魂，除去那黑暗的阴影，以新的精神面貌生活在21世纪。

《声源茶话》愿跟随您前进的脚步。

84. 登山与观海[①]

12月22日，我同文雨村先生因事往武功山一行。因是临时动议，未作登游准备，故只到尽心桥"仰止"而归。是日天气晴朗，冬日可爱。巍巍武功尽展雄姿，风采动人。山间苍翠，闪耀着冰花的晶莹。山巅黄草甸，与蓝天相表里，一抹横陈，未审绵延几何。冬日水枯，马失蹄瀑布淙淙细语，如导游述说着武功山的奇特险峻、风物万种，勾起我登临的冲动。而势所不能，只好以"留待下次再来"自慰。且说我一向登山不尽观景点，总要留些遗憾在身。

这是真的。20世纪90年代我去山东日照参加中国教育学会的一个学术讨论会，得闲曾登泰山。已步行到了南天门，况体力尚可，但就是不愿再去玉皇顶了。当时也是说"留待下次再来"。这确乎暴露我性格上的弱点，遇事适可而止，不为已甚，不愿向最高峰冲刺。所以，至今一事无成，又竟不"老大徒伤悲"，是尤可悲者也。

不过，那次会后，我取道青岛乘轮船至上海再返萍，又得到一次观海的机会。比起登山，我觉得观海的感觉是截然不同的。登山有种成就感和征服欲，任你再高，也要踩在"我"的脚下。登上绝顶便"小鲁""小天下"。瞰视下界，直觉人群如蚁，如果忘记了自己只是暂处高峰，真要不将他们放在眼底了。观海呢？面对苍茫，只觉得自己渺小，而且海那边又是怎样？像是留待求解的未知数，在滔滔白浪的荡涤中，自己的

[①] 2001年1月15日。

胸襟也进入无边无际的遐想。尤其是在海滨观海，与众人都站在同一海平面上，只有人前人后之分，没有人上人下人之别，给人以"众生平等"的启悟。要是穿着泳衣投进大海的怀抱，嬉水而游，彼此之间更感到同是大自然之子的亲切。所以在我的感觉中，登山不如观海。

中国古代的文人，喜欢登山的多，喜欢观海的少，这有唐诗为证。据《全唐诗精华分类集成》对所选 2706 首唐诗的分类，"山脉门"有诗 219 首，而"海洋门"只有 25 首，仅及"山脉门"的 1/9。写登山的名诗很多，如杜甫《望岳》："会当凌绝顶，一览众山小。"众口传颂，反映出做"人上人"的心态：如不成功，便向山中求仙求道。写观海的，除汉魏曹操《观沧海》之外，几无名诗。我以为曹松《南海》诗中"无地不同方觉远，共天无别始知宽"之句，略得海之神韵，但几乎无人传诵，亦可反证前说。

登山与观海，是人生两种极致的境界，我并不想将自己的偏见强加于人，并认为：为人不可不登山，也不可不观海。孔子云："智者乐山，仁者乐水"，此别言之也。若于当今之世，岂可智而不仁、仁而不智者乎！

武功山正在开发之中，石阶正蜿蜒攀升。我是准备再去的，但并非为了征服，而是作为一个萍乡人，不愿再留下未登武功山的遗憾了。

85. 蛇年说蛇①

今年的干支是辛巳，按十二生肖与十二地支的配对，巳属蛇（篆书的巳字就像蛇），所以今年是蛇年。

人类对蛇似乎缺乏应有的感情。当然，蛇会咬人，毒蛇咬了还可置人于非命。但老虎不是吃人么？为何对它又畏而敬之，而对蛇却表示憎恶呢？在西方，这可能与《圣经》有关。那上面说，夏娃就是听了蛇的唆使，和亚当一起偷吃了禁果才犯下"原罪"，被逐出伊甸园的。我不相信此说。人类犯罪是自己的事，为何要归咎于蛇，使其蒙受不白之冤呢？

中国的文化人，每逢龙年虎年便要大书特书，作一些"龙腾虎跃"的文章，碰上蛇年便不吱声，要说也称之为"小龙年"，硬要避讳这个"蛇"字而沾些"龙"光。这实在有沾红踩黑、趋炎附势之嫌。其实，龙为想象中的神物，蛇是实有之物。与其寄希望于虚幻，何如立足现实？况且，即使龙为实有，根据"众生平等"的原则，也犯不着无视蛇的存在，将其比附在龙身上，似乎办个"绿卡"便高人三分，实在势利得可以。

天生一物必有一物之用。蛇和人类的关系是越来越密切了。蛇可入药，柳宗元《捕蛇者说》中便提到"可以已大风、挛踠、瘘疠，去死肌、杀三虫"。蛇可美容，现在化妆品系列中就有蛇油润肤脂一类。蛇可壮阳，近来据说蛇鞭的功效比鹿鞭、狗鞭、牛鞭还好，故商家推出三鞭酒之后又立即推出了蛇鞭酒。这对于患阳痿症的中国男人来说，无异是个

---

① 2001年1月29日。

"福音"。只是作孽了蛇，因此就成了人们争相捕杀的对象，成了席上的珍肴。广东的蛇价，过山风卖到256元一斤。重赏之下必有勇夫，蛇类亡种之日不远矣。俗话说，"人口毒于蛇口"，今日我信了。

要讲蛇的作用，我以为当用现代科学"生物链"的观点来认识。蛇是生物链中不可或缺的一环，它的最大作用是捕食老鼠。现在是老鼠太多、老鼠成灾。不仅偷吃粮食、咬坏衣物、传染疾病，甚至连电线都咬断。我的洗衣机就两度被老鼠咬断线路而不能工作。要是有只老鼠窜进卧室里，可害得你一夜不得安睡，饱尝投鼠忌器之苦。人们只知养猫捕鼠，却不知蛇捕鼠的本领更大。猫只能捕鼠于洞外，蛇却可以探身鼠洞瓮中捉鳖、犁庭捣窟。况且猫一"家畜化"，便产生依赖性，撒娇而偷懒，有鼠出没也睁只眼闭只眼，似乎捕尽了老鼠自己会失业。而蛇却带着野性，至少目前还不至如此乖巧。《三侠五义》中讲，宋神宗养了一只"御猫"，弄得"五鼠闹京华"。我想要是有条大蛇，这几只老鼠还能这样嚣张吗？

蛇年说点蛇的好处，理所当然。但也不是毫无忌讳。忌讳什么？我想：一忌"人心不足蛇吞象"，二忌"画蛇添足"，三忌"虎头蛇尾"，四忌"蛇蝎心肠"。

86. 是事求实[1]

实事求是，是我们党一贯倡导的思想路线。毛泽东作过经典解释："'实事'就是客观存在着的事物，'是'就是事物的内部联系，即规律性，'求'就是研究。"概括地说，就是我们要从客观存在着的事物中研究出带规律性的认识来指导我们的工作。

"是事求实"则是我的杜撰，《辞海》里没有，我也不希望他能成为词条。因为提出这个词语，实在是不得已的权宜之计。含义嘛，就是凡事都要力求反映或弄清其真实情况，说真话、道真情、明真相。

本来，"实事求是"中，"事"前已有"实"字，又何必提什么"是事求实"来叠床架屋呢？这正是我要说的。我们现在弄假成风，假货泛滥：假酒、假烟、假药、假油、假名牌产品、假工程、假数字、假经验、假账本、假官……真是数不胜数。这些也都是"客观存在的事物"。如果我们在不弄清事实真相的情况下，能从这种虚假中研究出用以指导现代化建设的规律性认识来吗？

据中央电视台《焦点访谈》报道：湖北某地仙桃村，农民人均年收入只千多元，村干部报成 2000 多元，上面便指定据此收取"三提五统"。农民不堪重负，钱收不上，村干部便按新建住房收费，每栋年收 400 元。可怜这些农民，自建一栋房子才花 2000 多元，一次就收 400 元，哪交得起？于是，近 20‰ 的农户宁可栖身在破烂不堪的危房中，也硬着心肠将

---

[1] 2001年2月5日。

新房拆掉。他们心中想些什么，我们不去猜测，但农民自毁住房的事，只在《水浒传》和金田村起义造反的农民中才发生过。在正常情况下，这可是闻所未闻的事。这就是"是事"不求"实"的结果，这样求出的"是"，只能破坏安定团结的大好局面，是对"三个代表"的违背。

　　因此，为贯彻实事求是的思想路线，提出"是事求实"作为基础和前提是必要的。因为现在不像战争时期，谁不求实，自己就得付出鲜血和生命的代价；现在是造假者大捞好处，代价却是由他人偿付。因此将"实"放在突出位置，并将其当作评价人和事的重要标准，意义实在重大。

　　当然，实事求是与"是事求实"属于两个不同的思维层次，前者属于理性的认识，后者属于感性的认识：官员多是前者，老百姓多是后者。但理性认识如不建立在可靠的感性材料基础上，用"普遍真理"来演绎一切、涵盖一切，"立论"上虽然不会出错，但那求出的"是"，却叫"求实"的百姓苦不堪言。不是说"心是好的"么？那么，为百姓计，"求是"之前先"求实"一番，如何？

87. 阎老锡的铁路[①]

在旧社会曾听人讲：山西出"土皇帝"，阎锡山就号称"山西王"。据说蒋介石要统一，拿他没办法，只好伺阎母大寿之机，备厚礼前往拜寿，先讨老夫人的欢心。阎锡山是个孝子，由是感激，遂与老蒋结拜金兰，承认他的领导。但此后仍我行我素，"土皇帝"本性难移，如山西的铁路就与全国不同轨，外面的火车进不去。这都是小时候听说的，未作考证，且早已忘却。只是近读1月11日《南方周末》一篇《反腐记者讲了真话以后》的报道，才由新闻联想到这些旧闻。

读者当还记得"运城假渗灌"丑闻，《人民日报》、中央电视台都报道过的。这一假渗灌工程耗资2.85亿，按农村年人均收入2000元计算，足足糟蹋了10余万农民一年的血汗。《山西青年报》记者高勤荣对此首次作了披露，应当说无论从普通人的良心还是记者的职业道德来看，都是正义之举。我当时想，如追查造假工程的严重后果，摘掉几顶乌纱帽也不为过。但读了《南方周末》这篇报道，却叫人大跌眼镜：造假官员，据说"愿望是好的"，只有相关几个受了不太重的党纪政纪处分；而揭假记者却被罗织证据不足的罪名判处12年徒刑。这与我国法律坚决保护检举揭发人的规定相比，岂非阎老锡的铁路，与全国不同轨吗？听听山西省纪委人员在高的揭假报道发表后不久，找高"谈话"时提出的3个问题，也许有些意思：一，为什么写这份内参？二，写内参的动机是什

[①] 2001年2月12日。

么？三，谁提供的线索？既不表示支持也不进一步了解事实真相，而像是变相审讯，追查"犯罪"动机和背景。我们党的各级纪委是这样办案的么？这似乎也像阎老锡的铁路，与全国不同轨。

　　造假的受保护，揭假的受惩罚。这种反常的处理结果必有反常的心理支撑。山西省纪委办公厅领导的话值得咀嚼："渗灌问题是山西的丑闻，很不光彩。"看似沉重的心理，正反映出一种"土皇帝"心态。似乎在他们治下，山西只能是河清海晏、歌舞升平，传出丑闻便否定了他们的"圣明"。在他们看来，造假者的动机是在为他们争光，而揭假者却意在拆他们的台。所以，将火气都发泄在揭假者身上，也就不难理解了。只是比不得，一比又露出破绽。全国在党中央领导下都不断揭出丑闻来，难道你山西就比党中央还高明，就不能出丑闻？这又像阎老锡的铁路，与全国不同轨了吧？

　　当然，在中国，阎锡山式的"土皇帝"不只山西有。想讲真话、反腐败的记者，至少得学学清代张廷玉——"有几句话微臣不知当讲不当讲？"待雍正说："说吧，赦你无罪！"这才敢讲。讲时还要察颜观色，如龙颜大怒，立即伏地叩头："罪臣该死！罪臣该死！"这才庶几无祸。不过这样一来，中国虽一片光明，却会患上失语症。

88. "打""紧"的家教[①]

教育是文化的传承。家长对孩子的文化影响是广义的。辅导孩子做功课是传递文化；自己如何对待生活、工作、劳动和事业，如何对待知识、名誉和金钱，如何对待自己、他人、家庭和社会，也都是一种文化传递，而且是更重要的文化传递。一般说来，孩子从家长那里学到的符号化的文化知识是很有限的，而且只能短期起作用，即考得好一点而已，但从家长处所接受的生活态度、生活方式的具体文化影响，却往往是长期起作用的。

一些不懂得这个道理的人，把辅导孩子做功课、考高分视为家教的首要甚至唯一任务。这虽不能说全错，但却使得一些家长放弃教子的责任，将孩子往学校一推了事，似乎学校是包打天下的英雄。

我常听到一些社会地位和文化程度多不高的家长这样对老师说："老师，我啥也不懂，孩子就全拜托您了。要不听话，你只管打就是！"官员却是另一种话语方式："老师，我工作实在太忙，抽不出手来辅导孩子。这样，你给我抓紧一点，啊——"话都说得很明白，但所传递的信息及所起的作用却千差万别。我的体验是：说"打"叫人心酸，说"紧"叫人心慌。现在的孩子，自己都舍不得打，反叫别人打，岂不心酸？说"紧"自然是要求教好，倘孩子没有教好，则是你老师抓得不紧了，岂不是叫人心慌？

[①] 2001年2月26日。

当然，在世俗化的今天，教育也谈不上清高。"打"是痛苦的无奈，说也白说了；"紧"的潜台词倒很丰富。它除了正常意义上的"紧"外，还包括"开小灶"，给孩子当个"学生官"，拨一个在升学考试中能享受加分待遇的"三好"或"优秀"指标，如果上线无望就干脆"保送"上大学。这样的家教效果究竟怎样，因为教育影响的多渠道性，很难下一断语。不过有一点可以确认：自卑的家长将传给孩子自卑的情绪和对社会的逆反心理；官气十足的家长将传给孩子一种自我中心的优越感和"主子意识"。日后怎么发展谁能预言？我倒想奉劝文化程度不高，社会地位低微的家长几句：你们千万不要自卑。好家教不分贫富，也不分家长文化的高低。历史上既有出自书香门第的才子，也有出身贫寒的学士。文化程度高的，固然可以辅导孩子；文化程度低的，也许反倒给了孩子一种刻苦攻读的动力。这里关键在于：自己要瞧得起自己，少些唉声叹气，少些自暴自弃。对未来，对前途要充满信心，以积极乐观、忠实进取的态度对待生活、劳动和学习。同时在生活中也这样要求和教育孩子，则孩子就终生受惠了。至于富贵之家，我以为当牢记"君子之泽五世而斩"的古训。当今之世，用权力和金钱弄顶硕士帽、博士帽给孩子戴戴也不难，但还得问问今后能否顶用。

89. 菩萨也竞争[1]

说来别笑,这是我在新世纪第一个春节获得的新知。不过话得从头说起:

顺德有两处著名的寺庙,一曰西山庙,一曰宝林寺。西山庙是古建筑,供奉着观音菩萨和关圣帝(广东人视关圣帝为财神)。这里一向香火很旺,特别是大年初一,进香求福的市民蜂拥而至,络绎不绝。前两年,门票价由5元提为10元,可想而知,初一的收入是可观的,故每逢过年,工作人员总是喜形于色。但今年却情绪不高了,缘何原故?据说是宝林寺从大年除夕到初一早上可以免费进去,因此将生意都扯走了,西山庙相对冷静。"牛脚眼里翻了船。"这是他们始料未及的。

再说宝林寺。顺德的宝林寺有上千年的历史,现在的寺庙却是前两年择址新建的,规模宏大,佛教寺庙格局,建筑及雕塑、书法艺术不俗,有的堪称精湛。因此也吸引了不少旅游者和信士的观光朝拜。门票价一向维持10元不变。这次在游客高峰期突然不收门票,确乎出人意外。

今年春节,我在富阳的女婿也在顺德过年。初三日,我陪同他们去参观宝林寺,顺便讲起这里初一不收门票的事并表示我的疑惑道:"这岂不减少了一笔可观的收入?"还是年轻人脑子灵活,他说:"现在菩萨也竞争呀!不收门票,可你知捐的功德钱、灯油钱更多呢!"接着他又讲了杭州灵隐寺的事例。他说,灵隐寺初一日限售门票1000张,但每张价

---

[1] 2001年3月1日。

高达 600 元，且年前就被抢购一空。我默神算算，那不就是 60 万吗！这时我才恍然大悟：菩萨也竞争，而且各出奇招。不收门票是一种竞争方式；限售门票、抬高价格也是一种竞争方式。无论是增产还是不增产，都能达到增收的目的，关键在根据自己的实际，采取适当的策略变中求胜。西山庙的菩萨想以不变应万变，这回可是受挫了。

　　菩萨也竞争了，人更不消说。节后，顺德市举办人才交流会，招聘以大专毕业生为主体的各类人才。5000 个岗位，应聘者达 26000 余人。招聘者、应聘者都卷入了竞争之中。有的以高薪求贤，有的以礼遇揽才。某公司为了树立自己的形象，设筵待应聘者，并每人发一个 50 元钱的利是包。应聘者除依靠自身德才的实力之外，也使出各种解数。有个应聘销售员的女大学生，席间频频举杯敬酒，喝了一瓶多白酒，主人都劝她别喝了，她还要喝。结果让人送去打吊针，但她有个疏忽，老把人家李副总叫作"李部长"。据内中人士说，她没有被录取。因为连人家的称呼都老是搞错，还能搞销售么？

　　竞争呵……

90. 说说周密的结局[1]

电视剧《大雪无痕》中，周密的结局是一片空白中的一声枪响。此前，他曾一再哀叹："结局本不应当是这样的。"影片也以棋喻人生，说败局就在中盘一着之错中。这有一定道理。当初，周密如不慕副市长的高位，坚拒转送东钢的 30 万股股票给那位高级领导，不就好了吗？但这样认识问题并无什么好处，也不能理解《大》剧形象的深刻内涵。

周密这个人，并非我们一般概念中的坏人形象。相反，他年轻英俊、有才华、有风度，温文尔雅，属"精英"类人物，但他却成了杀无赦的罪犯。这令人惋惜。更值得人们去思索这偶然中的必然，了解其结局何以是这样。

影片既以棋为喻，我们就来看看周密面对一盘什么样的"棋"。有社会观察家认为，中国的问题在经济层面是一个权力经济问题，在社会层面是一个黑社会现象的问题，在政治层面的表现是一个与金钱联姻的问题。的确，在《大》剧中我们可以依次看到它们的代表人物，如冯祥龙、冯祥龙雇佣的杀手和顾副书记。但他们都不是孤立的存在，而是勾结成一张关系严密的网。网上之纲就是操纵社会资源配置的权力，顾副书记是揽住这纲绳的"权力寻租者"，冯祥龙则是鲸吞国有资产的权力租赁者。但顾副书记表面上必须保持权力的公正和尊严，不便直接与"一身匪气"（丁洁语）的冯祥龙交手，以免暴露自己。因此，买卖双方就需要寻找一

---

[1] 2001 年 3 月 12 日。

个中介人，作为这张网的纲目接合部。有买方就有卖方，这个中介人是一定会有的。正如张秘书所说，有好几个人有资格竞争这个岗位。周密上不上呢？这就是周密面对的"棋局"，也是中国体制改革不完善留下的问题陷阱。在禁不住的诱惑面前，并非人人都禁不住。这就说明有的人禁不住自有其内在的原因。《大》剧对此没有概念化的解说，而是深入到人物的潜意识中揭示了周密的人格历史和缺陷。周密向丁洁讲述他小时候卖粽子苦读的故事，讲他小时候怕水、更不敢游泳的心理，说明他从小就有自卑情结和胆怯的性格特点。这妨碍了他社会感情的建立，使他形成了"自我中心"的人格缺陷，只想出人头地，没有社会责任感。虽是苦孩子出身，他却从不关心别人，更不会像廖红宇那样想到那些下岗职工，甚至和丁洁约会也只让对方听自己对过去生活的叙说。这样一个人，在官位的竞争中自然不会放过任何一次机会。对送股票的犹豫，并非出于良知和正义，而是由于胆怯。他甚至对丁洁也不敢说出一个爱字。因此当省委追查股票事件时更无揭露真相。著名心理学家阿德勒指出："一个胆怯的人面临失去尊严的危险时，或许会铤而走险以抗衡他的胆怯。"周密正是这样。看来走好人生这盘棋，不只靠智力，还要靠人格。在外诱内惑之下，周密的这个结局并非偶然。

91. 清官戏面面观[1]

清官戏就是歌颂清官的戏。此处的清官，不是指高贵的清闲官，而是指清正廉洁的官吏，是与贪官相对的。

清官戏古来都受群众欢迎，就像天天吃萝卜白菜，突然见一碗肉，虽伸不上筷子，闻闻香味也解馋。当然，意义并不在此，演清官戏是倡明教化、唱响主旋律；看清官戏是解社会公正之渴，求心理的安慰。于是，清官戏就成了传统产品。古代的清官戏常演不衰，今天又从历史仓库中挖掘题材，创作出"现代的古代清官戏"，前如《海瑞罢官》，近代《一代廉吏于成龙》。似乎还嫌不够，有的人干脆将当前的一些反腐题材的戏也归入清官，那当是"现代的现代清官戏了"，如《黑脸》、《走过柳源》、《生死抉择》便是。不管哪一类清官戏，清官都是解民倒悬、救人水火、为民请命、为民作主的人，比起贪官污吏来，当然值得歌颂。

但清官戏的时运也并非一向看好，它挨过棍子，也受到批评。棍子来自"阶级斗争为纲"者。《海瑞罢官》被派定为影射"我们罢了彭德怀的官"的"毒草"，海瑞为民请命，倒丢了吴晗的命；而所有的清官一经阶级分析，据说因其更能巩固封建政权，故比贪官还坏。不知贪官的增产是否与此有关。社会一旦黑白颠倒则黑胜，这是规律。

清官戏近来也受到来自法治理念的批评，认为清官戏都是反映人治的，不符合建设民主、法治社会的需要。在人治社会里，老百姓的幸福

---

[1] 2001年3月19日。

是不可预期的，完全寄托于君圣、相贤、吏良，带有很大的偶然性，侥幸性。这倒是真的。试想：若非那位省委书记的车子坏在柳源，夏莲一家的冤屈能伸吗？若非钟书记突然返回并出现在常委扩大会上，李高成这个清官还当得成吗？这是清官戏共同存在的先天不足，因此受到批评是不难理解的。我们不能将实现社会公正的希望寄托于几个清官，这已是现代人的共识了。

  不过，我以为对清官戏也大可不必忿忿然揶揄之。一是无论过去、现在或将来，清官总比贪官好，有德总比缺德好。二是我们离真正的法治社会尚远，在现实生活中，一些案件要惊动中南海才能解决。因此，实在不能要求剧作家预先设置出一个法治社会的模式来。如果要求真实反映生活，在一段时期内，恐怕还是看看清官戏。三是清官戏也有不同的观赏法。论结局，当然是正义战胜邪恶；论过程，却是那么艰苦、漫长，代价十分昂贵。按肖扬院长的说法，迟到的公正不是公正，迟来的正义等于无正义，则看清官戏除了获得心理上的安慰外，也能得到思想上的警醒。当然，如果以为演演清官戏可以促成贪官的转化，那又太天真了。

92. 丁洁与廖红宇①

物以类聚，人以群分。电视剧看多了，也能大致将剧中人分个类什么的。如女性形象，就有贤妻良母型呀，性格开放型呀，女强人、弱女子呀，白领丽人、灰色女性呀，等等。

《大雪无痕》中的丁洁，无疑是白领丽人，因为她是女主角，当代影视中，一般都由她们总领时代风骚。一方面她们最有希望进入中产阶级，另一方面又能满足爱美之心。当然，白领丽人也有不同的路向。丁洁是保持人格独立的一种，特点是单纯，对九天集团问题缺乏敏感性，也少有"舆论监督"的冲动。廖红宇被杀伤，虽也提到采访，但当知道总编说过"这问题很敏感，不许采访"后，也就漠然置之。全剧之中，她的心灵似乎只漂泊在与周密和方雨林感情纠葛的漩涡里。这多少反映出当前白领丽人的某些共性。不过，单纯有如年轻漂亮，是不能长期保存的。在复杂的现实生活中，她们最终要走向分化。从丁洁还有着力求弄清事实真相的特点看，她将走向成熟。九天集团案件真相和廖红宇事迹被公示后，相信会引起她的震动，对廖红宇也会有更深的了解。

说到廖红宇，给她归类倒有点困难。她不但是性格开放型，也不是白领丽人，更非灰色女性。说贤妻良母吧，又和丈夫离了婚；说女强人吧，又非公司老总或副市长；说弱女子吧，又有"舍得一身剐，敢把皇帝拉下马"的倔劲。她在剧中的作用就是告状，这是颇令一些人士讨厌

---

① 2001年3月26日。

的。而且她的告状与《走过柳源》中的夏莲不同，夏莲是自申冤屈，她不是。因此，我相信观众也会对她有不同的想法，有的会认为这种人是"造蛋"，多管闲事，有的则会认为她为民请命。是褒是贬，各人心中有数。我称之为"正统派女人"。

我自认"正统"一词下的妙，妙在褒贬含糊不清。古代为争正统，不惜刀兵相向，现在"正统"常被当礼物赠送。谁一旦获此名号，就意味着将被"敬而远之"，远不如被呼作"邪门"可亲。但从实看来，他们也不过是不会打擦边球，不会闯红灯，不会逢场作戏而已。按这种生活经验，称廖红宇为正统是准确的。且不说她遭追杀的事，就看她在"九天"的白领或蓝领丽人中所遭受的白眼冷遇和背后讥笑，也证明着她的正统际遇。

其实，正统是个历史概念，此一时彼一时。廖红宇的正统，主要不在乎穿着不时髦，平居不苟言笑以及不注意减肥，而在乎其内心世界。这集中表现在她和冯祥龙的一段对话上。冯说"现在谁不为自己着想？"廖说"你就不想想那么多下岗职工？"我想，丁洁恐怕也还没这样想呢！

93. 从"终于"说起[①]

在阅读中，每遇"终于"二字，总觉分量非同一般。

据辞书的解释：终于"表示经过种种变化或等待之后出现的情况"。如果将变化理解为矛盾双方力量的较量，将等待理解为时间的流程，则终于便是力量与时间的乘积，分量自然就重了。

《南方周末》第891期有篇报道，标题是《为了一个普通公民的权利，数十名人大代表，奔走呼吁六年，终于为一个小人物昭雪沉冤》，其中"终于"二字就沉甸甸的。我们不必复述报道的内容，仅据报道的材料尽可能量化地解读标题：两处"一个"，同指山东烟台的刘胜军；"沉冤"指他因经济纠纷被山西太原市西河区的司法机关判为"诈骗罪"并遭刑讯逼供和六年牢狱之苦；"昭雪"指他获得司法公正；"数十名"确数是36名。则"终于"的量化理解可如下式：

36（人）奔走呼吁 × 6（年）= 1个公民的司法公正

换言之，按70岁为平均寿命，一个公民的沉冤要三辈子才得昭雪。这还没有考虑三级人大、高院、高检等权威因素在内。如果没有这些权威因素的干预，刘胜军的沉冤恐怕三十辈子也不得昭雪。从这一个案的量化分析，可知当前司法对司法不公的斗争任务有时是多么艰巨。

从报道看，斗争的艰巨性并非仅来自一个环节的司法不公，而是该地上下左右几个环节都出问题。即不仅河西的公检法及太原中级法院和

[①] 2001年4月2日。

省公安机关中的少数人员,而且作为权力监督机关的山西省人大办公厅的个别人员,在这个案件上都涉嫌司法不公。是他们构筑了一道篱笆,或者说是一道篱笆将他们圈在了一起,这篱笆就是"地方保护主义",是造成维护一个公民的权利竟要付出如此高昂代价的根本原因。

所谓"地方保护主义",其实是个美化的名称。在经济全球化的今天,它真能保护地方吗?答案应当是否定的。那么,这些地方保护主义者又真是为了保护地方吗?人们不仅可从上一个否定看出这一答案也是否定的,甚至有权怀疑其中是否也有如绛县"三盲院长"那样的"创收"成分。那么,在这种地方保护主义下,地方老百姓的公民权利如果被认为有损"地方名誉"时,他们能得到司法公正的保护吗?岚县的"割舌事件",首次揭露运城假渗灌工程的《山西青年报》某记者被以不实的罪名判12年徒刑的事件,对此也作了否定的答案。可见,所谓地方保护主义,是对法制尊严的践踏,也是对当地群众公民权利的威胁,其实是地方枉法主义。

还是回到"终于"上来。对"终于"要作二面观。斗争双方一方的终于胜,另一方就是终于败。根据游戏规则,胜方付出了多少代价,败方也应付出多少代价。因此,上述标题中的"终于",并非案件的终结,还有悬念在。

94. 能放心吗[①]

制造石家庄职工宿舍大楼爆炸案的犯罪嫌疑人靳如超，已经在广西北海被我公安机关抓捕归案。中央电视台3月26日对此作了报道，同时还配发了记者采访群众反应的镜头。

记者问一老汉：靳如超已经抓到了，你高兴吗？老汉答：当然高兴。

记者又问另一个人：靳如超已经抓到了，你现在放心了吗？那人说：现在放心了。

这是预设答案的诱导式采访。就是说，答案已在问题中规定好了的，只要不是精神病，就都会按问话人意图回答。于是就构成了如下的新闻内容：靳如超被抓住了，大案告破，群众高兴了，放心了。作为对群众的即兴采访，这似乎没有什么不妥，但真要想想，我倒觉得有点不"诚"。

先说高兴。一个犯罪分子，一次连续爆炸竟炸死108名无辜居民，给我们社会制造了可怕灾难。有的家庭遭灭门之灾，有的虽有幸存者，也将长期沉浸在无边的哀痛之中。过去因私怨报复，还讲究"冤各有头、债各有主"，不愿伤及无辜。现在向社会报复却是这样之毒，何以至此，这样的罪犯抓到了，就是枪毙他108次，也实在令人高兴不起来，记者何发此问呢？

再说放心。这里的"放心"，指的是群众的社会安全感问题。记者心中也当明白，靳如超的被捕，只是解除了群众对他这一个罪犯继续作恶

[①] 2001年4月9日。

的担心而已，看看现在的治安状况，恐怕谁也不能放心地说"放心"的。

　　下放时，我曾在一拦河坝工地上劳动和宣传过。我记得那时对雷管、炸药的管理是极严的。领了几枚雷管、响了几炮，都要对数。现在从靳如超来看，他既非生产烟花鞭爆的业主，又非需要搞爆破的工程队人员，他是如何弄到这么多炸药的？难道现在的雷管、炸药、导火索，不问是人是鬼，只要有钱就能买到？

　　联系到前此，万载芳村小学发生的爆炸案。据查明，那是一个做爆竹的有精神病症候者所为，他自己也被炸死了。但这也就暴露出一个问题：我们对从事危险行业、掌握危险物品的人员，是否应有资质上的要求？我们批评过美国的枪支泛滥，中国是火药的故乡，我们是否得警惕自己火药泛滥呢？

　　从防盗锁、防盗门、防盗网一个个行业的兴起，便可证明社会治安隐忧的存在。社会安全，政府"守土有责"，每个公民也有自己的一份责任。

　　法制的健全，道德良心建设，是社会安全感的硬件和软件。当这两大件尚不令人满意的时候，记者还是暂缓引导群众说"放心"的好。能放心吗？

95. 推荐一种做酒法[1]

中国人喜欢做酒。莫说丰年、平年，便是灾年，如三年困难时期，野有饿殍，酒风也未断过。可见要中国人不做酒，除非太阳从西边出来。

中国的酒名目繁多。从一个人出生算起，有三朝酒、满月酒、百日酒、周岁酒、满十酒、进学酒、敬师酒、谢师酒以及成年后的大小生日酒、结婚酒、贺屋酒、搬家酒等，直到埋人酒。所谓红白喜事，其实是一路红到白。

对做酒如何评价，问十个人可能有九个说不好。一是浪费，二是累死人，体累心更累。做酒得请客，请谁？不请谁？有谁一请就来，有谁请了也不一定来，有谁不请自来？摆多少桌才合适，既不浪费也不弄好菜在那里凉着？这都是操烂百叶肚[2]。从吃酒者一方看，请了固然去，没有请是否也要去？这也得掂量一番。更主要的是送礼。一般工薪族，一个月碰上几场酒，当月工资就所剩无几了，要是下岗职工更是焦头烂额。这都是不好的地方。不好为啥还要做？答曰风俗习惯如此。其实，挑破来讲，其中何尝不包含有利害的算计？《沙家浜》里，就有"胡司令结婚，各家各户自愿送礼"。当然，亲朋好友平时各自西东，借红白喜事之机摆酒相聚一番，增加些人情味，也未必不是好事。关键在于有份真情，将礼数看得淡薄些，那就穷有穷办法、富有富办法，各自量体裁衣可也。

---

[1] 2001年4月30日。
[2] 操烂百叶肚：乡语，伤透脑筋之意。

先讲个穷办法。从前有两老庚互吃生日酒。甲老庚生日，乙老庚带去一个鸡蛋、五十文钱吃酒，礼簿上这样写："鸡一只，小一点；礼金壹佰文，现金五十，下欠五十。"后来乙老庚生日，甲老庚提了一篮豆杆，分文未带，也去吃酒。他是这样落簿的："豆芽一篮，老一点；礼金壹佰文，扣还五十，下欠五十。"照样吃。这当然是则嘲笑小气鬼的笑话。但我想，倘他们平时并不小气，能在对方生日这天开开这种玩笑逗个乐，倒不失为真朋友了。

再说富办法——推荐顺德人的做酒法。顺德人做酒，请客必发请柬，不见请柬虽同一科室也不会去，因为他们做酒是不收礼的。当然，吃酒的还是会送个红包并写上名字。主人收到后并不上礼簿，过两天便一律退还。不论你送三百五百，他只象征性地收你五元十元。有的更周到，下请柬时内面就夹一个装有几块钱的红包，你去吃酒时就送这个红包得了，据说是为了省去退礼的麻烦，真是宾主两便，好处多多。这样的做法可能全国少见，我以为具有推广价值，不知好客的同乡能否学到。不过，最好由哪个殷实户带个头，大家都说好，自然有人跟，也算移风易俗，省去许多累。

96. 红道·黑道·霸道[①]

"红道"、"黑道"之名，当属江湖行话，民间亦有用之者，故姑且从之。

从社会学的视角看：红道指社会合法的管理层面，其职责是保一方平安，维护社会的正常运转。黑道指的是具有反社会性质的非法群体，其组织或松散或严密，干着一些打家劫舍、为非作歹、杀人越货的勾当，扰乱社会治安。红道在明里行事，黑道在暗中为非。从本质上讲，他们是猫与老鼠的关系。

但世间对立着的事物，也有相互联系、相互渗透的一面，甚至会奇妙地结合。马与驴子杂交而生骡，红道与黑道杂交便生出霸道，过去的恶霸及现在的村霸、渔霸之类便是。霸道的特点是既有黑道的心肠、手段和帮衬，又能借红道人员的威权，明里敢于讹诈，暗中敢下毒手。因此，不仅百姓畏惧，便是一般黑道人物也仰其鼻息，甚至一些腰杆不硬的地方官吏也奈何不得，只好开只眼闭只眼，于是其势力便日见猖獗。

封建时代皇权不过县，"霸"的存在是普遍现象，《水浒传》反映得较充分。施恩是红道中一个管营，却在快活林开着一个酒肉店。他将营中的拼命囚徒派去控制市井的客店、赌坊、兑坊，但有过路妓女来时，先要来见过他，故每月有三二百两银子寻觅。可见施恩便是一霸，是红道借黑道力量成霸者。后来，施恩的"道路"被蒋门神夺了。这不仅因为

[①] 2001年5月7日。

蒋门神武艺比他强,更由于有张团练、张都监作后盾,而二张都是施恩的上司。施恩本要叫人去和蒋门神厮打,但"他却有张团练那一班正军",因此只好饮下"这一点无穷之恨"。可见蒋门神是黑道仗红道之势而成"霸"的。红道与黑道杂交生的霸道大致分这两种类型。

  现在的各种"霸"大概也不例外。近见媒体披露浙江温岭市"渔霸"一例便可证明。陈水生、林伯富是两个黑帮头目。石塘镇的车关渔市,每年收的交易费就不少于1000万元,多人愿出200万元一年承包,镇上不予;他们却只出100万元就包到了。承包以后,他们欺行霸市,提高收费标准,并强迫渔民非将鱼卖给他们不可。渔民杨某牵头集资修路以便将鱼送到别的市场,他们便在杨的家中放28条毒蛇,又放火烧了他的房子,还威胁要他的命。这能量是哪里来的?就是石塘镇的镇长。这位镇长,将"流氓犯罪团伙的主犯"、被判过8年刑的陈水生介绍入党的。还有那个温岭法院也为他们"保驾护航"(见《南方周末》2001年4月5日)。因此,他们就敢于横行乡里、鱼肉百姓、称霸一方了。

  现全国正开展打黑斗争,原来打黑必反霸,反霸还得扫扫红道上的后台,也可说是"攘外必先安内"吧。

97. 公示语的"德性"[1]

何谓公示语？具体地说，就是"过路人等不得在此小便"之类。概括地说，是向公众提示某种要求的话语，形式像标语，内容近公告。但它不是标语，标语是政治性的，它是生活性的；它也不是公告，公告有完整的行款格式，它只是一两句话。其作用，宜定位于协调关系，提高社会文明程度。

作为现代社会的一员，留心公示语，调节自己的行为，是一种文明的表现。比如走进挂了牌的"无烟商店"、"无烟车厢"，你要抽烟，就得自觉找到吸烟处去，否则就显得缺乏教养。

从提出公示语的一方看，话虽一两句，但言为心声，也能反映出一种心态，即心中对于公众的态度或称之为德性，更要讲究文明有礼。

因为公示语的内容大多是要求别人不要做某种事的，一般写在一块特制的牌子上，故过去被称之为"禁牌"。禁牌之名，想必来自官府，一个"禁"字就体现出一种威权。当然，现在也不能否定禁牌的存在。"军事重地，禁止入内"，"仓库重地，严禁烟火"，这"禁"就是必要的。但如果将禁牌用于普遍的社会公共生活，就有违平等待人、礼貌待人的原则了。"此地禁止……"，或甚至"严禁……否则……"之类，显示出一种居高临下、盛气凌人的态度，使人觉得不舒服。

自倡"五讲四美"以来，公示语发生了很大的变化，"禁止"渐渐为

---

[1] 2001年5月14日。

"请勿"所替代，这里边是一种进步。但"禁止"、"严禁"的字眼仍不时出现，那效果是否硬比"请勿"更好呢？

　　顺德有个华升商场，我每天买菜都往它门前经过。它的一扇闸门上涂着一幅公示语："门前严禁泊车，否则后果自负！"一派"文革"造反派的语气，够吓人的。我想这虽可能是它的保安所为，但老总也是默认了的，反映出其官商心态。以后这商场倒闭了，不知是否与此有关。现在该商场已经换主，那幅公示语也被撤掉，店门前经常停满摩托车和小轿车，全是来此购物的，生意好得很。

　　公示语怎么写，看来大有讲究。我在顺德宝林寺见到两幅公示语，实在叹为观止。一幅是叫人不要伤害花草树木的，写的是："草木本生命，请君慈悲为怀"。一幅是劝人不要乱涂乱画的，写的是："非请慎墨宝，即功德无量"。这两幅公示语，不仅态度温和谦让、语言富有文采，而且体现了佛家珍惜生命、慈悲为怀，度人向善的宗旨。较之"严禁"固有文雅与粗俗之别，便是比"请勿……"也高出一筹，值得借鉴。

98. 新寓言：谁唱得最好①

  牛、羊、鹅、鸭、鸡、犬、豕，聚居于水乡之地，觅食劳作之余，常唱唱歌以抒发胸臆。它们未进过音乐学院，不懂乐理，也辨不出宫调商调。只是顺着自己的性儿，依着自己的生活体验，该怎么唱便怎么唱。当公鸡唱白天下时，它们也相互唱和着，但谁也不会改变自己的歌声去仿从别人的腔调，真有点"百家争鸣"的气势，村子里热热闹闹。

  一天，宫中乐师旷先生下乡采风，打从这儿经过，恰逢它们唱得起劲，便停下脚步，细听了一阵。他突发奇想，欲将它们组成"农家乐合唱团"赴各地演出以宣盛世。于是便严格把关，一一审定音律。一审，他觉得只有公鸡的唱声合律，其它都粗鄙。因此，他便指定公鸡做领唱，其它成员都要学公鸡的唱法，猪的低沉、鸭的沙哑、牛那样重的鼻音，肯定是不行的。大家还算听话，便真的学着公鸡叫。但学来学去，只是怪腔怪调，既不像公鸡叫，也听不到自己的声音，便干脆不唱了，心想：你说公鸡唱得好，那就让它独唱吧！于是，村子里只有公鸡唱，别无声息相应，倒如荒村古渡冷寂不堪。

  乐师旷先生很是不满，怪大家不是发出噪音便是沉默不语。此时庄周先生正作逍遥游，经过这里。他也是音乐大师，与乐师旷先生有过交往。他的妻子死了，不但不哭，还敲着盘子唱歌呢。对此，旷先生还表示不理解。现在他见旷先生满面怒容，便问何故。旷先生言其所以后，庄

---

① 2001年5月21日。

周笑笑说：你只知人为的歌声，不知万物自然的歌声才是最美的。你叫它们都学公鸡唱法，岂不扼杀了它们的真情实感？

乐师旷先生说：它们那种唱也有真情实感吗？我怎么听不出？庄周说：夏虫不可语冰，因为它没有生活在结冰的时候。你长期生活在宫中，怎能理解它们？我说给你听吧，牛常引轭负重，故其歌为"唔呃——"，不忘用力也；羊常用唇吻拔食细草，故一歌则为"咩"；鹅无厌饱之时，故其歌声近于"饿"；鸭常捕食水虫，故不忘其"呷呷"；母鸡靠下蛋换精粮，唯恐其不足也，故唱"咯多咯多"；狗不准别人靠近它，故其歌为"汪汪"，汪汪者，亡亡之谐音也，亡者走也，意思是"走开走开"；猪肥胖，动则喘息，故其歌为"吁吁"；公鸡吃饱了没事干便想勾引四处的母鸡，故其歌声必宏亮而悠长，其言"喔喔"者，是其哄母鸡睡觉之声也。它们都是各抒情而已。从这一角度看，你说谁唱得最好呢？连孔丘先生都知道，"君子和而不同，小人同而不和"，你是叫它们做君子呢，还是做小人呢？

99. 来点咬文嚼字[①]

咬文嚼字，在聪明的中国人看来是可笑的书呆子行为。有人特地为它撰了一条歇后语，说是"老鼠子偷书吃"，聪明人自然是不屑为之的。他们大都达到了五柳先生的境界："好读书，不求甚解。每有会意，便欣然忘食。"所谓不求甚解，大概就是不咬文嚼字吧。连编选《古文观止》的二吴先生也说这是"善于读书者"。

我书读得不多，但书呆子气不少；"会意"的读书读文谈不上，有时候偏爱来点咬文嚼字，自己也觉得十分好笑。比如"三讲"，我就要嚼嚼这个"讲"字。平时，讲话与说话不是相通的么？可见讲就是说。但为何提"三讲"而不提"三说"呢？一嚼才明白，原来讲字比说字还多着一层意思，即不但要说，而且说了还要做。这便产生腹诽，对一些人的所谓"'三讲'过关"的说法不能同意，认为要准确点，只能说是"'三说'过关"。这就不但可笑而且可憎了。

本世纪初，江总书记在"依法治国"的基础上又提出"以德治国"，这是很有意义的。法治也不是万能的，还必须辅以道德的约束。他律与自律的结合才能走向至治。但不久从媒体听到一则报道，说某校为贯彻"以德治国"的精神，加强对学生的思想政治教育。这又使我不禁咬文嚼字起来。

何谓"以德治国"？按上述的一则报道，似乎就是"用道德条文来

[①] 2001 年 5 月 28 日。

调治（教化）国人（学生、老百姓）"。又按这一"会意"，我想今后的道德讲座一定可以成为吃皇粮的新型产业。从前有所谓"讲圣谕"的，就是向老百姓宣讲皇上的谕旨，也就是宣讲道德吧。萍乡城内一个老头"讲圣谕"，讲到不要动口骂人，下面的人叽叽喳喳讲话，他便开骂了。"以德治国"是这样的治法吗？

如果要咬文嚼字，我以为"以德治国"当是另外的解释。查查这个"德"字，它有心而非口或言，可见德是心中有所得（道），而不是挂在口头上专门教训别人的。孔子说："为政以德，譬如北辰，居其所，而众星拱之"（凭借道德治理国政，自己便会像北极星一般，安静地居于一定的位置，所有别的星辰都环绕着它）。故"以德治国"的德，主要是或首先是治国者自身的德。德是自身的修养并通过言行表现出来的。本身无德而讲得头头是"德"，众星未必拱之矣！所以我看那则报道，实在没有多少新意。不过我也知道，我这样的咬文嚼字，也实在不入时流。

还是"会意"的读书法好，各人自会其意，为我所用，当然便"欣然忘食"。难怪聪明的中国人既善于接受新口号，又善于保存旧事物，而且还善于生产一套套的经验。

100. 关于嫉妒①

《书摘》第104期，刊载了作家魏明伦新著《闲言碎语》的部分内容，其中有"中国人"三题，说的是：一个中国人参观纽约和东京的富人区，分别问美国人和日本人，会不会嫉妒他的富豪同胞。美国人说："不，他有机遇致富，我也会寻找机会富起来！"日本人说："不！我会和他交朋友，把他致富的经验学到手，超过他！"后来这个中国人回到海南，看着这里的富人区，问一位还没有大富起来的小款朋友嫉不嫉妒，此人咬牙切齿地回答："我恨不得一把火把它烧了！"

这似乎只是重提"中国人爱嫉妒"的旧话，实则它还揭示嫉妒有恶性发展的趋势。如果说改革之初还只是患"红眼病"的话，现在却有了做出越轨行为的心理冲动。况且，说这话的还是一位"小款"朋友，就更值得玩味了。我估摸着，他一定是觉得自己赚几个钱千辛万苦，人家却如坐直升机"一夜暴富"，因而心理不平衡，妒火中烧才出此恶语的。比起美国人、日本人来，中国人的嫉妒是多么严重呵！

自然，这嫉妒很不好，既令本人痛苦，又损害人际关系，甚至还会引发犯罪。但我要说，嫉妒并非中国人独有，外国人也有的。看一些西方心理学著作，内面讲到嫉妒时，也是讲他们本民族，并非举中国人的例子。可见各民族心理中都有嫉妒的"基因"。但为何他们的嫉妒"基因"不会引发病变，而中国人却反应如此强烈呢？这倒是要认真研究的问题。

---

① 2001年6月4日。

古人说外感于物则情动于中，这话有道理。一个民族的心理品质，都是在一定的社会生活中形成的。过去讲的"中国人的劣根性"，其实也是劣根社会的产物。当然，中国人应当学习别民族的长处，比如："不要嫉妒，要学习别人致富的经验，自己抓住机遇也富起来。"这就很值得学学。我相信许多中国人也是想学的。但这得有个条件，即中国社会也有一个规范的公平竞争的机制。可惜这一点，我们过去未曾有过，现在也尚未形成。观乎中国的富人，有勤敏智能致富者，有租赁权力致富者，有权力寻租致富者。前者可学，但教育机会不均等又制约了许多人潜能的开发。后两者则越学越糟。租赁权力就要行贿，权力寻租就是受贿，都是拿国有资产和税收开涮的，是对广大纳税人的剥夺。向他们学致富经验，岂非叫我们社会腐败到底、更加两极分化？故断不可学，而且普通百姓想学都没有资格。这社会的不平等，若非安贫乐道、与世无争或听天由命者，滋长几分嫉妒是并不奇怪的。

我并非为嫉妒辩护，只是想说：要中国人克服嫉妒心，必从改革社会开始。人心与"水土"有关。在一方水土上，嫉妒会转化为进取心；在另一方水土上，嫉妒可能会燃成"一把火"。怎么办？

101. 法宝为何不灵①

开办廉政账户的事早有所闻了，近日《环球时报》又以《害人的钱别留着》为题，详细报道了鞍山市的同一举措，并说在社会上引起了"不小的震动"。我以为是有贪占行为的干部纷纷金盆洗手，篇末才知"该账户开立十几天来，尚未接到一笔存款"。所谓"震动"，不过是有的干部"感叹"说，这"解了一些干部的心病"。有的人说，这"是干部抵御腐蚀的法宝"。虽然法宝未见灵验，但"有关人士"仍相信其"积极作用"之类。

读这样的新闻，最易找到空喜一场的感觉。不错，开办一个廉政账户，让一些干部不失体面地将"不正当收入"存进去而免于追究，实现自查自纠、廉洁自律多好！如干部因收受不正当收入而真的患上寝食难安的心病，它就是一剂平和温补的良药；如干部被人用金钱（不是美色）"腐"了一下而自己又不肯"蚀"，满可以挥动这一法宝。可惜竟无人领情，真不知为什么！

不过这也并不奇怪。廉政账户是以干部的道德自律为前提的。如果没有这个前提，他怎肯将不正当收入从嘴中抠出来存进这个账户？如具备了这个前提，当初他又怎肯收受这不正当收入？至于说"害人的钱别留着"，也只是局外人的劝导，局内人不到大祸临头是感觉不出那钱是害人的。可以置豪宅、包二奶、买肾、买官、买杀手、买保护伞，可以福

---

① 2001年6月11日。

荫子孙、泽及后世，正唯恐其不多呢！便是成克杰，不也是在事发之后才感觉到那钱害人，才表态愿全部交给国家么？可见，建立在不确实的前提之下的廉政账户，实在称不上什么"法宝"，充其量不过是一种"法（花）样"。中国的贪官见多识广，岂肯在没有"兵临城下"之际"和平起义"的？

有人将政治之道分为政道和治道。国家机构的构成、分工、运作与效率，国家的决策程序、纠误机制等属政道；围绕管理对象和管理方法的理论与措施属治道。"政者治之体，治者政之用。"古谚云："射不中的，反求诸身。"治道上出了问题，就得想想政道。而我们只在治道上下功夫。惩治腐败措施不可谓不多，但边惩边犯、边治边滥的事不可谓少；搞腐败受的制约少，反腐败受的制约多。《大雪无痕》中，公安人员虽有证据怀疑副市长周密是谋杀张秘书的凶手，但就是不被批准立案，非得再搭上两条人命，周密即将趁机外逃之际才实际拘留、法办。这样的"法治"，除了多增加一些电视剧的素材之外，还有什么"积极作用"？

中国人和人打交道，知道"宁可先小人后君子，不要先君子后小人"。惜乎这种智慧不见用于政道，故见到开办廉政账户便誉为"法宝"而要"环球时报"一下了。

102. "决定论"[①]

空气、阳光、水，是生命的三要素。由于都是大自然的恩赐，所以也没有谁去研究谁起决定作用的问题。要研究的话，我想，恐怕是哪一方面出了问题，成了稀缺物资，哪一方面就起决定作用了。

遗传、环境、教育，是人才成长的三要素。涉及人事问题，不免要排个座次，因此就有人要研究谁起决定作用了，于是就产生出各样的理论。"有种有根，无种不生"是遗传决定论。"近朱者赤，近墨者黑"、"染于苍则苍，染于黄则黄"是环境决定论。心理学家华生夸下海口，说给他十几个"强壮而没有缺陷"的婴孩，让他放在"自己特殊世界中教养"，他可以从中随便拿出一个来，训练其成为任何专家（医生、律师、艺术家、商界首领）或成为一个乞丐或窃贼。这便是教育决定论，又叫教育万能论。要问这些个决定论，究竟是谁在决定着，或者在多大的程度上决定着人才的成长，我虽是吃教育饭老的，实在愧无所知。因此，我只能求个各方都不得罪，认为是综合决定了；如果硬要举出一方，我就认为哪一方成了"稀缺物资"，哪一方便起了决定作用。

当然，现在谁也不再争论这个问题了。但不争论不等于这争论的影响不再存在。据媒体报道，有的大城市的教师，热衷于测定学生的智商，将列为中下者的名单告知其父母。这是在激烈的分数竞争中用遗传决定论给自己留条退路，倘孩子考得不好，怨你们的遗传去吧，怨不得我也。

[①] 2001年6月18日。

现在，面对违法犯罪低龄化问题，我们平常也能听到不同的归因理论。学校说，这是社会环境的影响所致；社会说，这是学校思想政治工作薄弱所致。这样，自豪就变成了自谦。本当信奉教育决定论的学校，却抬出了环境决定论；本当信奉环境决定论的社会，却坚持着教育决定论。在这种谦让中，对孩子如何做人的教育，也就成了被踢来踢去的皮球。为孩子计，我们能不能各自恢复一点自豪感呢？搞基因研究和准备做父母的，信奉遗传决定论；搞教育的和已经做了父母的，社会的管理层，信奉教育决定论，各自去做好那些起决定作用的工作。这样，我们的孩子，既避免了遗传基因上的明显缺陷，又能获得良好的教育和良好的社会生活环境，岂不三全其美？

　　新世纪第一个儿童节已经过了，这篇"茶话"肯定赶不上节日刊出。但没有关系，因为我本不是在对孩子说话，而是为孩子在向成年人打商量，家长、教师，还有社会。但社会是谁？还不是你、我、他么！

103. 从 59 到 26[①]

我们中国人一直在进行反腐防腐的斗争。一些同志为了摸清腐败现象出现的规律，还进行了不少的研究，取得了一项项研究成果。比如，对腐败发生的年龄界域的研究就有了三项发现，即"59 岁现象"、"39 岁现象"和"26 岁现象"。如果再联系对职务高低、行业分布、金额巨细、手法变换等方面的研究成果，我看就可以为腐败建立一个多维空间的模型了，就像 DNA 的结构模型一样。"提出问题就是解决问题的一半。" 2002 年虽未必能实现遏制腐败蔓延势头的预期目标，但腐败在中国的败而且腐，看来也为期不远了。我是乐观的。

问题是这个"26 岁现象"令人堪忧。"59 岁现象"是那些临到退休的人，趁权力还在握之机大捞一把，以便裹金携银地走向坟墓。对这种冢中枯骨是不足惧的。"39 岁现象"是提县处级快要封顶的年龄，他们要捞一把以便买个晋升或作为晋升无望的补偿。这值得忧虑。但他们的政治生命毕竟日过中天，转眼间也就夕阳西下了。唯有这"26 岁现象"不同，他们还是年轻人，怎么就腐败了？我不敢相信！

检查自己的思想，我多少受些早期鲁迅的影响，以为青年人必胜过老头子，后起的生命更有意义。我也深深赞赏毛泽东对青年人说的那段话："你们青年人朝气蓬勃，正在兴旺时期，好像早晨八九点钟的太阳。希望寄托在你们身上。"联想到一些青年人"反官倒"、"反腐败"，因情

[①] 2001 年 6 月 25 日。

绪过激以致被人利用而犯了错误的事实，我的确从未将腐败与年轻人挂起钩来。

但事实毕竟是事实，这已见诸《中国青年》2001年第3期。北京一位名叫李继华的律师，调查了19名贪污贿赂的犯罪嫌疑人，发现其犯罪时的平均年龄是25.6岁，因此提出了"26岁现象"，似乎是对59、39的延伸。老实说，我对此类研究的价值持怀疑态度。如果不被综合考虑，它们充其量不过是开出些治标不治本的药方，就像1998年长江抗洪堵管涌一样，这里堵住一个，那里又冒一个出来。如果老天爷再连降两天雨，真不知结果会如何。因为上游的水土流失、下游的豆腐渣工程尚未改变嘛。

仔细想想，前头既有"59岁现象"、"39岁现象"，则"26岁现象"的出现也并不奇怪。据报载：有的官员将自己还在读小学的孩子的姓名也造进了工资花名册中，让孩子领取一份干薪，这何尝不是在制造"12岁现象"呢？腐败到了这个份上，我看也就黔驴技穷了吧！只是面对年轻人的腐败，我们这些中老年人应当觉得自己有罪！

104. 我的第一任领导[1]

在人的一生中，居优位而能给自己施加影响的有三种人：父母、师长、领导。父母是造化的安排，师长和领导是缘分的际遇。能碰上一个好老师或好领导，都是人生的幸事。而好领导是什么样的，各人心中都有自设的标准和时间过滤后的体验。嗜酒的记住一杯烈酒，嗜茶的记住一盏清茶。我的第一任领导是一盏清茶。

我工作的第一站是萍乡煤校。我是1956年9月8日晚上到校的，次晨便在食堂用餐：两个馒头、一碗稀饭、一碟咸菜。不一会儿，进来一个半老头儿，斑白的短发、清癯的脸庞、瘦挑的个儿，也端了两个馒头、一碗稀饭、一碟咸菜，在我的对面坐了下来。有人叫他校长，我没有交际的才能，并未立即起身，仍旧吃我的早点。倒是他先开口了："张声源呐，你读了多少马列呀？"初相见便叫出我的名字，平和的语气中不带半句应酬话儿，而是直奔主题，这出乎我的意外，也便实言相告："我没有读什么马列。"他说："不行呀，要读呀！"此后便一席无语，各个自顾吃早点去了。上午，我领了当月工资，便到新华书店买了一部莫斯科出版的马恩选集啃了起来。但真正影响我读些马列的还是他的"行"。他是那种自己真的读了马列才叫别人读的人。他对马列著作的熟悉程度令人吃惊，不但能成段成段地记诵，而且能说出在哪本书、第几页。仅从"读书"的角度说，这令我感服而自愧。

---

[1] 2001年7月2日。

我们没有过多的接触,他听过我的试教和上课,如此而已。但在1957年上半年,他给我出了一个题目,叫我将《斯巴达克司》编成连环画脚本,并说编好后他可以请人画画并介绍出版。《斯巴达克司》是一部反映古罗马帝国奴隶起义的长篇小说。我计划编600幅,但苦战一个暑期才完成不到300幅。秋季开学以后,"反右斗争"在煤校展开,我中止了这项工作,他也被调走了,不知什么原因,也不知调往何处,我从未打听过。编成的文字脚本也进了字纸篓,毫无惋惜之情。至今品尝起来,倒觉深受其惠。至少,他逼我认真地读了一部世界名著,为了编连环画,我还要理顺其情节结构和人物性格发展的线索,从大量的细节描写中去选择那些最典型的细节和人物关键的性格化语言,这对自己的能力,无疑也是一次锻炼和提高的过程。后来,我在3小时内能概括而生动地讲述百回本的水浒故事,实受益于此。因此,四十几年来,我还会不时记起他。

校长姓王,单名一个雷字,他也是萍乡煤校第一任党支部书记。我未听见过他震怒的雷霆,但却真切感受过春雷过后树芽儿拔尖时沙沙沙沙的声响。

105. 走出"民主"的误区①

我们现在民主吗？我们现在不民主吗？这是不能简单地肯定或否定的。因为民主不是成衣铺里的服装，而是全体人民的政治实践。当广大选民，特别是人大代表，坚守主权在民、人民至上的政治理念，认清自己的民主权力并依法充分行使这种权力时，民主就来到了我们身边。如果我们只是对民主引领而望，它就只是一种美好的憧憬，其唯一作用就是激起对现实的不满，而人们如果只限于不满，那就将永远地不满下去。这是否也是一种误区？

有人走出了这种误区。有兴趣的读者，不妨读读《南风窗》（2001年第7期）的长篇报道《为人民呐喊——一个普通中国公民的参政传奇》。这个普通中国公民就是姚立法。他奇在何处？"前言"中是这样概括的：连续12年竞选人大代表并终于当选；在市人大会议上多次大胆批评政府的过失和地方法规的不完善；发动上百名人大代表联署议案传至国务院，推翻省委、省政府江汉立市的意图；调查发现市财政拖欠全市教师1亿元工资并进行公开追讨；调查发现潜江多数村委会选举均严重违法，通过一纸议案，免掉了市民政局局长的官；关注董滩农民遭非法囚禁事件，进而追出董滩原村委会为非法选举产生，使该村得以成功重选等。

姚立法是农民的儿子，并非有特殊的背景；他自己不过是潜江教育局的普通干部，因竞选人大代表屡遭领导训斥并被停薪留职5年，当选时

---

① 2001年7月9日。

是"扛液化气的人",并非有显赫的地位。他的这些传奇似的事迹,全靠他对民主的坚定信念,对有关法律和自己权利义务的清晰、坚定的认识和不屈从于流俗化见解与"权威"压力的勇气。曾有人说他是哗众取宠、"官迷心窍"的神经病。但他的思想却是那样清醒和深刻。他总结的"竞选心得"、"代表心得"和"董滩感想",可说是现代公民的思想财富。如他说:"要熟悉法律,特别是《宪法》和《选举法》、《代表法》等有关法律。要对自己的权利和义务有清晰、坚定的认识。这样,就能把握大是大非,不会轻易地屈从于流俗见解和'权威'的压力!""要意识到自己在代表人民行使国家权力。面对政府时,做得更多的应是不留情面的监督。""民主的细节比民主的口号更重要。村委会的直选、村民自治的宣传不能流于形式。应当让村民们掌握选举中每一个细枝末节的操作方法,使选举利器牢牢地操之于民。"可见他并非神经病,而是思想解放的战士和社会主义民主的实践者。

　　记者陈越初在"手记"中说:"政治不是我们能够置身其外去赞美和批评的东西,不是悬在每个人头上无法改变的东西,每一个人,不论他意识与否,其实都在为一种政治的形式发挥影响。"这话很对。民主,需要我们走出误区。

106. 请轻声一点①

在北京旅游，随处都能碰见老外的旅游团，由中国导游举着一面小旗子领着。对那些黄头发、蓝眼睛，人们早已不觉稀奇，但我还是有所关注。一关注，便有点肤浅的比较和感受，觉得他们总是静悄悄的，我们常是闹哄哄的。走近老外那边，能清晰听见导游讲解的声音，而在我们队伍里，不挤到导游跟前，有时简直听不清他讲些什么。并非导游不肯为中国游客卖力，而实在是我们太吵。在参观时，外国人也会手有所指地做些交谈，但那是近乎耳语的轻声轻气，我们的人不但闲话多而且嗓门大。若不体察，直以为外国人都是哑子，中国人全是聋子。

我原以为上述感受只有个别的性质。但不几天，便读到一篇《中国人，你为什么这么吵》的闲文。内中讲到美国人的一则小幽默，说有人向警察局报案，有两个人在走廊吵得不可开交，扰乱邻居安宁。警察走来查看，发现不过是两个华人在那里讲悄悄话。由此看来，中国人的吵是带有普遍性质的文化现象了。

当然，说中国人爱吵似乎过贬，说中国人爱高声说话也许较为客观。我想这与传统有关。旧小说里的虎将，都是"目似铜铃，声如洪钟"，嗓门大也是一种力量。张翼德当阳桥前一声吼就令曹兵后退30里。到了后来，嗓门大的人领呼口号、表决心，都是积极的表现，轻声交谈则可能被怀疑在讲私己话或黑话。因此，在课堂上多有声音宏亮的鼓励，少有

---

① 2001年7月16日。

轻声说话的训练。有的教师讲课时声音能传过几间教室，从没人说他干扰了别人，倒夸他劲头大。这都提高了嗓门的价值，形成嗓门竞赛的风气。争论靠嗓门，敬酒也要靠嗓门，将对方压下去，自己便赢了。更有市场上"大放血"的高声叫卖，灌液化气、卖卫生纸者的吆喝，嗓门还成了谋生的工具。因此，高声说话也便成了习惯。

"吃饭穿衣，不犯条规"，高声说话是否也这样？记得在萍中读书时，我在一份油印小报上见过吴敬临先生一篇谈讲课音量控制的经验的文章。他说："音量太小，学生听不清楚；音量太大，学生容易疲劳。"吴敬临先生是著名的教师，我听过他的课。的确，他讲课的音量也像他徒手作几何图形一样，总是恰到好处。但我过去总将这视为技巧问题，现在想起来，才认识到他对讲课音量的控制，总是为受众、为他人着想，又何尝不是道德问题？

我不敢说外国人的公共道德在中国人之上。但在旅游中感到外国人所保持的宁静和中国人所制造的热闹相比，我更作兴宁静。因为我们现在缺少的不是热闹而是宁静。说话么？请轻声一点。

107. 水中捞"诚信"[①]

一个年轻人,在人生路上经过长途跋涉,获得了美貌、金钱、荣誉、诚信、机敏、健康、才学7个背囊。在渡河时,遭遇风浪,必须丢掉一个背囊始得安全。经过考虑,他把"诚信"丢到了水里。今年高考要求学生以"诚信"为题作文。据媒体报道,这题目也引起了市民的争议。

一致的看法是:现在社会上欺诈成风,不诚实的作风也正在腐蚀孩子的心灵。分歧在于:有的认为这作文题是"对学生道德意识的考察和教育,很有必要",是"很好的诚信教育"。有的认为现在生意上我不骗人别人也会骗我,"为什么还要对孩子进行不切实际的教育呢?"如真有这样的试卷,不知将如何评分。是坚持诚信观呢,还是坚持鼓励"讲真话"的诚信原则呢?这且不去说它。

我要说的是,论者都将诚信归结为教育问题,实在是没有找到北。至于说一个作文题就能考察和教育学生的道德意识,更是近乎天真。比较起来,"负方"说"不切实际"倒较为接近实际。听听一位考生的说法,你就明白。他说:"一个人当然要讲诚实守信,不过现在的社会你没法诚实啊,老实人反而吃亏。"在作文中的他虽肯定了诚实,但那是"迎合出题者的心理目标",要真遇到那种情况,他也会放弃诚信而留下其他实惠的。"这种口是而心非的答案方式,本身也许就是一种不诚实吧。"进行诚信教育的考题考出不诚实的结果,考察乎?教育乎?水中捞起"诚

[①] 2001年7月30日。

信"乎？

当然，诚信教育是必要的。但一个民族的诚信与否，首先取决于一个社会的运行机制。若论教育，中国诚信教育的历史可谓源远流长。《论语·学而第一》16条语录中，讲到"信"的就有6条。至于"修辞立其诚"、"人言为信"、"人无信不立"的古训也都被嘴巴皮磨起了老茧。那时的人也许更诚信吧，故孔子说"十室之邑，必有忠信如丘者焉"。但后来，诚信就不断被丢到水里。先是三闾大夫，"信而见疑，忠而被谤"，带着诚信投了汨罗江。到现在，官出数字、数字出官，牛皮大王马屁精纱帽往上长，而求真务实未肯迎上意者往往被"洗脚"，则残留在脚趾丫中的诚信也被洗进了水中。语云："君子（官）之德，风；小人（民）之德，草。草上之风必偃。"官亦师也，社会焉能不欺诈成风！

当然，欺诈之风也来自市场。但有人说"市场竞争的压力加剧了欺诈风"，则又不妥。准确点说，是不规范的市场竞争加剧了欺诈风。这也是教育所无力解决的。一个孳生不诚信的社会中的诚信教育，其结果大概也就是上述那位考生的样子：知应诚信而难诚信，看来是暂时不会将诚信从水中捞起的。然则，什么时候去捞呢？答曰：明天吧！

108. 有感于 5000 万 "差生"①

要说我们教育带给家庭的情绪体验,我想只有两句话:"月儿弯弯照九州,几家欢喜几家愁。"欢喜的未知其数,一定很多;愁的已有统计:5000 万!

《北京青年报》6 月 25 日的一篇报道说:据全国少工委的一项统计,在我国现有的 3 亿学生中,被老师和家长列入"差生"行列的学生已达 5000 万人,每 6 个学生中就有一个差生。这一总数相当于 1 个法国、10 个瑞士、100 个卢森堡的人口总数。"差生"在学业上不再被认为有什么希望,而业已成为家长和老师的"问题孩子",他们无法得到老师的青睐,成为了班级的"多余人",也很少见到父母的笑颜,成了家里的"烦心病"。

5000 万"差生",真是"差可敌国"了,实属中国教育的奇"畸",至少是种尴尬。真这么多差生,那是教育的失败;没有这么多而任凭乱加"差生"帽子并加以歧视,那是一种混乱和侵权。

在下是不同意使用"差生"概念的。因为"生"不是"分",而是"人"的特称,是综合了德、智、体、美各种素质的完整生命和独立人格,你凭什么就断定他/她是差的?仅从智力水平看,我也不相信有 5000 万"差生"。美国心理学家韦克斯勒将智力水平分成七类,若按好、中、差归纳,那么属于差的两类一共也只占 8.9%,是为正态分布。而我们的"差

---

① 2001 年 8 月 6 日。

生"竟占了 16.6%，显然是一种人为的"栽诬"。

我不相信有 5000 万"差生"，但我相信确有 5000 万学生被扣上了"差生"帽子，因为我们经常碰到帽子满天飞的现象，以致总评上了 85 分的孩子都被老师称为"差生"。在一个追求短期功利成风的社会，许多教育评价者都染上了这种色彩。传统的标准只是及格不及格，不及格为差；现在却多出了许多标准。如：按是否有利于学校、班级在分数排队中"名列前茅"分，"拖后腿"者为差；按是否上重点、进名牌分，考上一般学校者为差。目前实行一校两制、价格双轨，1 分之差，家长就得多掏数千或数万元交学费。故在家长看来，花高价才能进某校的孩子当然又是差了。中国的教育就是这样一批批抛售"差生"帽子并从而歧视之，最终达到制造差生的目的的。

5000 万，不是小数，可谓阵营壮大。如果我是"差生"，也许要模仿王朔"我是流氓我怕谁"的口吻说："我是差生我怕谁！"或许我将上诉，控告你名誉侵权、教育歧视、对我终身发展造成精神伤害。但请放心，中国教育尚未培养起这种人格自觉。真是，幸耶？不幸耶？

109. 推荐一本书[1]

　　中国和美国，同处地球的北半球，但中国在东半球，美国在西半球。而两国人民是脚掌对脚掌地站在地球上。以中国的天空为标准，必谓美国人头朝下，以美国的天空为标准，必谓头朝下的是中国人。用这一有趣的地理现象来描绘中美文化和教育的差异，大致是准确的。

　　听说有部名为《刮痧》的电影，讲一对留美的中国夫妇，出于一片爱心，替孩子刮痧治病，结果遭到美国人的指控，说他们虐待孩子，因而吃上令人啼笑皆非的官司。这讲的是中美文化上的差异。

　　至于教育上的差异，通过留美博士黄全愈先生的两本书，我们也能作些了解。一本是《素质教育在美国》。去年出版以来，印数已达30万册。这书如此畅销，我想是"素质教育"这四个字在起作用。因为我们也正在搞"素质教育"，许多人想看看美国的素质教育是怎么搞的。不管我们是否愿学、是否能学以及学多少，改革开放的中国人，急于了解世界的健康心态总是可喜的。

　　今年7月，黄全愈先生又出了一本《家庭教育在美国》的书。读了那本书再读读这本书，或虽未读那本书而读读这本书，都挺有意思。作者从10个方面比较了中美家庭教育的差异，比如："望子成龙"还是"望子成人"？所谓培养孩子的兴趣，究竟是谁的兴趣？要不要改造孩子？如果要改造，怎么改造？由谁来改造？改造成什么样？素质教育的核心是

---

[1] 2001年8月13日。

什么？要不要从小就培养孩子的独立性？如何培养孩子的独立性？"教是为了不教"呢还是"不教是为了教"呢？孩子夸大自己的短处是美德吗？为什么中国孩子很在乎大人的惩罚、美国孩子不在乎惩罚？该不该向孩子讲"农夫救蛇"的故事？农夫的错误在于他的同情心还是在于他的愚昧无知？懂事的孩子应该是什么样的？等等。

  我觉得许多谈家政的书都是牛皮兮兮的，因为作者都是以满足家长"望子成龙"的愿望为目标的。这本书不是这样，它是"为普通大众、为千千万万普通家庭教育而写的"，目的只是"为您家培养一个获胜者"，是以"望子成人"为目标的。在书中作者重复了他称之为中华民族"百慕大三角区"的迷惑：到2001年中国的中学生年年能获得奥林匹克竞赛奖，但中国还没有任何人获得诺贝尔奖；美国的中学生没得过国际奥林匹克知识竞赛奖，但美国的成人却获得了世界上最多的诺贝尔奖。这是为什么？要解开这个谜，了解一下和我们脚掌对脚掌的美国人的家庭教育，不管你如何取舍，都是有好处的。

110. 随感录①

据媒体报道：中组部最近对3起买官、卖官和贿选的案件进行了公开曝光，并表示要严肃查处，除党纪政纪处分外，还要绳之以法。

这事的新闻价值，不在于告诉人们我们国家也存在着国外被称为"政治丑闻"的买官、卖官、贿选现象，而在于中组部的"作为"。如果把它理解为一个信号，表明要整肃吏治了，那是令人鼓舞的。至于是否因此而使一些人心有所失，甚至摒弃"紧跟组织部，年年有进步"的"官谚"，当然还得待以时日。

在中国，发生在少数几个人身上的事算不了问题。而一旦称为"问题"了，便已有了一定的气候，解决起来颇为不易。买官、卖官这类也是如此，就像"狗咬人"，早已不是新闻了。

"为治之道，在于用人。用人之道，在于任官"。在一个官本位的社会里，"官"的吸引力实在太大，别看这个"官"字，造字时只是取其在官中俯首听命的臣仆形象，但他却是"牧民"者，因此自古以来就令一些人患得患失。

惠施是庄周的旧友，对庄子的自由放旷、淡泊名利不是不知道。他在梁国当了相爷，听说庄子要去看他，唯恐庄子夺了他的相位，立即派出便衣警察去进行搜捕。庄子到他家，他想试探庄子是否知道此事。庄子便讲了一个寓言，说有只鹓鶵，非梧桐不止，非竹米不食，非甜泉不

---

① 2001年8月27日。

饮，自北向南而打此经过。一只鸱子蹲在野地里正在啄食一只腐鼠，见鹓鶵飞来，立即瞪大眼睛发出吓吓的威吓。鹓鶵说，你吓什么呀，难道我稀罕你那只死老鼠吗……惠施这才道歉而且放心。

那时的官大概没有后来的好处多，所以庄子将它比作腐鼠，要在现在，恐怕就不是这样比了。广东和平县那个贿选的县长应能理解这点。据我所知，和平县是粤北山区一个最贫困的县。1989年我往那里经过，几乎一个下午未见到一根电线杆，只看到一部汽车摇摇晃晃地拉着一车茅竹出去。像这种地方的七品芝麻官都有人贿选，只能说明在中国当官的要捞好处实在太容易了。

自废科举以来，中国的官员都采用委任制，直到现在也基本如此。下级的领导班子，都由上级任命。在民主集中制遭到破坏的地方，所谓上级又往往是一人说了算。如果是团结起来搞腐败，则又可以利益均沾。因此，卖起官来也很方便。卖得方便，买得合算，"官"市场的形成和发育也就成自然之势了。现在讲"标本兼治"，我想，曝光和惩处还只是治标，治本的任务将更艰巨。

111. 柑橘之喻[①]

电视连续剧《长征》中，毛泽东与洛甫有段关于橘子的对话，甚是令人回味，并使我联想起几篇以柑橘为喻的诗文。

红军打下遵义后，洛甫在和毛泽东一道清理楼院时，惊喜地发现了一枚橘子。毛泽东说："橘子可是好东西！"于是两人竟不约而同地朗诵起屈原的《橘颂》来。毛泽东忽然问洛甫是美国的橙子好吃还是中国的橘子好吃。他说美国的橙子是从中国的橘子引过去的，它更好吃是青出于蓝。他最后的落脚点是：我们把马克思主义与中国的实际相结合，也是青出于蓝。

不管这个情节是实有还是虚构，我以为都是同样地真实。青出于蓝的思想，表明毛泽东决心要摆脱第三国际的遥控和李德错误的军事路线，走自己的路，挽救红军、挽救党。朗诵《橘颂》并非发思古之幽情，而是表达了共产党人坚贞不屈的革命意志。"后皇嘉树，橘徕服兮。受命不迁，生南国兮。深固难徙，更壹志兮。绿叶素荣，纷其可喜兮……"可谓贴切不过了。

古代文人借柑橘言志者并不多，但影响很大。除屈原外，唐代诗人张九龄要算一个。张是唐代大臣，在开元宰相中，与韩休同以尚直见称，后为李林甫所谮，罢相贬为荆州长史，作《感遇》诗十二首，享有盛名。"其七"也是借橘自喻："江南有丹橘，经冬犹绿林。岂伊地气暖，自有

[①] 2001年9月3日。

岁寒心。可以荐嘉客，奈何阻重深。运命唯所遇，循环不可寻。徒言树桃李，此木岂无阴。"张九龄是广东曲江（韶关）人，此时又恰在屈原故国楚的郢都。诗中表现的感情也类似于屈原，愤慨、忧虑、抑郁，希见用于世，更借橘突出了自己的坚贞品德。这比起为人民的解放事业而浴血奋战、不屈不挠的共产党人来，当然只是爝火之于日月，但在古代从政的文人中仍属可贵。

　　以上柑橘之喻是从正面立意的。也有感于时弊，反其意而用之者，那就是明代刘基的《卖柑者言》。刘基是浙江青田人。他说杭州有个卖水果的，藏的柑子涉寒暑而不溃烂，但表面好看，内里却像一团烂絮。他批评那人是在骗人，想不到引出卖柑者的一通反诘：你看看那些个当官的吧，"盗起而不知御，民困而不知救，吏奸而不知禁，法斁而不知理，坐糜廪粟而不知耻。观其坐高堂、骑大马（当时没有小汽车）、醉醇醴（不是XO）而饫肥鲜者，孰不巍巍乎可畏，赫赫乎可象也，又何往而不金玉其外，败絮其中也哉！"你为何丢了西瓜来捡芝麻呢？刘基虽是开国功臣，但在无情的现实面前也只能"默默无以应"，只好将其言记下。

　　毛泽东是倡两分法的。柑橘之喻也有正反之别。无论《橘颂》或《卖柑者言》，都会给我们一些现实的感受，看看谁更像谁。

112. 写在教师节前[①]

动辄"子曰、诗云"是可笑的。但不读点"子曰、诗云"是种遗憾，至少对中国的教师而言是这样。我曾劝过一些同行读读《论语》。这并非为了尊孔，而是为了尊师。孔子作古已 2480 年，封建帝王拿他做"敲门砖"，早将他"尊"到吓人的地步（鲁迅语意），我们再去尊其所尊实无必要。但孔子毕竟是有 50 年教龄的老老老教师了，即便是老百姓，若非造反的时候，也对他充满敬意。我甚至想，中华民族尊师重教传统的形成，多少与他有些关系。

孔子作为教师有什么值得尊敬的地方呢？如果让他的学生来讲，一定很多很多。我则"任凭弱水三千，只取一瓢饮"，仅举三项。

一，孔子是抱着政治理想办教育的。他处在"礼崩乐坏"的时代，他的政治理想就是行德政实现"大同"以安天下。他说："为政以德，譬如北辰，居其所，而众星拱之。"行德政便要"举贤才"，而贤才需要教育培养。故在他直接干政失败后，便转而从事教育，一干就是 50 年，而且始终牢记自己的政治理想不动摇。这不值得尊敬吗？

二，他"有教无类"，满腔炽情热爱学生。孔子开私人办学之先河，打破了贵族阶级对文化教育的垄断。国家不给他发工资，他当然要收些学费。"自行束脩（10 条干肉）以上者，吾未尝无诲焉。"专家说这收费很低。所有来的学生，不论出身贵贱，智力高低，他都一视同仁，因材

[①] 2001 年 9 月 10 日。

施教。他说:"爱之能勿劳乎?忠之能勿诲乎?"爱的伟力,使他终生"学而不厌,诲人不倦"。他对学生平等相待,关系非常和谐。师生一起谈理想、谈看法,自由地讨论问题。他还会开开玩笑,其歌声笑声常在学生中回荡。学生的痛苦便是他的痛苦。如颜渊死了,他哭得很伤心。有人劝他说您老人家太悲伤了!他说:"非夫人之恸而谁为?"正因为如此,所以当他死后,学生们像失掉父亲那样地悲痛,许多人还为他守墓3年。这不值得尊敬吗?

三,借用一个新名词来说,孔子是素质教育的鼻祖。孔子的教育目标非常明确,他所要培养的贤才既非圣人,也非小人,而是"君子"。他所谓的君子,是和谐发展、具有多方面修养与才能的人。集中起来,他又归结为"三达德",即三种核心的素质,这就是智、仁、勇。他说:"君子道者三,我无能焉。仁者不忧,智者不惑,勇者不惧。"他的教育内容非常广泛,礼、乐、射、御、书、数,都能围绕"三达德"开展。他教学生学诗,一强调其知识性。"多识于虫鱼鸟兽之名";二强调其社会性,"兴、观、群、怨";三强调其修养性,"思无邪"、"温柔敦厚诗教也";四强调其实用性,"颂诗三百,使于诸侯,弗能对,虽多何益?"其丰富的教育思想不啻是一笔宝贵的财富。

有师若此,孰能不敬?特写于教师节前。

113. 答客问①

翁某。学历不高而知识丰富，体格不壮而生命力顽强，运程多乖而幽默乐观。我常视他为快乐的"老顽童"。一日来访，方入坐，却喟然相问道："你知我现在想什么吗？"我说想什么呢？洗桑拿？跳迪斯科？他不理睬我的玩笑，低声对我说："告诉你吧，我现在只想死！"我说，死还用想吗？他正色道："是的，死不用想，到时它自己会来。但我现在的确想死。今年以来，几无如意之事。5个月未拿到工资了尚且不说，马马虎虎还能将就过去，但看看身后的人，也委实替他们担忧……"

明媚的阳光下掠出一片阴影。在自然，是一种美景；在人生，却是一种窘困，一种苦境。每个人都会生活在阴影之中，只有久暂与浓淡之分罢了。现面对沉浸在阴影之中的苍老心灵，我将何言以对？总不能像晋惠帝那样，问饥民"何不食肉粥"吧。

于是我讲了一个故事。说解放前，我家对面住着一个斋婆婆，孤寡无靠。脸如烤焦的核桃，就像鲁迅笔下的祥林嫂，只有那眼珠的间或一轮，才知道她是一个活物。但她活得顽强，可谓愤世而不弃世。她常念着几句顺口溜："一吊钱，五十双。死了不埋有地方。三天不埋臭他娘！"

一笑过后，我说一个人还是达观一些好，凡事不可想得太浓。小时候，我常听母亲讲，"天不生无路之人，地不生无露之草"，凡物总有个自然，又何必作过虑之忧呢？

---
① 2001年9月17日。

这时，他忽地立起身，双手一拱，说："好！谨受教。久未听到这样的民间哲理了。"但复坐后，他又说："不过，我还是相信'生存竞争，优胜劣汰'"。

我想：生存竞争近乎人的本能，竞争的策略手腕，也已被发挥得淋漓尽致，有的甚至到了无耻的地步。问题在于"劣汰"了以后怎么办？世界上毕竟弱者多而强者少，无论怎样强弱转化，都不能改变这一现实。

如是我说：生活的哲学决不只一种。故中国古代有孔孟还有老庄。后虽"独尊儒术"，但老庄依然行于世。何也？因为有些人需要孔孟，有些人需要老庄。甚至在同一人身上，也是兼备孔孟与老庄的。可用世时行孔孟，积极进取，建功立业一番；势所不能行老庄，随遇而安、知足常乐，甚至像乌龟一样，"曳尾乎泥中"以尽其天年，完成"人生"的任务，也不失为一种智慧。积极是用，消极也是一种用。如果认为消极不好听，那就可借鉴梁漱溟先生"认真过日子"的主张，既不沉迷于物欲功利的追逐，又不对世事抱冷淡厌弃的态度，而是本着传统所谓"谋事在人，成事在天"的观点对待生活，提得起也放得下，可乎？

客颔首而未应。

114. 题不对文[①]

说话中只有"文不对题"一语，鲜有言"题不对文"者。其实，文不对题与题不对文的现象，都是存在的。

"文不对题"一般存在于应试之中。古时考文章都是命题作文，近来才有给材料作文的形式出现。既是命题作文，应试者就必审清题意然后据此发挥。否则，如离题万里，虽下笔千言也枉然。故过去的八股文，开头便讲究"破题"。破题者，破解题意也。大概就是专为文不对题而设的程序。至于题目"破"得怎样，则又高下自见。有考生破《三十而立》之题曰，"人至两个十五之年，虽有板凳而不坐"，平白为八股文坛添一"佳话"也。推而广之，日常生活中也多文不对题的现象，不过人们常称为"答非所问"罢了。如记者问某省纪委书记："××特大走私案影响很大，难道你们就一点不知道吗？"此书记答曰："我想，××市人民应当是知道的。"这与"虽有板凳而不坐"有异曲同工之妙。

"题不对文"则发生在日常的写作中。往往是先有了写作的素材和反映的价值，然后才定下一个题目拿去报刊发表。如果题目不能切合文意，也就是题不对文。

比如：沈阳近期被立案审查或已被移交司法机关处理的腐败官员中，竟有16个是一把手。"从市长、法院院长到检察院检察长，从财政局局长到国税局局长，从土地局局长、物价局局长、烟草专卖局局长、建委主

[①] 2001年10月8日。

任到国资局局长……一个又一个要害部门几乎逐一'陷落'"。问题自然是严重的了。因此,"7月28日,中共沈阳市第十次代表大会召开。反思慕绥新、马向东等严惩腐败案件的经验教训……成为代表们的焦点话题。"这应当就是"文"了。

但报纸的标题却是《16个一把手全是巨贪,沈阳市政府反思信任危机》。

这就有点"题不对文"了。所谓"不对",并非全体不对,而是题中的主语不对。文中明明是写"中共沈阳市第十次代表大会"反思,怎么题中说成是"政府"反思呢?这是否以政代党?再说,法院、检察院并非隶属于政府之下的机构,而是平行于政府的司法、检察机关,两院的一把手是由人民代表大会直接选举产生的。他们都成了巨贪,"政府"能越俎代庖地对其反思吗?从文意看,标题如果改为"沈阳市委反思信任危机"倒是合适的。因为这16个巨贪,无论其为政府官员还是两院的院长,根据党管干部的原则和事实,说明沈阳市委并没有管好干部。文中说:"这些腐败官员大多口碑不好,最后却没有影响提拔",这难道不是市委的责任,市委就不该反思一番?当然,"政府"也当反思,但那得在"人代会"上。这些都是常识范围内的事,之所以"题不对文",大概不是"虽有板凳而不坐"之类,而是缺少实事求是的勇气。

115. 升官与撞牛①

这个题目很怪，升官怎么"与"撞牛？其实，我并非论述二者的关系，而只是讲述两个笑话。一个是《升官》，一个是《撞牛》。因为要凑在一起，所以只好"与"一下了。这标题是我加的，其他都是听来的。

先讲《升官》。这是中国人最关心的事儿。上世纪六十年代，我的家乡有个皮匠被揪去批斗。此人会武功，平时又比较"牙劣"②，人们说他参加了"反共救国军"，将他秤"半边猪"③，实行吊打逼供。皮匠熬不过，只好说"我招，我招！"革委主任说："快招吧。招了放你回去吃午饭。"于是便有了以下一段供词——

"你参加了'反共救国军'吗？""参加了。""当了什么官？""团长。""哪一天任命的？""六月初六。""多少工资？""一千。""哪一天发的？""七月十五。""好，快滚回去，随时准备接受革命群众的批斗！"

皮匠去了，革委主任却犯了嘀咕：莫不被他耍了？六月初六是婆官日，七月十五烧包……

再讲《撞牛》。这个笑话时间跨度较大，也许发生在上世纪末，也许发生在本世纪初，说的是有某局长异地嫖娼被抓，罚款三千元。这钱他当然不肯自己出的，于是便和司机商量报销的办法。局长说是否可以说

---

① 2001年10月15日。
② 牙劣：嘴硬，说话尖薄。
③ 称"半边猪"："文革"中一种体罚"反革命分子"的方法，绑住人的一只手和一只脚将其吊起来。

车子在路上出事，撞死了一头猪呢？司机说，一头猪哪值三千元呢？局长说，那就写撞死一头牛吧。

局长三千元的嫖娼罚款就这样顺利地报销了。但中国的事儿，上行下效是规矩。不久，局长的司机也开一张"撞牛"的白条，报得了三千元。又不久，其他的司机和科长们，也不断捻着"撞牛"白条来请局长批字报销。局长一看，不行了，哪能这样乱来？于是召开全局干部会议。局长在报告中指出："今后，只有县级干部可以撞牛，科级干部就只能撞猪了！"一般干部立即议论开了，说你们撞牛的撞牛，撞猪的撞猪，那我们撞什么？局长说："那你们就撞狗吧！"

未己斋主人作打油诗云：

厮混官场凭张口，
撞牛撞猪又撞狗。
层次大小不相同，
下级紧跟上级走。

116. 模拟答卷①

说明：世有模拟试卷，模仿某种考试的内容要求和题型设计拟订出的一套套试卷，目的是通过"练兵"、摸底，以提高考生的应试能力。"模拟答卷"是我涉笔成趣所创的名词。意思是：我并非应试者，却拿人家的考题来答一遍。目的不在于提供参考答案，而完全在于自己进行智力测试，看是否患上了老年痴呆症。

本答卷的试题来源是《16个巨贪全是一把手，沈阳市政府反思信任危机》这篇报道。该报道有"题不对文"之处，我已在上上期"茶话"中指出，但毕竟是瑕不掩瑜。报道中透出的反思题是严肃的。下面我根据自己的认识水平，一一作答以求教于大方之家也。

问题一：一个（香港）记者从慕绥新（原沈阳市长）几万港币的行头身上判断出他是个腐败市长，为什么慕绥新身边的人就是发现不了？

答：这样提问有损于"身边人"的智力形象，似乎收入、支出的加减法都不会做。哪有什么"发现不了"的问题呢？不过有难言之隐罢了。据《邹忌讽齐王纳谏》的有关分析，有如下三种情况：感情相私，爱屋及乌，所谓"妻之美我者私我也"；权势相倾，畏祸及身，所谓"妾之美我者畏我也"；利益相邀，装傻卖乖，所谓"客之美我者欲有求于我也"。此外，或真有发现不了的，那就是感觉疲劳，见怪不怪，所谓"入鲍鱼之肆，久而不闻其臭"也。

---

① 2001年10月22日。

问题二：这些"一把手"如此胡作非为，为什么就没人管？

答：谁管？在上是"天高皇帝远"，保护伞庇护着，官僚主义放纵着；在下是"一把手"的特殊地位所决定的。现在，"一把手"被称为"老板"，上下级关系成了主佣关系。谁不想要个饭碗？莫说"带马牵线"，哪个打工崽敢干涉老板嫖娼？

问题三：（上级的）批示（指认真查一查之类）、督办没有人理睬，为什么不进一步追查？我们领导机关的权在哪里？威在何方？

答：这是中国特殊的文化现象。你知道"老北京"怎样看戏吗？那不是看，而是听。重唱功而轻做功。只要你皈依名派，唱得字正腔圆，板眼不差，他就为你喝彩。这些人别看他闭目养神的样子，其实是很权威的。权在点戏听戏，威在用手指点着板眼。"曲有误，周朗顾"。唱功出了问题，他就会扔草鞋。否则，虽是丑男人演二八姝丽又何妨？这种戏剧文化，也是可以迁移到政治上的。奇怪吗？

117. 换位思维①

电视剧《大法官》中，市委书记孙志，把将着手受理金城县老百姓状告政府一案的中级法院副院长调离岗位，让他去搞政策调研，并一再告诫他要实行换位思维，不要老是法、法、法的。这就提出了一个不大不小的问题，即换位思维当怎么个换法。

所谓换位思维，就是换过一个位置去观察思考问题，以期得出更全面、更正确的认识，因而客观公正地予以解决。与之相近的说法叫心理换位。古代一女子寄诗给她的情人，说"以你心换我心，始知相忆深"，便是心理换位的典型话语。但心理换位偏重于情感体验，而换位思维则偏重于理性认识。一个社会要和谐、协调地发展，换位思维和心理换位都不可或缺。否则，公理和婆理老是扯皮，也令人头疼。

但换位思维四个字，字面上并无矢量的限制。在实践中究竟谁该换位，换到什么位置上，也就见仁见智，有时竟成了权大者的话语霸权。

金城县民告官一案，汇集了两对矛盾，即民与官、权与法的矛盾。金城县政府强迫农民种植大棚蔬菜，搞长官意志、独断专行，让少数人得利，大多数人受损，侵犯了市场主体者的民主权利，因此老百姓才将它告上法庭。县长王玉和说这是农民素质太差。如果要换位思维，究竟是受损的农民换到政府的位置上思维一番，然后报给政府以掌声呢，还是公仆换到农民的位置上看到"农民无辜、农民无罪、农民可怜，农民才

---

① 2001年11月19日。

真正不容易"呢？

　　在金城县民告官一案的处理上，则是权与法的较量。孙志虽一再声称断案是法院的事，他不干预。但实际上，他却调"虎"离山，将坚持法治理想的杨铁如调离岗位且堂而皇之地叫他换位思维去。而对于王玉和，他却从不提什么换位思维。其倾向性是很明显的。他语重心长地告诫杨铁如："春江市需要的是老百姓的掌声，而不是对簿公堂。"这话在一般情况下没有什么不对，而在这特殊情况下，则是明明坚持权大于法，宁可损害法的庄严也要维护权的虚荣。在这对矛盾中，究竟是杨铁如还是他孙志该换位思维一番呢？

　　这两对矛盾在当前具有一定的典型意义，因而孙志所提出的"换位思维"值得研究。如果背离了民主政治和法治追求，这样的换位又将换到哪里去！

118. 大家的鲁迅①

电视剧《大法官》中，郑小泉为给金城县政府的传票迟迟未能发出而误解了陈默雷。下班时，他在法院正厅悬挂着的篆体"法"字下等候到了陈默雷，真像独角兽一样地发难了。他先是交还住房钥匙，再是质问、责备陈默雷为何还不批发传票，是否是屈服于权力而放弃法治理想。愤激中他引用了鲁迅如下的一段话：

> 苟有阻碍这前途者，无论是古是今，是人是鬼，是《三坟》《五典》，百宋千元，天球河图，金人玉佛，祖传丸散，秘制膏丹，全都踏倒他。

面对这火气十足的年轻人，陈默雷似笑非笑，似怒非怒，也说了两句掷地有声的话："鲁迅的这段话我也背得出来。你以为鲁迅是你一个人的鲁迅？鲁迅是我们大家的鲁迅。"

电视剧中直接引用鲁迅的话，在我的记忆中，《大法官》是唯一的。今年恰值鲁迅先生诞生130周年，即使是出于巧合，我以为也别有深意。不是纪念的纪念便是最好的纪念。它说明鲁迅的血液还在流淌，鲁迅的思想仍是改革中的中国人的可贵的精神财富。鲁迅说过，"我们从古以来，就有埋头苦干的人，有拼命硬干的人，有为民请命的人，有舍身求法的人……这就是中国的脊梁。"在类似这些人身上，不论他们是否直接

---

① 2001年11月26日。

引用过鲁迅，我想他们都在用自己的行动认同鲁迅。因为改革中国的社会，是鲁迅毕生追求的理想。

郑小泉所引用的鲁迅的那段话，出自《忽然想到（六）》。在这篇文章中，鲁迅批判了一些学者"保古"的叫喊，辩证地指出："无论如何，不革新，是生存也为难的，而况保古。"在郑引的那段话前，其实还有一句："我们目下的当务之急，是：一要生存，二要温饱，三要发展。"这句话，过去有人以其是鲁迅前期的思想而大施批判，现在却为全世界的愈来愈多的有识之士所认同。我们国家关于"人权"概念的阐释，也强调其首先是人的生存权和发展权，这也证明着鲁迅的价值。

鲁迅是个完整的整体。他能横眉，也肯俯首；有傲骨，也有柔情；对旧势力的斗争，敢于冲锋陷阵，也讲究壕堑战，讲究斗争的策略，提倡"韧"的战斗。陈默雷对郑小泉说"鲁迅是我们大家的鲁迅"，深意就在这里。为着法治的理想，踏倒阻碍这前途者，固然是鲁迅精神的体现；而认识中国旧势力的根基深厚，讲究斗争策略，进行"韧"的战斗，也许更为接近鲁迅。这就是陈默雷比杨铁如、郑小泉更成熟之处。

119. 入世与我[①]

刚写完这个题目，便自觉有几分滑稽，似乎有自我抬捧之嫌。我，我是谁？不就是中国人的13亿分之一么？说得更形象一点，不过是21世纪中国老年浪潮中的一滴水珠，太阳一晒便蒸发了，有必要与入世扯在一起吗？

的确，入世与我并无什么太大的关系。假如我是一地的行政首长，也许我得考虑一下是否要抓住所剩不多的时间，再下两个地方保护主义的红头文件，比如规定一律要抽爱省烟、一律要喝爱市酒之类。假如我是一个没有竞争力的企业老总，也许我得考虑一下是否要加大公关力度，争取政府再给我一次政策、再吃一顿社会主义的免费午餐。假如我是一个盗版商，也许我得考虑一下如何将存货全部抛售出去，免得以后吃国际官司。假如我是一个握有拍板权的实力人物，也许我得考虑是否要趁适应入世的有关法规尚未彰明昭著之机，不妨多叫几声公平、公正的口号，但就是不公开地将想拍之板尽快拍掉，三朋六友、七姨八舅的问题都予解决，或承包工程、或减免税收、或升迁调动，以便对"人情"有个交代……这些都时日不够了，要办就得抓紧。但我什么也不是，入世与我何关？

要说根本无关，那也未必。比如：如果我有足够的钱买小车，我就得想想是现在就买、提前享受一份潇洒呢，还是5年后等进口车降价了再

[①] 2001年12月10日。

买？近两年我爱上了钓鱼，可惜自己并未经营半口鱼塘。否则，我也会像广东顺德的农民那样，花80元钱买张门票，去听专家关于雪鲈养殖的专题讲座，据说雪鲈在国际上可卖150元一斤。如果我还年轻，也许我还要拼命学外语、学电脑、学许多的现代科技和管理知识、学营销策略、熟悉有关世贸的各种游戏规则，以便提升自己的竞争力，在竞争中不致因违规而招致制裁，人家违规时我也不怕据理一战。这都是很现实的问题，但我已"高堂明镜悲白发，朝如青丝暮成雪"了，入世于我何有哉？

  真的没有？想想还是未必。比如：如果今后的进口货比国产货更价廉物美、售后服务也更好，作为消费者，我的趋利本能自然会驱使我去买进口货；而再如果因此而使一些国内企业不景气甚至倒闭，作为中国人，我是否要怀疑自己的爱国主义情感被洋货所削弱？如果碰到在外资企业工作的白领甚至金领中国人出没于市场之中，查其所为，不过是为外资企业拓展业务、替外国人赚钱，我又应当如何看待他们？我能像阿Q一样称其为"假洋鬼子"唾上一口并怒目而视吗……想到这里，我还真觉得入世与我的关系倒挺密切的，从思想观念到消费行为恐怕都得受它的影响。因此滑稽就滑稽吧，还是将文章写了出来。

120. 说"自在"[①]

"自在"这词儿并不起眼,却是人所力求而难求之物。俗话说:"三口塘里放两条鱼(一说三只鱼儿喂两只猫)——图个自在"。可见为求自在,是要付出一定代价的。但俗话又说,"为人不自在,自在不为人",又可见自在之难得。

何谓自在?我望文生义的理解就是"自己在",即不失自我。过去人们常说,出门三件事:包袱、雨伞、我。这个"我"看似多余而滑稽,其实是很具哲性的。我是谁?我从何处来、往何处去?出门在外,不是经常要带着的么?否则,就难免"今者吾丧我"了。

当然,辞书的解释不是这样的。"在"读去声时,自在是自由、不受束缚的意思;读轻声时,则是安闲舒适的意思。但我们平常并不如此严格区分,因为它们本是相联的。唯其自由,才能安闲舒适,只有自由安适才算得自在。

人类社会毕竟经历过长期的农业文明,故一提到自在或自由安适时,往往就想到一幅田园牧歌式的画图。电视剧《大法官》便是这样。那个山里穷孩子出身的检察长张业铭,在名缰利锁的束缚下一头钻进腐败之网,终日惶恐不安,把自己异化成一团行尸走肉,最后只好畏罪自杀了。这时荧屏上出现了一个牧羊老人的形象:仰卧地上,面对蓝天白云,闭目哼着小曲,一任牛羊悠闲地吃着青草。张业铭问他:"你一辈子都住在

[①] 2001年12月17日。

山里么？就不曾想过出去赚钱？"老汉说："要钱干什么？像我这样，睁开眼来，牛羊一只不少，是何等自在啊！"

　　这种古代隐逸式的自在，在现实生活中是很难找到的。否则，金城县怎会有民告官的案件发生？因此，有人把与世无争看成获得自在的唯一途径也就显得片面。有时候，要自在还必须去争。争什么？就争一个公民的权和利，就争一个公平、公正，争一个人格的尊严。没有了这些东西，又谈何自在？进一步说，整个世界就是一个竞争的社会，何处无争？古人概括为"争名（权）于朝，争利于市"，并以为这是不自在的原因，也未免流于肤浅。正如杨铁如为孙志辩护的辩词所说，官位和权力是无辜的。其实金钱也是无辜的，甚至争也没有什么错。问题在于你必须遵守公共的游戏规则和道德准则，不贪不义之财，不窃公权以徇私。"不义而富且贵，于我如浮云"，则心安矣。心安就自在。

　　以上说的近乎大道理，小道理是什么？我以为就是适性。除了生计或事业问题非勉强自己去做这做那之外，其余可如古人之"乘兴而来，尽兴而返"可也。即如我这"茶话"，历时3年，凡百五十篇，虽蒙读者错爱、友人勉励，也自觉不宜再继续下去。否则，有违"事不过三"之古训，一百五就是要变成"二百五"了，那是令人不自在的。何必呢？

121. 试论"哥们文化"[①]

在当今"烟文化"、"酒文化"、"茶文化"的研究勃然而兴的"文化热"中，还无人论及"哥们文化"。某不自量力，试为一论。

"哥们"不是日常用语中的哥哥或哥哥们，而是反映着一种非正式社会群体的存在。这种群体间的社会互动有其特殊的文化景观，故构成一种社会的"亚文化"现象，故名之为"哥们文化"。"哥们文化"的特点，一是"豪"，二是"侠"。"豪"是豪爽，互助互济可以慷慨解囊，互请吃喝可以挥金如土；"侠"是侠气，为朋友不怕两肋插刀。其最高旨趣便是"义"，即所谓"哥们义气"。

"义"是中国传统道德中用得极广泛的概念，颇为人们所接受和推崇。但它本身实无固定的道德内涵。孟子和韩愈的解释是"行而宜之之谓义"，即是说行为要合乎一定的规范，要适宜合度。因此在用法上，"义"总得以更高的道德范畴为统帅，如循道而行为道义，尊礼而行为礼义，依情而行为情义等。没有前提、没有界定的"义"其实是没有的。孟子讲"舍生取义"，是与孔子的"杀身成仁"对举，属儒家的"仁义"。故单独讲"义"，其标准就带有很大的随意性，也就是没有明确的原则立场。

"哥们文化"以"义"为最高标准，因而"义"便成了无原则的原则，在实践中这种原则就是建立在私情私利的基础之上的。如果它仅表现在

[①] 2005年1月17日。

成员间的互助互济,那是具有一定的积极作用的,至少于社会无害。但当其一旦"外化",譬如说,当某一成员与社会或圈子外的人发生矛盾时,他们往往不顾法纪或社会道德群起而助之。相助的方式视成员的身份教养及矛盾的表现形式而定,可分为文武两式。高层的多采"文式",或说情通融,或包庇吹捧,或党同伐异。低层的多采"武式",那就是大打出手,聚群斗殴。故"哥们文化"带有先天的缺陷。

倘要寻根,"哥们文化"与古代墨者有关。墨子以为儒家的"仁"虽有爱人的意思,但它亲亲疏疏,不是兼爱人类,故倡"兼爱"与之抗衡,当时统治者是决不肯兼爱的,又加上孟子排杨斥墨,说杨子"利我"是"无君"也,墨子"兼爱"是"无父"也,简直禽兽不如。墨学在上层找不到市场,就潜流于江湖。墨者一本"兼爱"之旨,不异牺牲性命以扶弱锄强;后世江湖大侠,偶值不平即拔刀相助,也就是墨家流派。但世上有几人能独来独往于江湖?故需结交朋友以相助,即所谓"在家靠父母,出门靠朋友"。有的嫌朋友的交结不够牢固,便取血缘宗法的范式,干脆结为异姓兄弟,"不求同年同月同日生,但求同年同月同日死",有福同享,有难同当,称兄道弟,如桃园结义,大哥二哥三弟,这就是"哥们"了。也有避嫌不以兄弟排序的,但内里仍以兄弟相待,义气相许,其实也属于"哥们文化"圈内,也是"哥们"。

墨者侠义之徒流入江湖以后,走东闯西,行无定踪,得不到高层次的文化调养,缺少理性制导,遂形成感情任事任性而为、难辨是非、盲目冲动的行为特点,故虽有锄强扶弱的义举,也有滥杀无辜的罪责。《水浒传》中的哥们便有这样的人和事。韩非说:"儒以文乱法,侠以武犯禁。"不是瞎说的。后世"哥们"又降而次之,其相交结全在成员间的互助互济,终极目的又在"一旦"时刻得助得济的利己动机,其济助的界限一般限于小圈子内,成为一种小团体主义,已经忘记了老祖宗"兼爱"(人类)的主旨,也就丧失了崇高的道德追求,变成私情私利基础上的"义"了。

说墨学潜流社会形成"哥们文化",只是说它的主要流向。在特殊情况下,"哥们文化"也会向社会上层浸润,甚至潜入政权机构以致在大政治背景下形成"哥们政治"的小气候。"哥们政治"保持了"哥们文化"的基本特征,只是表现形式不同罢了。照样是"豪",但已不是掏自家腰包而是以公款互相吃请、互相送礼、互请玩乐；照样是"侠"，但已不用两肋插刀、挥拳使棒，而是鼓动如簧之舌、利用手中的权就行了。你给我捧场，我给你提拔，待弟兄们都有了一官半职，你的事我来办，我的事你去办，无以权谋私之名，有以权谋私之实，原则性与实惠性巧妙结合，什么政策原则，什么"性"，感情便是政策，敢作敢为，上下沟通，守要害之处，左右逢源，陈权力而谁何！"哥们"圈内称为"够义气"，对外宣传号曰"有魄力"。一到关键时刻，便会互通信息，协同筹划、配合运作，白天视之无形，晚上寻之有迹，所言的皆是"公心"，意中藏着"私货"。这就是"哥们文化"政治化的表现，是为"哥们政治"。

"哥们政治"古已有之，影响最大、为后世"哥们"所仰慕的不过《三国演义》中的"桃园结义"。刘关张生死与共，平黄巾有功，但在军阀混战中屡遭败北，几无立身之地。后得诸葛亮隆中对策，确定联吴抗曹的战略方针，才逐渐形成气候，据有蜀川，建立起蜀汉政权。他们的初衷是匡复汉室，算是有堂皇的政治目标，但他们太重桃园情结，在相当程度上形成"哥们政治"。关羽骄纵，目中只有哥哥并无旁人，不修东吴之好，以致败走麦城，身首异处。刘备、张飞急兄弟之仇，不顾国策，更听不进孔明、赵云的诅谏，结果张飞为部下所害，刘备被陆逊火烧连营七百里，几乎全军覆没，悔恨成疾，无脸回成都，于白帝城托孤而终，蜀汉气数由此尽矣。可见"哥们政治"的"义"实为私义，苟用之，则败身、败德、败国相随。

"哥们文化"在社会生活中已不足取，侵入政治危害更大，故试为一论。

122. "不是历史" 如是说

简单地说吧，历史是过去实有之事。《宰相刘罗锅》片头朱印声明："不是历史"。那又是什么？我想：从"实有"着眼，所述之事未必都实有，"不是历史"就可理解为"只是过去的故事"。从"过去"着眼，"不是历史"又可理解为"是现在的故事"。为防片面性，又不妨综合理解为"是关于过去和现在的故事"。

历史与故事有些瓜葛。有情节的历史也是故事，而故事未必是历史。但话又说回来，不是历史的故事有的比历史还更历史。历史更富于认识价值，唐太宗说，"以史为镜，可以知兴替"。故事更富于审美价值，通过形象的塑造可以辨美丑。故我推测，"不是历史"的声明，目的在于叫人们看此片时不要去做历史家考证事实的真伪；也不必去做伦理家评论孰忠孰奸。只要做一名观众，从审美的角度去欣赏，鉴别孰美孰丑，可愉悦处愉悦，当恶心时恶心。

的确，在刘墉与和珅之间作忠奸之辨实在没有意义。要说两人都很忠，都在对上负责。只不过负责的属性不同。如果说人有自然属性与社会属性的话，那么和珅属于前者，刘墉属于后者。刘墉忠于乾隆的社会属性，着眼于为其保住社稷和人民，和珅忠于乾隆的自然属性，着眼于以声色犬马满足其七情六欲的放纵。这两个形象的反差实在太大。一个六根不全的倒是一个人，一个五官端正的倒是一条狗。也有人说：一个是人才，一个是奴才。又听人讲，用人之道既要用人才也要用奴才。倘这也是今人的话,则现在官场的人们也面临两样的选择:或做人才,或做奴才,说得刻薄一点或者做个刘墉式的人,或者做条和珅式的狗。两者都是客观需要,那就自由选择吧!

123. 老年观与老年教育

老年是一片富有开垦价值的土地。它肥沃的土壤和丰厚的生产能力一旦被人们所认识并建立起相应的开发机制，它将为社会增产巨大的物质和精神财富。

我们社会一方面为能实现"老有所养"、老年人能健康长寿而骄傲；一方面又为"老龄化"的迅速到来和"四二一综合症"的出现而担忧。这种矛盾的心态，既与社会经济发展水平尚不足以容纳中国众多的劳动力有关，也与传统的老年观有关。

传统老年观是自然经济条件下的产物，它与三个因素密切相关：一是人的平均寿命不长；二是劳动方式以简单笨重的体力劳动为主；三是敬老奉老的伦理观念。因此，传统老年观的核心内容便是"老有所养"，让老年人"安度晚年"。剥开来讲，就是视老年为人生迈向死亡的短暂过度，因此老年人只能是被"养起来"的对象。在社会转型期，一些人又以停滞的观点看老年，把老年视为保守固执的同义语，也属于传统的老年观。

传统的老年观是对过去老年现象的反映，包含着中华民族敬老的伦理意义，这是值得肯定的。但在认识上，老年观已不能适应今天的现实。首先，现代社会中人的平均寿命已大为提高，以60岁为老年起点线的话，人的老年期可以和青年期、中年期、壮年期一样长。有人将它称之为"第二青春期"不是没有道理的。其次，现代化的生产条件，已使越来越多的行业和人们从繁重的体力劳动中解放出来而转向科技型、智能型。最后，现代传媒已为老年人获得新观念、新知识、新信息提供了充分的条件，一个人保守还是进步，不取决于年龄，而是取决于他是否愿意并且善于学习。

因此，持传统的老年观看现实，必然导致对现实的偏离，它的一个根本性的错误，就是笼统地把老年看作只能消费不能生产的存在物。它虽然重视老年人存在的伦理价值，却忽视了其存在的社会价值。这不仅导致社会的一笔宝贵财富的过早丧失，而且对一大批"烈士暮年，壮心不已"的老年人造成心理上的伤害。因为对一个想有所作为的人来说，否定了他存在的社会价值也就等于否定了他生存的价值。从这一层面来讲，传统老年观在今天不但是不经济的，同时也是不道德的。

"老年人是社会的宝贵财富"，这不应当成为一种礼貌用语，或停留在客观的可能性上，而应当采取实际的措施使之成为现实。的确，在整个一代老年人身上不仅保存着优良的文化传统和革命传统，也不仅有着丰富的阅历和经验，而且珍藏着丰富的理论、知识和技能。在因"十年浩劫"造成人才断层的今天，他们的价值尤为珍贵。他们中的许多人，完全可以适宜的方式，继续参加到社会主义现代化建设中来。当然，要跟上时代，老年人也要学习，也要继续受教育。

老年人也要学习的思想在我国古代就有了。孔子说："五十以学易，可以无大过矣。"北齐颜之推更明确提出"人有坎壈，失于盛年，犹当晚学"的思想，并举出"曾子七十乃学，名闻天下；荀卿五十始来游学，犹为硕儒"的事例，说明"晚学"也可成才的道理。当然，这只是过去的特例，不足以形成老年教育的普遍观念。

老年教育虽然起步较晚，但发展势头却为人始料不及。现在各地不但办起了老年大学，成立起老年教育研究会，有的地方还办起了老年教育研究院。这说明在改革开放、社会主义市场经济的激励下，老年人学习热情空前高涨，只要社会多提供些条件和机会，老年教育将有更广阔的发展前景。

目前的老年教育，在内容上一般还偏重在养生保健和文化修养自娱方面，在层次上比较单一（老年大学）。我以为，我们在内容上还可以向科技方面拓展；在层次上可以向中专和研究生班两头延伸，以适应不同行业、不同文化层次的老年人学习的需要。在办学路子上，可以实行提高个人生活质量与为社会做贡献相结合，即把个人兴趣与社会需要结合起来，把个人的研修与解决社会实际问题结合起来，把教育与生产劳动结合起来。只要取得地方党政领导的重视和社会的广泛支持，老年教育走出一条产业化的路子不是不可能的。

　　我们无法预测老年教育的上述思想何时能够实现，但有一点可以相信，当社会老龄化成为人们沉重的负担时，压力变动力，可以促进这一理想的实现。回到现实中来说，一大批老年人走进学校，追求新知，提高自身修养和生活质量，这本身就是净化社会风气的一剂良药，就是对子孙后代的无言之教和榜样垂范。在现代社会，只有酷爱学习的民族才是有出息的民族，只有热爱学习的人才是有作为的人。

124. 我读鲁迅

初读鲁迅，是新中国成立前坐高小的时候，督学先生来示范教学，自选教材，给我们讲鲁迅的《秋夜》："在我的后园，可以看见墙外有两株树，一株是枣树，还有一株也是枣树。"为什么要这么写？督学先生很讲了一通好处，但我蠢笨，一点不懂，只觉得说这话的鲁迅、鲁迅这文章、教这文章的这课堂上的一切，都像秋夜中"鬼眨眼的天空"，带着诡谲而神秘的色彩。

到了初中，谋到一本鲁迅的《呐喊》，便自个读起来，似乎得到一些趣味。特别是《阿Q正传》，常常叫人发笑。但疑窦也就丛生。比如可怜的阿Q为什么会被枪毙？枪毙之前，为什么还要羞愧自己的圆圈画得不圆？到了高中，读了他的《为了忘却的记念》、《纪念刘和珍君》、《药》、《祝福》等，算是懂得一点了。在我的心目中，鲁迅是大愤怒者，大慈悲者。"忍看朋辈成新鬼，怒向刀丛觅小诗"，能不用投枪、匕首，从这吃人的旧社会和维护这社会的旧礼教、旧文化中杀出一条血路？

晃过大学生活，走向工作了，不需应付考试，也就可以系统地阅读鲁迅。有人告诉我，对好书可以一次从一个角度去读。时正年轻，颇想学鲁迅"我以我血荐轩辕"。鲁迅虽是大海，我呢，任凭弱水三千，只取一瓢饮吧？便特别重视他对青年的教导，系统地读去，不断地记笔记，竟也整理出几万字的心得体会，放在乡下老家，本想压它几年，待自己成熟一些以后再回头看看。殊不料乡下的"造反派"并不知学鲁迅为"革命"，竟一把火将它烧掉了。对此，我不惋惜。因为烧去的是我的浅薄，而鲁迅的教导是永存的。后来便又看到一幅宣传画，画的是一个女孩，手操一杆笔，怒目而视，要横扫一切的样子。画面的背景便是鲁迅的胸像和他的名联："横眉冷对千夫指，俯首甘为孺子牛。"我不禁悲哀而且恐惧，觉得人们在抬高鲁迅的同时也在糟塌和歪曲他。倘中国的女孩都成了这样子，真要问"人间何世"了。鲁迅在世，焉知不会拍案而起？然而，鲁迅死了，不再说话了，有点类似孔子的际遇，幸耶？不幸耶？我说不清。

　　鲁迅曾经说过，孔夫子活着的时候是颇吃苦头的，到死了以后，因为他不会再啰嗦了，种种的权势者便用种种的白粉来给他化妆，一直抬到吓人的高度。其实，他们不过是怀着别样的目的，把孔子当作"敲门砖"使用。这很给孔子带来麻烦。因为"即使是孔夫子，缺点总也有的，在平时谁也不理会，因为圣人也是人，本是可以原谅的。然而如果圣人之徒出来胡说一通，以为圣人是这样，是那样，所以你也非那样不可的话，人们可就不禁要笑起来了"。厌恶和尚，恨及袈裟的事是常有的。我不知现在鲁迅的指责者们是否出自这种心态，如果不是，而是因为在鲁迅这里找不到潇洒和闲适，那倒好办，自己去别处找便是。现代中国，有闲的人是多起来了，嗑瓜子是穷酸劲，喝咖啡而不带别的也不光顾①，"国事管它娘，搓搓麻将"更是大有人在。但许许多多的社会现实问题也还逼着人们去正视、去解决，瞒和骗是无济于事的，因此，恐怕不少人还是会去找鲁迅的吧！

---

① 语句似不通，但现有原稿如此。

125. 关于国耻的一点记忆

香港回归,中华民族一洗百年国耻,除极少数挟洋人以自重者外,炎黄子孙谁不为之振奋、为之扬眉吐气?但我想,国耻洗雪之后,"国耻"这个词儿是否也将从人们的词汇库中抹去?我说不准,还是趁早用文字留下一点记忆吧。

"国耻"二字,我是读小学时知道的。那时,每遇"国耻纪念日",校长就要训话,讲这个日子是哪个帝国主义强迫我们签订了什么不平等条约,那个日子又是哪个帝国主义强迫我们签订了什么不平等条约。一年四季,"国耻日"一个接一个,钉鼓钉一样,使我们这些小学生也像绷得紧紧的鼓皮。简直要"一鼓作气"了。课间聊天,自然就与打日本鬼子联系起来,构想出各种方案。有的说要去把孙悟空找回来,有的说还是找到广成子的"翻天印"更厉害。进入这种话题,往往是由讨论变成争论,到争得不可开交,竟至于拳脚相向"内讧"起来的事也是有的。现在想来,这固然幼稚可笑,但赤子之诚实在纯朴可爱。

我曾想,那时校长的训话何以有此反响?想来想去,觉得并无特别之处,恐怕还是不时地在天上嗡嗡嗡的日本飞机,使我们真切地感到一种恐惧、一种危险,也蒙眬地感到一种忧患吧。孟子说过,"生于忧患,死于安乐",中国人是惯于在忧患中求生存的。现在不是一雪国耻了吗?能不高兴!而我却总有一种历史的沉重感无法排遣。因为我们毕竟花了一百五十多年呀!在我的生平中,从第一次听到"国耻"到现在,也五十多年了,这期间我们付出了多么沉重的代价!但我又觉得这毕竟已成过去，不是沉重的主要原因。

那是什么？有着五千年文明史的中华民族何以会蒙受这种耻辱？现代哲人们说："落后就要挨打"。为何落后？"内因是变化的根据，外因是变化的条件。"古代的哲人也说过："物类之起，必有所始。荣辱之来，必像其德。肉腐出虫，鱼枯生蠹。怠慢忘身，祸灾乃用。"看来还是自家不争气，出了败家子。于是我找出翦伯赞、范文澜两位历史学家的有关论述来看，觉得有些话特别刺眼，便集两家之说糅合在一起写在下面：

原来，清代自乾隆开始，奢侈腐化普遍成风。乾隆每次南巡，都大肆铺张浪费，对于女乐、珍宝、宴席，无所不爱。一次住宿怀柔郝氏家，一行一日之餐费至十余万。官吏的贪污也最为突出。军机大臣和珅当政二十余年，招权纳贿，听任文官贪赃、武官克饷。在甘肃布政使王亶望侵冒赈灾银两一案中，除王本人外，因贪赃二万两以上而被处死的地方官吏共达二十二人。和珅更不用说，嘉庆时抄其家私，估银约八亿两，超过乾隆年间所耗军费的八倍。贩卖鸦片也是从这时开始，与满清腐烂的统治互为表里。海关从鸦片得肥，皇帝从海关得肥。因之朝廷可以禁鸦片，但不能禁官吏受贿。到了道光帝，他一眼看鸦片祸害，以为"外夷"畏惧"天朝"，因而发生虚骄心；另一眼看的是鸦片利益，禁烟成功对他和大部分的统治人员是有损害的，因而产生鄙吝心。虚骄心招致成祸，鄙吝心造成惨败。清代正是在乾嘉盛世中滋生出的腐败招致了后来的国耻，又一次印证了孟子"死于安乐"的论断。中国人有健忘的毛病，前些年某地一些青年人以戴"皇军帽"为时髦可以为证。现在，香港已回归祖国，我希望我们国人永远不忘国耻，以史为鉴，立志铲除腐败。否则，旧耻虽雪而新耻未必不来。我的历史沉重感大概就在这里吧，谨此留下一点记忆。

126. 国子先生谈"伯乐"

国子先生晨入太学,召诸生立馆下,诲之曰:"嗟夫!为文固不可不慎也。曩者,吾尝作杂说,谓世有伯乐,然后有千里马。千里马常有,而伯乐不常有。故虽有名马,策之不以其道,食之不能尽其才,鸣之而不能通其意,才美不外见,不以千里称也。"篇终其不禁叹惋:其真无马耶,其真不知马也!此诸生之所共知。

此文既出,上自三公九卿,下至州府郡县,凡求马之千里者,莫不欲得伯乐而相之。一时伯乐之名噪于天下,遂至有操伯乐之业者朋比而出焉。夫伯乐,一伯乐也,传其徒,曰王良。王良之后,史不得其传焉。仅存《相马经》以资后学。今士大夫之族,既耻于相师,亦不攻其业,其所用功,多止于科举制义,官场应酬。故操伯乐之业者,每有初识马字而自谓精通"马经"者,更不知相马之业非唯才识,更重德行。昔王良为穆公相马,得母马而献之。穆公怒,问于伯乐;伯乐不畏穆公之忿,坚称王良之选。后穆公驰驱于战场,果良马也。苟伯乐、王良为随俗阿谀之徒,其可得为伯乐、王良乎!

"今之相马者,多挟伯乐之名、恃上赐选马之权而怀酬恩邀利之心,每临马群,则视马主之侍奉。侍奉厚,则曰此良马也、此良骥也、此国中之千里驹也!侍奉薄,则掉头而不顾,虽有名马,恶其清高也。更有苟阿上意不相而定某为良骥某为驽马者。故吾料千百年后,必有世人拟联讥其所为曰:"说你行你就行,不行也行;说你不行就不行,行也不行!"此岂小民之刁消乎,盖事有凿凿者也。有饕餮之马,膘肥而骨软,无驰驱之功,有献媚之术。每当发情:不辨马牛而风之。操伯乐之业者,耳非无闻,目非不见。以其故称之曰:"能!"献于州府,黄金络其头,冀其一展骥足。始上路,方扬鞭,则踣然倒矣。此非策之不以其道、食之不能尽其才、鸣之而不能通其意之故,实其资质钝鲁也。而世人只知怪马之劣,不知责操伯乐业者之失,操伯乐业者亦然倖倖然、俨俨然,自视为伯乐也。此非吾之过欤!言罢,仰天长啸、披襟捶胸而哀。

  诸生有慰之者曰:"为文之道,时有特指,安能求百世之全?先生文起八代之衰,虽杂说亦当不朽,世人之误与先生何干焉?何其自责若此!"国子先生稍释,颓然而答曰:"诸生有所不知。凡物之起,必有所制,此自然之道,金木水火土之数也。吾但倡言伯乐之可贵,而未及制衡伯乐之法,故宜有此弊也。"一生曰:"然则制伯乐之法者何?"国子先生思而应之曰:"无它,亦'子产不毁乡校颂'①也。"

---

① 指韩愈《子产不毁乡校颂》。

127. 说说"顾全大局"[①]

顾全大局就是顾及整体利益。中国人过去有整体主义的优良传统，现在又倡导集体主义的价值观，顾全大局当然就是值得褒扬的道德风尚。倘若一个人牺牲小我而真有利于大我，即便忍受极大的痛苦，精神上总觉得充实。

但事情并不如此简单。就像"忠厚"一样，固然是一种美德，而如果一味地忠厚下去，以致为并非忠厚者所趁，总是吃亏，这时忠厚便成了"无用"的别名，岂只无用，而且简直就是纵恶。所谓"老实可欺"，就是强梁者对此得出的经验总结。顾全大局也是这样。过去或现在，每见有的地方或单位，因管理无"法"（不是"不善"），损害了群众的基本权益，以至群众忍无可忍要起而请命时，便有人出来做工作，劝其顾全大局。只要群众顾全大局了，便一切平静如常，管理者照样管理着，或者变变由"朝四暮三"为"朝三暮四"的花样。这就使人不能不对"顾全大局"的功效产生怀疑。年轻时看过一些传统戏曲，有不少是讲顾全大局的，主题虽然相同，但看后的感受却颇不一样，至今还依稀记得。

《将相和》中蔺相如退让廉颇，我觉得匀称。因为廉颇毕竟是赵之"长城"，有攻城野战之大功。他和蔺相如过不去，并非在抗秦问题上出了毛病，只是有点论资排辈，不服气蔺相如"徒以口舌为劳"而位居其上。这时蔺相如退避一下不与争锋，更不听手下一批小人的拨弄，是应

[①] 2005年1月24日。

当而又值得的。但看《杨家将》时，除觉悲壮外，总有凄凉之感，似乎受到阉割一样。宋王爷日子过得去时，一任奸佞专权肆虐，残害忠良。而一到外侮临头，龙位难保时，却又要杨家将的寡妇们来顾全大局、披挂上阵了。这时他如能幡然醒悟，砍掉两个奸贼，倒也顺了口气，可事实是奸臣依然随其前后，照样使奸，这就叫人憋得慌，恨不得也要摔摔茶碗盖了。

我想，顾全大局当然人人有责，但还得分层次，划清第一责任人与第二、第三责任人。要讲顾全，首先是掌握大局者要顾全。譬如一个家庭，家长在外挥霍浪费，全不顾家，弄得小孩流浪乞讨，难道能责怪小孩不顾全大局败坏了家风不成！事实上，大局有亏往往是管大局者不顾大局的结果，要打屁股，他们先要脱裤。可在中国，一向是"为尊者讳"，头面人物乃至与其关系密切的"脖颈人物"，总是受到层层的保护，似乎他们、他们的脸面和乌纱帽便是"大局"的化身，动不得，一动便是不顾全大局了。于是便有意无意地推行着《杨家将》的办事模式：第一责任人的宋王爷纵奸作恶、乱纲败政，招致外侮；第二责任人的八贤王便出来做第三责任人杨家将的工作，叫他们忍辱负重、顾全大局，拼死护驾。如果杨家将拒不受命的话，那历史的罪责恐怕就要被人扣到他们头上去了。难怪人们常说，在中国历史上奸臣总是得意的时候多，忠臣总是受气的时候多。其所以然者，我想就是奸臣有了"顾全大局"这把保护伞，而忠臣却多了"顾全大局"这个紧箍咒。

难道就不要顾全大局了吗？否也！只要人类社会还存在，大局就总是需要顾全的。但必须兼顾公平和正义，不能搞"愚忠愚孝"式的顾全，不能老叫受损害的一方吃亏，而乱大局者依然安贵尊荣。循历史习惯以忠奸论的话，就是当奸臣用它当保护伞时，忠臣就不要把它当成自己的紧箍咒。万一情况特殊时，也可仿历史先例：西安事变时放了蒋介石，解放战争时还得将他打倒！

128. 屁股与脑袋[①]

屁股与脑袋之间,如果一定要比个高低,说谁最重要的话,我说屁股最重要。砍掉脑袋,屁股不觉得疼;割去屁股,脑袋要痛一辈子。

屁股与脑袋之间,如果要说谁指挥谁的话,我宁可主张屁股指挥脑袋,不同意脑袋指挥屁股。因为屁股实在,它是不是坐这里,有形可察;而脑袋刁巧,它究竟在想些什么,无迹可求,吃三扒四的歪主意全是它出的。

这些年来,人们看到有的人地位变化以后,思想观念行为举止也发生了变化:原先嘲笑官僚的,一旦做了官,也官僚起来;原先憎恨腐败的,一旦有了权,也腐败起来。于是便不免于慨叹:"中国人是屁股指挥脑袋,不是脑袋指挥屁股。"他们的意思是主张脑袋指挥屁股的,认为一些人的变坏,并非原来脑袋有什么问题,而是屁股教坏的。怪屁股其实是怪椅子,因此难免得出"官场是染缸"的普遍性结论,陷入悲观主义。

其实,一些人步入官场以后的变坏,不是屁股指挥脑袋而恰恰是脑袋指挥屁股的结果。俗话说:"在其位,谋其政","不在其位,不谋其政"。又说:"在官言官,在商言商"。"在"者,屁股在也;"谋"者,脑袋谋也。屁股指挥脑袋,正常得很。如果一旦反客为主。脑袋不听屁股指挥,在其位而不谋其政,不在其位却偏要谋其政;或者在"官"而谋商人之利,在"商"而谋官府之权,那就要有权钱交易的"人咬狗"的

[①] 2005年1月10日。

新闻了。所以，倘能解决屁股指挥脑袋的问题，则人们升官以后的表现断不会变坏，还要变得更好。

两千多年前，孔子讲"正名"，说"名不正则言不顺，言不顺则事不成。"所谓"正名"，其实就要解决屁股指挥脑袋的问题，即要人们在封建宗法制度规定的"君臣父子"的阶级序列中，各人根据自己屁股所在的位置想问题、办事情，不能放纵脑袋，想入非非，干出僭越非分的事情来，如大夫之家竟也用国君的礼乐，"八佾舞于庭"，那就"是可忍，孰不可忍"了。

后人批判孔子的"正名"，说他维护封建等级制度，原是不错的。但孔子应当批判之处不在于他维护"等级制度"，而在于维护"封建"。"等级制度"是人类社会组织的普遍形式，即使到共产主义社会，也还会有中央与地方之分，有厂长、经理与普通员工之别。而"封建"则不同，它是一种特权，一种超越各级在行使职责时所需权力和应得报酬之外或之上的特殊权利。这种特权的产生，原于脑袋编造出的一个鬼话，即"君权神授"、"天子受命于天"，认为土地、人民都是上天赐予天子的，然后再由天子分封给诸侯、卿大夫。故旧时官场，只有对上负责即"忠君"，对老百姓则是一个"牧"字，像牧羊、牧牛、牧马一样，叫作"牧民"。因此，只要能对上司交差，鱼肉百姓也便不当一回事，"三年清知府，十万雪花银"还算个好官，真正"爱民"的能有几人？

孔子一方面主张屁股指挥脑袋，一方面又丝毫不触动"天子受命于天"的鬼话，从根本上维护脑袋指挥屁股，这正是他学说自身的深刻矛盾，所以他想"正名"正不了，他构想的德治呀、仁政呀，也都行不通，旧时的官场只能是"染缸"、"黑漆衙门"！我们现在坚持屁股指挥脑袋与孔子的"正名"有本质的区别，我们是建立在"权力是人民给的"这个基点上的。官职不论大小，也不论是选举产生还是上级任命，都要对人民负责。所谓对上级负责与对人民负责的一致性，就"一致"在对人民负责制上，并以对人民负责来检验其对上级负责的真伪，人民管住椅子，屁股指挥脑袋，官场还会是"染缸"吗？倘若不让屁股指挥脑袋，我不信脑袋指挥屁股能保住一些人不变坏。

129. 贵在有我

明星挂历曾经火爆一时，现在也已降温了。今年1月2日的《羊城晚报》上有一则题为《挂历贵有我，自己当明星》的报道，颇令人寻味。报道说："今年的挂历市场最引人注目的既非艺术品挂历，也不是什么明星挂历，而是一本本度身订做的私人艺术挂历。"费用也不甚高，一本120元左右。看惯了明星挂历，一时看自己的艺术挂历，感受肯定不同。有位张小姐告诉记者，这样"既新颖别致，自己也过了一把明星瘾"。

"明星瘾"是什么味道，我一点也体会不到。因为岁月已教我变得现实，没有当明星的欲望，所以不会成瘾，而且甚至当追星族的资格也够不着。我也看电影电视、听卡拉OK，好看好听的就喜欢，感动时也会掉眼泪，但却很少留心演者、歌者、舞者的芳名，因为我既非什么的评委，也不准备参加选"十佳"的投票，人家姓甚名谁，似乎与我不甚相干。她演出，我想看便买票；我从她的演出中获得美的享受或被感动，自然就鼓掌。换成非明星也是这样。我有自己的爱好和准则，决不因为是明星便特别的喝彩，甚至连人家离一次婚也当作世纪盛事去包打听一番。所以，我也订做了一本私人艺术挂历的话，我想我的感受将会是这样的："过去是看着别人的脸面过日子，现在要看自己的脸面过日子了。"日子是否过得美，关键在自家"脸面"是否长得俊。故这则新闻中"贵有我"三字实在是点睛之笔。

我们中国人过去总不敢大声说"我"。普通话给"我"发音时也是含在嘴边又往里面滑，南方土音更是用一个鼻后音［ng］做声母，又都是发的仄音，给人以自我压抑的感觉。不像英语中的"I（我）"，张大口腔将气流往外送，书写时必用大写。曾有论者将此归咎于中国人以谦虚为美德所致，很是针砭了一番并倡言要大胆推销自己。可谓探错了病因下错了药，以致现在有的人牛皮兮兮的。

其实谦虚何罪之有？虚者，虚心也。虚心可以纳物，虚怀若谷，有容乃大，正所以充实壮大自我。问题在于千百年来中国的"三纲（君为臣纲、父为子纲、夫为妻纲）"文化使人们处处不能自己作主。按中国传统命名法，第一字是姓，第二或第三字是字辈，这是出生前就注定了的。剩下一字，有一半还要让给"五行"。所以一个名字，真正属于"我"的只有六分之一。这是男人，女人就更惨。后来的计划经济也是一样，谁能说"我"长"我"短？长也七尺半（布票），短也七尺半，个性是不受尊重的。于是谦虚也就变了味，不是虚心而是虚"我"了。

古人论画，说"画鬼最易"。因为鬼本虚无，生无对证，死无对证，画成什么样子都行。如果所画能找出个对证，就决不是鬼了。虚"我"也一样，是不能从镜子或照片中去看的。"我"是什么样子，全按政治的需要去塑造。可以自轻自贱，说自己多么反动、多么无知；也可以妄自尊大，"喝令三山五岭开道"。反正，行事有依样的葫芦，发言有"圣贤"的指示。不越雷池，就好歹有个终身的依靠，有如过去的女子，"嫁鸡随鸡，嫁狗随狗"。"我"不过此身的代称，很少个性和人格上的意义，这又何需去看重自家脸面呢？所以过去搞"红海洋"时，家徒四壁，四壁皆是领袖像。后来思想大解放了，才有挂历的出现，有的挂在厅堂，有的挂在床头。现在又订做私人艺术挂历了，谁说不是又一次思想大解放呢？

比较起来，在自家挂历上印上自己的玉照实在好。能看重自己脸面的人，总是能正视自己的吧。照相虽不免于化妆，但毕竟以真我为样本，不会因自家鼻子歪一点而借人家的漂亮鼻子，也决不让人家的巧嘴簧舌来取代自己笨拙的嘴。一个人真能看重"我"的脸面，则进一步必将重视"我"的能力、工作、贡献、报酬、权利、义务、人格、尊严等一切构成"脸面"的要素，甚至一张选票也因为是"我"的而看重起来，决不肯轻易抛弃或任人摆布。

市场经济确立了市场参与者的主体地位，自家的事得自家来承担，没有谁来包你一辈子了。因此，是否可以说市场经济也是"贵在有我"的经济呢？则中国人大声说"我"的时候已经开始，"贵有我"也决不是在挂历上挂挂而已。

130. 官多民不宁

按现代的说法：官者，公仆也，民者，主人也。官多即公仆多，则冬生炉子夏打扇，衣衫破了缝针线，主人的日子是很好过的，岂有不宁之理？但事物总有一个量度。譬如饮食，本用来养生，而过饱则伤身。官也一样，官多了，形成一个庞大的官僚机构，则政必不清、民必不宁。故古今中外，皆以官冗为患，"精简机构"也成了我国一喊、再喊、三喊的老话题。

山东泰安周四同志在《杂文报》上点题，说"一个两三万人的乡，有七八十个干部。群众对此很不理解，常把官多与农民负担连在一起。"并举童谣曰："天上星多月不明，地上官多民不宁。"建议谈谈"官多"与"民不宁"的关系。

我以为周四有明知故问之嫌。就是对此"很不理解"的群众不是已经"把官多与农民负担连在一起"了吗，还有什么不理解的？中国的官场有明有暗，自不可一概而论。从暗处看，不少地方和单位执行的是一种不成文的养官标准：一要工资奖金，二要补贴福利，三要房子车子，四要电话手机，五要吃喝玩乐，六要桑拿赌博，七要游山玩水，八要组织出国，九要请客送礼，十要索贿行贿……这一切开销，主人不负担，难道公仆会自掏腰包？真正成为问题的，倒是中国的官何以总是越喊精简越多？据报载：到一九九七年六月末，拥有二千五百五十八万在职大军的机关事业单位的职工人数，比一九九六年增加一百三十五点二万（《南方周末》1997年12月26日第六版）。中国的官何以对民不宁熟视无睹，甚至雪上加霜？一些地方职工大量下岗、农村教师三四个月发不出工资，而官们变着法子用公款抽的烟却由"红塔山"升档为"中华"和"玉溪"。想想这些，是否可以从更深层次悟出几点"中国特色"来呢？

特色一：中国的官僚（不是一般地说官）压根儿就没有形成是老百姓和纳税人在供养着他们的观念。在他们看来，他们不是吃老百姓而是吃共产党的。每见官们花公款大吃大喝时，无不心安理得地说："吃吧，吃共产党的，不吃白不吃！"照此类推，花也是花共产党的，贪也是贪共产党的，与老百姓不相干。则众目睽睽又何妨，你管得着吗？而唱了几十年《东方红》的老百姓，本身就有靠党和政府吃饭的观念，对官们的所作所为只是或只能睁只眼闭只眼，心想，"冤枉鬼要吃便吃吧，反正是吃共产党的"。只有当官们将公款花光再向他们摊派征敛时，才感到切肤之痛、怒而骂娘甚至骚动"不宁"起来。而官们照样理直气壮，因为他就代表党、他就代表政府。他们也有他们的理由："如果不给你办个营业执照，你下岗以后能有饭吃？""如果我不……你能……？"这当然是官越多越好了。

特色二：中国的公仆原是替主人"作主"的主子。君不闻现在的官僚也常把徐九经的名言挂在嘴上？"当官不为民作主，不如回家卖红薯。"他们想，常念此经，老百姓当感激涕零。但问题恰又出在这里。在他们看来，主人只要"拱手而治"，大小事情不必自己操心。就连需要多少公仆、能请多少公仆、选谁当公仆这些最直接的问题，公仆也会"作主"的。只是公仆多了难免结党营私，故老百姓不喜欢的公仆，只要管公仆的公仆说他"行"，他就"行"，就可以去别的地方做更大的公仆，真是"此处不留爷，自有留爷处"。河南周口市检察院以诈骗罪批准将其逮捕的嫌疑犯刘柏松，一进京跑官不是就摇身一变，被调到吉林省任交通厅副厅长、党组成员么？至于因此而造成的几亿损失，似乎也不是什么大问题。所以当记者问"刘柏松从河南调到吉林履行了哪些调动手续"时，吉林省委组织部的人，也只是以"时间太久（才五年的事就说'时间太久'！），当年为刘柏松办理调动手续的经办人都调走了，其他人都不知道"为由，轻轻地搪塞了过去（见《南方周末》同上第一版）。这岂是对记者的不恭？实在是不愿让老百姓知道，以免妨碍公仆"为民作主"。至于几亿损失嘛，恐怕也是"失误在所难免"，不管资金现在去了何方，最终还得由主人认账。

　　特色三：中国人特别能忍，能忍难忍之事。君不见工艺品市场上到处在兜售一个"忍"字吗？"忍"的病菌已渗透到中国人的血液之中，主人患病，公仆感染，一些党政机关也都得了"忍"病。邓小平早就说过，"官僚主义现在是我们党和国家政治生活中广泛存在的一大问题。它的主要表现和危害是：高高在上，滥用权力，脱离实际，脱离群众，好摆门面，好说空话，思想僵化，机构臃肿，人浮于事，办事拖拉，不讲效率，不负责任，不守信用，公文旅行，互相推诿，以至官气十足，动辄训人，打击报复，压制民主，欺上瞒下，专横跋扈，徇私行贿，贪赃枉法，等等……已达到令人无法容忍的地步。"但是，这"令人无法容忍"的现象不是在不容忍之中又忍了近二十年吗？

　　官多民不宁既是在所难免，再加上这些"中国特色"更是势所必至。借童谣泄愤，人家只当作放个屁。看来最好的办法是先治"忍"病，真正做到"无法容忍"、再不容忍了，则政清民亦宁矣。

131. 大团圆与大悲剧

中国人喜欢看大团圆的戏，不太爱看悲剧。这种审美情趣并不错，但过于偏食也会营养不良，正如包公戏看多了便总希望现实生活中多出几个包公而不寻思要进行制度的改革一样，结果是生活中的缺陷总是向戏剧中去求圆满。

电视剧《水浒传》播出之后，由于宋江投降、梁山好汉全军覆没，就很使一些人不满，不知是不满于宋江投降呢还是不满于写了宋江投降。据2月15日《南方都市报》的"专家访谈录"看，似乎是后者。专家指出：《水浒传》不用70回本而用百回本作底本，"这就决定了它的主题思想的落后"，而"美化投降主义的主题是违背历史唯物主义的"。

艺术不同于科学。科学有个证实的客观标准，艺术却有见仁见智的空间。即如70回本《水浒传》，300多年前被日本汉学家誉为"《水浒》之极品"，却被20世纪的中国鲁迅讥为"断尾巴蜻蜓"。鲁迅在《流氓的变迁》中说过，"一部《水浒》，说得很分明：因为不反对天子，所以大军一到，便受招安，替国家打别的强盗——不'替天行道'的强盗去了。终于是奴才。"专家认为这是对百回本的"抨击"，我认为是肯定，肯定它将"只反贪官不反皇帝"必然投降的道理"说得很分明"。

当然，用70回本作底本，隐去后话，写到英雄排座次，以高潮当结局，来个大团圆，皆大欢喜，岂不更好？但恐怕也有人要问：往后怎么样？找来70回本一看，发觉宋江未必便是"一个雄才大略的革命者形象"，除非在卢俊义的恶梦中宋江真的死去，否则他必定要投降。事情明摆着：改"聚义厅"为"忠义堂"显露了投降的心迹；建罗天大醮时以许愿的方式公告了往后的投降路线——祈朝廷早降恩光，赦免其弥天大罪，早受招安，为国效力。有诗云："周公恐惧流言日，王莽谦恭未篡时；倘若当年身便死，一生真的有谁知？"宋江此时便死，其真伪也已昭然若揭了，更何况，他一死，便不是大团圆了，奈何！

人们听汇报喜欢听好话，不愿听坏话。70回本《水浒传》就尽说好话，虽最后有个恶梦，嵇叔夜将宋江们都杀光，但不过是梦，梦死得生，所以大家还是都喜欢。百回本好话坏话都说尽，电视剧《水浒传》也照它的样，人们便不喜欢，谈它是美化投降、违背历史唯物主义了。是否美化投降？那得问问人们看过以后是说投降好呢还是说投降坏。宋江为投降放走高俅，将人人喜爱的林冲活活气死；投降后打方腊，较之与官军的对阵是十倍的凶残；功成被鸩时又是那样的孤凄，毫无壮烈之气。这是美化还是揭露、批判，似乎应无疑义。当然，也的确有美化的地方，那就是片尾的歌词："……走马扬鞭翻山过河，轻生忘死重大义男儿本色；几番起落风云振作，赶他个天时地利与人和。"真不知宋江受招安后这"天时地利与人和""赶"在何处！但这毕竟不是形象本身的问题。

"中国最后一位儒家"梁漱溟先生有段话很值得在这里转述一下：他说中国历史自秦汉后至辛亥革命前"不见有革命"。"革命指社会之改造，以一新构造代旧构造，以一新秩序代旧秩序，像资本社会代封建社会，或社会主义社会代资本主义社会"，而"中国历史所见者，社会构造尽或一时破坏失败，但不久又见规复而显其用……初无本质之变革。"这很合乎实际。故农民起义虽具有反封建的进步意义，但终因它不代表新的生产力和生产关系而不免于失败。即便成功了，也不过改朝换代，封建还是封建，并无本质之变革。《水浒传》写了农民起义的失败，如何便违背了历史唯物主义呢？

大团圆让人满足，满足了便一切照旧；大悲剧令人痛苦，痛苦了便要寻思。宋江为什么要投降？李逵们为何要顺从？方腊说宋江是为了一身官服，这话又对又不对。根本恐怕要从封建伦理观念上去找，那就是"忠义"。宋江割不断"忠（忠君）"的情思，身在江湖心存魏阙；李逵们摆不脱"义（江湖义气）"的羁绊，跟上一个"哥哥"便不管他在大局上是对还是错，一头跟到底，最后只说是"不反了，也不活了"。从这方面去想想，《水浒传》大悲剧虽然有背观众的良好心愿，但会给人留下有益的启示。

132. "穷"的选择

曾于报端见到一则题为《穷》的漫画：两个人相向而叹穷。大腹者摞着一摞钞票，叹曰："我穷得只剩下了钱。"戴眼镜的瘦者捧着一摞书，叹曰："我穷得只剩下了知识。"这当然是用夸张手法来揭示一种社会现象。但若将它普遍认为"二者必居其一"的"两难选择"，那就会难倒自己。

我在给老师进修班讲课时，就曾以此提问学员：在这两种"穷"中，诸位如果必居其一的话，你们选择哪一种？大家异口同声地说："宁可穷得只剩下了知识。"我肯定了他们。因为对于教师来说，首先必须是精神上的富有者，否则将何以"传道授业解惑"、充当"灵魂工程师"呢？后来，我又问几个市民亲友，他们的回答也是不谋而合，说："我宁可穷得只剩下钱，没有钱……"好了，我又肯定了他们。因为钱这东西的确不可或缺。上街走一趟，就算不吃不喝不购物，至少也得带上两三角钱，否则想上一趟厕所都不行，就算满腹经纶，要做个体面人也非得让尿憋死不可。事情也真是这样。《南方周末》刊载的《一九九七百姓记事本》中就记有这么两件事："五月二十二日，八十四岁的南京医科大学退休的历教授在街头欲上厕所，因没带两毛钱被看厕人从小便池上拉下。凑巧也在南京，八月三日，一位年近八十的老太太急上公厕，也是没带钱，被看厕妇人拖到路边打嘴巴。"

这样，我自己就已"首鼠两端"了，因为我对两种回答都持肯定态度。那么，我在两种"穷"中又选择哪一种呢？说实话，我自个竟两难起来，丝毫没有我的受问者回答得那么干脆。因为我既想精神上的富有，又想物质上的满足。孟子说："鱼与熊掌二者不可得兼，舍鱼而取熊掌"；生与义"二者不可得兼，舍生而取义也"。问题在于知识与金钱，究竟谁是"熊掌"谁是"鱼"，谁是"生"谁是"义"？知识便是"义"吗？金钱便是"非义"吗？抑或知识便是"生"吗？"金钱"便是"义"吗？问题还在于它们非是"不可得兼"吗？在"不可得兼"时，凡"义"都要"舍生"吗？则现代的战机，又为何要在驾驶员的坐椅下安弹射装置呢？

我觉得鲁迅比孟子实在。他告诉青年人，"一要生存，二要温饱，三要发展"。在并非涉及革命与反革命、爱国与卖国、正义与邪恶的关头，生存是第一要义的事。而要生存，而且生存得不被从小便池上拉下或拖到路边打嘴巴，便非得手头有钱不可。因此，我反觉得进修班的学员未必对我说了真话。因为他们是拿到了工资，而且知道我曾当过教育局长才这样说的。如果换过一种情况，或也三四个月领不到工资，他们还会这样回答么？

其实，知识与金钱，局部的一种分离现象并不能表明它们本质上是对立的，有什么必要去讨论"二者必居其一"的问题呢？手中有钱的人，别让钱发臭，利用钱的优势去学习些知识；心中有知识的人，别让知识变酸，利用知识的优势去赚些钱，不是"合二为一"了吗？为什么非得去做这种"穷"的选择呢？

133. 宠物热的困惑[1]

在我家乡 P 市的 Z 街上，白天黑夜，都可以看见遛狗的。其中一个少妇最起眼，她是将叭儿搂在胸前，即使那白色卷毛已被灰尘染得半黑，似乎也毫不在意，更显出感情的真挚。拐几道弯，走出数百米，是人民医院。侧边有一片绿阴，常见一些下岗工人在那里挑选便宜的蔬菜。而那里成为热点的，倒是时见其红火的狗市：各种毛色的叭儿狗崽，"索拉西[2]"的开价也是三百、五百。

到了南方的 S 市，叭儿就更多了，品种也更高贵，倒从未见人抱在怀里逛街的，大概都忙着赚钱去了。不过 Y 报一则报道说，G 市两个退休老人各养了一条叭儿狗，一个将它唤作"二妞儿"，一个干脆呼为"乖儿子"。而同一报纸的广告版中，又突现出一大块广告，广告词是："它的呼唤……/需要奉献您的爱/八合一电子宠物/朝朝暮暮陪伴您。"

宠物热，到处都可以感受到它的气息，似乎已渐渐成为现代人的一种时髦。有人说，这是一种有利于培养爱心的活动。的确，宠者爱也，用弗洛依德的术语，属于性生命力，是"力比多"的一种释放形式吧。

"宠"这个字眼，古已有之，不足为奇。不过从古至今地想想人们施宠的对象，就发现那是走着一条外延扩大的路子：最早是宠人，如纣王之宠妲妃，吴王之宠西施，唐明皇之宠杨贵妃，乾隆之宠和珅；其后便

---

[1] 2005 年 2 月 7 日。
[2] 很一般的东西。

是宠动物，如狗呀、猫呀之类；现在又爆出新热门，宠模拟动物习性的电子产品（叫"电子宠物"）了。这由宠人到宠兽、到宠物的路径，说明着什么？是人类随着物质生活的丰富，有过剩的"力比多"需要扩大释放的范围呢，还是人类的移情别恋？是人类情感升华催放的鲜花呢，还是人情冷落结下的酸果？是人类情感自然发展的趋势呢，还是牟利的商人利用现代传媒对人类情感的误导？

再从施宠的主体想想，又发现是一条向下延伸的路子。过去宠人，美色也好、佞臣也好，只有帝王将相、公子王孙才有资格；到宠动物，则平民百姓也能做到，只要有那么一分闲心便行；到宠电子宠物，则明明是向青少年学生的渗透了。虽然宠的对象不同，但各有所宠，却在形式上使人们感到一种市俗化的平等欲望的满足。至于宠起来是个什么样子，除了古人有些文字的描绘和诗歌的吟咏外，倒还少见现代人的杰作。

王维咏西施云："贱日岂殊众，贵来方悟稀。邀人傅脂粉，不自着罗衣。君宠益娇态，君怜无是非。""益娇态"说的是西施受宠时的状况；"无是非"恐怕就说的是吴王吧。不然，何以导致国灭身亡的境地？

再看白居易的《长恨歌》中写唐明皇宠幸杨贵妃的情况："云鬓花颜金步摇，芙蓉帐暖度春宵。春宵苦短日高起，从此君王不早朝。承欢侍宴无闲暇，春从春游夜专夜。后宫佳丽三千人，三千宠爱在一身……"宠幸到这等程度，也就难怪要乐极生悲了。

这都是古人写古代帝王宠幸女色的事，那结果往往是很吓人的。我不信吴国的灭亡、唐代的安史之乱，祸根就在于宠爱了美色，但因宠而误政的事总还是可信的吧？

现代社会，人们享有充分的自由选择自己的兴趣爱好，此亦一是非，彼亦一是非，各人是其所是，非其所非可也。发议论归发议论，宠物热照样可以热下去。不过，当涉及青少年时，总还是顾及他们的前途。又说到那则电子宠物的广告吧："它的呼唤……需要奉献您的爱/八合一电子宠物/朝朝暮暮陪伴您。"似乎是从《长恨歌》中"春从春游夜专夜"的诗句中脱胎而出，这家公司的老板，真是这样呼唤着青少年对他的产品的宠爱吗？

快吃午饭了，P市Z街的那个少妇，当又抱着她的宠物在人行道上逍遥吧，保姆正做好了饭等着他们俩呢！

134. 人生与读书断想

一

人生需读书。没有书读是不幸，有书不读是不肖。不幸的人可以怨天尤人，人们也会同情他，不肖的人是不能怨天尤人的，倘有悔恨，也是咎由自取。

二

为有趣而读书，为有用而读书，为读书而读书，是读书的三种境界，我说不清谁好谁不好，选取哪一种读书态度，那是因人、因时、因事而定的。一般说来，小孩子读书，或者成年人紧张工作之余读读书，多求"有趣"；为步入社会，谋求生计，处理世务，多求"有用"；只有生活有了保障，读书成了习惯的人，才谈得上"为读书而读书"。

三

"学以致用"，不刊之论，故读书当求其用，但若必见有用始读书，则至需用之时胸中断无书矣。古人云，"书到用时方恨少"，说尽世人悔恨。而人不到恨少之时，掂不出此话斤两。所以前人已经悔恨过，后人还要悔恨。

四

以书为"师"，不如以书为"友"；以书为"的"，何如以书为"梯"？

为"师"，则敬如夫子。"夫子步亦步，夫子趋亦趋"，夫子未及，则无所措手足。为"友"则平等相待，切磋琢磨，各抒己见，心中活泼，为"的"则志止于此；为"梯"，志在超越，才能前进。

五

得点石而成之金，莫若得点石成金之术。记诵书中结论，不如学习书中方法。

方法的学习，也有等差。下等用其句法，中等用其章法，上等用其心法。什么是心法？心法就是一个人的思想、情志、意趣，也就是求真、求善、求美之心。故读书，过目成诵固然可贵，但更贵在受其感染、熏陶、启迪，锻炼自家人品。如果人品不高，虽语录遍地，旁征博引，终不免于下流。

六

人生有多复杂，书也有多复杂。人终究要步入社会，接触好人坏人，不免误交朋友，错找对象，故误读坏书，也不足怪。关键在于有"我"。"我"者，经父母熏陶，师长教诲，社会规范所形成的为人之基本准则也。如果心中有"我"，则虽是盗贼，决不与之为伍；虽是娼妓，决不与之成奸。既知读书是盗是娼，弃之可也。故读书之险恶，未若社会险恶之甚。因为，其盗，其娼，其骗，技止于此，不会再变新法样了。

七

任何书只写得人生一段情，一片景，孰能穷形尽相？故不可死抱一部书。譬如诸子：列子多寓言，如童家之趣；孔孟倡积极用世，"舍我其谁"，此少壮之志也；而老庄言消极避世，清静无为，此老成之心也。人不可无孔孟，也不可无老庄。无孔孟，则不图进取，怎能成就事业？无老庄，则执著名利，难于豁达。如果能参而用之，进可立功，退可养生矣！

135.《黑脸》印象记

一

好大一棵树！无法仰视其伟岸，但觉遮天蔽日，孕风雨，藏雷霆。发达的根系，如龙蛇竞逐，盘根错节，左顾右盼；深入泉壤旁及无垠。是象征着"官场关系网"还是启示着为官应根植民众之中？我说不准。二者都是五千年中华文明之树结出的果子。这，也许就是故事的大背景。不知此，就不能理解北宋的开封府尹包拯，何以今天要投胎做个县纪委书记姜峰。

二

曾见《羊城晚报》一则趣闻：广州两个老太太各牵一条叭儿狗逛公园，一个将狗呼作"二妞儿"，一个干脆唤做"乖儿子"。可见老太太也有赶时髦的。样子有点像"马列主义老太太"的高专员也爱养狗，不过她是大户人家，普通叭儿狗没有用，便养了取名"郑世礼"之类的"狼狗"——对老百姓是狼，对上司是狗。何也？高专员内怀贪欲而外示儒雅，精于"暗示"的语言艺术，懂得"投桃报李"的交易手腕，所以养"狼狗"最好。这就给姜峰出了一道难题：打狼狗不易，打有主子的狼狗尤难。堂堂县纪委书记，整治一无法无天的镇委书记竟如此大费周折？观众不了解这一点，最好不要去当官。

三

古代的"乡愿"，就是现在所说的"老好人"。倡"中庸之道"的孔夫子也瞧不起的，骂为"德之贼"。为什么？孟子有个解释："非之无举也，刺之无刺也，同乎流俗，合乎污世，居之似忠信，行之似廉洁，众皆悦之，自以为是，而不可与入尧舜之道，顾曰德之贼也。"县长岱代是此类人物。他本身似忠信、廉洁，也找不出什么可以非议、讥刺的地方来，但他却将党性、良心泯灭在官场关系网中，对下属的恶行不愤怒，对百姓的痛苦不动情，处世圆滑，心灵麻木。实则同流合污，不可以入"马列"之道，不知也可以称"德之贼"否？

四

吏治腐败是今日一大公害。前几天中共中央组织部领导在电视中公开亮相发话，要整肃吏治。这实在是好消息。但一位负责同志讲到腐败分子时，说他们是"忘记了共产主义远大理想"。窃以为这等于面对一群将玉米偷掰得满地皆是的猴子，骂它们"忘记了变人"一样，未免高抬了。吏治主要靠法纪，若论道德，我以为不妨降格以求，叫做"上不封顶，下要保底"。底者，道德底线也，这就是有人性，知民情。姜峰一身正气，一往无前，就源自他对老百姓的深厚感情。"爹娘啊，我看不得你忧愁，见不得你泪流"。在他身上我们看到了革命战争时期共产党与老百姓的血肉之情。有了这根底线，始可以言其他，如果连这根底线都保不住，则虽高谈共产主义远大理想，适足以增其虚伪，甚至有可能被用来作为谋私的口号。

五

没有老百姓就没有世界。《黑脸》的意思就是为着老百姓的利益要敢于打黑脸。你看那些老百姓，他们交国家的税收没有话说，但贪官污吏要搜刮他们的钱财，拆他们的房子，烧他们的家具，他们就愤恨，就不平，就要哭，就要闹，就要偷偷上"万民摺"，要找黑脸面前下跪请他"为民作主"。看着实在不是味道，感到无话可说，其实，毛泽东早说过了："人民，只有人民，才是创造世界历史的动力。"我只是想：中国老百姓在创造历史以后，为什么不给自己铸造一把"上打昏君，下打奸臣"的大铜槌呢？弄得现在有的人有了冤情还哭诉无门，要等黑脸"老包"来作主，如果黑脸被调走了怎么办？

136. "感情投资" 故事会[①]

张三、李四、王五，皆我少年同学。经过合久必分，又分久必合在一地工作。某日，他们打听到我买了狗肉，竟不请自来，结伴到我这里吃狗肉。我啐道："这算什么玩意儿！狗肉朋友？"李四说你就别小气了，权当一次感情投资吧。王五说我们肯吃你的还真算看得起你这张脸！唯张三口讷，只是傻笑。狗肉还在锅里焖，有段时间要打发。又是李四出点子，说是他们三人各围绕感情投资这个主题讲个故事，算是对我狗肉宴客的报答，但我也得讲个故事作为总结，条件可以放宽些，不必紧扣主题。王五立即附和，唯张三有些迟疑。李四说张三嘴笨就来个笨鸟先飞抛砖引玉，差一点也没关系。张三摸摸头说，好吧，我就先讲——

某领导生性耿直。一次病愈出院后大发感慨："操！我刚住院时，这个来看我，那个来看我，就连平日没打过交道的也拎着礼物来看我。后来听说我的病治愈无望，不能再工作了，便一个都不来了！幸好，我度过了危险期，一天天好起来，看我的人……"

张三讲完，李四说这算什么故事，情节一点也不曲折，听我的——

某领导调甲地主持工作不久，声望未著，不期便生病住院。起先去看望的本来不很多，后来听说是癌，就更少人去了。有一段病情好转，便将办公室主任叫去，面授一个通知：某领导住院期间，许多同志前往看望，领导对此十分感谢；现病情已根本好转，不日即可出院视事，希各

[①] 2015年1月31日。

地各部门勿再派人去看望了，以免影响工作云云。通知一下，竟是争先恐后的人，真个病房若市，礼物堆积得无处收拾。领导夫人冲着某地的头大发脾气："谁叫你们提东西来？"那人搭讪道不过表示一点感情而已。后问诸同僚，别人告诉他，他们只是拿个信封而已。此后去看他病的人便一律用信封包装感情，领导夫人也不再发脾气了。

　　李四刚停口，王五便接上：你们讲的都是看望病人的故事，我讲个吊错丧的故事吧——

　　某地各部门突然接到领导机关办公室的电话通知，说是某领导的母亲不幸逝世，希望大家派代表前往吊唁并表示慰问。于是各自买了花圈，备足奠仪，驱车前往并不约而同汇成了一支车队。因不知其乡下老家的住处，便停车问路。结果一打听，才知道死的并非领导的娘而是某领导自己，于是纷纷骂办公室混账。一人提醒说，说不定是有意出错啰！吊丧的人气不过，将花圈往路边一丢，掉转车头扬长而返。这位领导生可获感情投资，死却连现成的花圈也赚不到……

　　王五还在感叹之中，张三李四已将目光盯向我了。于是我也讲了一个——

　　话说从前有个戏班子张灯唱大戏。演到后面人都散了，只有一个妇女一面纳着鞋底还一面听戏。戏班的人都很感受动，以为遇到了知音，便故意去问问，希望听到几句好话。那妇女笑笑，说："你以为我是在听戏吗？我是借你们的灯光纳鞋底呢——惭愧！"

　　这时狗肉熟了。李四说你们还客气什么呢，来！吃狗肉！

137. 时闻仿古[1]

（一）谁是赢家

甲乙伙计挖炭。散伙时，乙造假账私吞一万五。甲觉之，不许，遂起争执。乙挥拳相向，甲忿而告官。县令喜受其案，然旷日不决。甲知其意，寻思曰：此场官司，实为出口恶气，何不送五千求大人速断？便均分，我尚得二千五。乙知理亏，亦寻思道：若败诉，非但匀出七千五，且要承担全部费用更公开丢脸。何不豁出一万，买赢官司尚余五千，活活气死那厮！遂各依计而行，踌躇满志。比及半载，终得对簿公堂。俄顷，县令退堂回寝，怅然作色曰：村夫不谙世事，区区小事，尚欲纠缠！夫人闻之，问曰：今日一案，谁是赢家？曰：责其自行调解，未判输赢。夫人曰：妾固知之矣，相公断案，赢家自然只有相公一人。乃相视而笑。

后人有借今讽古者，作诗云：

头上戴顶大盖帽，吃了原告吃被告；

小民不知衙门深，枉把馋水变成尿。

（二）狡兔三窟

兄弟俩同为县小吏，性皆贪，兄十万，弟五千。一日，衙役执弟以去，杖四十，收监。兄往探视，得间谓弟曰：何不慎若此！昔者吾教尔

---

[1] 2005年5月21日。

狡兔三窟，奈何不听？弟曰：吾实有三窟。一在床下，藏三千；一在灶下，藏一千；一在粪窖旁，藏一千。悉皆不灵！兄笑曰：食而不化，子之谓也！我一窟于县令囊中，置四万；一窟于督察囊中，置一万；余半置室中，虽随意可也。胡为乎泥中？弟哀曰：谨受教矣，兄幸救我。兄乃出万元于县令赎弟。弟出，旋复职。后弟贪二十万，依兄意而发挥之，增一窟于知府囊中，置五万。未几，擢为钱粮主薄。兄异而问之，弟告曰：不闻与日俱增乎？今者，我有四窟矣！

后人有诗云：

  大贪不愁祸及身，狡兔三窟古训存；

  蜘蛛结网高枝上，八面威风更玲珑。

（三）钟馗扰鬼

钟馗司捉扰民之鬼。一日，司库之鬼索贿五十两。钟馗闻之，往捕。路遇曾捉之鬼骑马招摇而过。乃寻思曰：吾非鬼乎？彼扰民，凭某可大事化小，捉而复释，愈益骄态。吾何苦来！莫若变捉为扰。彼扰民，罪也；吾扰彼，谅其不敢作声。至，则谓司库之鬼曰：知罪乎？五十两可断汝前程！速出百两，吾为汝活之。司库之鬼如数以呈。曰：毋扰矣，且自省。司库之鬼虑库银之短百两也，乃伏草莽中，伺富甲载货以过，乃放箭贯其股，痛彻于心。夜则托梦曰：我某鬼也，汝犯境规当罚，速纳银三百两，得为汝去箭。富甲无奈，应之。翌日黄昏，正焚币纳银之际，钟馗掩至。司库之鬼悚然而惧，富甲欲上前投诉。钟馗正色曰：国虽有法，境亦有规；当罚则罚，欲诉何为！拂袖目司库之鬼而去。司库之鬼操银及之，分百两以奉。钟馗抽银笑曰：前者奉命行事，今者我无所见也！

后人改曹子建《七步诗》云：

  煮豆燃豆萁，豆在釜边嘻；

  本是同根生，相煎不会急！

（四）王八下蛋

王八又名鳖，与龟同种不同族。药书所载：龟鳖有滋阴潜阳、软坚散结之效。故时人每遇上司临膳，竞相以龟鳖汤进之。由是，龟鳖之价十数倍于前。好利者见辄捉之，不论其为乌龟王八也；更有寻其卵者，携归,待其孵化,稍大,即高价而沽。王八甚忧之,曰:人之利,我之害也!似此,吾族灭无日矣。俄而见人筑堤江畔,乃心生一计,趁夜下蛋江堤中,水泥盖面,虽鬼神不觉也。深自得计,以为虽暂灭族,五十年后,幸得江水决此堤身,吾族可复兴也。乃祷曰:江神江神,佑我子孙;五十年后,决此堤身。祷罢,曳尾它往,如法炮制。不期数年,洪水淹至,咆哮决堤,房屋漂橹,田园乡镇,顿成泽国。乡人甚异之,往视其堤,见有灰白渣滓,初以为豆腐渣;细察之,盖王八之蛋也!乡人怒,欲刨尽王八蛋以固江防。王八窃笑曰:幸吾见识得早,吾之蛋岂仅在江堤中乎?

未已斋主人伤其事而作诗云:

时人爱喝龟鳖汤,王八身价更高昂;

几处工程不下蛋?犹作官样好文章!

138. 沉重的"好在"[①]

倘不注意，以为"好在"这个词组中有个"好"字，说起来一定是笑眯眯的，那就错了。其实，"好在"是惨痛的微笑，是无奈的自慰，当然也包含着对未来的一线希望，故中国人擅长用"好在"。

比如一个人，被强盗掠去财物，他会说好在人未受伤，倘若人也被打得遍体鳞伤，他会说好在未伤筋骨；倘若肋骨也打断了，他会说好在未伤内脏；倘若内脏也伤了，他会说好在还留得一条性命。如果连性命也丢了，自己说不成"好在"了呢？那也无妨，别人又会帮他说出许多的"好在"来，如好在他的孩子大了呀，好在尸首找到了呀，安慰总是不难找到的。故"好在"二字，实为弱势的人们赖以维持心境平衡的良方。

别以为只有普通的中国老百姓才会说"好在"，其实，国家主席在涉及自身命运的问题上也会说"好在"。这不，刘少奇说过："好在历史是人民写的。"人们尽可以对此作乐观主义的解释，但却怎样也回避不了当代中国那段历史深处的尴尬。传统不像传统，现代不像现代，非驴非马，说不清暴政的"民主"还是"民主"的暴政。堂堂宪法，形同废纸，竟无法阻止超乎其上的权威的出现和恣肆，显然也就保护不了建立在这一法理基础之上的共和国主席。所谓"好在历史是人民写的"乃是对现实的绝望，只能将希望寄托于历史的发展。

[①] 2005年5月28日。

除了极权主义国家之外，在现代的民主国家里，不管你说它是虚伪的民主也好，不管它们在政党斗争中尔虞我诈也好，至少总还有"费厄泼赖"的游戏规则。不同政见可以自由发表，不同政见的头面人物可以通过竞选来决定谁上谁下，下台的人不会遭受政治迫害或软禁，不会被折磨至死，更不会株连无辜而冤狱遍于国中。而在当代中国的那个年代，阳谋阴谋畅行无忌，似乎整个民族都在发狂了，除了必然中的偶然外，实在只能说明中国文化确有并不光彩的一面。

前事不忘，后事之师。在缅怀刘少奇伟大历史功绩、伟大人格和崇高风范的同时，我们是否有必要深思其坎坷？刘少奇被关在开封度过他生命的最后二十多天里，一句话也不说。我们真不知他想了些什么，是否也曾想过民主法治和人权？当一个国家不讲人权的时候，国家主席、开国功臣尚且不能自保，何况百姓乎！虽说"好在历史是人民写的"，但那实在太沉重，太悲惨，我不知谁愿意再说第二遍！

139. 人到老年

人由四只脚变为两只脚，又由两只脚变为三只脚以后，便有个如何度过老年的问题。我不知老年学家有什么说法，散见于报章杂志、闻之于道途巷里，大概有两派主张。一是"安享"派，主张安享晚年、莫管闲事，不要看不惯，不要想不通之类。一是"余热"派，主张发挥余热，继续做奉献（当然不搞目标考评之类）。

上述两种主张，隐约反映出中国历史上两种人生态度，即"避世"与"用世"。在文化人中都不乏其例。王维算是"安享"派："晚年唯好静，万事不关心，自顾无长策，空知返旧林。松风吹解带，山月照弹琴。君问穷通理，渔歌入浦深。"陆游算是"余热"派："僵卧孤村不自哀，尚思为国戍轮台。夜阑卧听风吹雨，铁马冰河入梦来。"

现在是竞争社会，又是信息时代。竞争社会，决定了老年人不宜试手试脚，你跑得再快，能追上摩托？如果南宋朝廷真让陆游带兵戍边，他能横刀立马么？信息时代，决定了老年人无法闭目塞听，便想"万事不关心"也做不到。我不知王维老先生倘若活到今天，还能享有这份悠闲否？

当然，话也不能说得太绝。有福分的人还是能做"安享"派，有能力的人还是能当"余热"派。我自觉既无福分，又无能力，实在不好归入哪派。但有一天与友人褒贬时事时，突然冒出一句"人到老年，有屁就放"的话来，觉得倒也警辟，于是便给自家立个门派，就叫"放屁派"吧！

中国话的"放屁"有两个意思。一是生理性放屁，即从肛门泄出或喷出五谷之气。一是心理性放屁，即从口腔泄出或喷出五官之气。五谷之气，见诸中医理论。五官之气，需略作解释。五官者，耳、目、鼻、舌、身五种感觉器官也。人活着，这五种感官便会与外界接触，一接触便会产生感觉、知觉，便会形成情绪和认识，有了情绪和知识，便要呼出空气冲击声带夺口腔而出形成语言。故语言便是五官之气。何以称作"放屁"？因为话有正确、谬误之分，有刺耳、悦耳之别，人们早就习惯地将认为错误的或觉得逆耳的话称作"放屁"。人到老年，既不能闭目塞听，又没有行为上的竞争能力，所能用来处世度日的便只有话语的功能，为了活得不累，省去许多争执，所以不妨学阿Q的"自轻自贱"法，将自家说的话统称"放屁"，岂不多着两分幽默？

　　养生之道贵在守住真宰、顺其自然，最怕矫情造作，硬要做这做那或硬不准做这做那都不好。现在的老年人阅历太深，禁忌也蛮多，需要自我思想解放。不能因为听过李鸿章放屁失国格的事，自己生理性放屁也就提心吊胆。其实我们又无外事活动，所见都是同胞，为求文雅，放屁时回避一下当然最好，实在躲不及，"噗"地放了一个也并非什么太了不起的丑事。至于心理性放屁就更要一点勇气。过去是被迫讲违心话的多，因为那样不会"祸从口出"或被斥为"放屁"。后来思想解放一些了，不争论姓"资"姓"社"了，有人便说："我可以不讲想讲的话，但决不讲不想讲的话。"现在已是第三次思想解放，连姓"公"姓"私"也不争论了，所以心理性放屁不妨再大胆一点："我一定讲想讲的话，决不讲不想讲的话。"这才进入"人到老年、有屁就放"的境界，是次于"安享"派和"余热"派的养老方法。

140. 闲话中国人的神文化

毛泽东早在20世纪20年代就指出,旧社会有四根绳索套在农民头上,其中之一便是神权。本世纪只剩最后两年了,中国人是否已从神权束缚中解放了出来,答案恐难尽如人意。这也不奇怪。从历史上看,旧社会的政、族、夫、神四权之中,神的历史最久。根据"先上船,后上坡"的摆渡规则,它多滞留一些时日是必然的。

中国人自己没有创立什么宗教,但不等于没有人类的宗教情感。敬神就是宗教情感的一种表达方式。中国人的敬神不是皈依,而是求神赐福,表现出对生命的珍惜和对生活的热爱。因此"神"这个概念,除了指超自然的人格神这层本义之外,还被演绎引申到人自身的多层意义上来。一是指人的形体所具有的活力,即"精气神",如精神、神气、神采;二是指人的心理和思维活动,如神情、神色、神态、神思;三是指人的创造性劳动所达到的超凡境界,如神力、神工、神笔、神算之类。这反映出中国人对自身发展的追求。神虽具有超自然的伟力,但人在战胜自然和人世间所遭遇的困难与不幸时,最理想的境界还是要具有自足的神力。这也隐含着中国人由对神的崇拜走向对神的异化的深刻意义,颇像禅宗中认为"佛"不需外求,"即身是佛"一样。只是由于科技、文化、教育普及程度的限制,社会发展不足,尚未走完这一历史里程而已,有时还会出现对"神"本义的回归。

普通的中国人是决不把"神"视为绳索的。因为中国人对神的信仰自由度很高。信某神不信某神可以自由选择,今天信甲神明天信乙神可以自由更换；甚至信不信也可自个决定。"信则有，不信则无"，便留出了极大的选择空间，既给信的人以虚幻的希望，又不给不信的人以现实的压力。与旧社会的政权、族权、夫权相比，神似乎特别宽容，故人们也不会对它有恶感。记得小时候我也跟着"洋学生"骂过菩萨，母亲便批评我："你骂人家做什么？它又不拿你的、吃你的，信就敬它，不信就不敬，有什么可骂的！"现在想想，母亲这平白的话语中是包含着某种哲理的。

其实，"神"与"神权"是有区别的。"神"是一种观念，人们为了举行礼敬的仪式才造了一个偶像；"神权"则是一种现实的支配力量，是人假了神的名义用以影响和支配他人行为的种种手段。在人们心目中，神是"善"的象征，它赐福于人，倘人遭"神谴"，那是他"造了孽"，只有去悔罪才得宽恕。神权不同，它是在"善"的名义下行恶。各种的装神弄鬼、符签神卦，都是人在有心无心之中实现对他人的剥夺和愚弄。这些东西都不是"神"自身的意志。鲁迅小说《祝福》中，叫祥林嫂捐门槛的是卫老婆子，捐了门槛还说祥林嫂"不干不净"，她动过的祭品"祖宗是不吃的"是鲁四老爷说的，都不是神说的。"神权"不过是政权、族权、夫权的折射，其拥有者是人而不是神。砍门槛一节，乃是祥林嫂满腔悲愤无处发泄，只好向神去一吐怨气。比较起来，在她心目中，神不是比鲁四老爷更能宽容些吗？

如果说中国人信神寄托着一种宗教情感的话，那么对神权的慑服那才是十足的迷信。他们因此而吃了不少苦头乃至付出了生命的代价，为何还经久不息？我想这原因很多：一是神权的制造者们还要蛊惑人心；二是社会的保障机制还不完善；三是人们的思维定势尚未得到科学的改造。"信则有，不信则无"这句话，在让人们自由选择"信"或"不信"的同时，便对选择"信"的人进行了心理上的暗示和思想上的钳制："有"！

宗教的思维定势与科学的思维定势是相反的。科学在提出某种假说以后首先便要对它进行证实，然后才付诸行，行而有效才会信。宗教相反，它讲信、行、证。你首先必须信它，再按其教规、教义去行，然后才在自己内心去证明它的存在。中国人受神权愚弄的根本原因也就在于遵循这种宗教的思维定势，即"信即有"。一旦信了，便会"合乎逻辑"地论证神的灵验。有几个人坐汽车去湖南衡山朝南岳，路上翻了车，好在人都未受重伤（这种情况平常也多见）。于是异口同声地礼赞了一声："呀！硬是菩萨有灵。要不是菩萨保佑，我们就非死即伤了！"谁也不会说我来朝拜你，还弄得翻车受惊、几乎非死即伤，你有什么灵呢！不，信神的人不会往坏处去想神，即使遭了不测，也只是说"命该如此"，便将一切都摆平了。这就是信、行、证的思维定势所使然。

但中国人毕竟是现实主义者，他们信神、敬神，但决不亲近神，所谓"敬鬼神而远之"也。过去的人们，平日决不让小孩到神庙去玩的。菩萨开光、安腑藏、招兵马的这天晚上，人们往往感到惶恐，生怕自己的孩子被招去，睡觉时要将孩子的鞋一翻一顺的摆着，让他的魂魄穿不上鞋，不至被招了去。也许出于这种现实的考虑，中国人对造神者也实在不怎么恭维。在中国，最大的造神者莫过于姜子牙。民间流传着一个传说，说姜子牙大肆给周武革命的功臣封神，他老婆也去讨封。无功想受禄，姜子牙岂能答应。便骂道："你这个瘟猪鬼，也敢要受封么！"殊不料这一骂便是"封"，于是姜夫人便真的当上"瘟猪鬼"到处去瘟猪。姜子牙无奈，只好自己去守猪栏，天天听①猪屎臭。过去人们在猪栏里贴上"姜太公在此神位"便是这个缘由。对于一位造神者的报酬，这实在有些刻薄，或者说竟是一种奚落吧。现在就更惨了。猪可以打防疫针，不怕姜夫人了，谁也不派姜太公守猪栏，姜子牙也只好"下岗"待业而已。这是否说明中国人的神文化正在发生某种转机呢？最近，我又到广东顺德市的西山庙去参观了一下，那里庙依然、神仍在，但已撤去了签桶，收走了签本之类"神权"之物。人们朝拜还可朝拜，但求签问卦的没有了。这便是留神而去神权之举，就像剥衣服，后穿的先剥，也是合乎摆渡规则的。做法似乎可供参考。至于改变思维定势，则要靠长期的教育工作了。

---

① 听，此处作闻之意。

141. 唠　叨

人生当不了几年好汉，转眼间便退下休息。退休不是人生的句号，但毕竟不免于萧瑟。春节前跑到广东，偏又碰上几十年始得一遇的寒冷。呼啸的北风斜推着排云布阵般银灰色的密雨，一个劲儿地往窗面上扑。好在女儿从花市买回一树桃花，开得红红火火，使我联想到宋祁的名句："绿杨烟外晓寒轻，红杏枝头春意闹。"真有点不知老之已至的兴味。

中国人对老的态度就是一个"养"字。但"养"之法甚多，我的策划是种它两盆花，读它几卷书，结交一些年轻的朋友。相比之下，难的是后者。倘如在学校，和年轻人之间也许还可找到业务上的话题，而在机关，一旦没有权力作中介，人家也多是敬而远之了。但我爱年轻人，这纯乎出自职业的习惯，并非有什么胸怀。我甚至承认，这种爱是自私的。因为我想借他们青春的活力来浸润自己开始萎黄的生命。即便雾里看花吧，我也希望看到他们生命之树勃发的斑斓，闻到那沁人心脾的芳香。

年轻人的爱化为行动，老年人的爱往往化为唠叨。这颇令人生厌，但还是能得到理解。因为人类有记忆，会推理，知道唠叨的老年人曾经年轻过，则现在的年轻人将来未必不唠叨了。

老年人的唠叨大体分为两类：一类是自以为是，好谈当年之勇，以过去的经验定今日的是非；一类是自以为非，总觉得弄不清的东西一大堆，于是便常常自怨自艾起来。我就总是产生"如果那时……"的念头，颇有"人生五十而觉四十九年之非"的味道，真要决心从头读书识文字了。但"如果"只能是"如果"，再"如果"也白搭，这就叫"老大徒伤悲"。我希望现在的年轻人将来不会有我这样的"如果",所以又不免于唠叨。

比如,现在的年轻人爱说"年轻就是资本",我的体会就是"年轻只是资金"。马克思说:"资金只有给自己的所有者带来收入和利润的时候,才叫资本。"套用马克思的说法,年轻只有给自己的所有者带来新的思想、新的知识、新的技能、新的创造、新的业绩时,才叫"资本"。否则,只是一笔不能保值,而且是会很快消费掉的"资金"。"西风一夜催人老,凋尽朱颜尽白头"。梁任公当年嘲斥老帝、老后、老臣、老将的诗句,给年轻人念念,其积极意义恐怕更大。

梁任公梁启超先生,广东新会人也。1900年,他27岁时作《少年中国说》,实是一篇讨老的檄文。他将少年与老年进行强烈的对比分析,说老年人常留恋过去,保守照例、怯懦苟且、觉得一切事不可为者,故能灭世界;而少年人常思将来,进取日新,敢于破格,常常觉得一切事无不可为者,故能造世界。接着便摘采铺陈,奇思妙喻,语如连珠,张扬其势。说老年人如夕照、如瘠牛、如僧、如字典、如鸦片烟、如陨石、如埃及之金字塔、如秋后之柳、如死海之潴为泽。而少年人呢?则如朝阳、如乳虎、如侠、如戏文、如白兰地酒、如西伯利亚之铁路、如春前之草、如长江之初发源。故他声言:"造成今日之老大中国者,则中国老朽之冤孽也。制出将来之少年中国者,则中国少年之责任也。"今日读来,也觉痛快淋漓,仿佛自己也站在年轻人的行列之中。这并非因为爱其文采,而是为其一颗以天下为己任的年轻人的心所打动。

但是年龄不是历史的分界线。代际问题只有摆在文化层面上才有意义,否则不过是老狗与小狗相咬。年轻人的责任在于文化上推陈出新,但这很不容易。当年如此饱含激情地进行启蒙宣传的梁先生,后来竟成了保皇人物,落差之大,启人深思。我不知道这是否是文化的惰性善于把自己妆扮成时髦的缘故。就像宋祁的词,刚刚唱出"红杏枝头春意闹",给人展现一派大有作为的气象之际,马上笔头一转,将人带进马房:"浮生长恨欢娱少,肯爱千金轻一笑?为君持酒劝斜阳,且向花间留晚照。"则现时追权以逐利,寻欢而作乐,难道不是腐朽的时髦或时髦的腐朽?在电视中看到关于地球沙漠化加剧的报道,有些观光客倒也组织过"沙漠之旅",从地球的死亡中去寻找浪漫的情趣。倘若这浪漫真个浪漫开来，则我担心现在年轻人将来的生活是否比我们过去更为艰难。

老年人的唠叨令人生厌。所以孔子很聪明，说话总是三言两语，又能叩其两端而求之。如对年轻人问题就是这样。一面说："后生可畏，焉知来者之不如今也？"对"九斤老太"进行了批驳；一面又说："四十五十而无闻焉，斯亦不足畏也。"颇有点"将军"的味道。也许是"不愤不启，不悱不发"的"激将法"，看你如何用好年轻这笔"资金"。因为有后面这层意思，孔子仍不免于唠叨。则世界上最不唠叨的就只剩下一个人，这就是书圣王羲之。王羲之爱写鹅字，国内不少旅游景点，都可以看到他写的鹅字的石刻。我颇有点纳闷，最后还是导游小姐为我破译了其中的密码。她说这鹅字竟包涵着"一代江山，少年努力"八个字的笔意！这才恍然大悟，觉得王羲之不只是"圣"，简直是"神"了！神何言哉！神何言哉！

142. 续开"茶话"缘起[1]

经萍乡广电报总编先生等人一再做工作，《声源茶话》又羞涩惶恐地和读者见面了。虽然立即得到读者朋友的热情关怀，但总觉忐忑不安，唯恐后续乏力，因为我已经 70 岁了。但也正因年岁老迈，感觉已开始迟钝，面皮也不再重要，大不了打烂瓦斗子收场。

《声源茶话》始于 1999 年之始，中止于 2001 年之终，历时 3 年，共发文 150 篇。之所以停业，一非犯禁叫停，二非家庭变故。我遭遇家庭不幸是半年以后的事。真实的原因首先是自己不想做"二百五"，长期占据位置，一副老面孔，令人生厌。其次是自己也想静下来读点书。时下将此叫作"充电"，但我的"充电"与他人不同。别人是为了做功，我只是为了保温，毋使生命过早冷却罢了。

但人有一算，天有一断。"茶话"是停下来了，而读书保温的打算却变成了人间至为痛苦的煎熬。2002 年 7 月底，我的次子晓晖患急性淋巴细胞白血病住进了广州南方医院，我和老伴在那里守护他整整一年。次年 8 月 5 日，他竟自走完了自己短暂的人生之路。人之不幸，孰能逾此！其间悲痛伤楚，至今不忍言说。在一段时期内，我可谓万念俱灰了，只是借琴音来一抒哀思，甚至觉得世界上只有音乐才是人类抒发情感的至好至妙的工具，读书写作的事则已置诸脑后了。

不过，人活在世上，情感激励的源头总是多方面的。这方面沉沦下

---

[1] 2004 年 3 月 7 日。

去，它方面又将你拉起来。近两年来，许多友人一再劝勉我突出痛苦的重围，希望我能继续写点什么，特别是当我将《声源茶话》结集自费印刷成书赠诸亲友同好之后，更受到友人的肯定和鼓励。某省厅厅长到萍乡来看到此书，托人向我要了一本去，不数日就来电话致谢，年前又寄来贺卡，上面还写上数语，说"这本书写的都是大实话，思想性强，哲理深，读后回味无穷。好极了！"人都有爱听好话的习惯和毛病，我也是。但我尚不糊涂，知道评价与鼓励的区别，不会将鼓励的话当作评价。我写东西，虽经过自己的思想，但见解终究肤浅；虽想社会进步，但毕竟不得要领；虽追求一点可读性，但毕竟难进文学的大门，故只能成为"茶话"，茶话者闲话也。有同志说："你这本书，我是放在枕头边，每天睡觉时看两篇困。"我说"不胜荣幸之至！倘你上厕所也肯带去看看，我就受宠若惊了。"这非自贬，而是自期。一个人的文章倘人家上厕所都看，肯定不错，我大概是做不到的。

　　人生在世，各有各的活法，特别是进入老年以后，各人依自己的兴趣爱好选择一种健康的生活方式可也，不必多所顾忌。我一向贪玩，拉琴、钓鱼、打麻将都少不得一份。但玩多了，当时虽然愉快，过后却又觉空虚，似乎少了点什么，我想这也不利于养生。因此在搁笔三年之后，我还是听从友人的劝告，续开"茶话"专栏。我是个"低调"的人，写文章从不自诩"关注"什么，只不过借此促使大脑运转，预防老年痴呆症罢了。"茶话"复刊时，正值我修缮居室未毕，又加天气寒冷，一味围炉取暖，无暇制作新篇。此前所发的是七、八年前的旧作，只是未在本专栏发表过，捉羊抵鹿，聊以应付。自此以后，当献上新作，篇幅依然千字左右，上一次厕所大概可以看完，如果你忘了带手纸，或勉强可以充数。当然，我更期待着读者朋友不吝赐教！

143. 羊毛出自何处[①]

羊毛当然出在羊身上，这是常识问题。天上会下鹅毛雪，去掉雪字，落的也是鹅毛，并非羊毛。现代科技已克隆出绵羊多莉，却未直接克隆出羊毛，大概一是成本太高，二是羊毛本身缺乏独立生长的条件，必须依附于羊皮，亦可谓"皮之不存，毛将焉出"也。那么，从克隆羊身上剪下的羊毛，也还是出在羊身上，怎么会有不出自羊身上的羊毛呢？但听一些官员的讲话，似乎却又在明白地告诉你，有些羊毛并非出在羊身上。

五六年前，曾见南方某镇一位领导甫一上任，便下令铲去马路中间的绿化带，又将前任刚开挖成的人工湖填平改建成公园。平心而论，这两件事都办得不错。但也许是缺乏民主程序，又未公开招标，所以群众还是有意见。后来这位领导便在会上告诉大家不要有什么意见，"所有这些钱都是财政支付的，没花老百姓一分钱。"这一招果然管用，大家都不作声了。

在中国，时髦不只是穿着打扮，口号、说法都可以成为时髦流传。过去办点事动不动就向老百姓摊派集资，便流传开一个"人民××人民办，办好××为人民"的口号，宁愿让政府缺位。现在政府有钱办事业了，又逐渐流传开一个"没花老百姓一分钱"的说法，似乎人民又缺位了。前不久我到某市参观，那里刚举办过一个国家级的大型活动，花了很多钱，

[①] 2005年3月14日。

一位官员也就这样告诉我们："这些钱都是财政支付，没花老百姓一分钱。"老百姓真是坐享其成了，还有什么可说的呢？

应当说，由乱摊派乱集资到能声明"没花老百姓一分钱"，是中国社会的一大进步。但仍不免于留下困惑：难道真有不出自羊身上的羊毛？财政的钱又来自何处？必曰：税收。那么税收来自何处？必曰：纳税人。那么谁是纳税人？不就是广大消费者，即人民群众么？这一点，恐怕至今还有些人弄不明白，以为纳税人只是直接向国家缴纳了税收的人，特别是那些纳税大户。其实，个中奥秘，孟德斯鸠早就在《论法的精神》一书中揭示明白了。他说商品税是十分巧妙的安排，似乎只是由出卖商品的纳税，而让人民几乎不知道他们纳了税。其实"商品出卖人知道，他缴的不是自己的钱，而实际纳税的商品购买人却把税金和物价混淆在一起了。"

老百姓纳了税，许多人却不知道自己是纳税人；政府部门用财政的收入办事，一些官员却说"没花老百姓一分钱"，所以四川忠县黄金镇在"很多村民依然处于贫困的境地"的情况下，花500万元修建了一座类似天安门的办公楼也就毫不奇怪了，因为他们"也没有向农民摊派一分钱"呀！不是出自羊身上的羊毛究竟作什么用，羊们还管得着吗？这就构成一种生活图景：穿羊毛衫的人不会想到羊，而羊也认为羊毛衫与自己毫无关系。

144. 几人肯做"看门狗"[①]

狗是人类的朋友,其最大特点是忠贞事主,只认主子不认他人,因此也便成为被人轻贱憎厌的对象。骂人是只猪,还带有怜惜的味道;骂人是条狗,可就只有憎厌了。依情况的不同,又有各种的骂法,如"狗"、"走狗"、"看门狗"、"丧家狗"等,都是骂。因此自称为狗的,恐怕没有几人。封建朝廷,大臣们也只说"愿为陛下尽犬马之劳",不说"愿为陛下一条狗"的。

当然,也有独立特行、不为世俗所累的人,并不忌讳这"狗"的称号。历史上有位圣人,当人家说他"累累(疲惫不堪的样子)若丧家之狗"时,倒是爽快地接受了,连说"然哉!然哉!"这人就是孔子。后来,宋代的大文学家苏东坡更以丧家狗自况,说自己"形容虽是丧家狗,未肯弥耳争投骨"。先抑后扬,表明虽然穷困,也决不肯丧志去争利。走狗不是可耻吗?但齐白石却愿意成为八大、石涛等艺术大师门下的走狗。但这样的人毕竟不多。特别是民国时期经鲁迅骂梁实秋为"丧家的资本家的乏走狗"并高擎打狗旗帜、反对"费厄泼赖"之后,恐怕谁也不愿自家名号与狗沾边了。

也是"五百年必有王者兴",谁曾想到现今一人就公然宣称自己为"看门狗"的?他,就是李金华,国家审计署审计长。为明确职责,他在中心词前加了一个定语,全称为"国家财产的看门狗。"央视和《南方周

[①] 2004年4月4日。

末》记者在对他的专访中都坐实了此事，但却并未作进一步的深问，没有问他为何这样称呼自己。我想大概因为"看门狗"三字毕竟不雅吧。是的，堂堂国家审计长，即不便自封为"国家财产的守护神"，称"忠诚卫士"不也可以吗，竟自称"看门狗"，岂不怪哉！

人们给自己取名立号都是有原因的。称张三、王五，那是排行第三或第五。鲁迅曾用"晏之敖"的笔名，意思是他被家里的日本女人（周作人的妻子）逼了出来。李金华自称"看门狗"的原因何在？我们只能根据有关报道去猜。其一，他说过他原先所在的工厂几千人艰苦奋斗一年，利润也就是几百万。"可是有的国家机关资金一出手，一流失就是几千万，几个亿，我心里很痛。"其二，李金华一上任便对财政部长金人庆说："尽管我们是同学，我的眼睛以后要老盯着你了，希望你理解。"仅此两条，我看就足以理解了。看到属于人民的国有财产流失，"心里很痛"，要不痛就要死心塌地地守住它，不管你是谁，我都盯着你，你要乱动，我就叫，可谓只认主子（人民）不认人，非"看门狗"而何？因此，我叫了，你也别"震动"，我就是这副德性，诸公还有啥可说呢？

的确，有"看门狗"还是好，可以防贼。李金华一叫，就不止为国家挽回了几十个亿的经济损失，更为实现民主政治提供了一个范例。只可惜我们的"看门狗"还太少，故国有资产的流失已成为热门话题。退一万步说，倘流失在国内，总算"肉烂在锅里"，倒也罢了，问题是竟让数千贪官携带着上千亿的国有资产飞到国外做"寓公"去了。真是：

积累犹如针挑土，流失好似浪淘沙；

几人肯做"看门狗"？一任流水逐落花！

145. "拆" 说[1]

到各地走走，一个个大大的"拆"字触人眼目，俨然如时代精神般，处处提示着你："拆"！有的用红油漆写，有的用墨汁写，有的用石灰写，真是红脸、黑脸、白脸同台亮相。书写工具绝非柔性的毛笔，乃是硬茬茬的刷子或扫帚。字体亦非端庄雄健，更非飘逸潇洒，乃透出一股横扫千军的霸气。所写之处，自然是各类建筑物的墙上，或年代湮远的屋宇，或方富春秋的高楼，或尚未居住过的新建公寓，或人们已然熙熙而乐的私宅。凡此等等，一着上这个拆字，就等于收到了死刑判决书，只待"秋决"罢了。如果你试着读读这些个"拆"字，当另有一番情趣。倘是分散布点，则东读一个"拆"，西读一个"拆"；倘它连成一线，可就是"拆拆拆拆拆拆拆！"了，不禁联想到明代末年张献忠在四川造反，大叫"杀杀杀杀杀杀杀"一样。

这当然是说笑。其实，我尝面壁而思，极力去品赏这"拆"字的丰富内涵。比如：认识它对拉动 GDP 增长的伟大意义；感受决策者一拍脑袋二拍胸之后果断地说声"拆"的惊人魄力；想象往后这里高楼入云、绿草铺地、名车伴美女、弦歌送酒香的繁华景象。当是时也，说不清是兴奋、钦敬还是向往，总有点流连忘返起来。但再看下去，特别是看看听听，听听又看看之后，我对这个"拆"字却顿生反感，因为我从中明显地感受到一种不文明的暴力。

---

[1] 2005年4月11日。

汉字是一种表意的文字。你看这个"拆"字，以手持斤，斤就是斧头，斤上一点是指示，即指着斧头的刃口告诉你，这把斧头是有快的啰，你瞧着办吧！这不是暴力是什么？据何树青、实建两先生所著《第 N 城》一书所载：一个"拆"字，使宁波的历史人文资源丧失了 80%，使国家历史文化名城襄樊千年古城一夜之间惨遭摧毁。这恐怕不能称为文明吧。我有个远房的妹妹，两夫妇一个做木匠、一个做裁缝，挣得一点钱在 P 城批了一块地建了一栋房，但刚建不久，就以极低的价钱被强行拆去。她哭着来找我想办法，我说我有什么办法想呢，你还是去法院上诉吧。她说她已去过法院找过律师，律师说你这官司不能打，因为这是某某领导亲自批了的。我无话可说，自那以后好几年了，一直没再见到她，也一直羞于和她见面。她的泪水也使我感到这个"拆"字的暴力，不过这种暴力并非来源于文字本身，而是权力与资本联姻借推土机、挖掘机或外加警棍所施展出来的"现代文明"。

当然，我们还可以从这许多的"拆"中指出糟践天物，浪费资源，浪费财力、人力使物不得尽其用的弊端。但我毕竟受过分清主流支流、分清九个指头与一个指头关系的教育，也无力去纠缠这些是是非非。我们不妨假定，这些拆都是经过科学论证、周密规划、平等协商，符合科学发展观的，那么要拆拆就是了，何必早早地气势汹汹地画上一个"拆"字呢？难道我们的城市建设不是按图纸施工而是凭"拆"字动铲么？倘有谁恶作剧，在不用拆的建筑物上也写个"拆"，是否也将推土机推过去呢？现代社会，倘谁在一个死刑犯的脸上或背上写一个"杀"字，必被指责为违反人权，在将拆未拆的建筑物上写个"拆"字大概也有类于此，因为建筑物是与人类的历史、生活、尊严联系在一起的。文明建设，建设文明城市，是否可少些霸气呢，先生们！

146. 宗教与艺术的观音[①]

昔日蔺相如向秦王献璧，要秦王先斋戒五日、设九宾于庭始敢进室。因为和氏璧乃"天下之共传宝也"，美玉无瑕，当然不容玷污、轻慢。看了春节晚会的《千手观音》后，我也想，日后如有缘直接观看它，吾必先斋戒沐浴三日，庶几不负其圣洁的灵魂也。

人们常用如品香茗、如饮醇醪之类，形容鉴赏优秀文艺作品时的感受。看《千手观音》舞，我倒像接到观音大士用杨枝洒来的净水，一洗心中浮躁与烦恼的尘埃，沐浴在宁静与安详的大光明之中。对这群"生活在无声世界的特殊的舞者"，竟忘记了赞美，事后也找不到恰切的词句来赞美。是的，这是"心灵的舞蹈"，"达到至善至美的神话"了，又何从赞美呢？要评奖，当然是一等一名。但我觉得它不是为评奖而来，正像佛教中的观世音菩萨到人间救苦救难并非为拿红包一样，它不过以善度人、度人向善而已。在追求刺激成风的世上，我们都还能为这份高雅的艺术所感染，说明自性还在，善根犹存，这将是她（他）们最大的欣慰。

评了奖是好事。邰丽华被记者追着采访、忙得不可开交也属正常。说不定某企业家正打主意拉她做商品广告，某文化人正想心法打听点她的隐私以便制造花边新闻，这都不难理解。因为我们都是俗人，而世俗的力量连菩萨也让三分。在唐代，为避太宗李世民讳，观世音被略称为"观音"，就是明证。当然，她不计较这些。她永远微闭双眼，以安详慈爱的

[①] 2005年4月18日。

微笑面对众生的各类请求。她是大慈大悲的，主张"随类化度"，对一切人救苦救难，不分贵贱贤愚。穷人求她找份工作，病人求她少花钱治好病，男士求美女，女士求俊男……甚至富人求富，官员求官，罪犯求案情不败露，她都一视同仁地接纳着。因为在她看来，这一切都是"苦"，都值得解救。她实在太忙，所以人们让她长出了一千只手。在人间，一个人有三只手就令人够呛，而对观音的手却唯恐其不多也，却是为何？盖人的心眼太多，两只手都有些管不住，而观音只有一颗心，这就是善、慈悲和爱，故虽千手而能协调。

宗教与艺术有着天然的联系。宗教借艺术完成其世俗化的过程，完美的艺术又借宗教题材获得圣洁的灵魂。当宗教的观音忙于应对人们各种世俗的请求时，艺术的观音却用善与美为我们拂去心中的尘埃，引导我们用善与美去协调方方面面，求得和谐与安宁。从这个意义上说，它似乎更接近于宗教。

147. 也说婚礼戏闹[1]

　　谢建中先生《萍乡婚礼流行戏闹家公》一文很有味道，写出了当代萍乡人无拘无束洒脱快活的一面。儿子结婚，家公在婚筵上被迫或干脆主动充当一回"扒灰佬"，虽谜底只是"乱伦"二字，又不真个实行，玩笑只是玩笑，大家作个乐子，未尝不可，此之谓风俗。

　　谢文也指出了这种风俗的演变过程，的确是那么一回事。我是萍乡人，记忆还在。过去萍乡作兴闹新房，一般不闹婚礼或婚筵。婚礼是拜天地的仪式，大都由读诗书的老先生主持。他们熟知《礼记》："婚礼者，将合二姓之好，上以祀宗庙，而下以继后世也，故君子重之。"仪式往往热烈而庄重。玩笑是自婚筵始，取笑的主要对象是千丈公，即媒人。一般是笑她明日早点起床，趁热吃新郎新娘的糍粑，但慎勿将牙齿拔了出来之类。笑家公为扒灰佬的毕竟少见。那时伦理观念很重，或认为这有损人家门风吧。

　　闹新房倒挺起劲，"三天不分大小"，谁都可以去。闹的主题就是开"性"玩笑，有雅有俗。一般从赞烛开始，通行的赞词是："伏以：一对花烛照新房，照起新人好嫁妆。新被窝，盖新郎；新褥子，垫新娘。新郎官半夜扯出禾叶枪……"也有人想创新词，但又一时难就，连说几个"伏以"都没词儿，人家又会笑话他："伏以伏以，三个伏以站（赞）不起。"后面的节目主要由客人吹拉弹唱，但主要拿新娘子开涮。文明的叫

---

[1] 2005年4月25日。

她唱歌，装烟、点火。粗俗的对她唱《十八摸》，甚至真的从新娘头上一路摸下去。这时新娘子只好羞涩地躲在墙角里。当然我也见过有的家娘背地里生气，说是耍得没名堂、没身份的。

过去嫁妆被看重。娘家着发新娘的衣服要够她大半辈子的穿着才算脸面。所以有的地方闹新房还以此为目标。我一个住在莲花的叔公讲，那边闹新房，来一拨人便要脱新娘一条裤，说是"耍新不耍旧，脱掉新娘一条裤"。新娘子也是有备而来，往往穿十几条单裤在身，实在赖不掉，也就脱它一条，叫你们满足一下。

当然，还有许多其他的名堂，就不多说。这主要说明，新婚戏闹的风俗，过去与现在，在闹法上确有很大的不同。现在闹家公为"扒灰佬"，我想大概与"性解放"的观念有关，不是流行一句话吗？"改革开放好，老马吃嫩草。"所以在婚筵上拿家公开涮也就毫不奇怪。至于好不好，取决于各人的价值观念和美学情趣，不会有什么权威结论的。譬如敬酒，过去是敬而压之，现在是敬而不压，算是文明进步吧，但这是磨合的结果，不是哪个权威定的。

风俗本来就是个"俗"。但细分也有美俗、粗俗与恶俗之别。恶俗如古代邺地"为河伯娶妇"，伤害无辜性命，故西门豹治之。粗俗虽不雅，亦无伤也。至于美俗自是应当提倡，故《学记》讲"化民成俗（美俗）"杜甫也以"致君尧舜上，再使风俗淳"自期。

148. 对错之间[1]

对与错，一字之别，看似简单，实为复杂。认识上分辨或不难，行为上抉择却往往令人陷于困境。

电视剧《汉武大帝》中讲到：景帝采纳晁错"削藩"之策。吴楚七国以"清君侧"为名乘机举兵作乱。朝中重臣也纷纷奏请诛晁错以谢天下。晁错是景帝太子时的老师，号曰"智囊"。他的忠心，景帝是明白的。拿晁错做牺牲，内心毕竟愧疚。故在刑前之夜，景帝特地到狱中去看望他的老师，留下一段令人难忘的对白：

景帝：老师，我就不明白，为什么有些事情明明是对的，却被说成错的；明明是错的，却又说成是对的。

晁错：到头来，对的还是对的，错的还是错的！

这是很性格化的对白。晁错的话可谓掷地有声。《史记》说他"为人峭直刻深"大概也是眼睛里容不下半粒沙子。他认为不削藩则"天子不尊，宗庙不安。"他父亲劝阻他，说你这么干"刘氏安矣，而晁氏危矣"，也不为所动。困惑的倒是景帝。他的困惑不在认识不清而在抉择之难。一方面他想削藩，但另一方面他又怕诸侯的势力过于强大，弄不好自己帝位难保。因此，面对朝廷内外的压力，他妥协了，退却了，只好将对的（削藩）当成错的，而将错的（诛晁错）当成对的。但诛晁错后，吴

---

[1] 2005年5月2日。

楚并不罢兵。诚如校尉邓公所言："吴为反数十岁矣，发怒削地，以诛错为名，其意不在错也。"这才应了晁错的这句话："到头来，对的还是对的，错的还是错的！"不过景帝虽然后悔，晁错却已付出了生命的代价。

　　应当指出：景帝与晁错狱中对话的情节，于史书无据。《史记》、《汉书》及《资治通鉴》都无将晁错先行下狱的记载，而是景帝"使中尉召错，绐载行市，错衣朝衣斩东市。"绐，就是欺哄。也就是说，是景帝派人将晁错哄骗上车，行至东市时搞突然袭击将晁错腰斩的。至于编剧何以安排狱中对话一场戏，我不得而知。但我觉得这段对白实有震撼心灵的力量，似乎更能突显这一事件的思想价值。仔细想想就不难发现，在对与错上弄得如此颠倒，不就是受制于特殊阶层的特殊利益么？而这又并非仅仅古代如此。

　　近读《书摘》第二期看到一篇有关喻尘的资料。他是第一个报道河南卖血感染艾滋病的记者。他先是将采访到的情况印成25份高层内参。此后，如石沉大海，波澜不惊。于是他决定在《华西都市报》署真名公开发表文章。这一下可引起众多媒体和高层领导的重视了。及时反映真实的情况，报道艾滋病存在，不是关系国计民生的事吗？你说对不对呢？但是他却被开除了。他说："我被开除了，然后河南艾滋病得到了承认。否定了一个，肯定了一个，这么巧合，这么滑稽。"这不也是对与错阴阳颠倒吗？只不过在古代为悲剧，而现代则近乎喜剧，令人啼笑皆非而已！

149. 母亲语录[①]

过去的语录只属于领袖、圣人,与百姓无缘。其实这是人为的壁垒。当伟人走下神坛后,普通人也可以有语录了。流沙河就写过《丫太太语录》,但那是幽默小品类。正统的语录都是从正面启发人、教育人的。按此标准,我们都可以给自己的母亲编点语录。我现在就试试看。

母亲姓肖,赤山麻田人氏,生于1909年(宣统元年),卒于1989年。3岁丧父,6岁到张家当童养媳,属文盲一族,不会说"子曰诗云"之类。但我小时候听到她的一些话,至今还不能忘却,兹录之于后:

◎ 我们家在浏市开着一间小店铺,有人购物赊欠太久,母亲便叫我去讨账。我说我不知道路,母亲便说:"路在嘴巴上!"

◎ 母亲切菜又快又匀,真是"运斤成风"。我看得出神了,便问如何切菜。母亲笑笑说:"这还用问吗?师父就在眼睛里面。"

◎ 母亲常讲一个故事,说某某(有名有姓,可惜我不记得了)讨米,却天天装香拜佛,唯愿所有的人发财,就他一个人讨米。人家问他却是何故?他说,大家都发财了,我讨米也就容易了。

◎ 有长舌妇到我家来说东家长西家短之类,母亲不高兴听。待其走后,必定对我们说:"为人要画圆圈,不要凿方眼。"意思就是要调和矛盾,不要去激化矛盾。

◎ 有一次,我和邻居的孩子吵架。母亲便把我叫回家用竹条抽我,

[①] 2005年5月16日。

一边打一边说:"为什么跟人吵架!为什么跟人吵架!"我说:"是他先欺负我的!"母亲打得更重了,说:"他欺负你,你不可以走开吗!"干脆叫我罚跪。

◎ 客人来了,我奉命点火让家人抽烟之后,便坐在一旁无话可说了,母亲对此很是不满。我说我不知讲些什么。母亲说:"三个读书人在一起就讲书,三个作田人一起就讲猪。看见读书人便问问读书的事,看见作田人便问问作田的事嘛!"

◎ 母亲说:"交朋结友,不要势利眼。既要交读书人,也要交下力人。"

◎ 母亲相信命运,但从不肯算八字。她说:"既然都是命中注定了的,还算它做什么,那就硬着脑壳撞命吧!"她又说:"那些人算八字,算来算去,只有一张八字算对了,那就是:勤耕苦累,一世衣禄无缺。"

◎ 母亲常讲一个笑话,说有个大财主庄田一望无际,孙子又聪明伶俐。有一次他对孙子说,"我们家这么多田地,要卖的话,写契都难写。"孙子说:"公公,这还不容易,刻一个印板,填得去就是!"财主叹声长气说:"咳!孩子,我们家将败在你手上。"

150. 保底说[1]

数学中有无穷大、无穷小的一对概念。无穷大留给人们以无限想象和发挥的空间,无穷小则给人们设置了一个极限——无论小到何许程度,总得大于零。用日常语言表述,就是上不封顶,下要保底。

有所谓"水桶理论",谓水桶的最大容量不决定于水桶周边最长的板子,而是决定于最短的一块板子。这可说是均衡发展论。但我以为,这一理论的成立,取决于桶底无裂缝或漏洞的前提条件。如果没有这个前提,则水桶周边的板子虽都足够地等长,其容量也必定为零。这是否能说明保底的重要意义呢?亦可称之为"保底论"呢?

当然,较之均衡发展论,保底论似乎偏于消极。但事物都是辩证统一的。底之不保又何言均衡发展?

俗话说,"人争一口气,佛争一炉香",便是保底之论。人可"争"者甚多,能争取到什么、达到何种程度,盖难言也,而这口"气"是不可不争的。气者,空气也,志气也。前者是维系自然生命之底,后者是维系社会生命(人格尊严)之底,不保行吗?佛可争的也不少,名山、庙宇、金身之类,未必都能如愿,而一炉香是断不可少的。没有这炉香,说明无人信奉了,又何以为佛?治国亦若此。宋高宗赵构问岳飞,天下何以致太平?岳飞不发宏论,只说"武官不怕死,文官不爱钱",也是保底之论。

---

[1] 2005年6月20日。

盖天下万事都有个底，底者底线也，这是要拼全力甚至拼却性命也要保住的。而事由人做，人做事时也在做人。然则做人有底乎？也是有的。只是人们扮演的社会角色不同，各自的底线也不同罢了。官有官的底线，民有民的底线，党员、群众，打铁、卖糖，各自有其底线。过去孔子讲"君君臣臣，父父子子"，就是要求人们守住自己为君、为臣、为父、为子的底线，否则，君不君、臣不臣、父不父、子不子，社会就无序了。在现实生活中，法律的设置，在一定意义上也是为政府、为人民的活动划定各种底线。宗教中有所谓"戒律"，如基督教的摩西十诫，佛教中的五戒，也是各自教徒要严守的底线。底线上的事，做了非功，不做是过。前些年社会上有股"承诺"风，一些部门、单位，把本该做好的事拿来向社会作承诺，近乎"作秀"。好在我们还没听说过有哪所寺院拿僧徒遵守戒律这件事向社会作承诺的。何也？因为这不过是保底而已。

当然，做人的底线不止于社会角色的底线，还有一个共同的所谓"人之为人"的底线。这一方面古来论之者甚众。如孔子说过"修辞立其诚"、"无信不立"的话，指出一个人没有诚信、说假话、说谎话，编造数字，冒功请赏等算不得正正堂堂的人，也属底线之论，并非后世张载所谓"为天地立心，为生民立命，为万世开太平"的高标准。但我以为，将底线说得清楚明白、泾渭分明的还是孟子。他说："无恻隐之心，非人也；无羞恶之心，非人也；无辞让之心，非人也；无是非之心，非人也。"一个人没有了同情心、羞耻心，见利忘义，不辨是非算不得是个人。这标准从现在看是否太低，似乎可以研究。不过看看当前的一些风气，亦有如屈原所谓"众皆竞进以贪婪兮，凭不厌乎求索"，则倘能保住这个底线也就不错。

我这个人胸无大志。记得我的入党申请书中有这样一段话："我希望自己能为萍乡的教育事业作些贡献。'至多'很难说，'至少'是不使自己成为供人说共产党坏话的一个例子。"也是一种保底的思想，故作《保底说》。

151. 我的童年梦[①]

童年时我做过许多梦，有些早忘了，有些虽相距60年，却还清晰地记得。

据奥地利心理学家弗洛依德的解析，梦有愉快的和焦虑的两类。我的童年梦也大致如此。比如，我曾梦见起飞、游泳、骑自行车，获得一种飘然的快感。其实，我不但没飞过，由于父母管得严，十岁以前也未曾下河游泳过，更无自行车可骑。这种愉快的梦，乃是"愿望的达成"，是典型的童年梦。

我曾梦见自己在幽暗中从悬崖上向无底深渊坠落下去，正在生死悠关之际，却又醒了。醒来内心还觉焦虑，这是焦虑的梦。弗氏对此似乎也有个解释，说这是一个人出生时的记忆。大概胎儿是并不想离开母体的。当自然之伟力将他推坠人世时，一定感到生之焦虑，而且成为他的潜意识，也就形成日后的梦。

1944年，日寇两次犯萍，烧杀淫掠，令人发指。那时我才9岁，跟着大人逃难，凡所闻见，直觉汗毛倒竖。此后，我的焦虑梦更有所发展，具体说是由生之焦虑发展成死之恐惧的噩梦。比如：我曾梦见被日本兵抓住并拉去枪毙，我不敢正面受弹，便转过身去挨枪。"轰"的一声枪响，我却醒过来了。还有一次是梦见日本飞机嗡嗡地飞来，就在我头顶上丢下一颗炸弹，也是"轰"的一声将我惊醒。恐怖自不必说，奇怪的是这

[①] 2005年7月4日。

响声确实存在。

原来，我家对面是一家篾匠店，父子仨常夜里加工打摇篮。哥俩拉锯锯轮盘，锯片一来一往发出"嗡—嗡—"的声音，老篾匠装轮子用大锤敲打得"哐哐"地响。我不解的是，这声音怎会构成我的梦境。及至读了弗氏的书，才知道"某些早期的印象，只要与梦者当天的某种刺激有关联，也构成梦的内容。"

日本兵的残暴留给我的"早期印象"是恐怖而深刻的。我的祖母在乌岗村我的姑父家避难。日本兵进屋时，少壮都上了山，她和另一个也是上了70岁的婆佬守屋。日本兵掏出枪指着那婆佬，我祖母忙用手推推她，示意她快走。这日本兵随即摆过枪口"轰"地开了一枪，子弹正中地从她手腕上的脉根穿过，鲜血如注。我想这日本兵此时并不想杀人，只不过演习枪法罢了，否则祖母是逃不过这一劫的。邱三老倌是我们的邻居，非常和蔼可亲的一个老头儿。有一次我向他自称"后生家"，他哈哈地笑了，便一直叫我"后生"。后来他被日本兵抓去挑马水，因为年纪老了，行动迟缓，日本兵便一刀将他杀死在浏市渡船码头的河里，此后便再也没人叫我"后生"了。小时候不更事，不懂得什么叫仇恨和愤怒，但这印象是不能磨灭的。打摇篮的声响，激发了我的早期印象，"凝合成"这样的噩梦，正是合符规律的心理现象。

其实，这也是日本兵刻在我心理上的历史。他们想篡改，篡改得了吗？笑话！

152. 我认识的土财主[1]

　　人老则忆旧。忆旧时，如有与己无关的人物浮现，那他一定有某种特色。在我的印象中，土财主邓名万（音）算是一个。

　　小时候我常见他从浏市街上走过。高挑的个儿像把弹棉花的弓，老穿着一件褪色的鸭屎蓝长衫，腋下夹把洋布伞，俨如手写体的字母 f。他看人时喜欢埋着脸，让滞涩的目光从上眼睑铲出，嘴角挂着一丝涎笑，让人怪不舒服的。

　　此人是长工出身，却选了一条放高利贷发财的路子。赚到的钱一个舍不得用，全拿去放债。起码是一分五的月息，还要吃"剁脑息"，即一出手便要从本金中扣回当月的利息，借一百只给八十五。这样利滚利、息滚息，终于滚出一笔家业，成了当地有名的财主。土地改革时，被当作恶霸地主结束了性命。

　　其实此人并非那种横行乡里的恶霸。他的命就是钱，或者说钱就是他的命。为了钱，他像狼一般的贪婪；为了钱，他又像羊一般的驯顺。

　　听说有一次他在田岸上讨债，被人一掌打在田里。他儿子将起袖子跑去问道："爹，他打你了？"他赶快说："没有没有。是我自己摔一跤，他要来扶我，我不肯……"对此，我母亲有个解释，说是他怕他儿子打了那人，那人会赖账。

　　据我的邻居彭某讲，也真有赖了他的债的。浏市一间绸庄的老板李

---

[1] 2005 年 7 月 11 日。

某借他一百银洋，吃喝玩乐，不事经营，还不起了。邓名万一再催讨，李某心生一计，知道他喜欢吃人家的酒肉，便约他腊月十五到店中吃"倒牙酒"，连本带利一并还清。到时李某在房间生起一盆旺旺的木炭火，满桌大肉大鱼，夫妻俩轮流把盏劝酒，灌得有八成醉了，便扶他到房里"兑钱"。李某说："老人家，感谢你缴本。这钱早该还了，拖到今天，实在不好意思。现在兑钱给你，请你把票据拿出来。"邓名万醉蒙蒙的，刚把票据拿出，李某便一把夺过往火里一丢。"你，你还没……"邓名万正要高声叫喊，被李某一把按住，说："老人家，你千万莫叫，浏公庙借你钱的不只我一家，你一叫出来，他们都学样，你咋办？"邓名万出门时只是喊天，不敢声张，更不敢去告官。一来没了凭证，二来怕敲竹杠。

　　这事的真伪如何未曾考证。那时浏市街的店铺之间大多只隔一扇木板棚门，隔墙有耳，容或是真的，而且也符合双方的性格特点。土财主与奸商斗法，自然不是对手。何也？文化品味不够。邓名万只知盘算息钱，奸商善于抓住别人的心理特点。邓名万心中只有钱，之所以隐忍不发者，是虽然丧失了"这些钱"，可还想着"那些钱"，颇有点像现在的贪官被盗后不敢报案一样。当然，邓名万更不可跟贪官相比。贪官是以权贪财，他是以财贪财。贪官除个别外，大多知道如何享乐，他不知道，有时甚至自己克扣自己。听说他的儿媳妇炒菜放多了油、煮粥少放了水，他都要骂人的。为钱而生，为钱而死，是不是这种土财主的特色呢？

153. 历史家的胸怀[1]

——读书札记

"我觉得近一百年来中国没有历史，写的都是对事情不满意，满纸谩骂，所以我想站在中间。"

——美籍历史学家黄仁宇如是说。

黄仁宇1918年生于湖南长沙，2001年逝世于美国。他曾在国民党军中当过十年下层军官，经历过艰苦卓绝的八年抗战。他研究历史"不注重历史应当如何展开"，而注重"历史何以如是地展开"。因而他能以宽广包容的胸怀，超越党派政治和意识形态的纷争，对历史作更为客观公正的叙说，使人读后心胸为之开阔。这是我读他的《大历史不会萎缩》一书的印象。

黄仁宇先生倡大历史观，认为"历史上发生的各项改革与运动，并不是单独发生的事故，而是一种持续运动当中的阶段与环节。"而在其中起支配作用的是卢梭与黑格尔所提出的"公共意志"。他说，"公共意志可以说是一个国家的灵魂，它有至高的道德价值和公众精神。"中国现代的长期革命也出于一种公共意志，这就是求民族的富强康乐，创造一个新国家与新社会的体制。这是一个连续的历史过程。在这一过程中，蒋介石、毛泽东、邓小平，即使个人之间是对头，但从历史来看，他们是

---

[1] 2005年7月25日。

前后连贯的接力手。

饶有趣味的是黄仁宇先生把这场接力比作写一个"立"字。蒋介石写了"立"字头，建立了现代国家的上层机构，但没有解决基层问题，所以抗战胜利后失败了。毛泽东写了"立"字脚，在大陆解决了基层问题，使农民有了土地又很快走上合作化和人民公社道路，虽然问题不少，但却为邓小平日后的改革积累了六千亿资金。邓小平写了"立"字中间两划，把现代国家的上层机构与基层联系了起来，使之可以进行数字管理了。这其中一划是市场经济，另一划是建立法治社会。对此，黄仁宇先生深有感慨地说："抚今追昔，我觉得凡是炎黄子孙，应为这80年的历史感到骄傲。"

这一比喻的新鲜贴切姑且不说，黄仁宇先生对待历史的态度确实是值得重视的。他说，"一件大事既已发生又不可逆转，则我们个人爱憎不论，只有鼓励后人珍视当中积极性格。"至于他的公共意志论究竟是唯物史观还是唯心史观，也没有深究的必要。"天视自我民视，天听自我民听"，民心所向是任何政治家不可回避的客观存在。今年四月，国民党主席连战先生率团对大陆作"和平之旅"；五月，亲民党主席宋楚瑜先生率团对大陆作"搭桥之旅"；现在七月，新党主席郁慕明先生又率团作"民族之旅"，也证明着黄仁宇先生所说的公共意志的伟力。日本《世界日报》7月7日的一则报道说："直至今年秋天，两岸将借一系列抗日战争纪念活动来建立新的国共合作平台。"如果不是公共意志的作用，这一合作平台又将何从搭建？正确对待历史，才能正确认识现实，这是黄仁宇先生留给我们的启示。

154. 教育不要势利眼[1]

势利眼是社会不平等的产物，也是加速社会不公的催化剂。因为它只看重权势和金钱，漠视社会公正公平的伦理价值，故一向遭人鄙薄与厌恶。一个人患上势利眼尚且如此，而如果以促进社会公正公平为己任的现代教育也患上了势利眼，那就令人寝食难安了。

不幸的是我们的确见到了它。前不久，敬一丹在《焦点访谈》中披露了某地一名校，用国有教育资源，在校内办了一所"民办初中"，招收高价学生的事，是为"名校办民校"，又叫"校中校"。资源国有，利则"民"享，是教育开了一个"钱眼"。最近，又披露了河北东光县实验小学根据县文教局的红头文件，只招收党政机关事业单位干部职工子弟入学的事，是教育又开了一个"权眼"，合起来不就是"势利眼"么？

当然，这只是极个别的典型。这些典型经中央台这样的权威媒体曝光以后，是不难引起重视的。现在东光县实验小学的校长就已被责令停职检查，并业已被省教育厅通报全省引以为戒。但话得说回来，这种典型敢于冒尖，是有其土壤和气候的。处理一两个违法违纪的校长甚至局长并非难事，而要解决土壤与气候问题，那是更需要良知、睿智和勇气的。

义务教育是一种全民的教育，它除了开启民智之外，其伦理价值的定位，就在于实现教育平等并进而实现社会的公正公平。故义务教育首先是免费教育，其次是强迫教育，同时还是规范化的教育。我们"免费"

---

[1] 2005年8月1日。

了吗？名义上"免收学费"，而实际的收费越来越多。据报载：像张家港这样富裕的地区，免费教育仍是一张"画饼"。因此，我们的"强迫"也难到位，贫困地区初中生流失的现象非常严重。"规范化"了吗？"薄弱学校"依然大量存在。究其原因，一是教育经费不到位，其增长未能如《义务教育法》规定的那样高于财政经常性收入的增长。有的地方甚至教师工资也未拨足，将学校推向市场，对于学校名目繁多的"创收"活动名查实维，无异"逼良为娼"。二是教育资源配置不公，学校两极分化的现象严重。经常拿给人家看的"窗口"学校花团锦簇，而"偏室"学校则破屣蔽履。校与校之间如是，甚至一校内部班与班之间在师资、设备、名额的配置上又何尝不如是？这就人为加剧了择校班之风。择之者日众，则对择之者又从而择之。择出有则择也有则，一则钱也，二则权也。而那些无力择校择班的家长和学生，除了听天由命之外，大概也不至于怨天尤人的。义务教育于是便心安理得地逐渐忘却了自我的公益性质而向商品蜕变。幸耶？不幸耶？

教育本应通过提高人的素质来改造社会，现在我们却看到它首先就被社会改造了。一个"官本位"的社会改造出一个"官本位"的教育；一个"金本位"的社会改造出一个"金本位"的教育。教育就用了这两个"本位"去改造那些尚无"本位"的孩子，真不知这些孩子将来又会怎样去建设和谐社会。

155. 我的不以为然[①]

山西榆社在今年高考中，全县 1406 名考生，只有 107 人上线，比去年减少 58 人，为有史以来最差的一年。由是县委书记代表县委向全县人民致歉，榆社中学的领导班子停职待岗，此之谓山西榆社"高考滑坡事件"。此事引起全国多家媒体关注，见仁见智，众说纷纭。《中国青年报》在发表记者调查的同时，又配发同一记者的另一报道《教育学者杨东平：政府不应助长应试倾向》，恐怕也有"提个醒"的意思在。我在详细阅读了这篇调查以后，对榆社县的一些做法，也有不甚以为然者。

办好教育是政府重要职责，关注高考也在情理之中。但教育是个整体，横向有结构，纵向有层次。就规律而论，教育的层次愈低愈重要。小学比初中重要，初中比高中重要，高一比高三重要，因为这是基础所在也。只有抓好基础，才能提升高考成绩，现在我们看到县委书记为高考滑坡而致歉，却从未听说谁谁为义务教育的滑坡而致歉。窃以为这是只见塔顶而不见塔基、塔身的断层教育观，不以为然者一也。

榆社是个省级贫困县，"老百姓认为孩子的出路主要就是考大学"，这也反映出榆社尚未开拓出更宽广的脱贫之路。今年少走出 58 名大学生，县委书记致歉，据说这是昭示"一种勇于承担责任的政治勇气"。反过来说，即使今年多走出 58 名大学生，也还留下 1183 名"子弟兵"，他们在榆社的出路如不能解决，县委书记是否也会出来致歉？窃以为这是只重

[①] 2005 年 8 月 1 日。

视"走出去"而不重视"留下来"的割裂教育观,不以为然者二也。

榆社中学今年高考滑坡自然与管理有关,故令该校领导班子全员停职待岗,接受老百姓的"民意选择",似乎也师出有名。可现在的校长有几个是"民意选择"出来的,榆社县委欲以10万元的年薪向全省招聘校长又算得是"民意选择"吗?再说校长要加强学校管理也得政府给他创造必要的条件。学校发展经费全要学校筹集,校长还有什么精力抓管理、抓教学?现在很多校长姓"钱"不姓"教"或兴"钱"不兴"教",主要是政府缺位的结果。榆社县委只处理学校领导班子却不见自我反思,可谓责人严而责己宽,此我所不以为然者三也。

作为一个贫困县,为了把高考搞上去,拿出100万设立优秀师生基金,对今年入高中的高分段学生全免学杂费,出10万元的年薪招聘榆社中学的校长,发力不可谓不大。但我们却听不到对义务教育、薄弱学校、贫困学生、教师待遇的关注,这是否会"克贫济富"自不敢说,而高薪招聘校长一事结果未必便佳。10万年薪,在贫困地区是令人咋舌的天文数字,有谁不识深浅上了这个船,恐怕大家(包括县领导、干部、教师、老百姓)会一齐瞪大"看"他怎样"做法"。而教育质量的提高,要靠全体教师心齐气顺素质高。一个待遇高高在上的校长能做到这一点吗?他又有多少钱去购买教师的积极性?脱离自己的实际,欲学燕昭王"千金买骏骨","有了新姐夫,不要老姑爷"的做法近乎作秀。此我所不以为然者四也。

一叶落而知秋。中国的高考竞争愈演愈烈。看来中国的教育将长期在恶性循环中摸爬滚打下去。此我所不以为然者五也。

156. 钓鱼三议[1]

小 序

5年前,钓鱼刚入门,一次钓了三条草鱼,高兴的了不得。解钩时见鱼儿痛苦挣扎的样子,便想到钓鱼的隐喻意义,写了《徒为鱼悲》一文。一叹人心不古:香饵料,五味调和,炸弹钩,四面埋伏。再叹鱼儿可悲:一味贪香恋饵,不知内藏杀机,忘却枯鱼之泣,总是重蹈覆辙。局老协主席忠源先生见此文,笑对我说,"你钓鱼还为鱼悲,以后鱼儿不上你这儿来了",并希望我重作一文。其实,鱼儿照样来光顾。最近一次,我用单钩和普通饵料钓,除放生的小鱼外,竟钓了17尾共50斤之多。不然,我何以说"徒为鱼悲"呢?不过,钓鱼既积时日,自然也就有所议论。

一、钓鱼三步

有位先生著文说"钓鱼的哲学"便是"等待",其意在贬,说是浪费时光云。放置争议,平心而论,"等待"二字也未足以概括出钓鱼的哲学,只说到了钓鱼的一个步骤。钓鱼有三步:一步布饵,二步等待,三步猎取。这里关键在于布饵。饵料既要有诱惑力,又不要引起怀疑,要适合其口味。饵料对路了,又要投放得所,不是鱼窝便是鱼路。如嫌所述过于抽象,请以世俗喻。过去说请人办事要送礼,这已是外行话。现在是

---

[1] 2005年5月15日。

送什么、何时送、送到何处，大有讲究。这是认识的深化，钓鱼布饵亦当如是。布饵这一环节抓好了，则等待可以省时，猎取可望丰收。故谓钓鱼的哲学便是等待，实属外行之见。

二、钓鱼三界

钓鱼有三种境界：一是休闲活动；二是竞技体育；三是文化载体。

就广大钓鱼爱好者而言，钓鱼主要是用来休闲，则"等待"可算其哲学。而等待不仅是冀有所得，而是已有所得——自然风光、清新空气、平静心境、友情交流。故钓鱼是雅事。但雅中也有俗：如三五同钓，则难免有竞争求胜之心存焉，岂不是俗？

作为竞技体育，那是对专业人士而言。他们的钓鱼哲学是攻击而非等待。兹不烦述。

钓鱼作为文化的载体那又是另一境界了。一般出现在名人显要之中。什么人在何时何地钓鱼，往往传递出不同的文化信息。姜尚渭水垂钓，是以隐求显，希遇识主，成就伟业，故他用直钩钓于水面三尺之上。严子陵钓于富春江，是避显求隐，不受他同学汉光武帝的羁縻，逸世独立，淡泊自由地过日子。他们代表着古代"士"的两种处世之道。至于叶帅在粉碎"四人帮"前钓鱼，则是胸怀韬略，以静寓动，蓄势待发的文化信号，学问深着呢！故非我等凡夫俗子可及，我们只是休闲。

三、钓鱼三闲

作为休闲活动，钓鱼要有三闲，即闲暇、闲情、闲心。闲暇，是要被消遣掉的对象，也是钓鱼的基本条件。闲情是消遣闲暇的愿望和不受外物烦扰的良好情绪。闲心是不想正事专想耍事的小智慧。

在这三闲之中，闲暇是客观存在的，闲情和闲心则需在活动中培养。所谓"出钓即乐"，注视着水中荡漾的浮标，宠辱皆忘，闲情也就来了。但如一味消极等待，终无所获，则闲情必将消失，故还得有闲心的支撑。我是主张读书的，钓鱼也要读书，我读了六、七本之多。什么鱼儿的习性、饵料的制作、钓组的配置、钓点的选择、垂钓的技巧等，大多是从书上学来的。再加上出钓前的构思准备，垂钓中的反馈调控、钓后的分析总结，无非闲心的运作，真可谓"玩物丧志"了，不亦乐乎！

157. 浏市桴桥[1]

有人将桴桥误读为"浮桥"——浮在河面上的桥，似乎也通。但正确的读法还是"桴（fú）桥"，一般老百姓都是这样读的。"桴"指桴子，即小筏子。桴桥是指用小筏子搭凑起来的桥。

萍乡的桴桥过去有好几座，如湘东、宣风等地都有，现在都已换成钢筋水泥桥，浏市桴桥恐怕是硕果仅存的一座了。曾见《萍乡日报》"金鳌洲"中有篇散文，对浏市桴桥作了诗意般的描绘，俨然一个小景点了，读后倍感亲切，同时也就勾起了小时候的一些回忆。

抗战时期，萍乡主要依靠水路运输，浏公庙（现在的浏市街过去就称浏公庙）是个很繁华的小镇。对岸谷陂冲、黄堂洲、冷潭湾一带的人都是到浏公庙买东西。过河主要靠渡船。原先是一只，抗战胜利后增至两只、三只还不够。有时因超载，还发生过几次沉船事故。当时浏公庙设有一个乡政府，叫凤鸣乡政府。一个乡长、一个文书、两个所丁，主要管管户籍、征兵、征税、治安一类事情，对交通问题似乎无心也无力去解决。浏市桴桥的修建乃是由当地乡绅聚议，发动老百姓捐款办成的。

我记得首议是 1945 年重阳节的下午。浏公菩萨是 9 月 23 日。以往也都是在重阳节下午开会讨论写戏班子[2]办庙会的事。所以这也是一次例会，不过新增了一个重要议程，便是修建桴桥的有关事宜。会议并无会

---

[1] 2005 年 8 月 22 日。
[2] 请戏班子、确定唱本之意。

议室，是在浏公庙的观音堂举行的。抽烟的都自带一根竹烟筒，茶是由一个叫喜生的老庙祝泡的。他们说些什么我一点也不记得了，参加会议的人却还依稀记得几个，如黄堂李家的利模先生便是。他曾在四川当过县令，擅长书画，我记得他在我家喝茶时还谈论过画牡丹当用何种颜料的问题。我还记得他曾同我父亲谈论过对桴桥的捐款户每户发块铜牌（现在叫纪念章）、竣工时请吃完工酒等事。

会议定事以后，各项工作便紧锣密鼓地进行，化缘的化缘，筹办材料的筹办材料。桴桥的制造全是由当地工匠负责。沙棚里有捻匠厂（也就是造船厂吧），小筏子全由他们钉造。锁桥的铁链和锚，也交由当地的铁匠锻造。至于桥面上的排架、栏杆、桥板，当然也是由当地的木匠、锯匠负责了。经过一年的努力，浏市桴桥终于造成了。

1946年农历9月是浏公庙历史上最辉煌的时刻。通桥典礼定在9月22日，即浏公菩萨生日的前一天下午。街上全用红黄色布幔过，哪一户人家都是亲朋满座，开流水席。桴桥连接的两河二岸，简直人山人海。大概下午五点左右，一扇轿子从黄堂洲三架车边的小路下来了。"曾县长来了！"有人通报着。不久便见轿内走出一人，在桥头剪彩、过桥，淹没在人群中……大概没有作报告，因为当时未见报道。

完工酒听说有二百多桌，我家是我去吃的。我父亲好像是提调，自可吃两餐。吃过饭便开锣唱戏，其热烈、热闹的场面自不待说。不久便见浏公庙骑楼下的墙壁上张贴出一份很长很长的红榜（也叫红单），全是修造浏市桴桥一应收支的明细帐目（大概是学现在的财务公开），最后是八个大字："若有私情，神灵鉴察"。当然，神灵不会说话，但老百姓会说话。不过后来也的确没听说过谁在修桥工程中得了回扣、贪了污、受了贿的事，也没有听说主事者得过补助之类。大概那时认为修桥补路是做善事，做善事需有善心与善行，因而有一份道德自律之心吧。

158. 看看《张伯苓》①

现在，即使在教育界，许多人知道有南开大学、南开中学，却未必知道有张伯苓。许多人虽知道张伯苓曾做过南开的校长，却未必知道南开原是他和严修创办的私立学校，张伯苓曾先后在此任校长40余年。许多人虽知南开培养出了许多精英人物，却未必知道张伯苓自己便是中国现代教育史上的精英。许多人虽知道张伯苓办学有一套，却未必知道他的理想、人格与意志在办学实践中的巨大作用。

我们的师范教育，除了学些教育学、心理学和教学法外，很少拿出有完整人格、有血有肉的教育家来说事的。修过《教育史》的，当然会接触过"张伯苓"，但一经"主义"划线，就发现他是"教育救国论"者，不姓"马"。他主张办学要有独立之精神、自由之思想。所以《中国大百科全书·教育卷》（1985年版）对他的定位，不是"无产阶级革命家、教育家"或"中国人民教育家"，而是很中性的"现代教育家"，只是在文中又称他为"爱国教育家"。准是准的，褒也褒了，但按过去的标准，今之名人凡被称为"爱国"什么"者"的，都是"保护"的对象。

我们对内的开放是逐步扩大的。我从报刊上见到张伯苓的名字是改革开放以后。前几年在一套教育资料丛书中又见到他的传记。最近，央视八套更是播出了20集电视连续剧《张伯苓》。这部电视剧是为配合纪念抗日战争胜利60周年而拍摄的。唐国强担纲主演张伯苓，性格鲜明地

---

① 2005年8月29日。

再现了这位爱国教育家洋溢着民族精神的英雄形象。我被深深地感动着，而且觉得若从教育专业的角度去看，定能有更多的收获。

搞教育的人必抱一种社会理想，知道自己从何处来、向何处去。张伯苓从中日甲午海战失败的惨痛中而来，奔向教育救国之路而去，并追求一个公平公正的社会。你说肤浅也罢，他认定了国家的不振和民族灾难之深重在于愚、弱、贫、散、私"五病"，就通过教育去力矫时弊。南开"允公允能，日新月异"的校训是落实在行动中的，培养了学生"爱国爱群之公德，与夫奉献社会之能力"。"人各有志"，他尊重学生自己的政治选择，对因走上革命道路而遭政治迫害的学生，竭尽保护之天职。"中国不亡有我在"的口号，激发了莘莘学子的历史责任感，他自己更是身体力行之。

张伯苓办学，德、智、体、美并重，着眼于"能力"的培养，不为应试但也不怕试，他"征贤良，育英才"，严谨地选择教师，十分注重学校的用人和效率。面对极度的经济困难、军阀的死亡威胁、日寇的装甲车和野蛮轰炸，他的回答是"南开南开，越难越开！"抗战胜利后，蒋介石任命他为考试院长。但高官厚爵也难移其志，只是为了保南开"私立"，他才答应当三个月，届时即辞，而且不去台湾，因为他看透了国民党的腐败。对子女他"遗德不遗财"，死后只有6元9毛钱的存款。

嗟夫！世上竟有这样的奇事：有的"公办"而不公，张氏则"私立"而不私；公私之义，岂仅金钱之谓也夫！看看《张伯苓》，会有好心情。

159. 提灯会[①]

抗日战争胜利纪念日,是全中华民族的盛大节日。那时,我是一个才满十岁的乡下孩子,不知全国各地是怎样庆祝的。在我们浏市、黄堂一带,是举行提灯会。每户人家都扎一盏鼓形的灯,糊上红纸,内面点着蜡烛,举在手中参加庆祝游行。红光辉映着笑脸,说妩媚便是妩媚,说精神便是精神。

浏公庙人爱热闹,即使在抗战期间,在菩萨生日时也总要唱几天大戏。不过,有时乡公所会派所丁上台抢锣槌禁演,说是怕敌机空袭、妨碍治安云云。好在经地方士绅出面交涉,并备上一份薄礼,槌还是会交还,戏还照样演,大家终于可以在兵荒马乱中偷着乐几天。

当然,即便是敲竹杠吧,人家也还算师出有名。抗战期间的群众集会,如无严密组织,隐患的确很多。记得有一次演文明戏宣传抗日,戏台上做飞机叫,台下就起哄逃难,挤伤了不少人。有个孕妇到我家屋檐下时已经快不来气了。我母亲背张椅子扶她坐下,又剥了些荔枝让她就开水吃下,才慢慢缓过气来。

现在可不怕了。日本鬼子的飞机,打从去年秋季以后就不见来了。不但如此,浏公庙人还看到了国军抓获的日本战俘。他们在合作社门口歇气时,我也跑去看过。因为此前我只躲在山上远远地看过一支日军哇啦哇啦地从乌岗垅里开过,知道他们的凶残和灭绝人性,却不知长的什么

  2005年9月5日。

样子。走近一看，也是个人样子，只不过用绳子拴着被人围观，倒有点像河南人牵着的"大圣"。我终于发现了他们目光中流露出的恐惧和胆怯，有几个男人嚷着要打他们，我倒觉得有点可怜起来。好在国军拦着，终于未打，让他们喝了水后，押走了。从此以后，人们已相信中国必胜、日本必败，怕当亡国奴的心理渐渐消退。这一年，浏公庙唱大戏，乡公所也没有再来抢锣槌。

到了1945年8月，美国人在日本丢下两颗原子弹，苏联红军出兵东北，中、美、英、苏是世界上四大强国的消息，在我们乡下也不胫而走。我们孩子一个个像新闻发布官似的，互相神添魄奕地转告着："知道不，我们中国是世界上四大强国之一了！"确有站起来了的感觉。听到日本投降了，谁不想热热闹闹地庆祝一番呢！

这一天，人们早早地吃了晚饭，只等待着天黑。天终于黑下来了，不久便听见有人喊道："快点灯，快点灯，来了！来了！"原来，那次提灯会，不像我们现在先集合再出发，而是从上街到下街，一路走来，一路加入，渐渐形成队伍。到我家门前时，已有樟树湾、石桥头、五福堂、集庆街的人了。我们是兴隆街，后面还有河街、佳车子街、吉水殿的人要参加进来。那天我父亲是穿上两年未穿的蓝布长衫去参加提灯游行的，看着他举灯入队的兴奋劲儿，我们都咧嘴笑了！

灯的长龙沿着浏市狭窄的街道狂热地前行。往日，浏市街的夜晚是昏黑的，冷寂的。别说电灯，连煤油灯也没有，一般都是用桐油灯。昏黄如豆的灯光不住地摇曳着，在墙壁上托出一晃一晃的暗影，只听见河水的呜咽，整个街道，就像一条黑洞洞的时光遂道。现在，灯的长龙在"万岁""万岁"的欢呼中，从这遂道中穿过，红光照亮了每户人家、铺满了街道，前行着，前行着，直到看不见了，便在我这孩子的心中留下永不磨灭的历史记忆。

160. 过去萍中的名士派[①]

名校必有名师。过去在名师中，有些人总有点名士派的风度。我在萍中教书时，就听王来宏校长讲到过老萍中的名士派问题。他的态度似乎有些矛盾。作为萍中20世纪40年代毕业生，他对名士派教师掩饰不住内心的尊敬和赞赏；而作为60年代的萍中校长、党支部书记，他又不希望有名士派的存在，怕削弱党的绝对领导和组织纪律。

所谓"名士"，顾名思义，是指有名望的知识分子；"派"不是宗派与党派，而是派头和作风的意思，当然也不排除非正式社会群体的存在。他们对政治采取超然的态度，不愿做官，不拘小节，甚至有点狂放不羁。还记得我的班主任张友予先生讲过一件事：某名师与一当官的学生在火车上相遇，问及近况，学生说："混得还可以。"他大为光火，斥道："你都还可以，我岂不上天了！"或可见名士派之一斑。

我1948年入萍中初中后，便听到名士派的趣闻。如袁式一老师，是有名的英语教师，喜欢打牌。有天晚上打麻将至深夜，次日上课时见黑板未擦，便问："今天谁的庄家，为何不擦黑板？"惹得哄堂大笑，更得学生崇拜。可算经典段子。

当然，学生非崇拜他的昏话，而是他的本事和才气。他出过专著，课教得好，学生也学得好，再加上这样不拘小节闹出的一点笑话，比起老是板着面孔、作古认真来，显得更洒脱、更人性化一些，也就更受欢迎。

[①] 2005年9月12日。

不具如此实力,冒充名士可不行。那时不只是校长选老师,学生也"选"。对所谓"饭桶"老师,当堂"嘘"之,便只好卷铺盖走人。所以那时在萍中当老师,是种荣耀,但压力很大。

已故的教导主任刘金镒先生,在一次座谈会上讲过他的一段经历:他教高中化学,有次上课,见讲桌上摆着一套碗筷,心里便犯嘀咕:"什么意思?说我教学不行、只配吃饭?"课后便找班干部了解情况。班干部告诉他,同学们对他的教学很满意,碗筷是来不及收才遗在讲桌上的,这才定下心来。

到20世纪50年代,经过思想改造等政治运动,名士派发生了很大变化,实在是不变也不行了。我高一的历史老师原是陶敬诚先生。他常征引《十批判书》等学术著作来说事,我觉得很有本事,但高三的同学却在民主楼前空地上批判他,说他脱离政治。此后他给我们上课,一进门便宣布:"先讲5分钟政治,再讲历史。"大概他认为:政治是政治,历史是历史,不能让历史来附会政治。不久他便被调走了。

20世纪60年代,萍中尚保持点名士风度的,恐怕要数副校长李蓁非先生。他入了党,但仍坦陈自己对政治运动不感兴趣,也不想当官,若早年调他进大学,现在不是一级教授也是二级教授了。时或有人以为"狂",其实这是真的,有他的《文心雕龙释译》和许多优秀的诗词为证。他教学以治学为根基,他治学不人云亦云,博览群书而能有独立之见解。如他对《水浒传》持批判态度。他批《水浒传》不是后来批"只反贪官不反皇帝",而是认为写的并非什么"农民革命"。晚自习时,他不下班便在房间看书,他看书喜欢抬起一条腿来捏脚指头,任谁进去都不会立即丢开书本来答讪寒暄。萍中的"文革"拿他"开刀",萍中的名士派也至此划上句号,此后或虽有"派",而未必便是"名士",或虽有"名士",而未必便有"派"。

161. 杂于利害[1]

　　道有阴阳，数有奇正，势有顺逆，运有穷通，国有治乱，人有吉凶祸福，事有利害得失，一枚硬币永远有正反两面，孰能易之？

　　韩非子讲过一个"自相矛盾"的寓言故事，看到了矛盾，却又想否定矛盾。他断言："夫不可陷之盾与无不限之矛，不可同世而立。"按照他的逻辑，现在就应当有矛无盾或有盾无矛了，又它们因失去了各自的对立面而盾也不成其为盾、矛也不成其为矛了。但事实上，虽历二千余年，矛与盾依然"同世而立"。

　　因此人们办事想问题，就不能只想到一面，还要想到另一面。不能只见其利，还要能见其害。孙子云："不能尽知用兵之害者，则不能尽知用兵之利也。"又说："智者之虑，必杂于利害。杂于利，而务可信也；杂于害，而害可解也。"这里的"杂"，本义是"五采相合也"，我把它理解为综合考虑的意思。孙子的意思是，一个聪明人想事情，必须综合考虑它的利和害两个方面，考虑到了它的利，这事就可行，考虑到了它的害，就会设法化解它。这是人类的智慧，但人们却往往忘记了。

　　8月30日与31日，紧紧相连的两天，"伊战"的两个对手——美国与伊拉克相继发生巨大的天灾和人祸，正可以让我们再长一次见识，深刻领会孙子"杂于利害"命题的正确性。

　　8月30日，"卡特里拉"飓风袭击美国，著名工业城市新奥尔良顿成

---

[1] 2005年9月26日。

泽国，目前80%浸泡在海水中，城市瘫痪，百万人流离失所，死亡数千人。像美国这样的世界头号经济强国、抗灾能力也应是世界第一的，为何会遭此惨剧？

本来，奥尔良是个低洼地，80%在海平面之下，是不适宜建城市的地方。但因它是个天然良港，人们就见其利而不顾其害了。当然也不是未见其害，所以沿密西西比河修建了堤坝以防洪水。但设计只想到3级的飓风，却未想到遇上4级的飓风该怎么办？只想到御洪水于堤外，却未想到也会堵洪水于堤内。所以"卡特里娜"虽然走了，新奥尔良依然泡在海水中，靠人工抽干积水，听说起码要6个月的时间，要恢复城市的基础设施得几年功夫。

8月31日，伊拉克近百万什叶派穆斯林从各地赶到马格达卡齐姆清真寺悼念卡齐姆。由于担心恐怖袭击，伊拉克当局高度戒备，派大量军警沿街把守，通往卡齐姆清真寺的道路全部封死，只留出一条路线，又沿途设关卡和障碍物，以确保安全。他们也是只见这种措施之利，而未见其害；只想到可控制进入之路，未想到万一出事这么多人如何疏散之法。结果仅因一条谣言引起惊慌，导致拥挤践踏死亡千人以上的惨祸。军警及医疗机构虽马上投入救援，也因道路已被堵死而无法展开，进出的车辆严重堵塞，贻误了宝贵的救援时间。

这两起惨剧，虽然一为天灾，一为人祸，似乎性质不同，但"治则有为治之因，乱则有为乱之因，在人而已"，都有人的谋划不周的因素在起作用。人们或许对事物的利害有所认识，但对自己所采取的避害措施本身的利害却未去想过，以为可以万无一失了，却未想到恰恰就失在这"万无一失"上。俗话说，"进山想好出山路"，我们现在许多时候是只想进山取宝，不想出山逃生的。"智者千虑必有一失，愚者千虑必有一得"。认识的片面性永远难以避免，求解之法恐怕就是正反论证，而且这种正反论证不是一个人左手和右手下棋，而是要容许"反对派"的存在。北京颐和园的"防渗工程"，倘若没有"反对派"，不消多久，就将使颐和园成为臭水坑。成败之机，安可忽乎哉！

162. 从"浮图"说到陈晓[①]

浮图，佛塔、宝塔也，是梵文 Stūpa 的音译。它本指埋葬尸骨的坟冢，佛祖释迦牟尼逝世后，据说尸骨被分别埋葬在八个 Stūpa 中，此后浮图便成了佛教专利，变成了供奉佛骨的建筑物。佛教徒再无法向佛祖的真身顶礼了，便转向葬有佛骨（又叫舍利）的浮图膜拜，也有"佛即在此"的庄严。

中国最早的佛塔，是建于东汉的洛阳白马寺浮图。那时尚无"塔"字，魏晋以后才专门造出这个字来，可见当时造塔成"热"。杜牧诗云："南朝四百八十寺，多少楼台烟雨中"。而据范文澜《中国通史》所载，至梁武帝时，塔已累计至七百余座。

佛塔本是供奉佛骨的，但哪有这么多佛骨？于是便用金、银、琉璃等宝物造作舍利，佛塔也就失去原有内涵而变为礼佛的形象工程了。魏晋南北朝战乱频仍，生民无赖，促成了佛教的盛行。许多统治者一面视人命如草芥，敲骨吸髓；一面又笃信佛教，大搞形象工程，希求福报，因此招致了各方面的批判。梁武帝问达摩大师："我修建了这么多寺庙，做了许多的佛事，你看有什么功德？"达摩说："并无功德，此但人天小果，有漏之因，如影随形，虽有非实。"是禅的批判。事实也是如此。梁武帝三度舍身施佛，诈得民脂民膏四万万钱给同泰寺，又役使大量民众造十二层高塔，但塔还没完工，便被侯景拘禁，饿死台城。故"多少楼台烟

[①] 2005年10月3日。

雨中"既是诗的也是历史的批判。而"救人一命，胜造七级浮图"，则是人文精神的批判。它把人们从礼佛形象工程的痴迷中拉回到对现实生命的关怀中来，成为影响人们立身行事的成语广为流传，真是善莫大焉。

所谓善，首先是对人的生命的敬畏和关爱，是同情心。依此行事，小事能积成大德，胜造浮图矣！无论古今，这都应是基本的价值观念。市关工委在青山召开校外辅导员经验交流会，陈晓的发言使我不禁联想到"救人一命，胜造七级浮图"这句话。

陈晓是市公安局交警支队的一名女民警。据她介绍，我国中小学生每年非正常死亡的人数约在1.6万，其中出于交通事故的将近占一半。2004年死7000多人，近3万名受伤；我市死9名，伤45名。陈晓说："因为职业的原因，经常会接触到各种交通事故，而最让我痛心的莫过于看到一个个幼小的生命在瞬间陨落，一个个家庭的幸福和梦想被车轮碾碎的悲剧。"因此，当她看到，学生们在国道上行走、骑车，"随意横穿、打闹追逐，对周围存在的安全隐患浑然不知"时，便萌发了一个强烈的愿望：教孩子们交通安全知识、远离交通危险。她告诉孩子们，行人的路权是从路边起1米以内，骑车人的路权是从路边起1.5米以内及横穿道路和骑车等安全知识。次日，她便发现"学生们都井然有序地靠边走路和靠右骑车"了。因此她从1995年至今历十年而不懈，把平安送到千家万户。

我们常把"救人一命"理解为当人的生命处于危难时而施以援手的义举，对陈晓的所为，称为"宣传预防"。其实预防也是拯救，而且更为积极，更需强烈的人文情怀和责任意识。陈晓便是这样。她兼具人性之善、人情之美，用佛教的话说，是有慈悲心、菩萨行的人。因此，她被联合国少年儿童基金会、全国少工委等组织评为"平安使者"，宜然！您看她慈眉善目的样子，难道不比浮图之类形象工程更美吗！

163. 矿难呼唤良知[①]

近几年来，中国的矿难如果不是过于令人悲痛，真可建议申报吉尼斯世界纪录了。

似乎总有个魔影在捉弄人。任你上面怎样重视安全生产，每出重大事故后就组织安全大检查、下达停产整顿的命令，但往往马事未了，牛事又到，像是在告诉人们，这些个检查、整顿基本上都变成了过场。

8月7日，广东兴宁大兴煤矿又发生特大透水事故，造成123名矿工被困井下，全力抢救20余天，终因继续强排水风险很大而不得不于8月30日宣布停止救援行动。这样，除了在两处共发现6具矿工遗体外，有117名矿工生不见人、死不见尸。和平时期，有什么事比这更惨、更无颜向死难者家属交代的呢？

我国为何会矿难频发？虽是局外人，也难免提出这个问题。《中国青年报》记者就此采访了中国安全生产科学研究院的专家——副院长吴宗之先生。吴先生的回答是：我国目前的煤矿开采，是一群不懂安全生产知识的管理人员带着一群没有安全意识的临时工，"大家都不懂，矿难肯定少不了。"

专家总是从专业的角度说事。吴宗之先生的分析，只限于安全管理状况本身，更深入一点，也只说到"许多煤矿安全技术人员因为薪酬过低而纷纷跳槽"为止。至于造成这种现象的历史的或现实的更深层的原

[①] 2005年10月10日。

因又是什么,则只能让局外人留下疑团了。这是专家的局限性。

认识复杂的社会问题,如能把有关的各种信息综合起来加以思考,也许更能接近真理。8月30日的新闻联播中,播发了另一条消息,就是国家规定凡政府官员一律不准在煤矿参股,否则一律免职云云。这可视作对矿难频发原因的一条重要补充。过去非法开采累禁不止,有了矿难隐瞒不报、实行新闻封锁,大概都与此有关。官员参股,意味着政府在劳资关系中丧失公正立场,官员寄身于资本之中,为追求高额利润而不顾一切。官商勾结,国家法规之鞭虽长,奈何不及马腹,"矿难肯定少不了"。现在,国家不准官员参股的规定又出台了,算是一剂"药方",至于官员服不服,经验告诉我们还得等着瞧。

除此之外,还有什么原因吗?有。8月23日的《中国青年报》上,还有一篇与此有关的文章:《公共决策"订做"专家意见的负效应》。文章开头一段是这样说的:

> 大兴矿难又爆出新黑幕。据最近一期《瞭望新闻周刊》报道,在大兴事故前几小时,一个由7名高级工程师和研究员组成的专家组,向当地政府提供了一份安全开采可行性专家组论证意见,称大兴煤矿所在的矿区"所开采的煤层大部分都已在水淹区影响范围以外,其正常条件下的开采是安全的。"

由此我们看到,所谓的"专家论证"并非在坚持科学立场,而不过是领到几个论证费后迎合长官意志,签发开采"通行证"而已。大兴矿难调查组中就有其中的一位专家,不知他作何感想,是否还能问心无愧。

过去,我们嘲笑日本是"经济动物"。现在,看看我们自己,有官员若此,有专家若此,有安全管理又若此,我们离"经济动物"究竟还有多远?在他们心中,"以人为本"什么时候才不仅是一句时髦的口号呢?这许多罹难矿工的无辜的生命,能否唤起他们的一点良知呢?一个人如果没有应有的良知,则国家法令、法律的作用也就大打折扣,此所谓"免而无耻"也。

164. 导读《致领导的一封信》[1]

拾到一张广告纸。读之，又不像一般广告，是《致领导的一封信》及"意向征询"。此信不邮寄、不面呈，而是广为散发，故为准确计，应是致领导的一封"公开信"。因是公开信，我才敢公开谈论它。所谓谈论，不是批评，而是理解。

此信内容，恕不全文照录，以免代作广告之嫌。摘录也只挑有共性的地方，个性化的一律隐去。凡隐去者皆用删节号，不用天窗□□□方式，以免使人联想到贾平凹的《废都》。不，这封信没有任何不健康或亚健康的内容，而是非常健康、非常尊贵。请看：

"尊敬的领导：您听说过……吗？她是一个休闲娱乐场所的名字……坐落在……有足道、桑拿、按摩、西餐、KTV 等……奉行'顾客至上，信誉第一'的宗旨，我们将以一流的……创造出一流的品牌，您将会得到皇帝般的享受……我们热诚欢迎您的光临……"

对领导亲切、诚恳、热情，充满着自豪感和责任感；语言精炼、准确，选作应用文示范教材，大概也庶几乎可也。不过在理解它时，得注意两点。

首先，您千万如实地把它看作一封信而不是广告。特别是如果你没一官半职在身，即使腰缠十五贯，也别打歪主意，想去那里休闲娱乐一

---

[1] 2005 年 10 月 17 日。

番。这不明摆着吗？人家是在向领导发邀请啊！至于为何只请领导，人家自有考量，所谓"存在即真理"是也。

当然，现在"领导"一词的用法也在泛化。正如"文革"时期逢人便叫"主任"一样，现在有人也见干部模样的人就叫"领导"了。这是油滑手法，而且很有几分随便。此信却是认真地严肃的，硬是"尊敬的领导"。如果也泛泛地叫声"领导"，那"尊敬的领导"是不会理睬的，还有生意吗？

其次，务请正确理解，如果您是"尊敬的领导"，更要正确理解，这就是信中所许诺的"皇帝般的享受"。何谓"皇帝般的享受"？内涵特别丰满，实在难述其详。概括地说吧，比如金口玉牙、钟鸣鼎食、满汉全席、三宫六院、七十二嫔妃，还有无数宫娥，借阿Q领导的话说是"我要谁便是谁"。这样理解行吗？行，但也不行，因为这涉嫌腐败。

如何正确理解呢？我告诉你吧。读过安徒生童话《皇帝的新衣》吗？那个皇帝享受到了一件华丽而且高贵的新衣，前提是先把自己脱光。因此，您若想获得"皇帝般的享受"，也得把自己脱光，脱得一丝不挂。这不是捉弄您，而是非常贴合实际。那不是休闲沐浴的去处吗？既要沐浴，不脱光了难道还要系个文胸、穿条三角内裤不成？那多不"爽"呵！

广告都做成这个样子了，虽构不成讽刺，也实在有趣。

165. 大人患病　孩子吃药[①]

中国毕竟是尊师重教的国度，对孩子的教育越抓越紧了。自小平同志提出电脑要从娃娃抓起并确实抓出了成效以后，现在许多大人之事也都在"从娃娃抓起"了。

前两年，曾见报道说，某地规定小学一律开设"税法教育课"。初看似有道理。依法纳税是每个公民应尽的责任，从小培养孩子的纳税意识不是很好吗？可教育部怎么就没想到，只在小学安排"思品课"呢？细想一下，教育部也不是没有道理。只要孩子掌握了以爱国主义为核心的为人的基本知识并形成良好的行为规范，依法纳税应不成问题。再说，讲重要，哪部法律不重要？某地为啥不指令小学开"婚姻法教育课"、"计生法教育课"，而偏于税法情有独钟呢？原来他们另有隐情，就是税收收不上来，于是就出此奇招，名曰"从娃娃抓起"了。做法是"先向孩子宣讲税法，再叫他们回去动员父母交税"。过去中医有通过母奶传药性一法。婴儿病了，药又灌不下去，怎么办？母亲将剩下的药水吃了。据说药性可通过奶汁传给婴儿，达到治疗的目的。现在却是反行其道：大人患病，让孩子服药。至于效果怎样，未见后续报道，如果很好，相信各地税务部门定会请校长吃饭。

这种"大人患病孩子吃药"的新闻，今年也有。先是闻之于马路。说是某小学在学生中开展"反腐教育"，对在班干部选举中拉选票者处以一

[①] 2005年10月24日。

元五角的罚款。道听途说，不足为据。但近日却从报上看到一篇关于某地在小学开设"廉洁教育课"的报道，这又证明着上述马路新闻并非空穴来风。当然，两者是有区别的。反腐教育是有腐才反，孩子乃"纯阳之体"，何来腐败？而"廉洁教育"却正面得多，大人得了腐败传染病，给孩子打个预防针，"从娃娃抓起"，谁曰其不然也！

只是不知通过对孩子的廉洁教育之后，是否也要让孩子回家做爸爸妈妈的工作。正像借"贤内助"吹枕边风来反腐倡廉一样，倘也利用"小皇帝"的优势来反腐倡廉，岂不事半功倍？只是孩子毕竟是孩子，倘老爸老妈说："好，就听你的。咱们先把人家派给你的成千上万元的压岁钱退回去！"孩子是否舍得？

一个税法"从娃娃抓起"，一个廉洁教育"从娃娃抓起"，反映出娃娃的地位越托越高、责任也越压越重。税法教育还只教孩子当老百姓，廉洁教育可是教孩子做官了。因为"廉洁自守"是对握有一定公权力的人而言的，普通老百姓还够不上，正像不能要求他们"执政为民"一样。现在的娃娃今后绝大多数是要当老百姓的，只有少部分要当官。他们今后当官廉洁与否，实践证明并非学校说了算，而是决定于现在官场的习染和今后官场的体制。如果大人患病，都叫小孩吃药，恐怕中国的小孩将要吃成"药体"，变得言行不一而厚颜无耻了！

166. 且听孔子说小人[①]

　　小人一词，古有二义：一指从事稼穑的劳动者（相当于小民）；二指行为不正派者。孔子兼用之而以后者为多。《论语》24 处提到小人，有 20 处是从品行上讲的，且与君子对比。故后来，小人君子作为一对反义词，只有道德上的意义，不涉身份地位。有自称小人的，那是自谦，以对方为大人，犹言"在下"。故小人不等于小人物，大人物也不等于君子，小人物或大人物中都有君子和小人。古人对此也是明白的。对于人格意义上的小人，至少从孔子起就表示厌恶并提防着的。如诸葛亮告诫后主"近贤臣，远小人"，以免国势倾颓。现在的八字先生算命时也常提醒人家"防小人"。但现实生活中，人们对小人往往只是吃亏、上当、受气之后才能识破。故要提防小人，必先对其基本特征有个粗略的了解。在这方面，孔子是历史上较为全面论述小人的第一人。听听他说些什么或有裨益。我今略加整理，择要介绍于后。

　　孔子说："君子喻于义，小人喻于利"。小人只懂得利益而不懂得道义，故见利忘义是其本质特征。"君子而不仁者有矣夫，未有小人而仁者也"。小人唯利是图，对别人无仁爱之心，连同情心也无有，甚至幸灾乐祸，心术不正。

　　再看小人的人际互动。孔子说："君子周而不比，小人比而不周。"小人只为私利相勾结，不为公义而团结。"君子和而不同，小人同而不和。"

[①] 2005 年 10 月 31 日。

小人只是盲从附和，不肯表示自己的意见，表面上高度一致，实则心怀鬼胎，并非真正的和谐。"君子成人之美，不成人之恶，小人反是。"小人不愿帮别人成就好事，倒总想使别人成就坏事。（怂恿人家往邪路上走，或栽赃陷害，一俟人家落井，他便即刻下石，把自己洗刷干净，许多时候还借此往上爬。）

孔子说："君子求诸己，小人求诸人。"居上位的小人尤其如此。他们只要求别人如何如何，从不这样要求自己。"君子易事而难说也，说之不以其道，不说也；及其使人也，器之（用其所长）。小人难事而易说也，说之虽不以其道，说也；及其使人也，求备焉。"在小人底下难做事，要博得他的欢喜却容易（满足其私欲便行）。等到他用人时却是百般挑剔，求全责备，惯于抓小辫子整人立威。

再从其自处来看，孔子说："君子泰而不骄，小人骄而不泰。"小人得志时总是傲气凌人而非安详舒泰。"君子坦荡荡，小人常戚戚。"小人费尽心机，生活得并不幸福愉快，总是局促忧愁，患得患失，提心吊胆。而一旦处于穷困，"君子固穷，小人穷斯滥矣"，他就无所不为，丑相毕露了。

应当说明三点：一，小人善变。从孔子至今约 2500 年，时世推移，小人也会适时而变，手法也许会花样翻新，但变来变去，其本质特征不会改变。二，小人难识。小人不能像土改划成份一样，固定给人戴个帽子。甚至可以说"小人"不是人，它是人的一种品性，像幽灵一样游移于人群之中。寻找适合的寄生体。若长期附其身，此人即为小人了。三，防小人首先要防自己堕小人道。对待小人，自然"切勿小看"，有人认为"也需要关怀"，有人认为"不应伸手，而应伸脚"，这都是自己处于强势者言，若自己倘处于弱势，我想恐怕只有笑一笑，点破他，然后"敬鬼神而远之"。从来君子难斗小人。当然，如若他欺人太甚，也就只好豁出去了。

167. 浏市戏台[1]

去年在杭州，到钱王祠看菊展时，无意间看到了那里的古戏台，并拿它和过去的浏市戏台相比，觉得它除规模更宏大、场地更开阔之外，论建筑的精美，雕刻的工细生动，还不及浏市戏台。但它有幸被作为文物保存了下来，浏市戏台却被"文化"彻底"大革命"了，真是可惜！

过去，浏市戏台是当地人生活的一部分，也是我的第二课堂。每年九月二十三浏公菩萨生日时，这一带的群众都凑钱写班子唱大戏（湘剧），少则六七日，多则十天半个月。我家就在附近，又不要买票，所以我几乎场场光临，直把鸡仔看成鸭仔[2]，无形中也就知道了一些神话传说、历史故事、人间悲欢离合、世态炎凉冷暖，初涉及了忠奸、善恶、孝逆、义利之辨，也培养了对皮簧戏及戏曲音乐的兴趣爱好。浏市戏台上在"悠扬六引"的横额下，有一幅"看到收场当论世，演成全部解知人"的楹联，我自然是不懂的，我只是一个小戏迷。直到戏班子收场要走了，还心存侥幸地去打听："今天还有戏唱吗？"有的人揶揄说："净光台的旦本，冰冷肃静的杂戏。"有的人更使坏，说是："有！今天唱《狗望台》！"我讪讪地走开，等待着来年的热闹。

不过，浏市戏台上也还有些别的演出，比如常例的正二月的狮灯表

---

[1] 2005年11月7日。

[2] 传说有一个人拎一只鸡路过浏公坝的三架水车，长时间驻足入神观看。有路人将手中的鸭换走他的鸡而不知。天色已晚，他要回家了。看到篮子中的鸭说：鸡仔，鸡仔，你也看懵了吧，嘴巴都看扁啦。

演，偶尔的宣传抗日的文明戏。有一年"国军"的一个"剧团"，在这里堵塞四门卖票，演过一场京戏。但看的人不多，评价也不好，说是"几件旧袍帽，一口黄牙齿"。至于采茶戏，虽是老百姓喜欢的地方剧种，却宁肯另搭草台，也不在这里演出，真不知为什么。我父亲说是"采茶戏太邪（指过去的采茶戏多色情成分），怕对菩萨不敬"。恐怕也是，过去的人不像现在，敢当着菩萨搂裤子扭屁股。我还想，格调不同，也许是另一原因吧。

浏市戏台是浏公庙整体建筑的有机组成部分，坐南朝北、揖向菩萨的大殿。东厢跟酒楼相通，西面则围墙相连，四门通达，便于出入，建筑风格与太庙协调一致。斗拱飞檐式的大屋顶，翡翠色的琉璃瓦在阳光下烨烨生辉，下以石柱支撑，可以三面看戏。戏台后面，是镂空的龙凤云纹花饰木质隔板，构成出将入相的九龙口，内为化装室。台的正中上方，是穹庐式天棚，饰以八仙过海的漆画。台前石柱飞檐相接处，有一对形象生动的立体麒麟木雕。与横梁相交处，嵌着一对木雕饰角，神工刻凿，层次井然：近有岸柳啼莺，远则春山含烟，中间江水荡漾。江上有船，船夫躬身撑篙。船有客舱，舱篷有一格子小窗，从窗口内窥，可见客室宽敞，窗前二人隔桌对饮，其乐融融。整个舞台，仙境、瑞兽与人间的平和生活融为一体，格调高雅。这当然会使某些粗俗的东西望而却步。但它却被毁了。

许多东西是被毁以后人们才知道它的价值的。浏市戏台或为一例。所幸现在又建了一座，说明人们生活中毕竟少不了它。

168. 忆在萍中教书时[①]

我在萍中读 6 年、教 6 年，一共学了 12 年，虽然不成器，但留下的记忆却值得玩味，特别是教的 6 年。

我是 1962 年 11 月回母校任教的。此前虽已在煤校教了 6 年书，但进萍中的门槛仍觉很高。有人告诉我，在调我之前，王来宏校长已派人多方了解过我的情况。调去时也并非立即让教高中，而是先在文昌宫"代"初二(2)班的语文和班主任。上课约月余，山上突然下来一支人马听我的课。他们中有副校长李蓁非、教导主任刘金镒、语文教研组长谢先模等先生及好几位我尚不认识的语文组的同仁。当然，对这种"突然袭击"我并不害怕。我一贯的态度是：备课时多自以为非，上课时就自以为是；只看学生的脸色，别的脸色不去关注。这一关总算过了，次年春被调上山教高中。

学校为让我尽快熟悉普通高中的教学，1963 年上学期只安排我教一个高二班的语文，没当班主任。第一次备课组备课是在习嘉裕同志房间，我主要是当"听长"。老习和孙健孙先生（已故）的发言，使我感到普高的语文教学较之中专要求更高、更扎实，认识到自己的差距，便暗下决心迎头赶上。备课完了，习夫人刘小玲女士已煮熟一锅竽仔，让我们大快朵颐地剥食了一番。这在春寒料峭的晚上，是足令人浑身生热的。

在高二上课才两星期，我又遭遇了一次突击听课。这一次人更多，王

[①] 2005 年 11 月 14 日。

来宏校长也亲自出马了。他戴着一幅深度近视镜，显得有些严肃，但嘴角撇出的一丝笑容，仍给人以温厚之感。这一关我又闯过来了，但谢先模先生仍把我请到他的房间作了一次长谈。他说："各校有各校的教风。语文教学大家都讲扣紧主题思想，我们则讲抓红线。什么是红线？红线就是主题思想的核心部分（注：相当于现在的"主题词"）……"他讲得很多，有时还有些激动，充满着自信。看着他满架满案的书刊，我不禁油然萌生敬意：他是要把我导入到萍中的教学思想体系中去呵！

当时萍中相互听课的风气很浓，听课以后在排队买饭时就会挤在一起交换意见，又选在同桌坐下吃饭，继续讨论，甚至发生争论也是常事。我也听了许多课。觉得虽强调抓红线、落实双基（基础知识、基本技能），但并非强求一个模式，而是各人有各人的风格特点。年轻教师中如习嘉裕先生文学色彩强烈，曾文斌先生学术气息浓厚，孙健孙先生课堂结构严谨。老教师中如谢先模先生热情奔放、重点突出；彭学松先生沉稳从容、条分缕析；陈静波先生步步设问、层层导引。至于副校长李蓁非先生，则如学海泛舟，横无际涯，给学生开启一片广阔的天地……在这样的群体中，我当然不敢有丝毫的懈怠，教学、进修都抓得很紧，总要力争上好每一堂课，不为别的，而是视为一种责任、一种尊严、一种乐趣。后来，我担任启发式教学的教改实验任务，王来宏校长更是经常来听我的课，是压力，也是鼓励。但当我第一篇教改经验在《江西教育》发表以后不久，"文化大革命"来了，语文组许多教师"倒下"，我亦求做一"革命教师"而不可得，这是后话，不说也罢。

苦丁茶与浏市街

169. 浏市兴衰[1]

浏市以浏公庙而得名，过去就叫浏公庙。我初闻"浏市"之名，是走日本反时，听人说日寇的军用地图上是这样标的。新中国成立后定名为浏市街，"浏市"是其简称。

"街"是与商店、商业相联系的概念。从这个意义上说，浏市街现在只有街尾（从浏市中学路口至桴桥码头一段）还有"街"味，其余只能称居民小区了，昔日的整体繁华已不可复见。这是不关人事的大运迁移所至。具体地说，浏市的兴衰实系于河运。

浏市是依山畔水而建的一条狭长小街。萍水河出萍城后，又汇集了南坑、白竺、源汫一带的水源，至此河面为之开阔，河床也更深了，便于通航。在过去陆路交通不便的情况下，地处偏僻的浏市却拥有河运的优势，加上当地盛产煤炭、柑橘，因此便成了小西路的物流中心。从这里装船向湖南、湖北运出煤炭、柑橘，再从那边运回南货在这里分流各地。其辐射范围，不只包括湘东镇的谷陂冲、黄堂洲、冷潭湾、湄源冲、大江边、阳干、泉圹、巨源、和平诸村，而且及于白竺、源汫、麻山、腊市、排上、东桥等乡镇，自然非同一般。

过去，浏市街分成几个功能区。街头樟树湾，为粮食聚散区。白竺、排上、东桥一带农民在这里卖出一担一担的大米，然后再购回生活必需品及生产资料。街腹五福堂、集庆街、兴隆街一带，为商业中心区，以

---

[1] 2005年11月21日。

南山百货布正为主。河街及街尾（佳子街）滨临河道，是煤炭聚散区，有上十家炭厂和七八个煤码头。附近如东瓜槽、桐子坡、人形里的煤炭，都由土车推运至炭厂而后上船外销。不论天晴落雨，炭车络绎不绝，一片吱呀之声。打脚炭①的人赚到力资后便买回油盐米养家糊口，肚饥时也在街上买两个米咕充饥。值得顺便一提的是：新中国成立前夕，国民党金融崩溃，金元券不顶用，老百姓都用银元和铜币。一些炭厂缺少硬通货，竟私发纸票子暂付力资以延期兑现。票子是用牛皮纸印制的，票面图案也很简单，只加盖一个私章防伪，极易仿造，可竟未出事，真是奇迹，或可见人心之厚道。

浏市河运虽有本地的船帮，但规模不大，主要靠下河（湖南）来船。下河船有大有小，小的叫"乌金子船"，一家一户地住在船上。这些船一帮一帮地来，少则七八上十艘，多则近百艘，弯满了浏市河面。船一停泊，人们便上街斫肉、打酒、朝神、办生活、买东西，或卖出所带的南货，等船装满炭后才拔篙离去。

所以，别看浏市这小小一条街，长不过两里，过去可是南山、百货、布正、餐饮、屠宰、作坊、印染、医药、书纸、锅碗、杂货、轿业及鞭爆、粽、弹（花）、篾、铁、皮、缝纫、纸马等手工业，凡农村之所需，这里都一应俱齐、兴旺发达，抗战胜利后的两三年更是臻于鼎盛。但它盛极之时，也是走下坡路的开始。不久，浙赣铁路恢复通车，运输能力越来越大，浏市便顿失河运优势，不复为小西路的物流中心了。后又经统购统销、工商业改造，浏市不仅商号骤减，甚至连买米、打油、斫肉、买豆腐都要跑上十里路到湘东、峡山口去。直至改革开放以后才有所改观，但实难再现昔日景象。故曰：这是不关人事的大运迁移所至。叹之，可也；而哀之，非也。或云：一地的优势可凭而不可恃，因为优势也是变化不居的。欲长保兴旺发达，必须开拓新的产业，而浏市无腹地、无纵深，当不在此论矣！

---

① 打脚炭：人力运煤。

170. 多报道出国考察[1]

现在官员下乡调研的事儿，屡见于报纸版面，而官员日益频繁的出国考察，却鲜有见于报端者，真不知为什么。

其实，当今社会出国考察与下乡调研具有同等的价值。现在世界上国与国、地区与地区之间，联系越来越密切，作为官员，不但要了解下情，还要了解外情；既要知国情，也要知世情。这样方可不"师"心自用，不断地调整行政理念，改善工作作风。可是我们的媒体对此却不报道，弄得官员的出国考察像搞地下活动一样，悄悄地去，不声不响地回；也害得老百姓瞎嘀咕，说他们是公款出国旅游去了。这怎么行呢？

或谓官员出国考察未带记者同行，难有详细的报道？那就发条消息，就说"××长等一行×人，于×月×日启程前往×××等国考察××，于×月×日归国返×"，也是好的。

或谓官员出国考察费用太高，怕老百姓有意见？这实属过虑。中国老百姓虽然还不富裕，有的甚至还很穷困，但他们的心胸决不狭窄，对官员如何用钱从未具体过问过，实在不必讳莫如深。只要官员考察回来能明白一些事理，更像个公仆，他们必定高兴，又何在乎这点小钱？

昔者，孟子告诉梁惠王说：你只要"与民偕乐"，虽"立于沼上，顾鸿、雁、麋、鹿"而乐之，也不碍事的。周文王以民力为台为沼，老百姓还高兴着呢！又告诉齐宣王说：你只要"与民同乐"，百姓闻王钟鼓之

---

[1] 2005年12月5日。

声,知道你健康着,定会"举欣欣然有喜色"啊!这就是中国的老百姓。孟子知道,难道媒体不知道?

不报道的结果不好。一是如前所述,害得老百姓瞎嘀咕;二是降低了官员的责任心,也使出钱的纳税人得不到应有的回报。父母缴学费供子女读书,总要看看孩子的成绩报告单。纳税人出钱供官员出国考察,却难见一纸考察报告,岂不冤哉?

大凡官员之心,也是"庶民待我则庶民之,国士待我则国士之"。由于不报道,也就无所谓,既不交书面报告,也不作口头传达,其考察所得,尽化为茶余饭后的谈资而已。什么泰国的人妖、红灯区呀,美国的赌城呀,新加坡的威权政治、严刑峻法、高薪养廉呀,弄得我们这些"土八路"张口结舌。直到最近看《中国青年报》上《向新加坡学什么?》这篇长文,才知道他们原来是小学而大遗。如:只乐道于人家的威权政治,不说人家的民主机制;只说人家高薪养廉,不说人家高薪养廉的实际情况及养廉的更重要的措施等,以致造成许多的误解。这都是媒体对官员"出国考察"不加报道的结果。如果加以报道,他们一定负责得多、慎重得多、认真得多,老百姓也不会当冤大头了。

171. 未已斋联话（上）①

我六十退休后，始敢附庸风雅，将个不满 10 平方米之小书房称为"斋"。又不信退休即"休"，希望从头读书识文字，故名"未已斋"，表示尚未已而已。因当过语文老师，少不了"乡党应酬"，不时地会主动或应请作一两副对联，高兴时随手笔记下来。今日偶然翻阅，竟勾起许多的回忆，才感到这种应酬之作，也有记事的功能，虽难登大雅，亦不辞浅陋，选出部分以为读者佐茶。

一、春联

过旧历年贴春联是优良的民族文化传统，近来许多人都淡忘了这件事，只管吃喝玩乐了，殊不以为然也。我过春节时喜自撰春联，无意间也留下一些情趣。如：

癸酉春联。余时年 58 岁，为调研员，曾自号"七品闲官，无级学士②"。除夕日想到写副春联，先到门口观测，感到现在的单元房一副春联不能平贴，需成90°角相对，于是便口占上联。走进书斋一看，下联又有了。这便是："一幅春联歪歪对；两架藏书慢慢吟。"赢得过往者一念。乐甚！

---

① 2005 年 12 月 12 日。
② 编者注：当时由于高级教师评定有名额限定，父亲为不与一线教师争指标，一直没有申报教师职称。故自称无级学士。

乙亥春联。我已退休了。想起几十年的辛苦，难免有些微的失落。于是作联自慰云："春花须抱殷勤意；秋实且持澹泊心。"

二、书房联

我自己的书房尚未有联，但我为熊盛和君作过一联。他是我执教萍中时的学生，时为萍乡铁中副校长兼语文教师。其新居落成，嘱为书房题额作联。相交厚，乐从命。联云："开而读，掩而思，反求诸己；教以言，则以行，欲达于人。"横额是："藏书揽英"。

三、婚联

我作婚联，喜用嵌名格。将新婚夫妇的名字嵌进去，成双成对，更示吉祥。但有些时候也并不容易。看似文字游戏，实为思想体操，故亦乐为之。如：

邱永坚、文红梅新婚联："永结同心，情坚意洽鸳鸯枕；红艳合欢，腊梅春柳凤凰琴。"

刘航、刘莺新婚联："百年佳偶，航程开启鲲鹏志；千禧良缘，莺歌宛转洞房春。"（其吉日是1999年12月17日，正是迎千禧之时，故称"千禧良缘"）

梁采优、张三英新婚联："采得芬馨，三生有幸；优化教养，英才代出。"梁采优君高兴极了，连连笑道："三生有幸，然也！然也！"

周晓锋、李仲仪新婚联："律中仲吕，钟鼓齐乐奏仪范；香溢晓雾，鸾凤和鸣试锋锷。"

中国人写新婚联，都喜欢有点荤腥，不过不宜太露太俗。我撰婚联也喜欢藏点这样的玩笑。过于一板正经，有啥意思？

172. 未已斋联话（下）[1]

四、挽联

如果说婚联带有游戏的成分，挽联可是严肃用心之作。我的原则是不落俗套，要尽量在短短的一副对联中概括出逝者的生平事迹、性格特点及可资后人缅怀的风范并抒发哀思。如：

挽巫纯海联。巫纯海是萍乡二中数学教师，是我小学和高中时的同班同学，也是同乡。因为出身不好，在"极左"时期累受冲击。而潜心教学始终如一，上课时总是问学生"知道吗？知道吗？"改革开放后，本大可作为一番，惜乎肺癌夺命，故拟联挽之。联云："数岁同窗，无限情怀，正酬今，顿作古，令芸芸旧友，悲哉悲哉；卅载育人，几番风雨，呕出心，沥尽血，问莘莘学子，知否知否？""问学子"句，其实也是我在问：学子们，老师是呕心沥血地教育你们啊，你们知道吗？知道吗？

挽孙健孙联。孙健孙先生是我萍中同事。就读北师大时曾被错划"右派"，在压抑中勤奋工作，是有名的语文教师。改革开放后任萍乡二中副校长，英年早逝，深为痛惋，乃作联以悼之。联云："曾读《离骚经》，耿耿图报国，红烛泪尽三更后，教苑失英；可续《教育诗》，循循善诱人，名师早逝六旬前，明者永悼。"

挽童行昌联。童行昌先生是萍乡二中有名的数学教师。为人刚正不

---

[1] 2005年12月19日。

阿。故联云："行规矩之教，一丝不苟，点醒造化之机；垂方正之风，千古未已，指归人性之善。"听说此联后用为墓联，深为其海外亲友所赞赏并照相带去作纪念。

挽易树全联。易树全先生系原市公安局局长，也是老公安战士。我和他虽无私交，但在市里开会时经常见面，谈吐甚为投缘，也很尊敬他。他逝世后其公子托人向我索联，我亦正欲挽之，遂联云："披星戴月，冒险犯难，数十年铮铮瘦骨震贼胆，魂归更求新境界；跋山涉水，惩恶扬善，一辈子片片苦心扶正气，泣下当哭老公安。"听说此联曾得省公安厅人员称赞并被抄去。

五、学校联

我为学校撰联，主要是两所希望小学。这样的对联往往要将施援和受援双方都写进去。如：

荷尧镇双福希望小学联："深圳清泉，灌千门桃李；双福沃土，育一代栋梁。"有人谓何不言"万代"？我说何必以多对多，以少对多不亦可乎？"一代"者非一代也，乃一代又一代耳，岂止万代？文无定则，此之谓乎？又：泉，古义亦为钱。

长丰张坑村一汽希望工程解放小学竣工联。时李久龙君任市交通局局长。某日晚饭前突来电话，谓该工程次日竣工剪彩，一汽也会来人。原拟联不行，要请老师费神拟一副。要求该联将老区山区、长春一汽、韶井公路、交通局、希望工程、解放小学等诸元素都概括进去。我思索一番后，当晚复电，联云："崇山峻岭卷红旗，韶井交通奔解放；树蕙滋兰育希望，工农相携享长春。"内面语多双关，义涉今昔，大概也不失我市脸面也。

173. 未已斋联话（续）[1]

一些朋友看过《未已斋联话》后，觉得有点味道，希望再写点。今从命续之。

六、寿联

过去有《礼文汇》一书，于"乡党应酬"诸文体均有范本。如寿联就有男寿、女寿，六十、七十至百岁之别，供能读书写字的"誊文公"套用。套用的结果，大都千人一面，没有个性。我主张寿联也要写"这一个"，虽难为名联，但人家读来亲切、高兴。如：

何梅寿同志花甲联。梅寿同志是从山西部队转业到教育局工作的。他六十大寿时我在广东，从电话中呈联作贺。联云："梅骨傲霜，太行军旅行刚健；寿星呈瑞，昭萍教坛致中和。"他甚是高兴，我回萍后请我吃了一顿，不亦乐乎？

林伯母八十大寿联。老人家是教育局忠源先生的高堂，老党员，当过生产队的妇女主任。爽朗、慈善、热情，善于调解邻里纠纷，又乐于接受新事物。故联云："慈爱儿孙，惠和乡里，老党员与时俱进；年届八秩，晏颂千秋，新世纪全福共享。"听说她对此非常高兴，我也分享到老寿星的一份快乐。

诗有风、雅、颂，联亦如之。我以为寿联与挽联皆为颂，但挽联为

---

[1] 2005年12月26日。

哀颂，寿联为祝颂，而自寿联则不宜自颂。我的花甲自寿联是："花甸惹情思，堪娱老者；甲科酬高第，乃待少年。"只不过表达热爱教育事业至老不渝、希望一代胜过一代的情怀而已。

七、口头对

中国文人相聚，兴致一来，喜欢口头属对。题材往往涉及家国事、眼前景或其他。我思维迟钝，不敢"撩祸"。但在"遭遇战"中，也偶有过关者。如：

对彭学松先生联。"文革"前我在萍中教书。一日午餐排队买饭时学松先生对我道："声源，我出副对联你对——西德在德西。"我即以"南越属越南"相对。学松先生说，好，对的比出联好，说明它们原是一个国家。这个"属"字好。

对柳斌先生联。柳斌从副市长调任副省长时，我在浏市家中设便宴饯行。我爱人在茶几上摆出了西瓜籽、葵花籽和红瓜籽。我给柳斌斟茶时，只见他掂着一片瓜籽，笑着对我吟哦道："政策落实，声源喜添三籽。"我放下热水瓶，也笑着对道："人才难得，柳斌连升两级。"满座皆笑，气氛十分热烈。

对钟采萍先生联。一次，我主持局务会，见采萍和另两位同志在下面嘀咕着。散会后我问采萍谈论何事。他说他出了一联征对，出句是"三部九候，寸关尺里辨沉浮迟速。"我忙问对的怎样，说是"五湖四海……""四书五经……"云云，我皆摇头。采萍笑道："你能对一下吗？"我沉思片刻对道："四诊八纲，上中下焦治寒热虚实。"盖采萍出的是医对，恰我也读过两本中医书，故能侥幸耳！

174. "联话"余兴[①]

"联话"之作，早已有之。清乾隆嘉庆年间，梁章钜、梁恭辰父子即有《楹联丛话》及"续话"、"三话"、"四话"四种。后朱应镐又著有《楹联新话》。1987年中华书局将其一并收集在《楹联丛话》一书中出版，近40万字，具有丰富的资料性和一定的学术价值。

我的《未已斋联话》说的只是自家浅陋的楹联活动，而兴犹未尽，恰在两"年"之际，故不妨来点余兴，大家高兴高兴。这回不说自己的，也不抄说名家名联，只说点来自萍乡民间的东西，并披露信息来源，以记下有关作古人士的名字。

中国的对联是独特的文化奇观，几乎万事万物都可写成对联。据已故的萍师廖维德先生讲，厕所也有副对联："欢迎你来我往；最怕屎少屁多。"我想这联的确恰切不过，但是适于过去不收费的公厕。若现今5角钱一人次的收费公厕要用，则需改动一字："欢迎你来我往，不怕屎少屁多。"体制变，观念也变，可为一例。

现在结婚有婚联，过去还有轿对。轿对是随花轿往返、男女双方属对而成的喜联。先由男方出上联，连庚书一起送到女方；再由女方的司翰先生填写庚书时对出下联随轿打转成联。

可见，轿对的目的在于增加喜庆的文化气息，双方说些吉利话。如男方出"日月同明"，女方则对"子女好合"。但文人也不安分，喜欢争

[①] 2006年1月2日。

强好胜,"拆打"一样,看看对方姓氏有无读书人、本事如何。

有的拿双方姓氏入联。小时候我听大人讲:有曾姓人家讨黄堂洲李家的女士。出联曰:"一罾(曾)扳尽黄塘(堂)鲤(李)"。黄堂洲李家本是有文化教养的,被逼得没有退路,也就只好挺身拼博了,对曰:"一鲤冲破九座罾"。据说竟一联成谶,以后该女子接连死了几个丈夫,而几嫁都是嫁在曾家。这当然不足信,但用心却是良苦。斗文化也文明点嘛,何必透出"杀"气?

以上是借双方姓氏之谐音作对,也有从字形入手作对的。据说有个徐家的少爷娶吕家的小姐。吕家的轿对上联是:"徐家小子,邪(斜)人多于正人"。徐家也兵来将挡,对曰:"吕氏姑娘,下口大于上口"。我想此联怕是杜撰搞笑的,不合男出女对的程式,除非是招赘或差强可信。

也有作弄对方的。湘东中学已故的邓华馨先生说:下埠马迹塘黄家娶湘东肖家的女生。知道肖府司翰先生肖守愚是前清秀才,但不认得英文。因此故意用英文写上联语意,打个括号说明"英文"二字,就等着看老先生"跌鼓①"了。殊不知老先生左看右看之后,突然心生一计,拿起笔也从左至右乱转一气,后面打个括号注明"阳文"二字。黄家展联一看,满座皆笑,佩服老先生的机智。盖老先生将"英"视为"阴"的谐音而对以"阳",阴阳交泰,大吉大利也。此可视为佳话。

---

① 跌鼓:出洋相。

175. 作《萍中世纪钟铭文》记[①]

  2001年秋，黎恩荣先生对我说，萍中百年校庆，部分校友拟捐资铸"萍中世纪钟"送给母校作永久的纪念。钟上需有铭文，篇幅限定百字以应百年之数。他将这铭文的起草任务交给我。我先是推辞，但看他态度坚决，意气诚恳，也就只好答应。

  铭文，是一种古代的文体。刘勰《文心雕龙》云："夫箴诵于官，铭题于器，名目虽异，而警戒实同。箴全御过，故文资确切；铭兼褒赞，故体贵弘润；其取事也必核以辨，其摛文也必简而深，此其大要也……"可见铭文难写，好在平时很少用到。我除为自己作过"坚忍沉静，卷舒风云"两句砚铭外，素昔未曾试过。

  这次受命之后，我仍心存侥幸，设想拿出初稿、抛出引玉之砖后就没事了。于是在同年10月4日便呈卷了。铭曰：

    时世维新，肇有萍中。钟灵毓秀，百年树人。
    武功雄健，杨歧葱茏。文源吴楚，学贯西东。
    长流奔注，浪激鲲鹏。鳌头独钓，业精于勤。
    豫时孙摩，教因材成。一其志兮，振兴中华。
    厚其德兮，折衷于民。富其才兮，求真创新。
    蓄其能兮，卷舒风云。如钟之响：播于四方，
    与时俱进。

[①] 2005年5月30日。

此后两三年，我自是经历了一场人生的惨痛，对此事早已忘却。只是到后来才知道，初稿呈进后时任萍中正副校长的何盘山、刘相旭两先生都作了修改，又送请柳斌同志修改后发布于《萍中校友》以广泛征求意见。果然，许多校友热情关注此事，如张友予、彭学检、刘方元、李木子、王裕兴等前辈学长及张来芳、段家良、李正萍等校友都提出了宝贵的修改意见，更可喜的是他们大都拿出了自己的版本，或另起炉灶；或针对原稿之不足，作内容上的补充、层次上的调整、文字上的精炼、韵脚上的协调、概念上的厘定等。其真知灼见，令人膺服；拳拳之心，感人肺腑。此诚萍中百年校庆筹备活动中一个独特的文化景观，又何尝不是一段佳话？

我本想这事已与我无关了。但今春萍中召集部分校友代表座谈商议明年盛典筹备事宜，铭文问题又被提了出来，而涉及此事的人士只有我一人在场。于是恩荣先生又不放过我，将修改定稿的任务压在我的肩上。说实话，为铭文定稿的任务比起草还难。这么多版本，它们的作者都是博硕之士、文坛宿将或新秀，有的还是我的老师，吾将孰取孰舍、何去何从？故当彭健雄先生将有关资料送往我处之后，我虽数次展开拜读，认真思考，但始终未敢动笔。

直到前天，微恙在身，不想外出，坐在家里又觉闷得慌，便又将铭文资料搬了出来。想不到这次却获得了一种创作的冲动。我抱定"以我为主，博采众长"的原则，经过一番权衡比较、审辨推敲、补充删削之后终于拿出了定稿样本。其曰：

> 时世维新，更制正名。武功杨歧，毓秀钟灵。
> 文承吴楚，学汇古今。焚膏继晷，百年树人。
> 安源星火，灿若北辰。鳌头独钓，青蓝传薪。
> 一其志兮，中华振兴；厚其德兮，折中于民；
> 富其才兮，求真创新；蓄其能兮，允武允文。
> 桃李芬芳，五洲彪炳。恭逢盛典，乃铸乃铭，
> 黾勉同心！

全文分4个层次。前八句32字为第一层，写萍中建校的背景、沿革、地域特点及文化渊源，并点明她含辛茹苦、夜以继日地办学育人已经百

年了。接后的四句16字为第二层次，写萍中重要的两处校址，也是她历史上的两个重要时期。以上较之我的初稿，有较大修改，那是博采众长的结果。"一其志兮"以下十句40字为第三层次。前8句承上"青蓝传薪"句，写萍中办学（即"传"）之精髓，后两句写办学成果。这里需要作些说明：

1. 对"志"的表述，不少校友考虑到押韵，都主张用"务实求真"。对此我坚持己见。因为"务实求真"近乎作风，非所以言志，志须是大志，即为振兴中华而读书。为协韵，调整为"中华振兴"。其实"兴"与"名"、"今"等也不在同一韵部，只是近韵而已，不过在萍乡人读来区别不大罢了。我在初稿中直说"振兴中华"，是想突破押韵的束缚，现经校友提出，故作如此调整，总算差强人意，但决不能以韵而害意。

2. 对"德"的表述，有校友提出"诚信立身"。这有一定道理。诚信可谓德之始基，也是当前之急需要务。但它不是德的整体。德的整体应当是全心全意为人民服务。我用"折中于民"概括之。"折中（衷）犹言取正，用为判断事物的准则"（见《辞海》）。《史记·孔子世家赞》有"言六艺者折中于夫子"之语。我们现在伦理价值的取舍判断应当以符合老百姓的根本利益为准则，故曰"折中于民"。

3. 对"才"的表述，校友们提出了"载武载文"或"科技是精"等方案。我仍坚持己见。因为武与文可以表示才的范围，但未及其程度；提"科技是精"，又丢掉了"人文"，皆不理想。而"求真创新"则从才的境界上立言，即求真知、求真理，培养创新精神、创新能力，这正是素质教育的最高旨趣。

4. 对"能"的表述，我的初稿用"卷舒风云"，作形象化的描述。有的校友指出这与前面的表述风格上不一致，且缺乏具体内涵，是也。故从用"允武允文"，即能文能武之义。

5. "芳芬"二句，初稿没有。有校友指出，萍中校友遍布海内外，到处都有佼佼者，应在铭文中反映。这是对的，故定稿时加此二句，既赞颂萍中办学桃李遍天下的辉煌业绩，也是前面办学精义的逻辑结果，摆在这里似有水到渠成之势。

铭文的最后三句12字，是第四层次了。校友的修改版本，大多采用"铎其鸣矣，慧语哲言，铭镌汝心"。否定了我初稿的写法，显得更为典雅深隽，有谆谆告诫之风采。但我三思之后，仍觉有未安之处。一是"慧语哲言"不能自称。一个人不能说自己的话是"慧语哲言"。二是"铭镌汝心"有居高临下教训人的口气。因此我另外拟了三句："躬逢盛典，乃铸乃铭，黾勉同心"，说明钟是缘何等事、由何等人所铸、所铭，并说明铭的目的何在。"黾勉同心"，就是希望大家同心互相勉励的意思，语出《诗经》，既典雅，也有"温良恭俭让"之风。因为萍中的校友包括过去的、现在的以至未来的，虽然班辈不同，但在母校面前，大家都是校友，因此还是站在平等的地位上说话更好。"大家共勉吧"，也把自己包括进去了。

我前面说过，"铭文"写作不易，对萍中这样的百年名校写铭文更难。这样写就能定稿吗？实在心存狐疑。我是与其贻笑于后人，不如见讥于今人的。故除建议校友总会召开座谈会当面审正之外，也决计将铭文写作情况及自己的粗浅见解著文发表出来，当作和读者朋友们品茗长谈并借以请教之资，恳祈不吝赐教。凡有指斥、建言者，吾当尊之为师也。

这篇文章洋洋近三千言，超过原定"茶话"篇幅，侵占了大家的休息时间。为补过，特建议报社总编：下期"茶话"休息。

176.《萍中世纪钟铭文》定稿说明（上）①

《作〈萍中世纪钟铭文〉记》见报后，校友总会即复印分发各地校友分会，又就改定稿征求意见。改定稿全文如次：

> 时世维新，更制正名。武功杨歧，毓秀钟灵。文承吴楚，学汇古今。焚膏继晷，百年树人。安源星火，灿若北辰。鳌头独钓，青蓝传薪。一其志兮，中华振兴；厚其德兮，折中于民；富其才兮，求真创新；蓄其能兮，允武允文。芬芳桃李，五洲彪炳。躬逢盛典，乃铸乃铭，黾勉同心！

数月以来，有漆耕、彭学松两位学长或口头或书面地提出了修改意见，漆耕先生还提供了自己的一个版本。继之，有陈良运先生从福建师范大学寄来了"参考稿"并附信校友总会说明其修改原则及对定稿工作的建议。12月11日下午，柳斌同志自北京给我来电，口授修改意见并嘱尽快给铭文定稿，以期北京校友分会着手铸钟事宜。估计各地校友还会有些口头意见，惜乎未能面聆指教，憾甚。

校友们的意见都十分宝贵。如：漆耕先生建议铭文应写出萍中特色。陈良运先生认为"百字之铭，宜少用虚字虚语，句句落在实处，但又要有较大概括力，逻辑顺畅"，还提示"宜万分慎重，广泛吸收意见，集百家智慧而定稿"。学松先生认为开头用"立校昭萍，时世维新"更好，"鳌

---

① 2006年1月9日。

头独钓"有消极面,莫若"心雄鳌钓"好,皆学理深厚、称引有据。柳斌同志更是具体入微,指出萍乡人往往前鼻音与后鼻音不分,如"名"、"兴"、"铭"三字便是后鼻音,不好与其他前鼻音字相押。另外,两个"新"字同为韵脚,重复不好。为避免这些缺陷,他还逐句推敲,提出调整办法,如将"中华振兴"改为"再造乾坤"、"乃铸乃铭"改为"厥铸乃文"等。

  校友们的坦诚令我感动,其卓识尤令我受益。在他们的启发下,我又重新审视了自己的改定稿,发现了更多可改之处。故在接柳斌电话之当日,即铺案动笔,乘夜作定稿前的推敲,终于拿出大样,其时已是次日凌晨一点半了。

  可以说,在整个修改定稿的过程中,我都是想"集百家智慧"的。但"集"又非简单捏合,只能融会贯通。再者,百字铭文,改起来却是复杂,调整一个韵脚,往往牵动全身。故我仍秉持原来的态度,"以我为主,博采众长"。犹如走进时装店,虽众多上流品牌琳琅满目、件件精品,也只选合身的穿。此心此意,或可见谅于诸校友也。

  定稿样本出来后,校友总会即于12月15日上午召开了定稿讨论会,地点在民主楼贵宾室。是日也,天朗气清,冬日可爱。应邀者届时而至,他们是:黎恩荣、李远实、彭学松、漆耕、曾文斌、习嘉裕、彭剑雄诸位。学校党总支书记刘明才同志自始至终参加了会议,李孛萍校长多次抽空来看望大家。会议在听取了我的有关说明后,便围绕定稿样本展开讨论,各抒己见,互相切磋,气氛十分热烈、融洽。一字一句的审订,往往经过肯定、否定、否定之否定的多次反复。明才同志感慨道:"这样的讨论实所少见!"我在认真听取了大家意见后,当场作了几处修改,便不无幽默地说:"好!刚才是'博采众长',现在该'以我为主'了。"于是宣读了定稿。在大家的欢笑声中,刘明才书记宣布:"公元2005年12月15日,《萍中世纪钟铭文》定稿!"(待续)

177.《萍中世纪钟铭文》定稿说明（下）[①]

《萍中世纪钟铭文》定稿文本如下：

清末鼎革，萍中诞生。芸阁运筹，群贤传薪。文承吴楚，学汇古今。安源英发，矢勇矢勤。鳌头雄顾，力学力行。壹其志兮，再造乾坤。厚其德兮，折中于民。富其才兮，务实求真。蓄其能兮，开拓创新。百年吐哺，莘莘峥嵘。教泽绵远，炳曜寰瀛。躬逢盛典，乃铸乃文，黾勉同心。

较之改定稿，其基本思想内容及层次结构变化不大，但体现了几个特点：一是突出了百年萍中的办学特色；二是文字更为典雅、其内涵更为丰富，既概括了过去业绩和经验，也更具前瞻性；三是用韵较为严谨，除一处特例外，皆按《中华新韵》"痕韵"平声相押；四是个别句子调整了位置，文气更为畅通。兹逐一说明如下：

一，1、2 句完全变了。因为改定稿中有两处用"新"字作韵脚，必须让出一处。我意还是"维新"让"创新"好。"创新"一让则别无退路，"维新"让出还能另有说法，这便是"清末鼎革"。鼎革者，除旧布新、改朝换代也，除了有维新之义外，还揭示了清王朝的行将灭亡。萍中就是在这样的历史时期诞生的。直说清末，更增萍中的历史厚重感。

二，3、4 句完全换了。目的在于突出特色。改定稿写武功杨歧，虽

[①] 2006 年 1 月 16 日。

是萍乡地理形胜，毕竟与萍中无直接关系。现在换成"芸阁运筹，群贤传薪"，以示不忘为萍中的创办和发展作出贡献的乡贤和历任校长、教师。讲萍中的历史，他们是不应当被忘记的。芸阁就是文廷式。

三，7、8、9、10句，修改的主要目的是把萍中于20世纪30年代确立的"矢勤矢勇，力学力行"的校训写进去。这一校训已由书法家李远实先生写成楹联挂于民主楼门前，可相互呼应。原"北辰"句不用了，则"星火"之喻也不宜再用，故用"英发"代。安源时期之萍中，是当时教育部指定的可以向重点大学保送学生的全国十二所名校之一，确实是"雄姿英发"。"鳌头"句"钓"有消极的一面，故改为"雄顾"，与"英发"相对。"力学力行"的"行"为后鼻音，为存史，只好作特例处理。

四，12句原为"中华振兴"，"兴"不押韵，从柳斌同志议改为"再造乾坤"。大家认为这样内涵更丰富、更具前瞻性。不但管到中华振兴、而且管到中华振兴之后，对客观世界的改造是没有休止符的。

五，15、16、17、18句，分别对"才"与"能"的表述作了些调整。16句在定稿会上本定为"博学求真"以言"才"，次日与漆耕先生见面时，他指出铭文中有3个"学"字，故从其议将其改为"务实求真"。18句全改了。主要是让出"文"字以代下文之"铭"，故以"开拓创新"来界定"能"的内涵，这也是素质教育的精义所在，中央文件一再强调过。

六，19、20、21、22句。改定稿中"百年树人"在第6句，作提顿，现挪在第19句作总结以带出萍中百年办学的辉煌成就及深远影响。其间化用了陈良运先生"参考稿"的有关语意，表达了对母校的深情。"莘莘"指"莘莘学子"，不言"学子"而言"莘莘"者，突出其众多也。其余文义自明，恕不絮聒。

七，文中仍保留了4个"兮"字，虽为虚词，但表示了一种强烈的感叹语气，较之直陈其事更具感染力，且又是处在关键处，既是萍中过去办学的特色，更是今后要发扬光大的，故还是保留好。

嗟夫！百字之铭，盘桓数年，各方校友切磋琢磨，才思驰骋，版本迭出，非母校大庆，安能至此？此亦一盛事也！惜余学浅才疏，虽欲博采众长，而终不免疏漏；虽不惮竭虑尽智，而技止乎此耳！故或取或弃，一唯校友公议是从。我能参与此事已为大幸，于愿足矣！

178. "请你坐上"及其他[1]

宴请宾客，往往排个座次。标准不一：或论官职、或论名气、或论年齿、或论辈份……选定坐上的。这时主人或执事，会很客气地说："××，请上坐"，或"××，请坐上来"。虽然吃的都一样，但安排你坐上，却是对你特别的尊敬。

而在另外的场合，倘有人对你说"请你坐上！"可就不那么尊敬了。那往往是对方与他人或对方与你之间存在利益上的争执，你作出了有损于他的"不公正"判断时，对方冲你说的一句话。明明不是请客吃饭，为啥突然冒出一句"唔，请你坐上"来呢？

这要从"祭牙"、"打牙祭"一类俗语说起。

"祭牙"就是给点好吃的东西让牙齿嚼嚼。"祭"是用叉子叉一块肉摆在香案上敬鬼神。牙齿也要祭祭，因此就有"祭牙"一说，长期不吃点好的不行。现在乡间老太太见小孩无事哭闹，便说："唔，是要祭牙了"。马上给点好吃的，小孩果然不哭了，便是祭牙的效用。

由"祭牙"又派生出"打牙祭"。"打牙祭"就是"祭牙"，只不过祭牙是小吃，"打牙祭"却是大吃，相当于现在的"聚餐"。

过去，商店、工厂、作坊、炭棚，凡雇有先生员工或招收学徒的单位，由于平时的生活很是清苦，萝卜、白菜当家，有点荤腥也不过是桂花蛋、小炒肉、淡干鱼之类，怕营养跟不上，影响员工情绪，妨碍业务，

[1] 2006年1月23日。

因此就形成了一种称之为"打牙祭"的习俗。这可不是随便给点糖果给小孩子祭牙了，而是大鱼大肉。当然，所谓大肉，一般也不过是红烧肉或墨条肉之类，扣肉、蹄花少见。多久打一次牙祭呢？半个月。时间是约定俗成的，就是每月的初一和十五。所以俗语中便有了"初一、十五打牙祭"和"一年24个牙祭"的说法，一些人表明自己曾正式学艺，则说"我也是吃过72个牙祭来的"。

于是又引出"起牙"和"倒牙"的一对词儿。"起牙"是一年牙祭开始，"起"是起头之意；"倒牙"是一年牙祭的结尾，"倒"与"起"相对成文，所以应理解为结尾，而不是牙齿"倒下"。

"起牙"与"倒牙"是"打牙祭"活动中尤为隆重者，故称为"起牙酒"、"倒牙酒"。一般的打牙祭均与敬神活动联系在一起。平时敬神只装香，初一十五可就要点烛、化钱纸、打爆竹。而起牙更不一般，时间是定在正月初二。其敬神活动一般都到附近的庙里去，而且大家都抢先，有的是子丑之交就去。认为谁早谁就有可能碰上财神爷、交上好运气。故俗语中又有"抢得头牙"一说。

"倒牙"是十二月十五日。因为大家辛苦一年了，最后一个牙祭，所以也特别隆重。这还有另一层原因，就是商家要在这一天宣布所请员工的去留问题。方式很特别，主人如说："今年不安席，大家随便坐。"便是明年大家一律留用的意思；如果主人说："张声源先生辛苦了，请你坐上！"那就是叫我下岗的意思，我就得卷铺盖走人。这就是"请你坐上"的由来。含蓄得很，又不伤和气，也算得上"文化"吧。

179. 狗年忆养狗[①]

我们家曾养过狗来，那是我父母在浏市开小店铺的时候。大概1947年冬吧，一天晚上被盗了，货架上的十几疋布被洗劫一空。有人劝我们报案，可父母一怕难打点差役，二怕结怨于盗贼，以故隐忍不发。又听人说，贼古会打复网，便买了一只小狗养着。

次年春，有个晚上，小狗狂吠不已，劳累一天的父母却未听见。小狗竟跑到房间，将前脚搭在床沿上，硬是将父母叫醒了。点灯一看，并无异样。天明下店门时，才发现贼古真的又打洞了。

1950年，小狗长成了大狗。因在生意人家，管教得严，故从不乱咬乱叫。这一年，父亲想进城求发展，在北正街租了一间店面。搬家过火之日，久雨初晴，父亲以为应着风调雨顺四字，满心高兴，细心的母亲却发现：几天来，看着不断向外搬家俱，这狗总是闷闷不乐的样子。因此，过火的这天早餐，特地盛了一碗满饭，还夹了两片肉喂它。可它也只是嗅嗅，终不肯进食，还赖着不肯走，赶着它动了身，也总是挪在后面，一呼再呼才向前跟一程。

进城后，生意并不顺遂。仅三四个月，又搬到吉星街，因为店租少点，又是小西路进城的入口处。但生意还是不行。眼看老本难保，父母决计迁回浏市。说来奇怪，回迁时，这狗竟兴高采烈，像箭一般，一直跑在前头。跑一阵，又在路边嗅嗅，撒上一点尿，见人跟上了，又领着

[①] 2006年1月30日。

往前跑。

回浏市后,生意红火了,城里亏的,很快就捞了回来。而这条狗不久却病了,弄了些草药,也无济于事。有人劝我们弄掉它!母亲终不忍心,便给了别人。一家人眼睁睁看着它被人拖走的情景,都不禁掉下泪来。

不久,我们又养了一条,怪亲昵人的,喜欢跟我的脚。有一次,城内首映电影《白毛女》,我和一个同学跟着两个大人进城去看。走了三里多路,才发现它跟住了我。本想带它回家,又禁不住电影的诱惑,一个大人说:狗认得路,把它赶回去便是!说罢便用石块掷它。待看完电影回到家,我进门便问:"妈,狗呢?"母亲脸色很难看,说:"我还要问你呢!"接着是一顿痛骂。我放声哭了,不是哭骂,而是哭狗。这天连晚饭也没吃。此后也不再提养狗了。

但到了20世纪70年代初,为了改善一下生活,我提出养条狗。母亲不肯,说亲昵人的东西,怎忍心打死它。我说:"买进来就把它看成一碗菜得了!"话虽如此,但感情是不可免的。它长到十几斤时,我这双"书生"的手,竟真的忍心用谷箩罩住它,拿锅盖从脚下插进去,锁了绳子,提到河中,按在水里,活活将它淹死了!现在想来,对当时如此下得手感到吃惊,不知这是否是人性的蜕变……

当然,我也有自慰的理由:这是狗!在词语里,在文人笔下,它有多少骂名!但我细想过:狗是在代人受过。一切以狗立骂名的话,都是社会不平等、人际关系紧张的折射反映。当人际关系和谐了,当人都能推己及人,拿人当人看,拿狗当狗看时,狗的恶名也许会渐渐被平反的。

180. 过年说文化[①]

动物不知过年,人知道。这是人有别于动物的地方,故过年便是文化。

现在一年过两个"年",一个阴历年,一个阳历年。阴历年是咱们老祖宗留下的,阳历年原是西方人的。阳历过去又叫西历,也称公历,表示是世界通用的历法。为了与世界同步,我们也采用了公元纪年法,这是接受西方文化的表现。一年过两个"年",可说是中西文化交融了。至于有什么好处,自然很多,至少是我们可以多休一天假。

但对绝大多数国人来说,单提"过年",想到的恐怕还是阴历年,这是传统文化的力量使然。于是,为避免两个"年"混淆,便适当调整称呼,将阴历年称为春节。大地回春,万物复苏,不很好吗?若硬要从严,以为春节春节,应是春季头临的一天,即立春。而立春很少恰逢过年,往往是之前或之后,因此过阴历年只能叫"过年",这就未免钻牛角尖了。大家约定俗成,把过阴历年叫做过春节也是可以的,约定俗成便是文化。

说到"文化",这可是40年来令人头晕目眩的一个词儿。它可以令人贫困、痛苦、恐惧、毁灭,也可以让人富庶、欢悦、幸福、迷惑……前者,如"文化大革命"10年是也,后者则是改革开放以来"文化搭台,经济唱戏"的30年。欲对文化有较为全面深入的了解,我以为对这40年进行比较和反思该是有好处的。不过本文不准备谈它。现在正在过年,咱们还是说说过年的事。

---

① 2006年2月6日。

过去，无论城乡，家家户户打冻米糖过年。现在农村还保留着这习俗，城市绝大部分人家都不打了。不过我从打冻米糖的经验中找到了一个可以用来说明"文化是什么"的比喻。这在我是个不小的收获。因为"文化"这个词现在几乎无所不在，要用一两句话把它说明白很难，所以借用一个恰当的比喻也许管用。

那么，文化是什么呢？我看文化就是冻米糖中的糖。你看，糖的功效有三：一是有甜、可口，使人爱吃；二是有营养，可以提供能量；三是有附着性和黏合力，可以使一盘散沙的冻米粒粒沾上甜味且相互凝聚成团，便于加工成有规则的块状食品。对于社会人群，对于一个国家、一个民族而言，文化是否也当如是？当然，是糖未必都甜。杂有烂番薯熬的糖、烧了锅的糖便苦，文化亦然，此人所宜慎者也。不过"年文化"基本符合这三条标准，则不需絮烦了。

181. 远去的龙灯[1]

腊月三十团年，正月十五观灯，是春节文化两大亮点。团年，是除夕夜家人团聚；观灯，则是第一个月圆日万民同欢。团圆的主题由家庭提升到社会、民族的层面，反映出老祖宗的智慧和理想。龙是我们民族的图腾，龙灯则是图腾的宣示，向一代代传人展现出龙的精神。

小时候想不到这些，只图好吃好玩。过去，团年饭不吃鱼头。在大人，是寓意保住"头本"，以便来年生息生利；而孩子，连这些也是不管的。出上七的晚上将鱼头吃掉后，就巴望着元宵节吃汤圆、看龙灯了。

龙灯出行，小孩子说"看"，大人却说"接"。一字之差，反映出认识和态度上的差距。"接"者，迎接也，比起"看"来，多着一层近乎宗教的热忱和崇敬。这也反映出图腾崇拜的民族心理。

是故，过去出龙灯、接龙灯，有着一套行云流水般的礼数程序。比如，前一两天便要署帖子，让人家有所准备。龙灯出行，鸣锣开道，铿铿之声，告知远方。走村串户，须灯火通明，红光辉照。接灯如迎神，焚香鸣爆，顶礼作揖，虔诚有加。龙灯以宫灯为向导，提灯者多为士或绅。主人礼敬毕，和他们互道恭喜后，龙灯就进屋绕堂一周，再出外表演。表演毕，龙头须回到门口向屋内摇首数匝（称为"回头"），有关人员取走赏礼（大米、蜡烛、红包），然后宾主拱手道别，才算完成全部程序。其中如有失误，则可能带来不愉快。中华为"礼仪之邦"，于此亦可见一斑。

---

[1] 2006年2月13日。

"接"龙灯的最高关注点是龙头进屋的景象。灯内烛火通明，照得满堂红彤彤，乃是旺象，主人自是喜气洋洋；如果龙头着火烧了起来，更是妙不可言。民俗以为这是大发之兆。因此有人故意将爆竹往龙头上丢，希望它烧起来，但爆竹的气浪或将蜡烛吹灭，便只得自认晦气了。

"看"龙灯的最高关注点，是在沸腾的爆竹声浪火光之中耍灯者的技艺功夫。爆竹烧的越多，耍的越上劲。由地上耍到桌上，再在桌上加凳。翻滚腾挪，"或跃在渊"，"飞龙在天"，玩出各种花样，要在夺得宝珠。耍的越精彩，看的越起劲。往往是龙灯远去了，心里还是一片激动，眼前还是一片红火，耳畔还是一片轰鸣……

久矣夫，我再未有此体验了。或许是电灯使龙灯黯然失色？或许是黄色火药将耍灯人吓住？或许是电视垄断了人们的眼球？元宵之夜的龙灯已离我们渐行渐远了，它的文化内核我们得保存住，那将以什么形式呢？我寻思着。

182. 时闻小品二则[①]

某年月日。张子爬上南下之列车睡了一觉，又从同一车门下来了。脱下外套，拾得时闻二。略加品味，小有心得。不敢自专，道来为友人佐茶也。

一

某地 2005 年，于区运会中获金牌总数第一、团体总分第一。其所破 20 余项纪录，均接近全国水平。而这些运动员皆自五湖四海为着一个共同的目标走到一起来的。为此，当地计投资 600 余万。有人说，下一届他们要投入更多，直令高手云集，囊括所有金牌。张子品而笑之，云：拿钱买荣誉、买名声，国内市场广阔，此仅一例而已。投资群众体育也得花钱，而见效慢，孰若雇"外"员之立竿见影？盖亦有"五德"焉。地方得虚荣，礼也；官员得政绩，信也；雇员得钱财，义也；对手得启发，智也；群众得清闲，仁也。

二

某地慈善募捐演出。请来 3 位港星，每人唱一首歌，只花 30 万元出场费。香港郑裕彤先生对故土一往情深，曾捐资上亿在此间建一所中学，又捐资千万援建大学。这次家乡慈善募捐演出，他又特地请来成龙大哥

[①] 2006 年 2 月 20 日。

助阵。成龙未出节目，只在台上挥挥手，随即摘下自己的手表拍卖，最终以80万元的价格竞拍成交，便将这80万元全部认捐。

　　张子边听边有发问。问：唱一首歌就10万元，还是慈善募捐演出？答：这算什么。香港有"十大天王"，一天王应XX台之约去做节目，唱一首歌净得600万呢。问：成龙那块表是什么表，如此值钱？答：什么表并不重要，这是名人用过的东西，价值就不一般了。有一露头不露脸的演员，借了接近明星的机会发财。如一次他穿上10件背心，赶场请明星签名，因为人熟，10件都签上了。他转手一发卖，每件千元，抢购一空。

　　张子既为此间人士如此热爱慈善事业所感动，又另有所感，遂品之曰：古云"众星拱月"，今则"万众拱星"。明月不用一钱买，而星价几何、星效多大，谁能说得清楚？实可建一门新型"星象学"，研究明星的经济和社会效应。如果大陆的明星都有点已故的英国王妃戴安娜的胸怀，中国的慈善事业定有可观之成效。此其一也。二，一个人若以金钱为核心价值观，站在一唱10万的明星面前，他还会自觉其为人否？三，贪官既如此爱财，为啥不去当明星？即使当不了明星，便卖明星签名的背心也好，何必定要千夫所指呢？——品来品去，都和钱有关。

183. 为何"战栗"[1]

大女儿递给我一部名为《高纬度战栗》的长篇小说，说值得一读。这些年来我很少读长篇，去年就只读两部。一是张学龙的《大清洋矿》，因为它是萍乡的。二是贾平凹的一部近作，因为买来便宜，在书摊上只花10元钱。现春节刚过，客居无事，又是女儿所荐，便翻翻吧。殊不料一翻便搁置不下，竟在一昼夜间翻完了全书。这当然与作家的"文字充满悬念，笔端直逼现实"有关。

作者陆天明。看过《苍天在上》、《大雪无痕》、《省委书记》的人当熟悉这个名字。这部小说，书屁股上号称为"全新反腐力作"。那么，它"新"在哪里？"力"在哪里？看过以后，虽或觉得其反腐故事与同类作品大同小异，不外乎权钱交易、血光剑影。但在认识上的确会将人带到一个新的高度。"高纬度"是背景。故事发生的地点、腐败分子的职位都处于"高纬度"。"战栗"的是人心。人心为何战栗？是为案情而战栗么？也许是。但更值得战栗的倒是"人心"，这才真是高纬度的。"直指人心"，正是其力度所在。

劳爷是书中作暗线处理的人物。他原是省刑侦支队副队长，后受人所托，不惜以"退休"、"下海"为名辞去公职，去到现任代省长的发迹地秘密调查其经济案件，像个"地下工作者"。他预感到有人要谋杀他，后来真的被谋杀了。他死前曾有一段讲述，不妨择要摘录于后。

---

[1] 2006年2月27日。

劳爷认为：反腐战略推行了十多年，腐败的现象依然很严重。许多普通人从寄希望于反腐败，转向也跟着能捞就捞。从行政权力腐败，蔓延向行业腐败。腐败分子大多数一开始时并没有那么狂妄、贪婪，甚至有的比较清廉勤政。但一走上领导岗位，几乎所有的人都对他们低下曾经高傲的头，丢弃与生俱来的人格尊严，除了"是是是"、"对对对"外，从来就听不到一个"不"字（劳爷也认为：在我们社会中，没有一个法条是在强硬地保障、保护下级和普通民众可以对当官者说"不"字的）。于是，领导者便认为自己是可以"无所不为"并进而"为所欲为"了。

劳爷的结论是："那些已经被杀被关的腐败分子，几乎全是被他们周围的人'制造'出来的。"这似乎有点不中听。

还有更不中听的呢！他说："我们都'向往'腐败，'羡慕'腐败，屈服在腐败分子的淫威跟前。腐败在我们的怂恿下，退让下，滋养供奉下产生和成长。实际上是我们在'制造'着腐败。对腐败分子你可以一千一万地抓，但要对付那数也数不清的'制造者'或怂恿者、保护者……你有办法吗？"（见362-364页）

文中说，劳爷此时神情古怪，目光呆滞，但又极其坚定热烈。我想一个不惜以身殉职的人，是不会对他所从事的事业绝望的。"你有办法吗？"正是劳爷希望之所在。

是的，"你有办法吗？"——悲观的还是乐观的？

184. 难忘那微笑[1]

微笑是种含蓄的美。它的内含特别丰富，要一一解读殊为不易。但有一点是可以肯定的，就是微笑总是释放出一种善意，若是点头微笑，则兼具认同和赞许的意蕴。这在一般场合，有如春风拂面，消解了人际之间的冷漠；在特殊情况下，更如春雨润物，也许就催发了一颗种子，无论其为小草或灌木。而这微笑和点头，就成了它生长的激素，潜藏的影像，生命的一部分，遗传的基因。

生活在他人的微笑中的人是幸福的，常给他人以微笑的人更是幸福的。

我写下这样的文字，并非为了做篇抒情的美文，而是在纪念一个人，一个身材魁梧的、略显肥胖的大男人。他就是原江西师院的张越瑞教授。他教我们的现代文选及写作。那时我们上课是没有课本的，只有油印的讲义。他发给我们的讲义早已散失，他讲课的内容也早已经忘却，我也没有单独向他请教的记载。50 年来，令我难以忘怀的，就是那天下午他对我的点头微笑。

那是我在南昌一中教育实习的时候。才上两节课，指导教师便让我在 3、4 节搞公开教学。公开教学是什么味儿，我是一无所知。及至走到教室门口一看，才感到问题的严重性。教室后面齐刷刷地坐满了来听课的老师，有一中的，也有师院的。张越瑞教授也来了，坐在前排正中的位

---

[1] 2006 年 3 月 6 日。

置。我突然紧张起来，走进教室时全身都在发抖。"起立！""老师好！"呼声响过时，我的上下排牙齿颤得格格地响。我极力镇定自己，胆怯地用目光扫视全场，准备回礼，无意中发现张先生正望着我微笑呢！这微笑，真如和煦的春风拂去了我身上的寒意。我不抖了。我开讲了。我又偷偷看看先生们的反应。我发现张先生不仅微笑，而且朝我点点头。我顿时胆气大增，已不感到怕了，像演员一样，逐渐进入了角色。课堂由严肃沉静变得活跃热烈起来。我在和同学的交流中，又一次和张先生的目光相遇。他不但点头微笑着，而且身子也在得意地摇晃着。这时我获得的是一种信心：我能行！

教学据说是成功的，评价也相当不错。但他们说了些什么，我全忘记了。几十年来，我唯一记住的是张先生的点头微笑。我常想，如果没有那微笑，如果我被吓懵了，该是什么样子？我甚至觉得，张先生的微笑影响了我的一生。自然，它不是一路顺风的护身符，而是在风雨坎坷中的自信和勇气。

后来，我在局长任上也曾去听过萍乡教育学院中文系毕业生的实习课。当我踏进教室，便想起张越瑞先生，把他交给我的点头微笑又传递给他们……

185. 鸟儿论"圣人"[1]

未已斋先生养了两只鸟,数年调教熏陶下来,已能说人话。这两只鸟关在一个笼中则相争,分开关则相呼。故先生将其分置于廊之东西,想听听它们呼应之声。一日,先生高卧未起,就听见鸟儿在一答一问地高谈阔论起"圣人"的问题来了。

问:中国真有圣人吗?

答:华夏文明昌盛、礼义之邦,怎能无圣人?

问:我问你,圣人姓什么?

答:傻瓜蛋!圣人姓孔。

问:是孔子吗?

答:算你聪明,但孔子只是古圣。

问:你的意思是还有今圣?那么,今圣又姓什么?

答:圣人皆姓孔,无论古今。

问:这是为什么?

答:告诉你吧。孔者,洞也,窍也,所以通也。上古之初,民智尽塞,无异禽兽。有圣人出,乃开其窍而启其智,以教化行天下。故后人以孔称其姓。

问:谨受教矣。然则,今圣也叫孔子吗?

答:蠢不是!唯古圣为孔子,今圣则为孔方。

---

[1] 2006年3月13日。

问：孔方之教与孔子之教有以异乎？

答：无以异也，闻其说皆"yīn cái shī jiào"也。

问：那么，就没有区别了？

答：古今不同俗，怎么无区别了？字有不同。

问：请具体说说。

答：在孔子，是为"因材施教"；在孔方，则为"因财施教"，也仅是一字之差也。

问：有点意思。还想请教：听说古圣孔子被一个什么皇帝敕封为"大成至圣文宣王"，今圣孔方亦有封号吗？

答：未有也。

问：如果要封，该封个什么？

答：在下无知。依在下愚见，也只要一字之差，就封个"大成至圣金宣王"可也。

问：听说过去读书，先要拜圣人神位，现在怎不拜了？

答：时代不同了，不拜之拜是亦有所拜也。

问：拜谁呢？

答：你说呢？

问：过去拜孔子，现在拜孔方？过去拜……文宣王，现在……金宣王，过去拜文，现在拜金？

答：这可都是你说的，与我无关！

未已斋先生听到这一派无稽之谈，起而申斥之，曰："无根无据，不得妄说！"两鸟异口同声道："我们鸟笼对话，与汝何干？"

186. 师友还是仆妾①

——读书札记

在今年的中央农村工作会议上，温总理再次提到"黄宗羲定律"。

黄宗羲是明末清初的大思想家，所著《明夷待访录》，在探讨我国历代，尤其是明代政治制度得失利弊的基础上，提出了自己民本主义的政治理想，对封建专制主义作了猛烈的批判。如《田制》3篇，揭露了历代土地赋税制度花样迭出，而农民负担越来越重的严酷现实，主张为民制产，减除暴税，以纾缓民生困苦。故得到温总理重视决非偶然。

人们知道黄宗羲，大概与高中语文教材选了《明夷待访录》之《原君》一文有关。"原君"就是设置君王的本意。黄宗羲认为古代君王的设置，本是为天下人兴公利、除公害的，而"后之为人君者不然，以为天下利害之权皆出于我，我以天下之利尽归于我，以天下之害尽归于人，亦无不可"。这样就将自己置于与民为敌的地位，既弄得民无宁日，而自己虽不祸及其身，也将遗害子孙。

《原君》表达了作者公天下的理想，固值得一读。而我以为如求教益的最大化，尚须兼读《原臣》、《原法》两篇，知道非但是君，便是臣与法的设置也都是应以民为本的，背离了这个宗旨，则法为"非法之法"，臣亦不过是君之仆妾而已，非所以为臣也。更者，君只是一个，臣则是

---

① 2006年3月20日。

一群，一个是好是坏，不但与其自身有关，更与手下的一群有关。

黄宗羲说："臣道如何而后可？曰：缘天下之大，非一人之所能治而分治之以群工。故我之出而仕也，为天下非为君也；为万民非为一姓也。"故臣应是君之师友。而有些当官的，"视天下人民为人君囊中之私物"。他们"视于无形，听于无声，以事其君"，一味揣摩逢迎人君之私欲。对于"四方之劳扰，民生之憔悴"，如果不是涉及"社稷之存亡"，他们是无动于衷的，以为不过是"纤芥之疾也"。这种人，虽或能杀身以事其君，也不合臣道，不过是人君之仆妾耳。

黄宗羲提出了一个十分大胆而确切的命题："盖天下之治乱，不在一姓之兴亡，而在万民之忧乐。是故桀、纣之亡，乃所以为治也。秦政、蒙古之兴，乃所以为乱也。"治乱观、政绩观，皆本乎"万民之忧乐"，也就是以民为本才能有正确的认识。

君臣之设，既都是为天下人民兴利除弊，则君臣之分也就"名异而实同"。故黄宗羲说："君臣之名，从天下而有之者也。吾无天下之责，则吾在君为路人，出而仕于君也，不以天下为事，则君之仆妾也；以天下为事，则君之师友也。"究竟是为师友还是为仆妾，这并非仅关乎个人之事，而涉及天下之治乱、万民之忧乐；也并非仅古之君臣，今之所谓上下级者也值得借鉴。

187. 改变"煤都"心态（上）[1]

2月23日《南方周末》载有《江南煤都期待涅槃》一篇报道。读后的感觉，我概括为甜、酸、苦、辣四个字。

先说甜。"江南煤都"这个称号，标志着我们萍乡在近现代的一段光荣历史，她对中国工业化和革命事业作出的贡献。这是足以令萍乡人自豪的。

再说酸。萍乡自成为"江南煤都"后，生态环境（也可以说是风水龙脉）就遭破坏。青山不青，萍水不绿，河床日高，天空日低。不用问环保数据，凭直觉也可感到许多地方空气中颗粒物和二氧化碳、二氧化硫的含量超标，下的雨一定是酸的。

三说苦。"江南煤都"已成为历史，地下煤炭资源已近枯竭，靠山吃山的古训不灵了。靠挖煤发财致富或过日子的人们，发出了"不挖煤我们吃什么"的怅问。连沈百万也说"这几年苦不堪言"了。

再说辣。告别"江南煤都"这段历史后，我们萍乡再造出一个什么"都"来的任务还十分艰巨，用宋丹丹在春节晚会上的说法是：那是相当的辣手！

报道中提到：虽有人著文称"煤炭是萍乡经济重中之重"，市政府对煤却是"欲说还休"。在"十一五"规划中，提到了新型工业化、新型城镇化、经济国际化、市场化等，对"煤"却只字未提。这是一种远见，也

---

[1] 2006年3月27日。

是用心良苦。既然要"断奶"了，就别再提"奶"字，不然，老猴着这点稀薄的奶水，不吃五谷杂粮怎么长大呢？

应当说，政府的远见非自今日始。我记得20世纪80年代，程安东市长就提出：萍乡今后对外宣传不要再自称"煤都""煤城"了。那会使人认为你只有煤炭而且很脏，在省里排不上位置。萍乡有好几个支柱产业，机械、钢铁、建材、塑料等都不错嘛，要全面宣传，怎么老提一个"煤"字呢？那意思也就是要突破资源型经济的樊笼，走上工业化和第三产业发展的道路。

但20余年下来，据报道：我们的财政收入，仍有2/3来自煤炭。当然，已有"朝阳"升起，民营经济已小成规模，去年上交税收达13亿，占全市财政收入的60%。但我想，这民营经济中挖煤的一定占很大的比例，是"朝阳"中仍有"夕阳"的余辉。可见萍乡经济转型的艰巨，那是相当的辣手！好在萍乡人不怕辣，餐馆的辣椒越放越多，有的人犹嫌不够，几乎氽汤肉都要放辣椒了。

报道不说转型而用了"涅槃"二字，值得玩味。涅槃是梵语，意指僧人通过艰苦修习以后，达到摆脱一切烦恼和生死轮回之苦的生存理想境界。修习先修心，是否要从改变"煤都"心态开始呢？（待续）

188. 改变"煤都"心态（下）[1]

"江南煤都"曾经铸就了"安源精神"，那是积极的。我今天提出"煤都心态"，说些消极的。不是唱对台戏，而是事物的两面性使然。

凡称"都"的地方，人们大都自豪而且自负，显得牛气十足。我们浏市曾流传冷潭湾小庙的一副对联："日有千人朝拜，夜有万盏明灯。"何方神圣敢偌大口气？其实，说的是从湖南来运煤的船帮，白天撑船时躬身用力，夜晚泊宿时点点灯火的情景。把人家来运煤说成是"朝拜"，正是自负心态。

有一次，我们去海南岛旅游，两个伙伴在黄花机场一登机，就从舱架上取出救生衣穿在身上试试，空姐气得要死，他俩虽然脸红，但还振振有词："摆在这里不是穿的么！"这就是萍乡人的牛气。

当年，文廷式协助盛宣怀在安源办大清洋矿，但矿是人家办的，洋机器是人家强行运进来的，萍乡人虽开了一次眼界，但并未开放心态。恰恰相反，你不能没有煤炭，我这里有的是，是你求我而非我求你。只要"乌金"能换回白银，萍乡人就自满自足，有恃无恐了。

挖煤这事，洋机器固然好，土法子也照样出煤。掘进、回采固然科学，单刀直入，开井见炭，投入少、见效快岂不便捷？因此萍乡人总有些急功近利。虽然萍乡人也爱读书，但那是为了做官。至于赚钱，不读书也行。20 世纪 80 年代有位矿领导就说过："炭古佬不用多少文化，有

---

[1] 2006 年 4 月 3 日。

几斤死力就行。读书多了，不愿下井。"

挖煤这事，不会一口井厮守一辈子，做得好上加好，总是一口井挖上一段时间便丢掉，另外再挖一口，也还是挖煤。煤的质量虽有优劣，但那是生成的，因此，不存在产品更新换代的问题，萍乡人不用去动这个脑筋，也就少了这种观念。

因此，萍乡人的眼界不是向外面而是向内，目光不是朝上而是朝下，看地皮底下。一处有煤，大家蜂涌而上作窝里斗。我们浏市后面有个不大的山面，据说，过去就有90个老板开了90口井，故叫"九十伙里"，便可见一斑。

萍乡人因为开过一次眼界，又有煤山可守，因此总是有些坐大，等人家找上门来，自己不会主动地去适应外面市场的需要。对外地的经验也未必肯虚心去学习。因此便渐渐变得眼高手低、志大才疏起来。我以为这都是"煤都心态"的表现，这种心态也影响到了其他行业，这使我们丧失了许多机遇。仅举一例：萍乡的电扇生产早于顺德，现在顺德通过电扇发展起一个强大的家电行业，美的、科龙、格兰仕驰名中外。萍乡呢？

故萍乡要转型，先要变观念。市里曾提出"弘扬安源精神"的口号，恕我斗胆，补上一句，成就一副对联："改变煤都心态，弘扬安源精神！"是否更全面一点？

189. 与友人书——兼论醒时与醉时[①]

××同志：

春节期间奉读来函，思绪涌动，而迁延两月未曾复信者，决非倚老卖老，确是另有所因。

我原拟 3 月底返萍，一来天气回暖了，二来可赶在清明节给父母扫墓。如此，则一切留待面谈，岂不快哉！而事有疏漏及难逆料者，我长孙女今年高考，我得留下给她逗逗乐子以减缓一点压力，尽长辈的一份责任。这是未曾想到的。再者，老伴前几天发病，经查是胆结石、胆囊炎、腹部积液，需住院治疗并手术。这是想不到的。现在，我得和孩子们轮流照看她，孩子们上班去了，我就守在床前恪尽夫责。返萍计划泡汤，有违前诺，相劳远望，实为歉疚。

我为人不善洒脱，并一向认为人生便是责任。成年之前是父母为我们尽责，成年以后便要为父母、为妻子儿女甚至为孙子孙女尽责了。一份情，一份责，责任便是约束。"自由自在"之身，何曾真有？果若真有，则此身何用？我母亲是文盲，不知人生哲理是何物。但她常说："一个人要得自在，除非脚趾头向了天"。我深信之。考虑到近期既难见面，故借笔墨略陈鄙陋以释远怀，聊塞友人之责也。

以上实为"小我"私义，至若"大我"之责，则非老迈所能言。来信中有"醉时豪言兼济天下，醒时归隐独善其身"之语，颇有妙趣。既

[①] 2006 年 4 月 10 日。

蒙不弃老朽，愿作"忘年交"，便想接过话头略作发挥。孟子说："大丈夫达则兼济天下，穷则独善其身"。现经改装，非仅幽默，兼示无奈耳。我不喝酒，未有醉时体验，但闻俗语云："酒后吐真言"。则醉时能发兼济天下之豪言者，谅非营营之辈；醒时能独善其身者，亦非苟苟之徒，是境有所未遇而志有所未已者也。

但话又说回来，"兼济天下"是相对的。我作兴广东人的一句话："做好本职工作是最大的政治"。这是不需醉时去实现的。"独善其身"则具绝对性。"善"不是"私"，是品性、德行，是修持，是恪守社会的道德规范，醒时立下根基，醉时亦不迷失。而观诸古今，达者未必善，善者未必达，虽盛世亦难免，故王充作《知遇篇》，韩愈作《进学解》。生为中国的知识分子，应该有自己的道德担承，尽一份社会的责任。能大则大，不能大则小，小到只能"独善其身"了，知荣知辱，直可"说大人而藐之"，又何憾焉？你不像我。我是接近地平线的夕阳，你是中天之日。做官操之于人，做学问操之在己。孔子云："弟子入则孝，出则悌，谨而信，泛爱众，而亲仁。行有余力，则以学问。"愿借此终篇，祈为体察区区之意。顺致

春绥

某年某月启

190. 鸟儿醉酒论"忘八"①

未已斋先生遭鸟儿抢白之后,便给它们叫个名儿。东头的叫东三,西头的叫西四。东三问西四:"先生什么意思?"西四说:"这还不明白?老头子反其意,说咱们不三不四、不是东西呢。"次日,先生弄来一碗窖藏10年的四特酒,准备泡酒米钓鱼。西四趁先生外出,啄开笼门,即往偷饮。东三赶到,见酒已去其大半,大为光火,不假分说,置喙其中,顿时酒尽。先生至,见碗甚异,出视二鸟,皆伫立欲睡,竟不疑也,乃伏案作"茶话"。

有顷,闻西四嘻嘻作笑,接着便有了言语。

西四:三妞儿,咱们来、来对……对联。我出上联:今天我三生有幸。下联你、你对!

东三:(气愤地)明天你忘八无耻!

西四:小妮子,你怎么骂我?

东三:骂你又怎的?你这个"贪官"!

西四:(理亏地)就、就算……也不能骂"忘八无耻"啊!

东三:我问你,贪官误国吗?害民吗?

西四:当然啰!

东三:你已经忘其二了。

西四:你、你怎么把人干的事栽到我头上?……好吧,我问你,有些

---

① 2006年4月17日。

贪官大学毕业,也算"愚昧无知"?

东三:你不看他们在法庭上哭鼻子,说自己"学习不够,不懂法"吗?……你已经忘其三了。

西四:又扯到我头上!好,小妖精,由你说吧,还有什么?快说!

东三:你一出笼,就飞来飞去,从不做事,这是好逸恶劳;你老排挤我,非逼先生置我于厕旁闻臭气,是损人利己;你见好、好……就上,不问该不该,是见利忘义!……你已经忘其六了。

西四:奶奶的,今天是多、多喝了一点,老子不和你计较。说呀,小贱人!

东三:先生的戒律,三令五申。你阳奉阴违、违法乱纪,是忘其七。每逢放飞,你总是背着我去找小姐,别以为我不知道,骄奢淫逸,你已经是"忘八"了!

西四:(打了个呵欠)哼!忘八,忘八就忘八,老子打瞌困了,懒得理你。明天,明天和你、算、算……

东三:(也打了个呵欠)忘了八,还装作没事,这、这就是无、无耻……

未已斋先生刚才还听见鸟儿在外争吵,怎么突然都不吱声了?往视之,两鸟皆已入睡,嘴里呼出阵阵酒香。方悟自己写"茶话"时,鸟儿正在说"酒话"。乃笑云:才学到几个词儿,便这样贫嘴薄舌,我看你俩也不是什么好鸟!偷我酒喝的,不是你们会是谁!

191. 点评"裸奔之辩"[1]

　　一个大学毕业生，写了一本叫《非此非彼》的书后，两次脱得一丝不挂，在某省会城市手持广告裸奔。凤凰卫视就此组织了一场辩论会并作现场直播。先是放映裸奔画面，接着请其本人登台亮相。看上去并非狂徒，倒有几分腼腆，像个小白脸。问其何以裸奔，他说一是为了出名，二是为了卖书。然后开辩。正方（支持方）的首席是香港某名嘴，反方首席是人大某教授，也是名嘴。现场观众也有参与辩论者。最后举牌时，反对的占大多数，以人数论，算是胜方。但我觉得他们在辩论时说理不够充分，主要是对正方摆出的理由没有进行应有的驳斥，故觉有点评的必要。

　　正方首席盛赞其"勇气"；反方首席怒斥其"无耻"。

　　[**点评**]"勇气"和"无耻"都是暂时的。你看他裸奔之后，还不是穿上了衣服？真有勇气或无耻，就要敢于长期地、持久地裸下去。这一回合，反方首席过于激动，不够冷静，这是辩论之大忌，以致后面正方的许多"理由"他都未给予驳斥。

　　正方：人都是赤条条来、赤条条去，怎算无耻？

　　[**点评**]确有此一说："赤条条来去无牵挂"。那是讲人看破红尘，不为世间功名利禄所累。裸奔者却是在追名逐利，只是形似并非神似。再者，作为立论的根据，这句话有一半是虚假的。人都是赤条条来，不假！

---

[1] 2006年4月24日。

但有几人是赤条条去的？衣冠装衬，便是社会文明的成果，那是至死也不可舍弃的。

正方：他又没犯法，怎么无耻啦？

[点评]一个人不仅要受法律的约束，而且要受伦理道德和社会规范的约束，并非法律没禁止的事情都可以随心所欲地去做。

正方：（当反方指出裸奔造成视觉污染时）他碍着谁了？

[点评]当你带着自己的太太、女儿经过时，他公然当着你们的面将裤子全脱下，你看他碍着谁啦？

正方（也是针对污染说）：《三国演义》有弥衡裸体击鼓骂曹操一回。弥衡说："我露父母之形，以显清白之体耳。"清白之体，何谓污染？

[点评]在宴会上曹操令弥衡挝鼓是侮辱他；弥衡裸衣对曹操，也是对曹操的蔑视和羞辱。此例证恰恰说明裸奔者对大众无礼。我还可帮他举一例：嵇康服药后裸体而居（在自己屋子里），有人往访，怪其裸衣。他说：我以天地为屋宇，以居室为衣裳，你怎么钻进我裤裆里来呢？故为裸奔者辩护的人，是否也钻到了他的裤裆里面？

正方还有举海滨裸泳场为例的，那是特定场合，虽裸无妨，不值得点评。

最后由裸奔者表态。他说：此前24年皆是白活，只现在才感到幸福。"真的，我觉得好幸福哟！"

[点评]是的，出名的目的达到了。苦读无人问，一裸天下闻。怎不发出"幸福"的呻吟？

192. 从心开始[1]

"从心开始"是佛家的理念。我用它作为这篇"茶话"的标题,也是一种认同。当然这并不表明我将遁入空门或成为在家居士。

也是缘分。前些时候的一天上午,我偶然打开电视机便收看到了"世界佛教论坛"在杭州举行开幕式的盛况。会议开幕式的盛况见过不少,这回的感受却是特别。如果说其他的盛况令人心鼓舞,这回的盛况却是让人心安定。主席台上站着百十来个礼仪僧尼,自始至终单千伫立,纹丝不动,气定神存,目无旁视,坚而不努,和而难犯。这种形象、这种氛围、这种境界,是足以感染人的。

人心需要鼓舞,一鼓舞就动起来,做这做那,建功立业;人心也需要安定,一安定就静下来,修身养性,宽厚平和。现代社会红尘滚滚,物欲横流;竞争日剧,人心浮躁,生产力过剩却未能消除贫困;科技日益发达却未能阻止生存环境的日益恶化;法制越来越缜密而犯罪手段越来越多样、越来越刁巧。许多人生活富裕了而安全感、幸福感并不高……因此从人心上下些功夫,也是一种必然的选择。

六祖慧能得授衣钵,一路被人追杀逃回广东以后,碰上一场法会。时江面上有条船在行走,和尚中引发一场争辩,有的说是帆动,有的说是风动。纠缠不已。慧能说:各位不必争了,这既非帆动,也非风动,而是智者心动。记得我读高中时,老师曾以此为例开展对主观唯心主义的

---

[1] 2006年5月15日。

批判。的确，慧能所言悖乎常理，但其机锋却令一座倾倒。只要想想慧能一路被追杀的情况，难道真是衣钵的动力所致？否也。全是那些追杀者的贪心所致。他们以为得了衣钵便能成佛。故慧能到广东后，又遇两个人找他，他以为是追杀者，便将衣钵置于石上，说："衣钵在此，要便取去。"故慧能"心动"之说，实为禅宗"即心即佛"、佛不假外求而向自己内心求取立下了根底。

此次佛教论坛，本着"从心开始"的理念，提出"心净国土净，心安众生安，心平天下平"的三大方向，又提出"人心和善，家庭和睦，人际和顺，社会和谐，人间和美，世界和平"的新六和境界。这与我们建设和谐社会的目标和进行"八荣八耻"教育的目标是相一致的。当然，在主张制度决定一切的现代精英看来，"从心开始"只能算是一种不值一提的"婆理"。但在我看来，这世界是既要"公理"也要"婆理"的。佛教文化是构成中国传统文化的重要组成部分，也是博大精深的，我虽对它知之甚少，但我觉得它可爱、可取。要我选择的话，我首选"心平"和"人心和善"两条。因为我小时候母亲常对我说："一个人要心平"。我也觉得"人心和善"了，这社会也就和谐了。我就从这两条修起吧。

193. 大海有边吗[①]

前年我在杭州住了两个月，一次接外孙艺艺放学回家时，他同班的一个小女孩也一路同行。两只小麻雀吱吱喳喳闹个不休，忽儿扯到了大海。

"呀，大海！"小女孩惊讶地说，"大海是无边无际的耶！"

艺艺却是冷淡，像大人教训孩子一样："傻瓜，大海是有边的，只是看不到而已。"

《列子》中有"两小儿辩日"的故事。一个说早上的太阳更近，因为它更大；一个说中午的太阳更近，因为它更热。两人争论不休，去问孔子。孔子也答不上来，结果被小孩奚落了一番："谁说你有学问？连这个也不会！"

今日之事，使我想到列子所述或是真的。至于奚落孔子，那倒大可不必。"知之为知之，不知为不知，是知也。"这是孔子一贯的态度，可为师者风范。当然，知而不言也不好。因此我开口了。先批评艺艺不该称人家为"傻瓜"，我说："其实你们都对。事实上大海是有边的，但看起来的感觉却是无边无际的。许多问题并非只有一个正确的答案。"

透过辩海的细节，我预测这两个孩子日后的发展将循着不同的路数。我这外孙恐怕就是一块搞理工、搞机械的料子。他爱趴在洗衣机上看洗衣的全过程；爱看地图，方位感特强；爱搭积木，可以整天趴在地板上，按照图纸将近千模块构建成型。

[①] 2006年5月22日。

世界上全才全能的人不多，但有特长的人不少。有长即有短，有特长的人必定有他的弱项。孩子也是这样。我这外孙不善形象思维。有次老师出个"一年四季"的作文题，让他们写写四季的景色特点。可他一句描写都没有。他写的是：从几月几日到几月几日是春季，平均气温多少，最高气温多少度，最低气温多少度之类。再说他行事也有些古板。有两次我送他上学，见学校开了后门，由此进教室可缩短两三分钟的路程，可他就是坚持正门进。

对这样有个性特色的孩子，当如何教育？《学记》上讲："教也者，长善而救失也。"我看他们学校做得不错。一是"家作"布置得不多，孩子在家里有充裕的时间发展自己的兴趣特长；二是学校经常会组织各种课外活动（不是办班收费）；三是不用一个标准苛求学生。艺艺那篇《一年四季》的作文，教师并未叫他重写，而是在家访时和家长一道研究"这孩子怎么会写这些东西？如何提高他对描写的兴趣"等。我把艺艺不肯往后门进校的事告诉她，想听听她的看法，也许会表扬几句吧？但没有。她对艺艺说："陈艺捷，一个人要学会变通。学校后门打开来了，可以不弯路，也是可以走的嘛。"我觉得这老师不错。

今年春节，艺艺他们到了广东顺德。一天，他爸妈开着车子带他到珠海去看大海。回家后，我问他"大海是不是无边无际的"，他说是的。我说："但大海毕竟是有边的呀！"他笑了。

194. 读"西区"①

　　从前，人们把在湘东西区小学读书简称为"读西区"。我只读了半年西区，那是1948年的上半年，插班读六年二期。其后不久，她的名字便不复存在了。但我却时常记住她，因为那是我小学阶段进步最大的一个学期。

　　我是从一年二期开始读小学的。此前跟我祖父读了几个月私塾，字虽多认了几个，但算术却是一抹黑。头一次做作业，只抄题目，却不知道要写得数，更不知如何运算，气得老师眼翻白。输在起跑线上，便长期受拖累。因此我进西区入学考试的数学成绩只有40来分，按理是不能录取的。但校长刘瑞铭先生把我叫去面试，他对人说："这孩子看来也还聪明。"便收留了我。

　　我的成绩差更与贪玩有关。上课时很少用心听讲，不是偷着刻图章、刻影子戏菩萨就是画画儿、看小说。一进西区可不行了。西区的老师似乎眼珠特别尖，一有动弹就能把你逮住。有一次上语文课，我又旧病复发，偷偷拿出了我的雕刻刀动作起来，肖树清先生二话没说，一把夺过往窗外的草坪奋力一掷，又讲他的课去了。数学教师肖钊国先生上课更是严谨、严格甚至有点严厉。期中考试我只有56分，他把我叫到讲台边低声说："你还差4分及格，一分一板，打起及格。"这四板手板对我来说可谓"发奋努力"四字。

---

① 2006年5月29日。

当时的西区有着发奋努力的学习风气。东方一泛白，同学们便爬起来、摸黑去洗了脸，拿着课本到大操场等着亮光读书。人家这样，我自然地跟着这样。

　　现在要说说刘瑞铭先生对我的教育了。他上我们的公民课。有次提问我，我答不出也不说话，只用嘴巴那么一猫。他简直将我从头骂到脚，不是骂我不懂，而是骂我不礼貌。还有一次是我们一伙人午睡时去偷葡萄架上的葡萄吃。他闻声赶来。我们一溜烟地趴到铺上诈睡。他站了一会儿，便一连点出几个名字（其中有我），罚我们跪成一排。他说："偷葡萄本来就不对，你们几个还闭着眼睛装睡，是不诚实的表现。今天就罚你们闭眼睛的，睁开眼睛的一个不罚。"

　　刘校长风流倜傥，擅书法、绘画。学期快结束时，他画了三幅山水画，要奖给全校3名进步最大的学生。先是传闻我有希望得此殊荣，但算盘一敲，我还是差一点。后来，我虽然在千余人比拼150个学位的竞争中考上了萍中，但没能得到刘校长的丹青墨宝，深以为憾。一直到上世纪90年代我和他见面时还谈及此事。刘瑞铭先生似乎有点惊讶，但只是笑笑。不久他便送来一幅桃花盛开的山水画和一帧条幅。条幅是草书杜牧的诗句："远上寒山石径斜，白云深处有人家。停车坐爱枫林晚，霜叶红于二月花。"这是当年西区校长对当年西区插班生的奖励呢还是安慰？我想，这些年来我有进步吗？

　　（声明：我讲的是历史，现在的教师请勿模仿过去的教育方法）

195. "火鸡"上桌①

孩子是人类的花朵，祖国的未来，民族的希望。这可说是世界上各民族的共识。只不过有的是用理性的语言来表达，有的则是借了神圣的传说。

《塔木德》一书中讲到：当以色列人站在西纳依山上准备接受《圣经》的时候，上帝要他们作出绝对的担保，保证永远地保存它。以色列人先是用祖先作担保，上帝没同意。以色列人又用先知作担保，上帝还是没同意。以色列人最后用孩子作担保，上帝说："太好了，这是最好的担保。为了他们，我把经文授予你们。"于是人们这样说："从天真无邪的孩子们那里，上帝看到了希望。"

书中有这样的箴言："世界只是因为学童的呼吸而存在，没有学童的城市将毁灭。"在以色列人看来，城市的保卫者不是军队卫兵，而是教师。这说明他们对孩子、对教育的重视。

《塔木德》一书是犹太人继《旧约圣经》之后最重要的一部典籍，被称为犹太人的第二本"圣经"，犹太5000年文明的智慧基因库，是揭开犹太人超凡智慧的一把金钥匙。它不是百科全书，却是包罗万象。其中关于抚育孩子、关于教育的话题不少。无论习俗箴言、寓言故事，都能启迪人们的教育智慧。

比如书中记载：犹太小孩第一次上课，要穿上最好的衣服，由拉比

---

① 2006年6月5日。

或有学问的人带到教室。在那里，他会得到一块干净的石板，石板上有用蜂蜜写就的希伯来字母和简单的《圣经》文句。孩子们一边诵读字母的名称，一边舔掉石板上的蜂蜜，随后，还要请他吃蜜糕、苹果和核桃。此举的目的是告诉孩子，知识是甜的。

犹太人认为，无论家长或教师，都要用"适合孩子的方法培养孩子，让孩子走一条适合自己的道路，这样他才终身无悔。"有则寓言故事甚是有趣：

传说一个王子，总把自己想象成为一只火鸡，并赤身裸体在餐桌下面啄食残羹冷炙。国王找遍了国内所有的医生，都未能治好王子的病。一天，一位智者自告奋勇来为王子治病。他也脱掉衣衫坐在桌下并告诉王子说，"我也是火鸡"，于是两人成了朋友。一天，智者叫人扔下几件衬衫。他对王子说："你认为火鸡不能穿衬衫吗？当然能。火鸡穿上衬衫还是火鸡。"于是他们穿上了衬衫。过几天，智者又用同样的方法与王子一道穿上了裤子。不久，智者又让人扔下了一些好吃的食物，他问王子："你认为我们吃点好东西就不是火鸡了吗？当然不是。火鸡也能吃好东西。"于是他们又一起吃起来。最后，智者对王子说："你认为火鸡应该总是伏在下面吃饭吗？坐在桌子上面我们仍然还是火鸡。"这样，一步一步，智者把王子慢慢地带回到正常人的生活里来了。

估计本期"茶话"将于"六一"儿童节那一天见报。在送给孩子们的礼物中，有什么比美好的教育更珍贵呢？谢谢各位了！

196. 人生历程的描述[①]

一个人从生到死，其中经历了婴、幼、少、青、壮、老几个阶段，算是一个完整的人生历程。对此该怎么看、怎么想？现代人忙于应对当前，关注者或不多。古人倒多着一分悠闲。他们以鸟瞰的姿态，根据自身的观察体验，对人生历程作出了各式的描述。

相传古埃及狮身人面像旁有则谜语，路过的人都得猜一下，猜对了就放你过去，猜不出便要被狮子吃掉。谜语是："早上4只脚，中午2只脚，傍晚3只脚"，问是什么东西。谜底并非什么怪物，而是"人"。这可视为逼着人认识自己，而其对人生的描述是着眼于人的行走方式，以此将人生划分为三个阶段。

中国老百姓也有类似的描述，但不是用谜语形式，而是白描："两头两尾逗人嫌，中间好汉没几年。"这是着眼于人的作为、贡献、价值而言的。内中不无人生苦短的慨叹，又何尝不包含着"少年努力"的劝勉？

中国人按具体的年龄阶段体认人生历程，始于孔子，也统一于孔子。孔子说："吾十又五而有志于学，三十而立，四十而不惑，五十而知天命，六十而耳顺，七十而从心所欲不逾矩。"孔子说过"吾少也贱，故多能鄙事"。大概因为家贫，故15岁才立志于学，此后便发愤忘食、乐以忘忧。从30岁起，每10年上一个台阶而近于道。人性是相近的。孔子的自述，也道出了人生历程在认知上的共性，所以人们广为引用。而引用

[①] 2006年6月12日。

者不会被认为是谬托圣人抬捧自己，倒是被看作理当如此了。

与孔子的描述不同，古希伯来人用比喻的方式，从生活情景的角度对人生历程的描述又另具情趣。《大传道书》中是这样描述男人一生的 7 种变化的：1 岁时全家抱他吻他，宛如国王；2~3 岁时满地乱爬乱拱，像头小猪；10 岁时跳跳蹦蹦、天真无邪，像只羊羔；18 岁时长得魁梧奇伟，打扮求偶，像烈马；结婚后是驴子，背负家庭的重担，低头卖力地缓步前进；中年时是狗，为了养家糊口，不得不摇尾巴；老迈之后是猴，弯腰驼背，形同猢狲，行为与孩童无异，但再也没有人想理会他。这段描述，将婚后的生活越描越惨淡，当然是过往时代的烙印，但现代某些暂时陷于窘境的人们读到它或可破涕一笑，以为人生不过如此，没有什么可怕的。

犹太人也有类似孔子的人生描绘：6 岁学《圣经》，10 岁学《密西拿》，13 岁履行戒律，15 岁学《塔木德》，18 岁恋爱，20 岁谋生，30 岁进入盛年，40 岁顿悟，50 岁深思，60 岁进入老年，70 岁两鬓斑白，80 岁是非凡的恩赐，90 岁年衰而弓背，100 岁虽生犹死。其中对 30、40、50 的描述与孔子的"而立、不惑、知天命"说甚为契合。可见中外对人生历程的描述大同而小异，至若各人的具体实践则又仁者见仁，智者见智了。

197. "带电"的杂感[①]

一

我给萍乡广电报写稿,始于江兆谷先生任总编时。起先是写点电视剧的短评,如《"不是历史"如是说》,只600余字。自开"茶话"专栏以后,题材范围逐渐扩大,但江兆谷先生仍不时提醒我,多写点"带电"的东西,意思是多写点与电视有关的东西。因此,在我过去的"茶话"中,影视短评占有一定数量。当然,我的评论比不得文艺评论家的堂堂之论。我没有那一套术语体系,达不到那个高度。但也不是"看后深受教育"之类观后感。我只是将观赏过程中获得的感动、感悟、感想,择取一两个兴奋点,将自己想说的话说出来,虽是隔靴搔痒,但也不是空穴来风。我将其称为"'带电'的杂感",并想继续写一点。

二

没有精确的统计分析,千万不要论及整体,否则一开口就难免以偏概全。所以,我借影视而发短论时,只是指着鼻子说鼻子,指着脸说脸。但脸和鼻子见多了,多少也就构成一个朦朦胧胧的整体印象。

比如说吧,进入21世纪,据说我们也进入了消费社会。我觉得我们"许多"的电视剧和电视节目,都积极承担了引导消费的任务。"白领"是

[①] 2006年6月19日。

主要表现的对象。美女俊男，高雅风流，羽衣霓裳，珠光宝气，居则公寓宾馆，出则宝马奔驰，出没于佳山秀水，寄情于风花雪月，更别说那些搔首弄姿、绰风打号的娱乐节目了。给个总的评价是：美不胜收，乐而忘返。或许这就是所谓的中产阶级，正是我们所要尽力造就和扩大的队伍？但这个中产阶级除了会挣钱、善消费之外，还有什么更高的理想追求呢？又有多少电视机前热心的观众能享受到这种中产阶级的美好生活呢？"老年花似雾中看"，在我眼前只觉得似有若无，似实还虚。请原谅，我的老花镜已是350度的了。

三

"大漠孤烟直，长河落日圆。"古人早就注目于这种寥阔空旷之美。沙漠旅游更成了现代人的旅游热点之一。去寻找历险的感觉，去感觉浪漫的情趣，谁曰其不然也？但真能认识这片沙漠、全面体验这片沙漠，对这片沙漠产生浓厚感情的，当是电视连续剧《西圣地》中的人们。他们是刚摘下帽徽的解放军指战员，如成局长、顾大姐、杨大水、小豹子、土豆子、田可；是刚走出校门的大学毕业生，如曾浩、戴虹、徐正成（当然也有当地附近的农民如张粮库和千里寻亲不得而落地生了根的兰妮）。他们是新中国第一代石油工人，在戈壁滩上寻找和开采石油。在这里，他们感受着饥渴、严寒和沙尘暴，演绎着理想爱情和悲欢离合，留下了汗水、泪水、血水甚至生命和尸骨，达到了一个新的和谐的境界。杨大水单身守护克八井二十余年，一个战斗英雄，对狼只赶跑而不射杀，一夜听不到狼叫就憋得慌，真可谓"天人合一"了。我喜欢这部片子。

（待续）

198. "带电"的杂感（续一）[①]

四

我已进入到过去的事记得很清楚、眼前的事却过目却忘的境界。看电视剧，我爱看中央一台黄金时间的节目，觉得更有文化底蕴，可以取得娱乐消遣与认识鉴赏兼顾的效果。当然，也并非部部都好。但既然看了，我就要从头看到尾，好看不好看都一个样，宁肯嘘声不断，也不肯频频调台。我的所谓认识鉴赏，其实只是一种心灵感受，或喜或悲，或爱或憎，或昂扬激奋，或低回沉郁，或恶心呕吐，或动情流泪。体验虽是各异，记忆却是一律地过目即忘。但《西圣地》有点例外，看后月余，还能记住许多人物的名字和模样。我寻思了一下，觉得怕是接通了我对过去记忆的那根神经。我们原是同时代人。

五

杨大水是《西圣地》中的英雄，张丰毅演的，就像一块土豆那么纯朴实在。闹饥荒时是个宝，富庶时又觉得乏味。但在他身上却发生了那么近乎"天意"的传奇故事。兰妮怀上了他的孩子，迫不及待，千里大漠寻夫，几次交臂失之。但一场沙尘暴却让他捡到了从兰妮手中刮跑的、他自己并不知道的、他自己种下的"壮子"。这不是"天意"么？当然，

[①] 2006年6月24日。

艺术上这叫"巧合",叫"无巧不成书"。

　　杨大水连小学也未上过,到克拉玛依后才师从曾浩学识字,似乎没文化。其实他很"文化"。他有儒家"忠恕"之道,有墨者"兼爱"之风。路见不平,挥拳相向,似侠;等兰妮20余年不论婚娶,如兰桥抱柱之尾生;与田可心心相映、组合成了家庭却不肯结合成夫妻,又有点像坐怀不乱的柳下惠。他是流淌着传统文化血液的革命战士。现在看来,他那种家长作风和对人性的压抑,有点令人不快,但实实在在地是个好人。

六

　　时势造英雄,也造爬虫。"政治挂帅"则有政治爬虫;"经济挂帅"则有经济爬虫。《西圣地》中,徐正成大学毕业,当了地质队的队长,很专业的,却偏偏侈谈"政治",而且用之于情场角力之中。他与曾浩、戴虹是同班同学,早知曾、戴已是情侣,他偏要横刀夺爱。杨大水骂他挖墙脚。其实,如果按游戏规则出牌,也不过是私德有亏。但他不是,他是用手中的权力和政治资源挑起一场不对称的战争。对戴虹是政治恐吓、政治拉拢;对曾浩是政治诬陷、政治迫害,化情敌为政敌,他就稳操胜券了。他用政治吓人,自己也被政治吓了。他不敢公开和戴虹谈恋爱、不肯和戴虹结婚、更不敢要自己的孩子,这一切都是基于"政治影响"和"政治前途"的考量。他玩弄政治,又被政治玩弄,可鄙而可怜;后来他为救护戴小虹冻死在暴风雪中,足见其人性未泯,亦复可叹也!他埋进了西圣地,算是归队。善良的人们永远是宽厚的。

199. 赵树理和程大娘①

——"带电"的杂感（续二）

七

"清早起出门来屁股朝后，喝着风顶着土脸朝前走；自古道吃小米不如吃肉，双脚走顶不上骑个牲口。"

这是电视连续剧《赵树理》片尾的唱词。初听土冒，再听有趣：3-3-4的句式，上党梆子的曲词，粗犷得近乎嚎叫的风格，再三听之，则是认同了。它嚎叫出一种真实的现实，叫出了个平凡的真理。这个现实和真理，属于赵树理那个年代，也出自于赵树理的笔下。

赵树理是我最先读到的解放区的作家。萍乡1949年解放，1950年我就读到并喜爱上他的作品《李有才板话》。其中的《小二黑结婚》，配合婚姻法的宣传，被改编成剧本在各地上演，萍乡采花剧团也巡回演出过，受到广大群众的欢迎。赵树理以农民喜闻乐见的形式，真实反映农民的生活，曾被誉为实践毛主席在延安文艺座谈会上讲话精神的典范。但不待"文革"起，他就遭批判，其创作生命遂告结束，往后就不消说了。对这一层的背景，剧中巧妙地一笔带过，以赵树理望着放飞的风筝预知早春将至作结，倒也简练，只是现在的青年人看不懂罢了。

赵树理说过："我不想上文坛，我不想做文坛的文学家，我只想上'文摊'，写些小本子夹在卖小唱本的摊子里去赶庙会，三二个铜板可以

---

① 2006年7月3日。

买一本，这样一步一步地去夺取那些封建小唱本的阵地，做这样一个文摊文学家，就是我的志愿。"他没有获得按志愿行事的自由，不想上坛请上坛，上坛又让滚下来，也算成就一段历史。

八

程大娘是《老娘泪》中的英雄母亲。儿子雨来经济犯罪在逃，她为他还钱赎罪，并千里追寻，希望带他去自首。对这样一位母亲，我们当然怀着深深的敬意。剧作大概想以慈母之泪唤起孝心，以孝心来遏制犯罪，用心也算良苦。但论观感，却有非议之处：一是追求诗意而失真。如点灯给雨来照路、盖住雨来脚印的脸盆等细节一再地出现。二是不合法理。程家未用雨来的赃款，凭啥替他还钱？连累到侄儿侄女无钱上学，连累到雨林卖血还债晕倒在地，程大娘尚不自省，岂不太偏心？说是"为了程家脸面，即使是1500万也要世世代代还下去"，死要面子活受罪，秧及无辜的事，亏程大娘想得出来！三是欲扬反抑，有损形象。程大娘已答应和公安密切配合，却又一再背着公安独闯天下，把事情越弄越复杂，几至酿成大祸。四是情节枝蔓，瓜棚搭柳。还钱的线索，衍生出5个层次的波澜，变卖家产——向全村举债——勾勾六借机顶了参园子和义犬老笨——勾勾六与焦老大合伙经商"亏本"，引发斗殴，焦老大私闯枣园子遭狗咬——勾勾六与焦老大到程家逼雨林勒死老笨。真是"扯得一匹棉布长"，闲笔墨太多。五是过于借程大娘之口说教，把她写成一个爱唠叨的老太太，令人不那么喜欢。

200. 高考过后说高考[1]

考前说，怕万一漏了嘴，冲了大家的彩头。那时只好说"人人考出好成绩"，但即便这样，只招多少还是多少，总有相当一批落选的。现在，考好考坏，大局已定，各自正考虑下一步的打算，因此掺和进来说几句，说好说坏料无大碍。

套用一个比喻，现在高考也像一座围城，大家拼命往里挤，挤进去后又未必都能找到出路。据说今年大学毕业生有500多万，而就业职位只有250万，过半人将找不到合适的工作。故教育部有人放出话来，说大学生应定位于"普通劳动者"，"不能再自诩为社会精英"。对此，有附和的，也有非议的，咱且不管它，因为口水不敌现实。据报载：广州已有家公司以月薪500元招聘大学本科生，而在重庆，开价300元也有人应聘。大学毕业的身价，竟不如一个小保姆，亦可谓"趁人之危"了！但有什么办法？当然，办法总是会有的，但眼前还看不到眉目。现在只是问题冒头，还会有个积聚的过程，一年积一年，待业的大学生将越积越多，须到能提供的职位数大于或等于毕业生数了，才能缓解。这需要多少年？未见预测。故现在政府正考虑让找不到工作的大学生"领低保"，亦可谓拳拳之心，苍天可鉴；而一些人在求职场上发出"早知今日悔不当初"的慨叹，也是完全可以理解的。

直面现实，我对考得好的、考不好的，都有几句言语相劝。考上的，

---

[1] 2006年7月10日。

不管什么学校，总是高一级的，那就高高兴兴读去。如果家庭经济状况一般，则建议少赶些时髦，多求些真才实学。因为中国大学生虽过剩，但人才却是短缺的，据说国际事务会计所就有数以千计的职位等着填补。至于有人心雄万夫，若非清华、北大，考取别的名牌大学也不去，则不好说了。他们是抢手货，有的中学正以最优惠的待遇拉他们去复读，若明年真个如愿，他就成了该校广而告之的形象代言人。不过，这得多付出一年时光的代价，而且仍有风险。不是为了成才吗？既有此决心，又何往而不成才呢？何必"重吃二遍苦，重受二茬罪"？

  对于落选考生，人们常以"别灰心，再复读一年，明年再考"相劝勉，这未必不是误导。我的看法是，不妨先从"应试"的樊笼中解放出来，清醒地认识自我、发现自我，再打打经济算盘，看是继续钻进笼子里去呢，还是扬我所长另辟蹊径。不要做劫己之贫济人之富的蠢事，也不要中挂羊头卖狗肉者的诡计。过去有则笑话，说一生应童子试，于试卷上画梅一枝且题诗云："我本不想来，父母要我来；文章不会做，单画一枝梅。"此父母之过也。既不会做八股文，何必去科考？孩子会画梅，何不在这方面去发展？天不生无路之人，每个人都应该也可以找到适合自己的学习和发展的道路，故为之说。

201. 仁术[①]

　　——有三种人不得宰杀动物：聋哑人、低能的人、未成年人。因为他们不能诵说必要的祝福或不具备从事如此复杂工作的能力。宰杀的刀必须锋利光洁，刀刃上不得有丝毫的残缺。

　　——合格的宰杀必须是：刀的前后运动不能中断，切割要轻；不得捅进肉里面而应划过喉咙；在脖子上规定的地方下刀；下刀时不得在气管或咽喉上移位。因为这些行为有可能给动物造成更大的痛苦。

　　以上，摘要自犹太《塔木德》一书。我尚未在中国人写的书中见过此类内容，虽然我们天天在宰杀牲口。不是中国人没有这些讲究。比如宰杀牲口之前必先将刀磨快，新买来的鸡鸭必先去绑而后宰杀等，也都是民间的习俗。祝福也是有的。有一次我家杀猪，我母亲就为猪祝福道："猪仔，第二世去变人吧！"

　　人类对牲畜的这种态度叫什么？说"爱心"吧似乎说不上。我想到孟子的说法——"仁术"比较恰当。

　　孟子劝梁惠王行"仁政"，见其有难色，便启发道：听说有人牵牛从堂下经过，你问这牛牵到哪里去，回答是杀了祭神。你说用羊换了它吧。

　　——有这事么？梁惠王说有之。孟子又问：你是舍不得一头牛吧？梁惠王笑道：我何在乎在一头牛，我是不忍心它那恐惧发抖的样子，就像一个无罪的人被拉着走向刑场一样。孟子说：看哇！这就是"仁术"啊，

[①] 2006 年 7 月 17 日。

你是见牛未见羊啊！所以"君子远庖厨"，何也？食其肉不忍闻其声嘛。一个人对动物尚有这种不忍之心，更何况于人呢？接着孟子便论述了梁惠王行"仁政"的必要性和可能性。由"仁术"而"仁政"，由小道理到大道理，原生态的道德情感其实是可贵的。只要是发自内心的不忍，"君子远庖厨"未必便是道德秀。这在鲁迅也是认同的。

  鲁迅在《倒提》一文中提到：西洋的慈善家怕看到虐待动物，倒提鸡鸭过租界要罚款。几位华人便大鸣不平，说西洋人优待动物，虐待华人，至于比不上鸡鸭。鲁迅认为这后一句话是误解。"自然，鸡鸭这东西，无论如何，总不过送进厨房，做成大菜而已，即顺提又何补于归根结蒂的运命？然而它不能言语，不会抵抗，又何必加以无益的虐待呢？我们的古人，人民的'倒悬'之苦是想到了……不过还没有察出鸡鸭的倒提之灾来，然而对于'生剐驴肉'、'活烤鹅掌'这些无聊的残虐，早经在文字里加以攻击了。这种心思，是东西之所同的。"（《准风月谈》）至于刮华人耳光的事，鲁迅说你为什么不抵抗呢？则"怒其不争"了。这或可说明："仁术"是种施与，而"仁政"却是不能靠施与的。

202.《萍中世纪钟铭文》定稿说明

《萍中世纪钟百字铭文》，是我遵黎恩云先生之嘱草拟初稿权充引玉之砖的。后经盘山、相旭、柳斌诸校友一修、再修，刊于《萍中校友》以广泛征求意见。自兹以往，反响热烈。张友予、彭学松、王裕兴、刘方元、李木子等老学长及张来芳、段家良、李正平等校友，都从各个方面提出了宝贵的修改意见，尤为可贵的是他们都提出了各自完整的版本，使铭文写作成为校友关注的文化景观，而我从中更是受益匪浅。现离百年大庆时日可数，校友总会急于将铭文定稿，又将任务交给了我。我虽自度才疏学浅，难堪重托，但又觉却之不恭，故只好在广泛学习各版本的基础上，以一己之见吸取众长，勉强拿出一个"定稿"的初稿再次请教。至于为何作此修改，也略作说明。

（1）"时世维新，更制正名"。这两句写萍中立校之大背景及历史沿革。不用"立校昭萍，时势维新"者，是因为那样有因果倒置之嫌，这样修改，"名"与后面诸韵脚也可通押了。

（2）"武功杨歧，毓秀钟灵"两句，写萍中所居之地域是人杰地灵之所。

（3）"文承吴楚，学汇古今"两句写萍中的文化学术渊源。吴楚指吴文化、楚文化。

（4）"焚膏继晷，百年树人"两句概写萍中含辛茹苦，夜以继日地育人已届百年。

（5）"安源星火，灿若星辰；鳌头独钓，青蓝传薪"四句，上承"百年",写出萍中两个历史时代和两个主要校址所在地。"安源"两句既是萍中受革命运动影响的写照,也是安源时期萍中办学辉煌业绩的写照。"鳌头"两句是写新中国成立以后萍中在汪公潭鳌头山时期的新的发展。"传薪"二字下启以下办学精义的八句箴言。

（6）"一其志兮,中华振兴"。在"志"的表述上有的校友提出"务实求真"。我以为那近于作风。志须是大志,即为振兴中华而读书。为押韵,调整为"中华振兴"。

（7）"厚其德兮,折中于民"。对德的表述,有的校友提出用"诚信立身"。那的确是德的始基,也是当前的要务。但我以为也不是德的整体。德的整体应是全心全意为人民服务,于伦理价值的取舍皆应以符合人民群众的根本利益为准绳。故提"折中于民"。折中犹言取正,用为判断事物的标准。《史记·孔子世家》有"言六艺者折中于夫子"之语,今借用之。

（8）"富其才兮,求真创新"。对才的表述有"载武载文"、"科技是精"等意见。我以为文武只涉及才的范围,未写出程度;科技是精只说到科技丢掉了人文。故仍用"求真创新"表述。求真即求得真知、真理,而创新精神、创新能力正是素质教育精义所在。

（9）"蓄其能兮,允武允文"。原初稿用形象化的"卷舒风云"四字描述其能。有校友指出这一表述与上面不一致,缺少具体内涵,是也,故从其议,用"允武允文",亦即能文能武也。

（10）"桃李芬芳,五洲彪炳"。原稿无此两句。有校友建议说,萍中的学子现已遍布世界各地,且不少人都取得了可观的成就,应在铭文中有所反映。故新增添了这两句,作为以上办学精义的成果的称颂,是对萍中百年校史的一个总结。

（11）"恭逢盛典,乃铸乃铭,黾勉同心"。这三句是对铸钟、镌铭的一个交代,同时也说明其目的。"恭逢"、"铸"、"铭"都是校友之所为。"黾勉同心"是与后辈在校学子互相勉励之语。不用"铎其鸣矣,慧语哲言,铭镌汝心"者,一是作者不便说自己是"慧语哲言",二是那样多少有点居高临下教训人的味道。作为校友,虽然班辈不同,但我以为还是处于平等地位说话更好。

以上的说明,只是略陈粗浅,其错讹乖谬之处在所难免,仍以诚恳之心乞正于方家,以期铭文不为后人所笑也!

中篇·感受自然记忆

纯真的历史原型,鲜活的人与事

——《感受自然记忆》代序兼痛悼亡友

曾文斌

缘起:《感受自然记忆》是声源兄撰于 2011 年夏秋间,初编十二章,止于《走出浏公庙》。时作者迭遭家难心神俱疲,百无聊赖,未尝没有借写写东西排遣之意,以期走出心灵困境。在知友劝说、鼓励下,再续写了六章,决心搁笔不再续了(原因详后)。篇名与本篇基本特色,已见他言简意赅的自序中。我曾将初读原稿之再感受,直率缀于每章后,他不以为意,笑而受之曰:"留给后人对照看。"后六章完成后,因为它系家史、自传,不好再信口雌黄,因折简品评整个十八章,并相约俟他修订后该文面世时,将此信与前十二章"赘语"合为一序。讵料河清可俟,人寿难期,他于将入耄龄之际,遽然仙去,缠绵病榻时还殷殷以此相属。爰趁张声源文集付梓,谨履前约,将二者略加整理,聊充序言,兼缀小文,痛悼亡友,以慰声源兄在天之灵。

一、前 12 章"赘语"

第 1 章:《"外国地方"浏公庙》。这章交代浏公庙的来源、历史、地理、地貌、纷芸众生、民生百态、饮食娱乐、民风民俗等,特征是"杂"。作者凭回忆时的自然思路,先从记忆深处自家屋后的"乡公所"着笔,引出晚上审陈泥匠盗窃案"传奇事"、表母罗氏"劝偏架"打人又以脏话答审问的笑料,显示七十多年前萍乡墟镇的原始形态与陈旧凋蔽的古老氛围。顺着作者天马行空般思路的意识流,以"萍水河这条母亲河"为主干,以浏公庙是"四方杂处的'移民社会'"为特色,奠定了本文说故事、写原型、表真相的表现手法与叙述式基调,及其循"自然记忆"之意识流来安排人物事件等题材结构的特征,这二者贯串十八章《记忆》的始终。不妨说,第一章是全篇的首脑与总纲。

第2章:《浏公庙是座庙》。作者据萍乡县志有七八百年前为浏公立庙的记载,引出民间传说浏公驱石造坝的神话,突出该坝是据水力、水利科学选址选材。然后重笔描写浏公庙这一"标志性建筑"及以它为核心的完整建筑群。最后归结到它还是这里地方自治、乡绅议事的政治中心、演出中心、游艺中心和艺术中心,为下文逐步展开作好铺垫。这一章涉及宗教感情在民间巨大的凝聚力、慑服力,"这只'看不见的手',成了这方土地上人们精神的凝合剂"。作者未必是先构思好了这种精神动力的存在,由于他在这块土地上诞生、成长,潜在意识的长期浸润默化,使他下笔时自觉或不自觉地朝这方面运思。

第3章:《天籁、地籁、人籁》。作者写童年时保留的"过去农耕文明的记忆",即带有浏公庙特征的天籁、地籁、人籁。天籁,他抓住了"母亲河",写"萍水河是有感情的,她的感情关着天时,也通人性"。作者将日夜奔腾轰鸣的河水,当作"气势恢宏的摇篮曲","闻萍水河天籁之音,能知天年丰歉、民生哀乐"。他着力描写了"母亲河"推动三部轮转水车用系列竹筒灌、排的"钟鼓管弦的大合奏"。接着写樟树坪上七株四五人合抱的大樟树,成为鸟的天堂、人间乐境,风与树的合奏声,百鸟和鸣声,谱成"地籁"旋律。但最特别的,还是浏市所特有的众音合奏的人籁:脚炭车碾石声;磨豆腐声;打铁声;弹棉花声;药店碾药声;织布机声;撕竹声,特别罕见的是染坊的扇布声,真个是市声喧闹,众音毕具,其中描写重点又放在轮转水车与扇布上。前者是关系到丰歉的特别景观,"确有令人看扁嘴的功夫";后者是消失了的职业,作者将它"出土",便成"文物"了。在连篇的描写、叙述里,又穿插着民间笑话、神话传说、民俗故事,全章内涵丰富、美妙、神奇,既层次井然,条清理晰;又起伏呼应,跌宕多姿,确实是生花大手笔。

第4章:《九月二十三唱大戏》。着重写浏公庙人的"心灵节目"——浏公菩萨生日庆典活动。前章半是写自然风物(天籁、地籁),半是市声

（人籁），以景观情趣胜，这一章则以实况胜。其中传统（如菩萨生日唱戏和各类敬神、祈福仪式）、风土（商店、民居、庙宇、戏台等）、民俗（如跪烛、菩萨出龛、归龛、巡游等）、人情（如请客、待客、义工、封红包等）、世态（如"跳加冠"、人们的喜怒哀乐等）、典章（如族规、行规、账目公示等）、文物（如戏台、戏本、菩萨、旗帜等）、故事（唱本故事、现实发生的故事）等，错综糅合，难以列举。它既是活生生的历史图景，又是一幅风物画卷，宛如古老的《清明上河图》，更是地方文化全景，通过浏公菩萨生日的唱戏活动，将这个市井社会的一切都搅动起来了，闹哄哄地，又欢天喜地。其中一只"无形的手"在支撑、运作，它非政权力量，而是地方自治，民间自己的力量，如做出决定、凑"份子钱"、账目公开、张红榜、义工服务等，一切热闹而有序地进行。这"心灵节目"，也造就了人们普遍的"信士心态"，即对神灵的畏敬心，这种信仰的力量，实质上是自我制约力量，作者在第2章中称它为"看不见的手"。

第5章：《驱鬼有术，防疫少方》。倘说上章是喜剧，这章却是闹剧和彻骨悲剧。作者写的是真实的前现代民间社会及其部分生活剪影，愚昧荒唐，迹近闹剧，作者在如实记录"驱鬼六术"中略加分析。写1943年大灾后大疫，他两个弟妹均遭劫难，自己也患天花险症，几遭不测，那时作者只七八岁，无从追忆，该浓墨重彩的，只有淡笔带过，正说明这回忆录绝对是"感受自然记忆"，不加任何雕琢粉饰，七十年后反思这一悲剧，"此情可待成追忆，只是当时已惘然"。

第6章：《不叫中心，而有文化》。这篇是浏市文化的总汇，从学术上看，作者写的又是地域文化、民俗学的总汇。他着重写新年中民间娱乐活动和常规性庙会或演出，有跌三瓣、打春锣、龙灯、狮灯、傩神、按神、划龙船、采茶戏等。作者所称的"静态文化"，则节录了《声源茶话》中《浏市戏台》一文的部分句段，以显示浏公庙出色的建筑雕塑艺术，可与杭州"钱王祠戏台"雕刻相媲美。写上述活动，都以细致描摹为主，辅以条理井然的叙述和精彩评议，使整个场景活跃起来。它既是精美散文，又蕴含着学术；既复活了一个消逝的时代，又让人明白"一方水土养一方人"。声源兄的成长和兴趣、爱好以至个性养成，无不与这方水土有关。

第7章：《大运所定，盛极而衰》。这章是整个《记忆》中关键的一章，写浏公庙从鼎盛到衰落，鼎盛期只短促三年（1945—1947年），作者选择1947年浏公庙桴桥建成为鼎盛期标志性大事。该桥是百姓急需、士绅聚议、家家捐款、就地取材、当地工匠建造、一年完成、完工酒二百余桌，当天就贴红榜公布明细收支账。人心齐、速度快、功效高，都显示了浏市民众有自力更生、求富求强的自治力量，为何昙花一现，在高潮中衰败？作者试从两个方面解释：从区域经济看，"浏公庙是得水运之便而享物流之利，才造就了往昔经济繁荣"。抗战胜利后，浙赣铁路修复并通车，"内河水运怎敌钢铁大动脉的涌动？"水运一消解，浏市物流、商业必然随之衰落，这是"近代工业文明对农业文明"的胜利。另一方面，国民党金融崩溃，通货膨胀，百业凋弊，浏市工商业自然独力难支。文中也如实写出土改时打菩萨，捣毁浏公庙，水利荒废，"母亲河"枯竭，大炼钢铁时七株古樟化为灰烬，环境惨遭破坏，文物古迹荡然无存等种种恶果。结论是"大运所定，盛极而衰"。

第8章：《那些人，那些事》（上）。作者用上、中、下共三章，写"心中藏之，何日忘之"的人、事之只鳞半爪，原则是"能于普通中看出特殊，平凡中有些奇特，粗俗里透着风雅，荒唐中想出道理"。写了前清秀才、商会会长黎鼎发的秉公办事；作者的二叔祖老裁缝，忠厚老实，却又诓骗东家果园；长工出身的邓名万，由放高利贷发财，吝啬异常，却遭绸缎庄李老板赖掉一百大洋，土改时被当作恶霸地主结束了生命。还写了江湖人物彭老板、潜水高手王某、民间的奇技妙方，一个人就是一部历史。作者选写了这类人的一鳞半爪，怪诞不经，正史不传，却真实存在，组成了一个有声有色的民间社会。

第9章：《那些人，那些事》（中）。这一章既是前一章的续篇，又集中在两方面的人、事上，一是小市民生活中的神怪事件（如白日见鬼的、神怪附身的），个性偏执魔拗者（如陈氏父子两代人的笑料），男女风情，泼妇骂街等，都带有前现代的愚昧、执拗、粗暴等原始烙印。再是阶级斗争的轶闻、趣事，如某弹匠"革命积极性高"，斯大林死戴黑袖章、抹眼泪，父死却不肯戴孝，惹得老娘怒骂"你这畜生从哪里出来的？"又如陈皮匠被诬陷遭严刑逼供时编凑的"鬼话"；小学生不懂阶级成分的笑料。多是含泪的幽默，或是"将屠夫的凶残化为一笑"的悲苦无奈。作者写了自身在火坑中的经历，既有人性恶的大暴露，如黄老板娘未实现的狠毒阴谋；也有不畏邪恶关键时刻挺身而出，仗义执言，为他解救危厄的贫民谢炳春，"小人物"中有大正义在。作为过来人，颇有"当年见惯寻常事，过后思量总可怜"之深沉感慨。

第10章：《那些人，那些事》（下）。这章是前两章的"补遗"，多是浏公庙小市民生活中的奇闻趣事。如布店老板袁桂生关于世界本原和作者的论争，枯稿干瘪、孤苦无依的老斋婆临死的经典哲言，桂和生婆佬巧匿小猪仔事，黎篾匠郎舅为婚宴座次而大闹，小市民寻开心的打趣，药店主相骂的互相揭短，邱老细硬米麻片中有他身上的癣皮屑等。显露了浏公庙各色人等的人生百态，酸甜苦辣都有，既透着民间独特的质朴，又有未开化的愚昧。这些"小人物"都显示各自本真的个性，可笑，却可亲，并不可憎。作者说："是这些可爱的人们的一言一行构成了浏公庙的有血有肉的社会生活。"没有他们，浏公庙的历史便成空白。

第11章：《俗风、俗规、俗语》。这章写的是传统的民俗、习惯，大致包含几方面的内容：一，有关祖先神祇的，这类多与汉族敬天和宗教信仰有关，如神位、祭祀仪式、敬斋饭等。二，婚嫁习俗，如背新娘、闹新房等。三，族规、行规、行业特有的仪式等。作者特别写了黄堂洲李家义祠及其极严峻族规，对本族屡教不改的惯犯可以处死，该族人才辈出。四，浏公庙特有的方言之特殊内涵等。其实上述种种从前清到民国各地农村都有，只是经历时代磨洗，更多浏市地方特色，成为地方文化的沉淀，蕴含着哲理、人情。中国人待人、处事、待物有个流传数千年不成文的明规则，即"天理、国法、人情"，三者相互溶融，沉淀在各地民俗中，作者对它下了番发掘功夫。

第12章：《走出浏公庙》。这一章包含三个内容："走出去"的必然，如何"走出去"及其结果，后者为本章重点。前者在第7章《大运所定，盛极而衰》中，已作了具体详尽分析，这章只是再提了一下，说："走出浏公庙在六七十年前是部分人的远见和期望，其后便成了大部分人的必然选择。"这"远见"和"期望"成功者，只有和他家关系密切的黄益丰祥布号，举家外迁的结果，产生了个全国知名的大音乐家和二胡演奏圣手黄海怀（黄与作者有交往，两家曾是老邻居，见第14章写童年时母亲带他去黄益丰祥家事）。第一代外出成功的极少，作者写了投身抗日、战后重回的夏氏兄弟，在尔后政治运动中，兄刚直不愿受辱自戕，弟委曲求全，到老享受优抚津贴。如何走出去，"最有效的途径是接受教育，通向外面的世界"。作者以1949年为界，写第二代走出去的前后只差几年，因时运不同，命运往往截然相反。先走几年的，由于非主观选择，站错了队，往往终生坎坷；后期走出去的是幸运儿，大批人都当上了干部。作者颇有感慨说："不能不承认在人的生活道路中时运的影响。"他自己就是成功者之一。走出浏公庙后将怎样？见尔后六章中有关部分，但写浏公庙作为一个整体，至第12章告一段落。

二、与声源兄书：心灵上的烙印及其多种价值
——读《感受自然记忆》之再感受

声源兄如晤：

12月4日在陈君新居欢聚，次日因气促气喘，被老妻挟持住院，检查出多种老年慢性疾患，而以缺血型冠心病最为棘手。生平第一次住院近十天，终日输液，困顿病榻上，不能治"虫鱼之学"（注道希诗），却偷得闲暇，能全面思考兄之新作。《感受自然记忆》后6章，是带去医院陆续看完的，出院后，执笔给兄信前，又将整个18章系统细读了一遍，趁换岁朝、迎新禧之际，将"再感受"写下来，聊当贺岁，并就正于兄。

我的整体印象是后6章与前12章一道，构成乡土风情、人物剪影、家乘自传三部曲。它展示了六七十年前浏公庙的全景，是浏公庙地、事、人、物的综合总汇，而以人为主。兄在为该篇定位时，强调"它既不属文学创作，也不属史志记载，因此，它无须虚构人物情节，塑造典型形象，也无须查阅历史档案，走访当事人等"[《那些人，那些事》（上）]。但正由于它独特的地方性和鲜活的真实性，成为浏公庙的历史化石，或说是活着的历史。兄通过萍乡小西路这个小墟镇，写出了一个消逝的时代，即前现代的时代。其中有关浏公庙的历史、地理、文化、经济、风土、人情、生活、世相，以至地方建筑、行规族约，应有尽有，庞然杂陈，却又头绪井然，照应贯串，宛如一部浏市大百科，喜怒哀乐，人生百味，尽在其中。兄的思想境界、眼光文笔、睿智幽默、兴味风度，汇聚笔端，跃然纸上，真是"一方水土养一方人"。

前12章品评具见兄原稿后"赘语"中，后6章是兄家族史、成长史，

同时也是历史。六七十年前，中国农村及其宗族制度的基本面貌，如"过继"、"一子双祧"、"童养媳"、溺女婴等种种，80后、90后知道吗？正规的历史书上有记载吗？《兄弟阋墙》写家族叔伯兄弟间为争家产打斗事。《父兮母兮》写"哀哀父母，生我劬劳"（《诗经·小雅·蓼莪》）的动人情景。尔后兄的小学生活（《私塾·浏小·西区》）和中学六年（《萍中，萍中》上下两章）既是兄的成长史，又恰好是现、当代实况的衔接史。

兄强调只写回忆，回忆者，忆昔时也，本身便属历史，读者不会有歧义。写的是小市民日常生态，属于"小叙述"，这是由于兄出身闾里决定了"忆"的内涵。传统的历史著述，都是写帝王将相的施政，英雄豪杰、伟人志士的事业，认为他们是历史的创造者或推动者。但司马迁也写底层"引车卖浆者流"，并为著名商人和观星象、卜吉凶的奇人奇士作类传，实际上是承认这类人物也参与创造历史。事实上没有芸芸众生，即"引车卖浆者流"的日常平凡劳动，社会就不能生存运转，这本是常识，后人濡染于历史典籍中写盛衰兴替社会大框架的"大叙述"，常识迷失了。兄回忆童年细事，只能作"小叙述"，这是兄写作动因决定的，也是评价兄《感受自然记忆》的基础和根本出发点，不宜视之为文学创作或社会调查。再是兄强调"用心"写，是指"心"的本义，即嵌入脑际，时光越磨洗越显出斑驳本色的心灵深处烙印，即所谓"不思量，自难忘"者。加上老人近期记忆衰退，童年往事活跃，这种返璞归真的记忆特色，与作为一种创作方法的自然主义，不宜相提并论，否则，"差以毫厘，谬以千里"了。总之，写心灵深处"自然记忆"中原生态之"小叙述"，是本篇的基础和根本特色。为本篇定位应定在这点上，然后再谈写作水平高下与价值，便不至于走偏错判。

近年来，历史学家颇热心于追寻历史真相，还原彼时彼地历史现场，学习人类学家和社会学家的田野、实地调查方法，搜罗各种历史细节，从民间谱牒、家乘，各类契约、文书，前人遗存的日记、书信，各种民谣俗谚、传说，老人们口述历史，甚至货郎担子的零星账单里……综合这方方面面，勾勒出历史原貌。而兄的"自然记忆"，恰好与之合拍同流，和盘托出萍乡墟镇的原生态。由于代久年湮，生活变化一日千里，当代人对六七十年前墟镇角落里那鲜活的一页，不仅完全陌生，对本篇还可能会有粗鄙、零乱、散漫、琐碎之感。所以它不登大雅之堂，却入闾里之耳，部分还原了当年浏公庙现场，以俟识者将来发掘研究，具有历史资料价值。

时代是进化的，但社会风尚、人的道德面貌并非随社会进化而进化，退化或蜕变现象常见。如《兄弟阋墙》写你父亲在日本兵进浏公庙大难来临时刻，为老死的继祖父香九公烧"落地钱"，还居然在巨源请到了"八大金钢"抬柩营葬。这临乱不惊，其实是你父亲与"农民老表"的忠厚本分，是他们做人的底线与准则，无须谆谆教导，也不必啧啧称奇。但今天的读者是不可能想象这种行为与当事人的心境的，只能说，人们的道德品质在金钱与物质利益的诱惑下正蜕变中。又如，说国军通过浏市街撤退，见你父母在烧纸钱祭奠死者时，忙喊"老表嫂"赶快逃难。国军虽没有死守，却还有爱民心意，为妖魔化抗日国军还原了本相。兄描写的对象，个个有泥土气、憨厚气，质朴本分，却又粗野鄙俗，几乎没有好人坏人之分，用旧时标准来衡量，既无尽善尽美之君子，也没有十恶到顶、丧尽天良的暴戾之徒，既好不到哪里去，也坏不到哪里去。那时社会还没有成为一盆面酱，清者自清，浊者自浊，随俗浮沉，各显本色。兄展示出的是一幅淳朴本真的墟镇风情画，时代、社会、人物都在其中，呼之欲出，本篇又具有认识的价值，我曾用两句诗概述它："浏市春秋传野史，艰难世道变人心。"

再从全篇文笔看，兄秉着"自然记忆"信笔写去，宛如万斛清泉，汩汩流出，随地赋形，自然成趣。自然是全篇写作总特色，惟有自然不加雕琢，才能显出浏公庙前现代质野的原型本色，也唯有自然，记忆出自胸臆，如听老人唠叨，听说书人絮语，是生活的原汁原味，内中各色人等，生丑净旦俱备。全篇叙述性语言，不疾不徐，娓娓道来，自然流畅。一件大事头绪纷繁，而主线清晰，繁而不乱。写重大事件如日本人进浏市街、国军撤退、你父亲戴高帽游行等，不作重度描写，不用惊人之笔，不加鞭挞丑化，一律以平常心对待，用平和语气带过，仿佛是旁观者而非身历者，这与全篇自然风格是统一的，或者说是"自然记忆"之话语表达形式。倘从深层探析，兄"阅人如阅川"，对世态人心看得太多，已经修养到家，喜怒不形于色。这一点弟到耄龄也做不到、学不到，至今还处在"眼牙之报"间，有时意气用事，难泯愤郁，尝试写过去，一落笔便百脉贲张，头涔涔而目模糊了。此外，兄记忆非凡，六七十年前人物、少年时同窗、亲友、邻里、族人，个个有名有姓，如数家珍，事件发生时间、地点、始末，历历可查，强化了本篇真实性。这种记忆力系天赋，没有这资质，不能叙写历史。1949 年我 18 岁，族兄弟名字现今还记得几个，初高中同窗则被时间潮汐冲刷迨尽，只留下模糊痕迹了，读东坡"雪泥鸿爪"诗句，一叹！以上这些都是给读者裨益处。

《感受自然记忆》是从故里原貌、人物、景观写起，写到自己的中学时代，止于所当止和不能不止。再往前写，不仅离开了浏公庙特定范畴，且与我辈同一时代的人物还正安享晚年，不能说三道四了。生不立传是我国传统，但兄与我都不是什么"人物"，一生无大建树，谈不上盖棺论定的问题。兄的后六章不仅是家乘，更坦露出一个真实的自我。兄睿智、谨慎、宽容、幽默、平和的个性与情趣；正义感充盈，不趋炎、不唯上，同情弱者，入乎"小市民"中，又能出乎其外，适可而止的处世原则；多才多艺，兴趣广泛，所涉必精，一精便转，唯求自适的治学与生活态度，都能从《感受自然记忆》中找到其母本与渊源。全篇是否有续篇姑置勿论，已完成章节自成系统，是有机整体，倘与《声源茶话》比较，相映生辉，一短制、一长篇，都是文学性的，互有优胜处，可单独刊行，除博浏公庙人喜爱外，更可作乡土文献保存。萍乡有批读书人圈子，也可一饱眼福，倘"韫椟而藏"，只留给自家子弟，太可惜了。这毕竟不同于自家谱牒，且不说公诸于众，将打字稿以享诸同好，也是应该的。倘作小本本印行，弟不揣冒昧，拟将前十二章写在兄手稿上的"赘语"与这封信综合为一篇序言，既为兄大作"鼓与呼"，也是"茑萝施乔松"取巧之法，一笑。

腊鼓频催，岁聿云暮，在阳历换岁朝前夜，匆匆草成此篇，兼贺岁朝，敬祝撰安。

2012 年 12 月 30 日（壬辰十一月十八）

1. "外国地方"浏公庙

现在由湘东区湘东镇管辖的浏市街,倒回六十多年前,人们管它叫浏公庙。那时它是凤鸣乡所在地。凤鸣乡没有自己的办公楼,就设在浏公庙左厢的吉安会馆里,有乡长一人,文书一人,所丁二至三人,管理着户籍、兵役、赋税、治安等事宜。吉安会馆建在一处石砌的高岸上,我家就在岸下,内边有什么动静,我们都听得一清二楚,特别是晚上,几乎可以隔着屋面喊话。如坳背①巫定国被抓了壮丁,就在班房里给我家喊话,请我们次日早上帮他送去早饭。晚上审案对我们也毫无秘密可言。记得有天晚上审陈泥水匠盗窃案,将他"称半边猪",就是绑住一边脚手将他吊空,令其招供,不招便用扁担打,打得呼爷叫娘的,一直折腾到半夜。第二天清早,便听说他越狱跑了。怎么跑的,说来难以相信。他只在墙上拨出一个砖大的洞,常人连一个头都伸不进,他却从这小洞中跑了。我父亲说他是老贼,有缩骨法,我一直将信将疑,直到许多年以后,在电视中看到还真有缩骨术这码事。

另有一次审案,实属滑稽好笑。这事涉及我的一个亲戚,姓罗,论字辈我叫她表母。她长得高高大大,在当地女流之辈中算得上是风流倜傥的一类。有一次她的邻居因口角而打架,她相劝不成,便拿起一把铁锤帮着一方打对方。事情闹大了,相互拉扯着到乡公所评理,挤满了围观的人众。直接当事人询问完毕,乡长就问她:"你劝偏架,打了人没

---

① 坳背:山后面。

有?""打了。""用什么打的?"这时她不说是用铁锤打的,而说是"我拿砣砣打的"。乡长追问:"什么砣砣?"谁也料不到她竟石破天惊地道出两个字:"屙砣!"这一下,原本严肃的公堂突然哄堂大笑,她就在笑声中钻进人缝,一溜烟逃之夭夭了。这案件也就不了了之,邻居还是邻居。

在我的记忆中,乡公所审案的事并不多。平日里除了早上一两个所丁出来给宰好了的猪打印,收屠宰税外,便是听庙里的晨钟暮鼓。乡长是每天傍晚都回家住宿,剩下文书、所丁,晚上耐不住寂寞,便呼呼呼地摇通电话取乐,他们对着话筒唱花鼓戏,一个拉琴,一个唱调,唱完一段便问对方好听不好听,接着便是:"好,再来一段!"

我讲这些故事,只是想证实我们浏公庙当时确实是凤鸣乡乡公所的所在地,那时不叫乡政府,只叫乡公所;就是区也叫区公所,不叫区政府。这大概是沿用两千多年来皇权不过县的老例,区、乡都是由地方自理自治。这码子事不是本书要写的,但不能不作个交代。

还是要回到浏公庙来。

浏公庙其实包含两个概念。一个概念是那里的确有座菩萨庙叫浏公庙;另一个概念是那里有一条蜿蜒千米的石板长街,因为是浏公庙的所在地,所以也就把这个地方的名称称作浏公庙。这是一种借代法,就如用"人之初"代称《三字经》一样。当说到浏公庙的地名,老浏公庙人或许会告诉你这里曾有过好几个名字,如浏公庙、浏公市、浏市、浏市街、金沙湾等。我告诉你,这一带地方叫金沙湾。日本人的军用地图上标为"浏公市",浏市则是对浏公市的简称,故桴桥修成后便定名为"浏市桴桥"。解放以后,一沿旧例,这里设有乡一级机构的政府,即"浏市街政府",浏市街便成定名了。

浏市街的特色就是石板铺成,通街都用厚厚的麻石板铺就,两边街檐下是纵的摆放,中间街道是横的摆放。若问街道有多宽,我讲个笑话:我小时候在自家屋檐下洗澡,一泡尿射到了对面的街沿上。但这样的一个地方,当时却被称为"外国地方"。有萍乡县城里人的口标为证:"湘东峡山口,老子天天走。——浏公庙你去过吗?——这样的外国地方谁去过!"又云:"养女莫嫁浏公庙,三天三夜屙黑尿。"

"口标"是个方言词汇,意思相当于现在的"流行语",大都揭示一时一事或一地的某些特点,有时出现某种新情况新形势,人们将其附会到某一旧词语上,也将旧词语称为"口标"。关于浏公庙的口标不是附会,而是揭示浏公庙特点的群众新创的话语:一,浏公庙是"外国地方";二,浏公庙是"屙黑尿"的地方;三,浏公庙是吃东西的地方。这虽有某种夸张的成分,但概括得还相当准确。

将浏公庙称作"外国地方",我想主要有两方面的原因:一是陆路交通不便,是在一个不当大路的山角落里;二是这个地方经济文化却十分地繁华热闹。

以前,萍乡县城有五座城门:东门、南门、大西门、小西门、北门。它通往外界的路相应也有五条,即东路、南路、大西路、小西路、北路。我们浏公庙属小西路,不当大路,而是介乎大、小西路之间,它距湘东十里,距麻山也十里,都只有山路、小路相通。故对于城里人来说:湘东峡山口顺着大路,当然老子天天走了,而要从这里再弯十里路去浏公庙,岂非像出国一样难吗?故尔称作"外国地方"吧。当然人们不会那样蠢,硬要顺着大道走弯路,也可以抄小路贪近便。以前我们浏公庙人进城都是循着这样一条路径走:从浏公庙过渡到黄堂洲,经坝脑上再进谷陂冲,拐过一个山嘴到诗源、江口,再到桐田,穿过夜马农上坳①经挂壁牌到善洲桥,直趋小桥下,再过杉坡里经黄泥塘便到汪公潭,这时萍乡城便已在眼前,不过还得前行里许,过"聪明泉"、经香溪桥头才算从小西门进城了。这条路有多远?一般说是三十里,也有人说只有二十七八里,走得快两点半钟便可走到,只是路不好走,山路、田间小道居多。虽然一路青山绿水,过谷陂冲后路边还有一井好泉水可以捧着喝上几口,多少有些诗意,但毕竟行路艰难,且杉坡里常有强人出没,如非为着生计,谁肯跋涉其间?

说到浏公庙这个"外国地方"的繁华,首先当拜谢萍水河这条母亲河的恩赐。在那个时代,是她造就了浏公庙的文明。以前萍水河的水比现在清澈丰盈,南门桥、北门桥下常有航运的民船停泊,而浏公庙正是它们的必经之地。萍水河从小西门出城以后,蜿蜒西行,经长潭里、双江口时,分别有来自南坑、白竺的支流汇入,到浏公庙又有一条来自腊市方向的小河加盟其中,水势大盛。兼之萍水河自谷陂冲出山口后,水

---

① 上坳:即上坡。

流湍急，且一直朝西岸冲刷，因此西岸形成一道河湾，叫金沙湾，而东岸则借回流之力渐成淤积的洲地，是为黄堂洲。浏公庙处于河西，居金沙湾之下游，故河床更深。之前摆渡用篙撑，这里深不及底，只能划桨，半渡以后才能用篙撑抵黄堂洲码头。正是这一水文地质特点使浏公庙拥有近千米长的深水带，可作泊船码头。

此地又盛产煤炭，且不说山背后的巨源冲蕴藏有丰富的煤炭资源，浏公庙这座庙、浏公庙这条街都可以说是躺在乌金宝座之上。街尾的吉水殿，是过去吉水人挖炭的地方，堆积如山的煤矸石早已为植被所覆盖。街腰后面的山坡叫"九十伙里"，因先前有九十个煤井而得名。街头上行至乌岗一线，有人形里、桐子坡、冬瓜槽、柴口洞等煤矿，其中冬瓜槽的煤炭闻名湘鄂，成了他们争相购买的燃料。抗战时期，人家还在用人力抽水，它就采用了蒸汽锅炉作动力的机械抽水设备。我至今还清楚地记得那庞然大物的锅炉从浏公庙街上搬运过去的情景。用滚筒搬运的办法，数十人有的用绳索拉，有的用棍棒撬，有的翻来覆去地搬动滚筒，寸寸尺尺地往前拉。当时人们不叫它锅炉，而将其呼为"泵古"。这地方挖煤炭的多，推脚炭的更多，都是煤尘盖脸，面乌嘴黑，一遇刮风，则煤尘漫天飞舞，故云"养女莫嫁浏公庙，三天三夜屙黑尿"。虽属夸张，倒也不是无中生有。可你嫌煤炭黑，人家却喜欢它的热，如前所述，这里的煤炭正是湘鄂两省急需的能源。那时，株萍铁路因战争而被炸断，公路未修通，煤炭的运输主要依仗河运。萍水河从浏公庙经湘东、荷尧金鱼石进渌水入湘江，经洞庭入长江，这才改变西流之路向而归入东流之浩浩荡荡。

浏公庙既成了煤炭、木材和农产品如柑桔、桐油等对湘鄂的出口基地，也就成了从湘鄂进口粮类、粉丝及日用品的物资集散地，故浏公庙经济辐射范围是很广的。除附近的黄堂洲、冷潭湾、湄源冲、谷陂冲、乌岗、巨源、无陂洲、大江边、阳干在它固定的经济圈内外，较远如麻山、白竺、源并、腊市、排上、东桥都辐射到了。这些地方的农民，将米送到浏公庙来卖，樟树湾就是大米集散地，盛时交易量一天达一两百担；要购物也到浏公庙来买。要办南货，这里有锦云斋、大昌祥、刘复盛；要买布匹，这里有益丰祥及其他七八家布店，还有李恒茂绸缎庄。要染布，这里有陈洪和染布坊，青、蓝、染花皆可。要织袜，这里有李甫仁手摇机织袜店。要买油鞋，这里有四家皮匠店。要放绳索、制棕衣棉絮、买农具、打摇篮做外婆①，这里有三四家棕（弹）匠店、五六家篾匠店、五六家铁匠店，还有木匠店。买文具书纸，有李任从堂书纸店。要买水烟丝，这里有谭协和刨烟店。要撮中药，这里有八家中药店，生了病信②郎中这里有郎中，信不起郎中可以到浏公庙里去问仙方。讨亲嫁女，这里可以租到花轿；丧葬，这里可租到龙杠棺罩。做酒摆宴，这里有笼床碗盏出租。敬鬼神，这里有香、烛、爆竹、纸马诸店。修钟表，这里有张冬生钟表修理店。出行图个舒适，这里可以租到高车和轿子。来往商旅投宿住店，这里有文洪盛、陈洪泰两处饭店。至于饮食则更无需说，"浏公庙是吃东西的地方"已说明了一切。总之是从农耕文明的要求来看，民生之所需，浏公庙基本可以满足。

  浏公庙街道虽有人笑称它是"一条狗肠街，街头看不到街尾"，但麻雀虽小，肝胆齐全，倒有好几处街名。从上到下数，有樟树湾、五福堂、集庆街、兴隆街、佳子街、吉水殿，这是长街的分段，另外滨河为河街，依山为坳仔上。河街是煤炭集散地，这里依次有麋家码头、丁家码头、肖家码头、徐家码头、王家码头、杨仔码头、邓家码头、龙王庙码头等上十处码头，开煤庄的则更多，约有十五六户。煤炭靠船外运，本地有不少船户，对岸沙棚里还有五六家造船厂，那时叫"捻匠厂"，一年四季造船忙。要是新船下水则更热闹，几十人拉纤推船，鞭炮长鸣，大摆宴席，如度盛大节日。但船运的主力军还是在湖南。从湖南来运煤的船，称为"乌金子船"，也有称"下河船"的。这些船往往一帮一帮地来，一来就十几二十号，盛时，浏公庙河面上泊有上百船只等待装卸。一条船往往就是一户人家，婆娘崽女都在上面，小孩子腰间用一条绳子拴住，也不怕掉到河里。下河船一拢岸，头件事便是斫肉打酒买豆腐，办吃。也有朝神的，也有未带女眷而去找女人的。因此浏公庙的屠宰、酿造、食品、餐饮业特别发达。除了临时摆的肉砧外，固定的砧桌有八座；酒店豆腐店八九家，点心面馆四五家，清香馆的米面和水浆米姑③、邱老细的硬米

---

  ① 打摇篮做外婆：乡俗，女儿生了小孩，外婆家要送摇篮，故有此乡间俗语。
  ② 信：即"请"。
  ③ 水浆米姑：连米带水一同磨出米浆，沉淀后蒸成的小圆饼，其他地方也称"米果"。清吃香、糯、绵软，醮上糖、豆粉等佐料，别有风味，深受当地人喜欢。

麻片和牛舌头①都名噪一时。因此说这里是"吃东西的地方",倒也当之无愧。因为推脚炭的多,有时肚子饿了要买个米姑充饥,但要吃还得下定决心才行,于是又多了一句流行的俚语:"呸!娘个X,吃只粑粑仔啫!"

有个历史现象不能不提到。浏公庙不是兵家必争之地,但常是兵家必经之地。据说"长毛"(太平军)在此打过仗。我小时候上山砍柴时在川形坳上见过古战壕,还捡过铁炮子玩。走日本反②时,国军从这里撤退过,日军两次经过这里。解放战争时,国民党军也从这里撤退过,解放大军也从这里乘胜追击过国民党败军且驻扎过军队休整训练。为何如此?以我外行人的眼光看,原因有:一,这里虽不当大路,却是一条隐蔽的近道。从浏公庙可经乌岗、腊市、排上直插湖南而北接长沙南趋湘衡。二,这里有浏公庙街道,店房密聚,便于驻军,且地形利于防守。浏公庙背后的一障山脉,可将对岸黄堂洲一边十余里的扇形地带纳入视线范围,上可控制从麻田、腊市过来的两条路径,下可扼住从湘东经大江边往浏公庙或巨源的两条路径。此所谓要冲之地,故太平天国和抗日战争时这里都有过战斗。还有一个历史的遗憾:黄钟杰烈士是在浏公庙被捕。吉水殿上行约百米处,有一条山沟通往河中,上有一砖拱路桥,山沟两侧则冬茅覆盖,便于埋伏。当时民团兵丁就埋伏此处,黄钟杰走到桥上时一声吆喝,伏兵一拥而上,他已绝无逃路了。

说浏公庙是外国地方,还由于这里是一个四方杂处的"移民社会"。浏公庙人并非都是"土著民族",外地人对它的开发做了很大的贡献。如浏公庙有吉安会馆,这就说明吉安人在当地有一定数量,有势力、有组织。这里有小地名吉水殿,就因为有许多吉水人在这一带开矿挖煤,是早期开发者。在浏公庙开药店的基本上来自樟树、临江和吉安,还有湖南人在此定居开煤庄。也有出外当兵从外地带回婆娘来的,如开煤庄的肖凤彪就娶回了个南京女人,人们背地里都称她"南京婆仔"。人口的流动交融,带来了浏公庙文化的多样性和丰富性,形成了浏公庙人相对开放的心态。相对于聚族而居的宗法封建制而言,这里的老百姓享有较多的话语权,为着维护个人利益,天王老子也敢骂。这些,以后你可以感受到。

---

① 牛舌头:一种糯米做的、蒸熟后再经油炸的长条形点心,因形状似牛舌头,故称。
② 走日本反:本乡俗语,为躲避日本人而逃难。

2. 浏公庙是一座庙

　　前面讲了浏公庙是个地方，其实浏公庙就是一座庙。中国庙宇所祀奉的神祇，大概分成两类：自然神与人格神。土地庙、山神庙、火神庙、龙王庙等，分别是敬奉土地、山岭、火、水等自然伟力的庙宇；孔庙、关帝庙则分别是祭祀孔子、关羽的神庙。孔子、关羽都实有其人。孔子倡导一个"仁"字，关羽践行一个"义"字。仁与义是中华文化的核心价值，是民族精神的精髓，所以他们被视为圣人，遍受国人尊重，各地都为他们立庙以彰扬其伟大人格，是为人格神庙。但中国人非常讲求实际，知道圣人难代出，而为了鼓励人们多保境安民，为老百姓做好事，对于虽不是圣人，但却能造福一方、护佑众生、人格高尚、受人感戴的人士，不论其有无一官半职，也会给他们死后立庙的待遇，如萍乡三田的张侯庙便是。张侯庙过去叫作张相公庙。张相公确有其人，他该是个儒医吧，悬壶济世、医术高明、扶危济困、积德行善。在生时，当地百姓蒙其恩泽，死后人们一方面为了报答他，另一方面又希望他的神灵能继续庇荫一方人众，因此就给他立庙奉祀。一立庙以后，张相公就由人变成了神。立庙就成了能量的倍增器。张相公生前只是行医看病，死后一经立庙，就变得似乎无所不能，想治病的固然去拜他，想升官的、想发财的也去拜他，这就是"神化"的表现。这似乎与立庙的初衷相背离了，且由它去吧。

　　浏公庙是为谁立的庙，顾名思义，是为浏公。浏公何许人也？有何功德值得人们为他立庙？何时立的庙？据乡人黄思明先生说，清道光八年（1828年）萍乡县志的有关记载云："刘公庙在金沙湾，钟文有宋绍定五年（1252年）字，相传以医道显庙。近河有陂，曰神仙坝。"因此想多说两句。这段记载说明了什么呢？一，浏公庙的地址在金沙湾。二，根据庙里钟文有"宋绍定五年"的字样，可推知浏公庙之始建时间该不迟于1252年，则至今已有760年的历史了。三，说明据老百姓的传说（相传）是这里列具治病的仙方（医道）很灵验，所以这座庙很出名。注意"相传"二字，说明了作者态度还是严谨的，并未说真是如此。四，说明这里有座水坝叫作神仙坝，大概与庙中祀奉的刘公有关。刘公是湖南浏阳人氏，这与一贯传说相符。

新中国成立前，萍水河两岸的农田灌溉，一靠池塘，二靠河水，也就是从萍水河提水灌溉。河水怎么提上岸？过去没有电动或柴油动力的抽水设备，要从河中提水进农田，只有三种动力：一是人力，二是畜力，三是水力。人力车水，扬程短的用手车，扬程高的用脚车，有的甚至要两三部脚车接力，一级一级将水往上提。用牛车车水也有过，但不多见。另一个办法便是仰借水力提水灌溉，这可是古人发现的真正绿色环保的能源。以水提水，要两个基础设施，一个便是修坝，将上游一段的水位提高，增加落差，也就增加了水的力量。第二便是装筒车，车装在水坝的哪一边，哪一边就预留渡水槽，让被坝逼高了水位的河水，哗哗地往水槽冲刷过去，从而推动筒车的转动。筒车的周围装上了许多竹筒，按一定的角度均匀排布，竹筒入水时装满水，转到高位时便将水倒在木制水槽中再流进水渠实行灌溉，可也算得"水利自流化"了。以前萍水中的水坝不知其几也，就在我们浏市一带约摸四五里地的河中，就有李家坝、浏公坝、蛤蟆坝等四五座坝，一般一座坝带动一两架筒车，唯独浏公坝带动着三架直径近四丈的筒车，所以人们就称那个地点为"三架车"。

这就要说到浏公了。萍水河上的坝基本上都是柴坝，是用木柴构成的，浏公坝却是石坝，基本上是垒石成坝，有人说不用木料，这不确。我小时候在那里游泳，就看到了用松树扎的马桩以稳住石料。这座坝的神奇之处就是不怕洪水，不会倒。洪水最多只能把它的石头冲到河中，过后，人们将石头从河中捞起重新垒上便又完好无损了，不必花费大量的木材和人力去修坝。而就在它下游的蛤蟆坝则不同，一场大水往往将它毁得面目全非，人们又得重新去修。这样一对比，浏公坝虽非鬼斧也算神工了，而它正是浏公造福一方的杰作，是乡人为他立庙的根本原因。

关于浏公造坝，当地最原始的有两种类似神话的传说，有一种算是科学的解释。传说一：某年干旱，无陂洲、黄堂洲的人都在萍水河作坝，将成未成时，从湖南浏阳来了个人，行路困饥，先是向无陂洲的人讨口吃的，那里的人说："我们自己都没得吃，哪有给你吃？"于是他上到黄堂洲，黄堂洲的人说："吃吧，粥就在桶里，你愿吃多少吃多少。"那人吃罢，念了两句偈语道："无陂洲无陂洲，一把大水光溜溜；浏公坝浏公坝，千年大水都不怕。"往后果然应验，便将此坝叫作浏公坝。传说二：不倒的浏公坝就是浏公修的。浏公用赶山鞭从上游金龙湾一带的山上，将石头变化成猪赶到这里作坝。坝身都齐了，就是缺少一块巨石堵住坝中间的篷口。于是他就连夜赶石头。这时雄鸡已经报晓，赶着赶着那块巨石突然不见了。这时碰到一位酒师父，到河边洗豆子准备磨豆腐，他便问："师父，可曾见有只猪往这里经过？"酒师父说："哪里有什么猪？我只见一块石头滚落河中。"这一说就把仙气说破，这石头再也不动了，现在还躺在金龙湾边上的河水中。后来有些文艺创作者又在这些简单传说的基础上加以想象，添油加醋进行艺术加工，尽可能把故事演绎得离奇曲折以突出"神"的道行高明，其实都是不足证的，唯一合理的解释是浏公是古代一位深谙水性的水利工程师。浏公坝的不倒不仅是他选材特别，更由于他选址极妙、坝的角度极佳所致。萍水河过李家坝后，在这里拐了个弯，由正向西而偏向北流驶。正在这里，有一条小河几乎呈直角汇入萍水河。他的坝址就选在小河入口的上端，坝身并非横断河水，而是以较大角度面向浏公庙，尽量迎受小河流水的冲击力，以抵消上游河水的部分压力。涨水时，大河涨，小河也涨，对水坝起了支撑的作用，所以不会倒。这个解释应是科学可信的。虽然它把浏公的神性消解了，但浏公的功德却更令人景仰。为他立庙也是天经地义的事。正殿前的石柱上刻有一副对联："得道为仙，即石堰金钟皆作遗念；有功则祀，看湘头赣尾遍地长青"，已把立庙的原由意义概括得很清楚了。

浏公庙是当地一座标识性的建筑，处于浏公庙街道中间偏下的台地上。大庙规模宏大，坐北朝南，一连三栋进深。前两栋合为一体，没有经墙隔断，中间留有天心①采光和排水。其上方正中是正殿所在，安坐着

---

① 天心：即天井。

浏公菩萨的全身木雕像。脸如重枣，原本无须，抗战胜利后人们给他装上了乌溜溜的胡须，着绸质湘绣的古代官服，也称得上是莽袍玉带。他的两边有十乘木质小轿，每座轿中都有一尊小神，人们称为"打神菩萨"，那是浏公派出去为人消灾弭病的"公务员"。再前面就是身躯高大面目狰狞的四大天将兀立两旁。从正殿往内走，便是观音堂，殿上有观音坐莲神像，韦驮菩萨立于其对面，两旁分列十八罗汉二十四诸天。大庙两旁分别建有厢房，东厢是签房和庙祝起居室，只有直通的三间平房，后来作了小学的教室；西厢规模较大，是吉安人建的会馆，后为凤鸣乡乡公所所在。大庙的正南面，建有一座戏台，中间隔着五个宽宽的台级和一块较开敞的空地。阶梯用白砖扎砌，空地用卵石铺好，每个台级都可摆上一张凳子让人们坐着看戏。因此这里被称为庵坪里或戏台坪里。不唱戏的时候，景云斋在这里晒面、晒豆豉，附近人家在这里晒衣被、晒太阳。戏台的台面略低于大庙的地平面，这样的设计，既含有尊神的意思，也便于人们看戏。

　　浏公庙是一处完整的建筑群。除上面所述外，在吉安会馆与戏台之间还建有酒楼相连通，酒楼下面是骑楼临着街道，供人进出。戏台下面也是预留通道与街相连，临街面建有牌坊，称为"朝阳胜境"，应是浏公庙的正大门。大庙的右前方，紧挨卵石戏坪还有一片空地，只不过是泥巴地面。为何不铺石头？为的是唱戏时让人们在这里支帐篷卖餐饮。这边没有建筑，只用围墙围着以自成一体，但围墙上也开了两处大门供观众出入。我以为设计者的安全意识是很强的，在一个仅容七八百人的院落内竟预留了五个宽阔的出入口。前面只说四个，为何又五个？因为观音堂侧面还有一座门出入。从那里出去便是樟树坪，又是浏公庙的一景。有七棵数百年的巨樟环抱于此。树有多粗？我见过有五个男子汉去合抱一棵树才勉强搭上手。

　　浏公庙是座庙，它是何时所建，为谁而建、缘何而建、规模如何，上面我根据自己的记忆作了一些介绍。但是话还没有说完。在过去的社会，浏公庙决非只是求神拜佛之所，它还是这个地方的政治中心、演出中心、游艺中心和艺术中心。说它是政治中心，不只是这里存在着一个凤鸣乡乡公所，更主要是这里还是地方自治、乡绅议事的地方。在我的记忆中，以前这片地方有什么事情需要聚议，观音堂是唯一地址。诸如：浏公菩萨九月二十三日满生日，写班子唱戏；年关将近，组织冬防队维护治安；要修桴桥，如何募捐、如何选址、如何建造；国民党伤兵行凶抢掠，如何组织农民协会游行示威，等等，都是在观音堂进行讨论的。参与人员有浏公庙街上的，也有黄堂洲、湄源冲、黄家洲、无陂洲的父老乡绅，几张凳子围个圈就是会场，抽烟的自带旱烟筒、水烟筒，烟草自备或互相让请，茶水则由庙祝喜生给一人泡上一瓯清茶，数片茶叶，历历可数。说也奇怪，那时所议之事倒也件件落实。说修桴桥，不到两年功夫，桴桥修成了；说农民游行示威，农民背着梭标怒吼了，国民党伤兵缩在被服厂不敢出来了。公益事业，涉及经济问题，也没有听说谁吃了冤枉。我瞎猜，这大概不能归结为政治觉悟高，而是当着神灵议事，谁都不敢欺瞒自己的良心。用时髦的话说，叫作有所敬畏，或者说是"看不见的手"比"看得见的手"更顶用。看得见的手可以塞上东西让它放下去，看不见的手似乎老是在那里指着你鼻梁，这算不算也是一种宗教感情呢？也许正是这种宗教感情，浏公庙、浏公菩萨成了这方地土上人们精神的凝合剂。别看这些小市民平时锱铢必较，一到办庙会却表现出空前的团结、大度、和谐，真是有钱的出钱，有力的出力。诸如此类，留待后面慢慢道来也。

3. 天籁、地籁、人籁

　　空气、阳光、水，号称生命三要素，而声音是不在其中的。但我不知道，人如果长期处在一个死寂无声的世界里将如何生存。听说宇航员遨游太空、深海潜航员深潜四五千米深的海底时听不到一点声响，心里承受的压力是很大的，所以人还必须生活在一个有声的世界里，可是当人们回忆他当年生活过的有声世界时，谁又把声音当作了一回事？庄子谈到人籁、地籁、天籁，后世文学家有写人籁的，如白居易《琵琶行》，有写天籁的，如欧阳修《秋声赋》、《鸣蝉赋》，庄子书中南郭子綦则对地籁有段描述，子游听后说，啊，我算明白了，"地籁则众窍是已"。他们的文字都很优美，但都没有写出一个地方特色、一种社会生活。我自不量力，希望跨过这个坎儿，把我们浏公庙的天籁、地籁、人籁呈现出来，而我自己也借这个机会再一次沉缅于童年的记忆里。

　　萍水河是我们的母亲河，我觉得她过去对浏公庙一带的人特别眷顾，不仅给我们造成了深水码头，带来物流之利；在浏公坝的拦截中推动三架车的运转，将白花花的河水灌进了黄堂洲的大片农田，在这片地区造成了繁华的农耕文明，她还历久不息地为我们带来了天籁之音，春秋代序，宫商变化，供有心人感受着大自然的喜怒哀乐。

　　我得先介绍一下这一带的地形特点。萍水河从双江口先进谷陂冲后，就被两岸青山夹住，像一支铜号的弯管，过李家坝后折而向北，两岸青山渐次开阔，东岸黄堂洲的背后是仙人岩、马岭；浏公庙背后是川峰坳、狗婆岭，相对依次由南向北展开，像个喇叭口。这是一个天然的共鸣箱。

浏公坝将河水的水位提高近两米，蓄势的河水急于寻找出路，在正常情况下出路只有两条，一是往黄堂洲一侧岸边预留的渡水槽走，推动三架车的运转，这边的流量不大，大概只占总流量的四分之一；而四分之三的流量则是通过坝中间的篷口向浏公庙一侧呼啸奔泻而去。这就像一个人，在自然呼气的状态下吹不响一个喇叭，只有憋足气后让气流从唇缝中喷出，喇叭才呜呜哇哇发声是一个道理。萍水河的天籁之音正是在篷口奏响，天然的共鸣箱又使她的音韵宏亮而悠长。犹记小时候上床睡得早，母亲在如豆的桐油灯下纺着棉花，嗡嗡地如蜜蜂振翅，而萍水河却轰轰隆隆，四周回响，似乎地皮都在发声。更有趣的是三架车在河水的推力下不停地悠悠转动，那木质的滚轴与支架摩擦发出的咿咿呀呀的声音，旋律优美，节奏舒缓匀称。车上均匀排列的竹筒，依次从河里灌满了水，转到高处时又依次将水一筒一筒地向木制的水槽倾倒，发出清脆的哗哗的声响。萍水河的天籁之音呀，原是钟鼓管弦的大合奏。初到浏公庙的人如我的表兄弟们也许不习惯，会闻声而失眠，但我们习惯了，且早已将其当作气势恢宏的摇篮曲，在她的催眠下，甜甜地进入梦乡，或潜水游戏，或乘风飞翔。

  外人听不懂萍水河的天籁之音，住在浏公庙而对声音感知麻木的人也听不懂。我懂！萍水河是有感情的，她的感情关着天时，也通着人性。当她嚯嚯奔流、三架车欢快地歌唱时，农田里面一定水旱无忧，人们也是轻松欢乐的时候。当她轰鸣咆哮、三架车似在狂奔时，那是在向人们发出防洪的警报，人们会觉得紧张了。当她不再在坝口发声而是全线地呜呜嘶鸣，三架车也不再作声时，那是洪水漫过堤坝，如千军万马突破敌军防线，漫山遍野实行冲锋追击，杀声震天、势不可挡，这时水灾便来临了。当她只是哗哗流淌，三架车失去了悠长的歌咏，只是断断续续发出几个音符时，那是旱象已成，民生艰难之时。当北风凛冽，冻雨萧萧，只闻浏公坝哗哗的流水，三架车禁不作声时，那你去看吧，三架车上肯定已披满冰挂，银光闪耀、晶莹剔透，别是一番风景。一叶落而知秋，闻萍水河天籁之音能知天年丰歉、民生哀乐，这原是过去农耕文明的记忆。

  上面反复提到三架车，顺便介绍一个故事。现在人们旅游，看到一架水车不停地转动，往往视为稀罕之物甚至视为一处景点，尽情观赏，眼睛一眨不眨,这似乎与过去没有什么区别。过去的人也喜欢看筒车,特别是小孩子。我就经常从浏公庙坐了渡船到对岸的黄堂洲去看筒车挽水,有的孩子还脱光了衣服游泳,从河槽里攀上水车随车转到了一定高度再松手跌进水里。我没有这个胆量,只是看,只是听,看流水飞溅,看水车悠转;听水声哗哗,听筒车呀呀,时常忘了回家,为此还挨过母亲的骂。母亲说别总跑去看筒车,看多了会把人看懵。她还讲过一个笑话说:有个人提着一只鸡回家,走过一架筒车时便将篮子放下,一心只看筒车转。另有个人提一只鸭子也往这里经过,见他看得发懵了,便将鸭子换走了他的鸡。这个人大概有点肚饥了,想到要回家,便提起篮子看看说:"哎呀,不能再看了,鸡仔看作鸭仔,嘴巴都看扁了!"三架车的确有令人看扁嘴巴的功夫,那转动挽水的景象不但好看,那咿咿呀呀的歌声尤其好听。

前面我提到樟树坪,说那是浏公庙一景,这并非虚语。你想,七棵四五人才能合抱的巨樟聚于一处,现在哪里找去?樟树坪是人们躲荫纳凉之处,也是我们小孩子游戏之所。有些男人做事累了,就在粗壮的树根上摊条长手巾,一个赤膊睡在上面打鼾。我们小孩,不是老师领着在这里跳舞唱歌,就是自发组织在这里踢小足球。说是小足球,其实是个尚未成熟的柚子,在地上一拍一捏,弄软了,将它当球踢。有时即使没有伙伴,我们也喜欢到这里来玩。每到夏天,树上会掉下一条条黄绿相间的樟树蚕,样子怪可怕的,但听说将它剖开,里面那一团绿色黏液放在白醋里一泡,可以抽出透明的丝线,绑鱼钩垂钓,鱼儿很难发现。所以也就喜欢拨弄它,当然最终还是弄死了事。更有趣的是这里鸟儿聚居,八哥特多,此外便是喜鹊、乌鸦、啄木鸟、猫头鹰,有时还有白鹭、斑鸠、鹞子、老鹰在此落脚。我见过成年的八哥鸟从外面捕食归来将食吐进嗷嗷待哺的雏鸟嘴里,我也见过雏鸟掉落地面后它的父母那种惊慌失措的飞鸣,奋不顾身地欲行搭救的神情和无能为力时痛苦的哀号,不禁产生一种同情和怜悯之心。我会想起母亲的教导:"打尽黄河之鲤,当不得一鸟之罪。"从不敢去伤害它们。

樟树坪是人和鸟类和谐相处的世界,因为它就在浏公庙观音堂的后面,这儿的鸟类似乎受着神灵的庇佑。一般老百姓心有敬畏,从不在这儿打鸟。有一年,我们学校从五陂下请来一位姓李的算术老师,作风很是新潮，一天下午借来一支步枪打鸟，竟打中了一只，但那鸟挂在树上好久才掉下来。第二天他又去打，结果枪镗走火，烧伤了他的右眼。有人说头天鸟儿已经挂牌示警，他不该再去打，所以合当有此一报。这是迷信吗？即使是，我也认为它是真的、善的、美的。樟树坪是真的，那禾桶般粗壮的树干似屋柱屹立，那水桶般大小的树枝如蟠龙屈折交构成广厦，撑起一片浓郁的绿荫；樟树坪是善的，它供众鸟栖宿和鸣，让游人憩息嬉戏；樟树坪是美的，树儿美、鸟儿美、善良的人儿美，还有它的音乐美。

　　樟树坪奏响的音乐是风与树的交流，是鸟儿发自天性的吟唱。每片树叶都是一块簧片，每条树枝都是一根琴弦。古樟已经空心，有的内面可以摆下一张八仙桌，又开窍于上下四周，是个共鸣箱，也是唯风神才能吹响的埙。古人云，学问如响钟①，大叩则大鸣，小叩则小鸣。古樟就像饱经沧桑满腹经纶的学者，等待着风儿的叩问。轻风拂过，其鸣飒飒；阵风吹过，其鸣哗哗；强风刮来，其鸣呼呼。此其时也，人们轻松适意，悠然自得。而当风暴摧来，山摇地动，飞沙走石，其鸣则呜呜碇碇，树枝断裂劈啪作响，屋片翻腾铮铮。当其时也，人们则不胜惶恐，幻想着有定风的宝物。听说鸦雀筑巢在树上不怕强风，是有定风柴，人不识定风柴，便想出定风之术。我父母学到的办法是：一，打开门来，向空中撒把米。据说米是米谷大神，可以辟邪，故乡间出煞报犯、发丧出殡都有撒米的习惯，甚至迎亲也要对着花轿撒把米，省得妖邪趁机混入。二，拿只碗盛上水，置于家神下方的土地公公神位前，中间压个秤砣。这大概是取秤砣是铁的，比重大，有定力，风吹不动的特性来立意。我看这算不得迷信，只是情急之下镇定心理的方法。说它有灵，并无立竿见影之效；说它不灵，却能令心灵安定，而那飓风到时自会离去，樟树坪复归于平静。

　　鸟儿的鸣叫也是一样，时有独鸟宛转的歌唱，时有百鸟此呼彼应的欢鸣，时有叽叽喳喳吵架似的喧闹。晚上还可听到啄木鸟啄木捕虫的清脆声响，如鼓号队小鼓手灵巧的敲击，快速而有节奏。有时会猛听到众鸟夜惊，其鸣呷呷，惶恐不安，历久而后定，其或是遇到蛇之类天敌的

---

① 响钟：敲钟。

侵害。哎，鸟儿的世界其实也并不只是欢乐。那时候，每当春夏之交，深夜里总能听到一只鸟儿忧伤凄厉的叫声，声音不是来自樟树坪，而是来自远处的山坡上。那叫声很特别，两句一迭，每句两拍，是"商"韵，按阴阳上去四声记谱成"阴去阴阳"调式。商者伤也，故闻之令人彷徨而忧伤，不知这是否是啼血的杜鹃，但我们当地人以其叫声呼其名并加以解读。有人呼其名为"斫树砍酸"，我母亲的解读是："只顾采酸，失未塌缸①！"这里面还有个凄惨的故事：说是有个女的，喜欢到山上采摘酸筒管②吃。一天上山采酸，将小孩丢在家里，无人照管。小孩到缸瓮里玩水，掉进去淹死了。她男人回来发现后，气得要死。待那女的也回到家寻找小孩时，男人便叫她去缸瓮里看看。她刚将头伸向水缸时，男人便手起刀落，将她的头砍在水缸里。男人害怕了，连忙将水缸盖上，过了好一阵子才敢去揭盖子。不料一揭缸盖，那颗头颅便化作一只鸟飞走了。以后每逢山上酸筒管成熟的季节，她就不停地于夜间啼鸣："只顾采酸，失未塌缸！"似乎在诉说着她的悔恨和伤心，将自己的痛苦教训一遍又一遍地向世人喊话，直叫得嘴里流血。这个故事悲伤残忍，缺少一种美质，但也可见过去人们处处设教的一番苦心。

听水浏公坝，闻风樟树坪，有时也分不清天籁、地籁，但神庙的暮鼓晨钟，百工的劳作之声，称为人籁总该不错。这是原生态的音乐呵！

我的家原是浏公庙酒楼岸下搭建的一间小店，右边是陈洪和染布坊。它对面有两家店铺，其一是桂和生蒸酒豆腐店，其二是李甫仁织袜店。我家的右斜对门是一家打摇篮的篾匠店，叶古老几爷崽住着；正对面是铁匠店、弹匠店，左斜对面又是蒸酒豆腐店，也杀猪卖肉，隔一条小巷则是徐福寿、徐泰立兄弟两家药店；我家左边相邻的是一处布店，再过去是黎立隆锅铁店，可以说这都是一些会发声的店铺，我生活于其间，便经常欣赏着金石丝竹的交响乐。

俗语云"晨钟暮鼓"，似乎寺庙早上只撞钟，傍晚唯敲鼓。浏公庙是早晚都擂鼓撞钟，唯朝三而暮四而已。鼓声咚咚，钟声咣咣，播于四方，

---

① 塌：乡语，盖上盖的意思。
② 酸筒管：一种野生植物，学名虎杖，别名酸汤杆或酸筒管，可入药。其叶与茎味微酸。乡人喜采摘，或生食，或制作成菜脯。

音韵悠长。在钟表尚不普及的那时,起着指挥人们晨兴夜寐的作用。但也未必尽然。其实每天鸡鸣三更,从豆腐作坊里就传出石磨磨豆腐的嗡嗡之声,缓慢而沉闷,给人吃力的感觉。接着便从远处传来土车的铁轮箍叩击石板的声音,越来越近,越来越多。过去我们浏公庙是用麻石板铺的街道,附近几里地的农民一做完农活便拖着土车①子打脚炭赚钱,每天总有不下两百余车子来往于煤矿与煤炭码头之间。天没亮便听见空车叩石的硁硁声,快到早饭边,空车变实车,那呀呀呀的车叫声便盖过了叩击石板的声音,成了一道独特的风景线。要是到了冬季的雨雪天,人们穿着油鞋踩在石板上,那声响更特别。油鞋底上的鼓形铁钉,一踩到石板上便哗啦哗啦作响,一人独行倒也节奏分明,众人纷踏就失律而嘈杂,但那撒豆般的音质却是清清脆脆,如琵琶之嘈嘈切切。待晨钟响过,铁匠铺就传出扑通扑通的扯风箱的声音,徒弟乃②在生火烧炉了;不久便传来叮叮当当的打铁声,那大锤抡打在铁砧上,地皮都起颤。过去的说法是"药无十倍不卖,铁无对倍不打",看来打铁也是赚钱的行当。但浏公庙多家铁铺,却未见哪家境况宽绰。有首歌谣说:"打铁的的嗒,一天赚几百(读bá),没(读máo,)看得你个钱?你挡得我个吃(读qiā)。吃了不壮肉?你挡得我火里面个所(这样)腊③。"似取笑,也似解嘲。即使如此,铁还得打。师父左手执钳夹着红铁,右手挥着锤子边打边指挥,开打与停手全凭锤子在铁砧上弹跳示意,人是不开口的。而这种指挥,就使打铁的节奏由一重一轻的单调变得富有变化、更具音乐美,从而不易疲劳。

  至于音韵的悠美,我以为还得首推弹棉花。那把弹花弓就是一张独弦的竖琴。当弹匠弯着腰用木锤敲击着牛筋弦将棉花震松推平时,会连续发出"咚咚咚咚"的声响,那是闷音,而当一程推完,弹匠直起腰来敲弦退花时,便发出"弹弹"的亮音,那是最好听的了。这样"咚咚咚咚弹弹——"便成了弹花的旋律,很美的。但弹匠也许另有感受,过去弹花匠多得尘肺病,我家对面的尹弹匠就是得肺痨病死的。动听的旋律,慢性的死亡,何其不协调也,回忆中不免一叹!

---

① 土车:独轮推车。
② 乃:乡人对男青年的称呼。
③ 腊:大火炙烤。

还有一种持续的音响便是染布行硁隆硁隆的扇布声。扇布就是将染好的布，转在碗口粗的木滚轴上，然后摆在一块很厚很光滑呈瓦形槽的砧石上反复去碾压。扇过的布既有光泽又带云纹，增加看相与卖相。扇布石呈 U 形，足有一两吨重，人抓住搁在墙上的两根木杠爬上去，一脚对一脚踩住，然后一使劲便将扇石骑在卷布的滚筒上，这才慢慢悠悠地来回扇动起来，就像杂技中玩翘板滚筒一样。扇了一阵又跳下来，抽出外面的几层布，再爬上去……如是者一而再、再而三，待扇好一匹布，早已气喘吁吁、大汗淋漓了。故过去有人专门为此撰了一个谜语"脚对脚、胯对胯、爬上去，搞几下，跳下来就罢罢罢"。

至于药店的碾药声，锅铁店里敲打锅子的声音，都是金属之音，也不时传来，像乐曲演奏中时不时地加入几声小锣，增添不少乐趣。织袜声是摇动手柄发出的沙沙的长音，到挑后跟时就变短了。织布机是快节奏的节拍声，抛梭、掰扣、踩杠都清晰可辨。卖布亦有声，布店老板为了显示布好，撕布时还特意站个骑马桩，两手分别捏住剪口两边均衡用力，猛地逆向一撕，那响声也是十分好听的。君不记白居易《琵琶行》中的诗句乎？"曲终收拨当心画，四弦一声如裂帛。东船西舫悄无言，唯见江心秋月白。"用裂帛比喻收拨画弦之声，肯定裂帛之声比画弦之声还要好听，故《红楼梦》中晴雯这个丫头还爱听撕扇子的声音呢！

比这更动人更惊耳的，那就是撕竹子了，你听过吗？一根长六七米的竹子，蔑匠只要从蔸上用刀劈开两道几寸长的裂缝，再用三角尖刀尖住，像撕布一样，两手一抖，哗啦一声，有如晴天一个霹雳，竹子就分成了两半，壮美之声呀！《庄子》书中谓"人籁比竹是也"。比竹就是将竹子排列做成乐器，大概属排箫和笙之类，那是有意为乐。我上面所述是劳动的节律，如按此解释衡量，也许算不得人籁，而是天籁、地籁了。但浏公庙人籁有的是，往下还会说到。

4. 九月二十三唱大戏

浏公庙最热闹的一天是每年农历的九月二十三日，最隆重的庆典活动是九月二十三日为浏公菩萨祝寿，持续时间最长的演出活动是九月二十三唱大戏。当然，对于一国而言，最热闹最隆重的节日首推国庆节，无论过去的十月十日和现在的十月一日都一样，京城、省城、市城、县城，也许要当作盛事来办，但对于乡下小街小镇的人来讲就不一样了。国庆是政治的节日，而当地菩萨寿诞则是心灵的节日。政治的节日怎么办，须得仰仗上方的指示，而心灵的节日该怎么办，只要政府不出禁令，当地人士就会自行商量解决。

我前面讲过，为死去的好人建庙，是一种能量的放大。浏公生前的功德是修了一座造福百姓子孙后代的石坝，而当人们为他立庙以后，他的神灵就成了多面手，不但能保年岁丰稔、水旱无忧，还能开方治病，驱邪逐妖、预卜吉凶、指点迷津，正如匾额所谓："有求必应"。记得走日本反那年，第一次我们躲在乌岗百塘湾的姑母家，结果日本兵牵龙摆阵往乌岗垅里过兵，吓得我们钻在山上的柴草树林里不敢出声。第二次再来时，父亲没了主张，便去浏公庙问签，签上的意思是东方吉利，于是我们便投奔黄堂洲山脚下而去，借住在李家祠的李财源家。他的婆娘小时候曾与我母亲结为姐妹，两家一直有走往，以姨娘姨爷相称相待。那里靠山，风声一紧我们就上山，躲在一处名为仙人洞的石洞里，虽然能听到炮弹呼啸而过的声音，但毕竟未见日本兵的魔影，总算安全躲过一劫。因此我们就觉得菩萨确是有灵。但我们也有过求仙方治病的惨痛教训，却从未怪罪菩萨。这就是"信士心态"。这种心态也延伸到现在的官场。有的人当官之前，也许是某方面的专才，也许只是酒囊饭袋一个，而一旦当官，似乎一个隔夜就要变成通才和百晓，处处请他作指示，也演绎着一个能量放大的过程。但以前的官没有现在的抖①，因为他们不是"为人民服务"的，所以一般人也懒得去搭理。那时，凤鸣乡的乡长叫邬竟川，大江边人，往返上下班，早晚来回十里地，踽踽而行，拄着一根文明棍以示身份，乡人竟以路人视之。办庙会修桴桥之类从不请他作指示，地方自治便了。

九月二十三庆典活动的筹备会，一般都是重阳节前后在观音堂举行。我过去曾多次旁听过，为的是打听消息，看有无戏唱。讨论的内容似乎并不复杂，有些事情已成惯例就免谈了，重点研究写班子唱戏和浏公菩萨出行路线。当时我们那边作兴②写湖南湘班唱戏，主要有两家，一是薛伢仔的班子，一是聂大花的班子。浏公庙人更作兴前者，因为它角儿齐，箱台新，剧目多，能搬演全部《封神》。新中国成立后这个剧团落户萍乡，成为萍乡湘剧团，红了一阵，后来便不知去向。出行路线为什么也要讨论？因为一些地方群众有要求，希望菩萨生日巡游能光临敝方，带来福祉。比如原来河对岸的黄堂洲因为过渡不便所以是不去的，抗战胜利修通了桴桥去不去？原来下行只到吉水殿，而无陂洲的人强烈要求菩萨多行一段路，去不去？有一年终于作出决定，菩萨出行下到无陂洲滚子宕打止，对岸直到黄堂洲山脚下打止，不再绕行。别说这些地方的百姓多高兴了。他们也真可谓对菩萨感情深厚。土改时砸庙打菩萨，是无陂洲人趁着黑夜将浏公菩萨偷偷背走，秘密安置在一家楼上躲过一劫，一直藏了十几年。但时运所限，毕竟在劫难逃，菩萨也不能幸免，"文化大革命"时"破四旧"大搜查，终于被查出烧掉了。现在浏公庙的菩萨是重塑的，造型上已今非昔比，体量更小，神态也不如原先端庄丰润，气宇轩昂。

生日庆典活动是从头一天，也就是九月二十二日晚上开始的。有上表的，有朝拜的，还有一个特色就是有不少跪烛的。跪烛是谢恩的一种

---

① 抖：乡言，威风、神气之意。
② 作兴：喜欢。

仪式。一般是体弱多病者曾叩许菩萨保佑并愿在生日时长跪谢恩。从浏公庙正殿到观音堂的两侧有诸多小神，跪烛就是朝着小神跪，人众时一遭多至一二十人。一支大红烛光焰生辉，足可燃烧四五个小时，要烛灭后才能起身告退。谁能跪这么久？所以跪烛者都带着被褥席子垫在地上，或跪或坐，跪跪坐坐，半跪半坐，心诚便可随意，还摆上花生、瓜子、红枣、福圆之类当贡果。说是贡果，菩萨不吃，自己倒不停地嗑剥着。跪烛是敬神，怠慢不得，马虎不得，洁净第一，所以衣被非新即净，这成了一个看点。我们小孩子去看热闹，不但看敬神，看大红烛，也看人家穿的新衣服，摆的花花绿绿的新被子和小孩颈脖上熠熠生辉的银颈圈。

浏公菩萨九月二十三日出龛巡游，我们叫"出行（读 hān，阴平）"，是庙会的主题。一切都按程序办。是日清晨，先要为他沐浴更衣（有新上的袍帽则更衣，没有就将原来服装掸尽灰尘再穿上）。第二道程序就是背菩萨下殿，这是第一高潮。是时也，庙内钟鼓齐鸣，锣鼓喧天，鞭炮震耳，地方乡绅拈香三叩首后，由一品德无污的壮汉将菩萨背下殿来安放轿内。轿子是专置的，红珠葫芦轿顶，湘绣的轿衣描龙绣凤，云波纹饰、花鸟图案，生动逼真，轿边流苏摇曳，熠熠生辉。还另有一套仪仗。一切准备就绪后，主持人便发令"起轿"，这时爆竹锣鼓又喧腾起来。菩萨出行队伍秩序井然。两个放铳的走在前面，不时朝天放铳，起报信作用；然后是两面大锣开路，所以又叫开锣；走第三的是旗牌，亦如古代官员出巡，有"肃静、回避"牌；第四是锣鼓队；第五是紧贴菩萨轿前的一对官灯，执灯者一般都是由当地有些身份的头面人物担任；然后才是菩萨的大轿。大轿两边各有两人，手执响篾卫护。所谓响篾，就是将一根篾的大半截剖成两边，手一抖动就会啪啪发响，其作用类似于现在的警棍，但它只是象征性的，从来不打人，只是提醒人们不要挤得太近，以免妨碍菩萨通行；菩萨轿后又是锣鼓，锣鼓后有龙灯随行，龙灯后又是锣鼓，浩浩荡荡，热闹非凡。一路行去，观者如潮。家家户户设香案福盘礼敬如仪。一般年份，巳时出行，申酉时才归龛，扩大巡行范围的那一年直戌时才归位。我们浏公庙下街是菩萨往来都要经过之地，故菩萨出行时要敬，菩萨回龛时更要敬。千编爆竹拦在街道上燃放，硬要请菩萨驻轿小憩后才舍得放行。这还不够，不少人还提着鞭炮尾随轿后相送到庙里。菩萨登殿归龛时又是击鼓撞钟如初，出现又一次高潮。听人说浏公菩萨出行一天回来时累得脸上都出了汗。是的，也真累，也真虔诚呀！这就是信仰的力量。

还是看戏去吧。惯例是二十二日晚上开锣唱戏。大概因为戏中人物涉及鬼神，据说有的还煞犯；再者是担心晚上敲锣打鼓惹来夜游的鬼神作梗，为了保一方平安，所以演出之前，当天下午还有道程序，俗话叫"扎灶"。"扎灶"就是戏班里让几个角儿开了脸，穿上靠把（戏服），带着兵具逐家逐户去驱邪。各家各户都是香火蜡烛，钱币爆竹迎接，另外就是张一碟米，封个红包奉赠，这也算戏班子的一项小收入。来扎灶时，我们小孩只许躲在一旁观看，不得正面相迎。因为既是驱邪，则脸谱上也是画得凶神恶煞的样子，胆小的见了害怕，又何尝不带煞犯？扎灶不是年年都搞，如果要搬《封神》，则非搞不可。台上开锣唱戏时，戏班子先在戏台上设香案敬神，有点像现在的首映式，走个礼仪过场。然后是"跳加官"。什么是"跳加官"？父亲告诉我说就是"凑卵砣子"（拍马屁）。即由一个人着了戏服，戴着文白的面具，手提卷轴，走到戏台中间再将卷轴垂下，上面写着"祝××先生加官高升"的字样，同时有人将其高声念出。这××先生不是上方贵人就是当地权要，所以说"凑卵砣子"也不冤，当然他们也不能两手空空白受抬捧，总要给点赏金，所以我父亲还有一解："跳加官"就是戏班子讨钱。平心而论，那时戏班子生活很苦，不讨点钱又怎样。话说回来，头天晚上的戏并没有什么看场，基本上是礼神戏如《八仙庆寿》之类，不外增添热闹和喜庆气氛罢了。戏台上九龙口有副对联云："看到收场当论世，演成全部解知人。"要知人论世还得等后面的演出。

浏公庙唱戏是那片地区延续时间最长的，即使是抗战时期也是少则一七，多则十天半月，听说有一年唱了近二十天，直到没人看了才收场。大概那时生活艰难，戏班子要价不高，能养班子糊口就算了，而浏公庙由于有水利河运之便，经济比较繁荣，开店的人也愿意多出两个钱。有则关于唱戏的谜语说："四四方方一座城，城内出古人，古人讲古话，牵动多少地方人！"浏公庙唱戏便是这样，家家贵客盈门，街上人流不断。拿我家来说，县城内的舅父，表兄弟表姐妹非此即彼，每年都会有光临的，房子小，就在楼板上开地铺，忙是忙些，但生意特别好，此所谓人气培育商机。浏公庙人热心凑钱唱戏原有三个支撑点：一，敬神；二，待客；三，做生意。

凑钱唱戏，分子怎么凑？浏公庙是一条狭长弯曲的街道，分成几个区划。从上往下算有：樟树湾、五福堂、集庆街、兴隆街、佳子街（其实是车子街），出街口以后还有吉水殿，靠河边的叫河街。边山的有坳子上，这些区划相当于居民小组，都会凑钱唱戏，钱多的唱一本两本，钱少的半本亦可。一本就是唱一天，下午一场、晚上一场。此外，黄堂洲、无陂洲、黄家洲、当地的煤井和船帮也都会参加进来，有时甚至湖南来的船帮也有表示。众人拾柴火焰高，凭着对浏公菩萨的虔诚信仰，唱个十天八天戏就很寻常的了。那时人们对凑钱礼神唱戏也是放心的，不担心有人吃冤枉掐蚱蜢脚。事后办事人员会张红榜，实行账务公开，各家各户捐多少钱，有哪些开支用度，都明细列出，最后是两句誓词："若有私情，神灵鉴察。"事实也是如此，办事人员都是义工，不计报酬的。论身份，他们都是些小市民，在商言商则锱铢必较，但这是公事，更何况头上还有敬畏的神灵？一个人到了无所敬畏才不顾廉耻而百事可为。

我们那时读小学作业不多，学校又靠近浏公庙，中间只隔着樟树坪，所以每逢唱戏，学校总是下午上完课以后就提前放学。我家又靠近戏台，回到家里书包一放，我便钻进去看戏了。看戏让我增长了不少历史知识和文学知识。那时的大戏，基本上不出《封神演义》、《东周列国志》、《楚汉演义》、《三国演义》、《隋唐演义》、《说唐全传》、《说岳全传》、《水浒传》、《西厢记》这些范围。那时要找到这些书看还不容易，我是看书之前便先看到戏的，看戏引起了兴趣才去找书看。还有，我对戏曲音乐的兴趣也是那时候培养起来的，听惯了皮黄腔调，对中国戏曲的韵味就觉着好，生旦净丑都有些好听的段子，念唱做打都有些令人难忘的表演。那时看的是湘剧，长大以后就移情于京剧，不但能哼几句段子，而且能像模像样地演奏京胡，这些都不是花钱从师学来的，而是看戏听来的，自己咿咿呀呀摸索出来的，它没有给我带来什么功利，只是丰富了我的生活，怡吾之情悦吾之性而已。那时候有许多戏我看不懂，就看个红面打出黑面打进。但那时候有人会讲戏，上面唱，他就在下面讲，那是些有文化、懂历史、熟戏路的人，不但不遭禁止，而且很受欢迎。有时台下吵闹，有人大叫"不要吵，听哟！"指的还不是听唱戏而是听讲戏。这其实是个戏曲文化的普及过程，也是让戏曲的教化功能达于人心的过程。

忠孝仁义是其主旨，善恶有报是其劝导，奸佞邪恶示其惩戒，公正无私示其褒扬，殉情守志示其讴歌。统而言之是寓教化于娱乐，没有哪出戏有被人指责教唆犯罪之嫌。我甚至想，中国过去的教育普及率很低，是文盲充斥的国度，而中华传统文化得以传承，除士的作用外，应该有传统戏曲的一份功劳。

  浏公庙唱戏除了搬全本，一般都是折子戏，每场四折，也称四出。前面三折是正戏，末尾一折是杂戏。如果说正剧多历史剧，寓教于乐的成分较多，文化低的人还看不懂，杂戏则多贴近普通百姓的生活，多些八卦的东西，有的还有些低级趣味，情趣不那么高雅，喜爱看的很多，如果是演《杀蔡鸣凤》、《杀子报》、《活捉三郎》一类奸杀或鬼戏，则人头攒聚，往往挤得水泄不通。那时没有电灯，原先是两盏大油灯，后来才有了煤气灯。演鬼戏时，用蓝色的玻璃纸将灯光罩上，更显得鬼气袭人阴森恐怖。一些人怕了，便大声喊"呕匠，呕匠！"但脚下就是不动，就像一些小孩子，既怕鬼，又偏偏爱听人讲鬼怪故事。这也是一种特殊的心理活动吧。经过一番热闹，戏班走了，浏公庙复归平静，照常在那天籁、地籁、人籁的音响中演绎着悲欢离合生老病死的人生故事。

5. 驱鬼有术，防疫少方

我在《感受自然记忆》自序中曾说到我将自己的记忆分为自然记忆与自觉记忆，上面四节写的都是自然记忆，往后写也只写自然记忆。在自然记忆中，上面既写到神，下面便随之要讲鬼，因为鬼神总是连在一起的。世上无鬼便无神，没有鬼，人们何需敬神？没有鬼，神灵便没有兵马（旧俗凡立座神，在为神像安腑脏之夜必须为神灵招兵，招兵就是招一批鬼魂）。同样，鬼没有神就没有投靠的对象，也少了一碗饭吃和一笔收入。因为人们请神驱鬼，并非一喝即退，总得治个福盘烧些路币，即吃上一顿，打发一把。其实鬼神世界是以人的世界为样板的。这是从理上言之，从我小时候的生活经历来看，鬼事也是无法抹去的。

我小时候生活在人的世界，但也似乎生活在鬼的世界。我常能听到人们讲鬼的故事。我的邻居中有一个我该叫舅公的人，经常于夜间讲鬼狐故事，我听得活灵活现，以致二三十步的距离一个人还不敢回家。父亲告诉我这是《聊斋志异》的狐鬼故事，但却没有说明《聊斋》是一部什么样子的书，所以还是拿故事当真事。再有是我们就近的人家经常喊闹鬼，浏公庙街上别的地方也有闹鬼见鬼的传闻。都有些什么鬼呢？说得出名的是红袋子鬼（又叫产孩鬼）、吊颈鬼、水浸鬼、火烧鬼，这都是致人非正常死亡的鬼，还有是令人受惊吓的鬼如魇梦鬼和令人生病的作祟鬼。另有一支不称为鬼而称为邪气或煞犯，也是令人陡然生病或失魂落魄的阴界力量。人要活命，就得想办法对付这些鬼怪，浏公庙人都有些什么办法呢？我曾在《声源茶话》中写过一篇《驱鬼法忆趣》，那都是真的，只是限于篇幅未能全面反映，现在不妨再将那些自然记忆说上一遍。

驱鬼术之一是喊打或打。我家隔壁的陈洪和染布坊靠着浏公庙，他们家两个未出嫁的大姑娘经常半夜突然大喊大叫："打，打，打魇梦鬼！""哪里去了？一溜就走了！"这是喊打，喊打不是打，小打小闹而已，但往往将我惊醒。大打大闹是真打。我家附近有一店房，原来住着一户熬硝的，外地来的，人家都称他为"硝客仔"，所以我也不知其名姓。他家打鬼可是惊天动地。他的老婆是习惯性的难产。在我懂事的时候经历过一回。他婆娘发作一天多还未产下小孩，自言见一女的提着个红袋子进他们家了，按乡人说法，提红袋子是产孩鬼的特征，这肯定是产孩鬼无疑了。于是他家除了请接生婆之外，又请了几个胆子大的女人带了赶鸡叉守在产妇房里，还请了几个男子汉备了鸟铳爆仗驻守厅堂。临到半夜，产妇说鬼又出来了，在哪里哪里，于是喊打声大作而且实打起来。女人们在产房里拍打赶鸡叉，还拿碗往地上摔，男的则在屋前屋后的角角落落里放大爆竹，站在街上朝天放铳，闻之不禁毛骨悚然，街坊邻居都闭户不语。我母亲叫我别怕，说他家里这不是第一次了，便又讲起了另一段故事："我怀你在肚子里的时候，你父亲在萍乡合济斋做事，不在家里，只是从三侯庙接了一把剑在家，我心里也怕的。一天晚上做了个梦，梦见一个穿白袍子的人对我说，'嫂子，你不要怕，我会保佑你的。'说完就不见了，我想这是张相公托梦，心里也就不怕了。快要生你时，他家也是这样闹过一次，而且比这次更凶，那些人拿赶鸡叉驻赶鬼，还大喊'鬼到泗浦（我父亲的名讳）家窗子下面去了'。因为有这个梦，所以我一点不害怕，平安地生下了你。"

驱鬼术之二是接剑、画符、打菩萨。这是借助神灵的威力。接剑，如我家接来张相公的铁剑供奉以避鬼邪，还有到庙中请座符张贴于门上，家神旁边的照棚上或房门口、窗户上的。打菩萨可能是浏公庙的特产，不知其他地方有没有。浏公庙有十个木雕的约高一米的菩萨用木轿装着，名为"打神菩萨"。某人有病，术师起数一算，说是某方鬼神摄去了他的魂魄需要请神去收回来，如是便到浏公庙接个打神菩萨到家里，请道士做法念咒，再于夜间将打神抬到丢魂之所，就像是浏公菩萨派个特派员去交涉叫对方放回该人的魂魄一样，这就叫"收魂"。收魂时扛神轿的汉子要施展臂力将神轿甩来甩去，像打拳比武一样，因此又叫"打菩萨"。

当道士说魂已收到，于是全部人马便一面打着呼啸一面"嘭嘭嘭、嘭嘭嘭"地敲着锣跑步回家。因此我们那时流行着一首儿歌："嘭嘭嘭（读平声）、嘭嘭嘭（读仄声），收嘎魂，吃夜饭。"

驱鬼术之三是烧路纸。有的人患病认为是在外面被鬼勾去了魂魄。他们既不动粗喊打喊杀，也不请菩萨去压，而是用了贿赂求情的办法，就是烧路纸。具体操作是用盘子盛了酒饭菜肴在野外致敬鬼神，并烧化纸钱赎回魂魄，当然请人念咒是少不了的。我家对面的尹弹匠经常烧路纸。现在想来，当时他患的是尘肺病，对他来说这是职业病，那时根本没有劳动保护的观念，弹棉花时口罩都不戴一个。我父亲对这种做法颇不以为然，他说这样让鬼吃甜了嘴，所以它隔一阵又来。话虽这么说，可有一次他久病未愈，也是烧过一次路纸的。

驱鬼术之四是吹煞报犯，这适应于得急症。我发现浏公庙人吹煞有两种教门。一种是颜泥匠的教门：点了香烛，化了钱纸，做法念咒已毕，端碗清水，走到病人床前，叫病人家属撩开帐门，然后呷一口水，猛地向帐内喷去，一跺脚，同时大吼一声"杀！"再念"天煞归天，地煞归地，凶神恶煞，各归其位。呔，走！"于是走到大门口，对着天空又如此重复一遍，便径直离开，当病家送上红包时，他会交待三日内不能见生人。另一种是彭纸马匠的教门：走进门来一不点香烛，二不念咒，只拿三根香在病人床前悬空画几下，目光上灼，喷口法水同时脚下一跺，手向空中一抓，照门直出，行至大门口，又一跺脚，手向空中一撒即离去，不收小礼。据说这叫观音教。

驱鬼术之五是收惊（读jiáng，阳平）。收惊不是驱鬼，但它是以人有魂魄为前提的，所以我将其归入此类。收惊主要适用于小儿夜惊之症，认为小孩白天（主要是下午以后）在外玩耍时受了惊吓，三魂七魄吓散了，因此要收回来。收惊也有烧路纸的，此不重复。也有是请知些巫术的婆佬，焚香默念咒语后，用手巾包些米成球状，在病儿的额上和印堂轻轻揉一阵。我母亲也会给自己的孩子收惊。她的办法是在将孩子抱在怀里哄睡着以后，用毛笔蘸了墨汁，在眉心处画个圆圈再涂上几笔，然后将孩子轻轻放在床上，再到门前呼唤三遍其名字："××，回来困哦哦①。"

---

① 困哦哦：睡觉。

然后走到床前将帐子放下。这个办法一直用在我的孩子的身上。现在我回想，如果将做法念咒的教门视为道教的话，则我母亲的收惊法该称"儒教"了。

驱鬼术之六是啐法和摁法，这主要适应于健康人遇鬼作祟，属于不怕鬼一类。啐法是民间普遍采用并代代相传的。我父母就告诉我们，晚间在外面看到鬼样的东西千万不要怕，鬼是怕起来的，自己要带雄壮一些，走路脚步要重，咳嗽声也要响亮，万一碰见鬼你就"呸匠"一声啐一口馋水，它自然就走了。至于摁法则更特别。我家斜对门的店里曾住过一户名叫张再良的邻居。刚入住时觉得晚上响动不安，认为是闹鬼。后来请来一位风水先生查看一番。风水先生告诉他，晚上但有响动，立即起床，不要点灯，直朝响动方向，张开两手一路摁过去，摁过一七（即接连七个晚上）便可无鬼。他真的这样做了，过了一七，什么也没摁到，胆子也大了，鬼也没有了。

这里讲的啐法和摁法，有一个共同的"理论基础"：认为人是阳气、鬼是阴气，阳气胜阴气，即所谓"人有三分怕鬼，鬼有七分怕人"。所以啐法就是从气势上渺视鬼，使其惧怕人。至于摁法则更是宣传无鬼论的高招，它首先并不否认鬼的存在，而是让你去摁鬼，连摁七夜，什么也未摁到，说明并无鬼。这相当于科学上的证伪，通过摁的实践证明鬼并不存在。

那么当时人们为什么那么信鬼呢？我觉得一是科学知识缺乏，千百年来形成的鬼魂观念还很深；二是当时居住照明条件差所致。浏公庙的店铺都是纵深式的，除店面可以采光，里面的房间及其他用户都无窗户采光，昏暗异常；晚上又无电灯，大多是桐油灯或煤油灯，灯光如豆摇曳不定，灯影晃来晃去。房子进深长，就像一条巷道易生阴风，轻易便将灯吹灭了，使人恐惧而生妄念，或加上老鼠活动，风吹物件或家具未放稳而倒地等来自暗处的响动，那就更使人鬼的潜意识被激活而似乎是见鬼了。俗话说"疑心生暗鬼"，我要将这句话补足一下就是："暗处起疑心，疑心生妄鬼。"现在就未听说闹鬼的事了吧？人世间也是这样，"鬼"就是怕见阳光，惯于暗箱操作欺哄世人的阴暗的东西，这种阳界之鬼似乎更难驱。过去驱阴界之鬼的方法其实并无大用，只不过属精神治疗和心理安慰的范畴，小病或可见效，大病则无济于事矣。

犹记民国三十二年（即1943年）阴历五月萍水河暴涨，浏公庙街上除靠近戏台的陈洪和、李甫仁、桂和生、锦云斋、合作社几个店铺，其余均成泽国，街上可以行船，粪便脏物四溢，水井全被污染。水退之后，家家地面都是两三寸厚的淤泥，人们只是忙于铲去淤泥，清洗家具，从没听人说过大灾之后有大疫，更不见有任何卫生防疫措施。饮水仍是到河里挑浑黄的河水再用明矾澄清一下了事。时天气炎热，苍蝇蚊子孳生，处处乱飞乱咬，有时苍蝇还会飞到人的嘴唇上来。那时也不注意饮食卫生，发臭了的鱼、病死的猪肉都有人买了吃，就贪个便宜。结果不久浏公庙就发生了疫疾，主要是痢疾，大便拉稀还带脓血。人们也知道这病有传染，稍有知识的能管住一双脚不乱跑，但谁也没有办法管住苍蝇不乱飞。结果疫情大暴发，几乎通街皆是。那时我本有四姊妹，姐姐冬香（后改名淑娴）、弟弟声远、妹妹月莺。弟弟不知患一种什么生理机能上的毛病（有人说是风疾），脖颈歪邪，流口水，说话也有些含混。我去外面玩他不能同去，总是守在门边等我回家，我回家时他远远地就叫"哥哥，哥哥，哥哥回家了"。妹妹月莺是我们姊妹中长得最漂亮的，圆圆的白脸蛋，一双乌黑发亮的眼珠，声似银铃。晚上我们四姊妹在床上玩耍时，她会装猫乌子①来吓唬我们，惹来一片欢笑声。不知怎地，他们也被感染了，先是弟弟，后是妹妹。形势越来越严峻，父母便将我送到住在吉水殿的我的祖父母家躲起来，但留下姐姐在家帮着做事。我在祖母这里倒也住得安然自在，祖母是个爱洁成癖的人，地面扫得干干净净，家具抹得一尘不染。祖父的住宅面临萍水河，我没事时便在河边看水里的游鱼，有时候也从祖父的抽屉里翻出他的绣像本《三国演义》看起来，虽然当时才读完小学二年级并看不懂。似此过了约半个月。突然一天早上父亲来了，脸色十分阴沉悲恸，一进门便低声向祖父要几块旧板子，我还茫然不知为的什么，但他们低声交谈几句后祖母便大声哭了起来，我才知道是弟弟死了，也伤心地痛哭了。我想回家看弟弟，他们是绝对禁止的，从此对我看管得更加严格。过了几天，父亲又来要板子，妹妹也死了，同一个病，天呀，天！

天气渐渐转凉，风声亦渐次平息。父亲接我回家。我虽知弟弟妹妹

---

① 猫乌子：怪样子。

已经死了，但一路上还是想象着：弟弟仍站在门口等着我，叫着"哥哥，哥哥，哥哥回家了"，妹妹一定会扑到我怀里扮个猫乌子吓我。但当我走进屋，却没了他们的身影，我不由自主地哭了，姐姐也哭了，母亲哭得更是伤心，她像是换了一个人似的，瘦多了，憔多了，一点也不见了往日的精神，每天晚上都听见她从梦中哭醒，似此将近两月有余。这年七月十五，父亲正准备给公公婆婆烧包①事宜，母亲突然大闹着不准烧包，甚至要将祖宗的灵牌都劈烂烧掉，说它有什么灵，自己的子孙都保护不了！母亲的悲愤是不难理解的。当我写这段回忆时，我查阅了我唯一的文字资料，就是我家的生庚簿（我祖父立的，父亲和我赓续的）：

声远：生于民国戊寅二十七年七月初六日丑时，系泗浦之次子。（祖父写的）殁于卅二年六月卅。（父亲续的）

月莺：生于民国庚辰八初八辰时，系泗浦之次女。（祖父写的）殁于卅二年六月廿六。（父亲续的）

前后七天时间，两条年幼的生命！祖宗不显灵，菩萨也不显灵了。后来我听父母说起，弟妹患病也请过郎中，不见效；后来到浏公庙问药签（又叫仙方），上面开了两味药：谷芽、麦芽若干，炒焦煎水。父亲觉得还对路，是走消化道的，但对于炒焦有所怀疑，火气岂不更重？便在炒焦后放在水缸脚下扯冷了再去煎水。谁知一服越发的严重了，以至出现如此悲剧。但我从未听母亲骂过菩萨。她的哲学是既不说菩萨灵，也不说不灵，不灵是你自己找上去的，各人面前一块天。

民国三十二年（1943年）浏公庙街上的疫疾不仅我家遭难，还有很多人家遭难，据说共有二十多人死亡（主要是儿童）。人们不知自省，又将这归因于鬼神，说是瘟神下界。于是在是年阴历八月又大捡场面打醮，请了几个道士，在浏公庙内设坛做了七日七夜法事，戏台坪里扎了一个一丈多高的纸菩萨叫作"焦面"，右手提一个纸袋子，据说是乾坤袋，是收鬼的，"焦面"捉了鬼都装进这个袋子里。法事做完便是烧醮。弄了很多碗柴，呈井字形从地面架起，有一丈多高，也是堆在庵坪里，入夜以

---

① 烧包：乡俗，七月十五烧纸钱，因将纸钱用一个一个类似信封一样的纸袋包着，亦如写信般写上敬献于何人，供奉者何人，故名"烧包"。

后由道士念着经文，举火连那个"焦面"一起烧化，同晚又放莲花河灯，据说也是送鬼。红红绿绿的河灯在烛火照亮下顺着河水漂流，倒是蛮富于诗情画意的。细想一下这些做法其实自相矛盾。既然有了"焦面"收鬼而且有了乾坤袋，该无一漏网了吧？可又放河灯送鬼，岂非鬼未捉尽？被捉的进了班房，未被捉的还受着礼遇？阴界亦如阳界，谁说其不然乎？

当然，打醮不是完全没有作用，这作用就是通街通巷、家家户户、内内外外、彻头彻尾地搞了一次卫生大扫除。可那时候许多正古八经的人事总要借了鬼神的招牌来做，大概是受湘楚文化的影响。古代楚国巫文化盛行，巫是通鬼神的，巫为人治病便少不了沟通鬼神。萍乡是吴头楚尾之地，是吴楚文化交汇之处，对于浏公庙来说，我以为它更接近于楚文化圈。萍水河属湘江流域，浏公庙无论从经济或人文方面的交流，主要都是同湖南发生关系，就因为这里不通公路，只有水路可同外界交往，而坐上船顺流而下便是湖南。故过去浏公庙人说去省里，指的并非南昌而是长沙；只有说去府里时才是指的江西袁州（即宜春），而非湖南的什么府。

过去天花是儿童的致命杀手，我就亲眼看过这种死亡的场面。那是我从一条小巷经过，听见一户人家传出哭声，我从窗户外向内瞧去，见一个孩子面色煞白，着了一身半新的衣服直挺挺地躺在一个篮盘里，脚下还点着香烛。他的母亲向人哭诉说：本来都快出来了，后来听说熬点绿豆水给他喝可以败火毒，结果一吃全部阴掉了（收进去了的意思）……这使我觉得恐惧，但回家以后是绝对不敢说的，否则少不了母亲的一顿狠打。那时对此非常忌讳，不但不能去看，连说也不能，一定要说到，就只能说是"做好事"。

我还记得我小时候"做好事"的情况。浏公庙从湖南耒阳请来的医生种痘，那时还不是种牛痘，种牛痘是抗战胜利以后才有的，是土法种痘。种痘不叫种痘，叫做"接娘娘"，选在一户人家设了神坛。给我种痘是一天入夜以后两个耒阳人到家里来作的，此后是有几天的不适，母亲是日夜小心地伺候，具体情况已记不清。只记得"上岸"（大概指顺利将痘疹发出，脱离危险期）以后，还要吃三贴解毒汤。药虽苦，一口气喝下便是，最苦的事是服药期间要戒盐，只能用片糖下饭。我平时爱偷吃家里的片糖，这时一看到片糖便生厌，还是母亲守在一旁好说歹说让我将饭咽下肚去才算大功告成。治病时接了娘娘，病愈后自然要送娘娘。送娘娘这天下午，家里买了一把纸旗伞（形状像万民伞），早早吃了晚饭便在门前等着，待送娘娘的队伍一来，我便拿了伞加入进去。队伍大概有十几个孩子由耒阳人领着照街直下，一直走到约半里远的吉水殿河边才停下，将所有的伞放一处，在敬神以后便行烧化而后各自回家，这时家里人才眉开眼笑了。抗战胜利后我在学校又种了牛痘，母亲笑着说其实你已经种过了，就是那次耒阳人来接娘娘呀！

6. 不叫中心而有文化

　　文化是一个非常宽泛的概念。我的理解，似乎人类自脱离动物界以来的一切自觉的活动都可以纳入文化的范畴。当然也可狭义地理解文化，我想当前一些被称作"文化中心"的文化，便是狭义的文化。倒退到六十几年前，浏公庙也算得上那一方土地的"文化中心"，但那时还没有这个名称，故不妨说是不叫中心而有文化的地方。过去，除县城以上的城市有专门的剧院等文化活动场所外，广大乡村和小城小镇，庙宇就是文化活动场所，戏台是庙宇的衍生物和附属建筑。浏公庙对面的黄堂洲有戏台，那是龙王庙的，浏公庙上面的乌岗有戏台，那是蜂子庙的；湘东的戏台是万寿宫许真君庙的。故有庙虽未必有戏台，但有戏台必有庙。浏公庙是有庙又有戏台，庙和戏台都是浏公庙标识性的建筑，其文化价值不可小觑。解放之初，积极分子们有革命热情没有文化基础，打了菩萨，捣毁了庙里的设施，仅剩下一个空壳做了蚊烟厂，已是一大损失。"文化大革命"时又将戏台也拆掉了，损失更是不可估量。人们以为这可以破除迷信，殊不知迷信是存在于人的观念中，而转变几千年来形成的旧观念决非拆庙打菩萨就能解决的。事后想想，恐怕谁都会承认这是做了一件既对不起前人也对不起后人的蠢事。

　　观赏浏公庙的文化，首先就要看看戏台，那时候过往旅客、从湖南过来运煤的船老板，谁不在这里驻足凝神赞叹不已？我对戏台的印象实在太深了，所以在《声源茶话》中曾有专题介绍。为了省事，我将其主要部分摘录于下。

去年在杭州，到钱王祠看菊展时，无意间看到了那里的古戏台，并拿它和过去的浏市戏台比，觉得它除规模更宏大、场地更开阔之外，若论建筑的精美，雕刻的工细生动，还不及浏市戏台，但它有幸被作为文物保存了下来，浏市戏台却被"文化"彻底"大革命"了，真是可惜！

过去，浏市戏台是当地人生活的一部分，也是我的第二课堂，每年九月二十三日浏公菩萨生日时，这一带的群众都凑钱写班子唱戏，少则六七天，多则十天半个月。我家就在附近，又不要买票，所以只要不上课便场场必到，无形中也就知道了一些神话传说、历史故事、人间悲欢离合、世态炎凉冷暖，初步涉及了忠奸、善恶、孝逆、义利之辨，也培养了对皮黄戏及戏曲音乐的兴趣爱好。浏市戏台上在"悠扬六引"的横匾两边挂着一副对联"看到收场当论世，演成全部解知人"，当时不明其义，现在看来这正是儒家知人论世的文学观，演戏就是寓教于乐的教化活动。

浏市戏台是浏公庙整体建筑的有机组成部分，坐南朝北，揖向菩萨的大殿。东厢连着酒楼，西面则围墙连接，四通八达，便于出入。建筑风格与大庙协调一致。斗拱飞檐式的大屋顶，飞檐上挂着一对铁马，风一吹铁马叮当作响，屋面翡翠色的琉璃瓦在阳光下熠熠生辉，下以石柱支撑，可以三面看戏。戏台后棚，是龙凤云纹花饰木雕隔板，正中现满月形圆孔，两边是出将入相的九龙口，内为化装室。戏台正中上方是穹庐式天棚，饰以八仙过海的漆画。台前石柱与飞檐衔接处，有一对形象生动的豆绿色立体麒麟木雕；石柱与横梁相交处嵌有一对木雕饰角，使原来单调的直角变成柔和的弧线。饰角神工雕刻，层次井然。放眼望去，近有岸柳啼莺，远则春山含烟，中间江水荡漾，江上有船，船夫躬身撑篙。船有客舱，舱篷有一格子小方窗，从窗口内窥，可见客室方正，窗前二人隔几对饮，其乐融融。整个舞台，仙境、瑞兽与人间的平和生活融为一体，格调高雅。我小时候听黄堂洲的李利模老先生说过，附近几省都找不出浏公庙这样的戏台，始还不敢相信，及至看了钱王祠戏台，谓为信然。

浏公庙的建筑雕塑艺术还有一处景观，叫"朝阳胜境"。浏市戏台的后墙临街而立，中间有一个供人们从台下出入的大口子，如果仅留下光光的墙面，其单调枯瘠可想而知。聪明的建筑师决不放弃这一文化平台，他要把戏台建成前后左右都堪观赏的艺术品。首先他采取了墙带柱的构建方式，将这扇墙分成几个块面，正中下方一块是出入口，其左右是对称的两面粉刷墙。出入口顶梁（也是石柱）以上，在人手够不着的三个块面他就大做文章。正中是题额，刻着"朝阳胜境"四个颜体大字，两旁饰以双凤朝阳的浮雕。左右两个块面则以戏剧为题材塑造了好几组人物雕像，动作神态栩栩如生。具体是哪些戏我已记不清，有一组是"金沙收义"则肯定不错，因为我听人讲解过。那是《水浒传》六十一回《吴用智赚玉麒麟，张顺夜闹金沙江》中的故事。其中有一段文字："正烦恼间，只见芦苇里面一个渔人，摇着一只小船出来，那渔人依定小船叫道：'客官好大胆！这是梁山泊出没的去处，半夜三更，怎地来到这里！'卢俊义道：'便是我迷踪失路，寻不着宿头，你救我则个！'"这组浮雕正是再现这一情景。我走的地方不多，孤陋寡闻，很难拿别地的浮雕比较，但有一次我到广东佛山，于祖庙也看到了墙上浮雕，感到若论内容丰富，浏公庙的朝阳胜境固所不及，若论艺术水准则在伯仲之间，断不在彼之下！当然现在说这话毫无意义，人家的还在，我们的毁了，再好也是少数几个人的模糊记忆，而能写出来的除我外再无他人！

　　浏公庙的文化可分静态和动态两种，静态的已如所述，动态的就是各类演出及体育活动。我总觉得浏公庙人爱热闹，善于找乐子，大概因为这里住着的除了手工业者就是商人，商人就爱人气旺，所以凡有演出总是热情欢迎。九月二十三唱大戏已不消再说，这是浏公庙文化活动的高峰期，往后便是立冬，进入"冬防时期"，治安防盗摆在首位，一般不再有什么文化活动，过了旧历新年以后各种活动又接踵而至了。都有哪些呢？仅就我的自然记忆列述于后。

　　跌三瓣：这是一种群众性带赌博性质的娱乐活动。过去的镏钱（铜钱）一面是汉文一面是满文，取三枚同样的铜钱，如"康熙通宝"或"乾隆通宝"，将满文磨光，磨光的一面叫"幔子"，有汉文的一面叫"麻子"。三个镏钱麻子在上一字排开平置于手掌上，然后往地面的石块上一跌，这就叫跌三瓣。怎么个赌法呢？坐庄的人跌，其他人下注。下注的方法是单注或前后注。如果跌了个"三翻"（即三个光面）便通吃，如果跌成三个麻子便通赔；如果跌成二个幔子一个麻子吃前注，反之则赔前注。从正月初二到出上七，浏公庙街上和附近农村的人都喜欢到浏公庙内或庵坪里来玩这玩意儿，老的少的都有，只没有女的，不下上百人，人愕蚁颤①，一片吆喝声。那跌的人都是卖足了力气，右脚一跺地、缗钱往石板上一跌，同时手掌在大腿上猛一拍，大喝一声："呸！三翻！"就完成了一个操作过程。所以热闹非凡。

打春锣：一般从出上七开始延伸到二月花朝（zhāo），是挨户挨户地进行。打春锣主要是唱赞歌、讲好话，新朝年头，谁不想听几句吉利话？所以一般人家也不拒其登门。况且这门艺业看似简单，真要出色倒也不易，要见人赞人，见物赞物。当然也有常例可用：如见了老人，不免"该位老人家好福气，多子多孙多富贵"；见了穿着新衣服的青年后生便说"新帽子、新衣裳，看上去像似只仔新郎官"；赞物，如在南货店则唱"胡椒辣口姜辣心，辣椒吃咧就走脾经"之类。一般七字一句四拍子（可以衬字但不能丢拍）还要隔句押韵，故不但要知识面广，词汇丰富，还要思维敏捷，语言有幽默感，令人听得开心有趣即属上乘，赏钱也来得快。否则不具备这种本领而勉强去打，难免人家以乞讨视之。在浏公庙打春锣出名的是冷潭湾漆家山下的漆跛子。

龙灯：这是元宵节的主体活动，一般在正月十三到十六日之间进行。浏公庙的龙灯有日龙和夜龙，日龙又叫布龙或缩龙，就是我们常于电视中看到的那种，主要来自无陂洲的张家屋场。夜龙则黄堂洲李家、冷潭湾欧家都会出到浏公庙来，一般认为后者耍得更出色。人们作兴看夜龙。夜龙是篾扎的骨架用红纸糊面，分龙头、龙尾、龙身。另外还有一口珠灯，是龙要抢夺的对象。龙身分成一节一节，一般七到九节不等，故又叫散龙。过去没有电灯，入夜后街上漆黑漆黑的。出龙灯时，灯内都点燃了蜡烛，照得满屋满堂红通通的，而伴随的响器吹打着"龙摆尾"的牌子，这首先就给人一种热烈、欢快、吉庆之感，况且它又是龙，是中华民族先人所崇拜的图腾，所以人们都以迎神的礼遇待之，称之为"接龙灯"，要点香烛、烧纸钱、鸣鞭炮迎送的，龙灯在表演时要不停地放爆竹，放的越多耍的越欢。耍龙灯主要是龙头与珠子的游戏，主题就是龙抢珠，龙尾不停地在其周边摆动，一般龙身都散布四周不动。技艺好的可以在高凳上耍，高凳摆在桌子上；技艺更精的还可以在上面翻筋斗。耍

---

① 人愕蚁颤：乡间俗语，形容人极多，极热闹之意。

龙灯虽曰耍，但中国是礼仪之邦，耍事也要讲究礼仪。出龙灯先要署贴（红纸贴），就是早打招呼；龙灯前面有恭灯，一般由该姓有声望的长者或读书人（士绅）执撑，他就等于是领队和代表，担负与各户主人拱手问候和道别的任务。龙头要进屋朝该户的家神摇首致敬后才能进行表演，表演结束以后又要立于大门口朝内摇曳几次以示告别。如果这些礼数不到，则往往惹出纠纷令人不快。接灯的人家也是彬彬有礼地有接有送，还要赏给蜡烛、大米和红包（赏金）。龙灯怕火，但接龙灯的人就希望龙头着火，认为这是财旺之兆，因此有些人将爆竹往龙头上丢，希望它烧起来，但也有适得其反的，爆竹炸的气浪将龙头内的烛光熄灭了，便自觉晦气不已。故凡事不可强求，顺其自然或心安理得，如果是龙灯自行灭火的则可怪耍灯的人，故耍灯的人要随时检查灯内烛火，绝不让出现此类事故。什么是文化，这就是文化。

狮灯：狮灯就是舞狮，也就是武术表演。一般在元宵过后至二月间演出，地点就在浏公庙戏台上。这里的狮灯不同于广东的舞狮队，除舞狮外还要表演散打和刀、枪、剑、棍、戟、叉、镗、流星锤等冷兵器的武术套路以及耍瓷罐、窜圈、兀鹰晒翼等杂耍节目，内容比较丰富。狮脑一般都着红色，叫红面狮子。听老辈人讲，也有青面狮子，但很少人敢用，因为那表示摆擂台，会招致强手拆打（挑战），导致伤亡而结仇怨，有违武术强身健体的宗旨。狮灯并非义演，也不卖票，而是先到各家各户署贴，演出后再依次收贴。署贴、收贴也是礼仪化的，要举着狮脑向各家各户致意，略示宾主之礼。主人也很客气，接灯时会鸣放鞭炮，欢送时会用送来的红贴纸封个小礼，多少不论。在浏公庙演出狮灯的不止一家，有好几家，可见当时习武之风尚存。浏公庙街上也组织过武术班，俗称学打，时髦的说法是学习国术，教头是黄堂洲的易升亮先生，同我家很熟，有点拐弯抹角的亲戚关系，我们称他叔公。听人说他功夫极深，抓根扁担在手，七八个人近不得他的身，但我觉得他温文尔雅，除身材壮实、行路时两足成弓形微微外拐而双膝内扣外，若论谈吐倒像个读书人。他曾建议我父母让我从他学习国术，我父母告以我年龄尚幼且待来日。在闲谈时他也讲到一点教武术的规矩，说是"宁教千下手，不教一个脚"，习武之人脚下功夫重于手上功夫，脚一动往往就伤人，所以要慎教。这就是武德。俗话说"一桩讨打，二桩挨打，三桩四桩冇得（没有）

打"。为什么学得多了倒没有"打"（作武艺、本事理解）呢，这就是进入了武德境界，有了涵养之故。所以那些表演狮灯的人都是笑容可掬，从未见横眉怒目之类。

傩神：萍乡是傩舞之乡，傩是古代文化的遗存。《说文解字》谓"傩"，行人节也，从人难声。难是傩的本字，读为 nuó，是驱除疫鬼的祭祀活动。《礼记正义》对此有过说明，转译成现在的话说，大意是：季春之月，一方面阴气未止，春寒袭人，一方面阳气上升，气温升高，冰化雪消后，深山老林里冻死的动物尸体腐烂，蒸发出（含有大量病菌的）疫疠之气，厉鬼也就出来了，轻则致人瘟疫，重则夺人性命。于是便命方相率领百十个奴隶去驱赶阴气疫鬼，这就是傩。所以傩至少可以认定为商周时期的文化遗存，萍乡将它保存了下来并不说明它起源于萍乡。至于它的面具化和神化，细思不难找到解释，这里就不说了。萍乡的傩神，著名的有两处，北路是石洞口的傩神，西路是下埠的傩神。浏公庙坳嘴上也有间傩神庙，供着三幅面具，但在浏公庙活动的是下埠的傩神，活动时间大约在二、三月间。现在叫傩舞，已消解了它的神性，那时候叫傩神是将它当神来接，所以家家户户都是备香案、封赠钱米，将傩舞称作"仰傩神"，也是不断地往脚下丢鞭炮以助兴的。浏公庙五福堂的吴三义家会留傩神过夜，晚上会"踩傩"（傩舞演出），有些简单的节目，如《判官斩小鬼》、《关公战颜良》之类，我也跑去看过，是在他们家大厅里演，围观者数十人。

按神：按神就是皮影戏（我们叫影子戏）。皮影戏过去也叫按神戏，一个民间的小剧种与神挂起钩来是一种很聪明的做法，也是生存之道。因为有一尊神做招牌，就可以处处受礼遇，接的人也多。按神的按，究竟是按还是案，未见诸文字记载。我看它被一乘方轿四人抬着到处巡游，联想到古代的按察使大人，故用了"按"字，按察之神也。按察使办案，而按神是不办案的，它只演戏——皮影戏。演皮影戏只需临时搭个不大的门板台面就可，泥地面再高也不行，因为演出打斗场面时表演者要用脚砰砰地踩动台面以渲染气氛。皮影戏的班子人数不多，一个人操作皮影菩萨，两手可提起十个人物，主次分明，突出中心人物的表演。其他的则是乐队成员，但也分担生旦净丑的唱腔任务。当时演的大都是《薛仁贵征东》、《薛丁山征西》一类剧目，也像演大戏，几折正戏后有一出杂戏，搬点黄段子取笑。浏公庙演皮影戏过去大都在阴历二月，从下街到上街，一路演过去。有一年我们兴隆街就演了两个晚上，在邬祖发家门口演过后又在我家斜对面的叶篾匠家门口演一个晚上。这对我来说实是件乐事，以至产生兴趣，在学校里上课时还偷偷地将双手伸进课桌里雕刻影子戏菩萨，所以我小时候的学习很差劲。皮影戏在浏公庙出名的是汤水伢仔的影子戏。

划龙船："端午竞渡，吊屈原之溺水"，故端午节划龙船属楚文化，浏公庙受楚文化影响较大，以前年年都重视划龙船这一活动。龙船连着龙字，浏公庙出街口有座龙王庙，故将要划龙船了就要请出龙神。五月初一便将龙神请出下河洗澡，许多后生也从这天起开始游泳。给龙神洗澡时会往它嘴里筛酒，这些后生就挤在周围抢着接酒喝，十分热闹有趣。从此，节日气氛渐浓，至端阳日龙舟竞赛进入高潮。平日里浏公庙街上和对岸黄堂洲的人都是和谐相处，其乐融融，唯独划起龙船来就互相鼓劲，总想将对方压下去，两河挤满了观众，没有一个是旁观者，都想自己这边的船赢。划船的人喊："划赢船呀，呵哈！"岸上人也在使劲，有人说是"伞把都捏得水出"，有人说是"捏烂豆腐"，这反映出一个民族力争上游的精神和集体荣誉感。看龙船的人都会穿得较好，入热以后不少人会将新制的夏装穿出。要是碰上下雨，人家便说："今天要黑豆芽脚。"黄堂洲有个李日照，是癫子，也不例外。他着一身白纺绸衣服，手摇一把白纸扇，始终在河边上跟着黄堂洲的龙船跑，而一群小孩子又嘻嘻哈哈地跟着他跑，成为一个独特的景观，惹来阵阵欢笑。有不少人甚至丢下龙船不看而去看他。关于划龙舟，浏公庙人可以讲出很多故事，如何造船呀、如何争水道打架呀，我父亲讲的一桩往事我想记在这里，因为这里面似乎有一些哲理。有一年划龙船恰值涨大水，浏公庙龙舟上的桡子手都是善水的，唯有打鼓的是个裁缝不会游泳。当龙舟向浏公坝的篷口划去时，一个巨浪将龙舟掀翻，会水的都淹死了，只有这个裁缝活了下来，因为他死死地抱住了那面鼓。

采茶戏：又叫花鼓戏，也是浏公庙常有演出的剧种，没有定时，有时趁着九月二十三，有时是趁着赶场（赶集）搭个草台演出，但从未在浏公庙戏台上演出过。我曾问过我父亲个中原因，父亲告诉我说是采茶戏太邪，不好当着菩萨的面演。所谓"邪"，就是色情的成分重一些，比如《十八摸》，从女的头上摸起直摸到隐私部位便是。但也不全然如此。采茶戏一般表现民间生活情趣，腔调也易学易唱，所以为百姓喜闻乐见，如《小放牛》、《补缸》、《王婆骂鸡》、《刘海砍樵》都生动活泼，饶有风趣。演采茶戏，不要到远处去接班子，只要在附近便可邀班子，因为民间会唱的多，演出时也不像京剧那样要求严格。浏公庙有个廖春山便是名角，经常是他邀班子唱戏。新中国成立以后采茶戏得到重视，萍乡文艺界将它演化为萍乡地方戏，而且创作了一些新剧目，如李实红的《寨上红》在全国获奖。浏公庙的廖春山后来去了湖南花鼓剧团，他演出的《放风筝》据说毛主席都看了，曾名噪一时。一个老男人演出少女的身段舞姿已属不易，而这出戏演唱的最大特点就是"打舌花"，即舌头长时间在口腔颤动发音并哼出悠美的旋律，表现出放风筝时那种愉快心情，使花鼓戏上了一个新的境界。

　　以上介绍的文化活动是常规性的、地方性的，除此之外，过去还有些外地的文化团体或艺人也会慕名而来，比如大马戏、猴把戏、木偶戏、魔术、文明戏、京戏、西洋镜、三瓣鼓等也不时光顾，既从这里赚去养家糊口之资，也为浏公庙人添点乐子。

7. 大运所定，盛极而衰

沧海桑田绝非虚语，"三十年河东，四十年河西"也屡经验证。原来浏公庙的河道靠近黄堂洲的山脚下。萍水河出谷陂冲以后水流湍急，经李家坝拐个弯，便一直向西冲刷，造成西岸的深水带而东岸渐成洲地向西延伸。后浏公庙街市发展，河街一带住户既修建煤码头，当然也要砌岸护坡，这才挡住河水西侵，否则的话街道恐不复存在。1968年下放后，我随生产队参加劳动，在欧家湾山麓的板栗园挖水渠，亲见于地下约两三米深的层面挖出了倒覆的大树，树干已成乌黑。人们根据地质状况分析，断定这原是萍水河西岸的树，因河道西迁而倒在河中被泥沙埋埋。有个木匠认识这是楮树，木质未朽，他还取了一段做成刨子。这也可证实河道西迁的说法成立。自然地理的变化如是，人类社会变化的速度实快于自然变化的速度。毛泽东说，"一万年太久，只争朝夕"。朝夕之间，盛衰变幻屡出人意料，而细思之又其来有自决非偶然，这就是大运所定。大运所定，盛极而衰者历史上不绝其例，如西北沙漠覆盖下的楼兰古城，原是那么繁华，为何一下子就人去楼空黄沙盖脸了呢？浏公庙也经历了盛极而衰的一幕，现在不少人看着冷冷清清的街道，特别是五福堂至樟树湾一段，衰朽破败的景象总禁不住叹惋，殊不知这也是大运所至、命中注定。

浏公庙的鼎盛时期其实就是三年间的事，即从1945年日本投降、抗战胜利到1947年9月22日浏市栲桥通桥典礼。这期间，浏公庙一带自然风光是那么的美，河水清澈得似乎连沙底都浮出水面，深处则水绿得发蓝，时见鱼儿泛着鳞光。黄堂洲河边的一带草地绿茵如席，陈洪和染布坊经常担了布到那里漂晒，我们小孩子也喜欢到那里去打滚子、翻筋斗、踢小足球、打蛇抱卵。每当太阳西下躲在浏公庙的山后，晚霞似火，山间弥漫着紫色的雾霭，连同浏市街鳞次栉比的街景倒映在河水中，让荡漾的碧波洗去它一天的尘埃，这时我真想成为明代的王冕将这景色画下来。要是在深秋季节，两岸连绵不断的桔园挂满了红红的柑橘，"绿叶素荣，硕果搏兮"，则又更具一番诗的情趣。

抗战胜利后，生产迅速恢复，生活也较快地提高。那时我家开着一间小布店，从人们买布的情况就可以看出。原来买的都是土蓝布、染花布、家织的窄幅（一尺六寸宽）白布（有的买回去后自己用五倍子造成土褐色），给嫁娘做衣买的是喷花布或印花布、格子布，都是萍乡手工生产的；抗战胜利后便是缎青布、洋纱的龙头细布、白竹布、斜纹的哔叽布，嫁娘买衣料则以花哔叽为主；再后来又提高了一个档次，直贡呢、卡叽布、阴丹士林渐成家常便饭；着纺绸、香云纱的也有了，但浏公庙没有卖。还有一个衡量的尺度就是过渡。过去浏公庙与黄堂洲之间过河靠渡船，原先是一条渡船还觉得冷冷清清，抗战胜利后增至两条，到1947年桴桥修成前增至三条渡船尚经常超载，有两次还几乎酿成沉船事故。因此当地百姓就感到非造桴桥不可了。对于浏市桴桥，我在《声源茶话》中也有过专题介绍，现在复述于下。

过去浏公庙设有一个凤鸣乡公所，一个乡长、一个文书、两个所丁，主要是管理户籍、征兵、征税、治安一类事情，对交通问题似乎无心也无力去解决，浏市桴桥的修建乃当地乡绅聚议，发动老百姓捐款办成的。首议大概是1946年重阳节的下午在观音堂举行的，一是商讨9月23日写班子唱戏，更主要的是修桥事宜。出席的人比往常多，黄堂洲的李利模、李敬修、袁利贞等先生似乎也在，冷潭湾、黄家洲、无陂洲也各有人士出席。会上议定募捐办法、码头选择、桴桥构造等，还商定凡募捐者都发一块铜牌（纪念章）、通桥典礼时请吃完工酒。会议定事以后，各项工作便紧锣密鼓地进行，募捐的募捐，采办材料的采办材料，桴桥的修造全由当地工匠负责，船由沙棚里的捻匠厂造，栏杆桥面由当地木工制作，铁钉锚链由当地铁匠锻造，缆绳由当地棕匠放（棕匠绕绳子称"放"），可以说除原铁和木材外一任不假外求。

经过一年的努力，浏市桴桥终于造成了。1947年农历九月，浏公庙进入历史上最辉煌的时刻。我能确记，通桥典礼定在9月22日下午，即浏公菩萨生日的头一天，通街用红黄色布悬空幔过，遍插彩旗，悬挂灯笼，家家户户亲朋盈庭，都是开流水席，两河二岸人山人海等着看剪彩仪式。大概下午四点左右，一扇轿子从三架车边的小路下到草坪向桴桥走去。"曾县长来了！"我听有人说。不久便见轿内走出一人在人们的簇拥下于桥头剪彩后向浏公庙一边走来，很快就淹没在人群中，大概没有讲话作指示。完工酒两百余桌，父亲和我都去吃了，因为我家以父亲和我的名义捐了两个份额，家里的意思是修桥铺路是好事，做好事可得善报，希望我也能得善报。酒宴散席后不久便开锣唱戏，其场面热烈、人心的欣喜兴奋就不用说了。庙会过后，浏公庙骑楼下两面墙壁上便贴满了红榜，全是修建浏市桴桥一应收支的明细账目，实行财务公开。末尾照例八个大字："若有私情，神灵鉴察"。后来也确实未听说过谁在修桥工程中得了回扣、贪了污、得过好处的事，那时政治觉悟不如现在高，但人心却比现在好，世界上只怕人心变坏！

"夕阳无限好，只是近黄昏。"当浏公庙人还沉浸在1947年的辉煌中时，不知时运正在逆转。话说回来，其实早有人从地形风水学的角度断言浏公庙不会有什么发展，这"谜语"便是"五虎蹲羊"。据说浏公庙庵子背后的五座山形似老虎，而浏公庙街便像一只羊，故名"五虎蹲羊"。至今还有人解释说这"喻示着浏公庙生意兴隆"云云。而早在1947年前我就从李利模先生口中听到另一种解读。他说浏公庙五虎蹲羊之地没什么发展，你想五只老虎吃一只羊，吃得饱吗？当时我感到这话不中听，未免扫兴，故记住了。后来一想，觉得它直截了断也合乎情理，而尔后更为事实所映证，"五虎蹲羊"似乎成了浏公庙的谶语。

时浙赣铁路正在修复且不久就通车了。我父亲曾特意带我去峡山口火车站坐火车。那是内燃机头拖着几节运煤的车皮，站在上面风飒飒的，只觉得其快并无舒适可言。后来便有了蒸汽机头，拉得十几二十节车皮。自此，浏公庙煤炭集散地的地位彻底动摇，各煤井挖出的煤用土车直接送到峡山口火车站的煤场子运走。湖南来的乌金子船已逐渐不见了身影，本地船业也日趋冷落萧条至生存不下去。船运一停，浏公庙商品集散地的功能也让位于铁路沿线的城镇，来往客商已难见其行踪，而原先经济辐射带的消费者也向别处购物，真可谓"有了新姐夫便不要老姑爷"了。这非偶然，而是一种文明的更替，是农耕文明让位于近现代文明的表现，内河水运怎敌钢铁大动脉的涌动？更何况萍水河非比大江大河，已没有资格结缘近现代的机动轮船。浏公庙是得水运之便而享物流之利才造就了往昔的繁荣，这两者没有了，衰落也就难免。

"屋漏偏遭连夜雨，行船又遇顶头风"。从1948年到1949年新中国成立前夕，受大运支配，浏公庙遭遇两大难事。一是国民党金融崩溃，刚开始呼啸一阵的金元券立即变成废纸，推脚炭的人一天辛苦流汗挣来的一把票子，傍晚买不到一升米养家糊口，而商家因离县城远，进货不便，卖东西进的钱不能及时购回货物，资本也于通货膨胀中大量人间蒸发，实可谓百业凋弊、民不聊生。故当时民间又回头使用过去的银元和铜币，有些煤庄没有这么多硬通货发力资（指脚力钱），便私印纸票，刻个印版注明币值印在牛皮纸上盖个私章便是票子，用来代力资，脚夫亦无可奈何，浏公庙发这种票子的煤庄有好几家。金融混乱至此，也就预示着国将不国。再加上国民党从前线溃退下来的伤兵队伍驻扎在湘东被服厂（新中国成立后叫735仓库），不断出来扰民滋事、强买强卖甚至行凶抢劫，浏公庙也深受其害，商家有货也不敢陈列出来，市面更趋萧条。后来组织农民自救会，各商家也参加，一人一柄梭标，组成队伍浩浩荡荡，直逼被服厂，伤兵的凶焰才为之震慑而有所收敛，而百姓心中仍惶恐不安，繁荣的影子遂沉浸于黑暗之中不见了。

1949年暑假萍乡解放，时我已在萍乡中学读完初一。有一天我跑到浏公庙去玩时，见夏裕丰家的夏声亮和黄仁记家的公子（我不知其名）正在写欢迎解放军的标语（他们当时在读高中）。第二天下午有三个解放军骑马从黄堂洲过桥到浏公庙街上走了一遭即便离去，次日晨即有大军过境，行色匆匆，乃是去追歼逃敌。他们在浏公庙住宿了一个晚上，我家小店房的楼上也住了两个指战员，一个官，一个勤务员。但住得不好，因为有臭虫，几乎骂了一个晚上。当时就是这个条件，现在想来仍抱愧不已。其后也有部队驻扎在此。我曾在樟树坪看过他们的炮兵操练，颇感新鲜。解放军军纪严明，得到老百姓的拥戴欢迎，浏公庙人脸上阴云一扫而光。是年10月1日中华人民共和国成立，驻军举行了隆重的庆祝大会，部队就上千人，还有两河二岸的群众参加，浏公庙戏台坪里肯定容不下，于是就在黄堂洲河边草坪上搭台，战士们用铁锹将台子周边的草皮和泥沙铲起铺在台地上，像挖了一条四四方方的护城沟，终于垒成了一个台子。庆祝大会是晚上开的，欢声雷动，鞭炮声、口号声、锣鼓声、部队互相拉动的歌声汇成一片。会议开始时鸣礼炮，还朝天打了不少照明弹，将夜空装点得绚烂夺目。军民同欢，世所罕见。但事后诸葛亮回想起来，这场盛会竟留下了长期的憾疚。解放军能做到借门板要还，却未曾想到借草皮也要还，也未想到交代地方上的干部群众去将草皮复原，结果1950年一场洪水，不但将台子冲得不见踪影，整个草地也席卷而去，只见一片狼藉地裸露着的砾石和一个一个的水洼子，沙洲又向浏公庙方向推进了不少。我将此视为生态文明遭受破坏的征兆，客气点说是思虑之所不至，其实反映出我们的无知。

　　浏公庙的衰落水运消解仅是迈出了关键的一步，后续步伐又将接踵而至。土改时打菩萨，浏公庙被捣毁，仅剩下一个空壳做了蚊烟厂的厂房。因为还要开群众大会，进行宣传演出，所以戏台还保留着。实行粮食统购统销，樟树湾大米集散地无米上市，粮油店歇业，浏公庙人要跑到十里远的湘东、峡山口去买米打油，后来甚至斫肉买豆腐也要趁天亮跑到那里去排队。实行工商业社会主义改造，走公私合营和合作店组的道路，大量商店关张成了民宅，只剩合作社和几间合营商店，私人老板成了店员且随时可以调往别处使其与资产脱离而竞争之趣消解；手工业也成立了联社，铁匠、木匠、篾匠集中一处生产，计划经济，统一指挥调度，积极性无从发挥。特别是大炼钢铁，樟树坪里建高炉，几百年的古樟树在炉底化为灰烬，只剩一株较小的樟树伶仃孤立不成气候，人们已不将它当回事了。一天一小孩在树蔸的空洞里玩火，这棵孤独的樟树干脆引火自焚追随它的姊妹而去（浏公庙人将七棵古樟称作七姊妹）。不知现在花十亿、百亿、千亿，谁能将这七姊妹请回到浏公庙再复制出那个樟树坪！后来又来了"文化大革命"、"破四旧、立四新"、"造反有理"、"横扫一切牛鬼蛇神"，我放在家里的两担前清木刻本的《皇清经解》和一部明代归有光朱笔评点白棉纸大开本的《龙门史记》等书被付之一炬算是小事，而浏公庙戏台连同朝阳胜境也在劫难逃全被拆被毁，在旧址上建了一栋红砖楼房作浏市小学的教师宿舍。这看似重视教育，而一个连祖宗留下的文化遗产都能忍心毁灭的人，他又能办出什么样的教育！

还有件事不能不说。新中国成立以后，电力有了，水泵有了，认为干旱时可以用马达抽水，用不着每年砍树去维修柴坝，因此萍水河上的柴坝被丢弃不管，让其一座一座地毁掉，筒车大概也就当了柴烧。本来就是绿色的能源丢弃不用，现在又煞费苦心去寻找绿色能源，真让人哭笑不得。一座坝可以提高一米以上的水位，仅从涵养水源来说也是利莫大焉，坝一毁，河水日浅，河床日高，萍乡河已不再是乳汁丰富的母亲河，倒像个形将就木枯瘦不堪的老妇人了。浏公庙是靠萍水河繁荣起来的，萍水河已是这样，它的衰落避免得了吗？

上面说到浏公庙的衰落是近现代工业文明对农耕的胜利，叹息则可，挽歌则不必唱，浏公庙人应当适应这个大势大运。新中国成立以后所采取的一些经济政策，也是当时国际国内形势决定的，也是大势大运，有失误甚至导致生活的艰苦和不便，但纠正以后并不难以恢复甚至提高到新的水平，而只有对生态环境的破坏，特别是对文化古迹和文物的破坏，则是难以恢复的，即便是现在的工艺水平再高，再造再建一个更洋气的戏台，那也是新造的，已没有历史文化的厚重感。我常傻想：如果浏公坝、三架车、樟树坪、浏公庙、浏市戏台、朝阳胜境、浏市桴桥还健在，河水还是那么深、那么清，浏市街也许会成为一个旅游区域。再把清香馆老板娘的传人找出来，她的米面和艾米姑也许是游人争相品赏的美食。毛泽东曾说过一支没有文化的军队是愚蠢的军队，而愚蠢的军队是不能战胜敌人的。问题是新中国成立以后有文化的人也要向没有文化的学习，并脱胎换骨以做出破坏文化的事为荣就可悲了。我们真该问问，"文化是什么？我有文化吗？为何会做出既对不起祖宗也对不起子孙的事来呢？"

8. 那些人、那些事（上）

本篇定名为《感受自然记忆》便给自身定了性，它既不属文学创作，也不属史志记载，因此它无需虚构人物情节、塑造典型形象，也无需查阅历史档案、走访当事人等。我写的就是当年那些不经意记住的东西而且都是心记而非墨记的东西，未免残缺不全，但绝不有意失真。本章写的那些人那些事，写的也只是一嘴一目，只鳞片爪。当然也不是有记必录，总要能于普通中看出特殊、平凡中有着奇特、粗俗中透出风雅、荒唐中想出道理，看过之后读者会觉得有趣的东西。我说过浏公庙是个移民社会，五方杂居，又是个小市民社会，九流三教。这里没有什么显赫的大人物，乡长可以爱理不理，保长可以错骂，商会长也可以错骂，所以写起来也就可以自由一点，力求真实而不怕犯讳。

我要写的第一个人物是黎鼎发老先生，据说是前清秀才，未曾考证不知确否，但我有个姻亲公（我姑妈的公公，萍乡人叫家爷）——百塘湾的罗丰恒先生是前清秀才无疑（我前面所说被焚的《皇清经解》便是他的遗物，由我表弟送给我的）。他每次出到浏公庙，总要会晤鼎发先生，这或可作证。鼎发先生可算浏公庙贤良方正之士，曾被推举为商会会长，后又开馆授徒教习古文。他还是儒医，在周卫生堂设席坐诊，也应请出诊，曾给我父亲治过病。我观其行止可谓温文尔雅，腰身正直，步履端庄。在浏公庙遇有民事纠纷非得请客圆场时，他是在必请之列的。有一次黎篾匠婆娘同邻居吵架打了人，本想攀请作为本家的鼎发先生去掰个赢理，殊不料他在弄清情况以后，断定篾匠婆娘理亏，又打了人家，所以鼎发先生像教授学生一样，给予训斥后，拿根篾轻轻地打了她几下手心以示惩戒，平息了这场争讼，篾匠婆娘虽伤心地哭了一场也便服了。

我要写的第二个人物是我祖父的弟弟，我的二叔祖。他是一个最最忠厚老实的人，年轻的时候做裁缝，日夜劳作，当时照明极差，所以到老时累得双目失明。他针线活很好，人又老成勤快，不偷懒不匿（读luò）布（指偷主家的零星布料），因此颇得信任。浏公庙坳背有家财主人叫"和兴里"的，一向雇他缝衣，不请别人。见他家境困难便说："张师父，我在浏公庙有块园土，你作着吧，这几年我也不收你的租钱。"过了几年，和兴里付信说某日要过来看果园，我二叔祖便找我二伯如此这般地吩咐了一番。次日，和兴里老板一到，二叔祖便高声叫我二伯："细花子，东家老板到了，快到浏公庙去打酒斫肉买豆腐。"招待东家吃过饭后又叫："细花子，到园里去挑好的挑大的摘一篮梨子来给东家老板尝新。"梨子摘来后，和兴里老板拿起一个一口咬去，那是又硬又涩，连忙吐在地上说："呀！这里的梨子这样难吃呀！"二叔祖说："嗯，东家，这还是拣好的哟！"和兴里说："我本想来看看园子收点租金的，一些这样的梨子谁要，以后也不要你的租金，这块园就给了你去作吧！"于是二叔祖就有了这片梨园。原来梨园里有东瓜梨、秋白梨、麻梨子、袁洲红皮、秤砣梨多种品种都还吃得，那天摘的却是未经嫁接的石梨子，又小又硬。这事是我母亲私下讲给我听的，她说我二叔祖后来瞎了眼睛都是报应。我现在的感受是那是做裁缝累瞎的，不能归结为报应。对这件事的评价，"阶级斗争"论者或谓将愚蠢的地主老财玩了一把；"道德"论者或谓毕竟不够厚道。智者见智，仁者见仁，唯人自择耳！

我要写的第三、第四个人物分别是乌岗大米湾的土财主邓名万和我们浏公庙李记绸缎庄的李老板。之所以要把邓名万拉进来是因为他是浏公庙不少人家的债主，常出现在浏公庙街头，况且下面的故事发生在他和李老板之间。邓名万是长工出身，选了一条放高利贷发财的路子，赚到的钱一个也舍不得用，全拿去放债，一分五的息，还要吃"剁脑息"，即一出手就要扣回本月的息钱，借一百只给八十五，够狠的。他利滚利、息滚息，终于滚出一份像样的家业，起了祠堂，成了当地有名的财主，土改时被当作恶霸地主结果了性命。其实他并非横行乡里的恶霸，他命就是钱，钱就是命；为了钱像狼一般贪婪，为了钱也像羊一般驯顺。有一次他在田间讨债，被债务人一掌打在田里，他儿子远远望见便捋起袖子跑去问他："爹，他打你了？"他赶忙说："没有没有，我是自己摔在田里，他要来扶我我不肯，怕人家误会是他打了我。"他是怕他儿子火爆，万一打了那个人，那人会赖账。所以才轻轻将事推了过去。成了财主也还是那么吝啬，他儿媳妇炒菜多放了油、煮粥少放了水他都会骂人，他的儿媳妇们便只好背着他吃好些，而他总是把肚子吊在人家的饭甑里。他常在浏公庙街上出现，高挑的个儿像把弹花的弓，着一件鸭屎蓝的长衫，腋下夹把伞，俨如手写体的 f。他看人时喜欢埋着脸，嘴角挂着一丝涎笑，有谁留餐他是决不会推辞的。浏公庙李记绸缎庄老板借他一百大洋，因贪图享受经营不善，到期未还。邓名万一再催债，才答应腊月十五吃过"倒牙酒"后连本带息一并奉还。届时李某办了酒席，且于房内生了一盆旺旺的木炭火。席上夫妻轮流把盏劝酒，灌得邓名万八成醉了，便扶他到火边坐定，说："老人家，感谢你缴本，拖到今日实难为情。现在请你将票子拿出来，我好兑钱给你。"邓名万刚将票子掏出，李某便一把夺过丢到火盆里烧了。邓名万正要高叫，李即一把按住说："老人家你千万莫叫，我也是没有办法了。浏公庙借你钱的不只是我李某一家，你一叫出去他们都学样你怎么办？"邓名万出门时只是按着心口喊天。这可视为奸商和土财主斗法的故事，我没亲见，是从邻居口中知道的，穿针对眼，不能不信。对这位邻居我下面就会讲到。

　　我的这位邻居姓彭，赁了我家隔壁钟婆佬的店房开布店。我们家的店房原是钟婆佬丈夫钟杂货在世时盖的，中间只留一扇木板棚门相隔，两家炒菜可互闻菜香，隔着棚门讲话有如当面。浏公庙的店房像这种结构的很多，墙有缝，必有耳，故上述一类私秘事件泄漏的可能性极大。彭老板推脚生意、跑庄生意都做过，高高大大。那时浏公庙有帮会组织，他是帮会中人，并说是五爷。夏天里总是穿条白布短裤，打个赤膊，但总有一条五尺长的白布手巾对折工整地搭在肩上，他说这是挂牌表明身份的。他常对我们夸口，说无论何地来此卖艺的，他都可以不买票进去。一次一个河南来的马戏团演出，我的确见他披着这身打扮再打几个手势便进去了。因此他算得上是江湖客，许多人家的私事他都打听得到，但也决未见他借此给人下套，还是一个善良正直之辈，只是赌场上的表现就难说了。他告诉我们，有一次他开"闷子宝"（摇骰子押大押小一类赌博方式），左手有夹带被人发现，便将左手握紧拳头紧贴桌面大声说："先别闹，你们去拿把刀来，如果有夹带，你就从这里割起，将我手上的筋肉全部割去！"说时用右手围着左手一示意，这骰子就取出来塞到衣袋里了。故他常夸海口说自己只要到过年便发财，但他始终没有发财，因此有人便打他家的主意。他没有儿子，只生一个女儿，也长得白白净净高高大大，已到婚嫁之年尚待字闺中（其实还是抛头露面）。黄家洲有名财主叫黄超，此人当过凤鸣乡的乡长，浏市小学的校长，并无劣迹，当校长时还从萍乡、湘东请了些好老师任教，为了稳定他们，常自掏腰包招待。他膝下无儿，只生两女，大的和我同班。为了生个儿子，延续香火，他决定讨小，就派人找彭老板说媒，想纳他的女儿为妾。不料彭老板一听便火冒三丈，破口大骂："他黄超什么东西，想要我的女儿做他的小老婆！"倒也一股刚正之气。想不到来人被轰跑之后，他越骂势子越大，干脆到外面骂街，骂来骂去骂出一句经典来："给他做小，我不晓得留着自己用！"——这两个人的结局且作个小小的交代。黄超还是讨了小且生了个儿子，土改时本无多少冤家对头，就因为买过一支步枪看院，还是被枪毙了。彭老板呢，我家搬走以后，这个店房依旧由别人开了一家布店，一次失窃，发现棚门的梁上掉了一块溏毛灰，查案的人断定是彭老板爬过来偷的，将他捉去劳改死了。

下面我要讲讲王扮经（绰号）这个人，他在浏公庙没有地位，但是很有名气，他是浏公庙一带的潜水高手，都说他可以潜一根香久①。我见过他，长得高高瘦瘦，只有肌肉没有脂肪，一身乌黑发亮，以叉脚鱼②维生，人们都说他学了法术。两个妇女坐在一处绩麻线，他作个法，两个笫箱（用篾编织的篓子，供妇人积苎麻用）便会打架；他在门房处丢件东西，如有女人跨过，女人裤裆里便会做蛤蟆叫。这些被捉弄的女人向他老婆告状，他老婆一气之下便将他的法书丢在尿桶里从此不灵了。但他潜水的本事并未受到影响。有一年，徐家发生了一件令人伤痛的惨事。徐老板出外担锅子去了，老伴病在床上，两个女儿在家，大的叫莲英，小的叫正英。吃过早饭，莲英拿着捞箕到码头上玩水，掉到河里淹死了，找

---

① 即燃尽一炷香的时间。
② 脚鱼：即水鱼，乡人也称团鱼，王八。

她吃午饭时看到捞箕才发现，找些会水的后生下水去找也找不到尸首。河水又深，碰到这类事心里有些发毛，这些后生也都上岸了，便请了王扮经来。他杀了只雄鸡，起个数①，说到申时才能见面。于是带了根叉脚鱼的竿子下水，人潜水底，竿梢见于水面，像钓鱼的浮标一样，可以看出他寻找的路线。过了很久很久，他浮出水面叫两个后生游过去，说就在下面！又潜入水中，不一会就将徐莲英的尸体拖上来了，面色全是青灰，一头乌发漂散在水中实在可怕，这一天正值浏公庙赶集，河边站满了围观的群众。尸首刚捞出水面便只听见一片呸呸的啐鬼声，王扮经也朝尸首脸上扇了两个耳光，人们说这是打水浸鬼，不算打人。王扮经的水性大家是见识了，但徐家的悲惨故事还没讲完。徐莲英埋葬以后之次日，妹妹徐正英就起病，不断发烧讲胡话，喊痛，说莲英子掐她，看她身上真的有一块一块的青紫。又说莲英子在白山黑水间邀她去，不几天正英子也死了。人们说是莲英子的鬼魂摄她去的，这话我现在虽不信，但仍有惶惑难解之处，一个三四岁的女孩怎能道出"白山黑水"这样的词汇，就连一般大人也说不出的，难道冥冥之中真有未知的东西在？莲英子是我们相隔不远的邻居，我们有时也会一起玩玩。她死去如果投生，现在也该快 70 岁了，如果还留在天国，相信不再有这种灾难而过得愉快幸福，我为她祈祷！

　　还是说点轻松的。我们民间有许多奇技妙方能解人病痛，按现代的科学方法又无法论证，而实践检验又确实有效，是否也可以当作纳入"宝库"的候选对象？20 世纪 40 年代，我家隔壁的邻居是钟杂货（他是卖杂货的，人们便这么叫他，后来他改为杀猪卖肉）。一次屠刀砍伤了手，血流如注无法止住。闻坳背有善封血者，派人去请。那人问什么时候砍伤的，如实以告。那人手指轮轮说，好，现在不出了，回去吧。请者回到家，真的没出血了，问以止血时间，对得上时辰。人称此为"隔山封"，就是隔着一座山可以帮人止血。这种止血法过去常有人提及，我大表兄告诉我，练这种止血法要练到能断田间沟渠流水的功夫才行。奇怪吧？蜘蛛疮听说过吗？常长在脸上特别是眼睛附近。初起时生出一块红籽，其痒难耐，越搔越多而且肿起来。现在西医叫皮肤过敏，不免打针吃药掏

---

① 起个数：乡间对小法术的一种说法，相当于占个卜起个卦。

钱。我们浏公庙有个木匠师傅叫颜华章，中等身材，结结实实，留个平头，非常和蔼的一个人，他会化蜘蛛疮和缠颈蛇①，我的老二和大女儿都请他化过。我的老二得蜘蛛疮时，满脸红肿，眼睛鼻子面颊都一般平了，两只眼睛只剩下一条缝。初起时便找医生看过，毫无作用，第二天便发展成这样。我回家后母亲叫我带他去找华章木匠化一下。华章看过后二话没说，取了几根干净的稻草掐齐了头，围了一下老二的头围，将超去的尾子掐去，然后将手中稻草折成一个把子，先是绕头，再对着面上悬空划几下，并不触及皮肤，然后捞了一些刨花点着了火，再将手中的稻草把子丢在火中烧化，燃烧时发出啪啪的响声，他即微微一笑，说声"好了，回去吧。"小礼也不收的。当天晚上老二睡了一夜好觉，次晨起来红肿已然全消，只留下些微红色，吃过早饭红也退了。我大女儿的缠颈蛇是一串红籽围着脖颈不断延长，传说只要接上了口，便有生命危险。也是打针吃药无用，请华章师父化好的。这是科学吗？不是。然而这里面没有科学吗？未必。在浏公庙身怀这种绝技的还有人在。五福堂李任崇堂的老板娘是一个很贤惠慈和的人。一次一个长着一身疤的女人疲倦极了，在她门口歇气，情绪很不好。问之，自云是长这身疤后跑到长沙湘雅医院去治，医生说不出这是一种什么皮肤病，治不了叫她回家。她想医师都已"辞医"了，还有什么指望？故神情沮丧。任崇堂老板娘一看，说这是天疤疮，可以治好，便拿了根什么（记不清了）帮她一个一个将疤挑了，还教给了一个药方。果然这妇女回去几天便全好了。人上一百，武艺齐全，在普通百姓里原有不少身怀绝技之人，只是他们遵守秘藏的训诫不轻易示人传人，更不愿推销自己以牟求红利，只是碰上了便用一回以方便他人而已。我这里介绍的是不收钱的，也有师嘱要收点钱如"两个三、两个六"之类，这里就不说了。

---

① 编者注：其实是缠腰蛇，父亲记错了。现在医学应该叫"带状疱疹"。其实是透明的水泡状红色的包，其痛无比。

9. 那些人、那些事（中）

我说过浏公庙驱鬼有术，防疫少方。那么多驱鬼法的产生，不是真的鬼多就是人们的鬼神观念太重，所以过去也有人说"浏公庙是个鬼地方"，这话有贬意，也有三分真。见鬼降神的奇闻异事那时在浏公庙时有所闻，而有关人物也都是平日老实巴交，不善言谈，不会编造故事更不会说谎的妇女。

张冬生是钟表匠，对着通往颜家坪的小巷子开了一个修钟表的铺子，生了三个崽，大的叫锣妹子，第二个叫鼓妹子，小的叫钹妹子。他的婆娘就是以上所说的那种口讷之人，背地里人家都称她为"一步人"（指反应迟钝，不会想事，有如下棋只能看一步走一步）。他们对面是谭协和烟草店。有年七月半烧包下饭，冬生婆娘指着他家说：你们家的公公婆婆有个人还没有坐下，扬手扬脚在和座上的老倌子讨相骂①。白昼见鬼，令人难信。然而谭协和想了一阵后说，他们家已故的人中，的确有一个叫××（我忘了）的人喜欢和他父亲吵架。因此冬生婆娘看得到鬼的奇闻就不胫而走。我想这或是她鬼神观念的潜意识在这一特殊日子特殊条件的激活下产生的幻象，而谭协和也出于同一原因对冬生婆娘的"假设"进行"小心求证"，况且谁家祖上找不出一两个爱父子吵架的典型呢？故传闻冬生婆娘尔后下午不敢出门，也是自己心中鬼吓住自己这个人。

还有一个浏公菩萨突然附身的女人，那是易德发米面馆的老板娘。

---

① 讨相骂，即吵架。

她们家上去几个店铺是林喜元杂货铺，林喜元去世后，她婆娘（我们叫她满姑娘①）守寡带着个女儿度日。她女儿五六岁时起就脚痛，到十岁还不能正常走路。满姑娘四处求医都不见效，走投无路只好去向浏公菩萨哭诉苦情求菩萨保佑。这天夜里，易德发婆娘突然倒在地上，说是浏公菩萨附身，叫人将满姑娘喊去说话。满姑娘赶到后便说：一个五六岁的妹子，到处乱车（土话，读 chǎ，乱走的意思），××（有名字，我忘了）蹲在地上赌钱，她往人家头上跨过去，现在××已穿住她的一只脚锁在那里，快请人去保出来！满姑娘一听，这××原是林喜元的朋友，也早死了。于是便叩许菩萨和鬼魂，烧路纸去赎人。其中还有许多关节，因系鬼话便不多说。奇怪的是此后她女儿的脚真好了，后来嫁人生子，健健康康。有了这次奇验，易德发婆娘也常被人求着发降②，但后来未听说有什么应验的事。偶然只是偶然，把偶然当必然看便大谬不然，但有时一些偶然的事令人大感不解，便只好归之于鬼神。

再讲个"扁担没退皮"的故事。浏公庙有个店号叫肖美祥。主人原是巨源的大作户，可能是因为想事过于钻牛角尖，超出常理，人称"发呓魔"，背后便称之为"魔气"③。一次他带长年挑一担茶油卖给景云斋，过秤时是用扁担扛着称的。他在景云斋用过午餐，结了账便过坳回家。走到山顶上突然叫住长工打转身。问他何故，不说，只道你跟我来就是！回到景云斋进门便数落人家做生意不公道。问之，才说："刚才称油时扁担没有退皮④。"此事在浏公庙被传为笑谈。笑料在何处，我也不说，权作一道智力题让读者去品味品味。这种气质传到二代肖老板手中，也留下两个段子。一次，肖老板回巨源挖茶山，将带的一碗饭挂在茶树上。中午时刻，到就近的一户人家热饭时才发现碗里爬满了黑蚂蚁。那户人家请他就在他们家吃点算了。他不，将带饭倒锅里就炒，那些蚂蚁被炒得啪啪作响，炒过便吃。那家人大喊"那还吃得！"肖老板说："叫什么叫什么，只有我吃它（蚂蚁），没有它吃我！"还有一次把猪潲，他媳妇骂

---

① 满：音 mān，近阳平。土语，未找到对应汉字，故用满字代之。最小之意，如下文的"满妹子"。满仔有时也称一般的年轻人。
② 发降：就是上述菩萨附身为人释疑诊病之术。
③ 魔气：方言，疯子，癫子之意。
④ 退皮：方言，即称秤时减去包装等非所购货物的重量。

他潲太滚,会把猪嘴烫起水泡。他一气之下将潲桶提到街上,拦住一个过路人说:"同志,你试试!这潲会烫嘴巴吗?"我说过浏公庙是个小市民的社会,小市民的特点就是爱管人家的闲事,现在城市里小区的居民则是对别人的事视而不见。肖老板拦客试潲的事一出,立即被邻居抓住,说他叫过路人"食"潲,其实那个"试试",还有着用手试试温度的意思。当然也有并非歧义,而是言者无状招致人家不满者。某店号一个老板娘,也半百年纪了,上有一个吃斋念佛的家婆,一天不知怎地惹她生气,一怒之下便站在门前破口大骂:"上也有老婊子,下也有老婊子,还没见过你这个老婊子!"立即招致非议,邻近的女人说:"听听,她骂人骂了个通街,我们这些人都成老婊子了!"

  风流韵事处处有,浏公庙不能没有。且说有间布店叫梁美记,生意做得红火,特别是那老板娘颇具人品,兼且慈惠善良,会做生意,浏公庙的女人偷偷视为楷模。她生有一女,小学和我同班,长得也很漂亮。但命不作主,梁美记婆娘竟得肺痨病死了。不久,梁美记又讨了一个婆娘,比他年轻十多岁。饥渴已久,难免胶漆不及,梁美记经常打开店门时也在柜台内搂着他女人亲嘴。我们浏公庙的店房不少在屋顶上有晒楼的,一者可以晾晒衣物,再者冬天可晒日头夏天可乘凉。梁美记家有晒楼,隔着一间屋的陈篾匠家也有晒楼,可谓门当户对。有一天,梁美记夫妇坐在晒楼的竹床上乘凉,陈家的满乃古(一个后生)也躺在晒楼的竹床上乘凉。吹着轻轻的凉风,望着圆圆的明月,梁美记夫妇不禁性趣盎然,脱光了衣服就在月下搂住动作起来。满乃古听见响声,转头一看,发现他们原来在干好事。他想到民俗禁忌,认为碰上这种事是晦气的,不忿之余,偷偷下得楼去,拿了个大爆竹点了支香,又上得晒楼上将爆竹的引线点着后朝梁美记晒楼丢过去,轰的一声巨响,吓得梁美记两公婆滚下竹床,拿着衣服裤子便跑下去了。是夜无语。想不到第二天早上,满乃古正在劈洗把(洗把:将竹片剖开成细丝状做成的洗锅用的刷子),梁美记婆娘突然闯入,朝满乃古脸上扇了两记耳光,骂道:"我两公婆在楼上耍关你什么闲事!"两家为此大闹了一场,邻居一边劝解一边笑。

  这种闲事弹不得,但有些闲事弹得。过去在浏公庙也有女的因嫌夫家穷而背夫私逃的。我知道有两家,只说一家有故事的。坳上有个潘某,娶了满妹子为妻。满妹子嫌他穷,也私逃了。因有几分姿色,嫁给了国民党军的一个军官做了随军太太。也是冤家路窄,国民党溃退时这支军队恰恰经过浏公庙且在此驻宿。满妹子跟着那个军官就住在文鸿盛饭店里。有人发现后立即告诉潘某,潘某立即邀了几个壮汉来要回满妹子。当然不肯,当然就闹。饭店门口围满了人,我也跑去看热闹,赶到时正见那军官从腰间拨出手枪喊旁人走开。这时所有的男人一齐喝道:"怎么,你敢开枪?试试看!"那军官一下没了劲,无力地坐在凳子上眼睁睁看着满妹子被拖回家。第二天我又跑到潘家去看热闹,见浏公庙的陈保长在那里,满妹子虽在众目睽睽之下,倒也穿戴整齐,落落大方。陈保长同她开玩笑说:"听潘××说,昨天晚上睡在床上你拿屁股对着他,可有这事?"满妹子笑笑说:"哪有这事!"后来满妹子还是跟国民党军官走了,这里面达成了什么交易不得而知,尔后也就没有听到过她的任何消息,潘某后来也娶妻生子过着正常的生活。

  浏公庙有两个人物不能不提一下:一个是王永盛,一个是陈保长。两人都开煤庄,王是浏公庙的商会会长,听说还是当地帮会头子,平时有些架式;陈则随和,有些油腔滑调,他两人干了什么坏事,我不晓得,不能妄猜。土改时,陈仗着与船帮的关系外逃躲藏了许多年才回家,捡得一条性命,王被斗争。斗争会是在庙里搭台开的,挨了打。当时苦主不少,诉的苦情也复杂,我有些不记得了,只有一个积极分子(弹匠)的斗争发言因问的简单答的明白,故至今难忘。弹匠愤怒地问:"你偷了野老婆吗?"王爽快答:"偷了。"弹匠追问:"你偷到哪个?"王支吾。众人齐喝:"快说!快说!"王轻声说:"×嫂子。"弹匠立即大呼口号:"明天把×嫂子抓来斗!"工作队并未按他说的办,只作孽×嫂子躲在家里哭肿了眼睛。弹匠革命积极性一直很高,还跟老弹匠讲父子革命,老弹匠死后硬不肯披麻戴孝,他娘站在大街上骂他:"你这个畜生!斯大林一个外国人死了,你还戴黑袖子,自己爷老子死了你倒不肯戴孝,你从哪里出来的!"我看此人,本质不坏,就是头脑简单,平时喜欢喝风打彩,运动来了爱出风头,充积极,自己也说不清要达到什么目的,也属小市民中之一个种类。

  世道变则人心变,人心变则世道变,究竟孰先孰后,三言两语恐难说清,容易看到的是世道变而人心变,难得看清的是人心变而世道变。浏公庙这个地方的人,虽不免有磕磕碰碰甚至尔虞我诈,也是人的自利本能所定，一般不失其善良本性。而大倡"阶级斗争为纲"后人心大变，原来和和气气温顺善良的女性一进入圈中便判若两人，变得狠气十足。造反批斗固属奉命而为，但奉命之外更有创造则只能归结为恶性的膨胀。浏公庙有个姓黄的老板娘，曾是我的近邻，经常是面带微笑，一派慈祥可亲。"文革"造反时她伙从烧我的书，造走油米、衣服、器物和我准备盖房子的木料、灰沙，这都是奉命而为我不计较。后来我下放在大江边，上面提出落实政策，她卡着我的木料不肯还，说是要拿去修合作社，我也可以理解她。再后来，在湘东镇钟邦楚书记的指示下总算把绝大部分木料归还了我，我更是感谢她。但有件事却非常伤了我的心。我的房子已砌到过半，我在墙角张块雨布摊了张床，晚上睡在这里守木料。一天早上我尚在床上，听见她和几个干部一路叽叽喳喳朝湘东方向走去，走过我的房子前时她说了以下几句话："哼！他家又在起房子了。不要慌，等明天修马路时，把路修宽些，挖到他屋里墙脚下去！"

天理昭彰，我没增添半个字。天理昭彰，人性之恶以致如此！我可以原谅一切包括她这个人，故为她隐去名字，不是不敢而是不愿，但对这几句话我决不原谅，因为它太狠毒！当然，她并未如此做，也可能是条件不允许，也可能是改变了想法，反正没做就好，谅解了吧！

鲁迅曾批评林语堂，说他将屠夫的凶残化为一笑。其实这不怪林语堂，"屠夫的凶残"确有化为一笑的时候。浏公庙有个陈旦桂，是个皮匠，也是个打师，平时牙劣[①]一点、脾气躁点，人本质不坏。"文革"时有人说他参加了"反共救国军"，如是便逼他招供。无奈，只好说"不要打了，我招我招"。下面是一段问讯和招供。"你参加了反共救国军没有？""参加了。""当什么官？""团长。""哪一天任命的？""六月初六。""工资多少？""一千。""哪天发工资？""七月十五。""好，交代了，现在放你回去吃晚饭，明天还要继续交代！""是！"陈旦桂走后，审问的人忽然醒悟，"呀！被耍了！六月初六是婆官，七月十五是烧包！"

既然以阶级斗争为纲，当然就要弄清每个人的阶级成分，连小孩子发蒙读书也不放过，于是便有了一个小孩的故事。

浏公庙有个徐某，拖板车维生，常夸自己出身好，是"三沙阶级"，

[①] 牙劣：方言。蛮横、霸道之意。

他家门口也的确是用三沙（黄土、石灰、沙子）铺的阶级（台阶）。他的小儿子此年七岁，去红卫小学报名读书。老师为要填写学生家庭成分，问过名字、年龄之后便问："你家什么阶级？"他说："三沙阶级！"老师知道他听不懂"阶级"含义，便换过一个问法："什么成分？"孩子见老师越问声音越粗，便也壮着胆子大声回答道："人粪交猪粪！"盖他将成分的"分"理解为粪便的粪，他家里养了猪，人猪共用一个粪窖，所以答"人粪交猪粪"也是不错的，这个天才！

"阶级斗争一抓就灵"是那个时代的"圣旨"，所以抓阶级斗争总是不错的。在浏公庙像陈皮匠都斗过了，还有什么人可斗呢？于是有人想到肖水清。肖水清是我小学时的同学，家境原也不错，开了一个煤庄，但父母早故，失去关爱和教养，生活限于困顿时做过扒手，被劳动教养后释放回家，以拖板车维生。斗争他的情况我不知道，倒是听到了一句经典语言：一个妇女干部上台批斗他时说，"我来诬蔑肖水清几点事实！"被传为笑谈。

不过，在"宁左勿右"的潮流中，浏公庙也有敢于实事求是，仗义执言的硬汉。谢炳春是浏公庙担箩担子出身的穷朋友，后来推脚炭、拖板车、在峡山口车站搞搬运。1968年"9·10造反"后，因为程世清（当时省革委主任）说过江西土改不彻底，漏划了许多地主资本家，因此各地也兴起了一阵重新划阶级成分之风。我家里土改复查时定的成分是"小商兼小土地出租"，还是属于人民内部。为了阶级斗争的需要，有人便提出要将我家升为"工商业兼地主"。看来是一声喝的事，殊不料在会上"杀"出了个谢炳春，他说："我是贫民出身，我同张泗浦非亲非故，也没喝过他家一碗茶，但我了解张泗浦，他也是苦汉出身，担过箩担子，后来开店赚了点钱，划小商兼小土地出租是对的，现在要把他划为工商业兼地主我不同意！"我家成分终于没往上升，原来是有这样的"化解星"，我们没有谢他，但我从心里敬佩他。

10. 那些人、那些事（下）

"那些人、那些事"我原计划写两章，分个上下便算了。但写完一看，觉得言犹未尽，还有些人和事，丢了实在可惜。是这些可爱的人们的一言一行构成了浏公庙的有血有肉的社会生活。有人问我："过去的事你怎么知道得那么多，那么细？我现在的事都记不了多少！"其实这里隐藏着一个社会的逆命题：过去社会是封闭的，私家事倒是开放的；现在社会是开放的，私家事却是封闭的。试问：现在住在小区的单元房子，你知道楼上姓什，楼下名谁？你和隔壁邻居打过几次招呼，聊过几次天？现在的门是关着的，家事总是关在屋里。过去一户人家关门闭户可是犯忌的，大门总要敞开，开店的人门板更要全部下掉，因此家事往往晾在街头。现在媒体发达，大家看的都是隔山打炮经过审查的公共新闻；过去既无电视又无广播，乡下人连报纸都看不到，不知党国要人今天会见哪国元首有什么重大决策，地方官吏今日视察何处作了什么重要指示，因此他们只能口耳相传些当地发生的"扁古"。所谓"扁古"，是戏谑的方言词汇，典出于一则民间笑话。说一个姑娘嫁了一个蠢男子，回娘家省亲时怕男子不能应对，便告诉他：如果有谁问你是哪个开天地，你就说是盘古。又担心他忘了，便取一条绳子盘一个圆圆的结头古，以寓"盘古"之意。到了娘家，见面时免不了寒暄叙坐一番，并未问话。那男的不经意将绳结坐于屁股下压扁了，及到有人问："新姐夫，请问是谁开天地呀？"那男的忘了，便掏出绳结来看，是扁的，于是便毫不犹豫地回答："是扁古开天地！"因此我们浏公庙人便用"扁古"来泛指当地发生的一些奇闻趣事。而这些奇闻趣事并非小说家流的杜撰，倒往往是些真人真事，如果它们有点文学趣味，也只是原生态的东西。

俗话说，"人上一百，武艺齐全"，又说"人上一百，形形色色"。我们浏公庙是个小市民的社会，所有人、事当然离不开市民趣味，但也有虽为小市民而具有哲学思维的人，我今生进行的第一次哲学对话就是和他展开的。他名叫袁桂生，是个布店老板，高高的个儿，白皙的皮肤，脸上挂着两撇莫测高深的笑容。冬天常系条围裙，两手码着一个炕笼藏在胯下烤着。浏公庙实行合作店组以后，他和我父亲便在一处开店了。有一次不知怎地谈到世界的原本问题，我刚看了艾思奇的《大众哲学》，便说世界是物质的，你看，锅子、饭甑不都是物质么？他笑笑，摇头说："不对，世界上一切都是气。"我不服，说锅子明明是铁做的，怎么说是气呢？他笑得更深了，说："是气，都是气！"接着便引经据典，念了一段《幼学》："天文浑沌初开，乾坤始奠。气之轻清，上浮者为天；气之重浊，下凝者为地。"既然天地都是气，还有何物不是气呢？我未辩过他，但心中总不服，就想不通为何锅铁也是气。其实，我当时并不明白哲学上的物质概念，把物质当成了物体。我们两人都是持唯物论的立场，我否定他的"气"说，他否定我的"物质"说，是大水冲倒龙王庙，自家人不认自家人。但这一次"关于本体论的对话"，倒也在我心中留下一个大大的问号，引我遐思。

关于处世态度，我年少不更事，当时未曾想过，但我家对面斋婆婆的几句话倒令我印象深刻，似乎也算一种处世态度。她吃斋信佛，所以我们叫她"斋婆婆"，不知其姓氏更不知其名。她时已年老，缩得像只谷壳充起的长枕头，一张脸像从灰里拾起来的核桃。她孤身独处，时或可见她在黑屋子里蠕动的身影，却从未见她有和谁交谈过，人们也许不知道她还有思想。她有个女儿，人称"五姑娘"，是最惹不起的人物，有谁惹了她，招她骂一顿，那就"毛都没有生"。她也会隔三差五地去看看斋婆婆，嘀咕几句或给点零星钱便走了。斋婆婆的生活是凄凉孤独的，但正是这样的生活让她将世事看透，反倒悟出超然之理趣，总结出了她的经典名言。她有时踱到大门口，对街上的行人并不理睬，只是望望天空，然后自言自语起来："一千（读 diào，吊）钱，五十双，死了不埋有地方，三天不埋臭他个娘！"这是她留在世间的唯一一句话，而且如果我不写出来，将从此失传。也是，人到无所望、无所求的地步也应无所惧了，身后事还有什么可考虑的呢！

　　从斋婆婆家上去两间店房，便是桂和生号，是一间蒸酒磨豆腐的作坊。男主人早已亡故，女主人也已年老，人们都称她"桂和生婆佬"。她包着一双小脚，两条腿又细又长，恰如鲁迅所形容的"豆腐西施"的"圆规"。她的豆腐做得好，酒也蒸得好，颇得顾客信赖。丈夫死后，她请了娘家的一个侄子做帮工。她侄子的名字我已忘记，但为着讲述下面这个故事，我姑且叫他"生发乃"吧。故事是这样的：一天晚上，有个人从上栗市推了一车花猪崽从浏公庙经过，上了我家门前的斜坡后，在她家门口的石板槽边冷不防翻了车，猪崽都从笼子里跑出来四处乱窜，待一只一只捉回来时发现还是少了一只。时已半夜，只好落店投宿，待天亮时再找。次日天未亮，桂和生婆佬起来磨豆腐，听见门外猪崽叫，立即开门将猪崽抱进屋内，这捡来的猪崽她是决不肯放弃的。天亮以后，那推猪崽的人逐门逐户来打探猪崽的下落，桂和生婆佬连忙将猪崽抱在床上用棉被盖好。找猪的人进门时，猪崽正在被子里面呼呼喘叫。眼看阴谋败露，桂和生婆佬急中生智，装作生气的样子，将舀豆浆的木瓢往地上一摔，高声骂道："生发乃，打短命的，你吃不得附子酒你吃什么附子酒！吃了附子酒现在来做猪叫！"那找猪崽的真以为听到的猪叫声是有人喝醉酒的鼾睡声而掉头离开了。这样，桂和生婆佬就白白捡来一只花猪崽，也白白留下一段笑话让人解颐。

　　中国是礼仪之邦。"礼主敬"是就其本质而言，讲礼就要尊敬别人。"礼之用，和为贵"是就其功用而言，通过礼达到人际的和谐。但礼也有别亲疏、明贵贱的规范作用，要维护宗法伦理和封建等级制度，这当中就关系复杂了，弄不好还生出许多是非。我们浏公庙发生过两郎舅做酒打架的事，你以为是争什么呢？别以为小市民目中便只有利，其实他们为之争斗的并非"礼金"而是"礼制"，并非"利"而是"名"。事情是这样的：

　　黎篾匠是叶篾匠的姐夫，既为郎舅，又是同行，所以平日关系不错。叶篾匠的姐姐在黎家生有一女名凤英，长得伶俐秀气，但此后叶氏再未生育。黎篾匠中年无子，难免有香火失传之虞，于是便从黎氏同宗中带了一个名叫金玉的少年男孩为孙，这男孩自然也应叫叶篾匠为舅公。后来，黎篾匠夫妇要为金玉娶亲，既请了岳家的叶篾匠，也请了金玉生身的母舅家。叶篾匠满心欢喜，请人写了贺联，也被挂在厅堂的正中。但在安席时，叶篾匠却被安在第二席，首席倒让金玉生身的母舅家坐了。叶篾匠边吃边想，金玉是过继到这边来的，当然应按这边的亲疏辈分排席，我姐虽没有生个儿子，现在带个孙也应尊我叶家为外婆家，怎能不安我坐上呢？实在于礼不合，这是否看轻了我？他越想越气，便愤然起身，一把将挂在厅堂上的自己送的对联扯下来，边撕就边照门直出，口中骂道："你黎家一曹尽龟崽子贼古！狗屁不通，席都不晓得安！"黎篾匠见此认为是扫了他家体面，立时火冒三丈，掇了一张高凳就追出来打他的大舅子叶篾匠，叶篾匠也转身自卫，拳脚相向。两人在我家门前扭打成一处，幸客多人众，不久便将其拉开了。酒席因此而败兴自不待说，此后两郎舅二人更是多年断绝往来，见面都不说话了。可见我们浏公庙便是平民百姓也是非常重视"礼"的，只是遭遇复杂情况时一旦处理不当也会导致相反的结果，由"和为贵"变成"打为先"了。

故这样的吵架事件，决不能看成鸡毛蒜皮的纷争，乃是中国两千年来"礼制"的衍生物，传统文化影响之深，可见一斑。

市井小民没事时总要寻开心，而在我们兴隆街下街的汤师傅娘总是成为人们寻开心的对象。她家开着一间理发店，装着一把手拉的吊风扇，天热时近邻的男人即便不理发也爱到她家乘凉聊天。汤师傅就是我后面介绍背新人时被人说是"摸新人屁股"的那位，为人忠厚慈和。汤师傅娘比汤师傅更高大，为人贤惠，客到茶到，心直口快，但说话时分寸有些拿捏不准，讲到自家好处时未免言过其实，人们背地里都说她有些"银子"或"跌银子"。一次，几个后生在她家打坐，便拿她发难起来，问道："汤师傅娘，听说你有些银子呀？"这女人不知道人家揶揄她，倒哗然一笑道："呀！你该只打短命的，我太贯（总共才……的意思）只把几手钏都被你晓得了！"此后，人们说某人有"银子"，便说："唔，他么？汤师傅娘，只把几手钏！"

相骂吵架，是市井生活中的家常便饭。两家打斜对面的药店，一天晚上不知为何相骂起来，骂来骂去便互相揭短。熊家骂黄家："唔，我家不行总没卖假药吧，不像你家把花椒当桂子卖！"黄家说："唔，我家把花椒当桂子卖总还有些辣，你家呢，把洋芋仔（土豆）当天麻卖呢！"邻居窃笑道:"若要太平年,就要贼杀贼!"像这样的相骂,人们是不会去劝的。夫妻吵架,一般人们也不去劝,打大架就要劝了。距我家不远有间药铺,老板人称"仁庚魔气",他两公婆经常半夜打生死架,打得那婆娘嚎啕大哭甚至喊救命。邻里一来怕真的闹出人命,二来也嫌吵无法睡觉,便三三两两前去劝架。劝架嘛,当然是把格斗双方拉开,使其脱离接触,架就打不成了。殊不料这一招对付仁庚魔气家根本不灵,不但不灵,而且吵得更加厉害。有一次一个人也是被吵得没有办法,为了不让他们在外面打架吵人,便将他两公婆推到内面的房里去并将房门反扣上,心想:要吵在房里吵去,打死一个也不关我的事!想不到被关在一房后,两公婆一下子便不吵了!此后,凡仁庚魔气两公婆打架,人们便将他婆娘推进房里去,而且一推进去也就太平无事了。所以劝架也要"个性化"。

  劝架有时不能近前劝,只能远处喊。我按辈分该叫舅公的黎炳春老倌子,应该是读过书的,能看懂《聊斋志异》,常给我们讲狐鬼故事。他开着一间锅子店,而且兼刻碑石,字体工整刚劲。他没事时温文尔雅,讲话声音比较低沉,一旦脾气发作那就暴烈异常。他的第一任妻子是吃亡药死的,不知什么原因,我推测总与他的性格有些关系。后来他又娶了斜对门张再良先生家的后娘为妻,过不了几年,又经常打这个老婆,还另外找了个相好的。看来他是属于"力比多"旺盛的一类男人。他一动怒,就是父子打架,还背梭标去追杀,其势汹汹,真有万夫不当之勇,那情景,谁敢近前?于是人们便只有喊。对他的儿子就喊:"快些走,快些走!"这个"走"是用古义,跑也。对他则喊:"老人家,消消气,杀不得呀,杀不得!"每次总算谢天谢地,他的崽腿快,他也毕竟气短,终于未酿成惨祸。

  有时候,有些疑似吵架的现象,既不能近前劝,也不能在旁边喊,只能装作未曾听见地听,听后或寄予同情或偷偷一笑。集庆街有间南货店号周民生义的,其老板娘每逢临产,大概阵痛难当,便要在房里高声叫骂她男人:"你这个不得好死的,就是你,总要来搞搞搞,弄得我来受这种苦哟,我跟你没完!"

  所以我说过去社会封闭,家事却相对开放,特别是浏公庙这种小街上,店门一下,许多原属私秘性的话语都会晾晒到街头上去,行为也不例外。

我曾经提到浏公庙是吃东西的地方，前面讲到过邱老细的硬米麻片。邱老细好像是个单身人，我来来往往未曾见到过他的家人。他在兴隆街王永盛家巷子对面开着油货铺，专做油炸点心卖，什么牛舌头呀，糯米砣古呀，硬米麻片呀。我五叔一从湖南驾船回来，就喜欢带我去他那儿买糯米砣古吃，因为我喜欢甜食。有爱吃香的，多买他的硬米麻片吃。硬米麻片是全用黏米磨干粉做的，和料时要适当放点盐。油炮硬米麻片是他的拿手活，硬、脆、香是其特点，所以很多人爱买他的吃。但也有人警告说："邱老细的硬米麻片咯还吃得！"盖邱老细是个癣客仔，一身都长了癣，白花花的。热天和粉时总是一个赤膊，有时背上发痒了，两只手沾满米粉不好到背上去搔，便拿起舀粉的铁勺反手到背上去刮，刮痒后只在案板上铛铛地敲两下，便又用这个铁勺去舀米粉。所以有人说吃邱老细的硬米麻片不知吃了他多少癣皮屑。我吃他的糯米砣古不知吃过没有，好在至今未曾生癣，也许是油炸时消过毒了吧，要在今天，恐怕得去投诉他了！

11. 俗风、俗规、俗语

以前，浏公庙家家都有神龛，设有神位。神龛是供奉自家历祖历宗牌位的地方，居中间的位置。其上方的墙上一般都贴着写在红纸上的更大神位。旧式的为"天地君亲师位"，新式的为"天地国亲师位"。"君"是前清时期的说法，指当今皇上，"国"是民国时期的说法，指国家，一字之变也说明时代在进步。神像旁边是赵公元帅骑虎的木雕像。神龛下方靠着地面立的是"中央土地之神位"，敬的是土地公公。这些与外地差不多，但也有些区别。如广东人的财神是关公，土地设在门口的墙脚下，称为"门口土地之神位"。还有一尊神位也是不可少的，就是司命娘娘的神位，或称"东厨司命之神位"，或称"九天司命之神位"，设在厨房门口的墙上，旁边还写着一副对联："上天呈善事，下地降吉祥。"大门口不写神位，但有个香筒供插香烛之用。敬者何？不言而喻，天也。因为抬头便是天，故不写神位。这些神位的设立当然不是浏公庙人特有的，是那个时代中华民族的普遍习俗，反映出一种深厚的传统观念，我将之归结为敬天、敬地、敬祖宗，创造财富，珍惜生命。天是四时年岁所由成者；地是万物所由生者；祖宗是己身所由出者，安得不敬？礼敬赵公元帅并非真的相信赵公元帅会从天上撒钱下来，而是时时提醒自己要去赚钱养家糊口发家致富。礼敬司命娘娘是希望灶中烟火不断，总有食物养育着人的生命，而为生命祈福的唯一办法是多做善事，唯善才可致吉祥。懂得这番道理，始可谓懂得古人以神设教之旨趣。有的人家还会有别的神位，那是另请的保护神。既设神位则敬奉之礼必至，平日早夜装香，初

一、十五还要点蜡烛、化纸钱，逢年过节更备福盘敬奉。这些，浏公庙人都是做得很认真的。在我的记忆中，做得特别出色的要算斜对面邻居邓耀宗。邓耀宗是香客仔（即做香卖的），他每天装天香时总要两眼翻白，瞅着天上半天没有动静，似乎在祷告什么，但又未有声传未见嘴动，人家都笑他魔气。孔子云"过犹不及也"，其此之谓乎？

既有上述之风俗，就有下面之规矩。我上面说到龙灯、狮灯到各家各户时，都要朝人家祖宗的神位摇首致意便是规矩，也是礼之大者，如果失礼，可能会给双方带来不愉快。就是打卦的人也要守此规矩，在起师发卦之前先要向人家的家神作三个揖。我猜想这可能有请动户主家神明察阴阳以示吉凶的用意，因为他们在起师时念到了"孔夫子先生，诸葛亮先生，刘伯温先生"，怎能不请祖宗先生呢？还有，过去在家里请客吃饭，如果男客女客都有，则女客不坐上席和前席，只能坐两边。骨子里的想法是怕女人的"秽气"冲犯了祖宗，这当然是重男轻女的表现，但专请女客时不受此限，否则上席前席岂不空着？这就是中国人的权变。孟子曰："男女授受不亲，礼也；嫂溺援之以手，权也。"开了方便之门。

过去浏公庙人还有敬斋饭的习俗。敬斋饭就是每天早晨吃饭之前先盛满一碗饭，站在大门口双手举过头顶敬天，表示"感谢上天恩赐，我们有饭吃"的意思，故又产生一句俗语，叫"有吃不瞒天"。如果是"吃新"，则礼仪更为隆重。"吃新"就是首次吃当年登场的新米饭。新米登场，说明粮食有继，这是民生之大事。"吃新"要拣个黄道吉日，要买鱼肉备福盘，要设香案化纸钱鸣鞭炮对天礼敬如仪。这足见老百姓对粮食的珍视，虽有着"靠天吃饭"的思想，反过来看也映证着"民以食为天"的论断。

从电影中看到北方人娶新媳妇时，侍娘要扶着新娘子跨火盆。我们浏公庙没有这习惯，但也有个规矩，就是不能让新娘子踩到地房（门槛）上，认为这样会踩落丈夫的威风。为了万无一失，便派个男人背，花轿轿门打开后就背她进屋拜堂。这事也曾出笑话。有个姓汤的理发师，手艺很好，但人生得小巧。他的弟弟讨婆娘，由他背新娘子，偏偏新娘子长得比他高大，双手搭在他肩上，双脚还在地上。于是，他便用两手去托住新娘子的大腿，还是够不着，仅及臀部，不知哪个缺德鬼瞅见，便大喊一声："嚯！摸新人咯屁股！"顿时惹得观礼者哄堂大笑，增添了热闹喜庆的气氛。"闹新房"是普遍性的，浏公庙人叫"耍新人房"，也是"三天不分大小"。但也有点讲究，"闹"之前闹者要先赞烛（花烛），就是要念几句切题礼赞的诗句，比如，伏以：一对花烛照新房，照起新人好嫁妆，新帐子，挂新床，新被窝，盖新郎，新郎倌半夜扯出禾叶枪……之类。这也算考考闹新房者的文才。赞烛先以"伏以"开头，有个人连念三个"伏以"没有下文，于是便有人从旁奚落道："伏以伏以，三个伏以站（赞）不起，新人的马桶跌咯只底。"当然又是一阵欢乐的笑声。

西方有愚人节，浏公庙也有恶作剧的节日与项目，就是正月十四日晚上偷青。"偷青"就是偷菜，现在电脑中一度风行的"偷菜"游戏不知是否受其启发，但偷青肯定比在电脑游戏中偷菜更有趣，因为偷青的目的并非为了得菜，而是为了讨骂挨。据说正月十五日早晨让人骂了，会骂去病痛。因此偷青的人总要事先商量好，看谁最喜欢骂人，便去偷她的。去偷也不一定将菜抱回家，而是乱丢一气。园中菜被损，想不开的女人的确是要骂的，什么"不得好死"、"吃了屙血刮痢疾"呀，骂得越狠，偷菜者越乐。有的知道是讨骂的，偏不骂。另外，种菜的人知有此风俗，也会采取对策。到十四日傍晚，偷偷挑了人猪粪肥泼在菜叶上，偷青的夜里看不清，也有摸到两手屎的。对浏公庙街上的店铺，有的人也利用这个时机下手。一个老板做生意比较抠门，有人就扎个茅人穿麻戴孝地跪在他店门口，还在街上贴了一张"衰歌"，遍数他家的一些不是。出"衰歌"是过去的人们对掺假使杂，短斤少两的商户进行揭露和嘲讽的形式，可视为后来大字报的源头，只是没有"最高指示"，用的是顺口溜式的韵语，句式整齐，内容有真有假，目的是为了唱衰对方。其中有不乏公义者，但也不排除出于私人恩怨，因是匿名的，又无人去追究破案，所以一般不会惹出麻烦。被讽刺者如果做过亏心事自然面子上过不去，倘行得正坐得稳，也就身正不怕影子斜，一笑置之，也并不影响他的形象。

浏公庙的住户中也有种植果园的，如我祖父张俊仪的果树园中就有柑、桔、梨、柚、桃、李、杨梅、木瓜、棕榈，还有茶叶、竹林。虽然民间俗语中有"桃木李果，见到就摸"的说法，但这样的人毕竟不多。一方面是传统道德自制于内，另一方面也有乡规民约制约于外。我还记得祖父曾告诉过我，那时他们有"茶会"组织，约定互相之间各守疆界，互不侵越，又互相团结打击偷盗。每到果子成熟季节则鸣锣告示，禁止闲人擅入果园。如抓住偷园者又怎么办呢？那罚法倒也有趣，一不扭送官府，二不罚款打人，只要你将偷到的水果用钱纸烧化即可。这种罚法我多次听人说过，但就是未见执行。那时是个熟人社会，乡里乡亲的不为已甚，抓住说几句，对方认个错就算了，民风还是淳朴的，一般人绝不背骂名。

乡有乡规，族有族规。浏公庙街上是五方杂处之地，有些姓氏虽然人丁户口多些，但称不上聚族而居，只是操同行业的较多，如徐家多开药店，周家多开皮匠店，丁家多开煤庄。在这一带真正称得上聚族而居的是黄堂洲李家。李家重视教育，读书人不少。他们有一所"义祠"，就是专门用来办学的。所谓"读诗书，明礼义"，所以我经常从父母口中听到对黄堂洲李家的赞扬，说他们每个人都是客客气气的，不但是李家，就是整个黄堂洲的人都很和气。如解放后曾任萍乡县副县长的戴志明，曾官至省商业厅副厅长的钟邦楚二位先生，那时卖完菜常到我家买些东西回去。他们走后，我父母总是对我说："你看人家虽不是读书人，但讲起话来斯斯文文，同读书人一样。"这就是乡风吧。好的乡风靠教育，靠一代代的感染熏陶，也要规矩的约束。听说李家就有严格的族规，我未知其详，现在也不打算去作了解，我说过我只感受自然记忆。在我的自然记忆中，某天清晨的一声枪响犹然在耳，那是枪毙启发乃的枪声。启发乃是黄堂洲李家人，犯盗窃罪累教不改，被捕后关在凤鸣乡乡公所班房里，与之同被捕的还有他娘老子。次日清晨，乡公所说是要将启发乃押解萍乡县，将启发乃哄着上路。及至过了渡船走到沙洲草地上，立即喝住启发乃，接着便是一声枪响，启发乃应声倒地。稍后便有人推着一架土车，将启发乃的尸体装在运炭的箩子里运走了。过去有句话叫"贼古无死罪"，启发乃何以至死？于是浏公庙就有人传出情报，说是李家人要求这样做的，他们不能让启发乃坏了一姓人家的名声。这案件摆在现在来看是严重的草菅人命，违法犯罪，摆在当时特定的历史条件下未免惩戒过分，但由此可见李家族规之严。

浏公庙还有些有趣的风俗，比如正月初二日"起牙"。"牙"指"牙祭"。以前生活艰苦，十天半月难得见次肉。有的店铺雇有员工的，又不能不考虑改善一下生活，如是便形成一个"打牙祭"的惯例，每月初一、十五两天都要办些肉鱼之类的荤菜。三月十五是赵公元帅生日，还要蒸米粉肉。到十二月十五日是一年的最后一个牙祭，故称为"倒牙"。过了大年三十便是初一，照例该是打牙祭的日子，但因为头天大肉大鱼刚吃过，这天一般不开门营业，请的员工还在家过年，故许多人家太元初一吃素，将这个牙祭推在初二进行，从此牙祭进入正常化，故将初二的牙祭称为"起牙"。起牙很隆重，一般都会到浏公庙敬神祈福，不但举着热气腾腾的福盘，还要提一只红毛扇（阉）鸡到庙里去杀。为了拔得头筹，都是不等天亮就打着灯笼去。所以壬卯二时浏公庙也是最热闹的时候，打鼓撞钟鞭炮声不断。再如打天斋也颇为盛行。有的人脚痛有时，便叩许打天斋。打天斋就是到别人家去凑点米，自已再装出些米来，磨成粉做成米古粑粑，敬神之后将这些米古一筛一筛对空抛去，引来众人争抢，叫"抢天斋"。这是很有趣很热闹的事。有的人从地上抢到米古，拍拍灰，笑嘻嘻地就往嘴里塞。有消息灵通的人便预作准备，系好一条围裙去兜，多的可得十几个，二话不说打着呼啸便跑回家去了。为何有这种习俗，据说是可抢走"腥神"，但我至今未想通这其中缘故。

浏公庙人有些具有地方特色的方言、词汇和习惯用语，也常夹杂些行帮用语。比如把酒叫成"气水子"，把油叫成"漫水子"，这就是帮会用语。盖浏公庙有些人加入过帮会，湖南来的船帮中也有加入帮会的，他们带头用了，便有跟时髦者从而用之。浏公庙一带煤井甚多，挖煤的人最忌一个火字，浏公庙人也有从之者，将烤火说成"向红"，将点个火说成"点个笑"。做生意的忌个输字，故将老鼠叫做"高客仔"，因为"老鼠"可以谐音为"老输"。浏公庙一带驾船的多，驾船的最忌一个"沉"字，因此浏公庙人对姓陈的船老板都称为"浮（pāo）老板"，以避"沉"音，这都是属于行业禁忌语。与驾船相联系，又有两个常用词汇，一个是"打背功"，一个"吃饱风酒"。

"打背功"就是经济拮据，手头很紧的意思。何以言之？盖船行河中如不慎被搁浅在滩头上，撑篙摇桨已无济于事，则无论冬夏，船夫都要脱了衣服跳到河中，弯腰于船之一端用背将船拱起朝着水流的方向力推，直至将船推归航线为止，这就是打背功的本义。经济拮据而云"打背功"者乃借用其引伸义。故浏公庙人说自己经济拮据的状况一时不易好转时便干脆说是："船古佬背滩，背功到笃（底）。"

"吃保（饱）风酒"，一说"吃保丰酒"。后者，有人说是农村吃保丰收的酒，不知实否，我也没吃过也未见过，不敢断言。至于前者，指的是新船竣工下水做的酒宴，我叔叔伯伯是驾船的，他们新船下水时，我家特地给我做了一件长衣服，让我跟父亲一起去吃"保风酒"。因为行船要借风力，故从这个意义上说"保（饱）风酒"是恰切的。浏公庙人批评别人光得利而不做事时便说："你吃保风酒呀！"或说："你吃保风酒又没穿长衣服！"为何把不做光吃说成是吃保风酒呢？所谓"起屋造船，昼夜无眠"，起屋时亲友都可以帮工出力，吃竣工酒不为白吃，而造船一般亲友是帮不上忙的，所以吃竣工酒真是白吃，但总得有点表示，便穿件长衣服多张点风送上一个象征性的祝愿也是好的。

浏公庙人批评一些人喜欢两边挑事，说成是"驾鹭鹚排"。盖浏公庙河中鱼很多，经常有鹭鹚排到那里去捕鱼，碰得好一次可获两百多斤，人们也喜欢到河边观看。那些驾排的人，为了将鹭鹚赶下水去不让它们在排上歇着，也为了刺激它们，使它们处于兴奋状态，总是不停地"嗬，嗬"地吆喝着，一面不断用竹篙拍击水面，一面双脚不断将竹排激烈地两边摇晃着。所以用"驾鹭鹚排"形容那些爱两边挑事或自己从中获利的人也是非常生动深刻的。这样的语言是对生活深入观察的结果，但如果是不懂语源的人，恐怕一时难以理解个中的意思。浏公庙人原也有些深奥的地方。

12. 走出浏公庙

子云："君子怀德，小人怀土。"这里的君子小人不是人格上的概念，而只是地位上的区分。浏公庙人能否做怀德的君子姑且不论，但绝不能做怀土的小人是肯定无疑的。因为浏公庙本来就五行缺土，只有几块麻石板，栽不得高粱大豆，种不得玉米芝麻。商业已因水运废弃而失去优势，工业又因地域偏狭而毫无望头。"五虎蹲羊"之地，起码三只老虎要饿肚子。因此，走出浏公庙在六七十年前是部分人的远见和期望，其后便成了大部分人的必然抉择。

在我的自然记忆中，当浏公庙还处于运气正旺之时便举家外迁的，要算黄益丰祥。黄益丰祥是著名音乐家黄海怀的祖上。他原是肩上背着两疋布到乡下走门串户的行脚商，在浏公庙做生意发了迹，于兴隆街创建益丰祥布号，旧址就在浏市中学出街口的马路右侧，特色显著。浏公庙所有店铺都是下了门板做生意，唯他们家是打开大门做生意。人家的店门是木板的，他们家的大门是圆木的；人家的店门最多做红油漆，他们家的大门蒙铁皮钉鼓形钉组成吉祥图案漆得乌黑发亮；另外他们家独有后花园，在樟树坪的岸脚下。他们店铺留给我的印象如同县城内九和绸缎庄留给我的印象一样。但就是这样一户在浏公庙发迹的富商，却早早地走出了浏公庙而迁至县城南正街。"商人重利轻别离"，这一定是看到浏公庙无法满足其进一步发展所作出的抉择。由于时代的变迁，黄家进城后商业活动似乎并非得到预期的拓展，但有件事却是他们预想不到的。在黄家店铺旁边，是萍乡县孤儿院，孤儿院有支乐队，经常进行演练，从那里飞出的一个个音符，唤醒了益丰祥一位少年子孙的音乐潜质，使他对音乐产生了浓郁的兴趣和对旋律的感受、记忆能力。他曾亲自对我讲过，只要算八字的瞎子拉琴从他门前过，他就将瞎子拉的曲调记下来。后来他成了著名的音乐家和二胡演奏家，他改编而成的《江河水》、《赛马》，成为了不朽的经典名曲，这实在是益丰祥走出浏公庙后的最大收获。

还有我前面讲到敢去摁鬼的张再良先生家，也是在浏公庙安居几年后又举家迁走了，我不知是什么原因也不知其下落，但总觉得有些特别的地方。他有一儿一女，男的叫民生，女的未知其名，但已在城内读中学，故只有假期才能见到她。她一副五四时期女学生的打扮，齐耳根的短发，齐膝的青色短裙，配一件阴丹士林的上衣，非常素雅。她少与邻居接触，在家经常朗读英文，嗓音清亮，又很会唱歌。我还记得有天晚上唱《我的家在松花江上》的情景。她家的大门洞开，一盏油灯摇曳着昏黄的灯光，街上静静，只有她的歌声如怨如诉地回荡。当唱到"九一八，九一八"时，那凄楚悲凉的情绪似乎也传染给了我这不更事的孩子，令我揪心。但她的歌声却似乎引不起关注，过路人等虽或回头一瞥也并不略止其步伐。我想如果有人在路边唱花鼓戏，也许情况就大不一样。浏公庙的文化是旧的、俗的，她传递的文化是新的、雅的，因此走出浏公庙是必然的。

来到浏公庙又走出浏公庙的还有一种情况。如蔡桂佑，浏公庙生意好做时，他从黄堂洲农村迁来做生意，也是租赁张再良先生原住房的店房，经营南山布匹，自己还设机织布，精打细算，勤俭异常。后浏公庙盛极而衰，生意日渐萧条，特别是农村土改分田地时，他们觉得还是退守农村几亩田地合算，如是又走出浏公庙回到黄堂洲去了。也有的人家一向长住浏公庙，生意上赚了钱在农村置有田地的，土改前夕匆忙迁往农村，想守住自己的田产以免被分掉的，但这样的人往往被退了回来，最终未能走出浏公庙。

士农工商，古之定序。浏公庙人虽大都经商，但立志在商场上谋求鸿图大展的并不多。这有两方面的原因：一是浏公庙毕竟是小地方，比不上大口岸，商机有限，纵是英雄也无用武之地。二是时局动荡，兵连祸接，盗贼时有，安全难有保障。大多数店铺只能养家糊口，而稍有余钱剩米的则选择两条发展道路：一是去农村买田置地，二是缴子弟读书。第一种选择等于是给自己的商业经营买上一份保险，实际上是给自己找来一份麻烦。土改划成分时，他们不是划上"工商业兼小土地出租"，便是戴上"工商业兼地主"的帽子。第二种选择倒不失为一种进取的道路。选择这条路子，其实也是两种准备。能读，缴下去，走学而优则仕的路最好；不能读，读光了眼珠，能识文断字，万不得已退回来守住自家店铺也总比睁眼瞎做生意强。因此浏公庙人送孩子上学的积极性是比较高的，在新式教育尚未普及之前是进私塾，至少读完《三字经》、《日用杂字》、《增广贤文》或《幼学琼林》，再高一点读到《论语》、《孟子》。我祖父香九公就曾在此设塾授课。1941年前，浏公庙有初级小学，校舍就设在浏公庙右侧的厢房里，浏公庙的子弟读个高小已不用远走他乡了。我是1942年春季中止读私塾而插班读一年二期的，因起点不同步而闹出一些笑话且留待后讲，这里我只想说说浏市小学办学的一些情况。浏市小学并非浏公庙办的，而是凤鸣乡范围内的百姓、乡绅、祠会通力合作办起来的。因此在这里读书的学生，来自浏公庙、黄堂洲、谷陂冲、黄家洲、巨源冲、阳干、大江边各地。新中国成立前浏市小学曾经历过三任校长，第一任是冷潭湾的肖树德先生，第二任是黄堂洲的李日繁先生，第三任是黄家洲（现称和平村）的黄超先生。肖、李二位都颇有风度，李似乎还是黄埔生，曾出示过被授予的中正剑，后被打为"历史反革命"。黄则因为当过乡长、买了一支步枪看家护院，被当作恶霸地主枪毙了。但不管怎样，他们在办浏市小学方面都是有功的，乡人不应忘记。李任校长时，学校经费遭遇困难，教师的年薪谷也发不出去，没有办法，只有发动学生学习武训精神去向各地父老求援，我就在一天清晨随几个同学到湄源冲向叶××老先生求援过。他很客气，答应一定关心此事。后来终于渡过危机，教学得以正常进行了下去，具体是怎么解决的，我们做学生的当然不得而知。黄超读过中学，虽戴着一副深度近视镜，但我看他不像有肖李二位那种读书人的气质和风度。据说选他当校长，不是看重他有学问，而是看重他有钱也舍得赔点钱来办教育。他当校长时延聘了像钟贻贤、李芝树、康绍泉、李继德（后改名李木子）这样一批好老师，对于提高浏市小学的教学质量发挥了作用。钟、康、李都是教语文的，他们不只是讲别人的文章，自己也写得一手好文章，甚至把自己在报刊上发表的文章刻印给我们作补充教材。这至少在我的头脑中形成一个观念，就是语文老师要会写文章，这一观念的形成也在日后影响着我。

讲走出浏公庙，为什么要讲到学校的事？因为这正是浏公庙子弟走出浏公庙的必经之路，只有接受教育，才能通向外面的世界。从浏公庙走出去的子弟大体有两种情况，一是根还留在浏公庙，自己在外闯荡一辈子后又叶落归根回到浏公庙，如夏氏家族中的夏家勋、夏家勤兄弟，通过读书走出浏公庙后投身军界，参加抗日战争，当上了国民党军的军官，解放战争期间解甲归田又回到浏公庙定居。夏家勋是我的姻伯，虽是辈份不同，但我们有过平等的交谈，他对蒋并无好感，称之为"瘦猴子"，坐不了天下；对毛倒是推崇备至，说他"南人北相"，有帝王之气度。但后来二人都被划为"历史反革命"。夏家勋是刚烈之性不能受辱的，在"文革"中听说要批斗他，便一索子吊死了，终于未曾受辱。而夏家勤性格柔和，经得起折腾，健康地活到今天，终于被承认为抗战将士，受到政府的优抚津贴。他算是第一代。

第二代走出浏公庙的人以1949年划界可分前期和后期，其命运迥然不同。前期如陈佳文、彭斯慧。陈佳文出身贫苦，他的父母靠蒸酒作豆腐缴他在宜春读完中学。彭斯慧家境更好，他家彭富盛是开屠行作坊的，同陈经历相同。因为要走出浏公庙，不看清形势，有点饥不择食便报考了国民党的青年军，后在解放战争被击溃而回到家中。因为当过伪军人，虽有些文化也未被重用。陈佳文做点小生意维生，彭斯慧虽当了小学教师，但不久便被划为右派。而稍后于他们的，如夏声亮、吴声才、李树辉、徐桂生、胡庚华、邓高汉等，有的读到高中、有的读到初中、有的只高小毕业，新中国成立后才走出浏公庙，便都当上了干部，除吴声才一直教书外，其他的人至少也是个科级干部。由此看来，不能不承认在人的生活道路中时运的影响，一个人早出两年世与晚出两年世，境况会大不一样。当然，承认时运不等于否认个人的努力上进。浏公庙人普遍的文化水平并不高，但对于谁家的孩子会读书总是私下有不少议论和夸奖的。我读小学时无法接近读高中的夏声亮他们，但他们一些小活动传到我们的耳里也会引发一些兴趣。比如说夏声亮在中学里学到蒸汽机原理，便自己做实验。他拿个万金油盒子盛满水重新压紧盖子放到火里去烧，结果"嘭"地一下，盖子炸飞了。另外，说徐桂生会读书的事，在邻里间也有传闻，有的人碰见他母亲还会劝上两句："徐老板娘，有崽会读书，要舍点本，多弄点有油菜给他吃哟！""有油菜"指猪肉，猪肉本身有油，炒时可以不放或少放清油，故叫"有油菜"。

那时有钱人会缴书，有个别没钱的人家若得祠会赞助也会拼死拼活地缴书和读书的。最典型的莫若一个叫"志乃"的黎篾匠家。他家靠做篾匠、发豆芽维生，竟将儿子缴上了高中。他儿子读书很用功，听说学习成绩也很好，人们都说这后生有出息，是黎家希望所在。但艰苦的生活、过分的苦读和结核病的流行，却给他带来了一场灾难。人们正传说他即将报考大学之际，却惊传他已患上肺痨回家养病了。我从他家门前经过时看见过他，瘦长的身材，脸色苍白，时不时咳嗽吐出些什么，怪可怜的。不久便听说他死了。别说他的父母如何伤心，便是街坊邻里亦无不为之惋惜。他是第二代前期最有希望走出浏公庙并可寄予较高期待的人，却终于不但没有走出去，连继承父传衣钵也不可能了。悲夫！浏公庙1949年前竟没出一个大学生！

在我的自然记忆中，浏公庙第二代走出去的人家有两户是比较顺畅的，这就是傅师贤和邓裕兴两家。他们都是湖南人，比邻而居，都开煤庄，生活都较为富裕。傅家有儿女三人，大的鸿图，被送到长沙读中学、大学；女儿星图、凤图，都在浏公庙读小学、萍乡读中学，考上大学后便在外工作去了，连回浏公庙探亲做客的时间也很少。邓家一儿一女，儿子高汉，读完初中后歇学在家，新中国成立后曾任浏市街街长，但这个官职未能笼住他，后来还是考上高工（高级技工学校）走出了浏公庙，后成为萍乡高专教授。

第二代后期走出浏公庙的人是幸运儿。那是新中国成立以后，国家经济建设需要大量不同层次的各类人才，而当时普通民众受教育的水准又不高，还是个文盲充斥的国度。有小学毕业就算得上知识青年，中学毕业被称为知识分子，大学毕业就更了不得。浏公庙的年轻人，小学毕业的被招工的不少，有的考上简易师范当了教师，中学毕业的或当老师或当干部，走出了一大批人；再后来上大学的也不少了，对于这些年轻人，我因为离乡已久，说不清楚了。现在从樟树湾到兴隆街的上半段，店房非店，只是居民住宅而已，浏公庙街上已没有多少就业的岗位，走出浏公庙将是浏公庙人后代子孙的必然之路，那么认真地去接受教育吧。

浏公庙人脑子还是比较灵活的，但至今还没出过什么大角儿，我想这与浏公庙浅眼现世的小市民社会的文化背景有关，只重眼前功利，漂浮、狂躁，不愿在做学问上下功夫，所以文化上缺乏积淀，也没有能影响一地文风学风的榜样，这不能不说是个遗憾。作为浏公庙人，我真想向浏公庙的年轻一代说一声：认真读点书吧，你今后将要走出浏公庙的！

13. 兄弟阋墙

在浏公庙，兄弟为争家产打架的事常有发生。我不讲别家事，讲讲自家的事。话得从近到远地说。约在1979年初夏，我从萍城回到浏市家中，母亲告诉我：有两个素不相识的老人找到我家说是要凑钱修族谱，她婉拒了，理由有三：一是被历次政治运动，特别是"文革"搞怕了；二是虽为自家人，但向无往来，穷困时未见有谁伸以援手，修个谱有啥意思；三是家中孩子多，仅维持粗茶淡饭都很吃力，孩子上学还得去借钱，哪有余钱可凑？我同意母亲的意见，但主要考虑的是政治问题，怕惹麻烦。想不到进入20世纪80年代后，修族谱竟蔚成风气。大概此时张氏族谱已就，再无人来找了，我们自然就成了谱外游民，无根之萍。我对此并不遗憾，因为能否在族谱上留下名字或者通过族谱来确认自己原是某朝某代张大人物的几十几代孙以证明自己的血统高贵并无什么意义。但我对自己的家世还是有些了解，这主要是从我香九公留下的生庚簿序文中知道的。序文曰："粤稽我祖，自广东迁于湖南之浏阳柴家巷张氏宗祠。该祠在浏邑城内，现善应（伯昌）、良应（伯清）祖牌昭彰。我祖广进公系善应世系，善应尚有产业在浏阳东乡黄泥坳，义让与良应公管理。我广进公谱名万仪，系自浏来萍。前清雍正三年，与南门、白源、井冲等同时进户大安乡六保一图七甲民籍，祠在北门义祠七永兴。张、赖、陈、曾、刘、钟、黄共户当差。我广进公牌位，今在北门祠内。所有该祠之谱以及置酒铜牌，现均在三里头亲弟俊昌家保存。兹恐年远忘祖，敬特置立我支发脉高曾祖考妣之生庚簿以备随查核添载，庶根有本水有源，岂非慎终追远而德归于厚欤？是为序。"由是得知，我们这一支张氏族人入籍萍乡是1725年的，已历十有二代矣。

我的这位香九公生于清咸丰十年（1860年），是个读书人，身材矮小，不重功名。方本仁在萍乡当镇守使时他曾任书记长，常嗜酒误事，烂醉如泥。有时蔚役叫班："张老师，老爷有请哟！"我甘氏祖母则回应说："老爷哟，太太都是空的，他呷醉酒还在四脚楼上呢！"北伐军来以后，他失业了，以开馆教书维生，赚一个吃一个。每有感冒，并不吃药，而是以肥肉咽烧酒治之。后从萍城李子园辗转迁至浏公庙我父母家中，曾以《三字经》、《幼学》为我发蒙。1944年日本人到浏公庙前夜去世，次晨草草安葬后，器物尚来不及回撤，日本兵即到了浏公庙街上。死前数日，我们合家拟逃往百塘湾，他已84岁高龄，卧居在床不能动弹，耳朵又全聋了，父亲在纸上写字问他："日本人来了，怎么办？"他看后笑笑，摇摇头。父亲请了一个名叫福寿聋子的人照料他，便将我们送到了百塘湾姑母家。香九公死的这天晚上，国军纷纷通过浏市街撤退，见我父母还在火光冲天地为他烧落气钱，都叫："老表嫂，日本人就要来了，你们快逃呀，还在这里烧纸钱干啥呀！"但孝道不能不尽，父亲连夜爬山过坳跑到巨源，找到巫氏兄弟凑足八大金刚（浏公庙人已跑光了），次日清晨便将我香九公的灵柩扛到黄水塘，浅浅地挖了个穴位就草草埋葬了。见日本兵已进浏公庙，他们一个呼啸便越过坳回家去了，我父母也才慌慌张张地逃到百塘湾。香九公的死真是有惊无险，要迟几个钟头，情况可就糟透了。抗战胜利后，父母为香九公择吉改葬，还请道士做了一天法事。香九公留给我们的遗产，有一双象牙筷子，一部木板本的《康熙字典》，前者被日本人拿走了，后者因数次迁徙亦被失落。

香九公不是我的亲生祖父，我父亲是过继他为子的。我父亲的生父叫俊仪，也是广进公一支脉上的人。他有三兄弟，他老大，老二就是我前面讲到的二叔祖，老满（幺）是架船的。俊仪公的几个子女中，我的伯父排行第一，为人老实；我父亲排行第四，年幼体弱多病，信八字说是要过继才好，因此就过继给了香九公。香九公在我父亲才三四岁时，就给他娶了一个童养媳妇，这就是我的母亲。母亲姓肖，是萍乡麻田肖家的，小名叫荷妹，后读扫盲夜校才有了大名肖绍清。我母亲可谓命大之人。外婆怀上她时已生有一女四男，恰恰我外公又一病不起，家境十分困难,外婆靠缝洋袜子赚点钱补贴家用。将生我母亲时,外婆用尿桶舀满一桶水预作准备,如果是男婴就留下,如果是女婴就浸死。可当生下我母亲后,她却迟疑了。隔壁的二外婆听见毛毛的哭声,连喊:"六嫂,六嫂(我外公排行老六,故云),生了不是?"见我外婆不答话,便知生的是女的,马上警告说:"你可别乱来哟!我听见哭声了,你若下手,罪孽可在我身上呀!"我外婆冷笑一声说:"哼!我要不是昨天晚上做了个梦,我还等到你喊?早就丢在尿桶里了!"外婆做了个什么梦呢?原来她梦见在田间遇见一条蛇追她,死死跟住不放,正在无可奈何之际,一个白胡子老倌便朝她喊道:"嫂子,嫂子,你赶快跑,向前跑过一百步就没事了。"她跑了一百步,回头看蛇时,那蛇还将头高高竖起盯着她。在梦中她吓出了一身冷汗,生下我母亲后,她刚要动手,便想起这个梦,终于将手放下了。一个梦,保住了我母亲的一条命。人生世间,有多少看似偶然的东西决定着他的命运啊!我母亲比我父亲大一岁,她嫁到张家做童养媳是我的大舅父背她过门的,所以她和大舅父的感情特别深厚,直到年老,大舅父去世时还伤心地哭了一场。

母亲在张家做童养媳并未受到虐待,听说香九公还蛮喜欢她。每逢到孔神殿祭孔,香九公都叫她打灯笼从李子园走到孔庙,祖父是喊祭的司仪,祭祀完毕,每人可以分回一块牛肉,两个包子。两个包子,母亲总能吃到一个。他们在李子园住了相当一段时间,所以我母亲还记得蒋介石北伐经过萍乡时的情况。六乘一模一样的绿呢子轿中有一个是蒋介石,就不知是哪一乘轿。还见过朱德在方公园(后更名为中山公园)讲演说:"有人说我是猪嘴巴,你们看看,我是不是猪嘴巴?"北伐以后,香九公失业,我父母在城里也生计艰难,所以1935年便回浏公庙去了。

到浏公庙我父母白手起家,打了一个二十千钱的标会做起脚本,由担脚生意到经营一个小店铺,卖些油米南山之类。这年5月28日,我就出生在这个小店里。以后我的弟弟妹妹又相继出世,我香九公夫妇在外辞馆后也到了浏公庙和我们一起。八口之家靠一个小店是维持不了的,所以我父亲便进城先后在合济斋和大吉祥当管账先生,浏市小店实际由我母亲独力撑持。前面讲过,浏公庙是"外国地方",生意倒也经营得不错,省吃俭用,终于将租赁的小店房买下来了。

我的生祖父俊仪公和黎氏婆婆此时还健在，他们在经历了太大的变故后从浏公庙街上搬到吉水殿桔园下面一间小平房去了。我的大伯父生发，是个老实人，在我父亲过继给香九公后，他曾长到20岁，有一次看人聚赌，赌场顿生风波，赌资被抢走，有人说是他，将他打成内伤，他回家后又不敢说，一年后伤发，死于非命，死前才将原委说明，俊仪公悔之不及。我俊仪公原在浏公庙开有张万昌号，同益丰祥打对面，挂的是金字招牌。因我伯父死后，身边只有我全英姑娘，所以视为掌上明珠。全英姑娘许配百塘湾罗惠清为妻，她的家公罗丰恒是前清秀才，有功名的，所以俊仪公很看重这门亲事，全英姑娘出嫁时，着发①全堂嫁妆，将店铺资金全部扯空，遂破产易屋家居，自己到煤矿上帮人掌数，能双手同时打算盘。更不幸的是，我全英姑娘怀上二胎后，去端煮开的潲锅时，双腿一软，滚潲从胸前烫到脚下。乡下人没有见识，向她身上泼冷水帮她降温，结果造成感染，她临死时身上都掉下蛆来，死得真是很惨。俊仪公遭到这一连串的命运打击后，倒也坚强地度过他的晚年，他和黎氏婆婆在吉水殿守着一处果园，作种甚是用心。每年开春后，每棵树下都要挖一个直径3米的圆盘，再将发酵了的桐枯粪施在圆盘内当基肥。每年要给果树捉虫，每天早晨都要拿根竹枝到果园去将树上的蛛网捞掉，树上有绿色的铜钱癣，一定要用瓷瓦片将其刮干净。所以他园里的果实总是油光水滑。其中有大红袍、桔子、柑子、橙子、麻梨、秋白梨、袁州红皮梨、秤砣梨等，还有一树木瓜，一棵大杨梅，棕树、竹林、茶叶树。每年出产的柑橘有数十担，都是通过船运卖往湖南一带，老两口的生活基本能够自给，手头紧时也到我们店里赊些东西，我父亲从不向他要钱，但账还是记的。不要钱，是因为毕竟是自己生身父母；记账是因为自己已过继出去且又各立门户，须有个明明白白。

    后来我祖父年事已高，想到他的家产需要确定一个继承人，便想到了我。他的意思是将我一子双祧，即既是我父母的儿子，同时又将我过继在我死去的生发伯父名下为子，这样就成为合法的继承人。但这事却招来了我的叔叔伯伯们的干预。我满公名下的两个儿子，即我三伯和五叔反对最力，他们的意见是我祖父不能带孙，只能带崽，带谁呢？带我

---

① 着发：乡言，即陪衬嫁妆。

五叔！我二公名下的儿子，我叫细伯伯（排行第二），则取骑墙态度，他不反对将我过继给死去的生发伯为子，但在我过继后，他要将一个儿子过继给我父母做崽（他当时已有四个儿子，负担重，故想过继一个出来），我的父母又不太同意。事情既草议未就，俊仪公又急于将府约写就，遂勉强择日写约。写约时从萍乡三里头请来了同宗的俊古公监约。俊古公是站在我父亲一边的。写约是在晚上进行的，点着一盏高瓦脚桐油灯。写着写着发生了口角，嗓音由细变粗，由粗变骂，由骂到拍桌子，由拍桌子到挥拳头，由挥拳头到端板凳，不知哪位叔叔伯伯高叫："将这野崽赶出去！"这时油灯突然掉在地上灭了，屋子里一片黑暗。我父亲大概双手难敌四拳，便气冲冲跑回家去了，府约终于未写成。俊古公叫我父亲再到南门请族长来评理，并告诉说那油灯是他有意用烟筒打翻在地的，欲借此派我叔伯的不是。但我父母已不想再争了，他们说自己一双空手走到浏公庙来创业，到现在好歹也积攒了一份微薄的家产，自己勤耕苦累，何必指望那一点祖业！后来，俊仪公还是带了我五叔做崽，我父亲也拿出账本算清了俊仪所欠的账目。

中国封建宗法制度，靠血缘关系维持着温情脉脉的面纱。在府约风波之前，我父母和我的叔伯之间关系是不错的，我的三伯、五叔也很喜欢我，每次架船回来都会带我去邱老细这里买糯米砣古给我吃，我五叔被抓壮丁，也是我父亲到乡公所做工作放出来的。可也正是这血缘关系造成了对祖业的争夺而兄弟阋墙。我俊仪公的果园原是他的父亲分给他的，因为他是长子，可能分家时多得了一些，这已经造成不公的积怨。现在你要将所得到的祖业再分配，则"同一大锅子里吃饭"的子侄出来干涉亦自有其理由。利益是谁也逃不过的一道关口。我父母的放弃也有其利益上的计较。如果我过继成功，自然可得一片果园，但他们又得带我细伯伯的一个儿子，自己挣下的家业等于要分一半出去，其利孰大孰小，从当时浏公庙生意看好的形势来看，还不如放弃更好、更清静。但经过这一闹，原先的父子关系冷落，很少走往，原先的叔伯兄弟子侄顿成路人，见了面将头撇向一边，连个招呼都不打，像这种尴尬的场面竟持续了多年时间，直到新中国成立以后才渐渐各自打醒瞌睡，见面时会搭讪几句。"文革"时我们举家下放，从浏公庙迁到大江边二队落户，路过三伯门口时，三伯母用土箕提了一箕红薯给我们，说："这么多小孩子，带去吃吧。"这雪里送炭的一举，使我们深为感动，觉得亲情毕竟是亲情。后来我建房子，三伯和五叔又主动将我俊仪公的老屋盘子让给我做宅基地，这是我衷心感谢的。后来我父亲、细伯伯、五叔相继谢世，我唯有将三伯当作孝顺的对象，每次回浏公庙去总要拿点钱物表达孝敬之心意。三伯谢世后，真个将欲尽点孝敬亦无人矣！其实他们都是好人，也是好兄弟，好兄弟之所以也会内斗，那是宗法制度遗留的病根，盖后人不可不知也。

14. 父兮，母兮①

严父，慈母。话都是这样说。可我小时候的感觉却是相反的，我觉得父亲更慈爱，母亲更严厉。有一次，已记不清是什么原因，母亲揍了我一顿，父亲见我哭了，便用马粪纸给我做了一个皮影菩萨玩，还给了一张白贡纸敷在高凳脚上，点上油灯，让我破啼为笑演起皮影戏来。有一次，倒记得很清楚。我到河边看船，徐家一比我大几岁的男孩从河里洗完搓菜上岸，拿着捞箕便朝我直戳过来，我躲闪不及，眉棱骨上被戳破皮，还微微出了些血。我便同他吵起来，从河边一直吵到街上他家门口。母亲听见后，立即叫我回去，刚进屋便令我跪下，然后拿根竹篾死劲地抽打我，嘴里不住地问："还在外面吵架不！还在外面吵架不！"我一面哭，一面辩解道："是他先欺负我！"母亲打得更厉害了，说："他欺负你，你有两只脚，为啥不走开？我不管你有理没理，凡在外吵架，回来就要挨打。我们这号人家，在外面惹得起祸吗？"我本想再辩，但抬头看看母亲的脸色，已气得满脸通红，眼眶里也噙着泪花。我知道母亲是伤心极了，便再也不语，咬紧牙关让她再打几下，躲到房里掉泪去。母亲这种严酷的教育，使我从小就形成了胆小怕事的性格，好处是我这一生从未和人吵过一次架。所谓"惹不起，躲得起"。实在是弱者处世之道，母亲留给了我。

---

① 题目取自《诗经·小雅·蓼莪》，内有："父兮生我，母兮鞠我。拊我畜我，长我育我，顾我复我，出入腹我。欲报之德，昊天罔极！"

母亲分派我做的事，那是非做不可的。那时我们开店，如遇熟人，是可以赊欠的。有的人拖欠久了，母亲就会叫我和姐姐去收账。有一次我不想去，便说："我不晓得路！"这又招来一顿臭骂："路在嘴巴上，不晓得路不会问吗？几多人走南闯北也能找到路！"不过有些时候她又会给我们讲些笑话来启迪我们，出外问路得有礼貌，一要尊称，二要请问，尤其不可道人生理缺陷，"人到八十八，不可笑人缺眼瞎。"她说：有一个人到某地去，也是不晓得路，见一麻脸人正在挖土，便前去问道："麻子哥哥，到某地去该怎么走？"挖土人抬头看看他，并没有搭话，照样挖他的土去了。这人又问一遍，又不理。问路人便说："噫，你怎么不回话？"挖土人停下锄头，手左右一扬说："一条这么大的路你没看见，我脸上几粒麻子你怎么就看见了？"

　　母亲教我们问，还教我们有礼貌地问，但有时候我问她的事她却不直接回答。记得有一次母亲切蒲瓜，刀快如飞，蒲瓜丝又细又匀，还不会伤着手。我羡慕极了，便问她菜怎么切，母亲笑笑说："蠢古，这还用问？师父就在眼珠子里！"平白的一句话让我终生受益。我有许多的生活技能就不是别人教的，而是眼珠子的师父教给我的。引而申之，耳朵里的师父也会教我。比如我的京胡拉得好，就没有花钱请师父，而是自己听出来的。

　　母亲是个文盲，但她并不愚昧，她有她自己的一套生活哲学。比如，我前面也讲到过，她信命，信八字，但从不算八字，理由是："命和八字既然是注定的，算又有何用？算得好自然高兴，算得不好，岂不是花钱买忧心？"因此她的态度是硬着脑壳撞命，但也不是消极靠命运。她说世界上只有一张八字算得准，就是："勤耕苦累，一世衣禄无缺。"对神灵她也是这个态度，认为即使有神灵护佑，也还得靠自身努力，她不只一次地向我讲述下面的故事：某人对赵公元帅礼拜甚勤，但财运未见好转。隔壁一个屠夫天天杀生，将一个赵公元帅的石雕像摆在砧桌上做磨刀石，却赚了不少钱。某人不服，便责怪赵公元帅，我敬你如此，他待你若彼，你为何不帮我反助他？赵公元帅托梦对他说，你别怪我，你是有所不知。我天天将财气搬进你家，可你的五行天天将财气搬出去；我天天将他家财气搬出，可他的五行天天将财气搬进去。我一个人怎能胜过五个人呢？这样的故事，我相信不是母亲创作的，但她记住了这个故事并以其寓意指导自己立身行事：靠自己，莫指望别人。

为了这个家，为了哺育我们姊妹数人，母亲的五行总是搬进的。父亲在萍乡做事时，她一天的作息安排是：天未亮便起床弄饭、洗衣浆衫，下店门开始营业，有往来的熟客户必先斟茶而后做生意，一面做生意还得照料一家老小的生活。忙碌一天，店面关张后便在桐油灯下纺纱绩线，纳鞋底。我们一家人的衣服都是她纺的棉纱织成的家机布做的，或拿到陈洪和染布坊染成青兰，或自己买五倍子、金刚苏菟造色；我们的夏布蚊帐是她买苎麻绩成的；我们全家人的鞋是她一针一线做出来的。我在油灯下写作业，她就在灯旁纳鞋底。我上床睡了，她又将油灯搬去纺棉花，直到深夜才上床，真不知她哪来这么好的精力。要讲吃的也真是可怜。糙米饭，每天早上是盐熬米汤，搓菜辣椒当家，买两块豆腐，蒸一碗水蛋算是改善生活。非过时过节，轻易不肯买鱼吃。她说："鱼几是只鬼，吃了油盐又吃米。"肉也是少吃的。我前面讲过，我有个可爱的小妹妹叫月莺，邻居都很喜欢她，那时我家对面开着一家理发店，掌门师父叫黄清福。每天早餐，他们煮了肉片汤，他们夫妇都会叫徒弟乃送过一汤匙肉汤来给我妹妹吃，要是我家生活好，他们何须如此做？

母亲是个要强的人，她不叫苦，也讨厌哼穷叫苦的人。她说："叫什么苦？人家有把你吗？钱在黄连树下，不苦不得来！"当然，对于人家善意的援助她也总是以感恩之心高兴地接受。记得有一次她带我进城到外婆家，回家时顺便去看看老邻居——益丰祥的三老板娘，也就是黄海怀的生母。这天天刚下过雨，时令又在冬天，路上泥泞泞的。三先娘见我脚上穿的布鞋已湿透，便拿了一双旧跑鞋给我穿（我这是第一次穿跑鞋），母亲千添万谢，三先娘说："你谢什么？过去我的孩子没奶吃，吃了你多少奶哟，我该怎么谢你？"母亲总是说："一个人穷要穷得硬，莫贪不义之财。"一次，湄源冲一个妇女在我们家买东西，用手巾包着两千钱放在我家铺柜上忘记带走，母亲发现后连忙给她收好，等她转身来找时当面交给她并请她当面点清，一文不少，那女人往后将我母亲视若亲人一般。还有一次，浏公庙戏台上演文明戏宣传抗日，戏坪里挤满了人。当戏中演到日本飞机轰炸时便做了一个飞机叫的效果，台下人真以为飞机来了，立刻起哄四散逃命。一个孕妇被挤得晕倒在地，人们将她抬在我家屋檐下，母亲见了，立即搬去一张竹椅让她坐好，并拿了些卖的荔枝，斟了一碗凉开水，叫她将荔枝肉就水嚼着吞下，待恢复体力后安全回家了。对于这种事,母亲认为是良心上当做之事,"一个人要讲良心",这是她的口头禅。抗战时期,盐最金贵,贵时一担谷才买得一斤盐。农民来买盐都是两把二两地买,很少买到半斤以上的。有些昧心人不但少秤,而且往盐里掺石膏,我父母绝不如此,称秤时两手离砣称个笑面①,还要让顾客看秤,打包时又另外再加上一点。母亲的说法是:人家回去时可能要校秤,如果他的秤稍大一点,岂不以为我们少他的秤?也许正因为如此,我家虽是一铺小店,倒生意不错。比如前面提到的戴志明先生,我就亲自听他笑着对我父母说:"我就喜欢到你家买东西,你们不少秤。"

我父亲是个乡下孩子城里人。说他是乡下孩子,是因为他出生在浏公庙这个外国地方,说他是城里人是因为自他过继给我香九公以后,在县城度过了他的童年、少年和大半青年时期,入壮以后又在城里做了几年事。他读了三四年旧书,学会了一些城里人的生活方式。比如在我们乡下还没有刷牙的习惯,他回到家不忘用黑人牙膏刷牙。他粗通文墨,字也写得还好,有要写对联的总会求上门来,我父亲视此为荣,来者不拒,并不收人家半个润资。有人朝南岳请他写香封也是一样。倒是我们忙个不亦乐乎。客人一进门,我的第一任务就点火让客人抽烟,第二任务便是给他研墨,经常脉根都研得酸痛,稍有懈怠,他便会朝我瞪眼睛。对此,母亲倒有些计较。她常对我说,你不要去练字,像你父亲那样,为人家写了对联最多一句多谢,自己不但贴人工,还要贴烟茶,而我们要请人担几担水,一个月还要算工钱给人家。的确,这不能怪母亲小气,确实有个报酬不公的问题,但父亲对此澹然视之,只能说明他的价值观念和小市民多少有些区别。父亲因为在城内生活久了,大概进戏院看戏也不少,所以他又多了一门艺业,他会拉京胡,能用几个基本的调式为人伴奏,浏公庙有三两个在外做事,学会了哼几句京戏的人,吃过晚饭便总喜欢到我们店里来喊几嗓子。当地人只会拉唱采茶戏,拉京戏自然又与众不同些。父亲拉京胡对我影响很大,他虽然没有教过我,但我上初一以后自己做了一把京胡也就"工工四尺上"地咬起来,想不到却招来母亲一顿臭骂。那是过年前两天,母亲在炊下炒果子,叫我在柜台守店。天下雨,并无什么人从街上经过。我见闲暇无事,便拿出自制的京胡拉

---

① 称个笑面:即秤杆往上翘,斤两足。

起来，心里正乐着，母亲却突然冲出正颜厉色朝我骂道："三十夜晚拉琴子，你家好快活！你知道有的人家过年不成么……"我现在想，这事要是碰上父亲，他可能不会这样生气。父亲与母亲在观念上还是有些不同。每年春二月，浏公庙的人家都会喊春饭。保长、商会长，人们平时虽不会拿余钱剩米去巴结，但请吃春饭还是会的。我记得母亲有一次同父亲商量，是否也要请保长和商会长吃餐春饭，人家都请了呀！父亲断然地回答"不请！"这透出他颇有点傲骨，他对这些人是有点瞧不起的，我觉得自己也受了些父亲的影响，不会巴结，在人际关系上总是要吃些亏的。

父亲因为有些文化，所以在浏公庙总算有点社会地位，背着面虽或直称泗浦或张泗浦，当着面却是喊"张先"，浏公庙商议地方上的事情，他也总是应邀到观音堂去坐上一阵，我只要在家没事，常尾随去看热闹，所以我能知道一些其中的事情。

我觉得父亲在外面学到的一件最不好的东西是搓麻将赌钱。在萍乡打，回到浏公庙又跑到河街的彭思武家中打。他是赢的时候少输的时候多，这给我们的家庭带来不和，也间接地给他的今后带来不少苦头。为此，母亲经常和他闹，一闹他就火躁，就动手打母亲。一见母亲挨打我就会哭，这减少了我童年许多乐趣。1943年冬，父亲还在南门合济斋做事，浏公庙的黎保长死了，改选保长时，斜对面织袜店的李甫仁先生出于对我母亲的同情，想缚住我父亲的一双脚，就做工作将他选为保长并立马将账簿印鉴送到我家里。父亲回家时推辞不脱，只好接任。但他毕竟是个生意人，当时正值抗战紧张时期，又是派壮丁，又是收捐税，冬防队查夜也要来找，我家烛架上卖的蜡烛他们随意取，账都不记一个，似此当了近四个月，他只好脚板下擦猪油，又溜到南门大吉祥当管账先生去了，浏公庙终于又另选一个保长接替他。保长的印鉴是送出去了，但"伪保长"的帽子他却无法摆脱。"文革"时期他成了批斗对象，被勒令自制了高帽子一顶，喊声游街，戴上就跑。有一次我从学校回到家里，他不无自慰地告诉我，虽然戴高帽子游街，但没有挨过打。可是有一次勒令他写交代，他在抄最高指示时将"领导我们事业的核心力量是中国共产党"的"共产"二字丢了，写为"中国党"，一经上纲上线，他算吓丢了魂，又好在他还是没有挨打，只挨批，批后被送到电厂附近修水利，劳动改造。父亲一向身体不好，腰部受过重伤，长期患痔疮下血，闹胃病，一吃东西便打嗝，说是幽门梗阻。1970年在湘东医院住院，说要输血，我借了十元钱替他买了100毫升血，病稍愈出院时，他对我说："声源，你花钱给我输血，以后你可以安心了。"当时我尚未听懂他的意思。他回家后仍是卧病在床，当时我人吃既多，刚盖房子又欠了很多账，每次从湘东中学回家时竟不能买点好吃的给他，故虽进了大门，也不敢朝他的病床瞅上一眼，总觉得心里有愧。他的病拖了两三个月，有一天我总算从湘东买回一点肉去，熬了肉片汤，扶他起来喝一点。他试了一下，放下汤匙，长叹一声道："唉，吃得的时候没有吃，现在有点吃了我又吃不得了！"不几天他就变症。我们坐在他床边，他伸出双手叫我们紧握住，似乎有些害怕。稍后，他对我说了一句话："你，好，做出人来了！"过后就说不出话，只是双手做个打鼓的姿势，然后用右手将五个指头撮了一下。父亲是个爱热闹的人，我能明白他的意思，便对他复述一遍，说："我知道了，打大鼓，用五个人。"他额头上渗出了汗，母亲帮他将汗擦掉，他闭上了双眼，我们还以为他睡着了，但好一阵未见动静，再叫他时他已不应了，就像一只油灯，油已熬尽，火渐渐地熄灭了，其时他才六十一岁，时在1971年。

我前头讲到父亲是慈祥的，但写到这里我又忽然想到父亲也是很严格的，骂我的时候也不少。他的骂，不是因为我贪玩，也不是因为我学习成绩不好，更不是因为我失手打破了一只碗，而是因为行为规范问题。父亲会写字，我记得在我家棚门上他始终保留三幅字。一幅是做生意的："货真价实，童叟无欺"；一幅是一年二十四节气的时日；还有一幅便是行为准则："非礼勿言，非礼勿动，非礼勿视，非礼勿听。"他自己是很讲礼的，真所谓"敬神如神在，祭鬼如鬼在"，每年带我去给祖父母或叔祖父母拜年，他总是穿上长袍，恭恭敬敬地下跪叩头，口颂"长福长寿"。对我们孩子也是严格要求，比如客来必起身让坐，为客人端茶点火（抽烟），不准叫人小名绰号。"站有站相，坐有坐相"。我有时从外面学来一些不雅的动作，如：翘二郎腿，操手胸前，两脚站地时一脚虚点地面而颤抖，站在路当中，以一手半握掌捂在腋下猛力一夹发出打屁的响声，吹口哨或用手指响板等，经他看到，必呵责无疑。所以父亲在家时，我总会有不自由的感觉，但是磨久了，也就成了习惯，自己的行为举止也就少了一些轻薄气。

15. 私塾·浏小·西区

我六岁发蒙读书，那时候浏公庙早已有了小学。我父母大概为了省钱或认为读小学还不如读老书顶用，所以并没有送我上小学，而是让我跟香九公读私塾，所以香九公便成了我的启蒙老师。开学的这天早上，母亲煮了两个鸡蛋给我吃，她明明知道我不喜欢吃葱，还是摆了许多葱花在里面，她们说吃了葱就聪明。我并不知聪明的可贵，还是不吃葱只吃蛋。吃过早饭，香九公点了香烛，教我拜过孔夫子才给我正式上课。我读的第一本教材，是传统的《三字经》，即"人之初，性本善"。香九公并不作任何解释，只是先教认字，再带读，再让我自读，然后是背诵，一天就学那么七八句。第二天要将前一天学的课文背出来以后才再讲新课。我的课业除了识字读书便是习字。习字是香九公写摹本，将它套在用竹纸装订的写字本里去一笔一笔地描摹。那时的竹纸白白嫩嫩，薄而透明，吸墨不散墨，真好，现在已不见这种纸了。初学写毛笔字，手未免发抖，香九公总是耐心地帮我捉笔。完卷以后，他会用朱笔圈点，对写得好的字打上一个红圈。

香九公教我读书的地方是租用我家对面斋婆婆家的厅屋里，很阴暗，斋婆婆进进出出也从不说句话来打扰，可我俊仪公每次出街，总要踅足进来和香九公说说话，了解我的学习情况。记得我三个月读完"人之初"，接着是读《幼学》，即"混沌初开，乾坤始奠"。这时俊仪公和香九公有过一次简短的讨论。俊仪公的意思是可以开讲了，开讲就是讲解课文的意思。香九公说还没到开讲的时候。因此我的学习仍是认字，读书，背书，写字。这年（1941年）冬天，因为有人要求入塾，香九公就在我二叔祖家正式开馆授徒，招了有八九个学生，有读《诗经》的，有读《论语》、《孟子》的，也有读《日用杂字》和《增广贤文》的，我还是读《幼学》。那时候大概国民政府为了提倡新学，开展查禁私学了，所以有一天还闹过一次"警报"。一天上午，我甘氏婆婆突然从外面慌慌张张跑进来，叫那些学生都躲起来，说是查私学的来了。结果并无人来查或者是没有查到这里来，才又恢复教学。香九公当时已是八十高龄，为生活所迫，还得授徒教学赚几个微薄的学钱，这与他壮年时在衙门供职相比，一定心理落差很大，所以他的脾气也渐渐地多起来。他在我二叔祖家住着，饭还是由我父母管着，每天的早饭都是由我上学时带去的。这年冬天的一个早上，天下大雨，我去得迟了，大概香九公也早已饿了，所以大发雷霆，接过饭后在我背上一个巴掌，将我推出门外，将我的书包往雨中一撂，叫声"滚！"我就这样被赶出了私塾。

1942年春节过后，父亲决定让我读小学。但是我已经缺了一年级上学期的课程，从未学过算术，怎么办？于是父亲便教我学会了从0到9的十个阿拉伯数字。这样，我懵懵懂懂地去读小学了。现在人们常说别让孩子输在起跑线上，这不是没有道理，我就尝过输在起跑线上的苦头。一开始就读一年二期，语文倒没啥，算术就麻烦。当时教我们算术的是夏家祥老师，他是夏裕丰家的老六，后来当了一段浏公庙的商会会长，再后来就杀猪卖肉。第一堂算术课，他在黑板上留了十道作业题让我们做，是直式的加减法，我根本不知道认读这些算术式，只是依样画葫芦地照抄了一遍便交了上去。第二天发作业，他将我叫了上去："张声源！"随即涨红了脸，左手摊开我的作业本，右手捏成一个"擂斋古"①朝我吼道："我一个'擂斋古'就要敲死你这个家伙，你一个题都没有做！"我当时对题做了没做，茫然毫无概念，只是盯着他食指上戴着的一枚刻有印章的铜戒指特别害怕，心想要被它敲了一下，肯定要出血！好在他并没有敲我，但我的算术也就被一直落在后面。

进小学以后最喜欢的是舞蹈课，老师是女的，姓叶，湄源冲人。她将我们带在樟树坪的树荫下，手牵手围成一个圈，她站在中间教我们跳

---

① 擂斋古：乡语，拳头。

舞唱歌。她很年轻，身材婀娜，人很漂亮，穿一件短袖齐肩的花旗袍，歌声甜美，舞姿轻盈，说话特别柔和动听。她的歌舞示范，使我至今想来犹觉陶醉，美呀！但不久她就走了，此后便再也没有见到过她。

二年二期我挨过一次好打，至今难忘。一天中午，我和邬奇梅两人去得特别早，教室里尚空无一人，但有一景象吸引了我们。只见所有课桌前面的左右角上都贴了一张方方的小白纸，上面写了一些数字。这是干什么？不知道。于是我们两个便争相将这些小白纸撕掉，一张不剩。上课时黄老师一看这幅惨象，气得尖尖的秃顶都红了，三言两语审出我们两个，便拿了一根篾，叫我们伸出手掌，好一记狠抽，我也记不清打了多少下，反正手掌红肿而且麻木。但挨过打以后我也不知道这些纸贴着干什么用，实可谓"不教而诛"也。三年级过得不平静。日本飞机常从天上经过，有一次我们躲在樟树下，它从上空掠过，机翼上那两块红膏药看得清清楚楚。我玩过磁铁吸针，就突发奇想：我要发明一种"钻机针"，等到敌机来时打上去，钻机针就自动跟上去把它的油箱钻穿，让它的油漏尽掉下来。这是我在国难时期萌生的第一个科学幻想。但日本兵还是打过来了，学校放假，我们逃难。逃难中，有一次我跟父亲和一个毛裁缝在百塘湾茶山上躲飞机，但看到的却是七架涂着青天白日的国军飞机掠过，不久便听到炸弹的爆炸声，总算出了一口气。

日本兵走后我们又复课了。当时学校请来一个童训教师，成立了童子军，我们每人配有一根童棍，说这也是从德国兴登堡那儿学来的，目的是为了抗敌救国。童训教师姓陈，白竺人，从军队出来的。他第一次集训队伍时，大概为了立威，便给我们来了个下马威，说："我带过兵来，我杀过人来！"我们的印象，他只不过蛮而已，真敢杀人吗？后来我们渐渐发现他也是个闹事的主儿。有一次几个同学在渡船码头游泳，一个同学脱下的衣裤不见了，有人说是附近的姚羊仔婆娘拿走了，陈老师知道后，立即集合我们童子军，一人一棍，浩浩荡荡将队伍开到姚家店门口，逼其交出衣服，羊仔婆娘吓得要死。童子军算是"杀"出了军威，陈老师自然也是浏公庙畏惧三分的人物，有些人则说他是魔气，他有点令人捉摸不透。有一次期末考试，学校出榜公布成绩，我的总评只有68分。他却在一旁不冷不热地朝我说："张声源，你回去对你娘爷说，要请老师吃餐饭。你父母叫你来就是买60分的，你如今多得了8分，还不要请饭呀！"我知道他这是嘲讽，也没理他便讪讪地走开了。回到家我并不提及此事，我成绩不好父母也不责备，那时分数观念不重。

我小学成绩不好，现在想来有三个原因：一是起点不同，也就是前面说的输在起跑线上，后又没得到针对性的辅导。二是贪玩，浏公庙这个环境使我静不下心来读书。对门的李铁匠又打了一把钢火很好的手工刀送我，我视若珍宝，随时带在书包里，上课的时候不是刻图章便是刻皮影菩萨。回到家里则喜欢画图画，从山上摘回黄珠子，又弄些土红之类做颜料，画些人不像人鬼不像鬼的人像。三是自卑，我一两岁时爬到桌上舀水蛋吃，手里拿着瓦调羹，一头栽到地上，调羹的碎片在我眉心处划开了一个一两寸长的创口，出了很多血，以后留下一个调羹状的明显的疤痕。幼小时不觉得，长大后一照镜子就觉得这相貌十分难看，因此在人前总觉得抬不起头来，有时自己真想用刀将它修平一下。细心的父亲大概发现了我这种心理活动，几次惋惜地说，当时没有好伤药，只是用杉树皮研成粉封的血，所以留下伤疤。他又安慰我，说是听说橡皮可以贴肉，看以后是否可以整容。但都无用了，我就带着这个愧不如人的伤疤渡过我的童年和少年，直至青年期在树立自信之前我都是自卑的。后来我到了教育局，李日赣同志会推算八字和看相。他说我的八字很好，是"文星双挂角"，可惜破了相，不然的话成就一定很大。我们且不说八字灵不灵，但破相造成自卑情结，而自卑情结会严重影响一个人的发展，这是心理学所认定的。我将自己的伤疤记下来，是为了给读者留下一些教训。

浏市小学经济基础不行，1946年校产谷收不上，老师的工资发不出，甚至教师食堂也揭不开锅。上童训的陈老师发动我们学生学习武训精神去向父老求援，我也去了，前面已经说过，不再重复。效果总算不错，学校终于没有停摆，我也在学校的艰难困顿中挨到毕业。应该说当时浏小有不少好老师，如陈志民、康绍泉、钟贻贤、李芝树、杨师聱等，后来在中学、在萍师都是响当当的。还有李维德，黄堂洲人，他是个红鼻子，教语文很有功力，思想进步，新中国成立后当了干部，改名为李木子，后来任过宜春地委宣传部的副部长。要说这些老师教了我哪些知识，我说不出来，但他们给了我影响，比如钟贻贤、康绍泉都会写文章，他们曾印发自己在报纸上发表的文章给我们当补充教材，就很令我佩服。不过这种做法，也只有新中国成立前才行！

1947年浏小毕业后我和姐姐还有个同班同学傅星图去安源考萍中，三个人都是懵仔一样，住在牛角坪我隔壁邻居钟婆婆的女儿家（她家开茶馆），距考场四五里地，也没有一块表计时，第二天赶到安源盛公祠时都已经开考了，虽然未被拒绝入场，但心中总是怦怦地跳，加上基础本来就不好，萍中又很难考（1000多考生中只取130名，100名男生，30名女生），所以这次考试就没考上。父母的希望是至少让我读到初中毕业。那时他们就认识到即使学做生意，也要读到初中毕业才行。所以父亲便又送我去浏小复读六年级。当时李日繁先生任校长，接收了我。但仅过两三个月，李辞职，由黄超来接任校长，不知什么原因，他接手后便将我撵了出来。父亲吞不下这口气，春节过后便跑到湘东找他的好朋友周静安先生帮忙，把我送到西区小学去复读六年二期。周静安先生在湘东开煤庄，和西区小学的刘瑞铭校长很要好，刘校长本来答应了，但插班考试时我的成绩很不好，他又有些犹豫。周伯伯一再说情，刘校长叫他带我当面看看，看过后他对周伯伯说："这孩子看上去也还聪明，就让他在这里试试吧。"

读西区小学要远离父母身边，我是非常地不舍，每星期天下午离家赴校时我都会哭，母亲便叫姐姐送我，一直送到三里路远的滚子段，我不住地哭，姐姐也偷偷地掉泪。像这样走一次哭一次，母亲的心也软了。一天晚上她对我说："本想缴你读书，以后有个出息。外婆家也有在外面当大官的，可以想法请他带你出去做事，但你这样'离娘生'①，你就读到初中毕业去学做生意吧。"但当时我对自己的前途根本没去考虑。去学校虽然是哭，但也从不说不去，书还是读的，只是读西区时生活比家里还苦些。每顿饭就是两个菜，都只有大半碗，一碗是捞菜，一碗是黄豆。黄豆更少，所以我们吃饭时，黄豆是数着分食的，每人十粒地分。这种生活体验恐怕后辈的人是难以想象的。

西区小学是西区的高等小学，只有五、六年级，每个年级只有两个班（甲班、乙班），校址就在现湘东中学处，校舍不多，只一个四合院，借用万寿宫的几间楼房做学生宿舍，宿舍没有床，铺都是摊在楼板上的。

---

① 离娘生：俗语，指不能离开父母，不能独立。

校门外面有个很大的操场，操场上长满了草。这里的校风、教风、学风都比浏市小学好，教师都有绅士风度。大概工资较高，生活稳定，都非常敬业，讲课都很精到，对学生要求也很严格。我除了历史、地理、音乐、体育没有受到惩罚外，语文、算术、公民三门课都受到不同方式的惩罚。先说语文。语文老师是肖树清先生，讲得好，但即使讲得好，我在浏小的坏习惯依然不改，上课时又拿出手工刀来雕刻。肖老师看到后，也不骂也不打，就是走过来，抢过小刀往窗外一撂。下课后我再去草丛里找时，再也找不到了。公民课是刘校长上，有一次他提问我一个问题，我不知道回答，也不说话，只是用嘴唇"猫"了一下，招来刘校长一顿臭骂，他不骂我不知道，就骂我态度不好，不知道就说不知道，不该这样低俗没有礼貌。他还惩罚过我一次。那是一天午睡时，我们寝室的几个人偷学校葡萄架上的葡萄吃，吵醒了刘校长。我们见他来捉时，又一溜烟躺回到铺上去。刘校长在门口站了一会，便叫我和另一个同学起来罚跪。他说："我知道，你们所有的人都偷了葡萄吃，但我来时，他们几个都睁开了眼睛，就你们两个闭着眼，假装睡着的样子，犯了错误还要掩饰过去，一点也不诚实，所以要你们两个罚跪。"再说算术。我们的算术老师是肖钊国先生，他的课讲得好，但我的基础太差，插班考试只有27分，期中考试时才得56分。肖老师将我叫到讲台前，说道："张声源，你只有56分，离及格还差4分，打4板手板，打起及格！"于是涨红了脸，着实地打了我4板手板。

不管用现在的观点看他们的教育方法有哪些不当之处，但我都很感激他们。我感到他们的严格要求，但却没有感到他们的歧视和浏小陈老师式的嘲讽，当时更没有"差生"的称号。他们的教育引起我心灵的震撼，使我纠正了原来的许多坏习气。西区的学习风气又特别浓厚。同学们每天蒙蒙光爬起来，摸黑去厨房打水洗了脸，拿着书本在大操场等着天亮便读书，而这都是自觉的行动，并非老师赶着逼着。近墨者黑，近朱者赤，我也跟着如此，知道要认真学习了。所以这个学期我的学习进步很大，毕业考试时算术竟然考了96分，一些应用数学题也能准确地心算出来。语文进步也大。肖树清先生在一次作文讲评时说："作文要注意选材。去年考萍中的作文题是《我的先生》，我们学校的张君杰同学就不是一般地写个老师，而是说字典和词典是我的先生，这就很新颖很特别，所以他考上了第一名。"这事对我启发很大。我1948年考萍中时，作文题是《乘凉》，我就不是一般地写乘凉，而是写乘凉时大人们议论国是，希望国共内战早点结束，以免生灵涂炭。终于，这一年我考上了萍中。我感谢西区小学，感谢我上面提到的几位老师，我也感谢黄超先生将我赶出了浏市小学。

　　说点后话：肖树清先生去世较早，肖钊国先生后来调到萍乡一中教数学，被划为右派。刘瑞铭先生被打成历史反革命和右派，后调至萍师附小校办工厂搞些美工。20世纪80年代落实党的知识分子政策时，我恰任萍乡市教育局局长和党委书记，我能在自己手里为他们落实政策是多么高兴啊！我还去附小看望过刘瑞铭先生，讲到在西区读书的情景，也说到我那时很喜欢他的字画。刘瑞铭先生非常高兴，不久就画了一幅画写了一张条幅送给我，我真感动极了。后来我从局长任上下来，他逝世的消息一点不知，竟未能在他灵前鞠躬致敬，实为终生的遗憾，可以说没有刘瑞铭先生给我读西区小学的机会和往后对我的严格教育，就没有我后来的进步。

16. 萍中、萍中（上）

1948年考萍中。考场的情景不记得了，但有两件事记忆颇清晰。西区小学不像浏小让学生自行去考，而是集体组织去。食宿都有统一安排，条件当然是很差的。我是住在五福巷口的一间办公房里，和上十个同学挤在一张长条会议桌上睡，真像打番薯种。我睡在边上，睡到半夜时分，在睡梦中被砰的一声钝响惊醒，原来是自己被挤落砖地上，觉得一只膝盖被碰得疼痛难忍。从地面爬起时，我兀自庆幸，好在不是头先着地，否则，这次考试岂不泡汤？但犹有担心，考完以后下午还要面试，我怕自己走路有拐，因此进场时小心又加注意。面试其实就是目测一下而已，并未提问，更未叫我走几步路让他们看看，心中总算舒了一口气。在安源吃过晚饭，我们集体整队返回母校。经过葡萄岭时，凉风习习，月色澄明，大家一下来了精神，唱着歌，喊着口号，称自己是"西区的小英雄"，自信而且自豪。

父亲从《群报》（当时萍乡的地方报纸）上在萍中初中招生的录取名单中找到了我的名字，便忙着准备让我上学的一任事宜。请了姑父易琪荣为我送行李，满满地装了一土车。有两麻袋稻谷（两百斤），一个板栗色的小旧木箱，一套被褥卷。前面说到，我读西区时每次离家都会哭，但这次没有哭了，大概自豪感克服了"离娘生"。吃过早饭出发，步行40里到安源时已是下午时分。排队过桶交了谷，我才安顿好床铺。目送姑父拖着空车回家时，我陷于一片陌生之中，眼泪又想出来。但一想我已是中学生了，便偷偷地将它擦了，不让掉下来。现在再说说这两担谷作何用。三桶（半担，相当于50斤）学费谷，三桶杂费谷，一担是膳食谷（等于交伙食费）。为什么收谷？因为当时通货膨胀十分严重，纸币一下就贬到十万八千里，形同废纸，无法保值。所以那时老师的薪俸都是以多少担谷计量，比如我们初一乙班的导师（班主任）周汝模先生，他是体育老师，听说能撵上奔跑的狗并一手抓住狗尾巴。他的任课工资多少担谷我不知道，但他担任班主任一项一年便是二十担谷。

1948年国内内战正酣，时局不稳，社会动乱。上半年闹饥荒，听说有吃"大户"的，米店经常关门。秋季开学典礼是在盛公祠边的大礼堂举行的，校长张有盈先生讲话。他中等以上身材，一脸的平和，透出学者风度。我还记得他说过这样几句话："现在时局不稳，希望我校师生不要参加任何党派活动，以前我校有许多人在这方面是吃了亏的。"当时听不懂话中意思，后来了解些萍中的历史，才体会到这原是语重心长的忠告，取中立的态度以维持一个教育家的仁心。那时萍中的校风可谓规范而又自由。学生床上必须工整地铺上校毯。校毯是白竹布质地，中间印有一个三角形注明"萍中"二字的蓝色校徽。师生也佩戴这样形状的铜质校徽，只不过教师的徽章是"萍中"二字下注有英文字母"T"（teacher 教师），学生则是字母"S"（student 学生）。路上相遇，学生很容易辨识本校教师，都会对老师鞠躬致敬，老师也会点头欠身还礼。上课固然严肃认真，自习完成作业后，课外活动可以尽情地玩，打球、画画、吹弹歌唱，各人如愿而行，吃过晚饭可以到安源街上溜达。我自制了一把京胡，在"工工四尺上"的听试中打发一部分休息时间。

和这个时代一样，教师队伍似乎也很不稳定。我们班的语文老师原是肖韵，女的，苗条身材，端庄秀丽，操长沙口音，无论范读或讲解，都富于音乐美，真是一种享受。但不到两个月她便走了，换了李日训先生。李先生内才很好，腹笥丰赢，但略觉口讷。不过这样也好，给学生留出了自行领会和想象的空间。英语先是杨永宜先生教，听说是新近留洋归来的，西装革履，一表人才，口语十分清晰。不久，也许是另有高就走了，来了个中年男子，姓潘，外地人。他的口音就混浊一点，但态度和蔼可亲，同学答错了问题，他不会责骂，而是学着萍乡口音称其为"懵古崽"，因此我们背地里便叫他"懵古崽"。历史是高中部的老师教，刘方元先生教过，李蓁非先生也教过。音乐老师是张有盘先生，矮个而壮实,比他的夫人矮一个头。他声乐很好,除了教唱歌还教我们唱京戏,如《击鼓骂曹》中弥衡的一个唱段"相府门前杀气高"就是我学的第一出戏。那时还有劳作课,是李宗安先生开的。他个子高,皮肤白,一脸连面胡子,讲话有点急促,有时会说点"傻话",老师们背地里叫他"宗安魔气"。他自编了一套教材,做肥皂、做蓝墨水、做人工大理石都有,还教我们制造一些工艺品和玩具,如小竹椅、针孔照相机、电影机、竹蜻蜓等。工具则是锯子、锤子、篾刀、锉子、刨子,都要学会使用。他说:"我们要学会手脑并用,将来共产党来了就提倡手脑并用。"那个时候敢在课堂上这样说话,我们都暗自为他伸舌头。

那时萍中初中实行男女分班授课,男生在张公祠,女生部则在矿区医院附近的一座院子里,我们从未进去过,但有时初三的女生也会跑到张公祠来合班上课,这对于一些年龄较大的乃古来说无异于一次选美盛会。他们会站在一旁,毫不掩饰地给一个一个女生打分,弄得这些女同学欲怒不能,腼腆而过。最紧张、热闹的还是莫过于在食堂吃饭。半军事化,各桌都有桌长,先派值日进去盛好饭,其他人都在外面排好队鱼贯而入。各就各位后,总值日才发令:"立正!稍息!开动!"于是碗筷声如暴雨骤至,打在屋瓦上叮叮当当地响成一片。那时是吃敞甑饭,两个大甑都有人高。我进初中时身高只有1.34米,饭少时要双脚悬地,将肚皮搁在甑沿上再埋头伸手进去才能盛到甑底的饭。有些恶作剧者则经常制造恐慌。当饭吃到一半,他们便故意将饭勺用力刮甑皮,传递出"没饭了"的虚假信息,有的干脆高声大叫:"快些吃,没饭了呵!"这时食堂便一阵混乱,有些碗中还剩半碗饭的人也会蜂拥地去抢饭,两个饭甑周围挤满了抢饭的人,就像两窝蜜蜂。有像我这样盛饭的人,有时不知被谁兜住屁股送一把力就全身滚进饭甑里去了,又惹来哄堂大笑。这种瞎起哄很糟糕,有时饭本来够吃也不够了,食堂又只好煮些饭来。

由于食堂秩序哄乱,所以地面上撒满了饭粒,有时是一碗半碗地被挤倒的,于是便引来了一大群扫饭屑的人们。他们有老太婆、妇女和男女幼童,一个个破衣烂衫,蓬头垢面,一手拿箕,一手持帚,哪里有饭就到哪里扫,从未听他们说过一句话。一餐下来,多的能有小半箕,少的也一两碗,不过那饭经地面一滚,脚一踩,都变成黑的了。我对此惶惑不解,便问人:"他们是扫去喂猪吗?"人家告诉我说:"唔,喂猪喔,他们是拿回去到河里洗净了自己吃！"我感到茫然，难以理解他们的生活何至如此困苦。后来到处走走看看，发现许多的所谓"人家"，其实就是用冬茅搭盖的人字草蓬，稍好点的也不过是用木头搭盖的草架瓦舍，破败不堪。这里面住的当然是些矿工和贫民。

不过安源正街上倒也繁华，几处酒楼至夜都灯火通明，人声喧嚷，饮酒猜拳，狂呼滥叫。一些有钱的同学也会到那些馆子里吃份贴锅饺子或北方水饺，像我们家境并不宽裕的，每天早晨就只有望着五福巷口一间小店门前的一锅红薯出神，感受那份热气腾腾，清香四溢。寒冬天气，要是能买上一个吃倒也是一份口福，不过大多时候还是退回到教室里读语文、读英语去。不过一些社会景象总会冲击我的视觉、听觉和心灵。张公祠右侧的马路对面原有一口水井。一天早上我突然看到井旁直挺挺地摆着一具湿淋淋的男尸，光光的头颅已经发肿，附近的茅屋里有妇女无力地细哭。接着又见一男人对着尸体大声骂道："婊子个崽，想死都不挑个地方，跳在水井里，打坏一井水！"后来打听到这是一个矿工，患病无钱医，生活不下去，才在半夜跳井死的。但死了还要被"骂尸"，当时我虽尚年幼，但心里隐隐感到，世道恐怕真的要变了！

一种骚动的暗流在学生中漫延，许多年龄较大、年级较高的学生似乎总在寻衅闹事，就是管纪律的老师也不敢惹恼他们。童训教官陈洪蔚先生即为一例。他在集合学生时有一套说词："一年级的砣古（对人的鄙称，意指没有长成人样）站好！二年级的学生，你们站好来唷。三年级的老爷，请你们把队伍站好吧。"于是，"一年级的砣古、二年级的学生、三年级的老爷"就成了当时萍中的流行语，但安抚也是没用的，三年级的春季班还是闹事了。先是一天下午爆发了"驱张事件"。张就是张炳齐老师，时任初中部的部主任，大概管学生严一些，他们就掀起浪来，说他有"贪污行为"。一群人追在他后面挥手挥拳，其中有两个是我的老乡，一个姓邱，学过武术，后来参军了，曾抗美援朝，当了军官；一个姓罗，其实他自己就有贪腐行为。那时他是膳食管委会的成员，管账。他经常问我们几个老乡是否要向食堂缴米了，如果要，就不必劳神买米，只要将钱交给他，他给写上数就行。当时国民党贪污腐败之风已经传染给了学生，真是无药可治了！罗很聪明，家中视他为希望所在，但毕业后不几年便死了，年寿不永，岂其心术不正所致乎？为之一叹！

还有一件事就是洗煤楼工人打学生事件。当时安源用土法炼焦,铁路一线有一排土炼焦炉,开炉以后常是火光映红天空,烟雾弥漫旷野。煤炭进炉烧炼前,在洗煤楼洗去灰分。我们常去看洗煤,半机械化的,觉得有趣。也是一天下午,只听校园内响起一阵脚步声,有人喊:"快去快去,我们的同学遭洗煤楼的人打了,那还了得!"等我赶去看时,那里已围满了一两百人,正在交涉,闹嚷嚷的,说些什么一点听不清,只是隔一会儿便起一阵哄。后来了解,原来这事起因于我们班的一个同学身上。他叫黎石生,平时反应迟钝一些。那天去看洗煤碍了人家的事,一个工人打了他两下,他自己倒不怎么着,但被好事者看见,便立即吆喝起来并到学校"搬兵",不但初中的二、三年级生,便是高中生也来声援了。有些人正想用前两年打赣西教育用品合作社的劲头砸一下赣西资源委员会,真是剑拔弩张,而黎石生却早成没事人一样,回班上晚自习了。这事不知后来如何平息的。11月11日萍中校庆,晚上演出时只见台前挂着两幅崭新的天蓝色幕布,有人说是萍矿送的,还送了一批矿警队用过的步枪供高中生军事训练之用。还有人说:"打萍矿真有意思,一打就有东西送!那年砸他们的汽车也是……"难怪那时萍乡流行着一句话:"不怕丘八,就怕丘九。"丘八指兵,丘九指学生。

因为有了"前辈"的经验,所以像我这样的新生砣古也胆大起来。有一次从家里去学校,走了三十里到了东门道口,见有一辆十轮卡车停在那里,以为是去安源运煤的,问也不问就爬了上去。等了半天,司机来了,他也不说话就将汽车发动,但我发现他开向了相反的方向,竟又开回城内来了。商店已灯火通明,到了文昌宫,"呼"地一声车停了,又"砰"地一声司机下车将车门锁上了,车上的人他就像没看见一样。这样浪费了半个下午的时间不算,还得多走两里冤枉路,我这个"丘九"可是个无用的东西。

1949年春季开学后,萍中迁址,从安源搬到汪公潭山上的新建校舍,我们初中部第一批搬迁,课桌凳全是学生自己用肩扛去。那天天气晴朗,风和日丽,虽是一路辛苦,但上山时见道旁和山上都种满了树,校舍巍峨,造型独特,倒也不觉其累,很快便在三楼的楼面上摊铺入睡了。其时,形势越来越紧张,城内大成图书馆的墙壁上有一幅巨大的宣传画:一力士正在搏虎,虎身上写有"共匪"二字,画下面是八个大字——"有我无匪，有匪无我"，真是生死搏斗了。萍乡城内有不少国民党军官携家眷赁民房居住，有个叫颜德伟的一家就住在吉星街。他是我们浏公庙人，他弟弟是高我两届的同学，叫颜德银，曾带我到他家吃过饭。我听到他们商量着究竟是去台湾好还是留在大陆好。后来他留下了，土改时还当了积极分子，枪毙黄超与有力焉。再后来又关进了牢房，被送去劳改，释放后已瞎了一只眼睛，不几年便死了。在汪公山下有霞园和李园，当时驻扎了不少伤兵。载着溃退的国民党兵的列车一趟一趟往湖南方向开去，过小西门铁桥时空隆隆地震响。军车一般会在大西门车站停下补充给养。我们班一个叫张炳川的同学去看热闹时被抓了壮丁带走了，此后便杳无音信。他是火烧桥人，已近二十岁，长得高大，左手是六枝子。张炳川的被抓吓怕了我们，轻易不敢再进城去。有一次我和同班又同乡的周桂芳自家返校，都是我们两个的母亲护送。过了杉湾以后，她们一个在前头探路，一个在后面领着我们，前面平安无事便一招手，我们再前进。但在黄泥塘仍见到有驻军，一家门前摆着一挺机枪，还装了一带子弹，是我母亲向人打听到他们不抓夫时才带我们经过去到学校的。

  当时是人心不稳，但教学还能正常进行，国民党的伤兵也从未上山来打扰过。他们进了城可就强买强卖了。为此还闹出了一桩军政冲突的事件。李园的两个伤兵在城内一家商店强买强卖闹事，碰上一穿中山装的中年男子前去制止。伤兵不知深浅，上前便是两个巴掌，殊不知打的正是县长曾敬持先生。曾县长立即回县政府召集县警队操家伙追捕这两名无法无天的家伙。这两个伤兵先是逍遥自在，后见一队警察鸣着警笛追来才仓惶逃跑。跑到小西门，见小桥旁靠河有座油榨坊，便连忙躲了进去。警察一时失去目标，即向行人打听，也是伤兵名声太坏，惹得民怨沸腾，有个人便朝油榨坊一努嘴巴，"指了水"，警察发现目标也不去抓捕了，便一顿乱枪射杀。时萍水河正涨端阳水，过两天便是端午节了，警察将两具尸体丢在河中任其冲走。我们站在汪公山上，清楚地看到李园的伤兵在河边用竹篙和树干打捞他们弟兄的尸体。听说打捞者哭了，说："我们伤兵真作孽！"又听说伤兵要"兴师"报仇，但铁桥上县警队早已用机关枪布防封锁道路，他们已无力复仇了。那天晚上我们是在惶恐中度过的，生怕打起仗来。我想起两具着黄军服的尸体在水中漂流的情景，觉得他们固然可恶，但也实在可怜，直到现在我还在想，即使我是那个被损的商家，也说不出"死得好"三个字。"宁作太平犬，不作乱世人"，乱世人命已不是人命，但每个人都是娘生父母养，就这样死去，他们的父母将何以堪？

上面说过，国民党的伤兵或作战部队并未上山打扰教学秩序，所以我们的学习也还能正常进行，只是师生更加关心时局，窃窃议论者甚多。一些解放区的歌曲，如《解放区的天是明朗的天》《没有共产党就没有新中国》《团结就是力量》等，也渐渐私下传开。有的同学响应"反饥饿、反内战"的学生运动，如杨干枝就在食堂宣布绝食，抗议国民党打内战。孟文渊老师乘着月色在教学楼前面的阳台上向我们介绍解放区的文艺状况，讲到诗人艾青，讲到艾青的诗作，特别是他的《他死在第二次》，还讲到李季的《王桂与李香香》。孟文渊先生是个学者型的教师，当时我们认为他的思想很进步，但新中国成立以后记不清是在"思想改造"还是什么名字的政治运动中他却因了三青团的"历史问题"，从这幢教学楼的三楼跳楼自杀！历史真的很吊诡，也很难说清。在中国社会急剧变化的时代，人也很难做。

17. 萍中、萍中（下）

　　1949年歇过暑假进城开学时，气象就焕然一新了。萍乡城内，经常有群众的游行集会，打腰鼓、扭秧歌，有的男扮女装，脸上擦两块红，耳朵上挂两只红辣椒，手里拿根旱烟筒，扭动屁股，踩着进三步退半步的步法从街上走过，煞是有趣。街上贴满了红绿标语，其中有一幅是"欢迎邓小平将军"，这是我第一次见到邓小平的名字，但不知他那时是否经过了萍乡。

　　秋季开学时，高中部和女生部进驻汪公潭，我们初中男生则在文昌宫，这里面原有座高高的铁香炉，两棵茁壮如龙身的铁树，以后不知弄到哪里去了。也来了一些新老师，如杨树瑶先生、陈静波先生、文光亮先生。杨树瑶先生任我们的班主任，后来听说他是萍中高中41届（首届高中毕业班）的校友。他讲课时语言平和，讲到文章的精彩处会微皱眉心、眯缝双眼淡淡地一笑。大概受延安文艺运动的影响，他很重视学习群众语言，叫我们收集歇后语。我和周桂芳合作收集了一些，交卷时第一句就写："杨老师，我们替你收集的歇后语是，雷公菩萨请客，天大个人情。"后面我们又自撰了一条——我们看到汤增光老师个子矮矮的，走路时喜欢侧着身子扯八字架，便撰了一条"汤增光走路——以身作则（侧）"，杨老师看后不禁笑了。杨师母身体不好，小孩又多，杨老师家务负担也很重，我们经常见他吃力地在石板上搓衣服，便说："杨老师，让我们帮你洗洗吧？"他笑道："咳咳！己所不欲，勿施与人。"《论语》中的这句话我就是在此情此景下学来的，确是终身不忘。前两天上汪公山参加萍中校友总会理事会，听说杨老师于两月前以93岁高龄去世了，我因未能参加他的追悼会而歉疚，但我想，能一辈子记住他的这句话也是对他最好的纪念。

陈静波老师是西南联大毕业的，听说是闻一多的学生，他那时教我们的历史真是小菜一碟。他似乎还会画画，我在他办公桌的玻璃板下见过他的简笔自画像，有点桀骜不驯的神色。他高高的个子长长的面，有时候他会自称"马面"。他的事情我以后还会讲到。现在不妨先说说汤增光先生。新中国成立之初，汤老师是个积极分子，萍乡县在文昌宫坪里开群众大会都是由他主持（当时叫司仪）并带头呼口号，颇有风头。后来了解他是烈士子弟。他的父亲早年参加共产党被捉住杀头，他就远远地看到自己的父亲在刀光下头颅落地的情景。后来他被舅父收养长大，成了一名中学数学教师。他舅父是乌岗人，离浏公庙不远，叫糜世英，土改时被当作恶霸枪毙了。不久，汤增光老师就从热板凳一下坐到冷板凳上。汤老师为人耿直豪爽，不知是否说话太直，往后在诸多的政治运动中，总是受到批判，"文革"中被打成"黑帮"勒令劳改。这样的事情直让我迷糊。

新中国成立初两年频繁的政治运动，高涨的政治热情，使我们无法平静下来读书学习，加上当时招兵招干在学生中进行，我们初二、初三年龄较大的同学有许多都参军参干去了，几乎走了三分之一，一下子课堂上变得冷冷清清。当时又提倡劳动教育，我们在鳌洲书院的沙洲上种了很多菜，食堂吃不了就烂在菜土里或让附近的农民当了猪草。晚上作业很少，我们就自己找书看。我买了一本艾思奇的《大众哲学》，觉得有点意思，开始有了一点哲学思维。我读了巴金的《家》、《春》、《秋》，真正体验到文学的魅力，许多事情现在还记得。读茅盾的《霜叶红于二月花》时却没有这份感动，内面写些什么，至今一点也不记得了。那时茅盾的政治地位似乎比巴金高，看来文学成就是不由政治来决定的。老舍的《骆驼祥子》、叶绍钧的《稻草人》都是那时看的，印象都比茅盾的深。《水浒传》、《三国演义》、《西游记》等古典名著也是这个时候读的，《红楼梦》我找不到书，直到上了大学才读。我还从旧书店买了一本崭新的屠格涅夫的《罗亭》，是未切边的版本。那时土改，从地主家造出了许多图书和文物，农民不识字，不知其价值，便当废纸和破铜烂铁卖掉，所以旧书店有很多的书，可惜我还不识货，又没有钱，不然的话一定可以买到许多好书。不过话又说回来，买了又怎样？"文革"时还不是付之一炬？此所谓劫数，在劫难逃也。鲁迅的作品我看了《野草》、《彷徨》、《呐喊》、《南腔北调集》，感到有趣但不好懂，阿Q的形象令我爱不得恨不得笑不得哭不得而又爱又恨又笑又哭。"当我沉默的时候我觉得充实；我将开口，同时又感到空虚"，这话使我一生都抱同感。我后来爱读鲁迅的作品，特别是他的杂文，也许在性格上有某些相通的地方。所以这两年显然在课堂上学的东西不多，但自主的课外阅读是收获颇丰的，真是"堤内损失堤外补"，现在的学生恐怕再难有这种体验。

那时候还流传着萍中办学初期的一些笑话，比如说某化学老师自己不识英文字母，因此教 H_2SO_4（硫酸）的分子式时就念成"楼梯几二纠纠圈古几四"。但教我们化学的老师虽然头上只剩下几根白发，并非是这样的念法。他叫宋砥之，五陵下人，他教化学作演示试验时非常有趣，讲酸碱变化，他像魔术师一样。"大家看，这个试管里是无色透明的液体，我现在要它变红——红了吗？好，现在我要它变蓝——是蓝的不？"这很激发我们的好奇心。他还经常故意用些错误的操作导致不良的后果，教育我们掌握正确的东西，我们都很喜欢他。但有天傍晚，我听见他向一位老师诉苦说："像我在学校教书，总要划自由职业者吧，怎么能说我是地主呢？"后来不久，他就没有再来上课了，听说农会捉他回去批斗去了，此后便不见了他的身影。

斗争的气氛在学校也是有的，比如汤增光老师时任初中部的总务主任，"三反五反"时也把他当"老虎"打过，罚戴高帽子批斗，后来也未查出个什么。而民主空气一时也似乎浓厚起来。首先是学生会竟是民主选举产生，候选人可以发表竞选演说，还会张榜公布候选人名单让大家提意见，到时一人一票地投票，倒也热热闹闹。后来，斗争的传统保留并发展着，而民主选举很快就湮灭不见了。

还有一件事是考试改革，实行所谓"荣誉考试"，即不再由老师监考了，这不知是否有意降低教师的权威。我们考试坐的桌子是大自修桌，可坐四个人，两两对面而坐，平时教学既松松散散，考起来不管荣誉还是耻辱，互相抄一气了事，算是大家共享了荣誉。

毕业典礼后的这天晚上，我们宿舍的人凑钱买了米酒和花生举行告别会。我喝了两杯酒，吃了些花生，感到油腻腻的，不一会酒性发作，翻江倒海地呕吐起来，喉咙里又干又苦，从此以后再也不敢喝酒了。那时好在我们同学感情深，有人为我打水洗脸，帮我扫地，还倒开水我喝，不然那个晚上真不知怎么过。

要说同学感情，即使磕磕碰碰也是蛮有趣的。那时我们的年龄参差不齐，黄新民已经结了婚，晚上睡觉时有的人便会问他结婚是什么味道。有一个同学叫段曼一，十八九岁了，身材也高大，但脸上少血色，讲话时口气很重，他睡上铺，周桂芳睡在他下铺。一天早上我还在睡梦中，忽然听到地面上滴滴答答地响，别说多高兴了，心想：哈！下雨了，今天早上可以不出操。但周桂芳突然从床上跳起，大声骂道："段曼！你个婊子崽，你命好都做孙了，你还尕尿，将我的一床被子全弄湿了！"我才知道原来不是落雨，是段曼一屙梦尿，真是化喜为笑。我们初中的学习生活也真有点屙梦尿的感觉。

回想起来，我从小学到初中读了十年，只有在西区小学的半年是认真读书的，其他九年半不是贪玩便是被玩掉了。那时考高中基本不算一回事，生源已经很少，没有什么竞争可言。萍乡有一所高等工业技术学校，设在刘家祠内，我去玩过，看见他们的机械制图觉得蛮复杂的，没产生兴趣。考高中为了双保险，我是既报考萍中又报考高工，结果两边都录取了，我还是去了萍中，周桂芳则去了高工。他比我大三岁，人很聪明，总是喜欢说些出人意外的俏皮话，比如骂段曼一屙梦尿，一般人会说"你命好都做公了"，他却说成"你命好都做孙了"，便可见一斑。他后来转上长沙冶金技术学校，毕业后分在株洲冶炼厂当技术员，反右时被划为右派，听说冶炼中还出过事故，被判刑劳动改造，释放后开除工作回家拖板车，直至落实政策时才重新起用在萍钢中学教书。他是我们这一代人命运坎坷者的代表人物，故略记一笔。至于从萍中初中毕业升上高一的同学则又大大地打了一个折扣。我们高一年级只有一个班，54人，其中还包括从全县其他初中择优来的学生，可见当时招兵、招干、招工对初中生的渴求之甚。

进了萍中的高中，我的第一想法是：现在是高中生了，得认真坐下来学点东西。学什么？当然是功课，但这么多功课，该朝哪方面发展？当时流行的价值观是："学好数理化，走遍天下都不怕。"这被视为脱离政治而受到批判，但许多人还是这么想，可我总难定向。因为各科老师的教学对我都有强烈的吸引力，无论文科、理科、主科、杂科。三角是张炳齐先生教，几何是吴敬临先生教，代数是杨延和先生教，历史是周胤之先生教，政治是张友予先生教，语文是肖寿张先生教，音乐是刘文赣先生教，美术是刘竟生先生教，体育是陈景琦先生教，他们中不少人后来调到大学任教都是响当当的人物，教我们高中的课程从经验上说是"丰富"二字，从知识结构来说更是高屋建瓴，纵览全局而精于取舍，许多问题都在课堂上解决，作业是少而精，均出于自己的研究心得定题，绝不像一些后来者不分清红皂白，从众多的教辅资料和练习册上汗牛充栋地搬一气了事。这样我们就有了为现在学生所不敢想望的充分的自学时间可以自主阅读学习。课外活动时间我们可以在操场上流汗，在宿舍里拉琴，在树荫下跳舞，利用兴奋中心的转移将白天上课的疲劳消除，晚饭后洗了澡在林荫道上散步，在凉风习习中怡神，晚自修铃一响又"快、静、齐"回到教室学习，觉得头脑特别清楚，作业、预习均得事半功倍之效。

　　我对老师的记忆，并非他在课堂上教给我一些什么知识，而往往是他的一些特点、细节或一两句对我触动很深的话语。比如吴敬临先生教几何就令我钦佩不已。他徒手作图几达精准的地步，有时一面面对我们讲课，一面背过右手在黑板上划图。讲课的语言准确简洁，我甚至觉得他在讲台上下走动的步伐都处处准确，恰到好处。新中国成立前萍中没有教研组的设置，这时大概是学苏联，已有教研组了，还出了一份油印小报交流教学经验。我看到过吴敬临先生的一篇小文章，说教师讲课音量要控制得当，过小则后面的学生听不清楚，过大则学生容易疲劳。一切为学生着想，虽言小事，亦见师德之大节。这对我后来当老师也启发很大。刘竟生先生则又别具风度。他教美术，素描写生颇有造诣，尤擅长粉画。我们在他房间见过他以师母为模特画的半裸画像，挂在墙上，一点也不遮掩，足见他追求艺术价值的诚心。他上美术课重视线条、轮廓、光线、透视的教学，注意培养我们的观察、想象、联想的能力和用铅笔洗影以表现光线层次感的能力。他对我们每个人的习作，一接手后都会点头笑着说："好！好！好！"然后用铅笔帮你修改，边改边说："这根线条要这样斜（他的口语谓"斜"为"qiǎ"）一点；这根线条要这样斜一点"，等到他改完，原画已面目全非而作者竟然信心十足，我就是其中之一，故高一时仍对美术感兴趣，还跟着他学过雕塑。为迎校庆我临了一幅画，是一幅军事题材作品，用木碳和颜色粉笔画的。在绘画过程中刘老师来作指导，他在我身后细细观察了一阵后便对我说："画画亦如做事，要大处着眼，小处着手……"这就不只是教画画而是教做人做事了。我的这幅画，在参展的两百余幅作品中被评为第十名。到高二，已经不设美术课了，我只得将它暂且放下。后来到了江西师院，也还是有技痒的时候，画了一幅高乐基的水粉画头像，深为在艺术系的老乡同学周恒龄所称赞，认为比他们美术班的一些同学还画得好。"文革"下放后，我在湘东公社阶级教育展览馆塑过泥人，我为生产队的"忠字牌坊"画过毛主席像，为农民大伯画过炭粉肖像，也为我父亲画过一幅像，至今留着，虽然未成大用，倒也是生活中之一件乐事，实得益于刘竟生先生。

影响我后来专业定向的是肖寿张老师。我读高一时，他教我的语文。他留给我的自然记忆，我在他百年寿庆时写过一篇文章，将其概括为五个"一"，即一副高度近视镜，一部永不关上且不时被查阅的《辞海》，一个俗而有趣的比方，一次导向性的表扬，一次苦口婆心的施压（这是我在萍中教书时的事）。这里我只说第四个"一"。那是1952年春季开学后，肖老师布置的第一次作文题是《我的寒假生活》。接题后我很惶恐，因为一个假期我全部玩掉了。当时浏市街政府搞文艺宣传，排了一出新编京剧《码头恨》，是反映封建把头剥削压迫矿工，民主改革中矿工起来斗争的。我也掺合其中去司鼓，日夜排练，忘乎所以。元宵夜演出成功，观众往台上放鞭炮。直到我碰到这作文题，脑子里仍嗡嗡作响。我想惨了，我拿什么来写！因要当堂交卷，也就顾不了许多，便专拿这事说话。交卷后一直忐忑不安，等着挨批吧！先生来讲评时，我更是提心吊胆起来。当他说："我们这次作文，有一个同学的文章——"话还未完，我就想该不是批我不认真了吧？他紧接着说："写得非常好！"我想，肯定不是我！但他说："他就是张声源同学。"我想，没搞错吧？直到他将我的作文全文念完并作了许多佳评，我终于相信是自己的作文了，才终于相信自己也能写出好文章了。从此，我对语文的兴趣大增，也初步悟出一点好文章不是"做"出来的而是"写"出来的道理。从高二到高三，我又有幸遇到两位好语文老师，一位是喻师贤老师，一位是张国薰老师，在他们引导下，我竟成了班上文学兴趣活动组的成员。

喻思贤老师是新余人，中正大学毕业生。他教语文情感非常投入，无形中把我们引进文章的意境中去感受、去领略作者的思想感情。比如他讲鲁迅《为了忘却的记念》，文中鲁迅写到柔石等几位革命作家被枪毙后，用了"原来如此！"四个字。喻老师在念这四个字时是从牙缝里吐出来的，并半天没有再说话，只是从近视镜后透出震惊、悲愤的目光，真是无声胜有声。如果用现在的教法，老师提问："原来如此四个字表现了作者当时怎样的思想感情呀？"恐怕就索然无味了。喻老师时任教导处副主任，不知是身体不好呢还是有何历史问题，以后便淡然无光，"文革"发动之初便因肺病溘然长逝，这样"文革"灾难终于躲过，真是"何立从东来，我向西边走"，未免不是幸事，只可惜他的才华未得到充分的发挥。张国薰老师也是一样。他是上栗金山人，是中国共产党创始人之一张国焘的叔伯兄弟。听说他曾是上海某报的编辑，具体历史情况我未打听。他学问很好，给我们讲课时从容不迫而又能绘声绘色，如讲林冲与洪太尉比武，一个拨草寻蛇，一个点火烧天，他略一比划，便使我们如亲临比武现场。在教辛弃疾"郁孤台下清江水，中间多少行人泪"这首词时，他也把自己抗战时期的词作介绍给我们，其中"侬自设重围，那让东风度"一句我至今还记得。从他们身上我感到语文老师教作文绝不能只当"补鞋匠"，还要能当"制鞋匠"。但后来张国薰老师也命运不好。我们毕业后，听说他是在课堂上被公安局实行逮捕，也是因了历史或社会关系问题吧，坐牢、劳改、死亡。在中国，大概自周公制礼实现大一统以来，少数人根据某些条件制定一种制度以后，就拿了这种制度去规范人、约束人以形成历史，而一旦改朝换代，新的执政者又会换汤不换药地制定另一种制度去规范人、约束人，当他们认为前一种制度的历史对他们有亏欠时，就总是要个人去偿还，所以总是要牺牲许多的人命，这不能不说是一种悲哀，清代大兴文字狱便是明证。

18. 犹豫不决的后果

  我读萍高时的老师不得善果的还不止这些。周胤之先生是我高一时的历史教师，而且是萍乡中学的代校长。他是学者型的教师，听说是江西省历史教学界的权威，国民政府时期曾任省督学。他讲课不需看教材，边讲边板书，语言庄重精炼，板书工整，从不左擦右擦，一节课讲完，板书也刚好一黑板，章节名称、重要人物、事件、年代、重大历史意义一目了然。但1952年暑假以后我就再也未见到他，一打听才知道他在暑假的教师集训和思想改造的运动中跳楼自杀了，也是从教学楼的三楼跳下，跌在水泥地面上"嘭"的一声死的。高二继任他教我们历史的是陶敬诚先生，外地人，讲课也很好，常引用郭沫若的《十批判书》来辨析历史问题，他的教学不只是传授一些知识，而且渗透了一些研究历史、认识历史的方法，具有学术气息。但高三的同学却在教学楼右侧的树荫下围成一个圈，将他围在中间进行辩论和批判，主要原因就是说他教历史不联系政治，不贯彻"古为今用"的原则。我因要上课，没有多听他们的发言，但我发现尔后陶先生上课有了一处显著的"进步"。他每次来上课必先讲一通当时的时事政治，然后一看手表说："好，五分钟时事政治讲过了，下面讲历史。"这很有趣。是呀，历史是历史，时政是时政，讲魏晋南北朝的历史怎能和当前政治扯在一块？所以只有分开来讲。不过这很易被看成消极对抗，所以他不久便被调走了。

  那时教师里面的风风雨雨主要在假期发生，平时的开会学习我们也很难耳闻，以上所述只是浮在表面上的东西，恰恰为我所自然记忆了。至于我们学生则还是"少年不识愁滋味",充满了幻想、理想,打打闹闹说说笑笑,而谈志愿成了中心话题,想搞理工当工程师的是多数,那时工程师吃香。刘铁华为此还作充分的体能准备。他是北方人,随父南迁到萍矿才来上萍中。他每天睡觉前要学火车上的司炉工做三百下给锅炉铲煤的动作,才气喘吁吁地上床。肖厚福、张镜秋都对文学大有兴趣,肖尤爱诗,对智利诗人聂鲁达的诗情有独钟;张则对小说更为偏爱。当时《人民文学》发了一篇反映抗美援朝战争的短篇小说《洼地上的战役》,他读后大有心得,大为感动。有一次我们班在横龙寺举行集体活动,他便以此向大家作文学报告。曾子南、谢莞中、陈海莲等则埋头数理化,廖庆园不但数理行,声乐也很好,是刘文赣先生的得意门生;彭济博数理一般,绘画很好;杨鑫辉脚有残疾,体育活动不便,但他会拉二胡,于功课学习之余也有自己的兴趣特长;李吉人是萍中最早的学生党员、学生会主席,待人热情诚恳的好干部;李洪生是萍乡城京剧票友,曾同教体育的陈景琦老师同台演出《苏三起解》,陈演苏三,他演崇公道;尹德初数理既好,还善舞蹈,他生就男人,却有一副好腰身,大家叫他"软腰子";彭志廉会打篮球;汪如琏打排球是铁榔头,那时我们班的同学的确各有特长。你想,这样的一些人谈理想、谈志愿岂不天花乱坠?只是奇怪,那时竟无人言官言商,前者或想而未言,后者则耻于想到。其中,陈海莲值得特别一提。她出身很好,父亲是铁匠,学习也很出色,但她并不以此为资本,不爱在政治上出风头。她考上北大天文系,后来回萍乡从事气象工作,机构改革时,市里一度想提她当副市长,她坚决不干,只任了一个人大常委会委员,讲话直来直往,绝不拐弯抹角,真女中丈夫也。

自从土改划成分以后,同学中"成分论"尚不明显,但有些同学家庭出身不好,家里在社会所受待遇,在他们的心灵深处却投下浓厚的暗影,像段一萍,出身地主家庭,政治上受打击,经济上被搞穷,他就是处于郁郁寡欢的状态,虽然大家很关心他,他也总是微微苦涩地笑笑而已,说话也总是嗓音低沉。他人很老实,学习也在中上水平,在生源缺乏要动员很多在职干部、教师考大学的情况下,他本应能考上大学的,但他竟未被录取。未录取的当然不只他一个,像肖厚福、欧友贤等同学也一样,但他们很快安排就业,到南昌柴油机厂工作了。他却不被理睬,在家里过着痛苦的日子，想不开，二十不到，便一索子上吊自杀了。这是稍后发生的事情。

说到我自己。我的家庭成分是小商兼小土地出租，相当于上中农吧，不是依靠对象，只是团结对象，所以当时没有什么包袱，谈志愿、想前途，有点天马行空。因为对美术有过兴趣，所以曾想去读美术院校学画画；因为爱拉京胡，对京剧有些爱好，所以又曾想过去学唱京戏。但后来想想，画画从高二便丢手了，未好好练过素描，恐怕难得考上。学唱京剧又不知大学有无这个专业，而自己又未从师受训过，也不行。文学固然有些爱好，但似乎仍不如理工吃香，因此上到高三时无形中便将精力集中到数理化上，成绩也都在80分以上吧，总复习时我已借了大学的普通物理自学了。当时数学是杨延和老师教，很好的老师；化学是何国兴老师教，有一年高考，他"抓"对了几个题目，学生都叫"何国兴万岁"，但我们毕业后他也被捕劳改了，直到20世纪80年代我当局长时才落实政策享受退休待遇，时其双目已近失明，他的儿子何志远是我的同班同学。物理是彭以齐老师教。后来杨延和、彭以齐二位老师都调到大学任教去了。有这样的老师教课，加上我自己的努力，我的数理基础应当是可以的。我们读高一时还学过机械制图，是王楠材老师教的，他本身就是工程师，教我们机械制图那只是他基本技能之一角，我们俯视图、立面图、侧视图、阿基米德螺线等都学了一些，很感兴趣，所以更决心学理工，为了备考，我们班的绝大多数同学总是星期天都在教室里埋头做作业。

不过，大家在一起复习也总有开心的时刻。一天上午，朱成龙从开水桶倒了一搪瓷缸凉开水进教室，在教室门口喝了一口含在嘴里咯咯咯咯地漱了一阵，然后哗地一下吐在地上。陈海莲（女同学）一面埋头做作业一面责问道："呔！这是哪个随地小便！"朱成龙毫不犹豫地回答说："陈海莲！"此言一出，满堂哄然大笑。朱成龙见大家大笑，先是茫然，定神一想，面也红了，只好陪笑入坐仍做他的作业。四十二年以后，萍中九十周年大庆我们校友相聚时，我重提此事，朱成龙也无法抵赖，一笑之后只是问"真有此事？"而已。的确，那时候我们高考复习既紧张又活泼，老师布置的作业不多，全是自主学习。为了提高学习效率，我们从不丢开文体活动。有时课外活动时，他们打球去了，我会一个人在三楼上打瓣锣鼓，又打鼓，又敲锣，还打钹，玩过一阵后大脑的疲劳被抛得干干净净。

我们在学习上是自觉的，在班务、生活上则是自治的。让学生自治是萍中一贯的做法。在国民政府时期，学生会原就叫学生自治会，只是后来才取消"自治"二字，但初期仍保留有自治的特色。只是最初的学生会主席的产生是全体学生直选的，到这时已变为由学生代表大会选举产生。我读书时从未当过干部，到高三才被选为班上的学生代表。开会回来，要有代有表，需要传达会议情况，我还颇为胆怯，但毕竟还是壮着胆子完成任务。这颇得胡国根同学的表扬，他说："声源不错嘛，传达得很好。"这对我鼓励很大，我从此有点"出场胆"了。他是城里人，他家在南正街开锦泰隆绸缎庄，但他并无纨绔子弟习气，人聪明，学习很认真，为人正直谦和。到20世纪80年代，他担任贵州工学院院长。那时我们班李吉人是学生会主席，胡国根是学生会学习部的部长，谢应发是班上团支部书记，工作能力都很强，班主任基本上不用太操心，组织纪律、学习生活、文体活动、思想工作，学生干部都可以独立处理，只是行动前向班主任请示一番而已。我们高三时的班主任是张友予老师，我记得我们有几次班会都是组织好会议以后再请他来讲话的。

我进初中时就已经认识张友予先生了，当然他不认识我。那时他着长袍，颇有名士风度。陶敬诚先生走后，他教我们的历史，到高三时他接何国兴老师的手兼我们班主任并教我们的政治课。无论讲课或讲话，他都是侃侃而谈，有雄辩之风。他曾引孟子话说："予岂好辩哉，予不得已也！"但他当班主任作风是民主的，不喜欢包揽一切发号施令。我报考大学填报志愿时，第一表报的是理工，第一志愿是北大的物理系。他没有说什么。后来大概上面有指示，为了加快培养人才，需要发展师范教育，因此必须动员相当多的人报考师范专业。那时同学中流传着一种"当老师是根蜡烛，照亮别人毁灭自己"的言论，张老师为完成任务，一反常态，不断找人谈话做思想动员工作。有一天他终于对我下说辞了："声源，你的学习情况我很了解，你报文科报理科我都没有意见，但你身体比较瘦弱，报工科不太适宜，你还是报师范吧！"我当时对同学中厌恶当老师的情绪颇有点不以为然，似乎是出于一种"义愤"，好吧，我就去当老师！另外也有点"小九九"：我看当时老师的待遇也不错，吃饭有教工食堂，汪公山上住得分散，工友会送开水，洗脚水，特别是彭绍和，每天晚上用冲壶烧好开水后还会去为刘竞生老师冲好一碗百合粉当夜宵。彭以齐老师每逢周末师母上山来住时，他都会生个木炭炉子烹好猪肉炖墨鱼之类的佳肴改善生活。我是个乡下孩子，没见过大世面，对于这种小布尔乔亚式的生活也颇为羡慕，因此报师范专业便定下了，但文还是理？仍有考虑。我是以报理工而备考的，故首先是填报了北大的物理系。但后来我从报考资料上看看培养目标，大学师范类专业都是培养中学老师的。我的深层想法是我可以当中学老师，但我决不满足于当个中学老师，我希望有学问上的提高与发展。这样，问题又来了，我今后在中学教物理，我怎么进修提高？研究物理必须要做实验，中学有这样的实验条件吗？经过几个不眠之夜，我终于改变主意，报中文吧，进修方便，有书就行，不必实验设备。因此，最后一次正式填报考志愿时，我的第一志愿填报了北师大中文系，其时离考试已不足十天。原先已复习熟练的理化要放下，原先没有复习的史地要重新捡起，特别是自然地理，尽管漆经诗先生教得好，但我不感兴趣，什么东经西经，南北回归线，地球上四季变化，我都未形成明确的概念。这有点像打仗，临时改变主攻方向将是多么被动。但那时就是这样，自己简单，也无他人参谋指导，自己选择的，后果当然由自己承担。

  1954年的高考，似乎全省都集中在南昌进行。我们只有一个班，由张友予老师带队，住在南昌松柏巷南昌一中的教室里，将课桌拼凑起来当床，另外还开了教室让我们复习。历史有许多偶合之处，我考师范院校时在南昌一中，以后毕业实习时也是在南昌一中，此是后话，按过不表。只说那时的南昌一中，校园范围觉其大，教学楼倒没有一栋比得上萍中，基本上是青砖平房居多，厕所蹲位很多，但都是粪坑式的，没有水冲。萍中的厕所是楼式结构，蹲位距粪坑有3米多高，故不觉其臭。南昌一中的厕所是平房式的，蹲位离粪坑近，加上天气炎热，所以臭气熏天。我们每上一次厕所就会沾上一身臭气，不但衣服上有，便是头发根里也沾满了臭气。要是解手后便进宿舍或教室，这臭气就会带进去，弥漫开来，大家都不得安生，因此只好站在当风处吹上十几分钟才敢进去，有些粗枝大叶的人不经过风浴便进去，大家也会笑着将他赶了出来。这种自然记忆也是很有趣的。

考试前夕的这天晚上，我们集合在一中操场上听省教育厅的领导（大概是吕良吧，也许是张希仁）作报告，主题是一颗红心两种准备，考出好成绩，接受祖国的挑选。具体内容不记得了。第二天的考试，我们文科的试场是在南昌师范，那里全是红砖楼房，设施比南昌一中好多了。这次考试，我可说是稀里糊涂。作文题是《我是怎样选择志愿的》，我本有话好说，但经历太复杂，一部二十四史不知从何说起，时间又有限，估计写的不怎么样。至于地理，有云南昆明是春季，布宜诺斯艾利斯是什么季节之类的问题，我就只有咬笔管了。好在那时高考尚未成为一种压力，我们也不十分在意考试的成败，考了就考了，后面的事只有一步一步来。考完返回萍中时，我碰到袁绪恢老师，他是我隔河相望的同乡，黄堂洲人，教物理，同彭以齐老师同住一个房间。他问我："声源，你考的什么专业？"我说中文。他大腿上拍了一掌说："唉！你为什么不考理工？你的数理很好，我看过你的考卷和作业的呀！"这时说什么都迟了，我只能相信，一个人吃哪门饭乃是命中注定。后来《江西日报》公布了录取名单，我在江西师范学院中语科……哎，还说什么呢？我所能有的唯一想法是：即使是专科，我也要达到本科的水平！

下篇·诗联赞精选

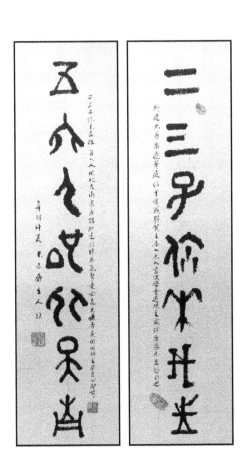

联赞精选

（一）自拟书斋联

仿效五禽戏；师法三人行。

注：1982 年 7 月，余任市教育局副局长，压力甚大，身体亦甚好，遂拟此联，请钟彩萍同志挥毫书写，张挂于房间。

未卜三生石；已知一片云。

注：远实曾建议我取个书斋名，久无机锋。1995 年退休时，吃过教育局的欢送晚餐，回家独坐书房，怅然心想：我就如此而已了吗？顷刻间以手扣案曰：未也，吾未已也！遂定书斋名为"未已斋"。后又寻思书斋联，亦久未有得。2008 年老伴去世，内心伤感。2009 年某日晨醒来，见对床挂着的老伴遗像，其音容笑貌宛然如生，而竟天人两隔，感人生之无常，遂出口而成联曰："未卜三生石，已知一片云。"即以此作书斋联，后由易勇民先生法书写定。细审之，从斋名到斋联，事隔 13 年，已是两种心境了。

（二）寿联

1. 六十自寿联

花甸惹情思堪娱老者；甲科酬壮志乃待少年。

注：此联挂在教工招待所食堂后，长期未被撕去，说好的不少。但也被误读，说下联是讲我的五个孩子都考上了大学本科。我的本意是说我一辈子从事教育工作，现在退休了也时常心系教育这片园地；我任教育局长期间，萍乡的高考成绩不理想，压力很大，但我坚信我从基础抓起的主张是正确的，只要坚持下去，萍乡的高考成绩会上的。

2. 贺喻崇孟老师九十大寿联

崇德上善清溪水；孟学中庸杏坛花。

注：喻崇孟先生，萍乡有名的优秀女教师也，清溪人氏，曾任教于萍中、萍师及萍乡教育学院，教语文。

3. 彭学松先生九十大寿联

同老彭齐寿，达观世象，抒情怀于韵府，风雅颂也；
学青松高洁，细究人文，传教化于黉门，赋比兴焉。

注：彭学松先生是萍乡中学有名的语文教师，我曾与他共事六年，他教学风格严谨，平时留意于旧体诗词，著有《风入松吟草》问世。

（三）挽联

1. 挽巫纯海联

数岁同窗，无限情怀，正酬今，顿作古，令芸芸旧友，悲哉悲哉！
卅载育人，几番风雨，呕出心，沥尽血，问莘莘学子，知否知否？

  注：巫纯海是我小学、中学时的同学，家庭出身不太好，"文革"中受到冲击。时任萍乡二中高中数学教师。上课时爱问学生"知道吗？知道吗？"联中"问莘莘学子，知否知否"句，既是写她上课时的发问，也是我在向学生发问。

2. 挽孙健孙联

曾读《离骚经》，耿耿图报国，红烛泪尽三更后，教苑失英；
可续《教育诗》，循循善诱人，名师早逝六旬前，明者永悼。

  注：孙健孙，毕业于北京师范大学中文系，曾被错划右派。毕业后就任于萍乡中学，是有名的语文教师。后调到萍乡二中，逝世时是该校副校长。

3. 挽邓华馨老师联

  有道德文章先生不死；失良师益友后学当哭。

  注：邓华馨先生是我在西区小学就读时的老师。20世纪70年代初，我们又同在湘东中学任教语文。他擅书法，有学养，有德行，视我厚，对于他的逝世，我是很悲恸的。

4. 挽童新昌老师联

  行规矩之教，一丝不苟，点醒造化之机；
  重方正之风，千古未已，指归人性之善。

注：童新昌为萍乡二中有名的数学教师，教学极其严肃认真，为人亦刚正不阿。此联即从"数学、教师"四字上立意挽之，后被其家属刊为墓联。

5. 挽喻崇孟先生联

小记：喻崇孟先生九十大寿时我曾为她作一寿联云：崇德上善青溪水；孟学中庸杏坛花。她去世后萍中李夔萍校长来电云喻的公子要请我作挽联两副，遂在寿联基础上加句成联：

崇德上善青溪水，灌溉桃李遍天下；
孟学中庸杏坛花，灿烂人生成古今。

6. 挽蔡浩清联

四十有年，师生砥砺，君去香茗谁与品？
百调填词，风雅兴寄，人读佳篇孰不惜！

注：蔡浩清是我萍中时的学生，曾任市对台办公室主任、市委宣传部副部长、市科协主任等职。为人沉静，有才思，惮精词谱，著有《百调填词》一书。与我相交厚，惜乎不得永年也。

又：
四十年，师生情同手足，大悲归，君尝慰我"鸿断声远来春媚"；
百调词，风雅兴寄江湖，永诀去，我复哭君"遗恨雨打苍山翠"。

7. 挽黄额联

越陌度阡坎坷路，许多辛苦，俯首真堪凭吊甚；
从政治教平常心，一片赤诚，挥涕直须追思深。

注：黄额原系随军南下干部，新中国成立初期，曾任萍乡县文教局副局长。性嗜酒、豪爽，语无遮拦，反右时被错划右派，调至福田中学。后调市教工招待所任所长。因其性格暴躁，家庭生活亦难称幸福，余甚悯之，故其逝世后作联挽之。

8. 挽易树全联

披星戴月，冒险犯难，数十年铮铮瘦骨震贼胆，魂归更求新境界；
跋山涉水，惩恶扬善，一辈子片片苦心扶正气，泣下当哭老公安。

  注：易树全，老公安战士，曾任萍乡市公安局局长，市里开会时，我们有所接触，甚为投缘。他逝世后其子托晓虹向我求挽联，我闻讯凄然，亦欲挽之，故成此联。据说张挂后为省公安厅来人所赞赏，抄录而去。其实此联非我笔底生花，实乃易树全同志一生艰苦奋斗写就的。

9. 次子晓晖墓联

    英年归化境；
    仙鹤驾祥云。

  注：次子晓晖罹不治之症，去世时才38岁。白发人送黑发人，内心的悲恸实难言说，故既无诗又无文以悼之，为化解悲痛，强作超然祝福语，为此墓联。墓在广东顺德公墓西南区。

10. 挽爱妻易国珍联

    尘缘易断，阴阳界浅，魂归夜半应怜我；
    涅槃难求，夫妇情深，泣下黄昏总思卿。

  注：爱妻易国珍逝世于2008年，这对我的生命又是一个沉重的打击，恸甚无诗亦无文，仅作此联以示将长痛不已也。

又一联：
    一生勤劳，是为平凡；
    满怀善良，斯亦伟大。

又：亡妻国珍七十冥寿联
    身脱凡尘神登仙境得无量寿；
    福荫后代业超前人是大智识。

11. 自挽联

重人文舒雅兴诗联茶话丝竹钓竿两袖清风常从涵养成德性；
凭理想办教育遵循规律面向全体一身正气不以小屈求大伸。

（四）春联

1. 癸酉春联

一副春联歪歪对；两架藏书慢慢吟。

注：除夕日，吾思作春联。至门前观测以定尺寸，发现并不能平面相对贴，只能成九十度角，岂非歪歪的？于是暗吟"一副春联歪歪对"为上联。下联该怎样？一进书房，立马对出："两架藏书慢慢吟"。挂出以后，过往君子都会开声朗读一遍，甚觉有趣。

2. 乙亥春联

春花须抱殷勤意；秋实且持淡泊心。

注：此联有自我安慰之意。种豆未必得豆，种瓜未必得瓜。辛勤耕耘了便好，至于能不能收摘果实就别去想了。

（五）楹联

1. 浏公庙神庙联

神道敷教义抑恶扬善天不爽；
人寰震心源积德求福自可期。

编注：此联是父亲应浏公庙原主事黄焕明先生之请拟写的楹联，本定在 2014 年 9 月 23 日浏公老爷（菩萨）生日时送给浏公庙。父亲病重交待的后事中将此事特别强调，并亲自委托张培贤先生亲自操办。父亲去世后，经过半年多的筹办，由张培贤先生书写的神庙联于 2014 年 10 月 3 日按嘱送到浏公庙，悬挂于大殿内。

2. 湘东洞口泉观音庙戏台联（二副）

其一：

　　台立洞口泉流宛转说今古；戏本观世音韵悠扬启性灵。

　　注：此系德良嘱作的戏台联。我问戏台建在何处，告以洞口泉。复问一般有戏台则有庙，何庙？则曰观音庙。于是拟成此联。自谓此联之妙在将"洞口泉""观世音"都完整写入，同时又将二者的第三字拉至联的下半句以构成语意。性急的人，一见眼熟的洞口泉、观世音便完整念出为："台立洞口泉……"则下面"流宛转说今古"就气不顺了，必念成"台立洞口，泉流宛转说今古"始顺。对联是不加标点的，我在一些联中加注标点，主要是方便读者阅读，真正书写贴挂时不能照样。

其二：

　　听泉鸣洞口说古唱今皆成趣；进庙拜观音积德行善自有福。

　　注：前一副联着眼写戏台和看戏，这一副上联说看戏，下联说拜观音，若是求福，还得靠积德行善。

3. 萍乡中学怡心亭联

　　　　　　盘桓妙趣留疏影；缱绻闲情赋好音。

4. 萍乡中学益智亭联

　　　　　　二三子你来我往；五六人地北天南。

　　编注："二三子"系不定代指，指人多也。典出《论语·述而篇》：子曰："二三子以我为隐乎？吾无隐乎尔。吾无行而不与二三子者，是丘也。"

　　"五六人"系不定代指，亦指人多也。典出《论语·先进篇》：子路、曾皙、冉有、公西华侍坐。子曰："以吾一日长乎尔，毋吾以也。居则曰：'不吾知也！'如或知尔，则何以哉？"曾皙对曰："莫春者，春服既成，冠者五六人，童子六七人，浴乎沂，风乎舞雩，咏而归。"夫子喟然叹曰："吾与点也！"

5. 萍乡中学修身亭联

池湟水澈花君子；山地林深树大材。

6. 癸已岁为玄林字画茶作联

把盏若论世，不出天地人等；
挥毫可寻幽，只在字画茶缘。

7. 题王保安书斋联

鼓羽云天逐燕雀；执戈丘野卫牛羊。

编注：此联妙就妙在将王保安中的"保安"二字之意嵌进对联。"鼓羽云天"者，苍鹰也，"逐燕雀"，将叽叽喳喳之鼓噪小人赶走也，以落得耳根清静；"执戈丘野卫牛羊"者，手持利器，保护人世间（丘野）善良的民众（牛羊）是也。

（六）感悟类联

空气阳光水；品格学问情。

注：前者是自然生命三要素，后者是社会生命三要素。

诗书礼乐春秋去，雪月风花摇摆来。

注：感文化之变迁也。

飞雪尚觉暖，迎春尤悟寒。

注：感天时气候，而又不止此也。

四季变幻而知寒热，五行生剋乃悟阴阳。

注：悟自然天时，也悟人类社会。

静观浮标动，知是鱼儿来。

注：凡事皆有先兆，总宜见微知著。

（七）婚联

喜用嵌名格。将新婚夫妇的名字嵌进去，成双成对，更示吉祥。

1. 邱永坚、文红梅新婚联

永结同心，情坚意洽鸳鸯枕；
红艳合欢，腊梅春柳凤凰琴。

2. 刘航、刘莺新婚联

百年佳偶，航程开启鲲鹏志；
千禧良缘，莺歌宛转洞房春。

注：其吉日是1999年12月17日，正是迎千禧之时，故称"千禧良缘"。

3. 梁采优、张三英新婚联

采得芬馨，三生有幸；
优化教养，英才代出。

（八）学校联

1. 荷尧，深圳双福希望小学联

深圳清泉，灌千门桃李；
双福沃土，育一代栋梁。

注：有人谓何不言"万代"？我说何必以多对多，以少对多不亦可乎？"一代"者非一代也，乃一代又一代耳，岂止万代？文无定则，此之谓乎？又：泉，古义亦为钱。

2. 长丰张坑村一汽希望工程解放小学竣工联

崇山峻岭卷红旗，韶井交通奔解放；
树蕙滋兰育希望，工农相携享长春。

注：时李久龙君任市交通局局长。某日晚饭前突来电话，谓该工程次日竣工剪彩，一汽也会来人，要请老师费神拟一联。要求该联将老区山区、长春一汽、韶井公路、交通局、希望工程、解放小学诸元素都概括进去。

（九）口头对

中国文人相聚，兴致一来，喜欢口头属对。题材往往涉及家国事、眼前景或其他。

1. 对彭学松先生联

西德在德西；
南越属越南。

注："文革"前我在萍中教书。一日午餐排队买饭时学松先生对我道："声源，我出副对联你对。——西德在德西。"我即以"南越属越南"相对。学松先生说，"好，对的比出联好，我的上联是两个德国，你的下联就是一个国家。这个'属'字好。"

2. 对钟采萍先生联

三部九候，寸关尺里辨沉浮迟速。
四诊八纲，上中下焦治寒热虚实。

注：采萍先生说他出了一联征对，出句是"三部九候，寸关尺里辨沉浮迟速。"笑道："你能对一下吗？"我想这是一副中医对，难点不在数字，而在"寸关尺里"。寸、关、尺是中医切脉取象的三个点，也必须找到一分为三的哪个对象，于是我很快联想到上焦、中焦、下焦，下联也就有了："四诊八纲，上中下焦治寒热虚

实."这对得的确贴切。中医讲辨证论治,上联是辨证,我的下联则是论治。采萍说以偶数对奇数也绝,其实这只能算副产品。采萍出身中医世家,我也读过两本中医书,故有此对乃缘分也。

(十)铭赞类

1. 萍中世纪钟百字铭文

清末鼎革,萍中诞生。
芸阁倡导,群贤传薪。
文承吴楚,学汇古今。
安源英发,矢勇矢勤;
鳌头雄顾,力学力行。
壹其志兮,再造乾坤;
厚其德兮,折中于民。
富其才兮,务实求真。
蓄其能兮,开拓创新。
百年吐哺,莘莘峥嵘。
教泽绵远。炳耀寰瀛。
躬逢盛典,乃铸乃文,
黾勉同心。

(2006年)

2. 张友予老师九十寿赞

盛世多寿考,政通则人和。观乎恩师九十寿诞之际,儿孙满堂、亲族咸集、门生罗列、宾朋欢会;沐春风而祝寿南山,举琼浆而颂福东海;相聚新世纪、拱拜老寿星,是知世盛、政之通、人之和而师尊之德隆也。

语云仁者寿,先生诚仁者也。其于教也循循然,博我以文,约我以礼,言近旨远,及乎仁义,立人达人,毕生不易。其修身也休休然,不汲汲于功名,不苟求于富贵,平易恬淡,忧患不能入、邪气不能侵,故德全而神不亏。其养生也舒舒然,法于阴谋,和于术数,食饮有节、起居有常、劳逸有度，故神与形俱，寿望期颐。盖云仁者寿，信焉，先生是也！

吾侪有幸而师从门下，深蒙教诲，五十有年。恩泽不息，而夫子风仪，虽云仰慕，终感望尘。值兹千秋盛宴，情动于衷，愿托先生之福，借东海之水为先生寿！

（2007年3月1日）

3. 自拟墓铭

恭谨勤劳，正直善良；
而学而思，不殆不罔。
言传身教，百世其昌。

注：我与老伴商定死后合葬一处。这是她去世后我撰的墓铭，当然也是我的自墓铭。我希望它能成为我的家训，让我的子女们一代一代传承下去。墓在十里村人文公园内青松园九排十九号。

诗词精选

1. 题萍乡三中工艺美术班毕业作品展览

造物从来忌划一，红黄蓝靛各逞奇。
用墨亦须分浓淡，构图尤宜辨高低。
若无巧匠飞针线，致令西施着葛绤。
执教解得此中义，万马扬鞭尽奋蹄。

（1986年6月5日）

2. 齐鲁行三首（其二）

（一）谒孔子墓

孔子坟墓碧草连，说非道是任人言。
栖栖一代丧家狗，赫赫几回敕文宣。
善教弦歌奏洙泗，错嗔樊迟问田园。
朝闻夕死堪师表，翠柏苍松淡淡烟。

（三）观沧海

登山气壮应如牛，入海方知似一粟。
片片波涛浮日月，方方景象豁胸眸。
漫言河伯小天地，捧出海神太极图。
能纳百川堪谓大，横空汹涌却安流。

（1990年）

3. 沁园春·十二生肖

羊年迎春会上即兴：

春去春归，十二生肖，往复轮回。念牛随鼠后，兔借虎威，蛇逐龙腾，羊至马逸，猴跳鸡鸣，狗叫猪啼。物物生生紧相随。堪惆怅，问万物生灵，何取何弃？

犹记年年岁岁，有文人挥毫写新意。赞龙马精神，虎虎生气，猴班鼠辈，颂其灵机。三羊开泰，金鸡晓啼，各称其才各有利。谁怪得，昔孔子办学，有教无类。

4. 无题

求实忤上意，纠偏违俗情。
赋闲非己愿，藏志事雕虫。

（1991年3月5日偶得）

5. 抚州纪行（其二）

1991年3月31日，余奉省教委命，率队往抚州地区进行六项督导检查，得间游汤显祖墓、王安石纪念馆，感而记之。

（一）题汤显祖墓

轻风密雨细无声，几处花开藏晓莺。
古墓遍寻幽静处，小河梦绕牡丹亭。

（二）参观王安石纪念馆有感

罢相归来梦一场，诗章何处见彷徨。
法新敢拒君实责，才夭偏为仲永伤。
桑梓流芳敷教化，临川遗泽惠乡邦。
春风又绿江南岸，明月何须照客装。

6. 百字箴言诗

毁誉因人有，得失于我无。
为人诚为本，弄鬼诈作筹。
坦荡心自乐，促戚意常忧。
浅识多鼓噪，大智更寻幽。
观乎造化境，无语自奔流。
生生无穷已，功成不见居。
观乎王侯者，衣冠成古丘。
权术夺民利，累世遗其羞。
人生有真趣，勿向势利求。
师法日与月，莫自把光收。

7. 贺李笠农七十大寿

李聃几世孙？笠戴雨伴风。
农耕笔与砚，翁自笑而吟。
百家寻直道，岁月自穷通。
不为世俗累，老来一寿星。

8. 咏风

鲲鹏九万里，风斯在下矣。
狂飚从天落，亦自青苹起。
众窍怒号时，横扫如卷席。
阴霾无归处，湛湛弥天际。
惠和吹细雨，滋润神州地。
万木感其化，欣欣此生意。

（1993年11月17日）

9. 人至花甲

　　人至花甲心似孩，痴情总被梦残怀。
　　夏日消融秋江满，冬雪飘过春汛来。
　　强颜敢坐冷板凳，豁齿难啃热牛排。
　　犹思后山油茶花，一片清香对我开。

10. 题青少年集邮展

　　耕耘方寸地，博览古与今。
　　潜心寻雅趣，出手弄风云。

（1995年11月）

11. 题市学校艺术节书画展

　　赏心悦目事非轻，书画琴棋启性灵。
　　乳燕纷飞剪春柳，神笔独运点龙睛。
　　五色调润百花艳，七音协和万籁鸣。
　　何须一尺量天下，苍天不生无路人。

（1995年11月）

12. 老退自许

　　不信神仙懒拜官，穷通际遇自主张。
　　老退迎来新岁月，三分清醒写荒唐。

（1995年12月）

13. 桂枝香·丙子重阳

　　天高气爽，丹桂夜飘香，又逢重阳。尊老千年佳话，翻新歌唱。国色牡丹青春事，迎西风，秋菊傲霜。河清海晏，伏枥老骥，再图辉煌。

　　念往昔，神州治乱，累杏坛多故，难遣遗憾。千古凭栏对此，今朝路宽。一生心血化春泥，喜成蹊桃李芬芳。白发何妨，梦中犹唱，慨当以慷。

（1996年10月17日）

14. 绝句

夜静声传远,心宽体自肥。
时读古今书,吐纳尽芳菲。

(1996年10月20日)

15. 渡洞庭湖游君山

凌波飞渡访君山,七十二螺碧黛簪。
湘妃祠前竹有泪,传书亭畔井生寒。
山色应共知音赏,湖光哪堪孤影翻。
从今将怕览名胜,只缘华年相携难。

(1997年5月)

16. 过汨罗江

屈子千年怨,汨罗已寝声。
如今歌盛世,何处起骚人。

17. 暮春绝句五首

（一）

春花落尽绿荫深,几处凭栏独断魂。
欲诉心中无限意,只言片语已吞声。

（二）

年少虚掷几度春,华鬓徒唱夕阳红。
炉边把酒作欢笑,何及清明夜雨声。

（三）

以身许国感慨深,几个搏得事竟成？
人生处处多羁绊,半折心始已绝伦。

（四）

命运之谜费思寻，修得理智更有情。
嫦娥奔月伴玉兔，夸父追日植邓林。

（五）

妖冶牡丹称富贵，我看富贵如浮云。
油茶花白洁如玉，一口香甜直到今。

18. 七十述怀

七十春秋烟雨苍，平生追忆叹叶黄。
童稚贪玩偏多难，盛世始得读文章。
舍我其谁尊孔孟，逍遥冲淡慕老庄。
生民多艰屈子赋，灵台无计鲁迅枪。
书生怀抱报国志，为官为师未敢忘。
才疏已半折心始，德薄难全做沙盘。
成败由人亦造化，褒贬在己不自伤。
喜得知心同志在，言关语切相激扬。
由是居闲不避世，为报知己驰驱忙。
垂钓观漂察世象，操琴调弦辨宫商。
两书殷殷说家教，百五茶话寓否臧。
不图冷眼还冷眼，唯有热肠报热肠。
寿宴开高朋满座，琼浆斟满庭生香。
宝墨书联焕光彩，弦歌辞赋竟悠扬。
但凭诸君情意盛，天公赐我日月长。
犹思奋蹄追骥足，九州同春国富强。

（2004年7月25日）

编注：两书指父亲著《小学生自能作文》、《家庭教育的艺术》。

19. 钓竿

　　　　身细若无力，柔中自有刚。
　　　　能弯故不折，江海任挥扬。

（丁亥偶得）

20. 寄谭虎同志

　　　　一见相交三十年，慕君风采岂等闲。
　　　　几回漫议家国事，竟夕笑谈肺腑言。
　　　　驻景挥戈我无术，松冈堕泪故人怜。
　　　　固当努力加餐饭，待驾升炉煎雨前。

（2008年12月26日）

21. 送鑫辉夫妇赴南京定居

　　　　五十八年岁月深，沧桑风雨染斑鬓。
　　　　几经散聚留思念，又折杨柳赠故人。
　　　　钟山灵秀邀星斗，儿女秦淮盼天伦。
　　　　莫道乡关云路远，萍河水过石头城。

（2009年2月25日）

22. 感怀一首呈柳斌同志

　　　　我生实有幸，得遇梅柳春。
　　　　小试操牛刀，未悔持道平。
　　　　风唯积不厚，运亦塞难通。
　　　　低徊水月影，空负故人心。
　　　　未卜三生石，已知一片云。
　　　　岂欲吟泽畔，但事歌鼓盆。
　　　　龙门七星会，高山九弦琴。
　　　　别后更相思，海上明月生。

23. 自度曲·冬日

冬日贪睡早床，日上三竿。市声喧闹又何妨？照样打鼾。

昨夜枕边读文章，犹有余香。醒来惺忪看世上，东攀西就费思量，谁个荒唐？

24. 题示外孙炼成出国留学

百炼成钢肇赐名，志高识广性坚贞。
鲲鹏万里求知路，精卫一片报国忱。
慈母遥天悬望眼，游子隔海寄佳音。
我方七十又跨五，等汝归来为洗尘。

（2010年2月）

25. 无题二首（其二）

空气阳光水，品格学问情。
为人无底线，何处可安身？

26. 戏咏曾夫子文斌兄三首（外一首）

（一）

曾郎冬泳痴儿笑，高论风发和寡调。
人纵怜才不敢用，只缘头上刚摘帽。

（二）

四海翻腾红宝书，斯文扫地养肥猪。
畜类犹存良善性，役夫原是君子孺。

（三）

学府堂堂教授衔，明诗论道芸阁间。
窗外养花又种菜，凑足囊中两吊钱。

外一首

愧无学术又无诗，几篇茶话论当时。
曾公肠热作评介，淡水清心酬故知。

27. 玉湖闲居

书香墨韵琴音，安神养性怡情。
网络电视新闻，心潮起落复平。
闲居何处絮语？漫步且寻芳林。
远望玉湖似镜，风过水波不兴。

28. 联句

行事三思不厌，作文一字莫闲。
做人脚踏实地，存心头顶苍天。
暗处何愁人指背，夜里不怕鬼敲门。
粗茶淡饭，瓜香果甜。
遇友抵掌而谈，孤身曲肱而眠。
虽然未沾仙气，但是没有奴颜。

29. 题险峰玉湖新居

翠竹垂露花如醉，玉镜生烟柳若眠。
古筝低奏春江月，雏凤高飞锦云天。

注：言及古筝者，是我外孙女会弹古筝也。

30. 感怀一首

转益多师润此身，世风可鉴不可临。
自然成文天地理，口说手写肝胆情。
不入流派便是我，削足适履已非真。
难与同好争座次，但求自得贱虚名。

（2010年）

31. 老境

老境如秋心绪佳，总将红叶当朝霞。
读书无功只会意，写字有趣漫涂鸦。
云淡天高琴韵远，风清水澈钓竿斜。
脱却缰锁了无碍，兴寄南山雨后茶。

（2010年写成，2012年改定）

32. 物各有性

物各有性难尽相，人自多情任画描。
是是非非未必信，非是是非岂定谬？
权谋有恃操真理，小民无奈吐牢骚。
是非非是何为是，付予流光总开销。

（2010年）

后记·永恒的记忆

"脱剑空挂陇头枝"

——编后语兼痛悼亡友逝世周年

曾文斌

《醉茶品世道，煮梦说人心——〈声源茶话〉解读》和《纯真的历史原形，鲜活的人与事》是两年前我对声源兄的承诺。其实还有个更大的承诺，即俟他全版219篇"茶话"正式付梓时，为他写篇《试论声源式幽默》之长序。但彼时我正忙于赶在有生之年完成《文廷式诗选注》（下编），所以允诺只是"允诺"，何时实现、能否实现，心中无底。这允诺却给声源兄一个"悬念"，我们见面次数本来不多，几乎每次见面，他必旁敲侧击，涉及此事，或在聊天中漫不经心地提一句："你还欠我一篇文章。"我笑而颔之说："我会将所欠的红利，都汇积在文章里，加倍涵量偿还。"如今是"偿还"的时候了，但人天永隔，"生死两茫茫"，再加倍内容涵量，他也看不到了，思之伤心，言之泪下。

我和声源兄结缘于萍乡中学。我生正逢时，读中山大学三年级遇反右被"加冕"，1958年分配入萍中，一年后"脱帽"，即他诗所称"人纵怜才不敢用，只缘头上刚摘帽"者，故彼此都有戒备心理。我虽年长于他，他却更老成，戒慎恐惧，除教学交流外，虽同住一栋楼，却极少往来。他喜拉二胡，青年教师中熟谙这古老民间乐器的似只他一人，每课余饭后，闻琴声而心慕，相互听课后，彼此更倾心。当时萍中教风极严谨，较强师资队伍大抵由两代人组成，一是民国时老校班底，多硕学之士，语文组就有声源读初中、高中时的三位名师同堂任教，具见于他《萍中、萍中》(下)。再是20世纪50—60年代高校毕业的新秀，语文组就有七位。教研组规定青年教师必听老教师的课，我与声源一道听课，有所得或有歧见时，常以目示意，"相视而笑，莫逆于心"，这是我与他心灵交流结缘的开始。声源兄本思想缜密，读高中时又深受以析理见长的喻思贤老师教风浸润，养成于严密逻辑推理中启发学生思维的独特教风，在同侪中独树一帜。王来宏校长本民国时学生中地下党员，以严峻治校著称，定期学毛著成风。声源兄善于将革命意识形态虚化、泛化，扩而充之，火药味浓，却只是空弹射击，虚壮声势，从不伤及师友，学校也从不偏离以教学为主的大方向。60年代初三年大饥荒中，在仅够维持生命的些许粮食定量下，学校上半天课，停止体育，师生都枵腹从教、从学，没有逃教、逃学事件，秩序井然，弦歌不辍，成为艰难时世中的奇迹。我从事教育六十多年，印象极深的是萍中六年半，开始与声源兄建立了终身不渝的感情。

"文革"前夕，萍中清理阶级队伍，我下放农村湘东中学，接受"再教育"，声源则于"文革"中下放大江边生产队，从此各自经历炼狱，辗转于刀斧砧俎间，侥幸保存了生命。到"文革"后期"复课闹革命"阶段，他也调来湘中，又在同一备课组，诚所谓"别来岁月风云改，白日雷霆晦光采。乖龙掉尾扫九州，掷起桑田变沧海。崎岖九死复相见，惊看各抎头颅在。"[陈三立于庚子次年（1906年）偕文廷式游南京莫愁湖七古开篇]那时声源读西区小学时的教师邓华馨老先生也在湘中语文组，正值"批林批孔"闹剧高潮中，"副统帅"之折戟沉沙，就是再冥顽不灵的人也会思悟出点什么来。声源兄在批林的慷慨发言中，已开始显露出幽默风采，他引《左传·郑伯克段于鄢》中名言："多行不义，必自毙，子姑待之。"我与华馨师又相视而笑了。声源兄渐开朗，高昂激越二胡声中像在诉说什么。他子女多，家境并不宽裕，有时也请几位同僚去浏公庙他家吃饭游览，在工宣队尚驻校，那阶级斗争的弦正绷紧时罕有，这"草草杯盘供笑语"的便饭，已让人体味到那久违的人间情趣了。在黎明前的黑暗中，我与他都有某种预感，却都严格遵守"子姑待之"的原则，心照不宣。这是我与他相契于湘中阶段。直到乾坤转易，华夏重光，各自在新的岗位上重逢时，大有"历尽劫波兄弟在"之感，恩仇虽未全泯，却都尽瘁于新事业，相期加倍努力，从头开始，尽力追回失去的廿年时光，除年节电话问候外，很少过从。真正不拘形迹，切磋问难，谈世论道，思想一致又互补，情感融洽而殊途，是在他淡出教育舞台，直到退休后晚景中。

半个世纪相知相契，我心目中的声源兄曾经经历长短不同两个阶段性的超脱。青壮年时从"小市民"中超脱出来，找到"自我主体意识"；淡出教育舞台后，又将"主体意识"融溶于自然、自在、自适状态中，圆通无碍，这已是晚景了。我在《醉茶品世道，煮梦说人心》中，用一小节提出他"重视自我之主体角色"。创作上的反映，是从他做人实践中来的，而这实践又是有意识不断改造自我的结果。他在《声源茶话》与《感受自然记忆》里，都不讳言自己的"小市民"出身和对"小市民"的亲切与敬意，萍中侪辈里，也有讥他有"小市民"意识的。在文学语词中，"小市民"含贬义，相当于鼠目寸光的"斗筲之器"。但声源出身于墟镇间摊贩式的小本经营家庭，非工农出身，却是市民阶层中的底层，相对于他的近邻黄益丰祥布号来说，只能在市民上加个"小"字，以示社会地位低微。他的正义感、平等观念、担当意识、廉洁自律，正是这低微地位激发出的。他从慈母言传身教中学会做人，在读书明理后，自觉摆脱"小市民"中的偏见与不良习性，向自立、自强迈进，重视培养自我的主体作用，能认别是非善恶，有独立人格，敢于担当和能够担当。从大处说，他主管全市教育时，放手干了两件大事：一是下大气力，平反萍乡教育界的冤假错案，他曾用"感同身受"四个字形容解救一批教师出苦海的愉悦。"文革"时萍乡曾发生"反×救国军"大冤案，肇事者用萍乡土法酷刑"称半边猪"逼供，即绑住遭害者一边手脚吊空拷打，前后扩散性株连约数百人，并有屈死者，幸被当局及时制止，未酿成大狱。在平反他人冤案中，意外发现自己也在被诬陷的黑名单上。我惊问详情，他只淡然说："三木之下，何求而不得？"从他在《那些人、那些事》（中）里写对黄老板娘"人性恶"表现的宽容态度可知。二是从长远目标出发，依据教育原则和规律，大抓基础教育，从小学做起，有序提高教育教学质量。在片面追求升学率风行时，他顶住各方面压力，抵制杀鸡取卵、揠苗助长的错误做法，甚至不惜退位让贤，这事隐约见于《我的不以为然》一文中。声源兄1991年3月间作的《无题》小诗："求实忤上意，纠偏违俗情。赋闲非己意，藏志事雕虫。"即咏此事。直到临终他在病榻上向家人口授的自挽联中，"一身正气不以小屈求大伸"也指此事。可见这是他一生去就的大原则。声源坚持正确的教育理念，不随横流，不跟风转，生就傲骨，直道而行，不惟上，更不媚上，合则留，不合则去。清廉坦荡是他的工作原则，更是他做人的原则，对人对事，对家对国都有主见，敢于担当，经得起检验与考验。从齐家来看，声源兄有个令人歆羡的家庭。夫妇子女间深情，具见于他《声源茶话》有关篇章和挽子、挽妻联语中。他秉承家训，言传身教，五个子女全受了高等教育，工作中各有成就，都能壮大门户，孙辈有留学国外的。他向我谈及子女时，以"不枉此一生"自豪，儿女也确值得他自豪。

淡出教育舞台后，声源兄通过以《声源茶话》创作关心国是，评品世道人心的同时，又将"自我主体意识"逐步向自然、自在、自适转化，基本上无所谓"主"、"客"体了。他本聪明睿智，是多才多艺的多面手，朋友们闲聊时，他常引先圣的话，"吾少也贱，故多能鄙事"。事实上也正如此，他是家中两代人的顶梁柱，白手建家、治家、理家，大至住宅建筑、设施，小至日常家务，在浏市时夫妻教书、种地，他向母亲学到了全套厨事，请客时常露一手。他懂得生活，又能活出意义来，平居时，读书、拉琴、垂钓、打麻将、二三知友品茶或闲聊，样样都情趣盎然，活得有滋有味，逸兴无穷。晚岁因心脏不适需静养，他以书法自娱，临唐人碑帖成捆成堆，逐渐超越形似，已向神似迈进，行书也自成体格，可上台面了。他偶得一本《甲骨文字典》，临摹之余，几然从百十个甲骨文字中推敲出一副精妙联语，用甲骨文写成，赠忘年交，字体古拙遒劲，使人疑为系文字专家命笔。晚年喜构联语，偶作诗词，尤喜构嵌字联，为作寿联、婚联用，认为可从中探索到中国文字的适应性、变化性、概括力和艺术魅力，既养生又益智，还可预防老年痴呆。他晚年生活就是如此丰富多采。我曾取前人"风波旧忆横身过，世事今归袖手看"诗句，请他用行楷为我写副书斋联。他说俟我将行楷练得站得起来时再给你写，此事已成为我终身遗憾了。声源兄本有先天颖悟，晚年看破世情，渐入禅理，他的《玉湖闲居》六言诗："书香墨韵琴音，安神养性怡情。网络电视新闻，心潮起落复平。闲居何处絮语？漫步且寻芳林。远望玉湖似镜，风过水波不兴。"既富人间情怀，又能勘破人间，如"心潮起落复平"之"复"，我说，我则"难平"。他说，勘破点便"能平"。又如《老气》中后两联:"读书无功求会意,写字有味漫涂鸦。脱却缰锁了无碍,兴寄南山雨后茶。"《转益》中间两联"自然成文天地理,口说手写肝胆情。不入流派便是我,削足适履已失真。"力求返璞归真,渐入圆通境界。声源兄本来交游广,结识各色人等,到老又特别喜爱结交年轻读书人,"想借他们的青春活力来浸润自己开始萎黄的生命。即便雾里看花也罢,我也希望看到他们生命之树勃发的斑斓,闻到那沁人心脾的芳香。"(《唠叨》)对年轻人,他不论年龄、辈分,一律称兄道弟,脱口而出,那么自适、自在、自然,我心窃企慕,常想,此老不会老,既勘破世情,精神上又洋溢无穷活力。

但死生大事,似有宿命。2012年12月中旬,我因心脏不适,住院观察治疗,就在出院前一晚,恰遇声源兄也住院一宿,做定期心脏检查,又值周六,观察病人都回家。我与他相对盘坐在病床上,纵谈刚看完《记忆》后六章印象,我觉得他笔锋正健,问他家居何所事事,他说:"临帖以静心,缀联以健脑。"并举他为96岁高龄仙去的孟老夫人所作的嵌字挽联为例。恰好我参加孟老夫人追悼会时,读到这挽联,灵机一动,拟了付自挽联:"沧海涛喧,历镜水繁华,且乘风归去;桑田尘净,待云天锦绣,当化鹤重来。"说只写过去与未来,无哀伤气息,有无限憧憬,又避免了自我评价的尴尬。他沉吟片刻说:"现在就拟这个,太早了。"我乘机说:"我与兄约,后走的要为先走的拟挽联,并写点文字。"因为一入耄龄,未来都是变数,按自然规律,年寿高的总走在前面。我每参加老人们的追悼会,总油然而生"既痛逝者,行自念也"。我说的是实情,却不料竟成谶语。去年7月上旬,我偕二三知己去玉湖探望因结肠微创手术刚出院在家休养的声源兄,他站在寓所门首,大有"倒屣相迎"的意味,精神如昔,只是略显清癯。见面便递给我片笺,上书:"度尽劫波兄弟在,相逢一笑庆余生。"尾署:"借前人诗句,改三字以谢文斌兄深情。"我笑道:"末三字中再改一字:'庆长生',历此劫难,必有长生。"他正在练习唐人书法《心经》,我童年时经父亲口授能成诵,劝他读帖默背,从体悟到顿悟,并说"也许兄有佛缘,我外烁太多,追求期待一萌,就达不到空无境界"。那天他思维活跃,纵谈不倦,并陪我们用膳,尽欢而散。我相信他能平安度过劫难,人事难料,天理有恒,倘不信天理,世上就无可依赖的了。

然而，天理中有宿命。我与声源兄最后一次觌面，是他病笃时，事先我就被千叮万嘱告知，要调整好心态，千万不能激动，于病人，于自身都不利。其实心态不用调整，感情最怪，遇着与生死攸关事它会突然爆发，但那时总算控制住了。宋柳永《雨霖铃》词名句："执手相看泪眼，竟无语凝噎"，是写生离悲苦；这次是"死别吞声"，但情景却一致。我见他全身插管，竟懵然问如何进食，他坦然答："已没有这个任务了。"神色自若，神智清楚。我用"吉人天相"鼓励，他伸出插针的右手握住我的手，我只能哽咽说，"老兄，挺住！我还要听你拉《奔马》，为你写'声源式的幽默'呢。"老妻怕我哭出来，暗紧揪住我大腿。那时又有人来探望，妻示意退出，我说"下次再来"，他苦笑了下，先摇摇手，再毅然一挥手，作最后告别。"挥手从兹去"，真个是永别了。十天后，我去谒灵，抚棺大恸，被同来者强劝出去。追悼会挽联是他病榻上向子女口述的："重人文抒雅兴，诗联茶话，丝竹钓竿，两袖清风，常从涵养成德性；凭理想办教育，遵循规律，面向全体，一身正气，不以小屈求大伸。"上联表自我品格情趣，下联隐藏着一段"抗命"史实，不求工，却真实。在大悲恸中我拟不出挽联，不写又对不住老友，勉强凑成一副："杏坛主教，绛帐传经，半生劬劳育桃李；茶话警世，浏市怀乡，一支史笔写春秋。"但长歌当哭必须在痛定之后，我在整理他的遗著时，自然地酝酿出一副真情实感的挽联："五十载，忧乐相同，品茶几度聚首？落月停云徒有泪；望八龄，仙凡永隔，论世何处抒心？谈天说地已无人！""落月"，用杜甫《梦李白》"落月满屋梁，犹疑照颜色"句；"停云"，用陶明诗"停云，思亲友也"；"谈天说地"，用邹衍谈天典。但中国士人最重品德、事功，又再拟一联："骨傲风清，循规治教，平生可入贤良传；笔真言谐，澄观论世，晚岁欣成传世文。"声源常称自己是平常人，持平常心。但平常却不平凡，无论才智事业，他都不平凡，两部大著，三十五六万字，句句是真话、实话，可以传世，也应该传世，他未了之愿，子女正在完成中。我于暑季完成《文廷式诗选注》全稿并交付中华书局后，用整个秋季八、九、十三个月，整理声源兄遗著并各写出长序，以完成亡友嘱托，实践自己的诺言。在读遗稿时，想到南朝梁刘峻著名《重答刘秣陵沼书》："余悲其音徽（琴弦）未沫（止），而其人已亡，青简尚新，宿草将列，泫然不知涕之所从也……但悬剑空陇，有恨如何？""悬剑"用吴季札挂剑于徐君墓偿夙愿事。爱赋俚句，结束此序文："编君遗著见君诗（指赠我四首诗），百转千回不自持。践约难忘绸缪意，脱剑空挂陇头枝。"说"空挂"，因为声源兄已读不到它了。转引文廷式《题徐次舟鬼趣图》以自况："平生志业竟多违，欲向重渊且息机。他日谁寻鸡酒约？西风袅袅女萝衣。"声源兄在天之灵能理解吗？谨以此文，作为兄逝世周年祭。

　　安息罢，声源兄！

2014年11月10日（时八十三衰龄）

永铭在心的怀念

邬 建

张声源先生去世很久之后,我才第一次感受到落寞与忧伤。

随着年龄的增长和阅历的增多,我对亲人、朋友的离世总是看得很淡。先生辞世时,我并没有太多的伤感,反而尽是和他在一起交游的愉悦记忆——直到有一天,无意中翻阅与先生的往来信函时,才突然意识到,另一个世界的张公是永远回不来了。那一刻,我真切地感受到了失去师友的凄凉和内心的孤独。

和先生相识,最早是从广播电视报上。该报的《声源茶话》栏目每周都会刊载一篇署名张声源的文章。文章虽然短小,但却简练深刻,看似嬉笑怒骂,但又切中时弊。当时亦不知作者其谁,也未去打听,只晓得此人文章了得,如此而已。没想到两年后,我们之间竟然会有一段长达十年亦师亦友、难以忘却的交往。

2003年下半年的某一天,同事李叶青女士引一位老者相见。此公清癯高鼻,面带微笑,一副清高自信的学者模样。叶青介绍这就是张声源老师。"哎呀呀!"——我且惊且喜,连道"久仰",握手、让坐、散烟、沏茶。宾主落座,三言两语即一见如故。很快,两人就对彼此的年龄差异视而不见,每次相晤,十分相得,先生称我为"大弟",我得意时也以兄事之。从此再没断过联系。

随后三年,是先生杂文创作的第二个高峰,也是《声源茶话》最后收官的时刻。每周,先生都会提前撰写好下一期的稿件,准时送来或寄送过来,从不爽约。文章用有格子的稿纸眷写,一个格子一个字,端端正正，从文字到标点从无差错，直接付印，无需修改。好事者将先生的《声源茶话》推荐上去，当年便获两个大奖：江西广电系统报刊优秀作品一等奖，全国广电系统报刊优秀作品二等奖。由此可见作者笔力。

  先生的《声源茶话》收笔之后，我也调整到一个业余时间相对宽裕的岗位，与先生及其他朋友见面畅谈、深入交流的机会自然也更多一点，因而也对先生有了进一步的了解。

  在我看来，先生虽然曾居庙堂，但是从未失德；虽然身为文人，但是从未迂腐；虽然礼尚往来，但是从未落俗；虽是"体制"中人，但是从未闭塞。特别让我敬重的是，他的言谈和他的作品中，从来没有出现过一丁点儿趋炎附势的鬼话。正如柏杨在自我评价时所说，"不为君王唱赞歌，只为苍生说人话"。我推测，先生年轻时做人做事，应该是痛快淋漓、金刚怒目、"明知不可为而为之"者流。与我认识时，他已步入老年，显然平和了许多。但廉颇老矣，风骨依稀，思维仍然睿智，文字仍然犀利。其君子乎！

  记得季羡林在他的《站在胡适墓前》一文中，曾经这样说过："和什么样人在一起，就会有什么样的人生。"诚哉斯言！虽说先生并未改变我的人生，但是他至少验证并坚定了我业已形成的价值取向，这正是我与他相识的最大收获。

  先生最后两年，可怜受疾病骚扰，特别是肠部手术后，健康每况愈下，虽然乐观如昔，但却去日无多。对先生离世的预期总是使我感到压抑，却又无可奈何。由于先生对社会、对人性有着丰富的参透和领悟，因而我们经常会对历史、对民族、对教育进行一些反思，对未来进行一些预测。可惜他等不到那一天了。这正是先生离世使我感到遗憾和凄凉的原因之一。

  明天就是清明节了。先生宽容慈祥的微笑、洞察世事的神情仍宛然在目。先生特有的这种微笑，今后只有在他的照片上才能看到了。

（写于 2015 年 3 月 18 日，11 月 12 日定稿）

附

张公轶事五则

张公，未已斋主人也。癸巳秋九月廿五日，晚学访公。其时，公病已不堪，然捷谈如旧。

值其眼疾，偕其就医。余挽其臂，且行且谈。公甚羸弱，右手拄杖。余言其杖精巧，又以手杖近可防身，远可伤人为议。谓先生曰："如是，公则怀抱利器，杀心自起矣。"公大笑，余亦笑。公即言古文数句，阐"怀抱利器，杀心自起"之义，言无德者一朝执政，利器在握，如无掣肘，必祸乱黎民百姓等。语义精妙。惜医院嘈杂，未闻其详。

公忽凄然谓余曰："邬建大弟，为兄病笃，恐难度新春矣！"言毕，黯然久之。余惶惶然，无以对。

果然，公于十月十八日驾鹤去，永入苍茫矣。

癸巳秋十月初二，余偕曾公等往医馆探张公。公卧病榻，气若游丝，乃强打精神，谐诙如初，以"心腹之患、皮肉之苦、筋骨之痛、眇目之疾"等十六字言侃己病[①]。曾公泣不成声，始终未成一语，公慰之者三，诸君莫不戚然。

公述自拟挽联曰：

凭理想办教育遵循规律面向全体一身正气不以小屈求大伸；
重人文舒雅兴诗联茶话丝竹钓竿两袖清风常从涵养成德性。

"不以小屈求大伸""常从涵养成德性"——绝也！十月十六日，此联果挂于祭堂，往吊者无不喟叹。

先是，公知不久人世也，遂支公子晓雷君托曾公拟挽联。曾公闻之，恍恍惚惚，伤感之际，联亦未成。比公死，曾公悔也。

---

① "心腹之患、皮肉之苦、筋骨之痛、眇目之疾"：张公晚年心脏、肠道均染沉疴，故自嘲曰"心腹之患"；动过手术，故称"皮肉之苦、筋骨之痛"；辞世前一日失明，故称"眇目之疾"。

公攻甲骨文，有成。辛卯仲夏，余造访见之，赞赏不已。时值寒舍落成，余索联以附风雅。张公择旧联相赐，自研墨书之："二三子你来我往；五六人地北天南。"盖以《论语》成联，大有"谈笑有鸿儒，往来无白丁"之意。遂裱之挂诸书斋，一时陋室生辉，而观者称羡焉。

某日，余往拜公，楼梯间大呼开门。张公喜，于门内笑叱曰："何方小子，竟敢嚣张乃尔！"

门开，宾主尽欢。

先生新居落成，邀余等往集。观其书斋，纸笔墨砚，典章册籍，一应俱全，更兼桌柜朴实，装潢甚雅。余等且叹且赞。女公子晓英笑谓余曰："此书房配得上吾父档次否？"余脱口对曰："超过令尊档次矣！"张公大笑。

（写于2013年11月，2015年11月12日定稿）

关于父亲的自然记忆

张晓耘

2008年，母亲临终前，父亲在母亲的额头深情一吻："你等我，十年。"母亲安详离去。母亲化疗两年，父亲尽心陪侍了两年，其"专业护理水平"让医护人员多次夸赞"从没见过这么有耐心的护理"。母亲曾多次在我们儿女面前说"这辈子没有遗憾了"，母亲也成了医护人员口中"最好的病人"。黄泉一天，世间一年。父亲让母亲等待十年，让自己能做很多以前想做而没时间做完的事情，应该不算是奢侈吧？但未曾想，母亲太思念父亲了，仅仅五年，父亲便匆匆赴约了。

2013年端午节前夕，父亲查出结肠癌，尔后冒着极大的风险做了手术。但手术中发现癌细胞已发生播撒性转移，当时主刀医生做出了"三个月"的预期。两次亲历了至亲之人饱受化疗之苦的惨痛，父亲放弃了术后的化疗，哪怕只是口服化疗药——他不需要没有尊严的苟延残喘。从7月到9月，父亲读书习字拉琴钓鱼漫步湖畔，享受了两个多月平静而幸福的生活。

9月底，父亲青光眼手术，期间因手术原因倍受折磨。他似乎已预感到自己时日不多，在朋友面前，已说到"不知道还能不能过年"，其时其情，对那么热爱生活的父亲来说，该是多么凄惶！但在我们儿女面前，他依然谈笑自若。中秋节后，父亲便越发艰难了，水米不进，针管、胃管、氧气管、导流管，就是他的生命通道，但依然腹胀如鼓。严重时腹内竟轰轰作响，腹部可以清晰看到盘结淤塞的肠道条条怒绽，父亲便疼得冷汗淋漓，五官移位，仍只是咬牙坚持，不曾发出半句呻吟嚎叫。看着父亲受罪，我们几乎绞断心肠！我曾傻着求医生："不管用什么方法，只要不让我爸那么痛苦！"但医生也是束手无策！我好恨啊，昌明的现代医疗技术，竟不能丝毫减轻父亲的苦楚！

11月17日，星期天，农历10月15日，原是母亲的生日。杭州的妹妹也回来了，我们四兄妹又相聚在父亲的病榻前，商议着去给母亲扫墓。此时的父亲已是无法下床活动了，但精神还算不错，思维依旧敏捷。他跟我们说："告诉你妈，如果我的病有治，叫她保佑我早点好，少受折磨；如果我的病不能好，就叫她早点来接我走。"他的话像利剑刺穿我们的心，但我们还是笑着答应了，并真的在母亲坟前禀告了。

扫墓回来，回禀了父亲。他很高兴，脸上还有了一点红晕，并稍稍进了一点点米汤与中药。我们都认为这是母亲的保佑，甚是欢欣，心似乎也略略放下了。想着几兄妹得错开轮流照顾父亲，再加上大哥和我已请假多时，便于晚上十一点多钟赶回了顺德。

11月18日，农历10月16日，周一。十点，我刚上完两节课便接到小妹电话，父亲变症了！中午一点多，母亲把父亲接走了。竟跟母亲五年前辞世的时间相差无几！竟是我跟大哥离开不足二十四小时！父亲走时，我和大哥竟不在他的身旁！我还能用什么样的言语来表达心中的悔恨和痛苦呢？

父亲从发现癌症到逝世，历时仅五个多月。这虽已超出"三个月"的预期，于父亲，未免不是一份洒脱，一次超脱；但于我们儿女，仍是决绝，何止椎心泣血！

父亲追随母亲而去了，天堂里多了一对恩爱的伴侣，多了一个诙谐多智博学多艺的老倌子，一定会增添很多很多快乐的笑声。或许这样想，我们的心，才会有一丝丝的安慰。

早想写一点文字来纪念父亲和母亲，但正如鲁迅先生所说，长歌当哭，是应该在痛定之后的。如今，巨大的伤痛渐次隐息，是应该为父亲写点什么了。

但是，万没有想到，提笔在手，父亲的一生竟似"美人如花隔云端"，我们知之甚少，知之不详。其中的原由自然很多，但作为女儿，还真是无地自容。也罢，东施效颦，就仿照父亲的《感受自然记忆》，写一点心灵深处的自然记忆吧。

20世纪政治运动如火如荼时，父亲和母亲从城里的学校下放到了湘东老家——那个父亲在文章中念念不忘的"浏公庙"，那是一个山清水秀的地方。我在十六岁前，一直跟着母亲、奶奶和哥哥妹妹们住在那里。父亲先是下放劳动，然后在湘东中学教书，后来因编教材借调到市教研室，再正式调回了城。一般情况下，父亲周六傍晚回到家，周日下午或是周一大早，赶回单位上班。父亲留给我记忆最深的是一辆旧单车，一担大粪桶，还有火塘边的《水浒》《聊斋》。

父亲工作的湘东中学离家十里，那辆在造反运动中失而复得的旧单车便是他的"宝马"。每到周末，我们便在门前的马路边玩耍，一边等着父亲。有时父亲晚归，我们便坐在大门口，远远望着尘土飞扬的马路尽头，盼着骑单车的人影儿出现。有时久等不到，便心里默念着：第XX辆一定是爸爸啦。等过了那个数字，又自我安慰：第XX辆一定是爸爸了。一遍又一遍，直到爸爸的单车真的出现，便欢呼雀跃了。

我们对父亲的想念，还让我跟二哥做了一次傻事。

那是一个夏天的傍晚，才七八岁的我照例在路边疯玩。比我大两岁的二哥走过来跟我说："我们去看爸爸吧。"我想也没想拔腿就跑。现在已无法得知二哥知不知道去湘东中学的路了，只记得当时就顺着大路，一直往前走。十里路，走着走着，我走不动了，天也快黑下来了，二哥便拉着我走。进了湘东镇，土路变成了柏油路，我们赤着脚走在上面，烫得直跳。我依稀还记得，最后是乱跟着一辆煤车摸到学校的。当看到父亲宿舍昏黄的灯光时，我们俩激动得直扑上去。父亲正出门倒水，看到两个灰猴子，眼睛都瞪圆了："哎呀呀，我刚出差回来……"张开两臂就把我们拥进了门，竟没有半句的责备，只是笑微微地给我们洗脸洗脚。

刚出差回来的父亲，一身的疲倦。但他担心母亲与奶奶在家着急，就让我坐在单车前面的横梁上，拿着手电筒；二哥坐在后座上，连夜回家！那时一到夜里八九点，是很少有人家舍得再开电灯的，回家的路上，漆黑一片。除了湘东镇一小段柏油路外，就是农村的机耕道和被运煤车压得坑坑洼洼的土路，人行极少，倒是路边偶有恶狗窜出狂吠。父亲怕不小心摔着我和哥哥，不敢骑车，就这么一路推着车，前倾的身体几乎是把我抱在怀里，深一脚浅一脚走了十里地，深夜才回到家。但记忆中，似乎还是没有挨过骂，反而提前吃了父亲出差时给我们买的小零食——老鼠屎（名字确实难听，其实就是小甘草粒，因其形而得名，二分钱一包，是我们那时难得的美食）。那辆单车伴着父亲推车时沉重的喘息声和浓热的汗味，便一直留在我的记忆深处了。

父亲每周一天的假期是没有休息的。先是燕子衔泥似的捡河里的石头、挖土脱土坯、烧砖窑建房子，再是拉石灰水泥沙子、扛木材整治屋子，还有拉煤做煤球等，他单薄的身形永远像一只旋转的陀螺。而平常做得最多的，还是挑水挑粪去山上浇地种菜，因为这是一大家子生活的保障。

我们的菜地是在屋后山坡开垦出的荒地，除了大雨后山上会有一点溪水，其余时间都是靠从山下的河里挑水，从我家后门旁的化粪池里挑肥料去种地的。平日里基本都是妈妈和十四五岁的大哥打理这些事，我们几个小的只能帮着干点小杂活。但只要父亲休假在家，文弱书生顿时就变成菜农了。他的工具是一担大大的粪桶。粪桶比父亲粗大一半，高过父亲膝盖。每次装满后，父亲都是弓下腰将扁担挪了又挪地放稳在肩头，然后蹲好马步用手抓紧扁担绳，再两脚微微向上挺一挺，肩头向上拱一拱，试试担子的重量，最后"嗨"地一声挣起，腿上的青筋也像听了命令似地奋起，那粪桶便颤颤悠悠地往山上行了。从河里到菜地其实也只有五六百米，但粪桶总是要在中途歇上一两回。

父亲和大哥用大粪桶种出了比一般农民还好的蔬菜，大大丰富了我们的餐桌和零食。我们的南瓜从夏天吃到冬天；红薯吃不完再熬成香甜的红薯糖，过年又可以吃上香甜酥脆的冻米糖了；青菜吃不完便腌制成菜干或盐菜，豆角、茄子、萝卜等蔬果，吃不完都如法炮制；辣椒吃不完便晒成辣椒干，做成辣椒酱。青黄不接的时候，或是新年佳节，不仅有了各类菜式，还有了用蔬菜干加工而成的各类盐果子。

我们那时虽在乡下，但不是农村户口，没有田地；又是运动中发配回乡的，生活自然比旁人更拮据，身份也比别人要低得多。当然免不了受到一些轻贱与伤害，但也有许多忠厚的乡人对我们颇为爱护。这不仅因为我们能自己开荒种菜，还在于我们家"有文化气"。

那时虽然还在革文化的命，但老百姓心里对文化的敬重其实还是在的。他们所说的"有文化气"其实很好玩儿，一是父母都是老师，父亲还在大队的广播里讲过《水浒》，人称"水浒老师"，他还能帮人家写写大字春联什么的；二是我们家的孩子，不论寒暑，每天吃早饭前，都会在门前大声读书；还有父亲母亲说话"文绉绉"轻言细语，他们甚至还允许我们女孩子下河游泳。这在彼时彼地，实在是少见的。因此，当时的小伙伴们哪怕跟我在外疯得再好，也轻易不到我们家玩。

我是兄妹中最贪玩的，"野"得很，什么好玩儿玩什么，一玩就疯。学习也是兄妹中最马虎的，但父母也不太约束我，甚至经常饶有兴致地看着我在家里翻跟斗、倒杨柳（倒立）、一字马，父亲还在河岸上指点我学游泳，因此，我对家里的"文化"是感受最少的。但我记忆深处还是留下了一点"文化"的印象，那就是冬天火塘边父亲给我们讲的故事。

那时父亲除了日常的劳作，寒暑假也是要参加各种劳动的，什么修水坝、修纪念馆、支农做宣传等，只有寒冬腊月无法外出干活的时候，父亲才有时间与我们围着火塘闲话。那时，讲得最多的自然是《水浒》，至今还记得：洪太尉误走妖魔，父亲一拍大腿，脚一跺，"哎呀了不得了！"我们立时惊吓四顾，如临大敌；林冲被陆虞侯捉住双脚往热水中按，父亲作惊吓与愤怒状，一声"哎哟"，双眼圆睁，同时双脚被烫般猛然提起，我们亦全都后仰提足，全身一个冷颤；鲁智深倒拔杨柳，父亲起身拧腰"嘿"一声做拔柳之势，我们早已屏气攥拳，气沉丹田……那些个智多星、入云龙、黑旋风、拼命三郎、史纹龙、小李广、鼓上蚤、浪里白条，还有我最钦佩的扈三娘，都一个一个在火塘边活灵活现，大展拳脚。

除了讲《水浒》，父亲还讲《聊斋》。但当时我并不知道那就是《聊斋》，只是那张恐怖的画皮，那颗跳动的心，到现在还让我心有余悸。而那些美丽的狐仙们，便丰富了我少年时期的梦。

冬天的火塘边，昏暗的火光，缭绕而呛人的烟雾，屋梁上悬挂着的一条条一块块黑乎乎模糊不清的腊味，时不时响起的木柴燃烧的噼啪声或咻咻声，十足一个神秘而令人着迷的江湖与仙境。父亲带着我们就在这样的江湖与仙境中神游物外，让我们在当时极其困难的境遇里获得比别人家的孩子更独特的幸福与快乐。

文革结束后，大哥二哥相继考上了大学，一时成为十里八乡的传说。父亲也凭着自己的才华与实干，走上了教育局的领导岗位，回乡下的时间更少了，我们也逐渐长大了，学会了自己阅读，火塘边的故事就不知不觉只飘浮在记忆中了。

我读高二的时候，因身体多病，从湘东中学转到萍乡二中，终于进城来到了父亲的身旁。因为没有住房，只好与父亲一起住在教育局办公楼顶层的临时单身宿舍，隔着一条走廊，斜斜相对的两间小房间，根本无法生火做饭，也没空做饭。我们俩从喝开水到洗澡、吃饭，都是在饭堂解决。两只大瓷碗，两个热水瓶，两个大水桶，就是我们的日常生活了。

　　那时，父亲担任市教育局局长。当时正是落实知识分子政策艰难而关键的时期，也是萍乡教育百废待兴之时，父亲时常下到各级学校了解情况、检查工作，或是解决具体问题。除非是路途太远，一般情况下父亲都是赶回教育局饭堂吃饭。他曾跟我戏言，萍乡几百所学校，他每天到一间学校吃饭，一年都可以不重复。但戏言归戏言，他却总是饭堂出勤率最高的"食客"，饭堂的杨师傅心疼他，总是会为他留好一份"大锅饭"。

　　饭堂有二三十人吃午饭，晚餐人就少些。那时教育局是真正的清水衙门，经费往往捉襟见肘，饭堂更是"将就"了。厨房、卖饭处与餐厅连在一起，简陋得没有一点装饰，没有一样多余的摆设。餐厅是一间空房子摆上两张大圆台，座位不够，自然是先到先得。而父亲常常迟到，一看没位子了，又驾不住自己来往奔波的辛苦，便一屁股坐在杨师傅用来杵辣椒的一只大圆桶上。圆桶好像是整木挖成的，倒也结实稳重，跟一般圆凳差不多，只是因为中间是空的，坐久了未免屁股生疼。久而久之，大家便约定俗成地把它当作父亲的"专座"了。偶有不知情的占了这个宝座，一准有人笑着提醒："这是张老倌子的专座，你别占了。"这"不识相"的人就哈哈哈地"另谋高就"了。迟到的父亲端着一大瓷盆饭菜，心满意足地跨开两腿，踏踏实实坐在上面，边狼吞虎咽边跟大伙儿神侃，恣意的笑声便回荡在饭堂里。

　　父亲患有严重的痔疮，医生叮嘱是不能喝酒，不能抽烟，不能吃辣椒，当然更不能过于劳累。喝酒那是"天生缺陷"，辣椒也有杨师傅的关心照顾：或是留没有辣椒的菜，或是在炒菜放辣椒前先给他留下一份。然而，父亲的烟是万万戒不了的。那是他的强心剂，醒神丸。"不能过于劳累"更是一句空话，所以痔疮就一直是父亲的"养身病"。

　　对于父亲的工作，我所知实在寥寥。我虽有两年时间跟在父亲身边，但平时除了吃饭，是很难见到父亲的。现在想起，我那时真是懵懂无知，似乎从未去关心了解过父亲的工作。但有一个情景长留脑际，或许可以管中窥豹，略知父亲当时工作的繁重与压力之大。

我有一个习惯，每天上学前必到父亲房间，为了看看父亲，也帮他收拾收拾房间。我去学校早读，六点多就出门。走到父亲房门前，他酣睡的呼噜声就隔着房门直冲耳鼓，实在跟他文弱的形象太不相称。轻轻地开门进去，先是被一股浓浓的烟味呛得难受，然后就看到满烟灰盒、满地的烟头，还有铺满桌案的书籍和文件字稿……我知道父亲又几乎熬了通宵，轻轻地收拾了地面，小心翼翼地关上门上学了。这个场景出现的频率实在太高了！三十年过去，至今记忆犹新。

我还能记住的跟父亲工作有关的一件事，是父亲教我合理用钱时举的一个实例：有一年年终，财务科汇报说还剩下四千块钱。有同志就好心地提议，说把父亲办公室的木椅子换成皮沙发。一是局长室怎么着也得有点气派，接待各方人物也像个样（那时教育局除了一个简陋的大会议室外，似乎没有另外的接待室）；二是木椅子又冷又硬，父亲又瘦又经常犯痔疮，坐着太不舒服。但父亲说："精打细算就为换一套沙发？多少学校在等钱改造危房？"于是，钱拨到下面学校用于危房改造了。但具体做了什么，我现在记不清了。只记得父亲当时因别人"不会用钱"而圆瞪的双眼。而我，从那以后也记住了，钱要用在该用的地方。

高三后，我还是一味贪玩，学习虽算差强人意，但数学与英语起伏很大。父亲曾请同住一楼的教研室老师辅导辅导我，也因我自己的不上紧而不了了之。父亲也还是一味的忙。

临近高考的一天晚上，天气很热，四楼的房间根本无法坐下学习，我便拿着书本到二楼父亲的办公室，那里阴凉些，还有吊扇。门开着，父亲穿着一件汗衫正满头大汗写东西，见我进去，也不以为忤。我嬉笑着站在办公桌一角，想让父亲把那张唯一的也只能坐一人的桌子让开给我。父亲笑笑，若有所思，说："桌子可以让给你，但你别让我去站别人的桌子角哦。你哥他们都自己考上了大学。"我一时蒙了，这是哪儿跟哪儿呀？站桌子角跟哥哥们考上大学有什么关系？但转念间明白了父亲的深意，脸刷的一下就红了：父亲说的"站桌子角"其实是"低三下四求别人办事"。而这正是父亲最不屑、最痛恨的一件事。父亲轻飘飘的一句话，在我心中竟似平地响起了惊雷。从那以后，"不让父亲站桌子角"成了我最大的前进动力。尔后，我顺利地考上大学。"不站桌子角"也成了我自己的人生准则。

我上大学后，对父亲的工作就更加的不甚了解。只是寒暑假回家——那时因两个妹妹相继以优异的成绩考上萍乡一中，终于在家属楼顶层的西头有了家——时常看到有人坐在家里或是堵在办公室门口等父亲。如果是拉关系求办事的，父亲的脸色一般都比较难看，有时让贤惠的母亲都不知所措，只是一个劲儿地给客人添茶续水。但对那些"文革"中受到错误对待，而又因种种原因还没有落实政策的人，父亲则会耐心解释。当然，具体的情况我们仍是不得而知。但听父亲偶尔讲过这么一件事：有一个人1957年被错划为"右派"，下放农村劳动。因当时管理混乱，档案材料缺失，"文革"后虽然照例改正结论，但因缺乏原来工作时的档案，在落实政策时套不上条件，工作与补偿均无法解决。他屡次上诉皆被驳回。有一次，父亲在党委会上发火了："他被划为右派，这是不是事实？他的右派结论改正了，这是不是事实？既然都承认他划右派是错误的，我们是不是应该主动找政策帮他落实工作？！"事后，父亲了解到那人有台属关系，就叫人事科到"对台办"去找到有关的优惠台属的政策，最终帮那人落实了工作，获得了补偿。父亲最后说，当官不是做老爷，也不能只是锦上添花，要为弱势群体多雪中送炭。我不知道类似的事件还有没有，只是记得有时一夜起来，家门外走廊的水泥台子下会藏着一条鱼、一只鸡、一包鸡蛋，或是一点其他的瓜果蔬菜。谁送来的？不知道！也无法还。

父亲常戏谑地说自己做得最多的工作一是"擦屁股"，二是"坐冷板凳"。前者就是为知识分子落实政策，后者则是推广素质教育。

现在，"素质教育"的概念已经是妇孺皆知了。但在20世纪80年代——那个刚刚恢复高考，每一个学子都希望鲤鱼跳龙门的时候，父亲的"素质教育"提得确实不合时宜。但父亲的济世思想让他很执拗。一方面，他认为要高考出好成绩，必须先夯实基础教育，水到才能渠成。另一方面，父亲认为，考上大学的毕竟是极少数的人（当时全国的大学录取率只有20%左右，1985年有预考，报考时筛掉一部分人，录取率才35%，江西可能更低），而更多的学生要走上社会参加工作。全面提升学生素质，让学生能愉快胜任社会发展的需要，才是教育的根本目的。为此，他积极推行职业教育、办家长学校，以及在普通中学开设职业技能课等，并为这些工作取得的成就满心欢喜，咏诗赞美："造物从来忌划一，红黄蓝靛各逞奇。……执教解得此中义，万马扬鞭尽奋蹄。"（《题萍乡三中工艺美术班毕业作品展》，写于1986年）

父亲的"执拗"还在于他谋求全市所有区镇学校的共同提升，坚持要尽量让所有的学生都享受到公平的教育。为此，他顶着很大的压力，拒绝施行将全市所有区镇的优秀教师集中到市重点高中的做法。而他的素质教育，必然要经历一个比较长的积累与等待的过程，这就使得父亲的"冷板凳"不仅坐到高考总结会上，还坐到了官场上。这"冷板凳"到底坐得有多艰难，父亲很少说，我自然也不得而知，但他说过的一句话我记得很清楚："我希望能把冷板凳坐得热一点，好让后面的人不太冻屁股。"言语中的无奈与坚守，令我心酸，所以至今难忘。

1991年，父亲的"冷板凳"刚刚有点热度，就提前退居二线。我那时已经大学毕业，回到父母身边。但父亲对被免职一事，语焉不详，我亦不忍多问。社会上则对此事众说纷纭，因无由考据，也就不再赘述。

我很庆幸，在这段日子里能陪伴在父亲身边。

免去教育局局长的职务后，父亲拒绝了去萍乡教育学院当院长兼书记的安排，做了一个"无级学士"——这是父亲对自己的戏称。他是教师出身，以他的教学能力与教学水平，评个高级当不是问题。但他当时是行政人员，不能参加职称评定；免职后又不忍到教研室去与一般老师争高级职称的名额。故他很长一段时间的工资都不如当高级教师的母亲高。而父亲认为自己本质就是一介文人，故称自己为"无级学士"。

父亲不仅不愿再次为官，而且不再干涉教育局的任何事务，基本是"非请勿到，非请勿言，非请勿视"。他并不是闹意见耍大牌，而是不想"间劳"（萍乡方言，即妨碍别人做事之意）。他说，退居二线其实就是叫你提前退休，既"退"了就得"休"，要不然，自己之意难平，别人之志更难伸，何苦来哉？但如此洒脱的父亲，心里还是有些壮志未酬之憾的。这从他的诗中可以得知一二："求实忤上意，纠偏违俗情。赋闲非己愿，藏志事雕虫。"（《无题》，写于1991年3月）父亲的遗憾，并不是恋槽。对于不会喝酒，不愿"站桌子角"的父亲来说，当官其实是一件不太愉快的事。他只是想凭着自己的理想，为萍乡的教育多做一点实事。他曾不无遗憾地跟我说，假如能再给他三五年的时间，萍乡的教育能有一个大的飞跃。但，世事没有假如……

1992年8月，我儿子出生，给父亲这段灰暗的生活带来了许多的慰藉。（当时大哥大嫂带着孩子去了顺德）记得父亲看到小外孙后，高兴得嘴都合不拢，乐颠乐颠就回家给他取名字去了。第二天，父亲用一张竖行的信笺纸，一手隽秀的毛笔字，将儿子的名字、命名的原由、名字的寄寓，甚至是小名应该怎么叫，为什么要这样叫，都写得清清楚楚，交给了我，叮嘱我要好好收藏，等孩子长大后交给他。父亲如此郑重，让我心中竟升腾起一股庄严的仪式感，深知这是父亲将未酬之志寄托在孙辈们身上。

我休产假的几个月一直住在父母家里。这既给父母带来很多的拖累，也给他们带来了许多的欢笑与快乐。有一天母亲帮我给儿子洗澡，小家伙紧张得小脸紧绷，小手乱抓，一把捞住母亲的项链就不肯放，父亲在旁竟哈哈大笑。儿子稍大后，父亲便经常一手抱着小家伙，一手执书，读到精彩处，便埋头在小家伙肉乎乎的小脸上、小胳膊小腿上，"嘣"的一个亲吻，格外惬意。我休完假上班后，搬回三中的小家。父亲便隔三差五的来看小外孙，只要我们两三天没回家，他便叫人传话。只要看到小外孙，父亲就高兴得"两只眼睛笑成一只眼睛，一只眼睛开萝卜花"（父亲自语）。

可惜女儿不孝，1994年春，我为了自己的发展，又离开了父母身边。曾有几年，我们兄妹没有一个在父母身边，而父亲怕影响我们的工作，总是报喜不报忧。曾经，母亲被误诊为咽喉癌，父亲就在黄木元叔叔的帮助下，孤身陪母亲去南昌复诊检查。还有一次，父亲和母亲同时住进医院，两人也只是相互照看着打点滴，竟没有对我们提起半字。现在提起，仍不禁潸然泪下。

父亲退休以后，本可以与母亲"笑傲江湖"，但仍是命运多舛，屡遭变故。其间伤痛，至今不忍提及。但无论处于何种境地，讨论教育的问题，读书、写文章都是父亲最好的忘忧草。

父亲受儒家思想的影响极深，他自己也在诗中说到："舍我其谁尊孔孟，逍遥冲淡慕老庄。……书生怀抱报国志，为官为师未敢忘。"（《七十述怀》)尊孔孟是真，因而有兼济天下之志；慕老庄亦是真，故父亲一生坎坷仍能"逍遥冲淡"。

父亲的济世思想全部寄托在教育上，一天也没有忘记教育，没有忘记自己知识分子的责任与良知。他将自己的理念托诸笔墨，结集出版。只可惜他完全不懂"规矩"，更不知道"运作"，他的心血并没有起到预期的效果。他的理想的头一次次重重地撞在现实的厚障壁上。但他仍像填海的精卫一样，劳作不休。后来在朋友的撺掇下，先后几年在《萍乡广播电视报》上开辟《声源茶话》专栏，或嬉笑怒骂，或幽默诙谐，或皮里阳秋，形式活泼多样，无不针砭时弊，切评教育，讽喻人性，亦无一不是"济世"之念，因而反响较为热烈。有一次父亲苦笑着拿一封信给我看，原来是读者来信诉说自己的冤屈，想请父亲帮助解决。父亲自嘲：我自己尚是泥菩萨过河，哪有能力保他人安全喽——父亲是没有能力帮人解决问题了，但他的文章却让很多人有一舒胸中块垒的快意，因而，"茶话"反而比他的学术文章获得更多的青睐。其实，他的"茶话"谈得最多的还是教育，而且是超出学校教育之外的更大的"教育"。

只要是对教育有帮助的事，他是虽九死而无一悔。母亲去世后，年过古稀的父亲便开始写回忆录——《感受自然记忆》。当时的写作初衷是为了满足我们儿女的好奇心，为我们留下一些有趣的往事。正当父亲写作之兴正浓时，他受邀为高中语文老师开一个讲座，谈如何提高语文教育质量。这样一个讲座，对一个一辈子从事、关心语文教育的老人来说，实在是举手之劳。但父亲以为，自己离开教学实践多年，完全不了解现在的语文教学大纲及语文教材，脱离实际何谈提高质量？为此，他放下手中的创作，找来全套最新的人教版教材与教学大纲，短短十来天的时间，把教材从头到尾阅读、分析、归纳，再提炼整理，然后用方格稿纸一笔一划写了一万多字的讲稿，终于完成了这次讲座。没过多久，父亲心脏病发作，几乎丧命。但他事后跟我闲谈时，竟然"不思悔过"，反而大谈他对新的语文教学大纲的理解，以及如何根据新大纲的要求，开展语文教学，还说："我讲座哪用看稿子，都在心里装着呢……"疏眉轻扬，两眼精光，言语间甚是得意。岂知他的心毕竟是有使用年限的，因而他此生最重要的一部回忆录，再也没有精力写完了，许多有趣的往事、生活的真实，随着父亲的离去永远消逝在历史的尘埃里。

其实父亲还是一个很会玩儿的人，他自诩"逍遥冲淡"一点也不矫情。父亲似乎对一切有趣的事都有浓烈的兴趣，而且肯花心思动脑筋去研究，去实践。他常引孔老夫子"吾少而贱，故多能鄙事"来自谑。对于父亲来说，下棋、打麻将、打台球、拉京胡、钓鱼是"耍事"，读书著文、吟诗作对、习字刻章，哪样不是好玩来着？乃至跟三五知己聊天斗机锋，都是极好玩的事儿。只是这些，是在父亲退居二线后才有机会展示的。

父亲的玩又不同于别人的玩。打麻将，他只跟教育局的一帮老同事打"卫生麻将"，与孔方兄无涉。但教育局组织老干部活动搞麻将比赛，获得十元八元的奖励，也能使他乐开了花，一定会在电话中高声问我："你知道我参加麻将比赛得了第几名吗？哈哈哈，还得了十块钱奖金呢！"我的心里于是也充盈着快乐的情愫。

钓鱼也是父亲晚年最中意的一件耍事。起初他嘲笑那些钓鱼的人：起个大早，晒得墨黑，钓不到两条鱼，还浪费一天的时间。但后来他却爱上了这一"浪费"时间的事，因为他爱上了跟鱼儿"斗智斗勇"，还能呼吸新鲜空气，平和心态，甚至领悟一些人生哲理："身细若无力，柔中自有刚。能弯故不折，江海任挥扬。"（父亲诗《钓竿》）电话中自然少不了"你猜我今天钓到多少鱼？""你猜今天的钓鱼比赛我拿了第几名？"然后照例是声震耳鼓的笑声。

父亲最大的"耍事"还是京胡，他只在小时候跟着爷爷学过一点点基本指法，所以说他基本属于自学成才，但他竟然还会读工尺谱呢！他对京胡的热爱仅次于读书，也以京胡高手自居。无论走到哪儿，京胡都是随身行李，绝不落下。有意思的是，无论是在萍乡，还是在顺德、在杭州（妹妹家），他的琴音一亮，总会有知音寻上门来。这不由得他不自鸣得意呢。

吟诗作对、习字刻章等，对于父亲来说，也都是好玩儿。古人云"诗言志"。即便如此庄重，父亲还是忘不了在诗中玩一把，如："强颜敢坐冷板凳，豁齿难啃热牛排。"（《人至花甲》）"行年七十何所求，搓麻垂钓拉京胡。"（《己亥春节和何东萍一首》）"冬日贪睡早床，日上三竿。市声喧闹又何妨？照样打鼾。"（《自度曲·冬日》晚年父亲喜写对联，他说这是最好的健脑游戏，不拘内容也不限对象，有求必应，甚至不求也"应"，全都是因为"几有味道叽"（父亲口头语）。"耘耘，我今天又得了一副几有味道叽的对联，你听听……"这句话常在他给我的电话中做开场白。他做完结肠癌手术后在ICU病房监护，插着一身的管子，带着各种仪器，伤口疼痛加上青光眼突发的痛苦，气息微弱，我们在外如坐针毡，忧心如焚。然有一次进去探望，老先生眼䁖䁖嘴咧咧，一副急欲有所言之状。我们附耳嘴旁，他把胃管拨拨，竟然细声说："哈，我今天给对面的老太太送了一副寿联，几有味道叽！"原来对面病床上植物人老革命那天生日，儿孙在病房为她祈寿，老先生又觉得好玩了，叫护士拿来纸笔，写了一副"寓谐于庄"的寿联送她。"唉，可惜他们不知道欣赏，唉，唉唉……"神情甚是委屈，我们睹之唯有大笑。遗憾的是，当时心思全在父亲病情上，没有很好地保存这副对联。但他的"好耍"之心可见一斑。

父亲喜欢书法，尤喜行楷。他的字虽不能与大家比肩，但干净内敛，隽秀温和，有文人之气，君子之风。然而，他写字时也有玩耍心。我搬新家的时候，他给我写了一副对联："茶品书香琴韵，酒兴文胆棋风。"他抿着嘴似笑非笑："你看这个'韵'字，是不是有个笑脸啊？弹琴高兴着呢。再看这个'棋'字，下面两点是不是两个围棋子？还有那个'胆'，够壮吧？几有味道叽，哈哈！"什么事，在父亲的心里，都是有趣得很，因而，有父亲的地方，就会有酣畅的笑声。

父亲虽好玩儿，但治学极严谨，他常告诫我们"不动笔墨不读书"，每有疑问必有所征询。他读过的书，基本都有认真的旁批旁注或是摘抄笔记，晚年读《唐才子传奇》，竟考究多种注释，择其佳者手自笔录，想重新整理成册，供我们"速读"，因为怕我们"哪有这么多时间去考证？"只可惜我到现在还没有将父亲留下的这些文字整理出来，我是不孝的女儿啊！

父亲始终都是既积极寻求生的乐趣、生的价值，又坦然接受死神的邀请。他这一辈子，俯仰不愧于地天，进退不怍于亲疏。临终前他才能安静平和地清晰校对为自己拟写的挽联：重人文舒雅兴诗联茶话丝竹钓竿两袖清风常从涵养成德性，凭理想办教育遵循规律面向全体一身正气不以小屈求大伸。这是他对自己的盖棺论定，也是他留给我们的警世铭。

父亲走了，我再到哪去听他的笑声，听他再叫我一声"耘耘"呢？呜呼，痛哉！

2015 年 3 月

致　谢

张晓雷

　　父亲临终交待两件事：一是为浏公庙拟的神庙联，要在 2014 年浏公老爷生日前制作成楹联送到浏公庙；二是将他的"声源茶话"、"感受自然记忆"及诗联等文稿结集出版。

　　父亲临终前亲自委托张培贤先生操办神庙联的制作。张先生亲自书写了神庙联，并负责了从书法风格确定、板材选择、刻字、上漆等全部的制作事务，亲力亲为，耗时达半年之久。

　　神庙联的制作过程中，书法家李远实先生、易勇民先生对楹联的书法设计和制作提供了诸多的指导和帮助。易先生还专门提供一间教室当工作室。

　　楹联用花梨木制作，长 3 米，宽 0.4 米，已于 2013 年 10 月送至浏公庙并悬挂于大殿之内。

　　书稿的编辑工作也在同时进行。李吉人先生对书稿的选编原则提出了要求。曾文斌教授对书稿的选取、编排做出了详尽的方案，对文稿的编校提出了"对照原著一个字不要漏，标点一个不要错"的要求，并最终审定全书。

　　曾教授是父亲的挚友，二人颇是相惜，为君子至交，感情深厚。父亲病危时，我曾背着父亲请曾教授为他拟写挽联。曾教授听完来意后即失声抽泣，情绪难以平复，但还是答应了请求。父亲知道后责怪了我，说曾教授重情义，请他拟写挽联，实是让先生难过。果然最终未能成联。

　　为让我们后人及读者更好地理解文集的思想和价值，曾教授夙兴夜寐，每天工作十二小时以上，耗时逾三月，详读了全部文稿，摘录了几万字的笔记。在此基础上，撰写了《醉茶品世道，煮梦说人心——〈声源茶话〉解读》、《纯真的历史原型，鲜活的人与事》、《"脱剑空挂陇头枝"——编后语兼痛悼亡友逝世周年》三篇文章。

文集终于出版，父亲的两个遗愿全部实现，可以告慰他的在天之灵了。

父亲是我们后辈的骄傲，更是我们的楷模。"空气阳光水，品格学问情"是父亲对我们的要求，"仰不愧于天，俯不怍于人"是父亲对我们的期望。

从父亲后事操办，到他两个遗愿完成，我们得到了众多亲友及父亲生前好友的帮助，因篇幅所限，恕不一一具名致谢，我们感恩，永远铭记！

2015年11月